GOLDMANN

Buch

Als die erfolgreiche Anwältin Laurel Chandler nach Hause zurückkehrt, hat sie nur eines im Sinn: sich von einem Fall zu erholen, der durch alle Medien ging – und den Laurel verlor. Völlig am Ende ihrer Kräfte, hofft sie nun, in ihrer Heimat Louisiana Erholung zu finden. Doch schnell muß sie feststellen, daß ihr idyllisches Zuhause von undurchsichtigen Gestalten bevölkert wird, die mit aller Macht versuchen, Laurels Ruhe zu stören. Als eines Tages ihre Schwester Opfer eines Mordanschlages wird, wird Laurels Vorsatz, sich zu erholen, auf grausame Weise zunichte gemacht. Laurel will unbedingt den Täter fassen und heuert zu diesem Zweck Jack Boudreaux an, der ihr dabei helfen soll. Doch auch Jack wird für Laurel immer rätselhafter – was ihr schon bald mehr zu schaffen macht als die Suche nach dem Mörder...

Autorin

Tami Hoag hat schon schon im Jahr 1989 den Preis als beste Autorin der Zeitschrift Romantic Times gewonnen. Sie hat die außerordentliche Gabe, die Personen in ihren Geschichten auf höchst gekonnte Weise zum Leben zu erwecken. Zusammen mit ihrem Mann lebt sie in einem alten Farmhaus im ländlichen Minnesota.

Bei Goldmann liegen von Tami Hoag außerdem vor:

Die Hitze einer Sommernacht. Roman (42289)
Mangrovenfieber. Roman (42214)
Rätselhafte Umarmung. Roman (42290)

Tami Hoag

Die Schwingen des Nachtfalters

Roman

Aus dem Amerikanischen
von Uschi Gnade

GOLDMANN VERLAG

Originaltitel: Cry Wolf
Originalverlag: Bantam Books, a division of Bantam Doubleday
Dell Publishing Group, Inc., New York

Umwelthinweis:
Alle bedruckten Materialien dieses Taschenbuches
sind chlorfrei und umweltschonend.
Das Papier enthält Recyclinganteile.

Der Goldmann Verlag ist ein Unternehmen
der Verlagsgruppe Bertelsmann

Deutsche Erstveröffentlichung Februar 1996

Umschlaggestaltung: Design Team München
Umschlagillustration: Pellegrino/Schluck, Garbsen
Satz: Uhl + Massopust, Aalen
Druck: Elsnerdruck, Berlin
Verlagsnummer: 42625
Lektorat: Silvia Kuttny
Redaktion: Sabine Dolt
Herstellung: Heidrun Nawrot
Made in Germany
ISBN 3-442-42625-1

1 3 5 7 9 10 8 6 4 2

Anmerkung der Autorin

Jeder, der mit meiner Arbeit vertraut ist, weiß, daß ich meine spezielle Vorliebe für die Region von Louisiana habe, die man unter dem Namen Acadiana kennt. Mein Interesse gründet sich auf familiäre Wurzeln, obgleich das, was meine Aufmersamkeit zuerst geweckt hat, die Musik war. Inzwischen erstreckt sich mein Interesse auch auf den geschichtlichen und den linguistischen Hintergrund, und dazu kommt meine Liebe zu einzigartigen Umgebungen, fragilen Strukturen, die sich zu entziehen trachten. In *Die Schwingen des Nachtfalters* habe ich getan, was ich konnte, um Ihnen ein Gefühl von dem Bayou-Land und seiner Atmosphäre zu vermitteln. Insbesondere habe ich mich darum bemüht, einen Teil der kulturellen Unterschiede dieser Gegend durch den Gebrauch von regionalen Dialekten herauszustellen – vor allem durch die Verwendung einer ganzen Anzahl von Worten und Redewendungen aus dem Cajun-Französisch.

Das Cajun-Französisch ist eine eigene, klar von anderen unterscheidbare Sprache, die in Frankreich geboren und in Louisiana groß geworden ist. Etwa sechzig Prozent der Worte im Cajun-Vokabular kann man in einem französischen Standardwörterbuch nachschlagen. Die restlichen gibt es nur im typischen Patois, Wörter und Redewendungen, die aus der Notwendigkeit heraus entstanden sind, die Umgebung und die Menschen, die dort leben, zu erfassen.

In einer Welt, in der wir zunehmend unter dem Druck stehen, uns anzupassen und uns einander anzugleichen, ist die ethnische Vielfalt eine kostbare Gabe. Mein aufrichtiger Dank gilt den Menschen, die danach streben, derart bedrohte Arten wie die Cajun-Sprache zu bewahren und sie zu hegen und zu pflegen. *Merci beaucoup.*

Tami Hoag

Alles wird uns genommen, wird zu Portionen
und Packen der gräßlichen Vergangenheit.

Alfred, Lord Tennyson
Die Lotusesser

PROLOG

Das Bâteau *gleitet durch die stillen Wasser des Bayou. Stille schwarze Wasser. So abgründig wie das Herz eines Mörders. Im Wasser stehen die Zypressen, eine Reihe nach der anderen, hoch aufgeschossene Wachposten, so starr und stumm wie der Tod. Hinter ihnen an den Ufern wirken die Trauerweiden mit ihren wie von Gram gebeugten Zweigen und die Immergrünen Eichen mit ihren krummen Stämmen und ihren knorrigen Ästen wie verwunschene Dinge, die in einem Moment größten Jammers bis in alle Ewigkeit erstarrt sind. Und von ihren verrenkten Zweigen hängt das Moos herab, grau und staubig und zerzaust, wie alte Federboas, die man auf dem Dachboden eines längst vergessenen, längst zu einer Ruine zerfallenen herrschaftlichen Hauses hat verrotten lassen.*

In der Nacht ist im Sumpf alles grau und schwarz. Eine Mondsichel zwischen hohen Wolken eingekeilt. Stille senkt sich von allen Seiten herab, als das Boot vorüberfährt. Augen lugen aus dem Schilfrohr heraus, aus den Bäumen und von einer Höhe direkt über dem Wasserspiegel. Die Nacht ist die Zeit des Jägers und des Gejagten. Doch sämtliche Geschöpfe warten, als das Bâteau *an ihnen vorbeigleitet, und sein Motor schnurrt so leise und kehlig wie das Knurren eines Panthers. Die Erwartungshaltung, die in der Luft hängt, verdichtet sich wie der Dunst, der zwischen den Stämmen der Tulpenbäume und der Amberbäume schwebt. Eine Bestie hat heute nacht zugeschlagen, gerissen und tückisch und von keinem anderen Motiv als der Faszination beseelt, das Leben eines anderen Wesens in der Hand zu haben und die Macht auszukosten, es auszulöschen. Die Geschöpfe des Sumpfes beobachten, wie die Bestie vorbeikommt, nehmen wahr, wie sich der Geruch von frischem Blut mit der aufdringlichen metallischen Würze des Bayou und dem süßen Duft nach wildem Geißblatt, Jasmin und Verbenen vermischt.*

Der Motor stirbt ab. Das Boot weicht einem Teppich von Wasserhyazinthen aus, bahnt sich behutsam seinen Weg durch Teichkolben und Seerosenplacken und schleicht sich an das schlammige Ufer an, auf dem Farnkräuter und Kriechpflanzen zu einem dichten Gewirr ineinanderwachsen. Irgendwo in der Ferne zerreißt ein Schrei das Gewebe der Nacht. Wie ein Echo. Wie eine Erinnerung. Die Bestie lächelt, tückisch und durchtrieben, und denkt dabei nicht etwa an die Nutria, die diesen Laut ausgestoßen hat, sondern an die Frau, die tot auf dem Boden des Bâteau *liegt.*

Ein weiterer Mord. Ein weiterer Ausbruch. Ein weiterer schwindelerregender Höhenflug. Macht, verführerischer als Sex, suchterregender als Kokain. Blut, warm und seidig, süß wie Wein. Der Puls des Lebens beschleunigt sich vor Furcht, pocht, hämmert rasend… ebbt ab und erstirbt.

Die Leiche wird ans Ufer gezerrt, kurz vor dem Ende eines Pfads aus zerbrochenen Muschelschalen abgelegt, die pulvrig weiß schimmern, als der Mond noch einmal seine Strahlen aussendet wie Suchscheinwerfer – und schon ist das Licht wieder verschwunden, fällt noch einmal herab und verschwindet erneut. Sein Schein strahlt einen dunklen Haarschopf an, feucht und zerzaust und frei von jedem Anzeichen der Frisur, die erst vor Stunden so peinlich genau in Form gebracht und eingesprüht wurde. Ein gespenstisch weißes Gesicht mit clowneskem Wangenrouge, verschmiertem Lippenstift, schlaffem Mund und offenen Augen, die blicklos zum Himmel aufstarren. Erbarmen, Gnade und Erlösung suchen. Für all das ist es jetzt zu spät.

Sie wird gefunden werden. In ein bis zwei Tagen vielleicht. Angler werden kommen, um ihre Weidenkörbe mit Brassen zu füllen, mit Sonnenfischen und Süßwasserbarschen. Sie werden sie finden. Aber niemand wird ihren Mörder finden.

Zu durchtrieben, zu gerissen, über die menschlichen Gesetze und über jeglichen Verdacht erhaben, pirscht sich die Bestie an…

1

»Ich werde ihn umbringen.«

Der Hund saß in einem Haufen frisch umgegrabener Erde, um ihn herum waren Unmengen von Azaleensträuchern und Rosenstöcken verstreut, und eine Girlande von Glyzinien hing ihm um die Schultern wie das Humerale eines Meßpriesters. Mit einem spöttischen Gesichtsausdruck blickte er zu den Menschen auf der Veranda hin und legte den Kopf auf eine Seite, und schwarze Ohren reckten sich wie zwei Fahnen seitlich aus seinem Kopf. Ein schmaler weißer Streifen verlief zwischen seinen Augen – eines blaßblau, das andere grün – nach unten und wurde über der Schnauze breiter. Sein Fell war eine wüste Zusammenstellung von Blau und Schwarz, mit Weiß eingefaßt und mit Leopardenflecken gesprenkelt, als hätte Mutter Natur sich einfach nicht entscheiden können, was für ein Geschöpf das eigentlich werden sollte. Als Menschen durch die Glastüren des geschmackvollen Backsteinbaus, der unter dem Namen Belle Rivière bekannt war, ins Freie strömten, stimmte er ein klägliches Heulen an.

»Ich schwöre es, ich werde ihn umbringen«, fauchte Laurel Chandler, ohne den Hund aus den Augen zu lassen.

Wut und Rachegelüste brannten so lodernd wie ein Feuer in ihr, das die dünnen Fäden der Selbstbeherrrschung zu versengen drohte. Zwei Tage lang hatte sie an diesem Garten gearbeitet. Zwei volle Tage. Vom Sonnenaufgang bis zum Sonnenuntergang geschuftet und gerackert, umgegraben, zurückgeschnitten und angepflanzt. Sie hatte Statuen geschrubbt und das Messingzifferblatt der alten Sonnenuhr poliert. Da sie dringend einer Beschäftigung bedurfte, die augenblicklich ein positives Resultat zeitigte, hatte sie sich auf diese Aufgabe mit genau der Form von beängstigend zielstrebiger Entschlossenheit gestürzt, die es sie als Staatsanwältin so schnell soweit hatte bringen lassen. Sie hatte das gewaltige Projekt in Angriff genommen, Tante Carolines Garten rechtzeitig wiederherzustellen, um sie damit zu überraschen.

Nun, Caroline Chandler war von ihrer Einkaufstour in Bayou Breaux zurückgekehrt, und daß sie überrascht war, konnte man wohl sagen. Sie stand links neben Laurel, eine winzige Frau mit der Ausstrahlung eines Titanen. Ihr schwarzes Haar war kunstvoll zu einer duftigen Wolke loser Löckchen frisiert, und ihr Make-up, das geschickt und sparsam aufgetragen war, betonte ihre großen Augen und ihren femininen Mund. Sie wirkte kaum, als sei sie vierzig Jahre alt, von fünfzig ganz zu schweigen, mit ihrem herzförmigen Gesicht und dem zarten, glatten Teint. Sie war schlank und zierlich, und in ihrem beigen Leinenkostüm erweckte sie trotz der sengenden Hitze des Tages einen taufrischen Eindruck. Sie schloß die Finger ihrer rechten Hand behutsam um Laurels geballte Faust und sagte mit beschwichtigender Stimme: »Ich bin ganz sicher, daß es sehr hübsch ausgesehen haben muß, mein Liebling.«

Laurel bemühte sich, langsam und tief Atem zu holen, um wieder ruhiger zu werden, wie Dr. Pritchard es ihr in der Entspannungstherapie beigebracht hatte, doch die Luft zischte durch ihre zusammengebissenen Zähne und diente nur dazu, den Druck noch zu verstärken, der sich in ihrem Kopf und in ihrer Brust anstaute.

»Ich bringe ihn um«, sagte sie noch einmal und riß sich von ihrer Tante los. Die Wut zuckte durch ihren Körper wie ein Erdbeben.

»Ich helfe Ihnen dabei, Miz Laurel«, sagte Mama Pearl und tätschelte sich mit den Stummelfingern den gewaltigen Bauch.

Die alte Frau mit der dunklen Haut rümpfte die Nase und verlagerte ihr massiges Gewicht von einem winzigen Fuß auf den anderen, wobei der Rock des rotgeblümten Kleides um ihre Beine wirbelte, die so stämmig wie kleine Baumstämme waren. Sie war schon zu den Zeiten die Mama der Chandlers gewesen, als Caroline und Jeff Chandler noch Kinder gewesen waren. Jetzt lebte sie nicht etwa als Hausangestellte bei Caroline, sondern als ein Familienmitglied, regierte wie ein General über Belle Rivière und richtete sich behaglich, wenn auch unwirsch, im Alter ein.

»Dieser Köter, der macht nichts als Ärger, der«, gab sie bekannt. »Immerzu wühlt er in meinen Abfällen rum und stiehlt Zeug von der Wäscheleine. Nichts als Ärger. Das kann man laut sagen!«

Laurel hörte das Gezeter der Frau kaum. Ihre Aufmerksamkeit galt ausschließlich dem Catahoulahund, der das erste konstruktive Werk zerstört hatte, das sie sich vorgenommen hatte, seit sie Georgia und ihre Karriere hinter sich zurückgelassen hatte. Sie war nach Louisiana zurückgekommen, ins Bayou Breaux, um sich zu erholen, wieder zu Kräften zu kommen und noch einmal von vorn anzufangen. Jetzt war das erste greifbare Symbol ihres Neubeginns von einem wildwütenden Köter zerstört worden. Jemand würde dafür büßen. Jemand würde ihr teuer dafür bezahlen.

Sie stieß einen Urschrei aus, packte ihre brandneue Harke, schwang sie wie eine Keule über dem Kopf und rannte damit durch den Garten. Der Hund bellte in seinem aufgeschreckten Erstaunen einmal dumpf, machte kehrt, sprang mit großen Sätzen zur hinteren Gartenmauer und wirbelte hinter sich Erde und Bauschutt auf, während seine Zehennägel über die Backsteinmauer scharrten. Er stürzte schnurstracks zu dem Eisentor, das in den Zeiten, die Belle Rivière ohne einen Gärtner verbracht hatte, aus den Angeln gerostet war, und er war schon durch die Öffnung verschwunden und raste auf die Wälder am Rand des Bayou zu, ehe Laurel es auch nur bis zu der alten steinernen Fontäne geschafft hatte. Als sie das Tor erreichte, war von dem Missetäter nichts mehr weiter zu sehen als eine Masse von blauen und weißen Sprenkeln, die im Unterholz eintauchte, um Deckung zu suchen, und eine Schar von verängstigten Teichrohrsängern aufscheuchte, die davon zeugten, daß der Hund an ihnen vorübergekommen war.

Laurel ließ die Harke sinken und blieb stehen. Sie stemmte die Hände gegen das Tor, das in einem paradoxen Winkel in die Öffnung eingezwängt war. Ihr Atem ging keuchend und abgehackt, und ihr Herz pochte so heftig, als sei sie eine Meile weit gerannt, und dieser Umstand rief ihr wieder ins Gedächtnis zurück, daß sie physisch immer noch geschwächt war. Eine Erinnerung, die ihr gar nicht lieb war. Schwäche zählte nicht zu den Dingen, die sie gnädig hinnahm, weder an sich selbst noch an irgend jemandem sonst.

Sie schlang die Hände um die rostigen spitzen Eisenstäbe des Tores, und das oxidierende Metall blätterte unter ihren Handflächen ab, als sie das Getriebe ihres Verstandes dazu zwang, sein Räderwerk in Bewegung zu setzen. Sie brauchte einen Plan. Sie brauchte

Gerechtigkeit. Zwei Monate waren seit dem Ende ihres letzten Trachtens nach Gerechtigkeit vergangen, eines ehrgeizigen Trachtens, das mit einer Niederlage und dem Ruin ihrer Karriere geendet hatte und sie ums Haar auch noch das Leben gekostet hätte. Zwei Monate waren vergangen, seit sie das letzte Mal ihren Verstand dazu benutzt hatte, eine Strategie zu entwickeln, einen Feldzug vorauszuplanen und sich mit verbaler Munition einzudecken, die sie brauchen würde, um ihr Ziel zu erreichen, und der mentale Mechanismus schien ebenso rostig zu sein wie das Tor, das sie mit weißen Knöcheln und geballten Fäusten umklammert hielt. Aber das alte Räderwerk sprang an und drehte sich, und die momentane Panik, sie könnte vergessen haben, was in einem solchen Fall zu tun war, ging vorüber, ein Schauer, der sie überlief und sogleich wieder verflogen war.

»Komm mit, Laurel. Wir gehen zum Abendessen ins Haus.« Carolines tiefe und bestimmende Stimme ertönte direkt hinter ihr, und Nerven, die immer noch zu stark angespannt waren, ließen Laurel zusammenzucken.

Sie drehte sich zu ihrer Tante um, einem der wenigen Menschen, die ihr tatsächlich das Gefühl vermittelten, mit ihren einsfünfundsechzig groß zu sein. »Ich muß herausfinden, wem dieser Hund gehört.«

»Aber erst, nachdem du etwas gegessen hast.«

Caroline streckte einen Arm aus, um ihre Nichte an der Hand zu nehmen, und dabei störte sie sich nicht daran, daß Laurel mittlerweile schon dreißig Jahre alt war. Caroline war der Auffassung, daß es Zeiten gab, zu denen ein Mensch die Führung eines anderen brauchte, ungeachtet seines Alters. Der schwache Schimmer der Besessenheit, der Laurels dunkelblaue Augen glasig werden ließ, gefiel ihr nicht. Diese Besessenheit hatte das Mädchen bereits in einen Morast von Schwierigkeiten geführt. Caroline war entschlossen, alles zu tun, was sie konnte, um sie wieder herauszuziehen.

»Du mußt etwas essen, mein Liebling. Du bestehst ohnehin nur noch aus Haut und Knochen.«

Laurel machte sich gar nicht erst die Mühe, an sich selbst hinunterzuschauen, um sich diesen Eindruck bestätigen zu lassen. Sie war sich bewußt darüber, daß das blaue Sommerkleid aus Baumwolle, das sie trug, wie ein Jutesack an ihr herunterhing. Das war bedeutungslos. Zu Hause, in Georgia, hatte sie einen ganzen Schrank voller spröder Kostüme und kostbarer Kleider, doch die Person, die diese Dinge getragen hatte, existierte nicht mehr, und ebensowenig existierte die Notwendigkeit, auf Äußerlichkeiten zu achten. Nicht etwa, daß sie sich jemals übermäßig um ihre äußere Erscheinung gesorgt hätte; auf dieses Gebiet hatte sich ihre Schwester Savannah spezialisiert.

»Ich muß herausfinden, wem dieser Hund gehört«, sagte sie mit einer Entschlossenheit, wie sie sie seit Wochen nicht mehr an den Tag gelegt hatte. »Jemand muß mich für dieses Chaos entschädigen.«

Sie stieg über den Griff der Harke, ging um ihre Tante herum, entzog ihre Hand dem Zugriff der älteren Frau und schlug auf den Steinen des Pfades den Rückweg zum Haus ein. Caroline stieß einen tiefen Seufzer aus und schüttelte den Kopf; sie war zwischen Abscheu und Bewunderung hin und her gerissen. Laurel hatte die Entschlossenheit der Chandlers geerbt, die in solchen Momenten auch als die Dickköpfigkeit der Chandlers bekannt war. Wenn Jeff das doch bloß noch hätte erleben und mit seinen eigenen Augen sehen können. Aber andererseits, gestand sich Caroline erbittert ein, hätte es durchaus sein können, daß sie gar nicht erst in diese scheußliche Lage geraten wären, wenn ihr Bruder noch am Leben gewesen wäre. Wenn Laurels Vater nicht getötet worden wäre, dann wäre der schreckliche Lauf der Dinge, die sich infolge seines Todes ereignet hatten, gar nicht erst in Gang gekommen, und aller Wahrscheinlichkeit nach wäre aus Laurel und Savannah etwas ganz anderes geworden als die Frauen, die sie heute waren.

»Laurel«, sagte sie mit fester Stimme, und die Absätze ihrer beigen Pumps klapperten zielstrebig über die alten Steine, mit denen der Weg gepflastert war, als sie eilig weiterlief, um ihre Nichte einzuholen. »Es ist wichtiger, daß du etwas ißt.«

»Mir nicht.«

»Ach, zum…« Caroline schluckte den Rest ihrer Bemerkung herunter und rang darum, ihre aufbrausende Art im Zaum zu halten. Sie besaß mehr als nur ein wenig von der Entschlossenheit der Chandlers. Sie mußte gegen sich selbst ankämpfen, um sich davon abzuhalten, diese Entschlossenheit wie eine Keule zu schwingen.

Laurel trat auf die Veranda und schnappte sich ein Tuch von dem weißen schmiedeeisernen Tisch, um sich die Hände daran abzuwischen. Mama Pearl schnaubte und grollte neben den Glastüren zum Haus und rang die Hände mit den Stummelfingern. Ihre hellen Augen funkelten vor Sorge.

»Miz Caroline hat recht«, sagte sie. »Du mußt was essen, Kindchen. Komm rein und setz dich, du da. Es gibt heute Gumbo zum Abendessen.«

»Ich habe keinen Hunger. Trotzdem vielen Dank, Mama Pearl.« Sie rückte ihre Brille zurecht, fuhr sich mit den Fingern durch das dunkle Haar und strich es sich aus dem Gesicht, und dann schenkte sie der alten Frau ein gewinnendes Lächeln, als ein Adrenalinstoß sie durchzuckte. Der Schauer der Vorfreude auf den Kampf. »Ich muß jetzt gehen und den Misthund finden, dem dieser Mistköter gehört, und dann werde ich dafür sorgen, daß uns Gerechtigkeit widerfährt.«

»Jack Boudreaux gehört der Köter, dem seiner ist das«, sagte Mama Pearl, und ihr fleischiges Gesicht verzog sich zu mißbilligenden Falten. »Der kann sich überall rumtreiben, aber wahrscheinlich ist er unten in Frenchie's Landing, und diese Form von Scherereien kannst du ganz bestimmt nicht brauchen, das sage ich dir gleich, *chère*.«

Laurel ignorierte diese Warnung, wandte sich zu ihrer Tante um und drückte ihr einen Kuß auf die Wange. »Es tut mir leid, daß ich am ersten Abend nach deiner Rückkehr nicht zum Essen da bin, Tante Caroline, aber ich gehe davon aus, daß ich rechtzeitig zum Kaffee nach dem Essen wieder da bin.«

Mit diesen Worten huschte sie um Mama Pearl herum und durch die Glastüren hinaus, und die beiden älteren Frauen blieben kopfschüttelnd auf der Veranda stehen.

Mama Pearl zog aus dem Taleinschnitt ihres Busens ein Taschentuch hervor, um sich die Schweißperlen abzutupfen, die ihre Stirn und ihr Trippelkinn überzogen. »Also, ich weiß wirklich nicht, was mit dem Mädchen noch werden soll.«

Als Caroline ihrer Nichte nachstarrte, stand ein grimmiger Blick in ihren großen dunklen Augen, und sie zog die Mundwinkel unwillig herunter. Sie schlang sich die Arme um die Schultern, um sich gegen das innere Frösteln zu schützen, das üblen Vorahnungen entsprang, und sie störte sich überhaupt nicht an den Falten, die ihr schickes Leinenkostüm dadurch bekommen würde. »Sie ist ausgezogen, um für Gerechtigkeit zu sorgen, Pearl. Ganz gleich, um welchen Preis.«

2

Bei Frenchie's ging es hoch her. Für eine bestimmte Gesellschaftsschicht im Bayou Breaux war es Tradition, die Freitagabende in Frenchie's Landing zu verbringen. Nicht etwa für die Pflanzer, die Gutsbesitzer und ihre feinen Damen in Pumps und Perlen, die an weißen Damasttischdecken mit Silber dinierten, das so alt wie das Land war. Frenchie's hatte einen derberen Kundenkreis. Das übelste Pack der Gemeinde Partout – Wilderer, Schmuggler und Leute, die auf großen Ärger aus waren – wanderte rüber ins Bayou Noir ab, in ein Lokal, das Mouton's hieß. Frenchie's war eine Anlaufstelle für alles, was dazwischenlag. Landarbeiter, Fabrikarbeiter, Handwerker, Bauern, sie alle steuerten an einem Freitagabend automatisch Frenchie's an, denn dort gab es gekochte Langusten und kaltes Bier, laute Musik und Tanz und die gelegentliche Rauferei.

Das Gebäude stand fünfzehn Meter vom Landeplatz zurückversetzt und erhob sich auf Pfählen über dem Boden, die es vor Überschwemmungen schützen sollten. Es war dem Bayou zugewandt und lockte Kunden, die vom Fischen oder von Jagdausflügen zurückkamen, mit einem roten Neonschild an, das kaltes Bier, Essen und Live-Musik versprach. Ganze Bereiche der Seitenwandung des Hauses hingen an Türangeln und wurden von hölzernen Pfählen abgestützt, die eine lange Reihe von Fliegengittern freilegten und an den Seitenwänden entlang eine Art Galerie bildeten.

Obwohl die Sonne bisher noch nicht untergegangen war, quoll der Parkplatz von Pkws und Pick-ups über. In der Bar herrschte tosender Lärm. Die Geräusche von Gelächter, lauten Rufen und Glas, das an Glas stieß, waren mit einem stetigen Strom von lauter Cajun-Musik unterlegt, der durch die Fliegengitter in die laue Frühlingsnacht wogte. Die Musik war fröhlich und ausgelassen, ein wüstes Gemisch von Fiedel, Gitarre und Akkordeon, das sogar diejenigen dazu verlockte, sich im Takt zu bewegen, die mit dem Tanzen überhaupt nichts am Hut hatten.

Laurel stand unter der Treppe und schaute zur Eingangstür auf. Sie hatte nie auch nur einen Fuß in dieses Lokal gesetzt, obgleich sie wußte, daß es eine von Savannahs Stammkneipen war. Savannah, die es sich zur Aufgabe gemacht hatte, die Familientradition um jeden Preis zu unterwandern. Es war sogar durchaus möglich, daß sie jetzt in diesem Augenblick dort saß. Sie hatte sich gegen fünf aus Tante Carolines Haus geschlichen, aufgemacht wie eine Frau, die auf Ärger aus ist, und schon allein bei der Aussicht, sie könnte sich in Schwierigkeiten bringen, hatte sie voller Vorfreude gestrahlt. Sie hatte Laurel lediglich gesagt, sie hätte eine Verabredung, und wenn alles gutging, bekäme niemand vor dem Samstagnachmittag etwas von ihr zu sehen.

Plötzlich schlitterte der Hund um eine Ecke der Galerie, kam zum Stehen und sah Laurel mit weit erstaunten Augen mitten ins Gesicht. Falls sie auch nur die geringsten Zweifel daran gehegt hatte, ob es richtig war, sich zu Frenchie's Landing zu begeben – und so einige Bedenken hatten sie geplagt –, dann zerstreuten sich diese beim Anblick des Übeltäters. Sie hatte eine Aufgabe zu erfüllen.

Um ein Grüppchen von drei Männern in ihren Zwanzigern, die für einen Abend in der Stadt herausgeputzt und geschniegelt waren, machte Laurel einen Bogen herum und stieg sodann die Stufen hinauf, und dabei lachten und plauderten sie und erzählten einander deftige Witze auf Cajun-Französisch. Laurel wartete die Pointe nicht ab. Sie eilte hinter den Männern her und packte den größten am Ärmel, einen Stier von einem Mann, mit einem kurzen, schwarzen Vollbart und einem Haarschopf, der so dicht wie ein Biberpelz war und ihm in einem tiefen V in die Stirn wuchs.

»Entschuldigen Sie, bitte«, sagte Laurel, »aber könnten Sie mir vielleicht sagen, wem dieser Hund gehört?«

Er warf einen Blick auf den Hund auf der Galerie, ebenso wie auf seine Begleiter.

»He, das ist doch Jacks Hund, oder nicht, Taureau?«

»Der gehört Jack Boudreaux.«

»*Mais yeah*, das ist Jack seiner«, sagte Taureau. Sein Blick wurde freundlicher, und ein Grinsen zog an seinem breiten Mund, als er Laurel von Kopf bis Fuß musterte. »Na so was, du suchst tatsächlich Jack, Süße?«

»Ja, ich denke schon.« Sie war auf der Suche nach Gerechtigkeit. Wenn sie diesen Jack Boudreaux finden mußte, damit sie bekam, was sie wollte, dann war dem eben so.

»Dieser Jack, der wirkt wahrhaftig wie ein Magnet, dieser Teufelskerl!« sagte einer der beiden anderen.

Taureau schnaubte. »*Son pine*!«

Darüber lachten alle miteinander, laut, herzlich und aus dem Bauch heraus.

Laurel gab sich als die coole Geschäftsfrau und hoffte nur, diesen Eindruck durch ihr Sackkleid und das fehlende Make-up nicht gänzlich zu zerstören. »Ich bin nicht hergekommen, um seinen Penis zu bewundern«, sagte sie platt. »Ich muß eine geschäftliche Angelegenheit mit ihm besprechen.«

Die Männer tauschten genau die Sorte von belemmerten Blicken miteinander aus, die kleine Jungen schon im Kindergarten lernen und dann im Lauf der nächsten dreißig Jahre bis zur Perfektion ausfeilen, und ihre Gesichter erröteten unter der Sonnenbräune. Taureau zog seinen dicken Kopf ein, bis er ihm zwischen den Schultern saß.

»Ist anzunehmen, daß ich ihn hier finden werde?« Laurel wies mit einer Kopfbewegung auf die Eingangstür der Bar, als sie gerade quietschend in ihren Angeln zurückschlug, um ein älteres Paar und eine Woge von Lärm hinauszulassen.

»Ja, Sie werden ihn hier finden«, sagte Taureau, kratzte sich den Hinterkopf und mied den direkten Blick, mit dem sie ihn ansah. »Mitten auf der Bühne.«

»Danke.« Sie hob den Saum ihres langen Rockes und stieg vor den Männern die Stufen zur Galerie hinauf. Der Hund heulte auf, machte kehrt und verschwand um die Hausecke, als sie das Lokal betrat.

In den Süden Louisianas mußte die landesweite Antiraucherkampagne erst noch vordringen. In dem Moment, in dem Laurel die Bar betrat, mußte sie blinzeln, weil ihre Augen brannten. Blauer Dunst hing über der Menschenmenge. Der Geruch nach brennendem Tabak vermischte sich mit Schweiß und billigem Parfüm, Gerste und gekochten Langusten. Die Beleuchtung war schummerig, und das Lokal war gesteckt voll. Kellnerinnen bahnten sich mit Tabletts voller Bierkrügen und mit Essen in großen Schüsseln mühsam ihren Weg durch die Meute. Gäste saßen Schulter an Schulter an runden Tischen und in überquellenden Nischen, lachten, redeten miteinander und schlangen Nahrung in sich hinein.

Laurel fühlte sich augenblicklich allein und isoliert, als sei sie von einem unsichtbaren Kraftfeld umgeben. Sie war in einer zwischenmenschlich sterilen Umgebung aufgewachsen, mit gesitteten Teegesellschaften, Soireen und Kotillons. Die Leightons ließen sich nicht dazu herab, auf eine derbe und gewöhnliche Art ihren Spaß zu haben, und nachdem ihr Vater gestorben war und Vivian wieder geheiratet hatte, waren Laurel und Savannah Leightons geworden – dabei spielte es keine Rolle, daß Ross Leighton sich nie die Mühe gemacht hatte, sie offiziell zu adoptieren.

Da sie im ersten Moment überrumpelt war, spürte sie, wie die alte Bitterkeit unerwartet über sie hereinbrach und ihre Zähne tief in sie hineingrub. Diese wurde jedoch schnell von neueren unangenehmen Gefühlen verdrängt, als die größten Bedenken, die sie gehegt hatte, ehe sie hergekommen war, wieder an die Oberfläche drangen und sie zu überschwemmen drohten – nicht etwa die Furcht davor, hier könnte niemand sie kennen, sondern die Furcht davor, *alle* könnten sie hier kennen. Die Furcht davor, daß alle sie wiedererkennen und genau wissen würden, warum sie ins Bayou Breaux zurückgekehrt war, wissen würden, daß sie entsetzlich versagt hatte, uneingeschränkt versagt... Der Atem stockte in ihrer Lunge, als sie darauf wartete, daß sich die ersten Köpfe nach ihr umdrehen würden.

Eine Kellnerin auf dem Rückweg zur Bar prallte mit ihr zusammen, entschuldigte sich mit einem strahlenden Lächeln und streckte eine Hand aus, um ihr den Arm zu tätscheln. »Tut mir leid, Miss.«

»Ich suche Jack Boudreaux!« rief Laurel laut und zog fragend die Augenbrauen hoch.

Die Kellnerin, ein kurvenreiches junges Ding mit einem dichten dunklen Lockenschopf und einem ansteckenden Grinsen, schwang ihr leeres Serviertablett zur Bühne und dem Mann, der vor den Tasten eines alten Wandklaviers saß, das den Eindruck erweckte, als sei jemand mit einer schweren Eisenkette darüber hergefallen.

»Da ist er, höchtspersönlich, Schätzchen. Der Teufel in Person«, sagte sie, und ihre Stimme hob und senkte sich in einem unverwechselbaren Cajun-Rhythmus. »Willst du in seinen Fanclub eintreten oder so was?«

»Nein, ich will Wiedergutmachung«, sagte Laurel, doch die Kellnerin war bereits gegangen und dem Ruf »He, Annie« von Taureau und seinen Kumpanen gefolgt, die einen Tisch am anderen Ende des Raumes ergattert hatten.

Laurel steuerte den Mann an, mit dem sie eine Konfrontation suchte. Sie lief auf die kleine Bühne zu. Die Band legte jetzt eine Pause mit einem Walzer ein, der von einem kleinen, drahtigen Mann mit einem Spitzbart und einem Panamahut gesungen wurde. Eine scheußliche Narbe zog sich über sein Gesicht, von der rechten Augenbraue über die Wange, verunstaltete das Ende seiner Hakennase und suchte Deckung unter seinem Schnurrbart. Aber wenn sein Gesicht schon nicht schön war, dann war es doch mit Sicherheit seine Stimme. Er hatte sich die Hände aufs Herz geschlagen und wimmerte auf Cajun-Französisch den Text, während sich junge und alte Paare anmutig über die Tanzfläche bewegten.

Rechts vor ihm stand Jack Boudreaux mit einem Knie auf dem Klavierhocker und hielt den Kopf inbrünstig gesenkt, während er zwischen den Händen ein kleines Evangeline-Akkordeon quetschte.

Aus diesem vorteilhaften Blickwinkel wirkte Boudreaux groß, schlaksig und geschmeidig, mit kräftigen Schultern und schmalen Hüften. Der Ausdruck auf seinem hageren, braungebrannten Gesicht war finster, fast grüblerisch. Er hatte die Augen fest zugekniffen, als könnte das Sehvermögen seine Interpretation der Musik irgenwie behindern. Glattes schwarzes Haar fiel ihm in die Stirn und wirkte unter der Bühnenbeleuchtung feucht und seidig.

Laurel machte einen Bogen um die Tänzer, preßte sich an den vorderen Bühnenrand und war vorübergehend von der Eindringlichkeit des Lieds und von der Stimmung hingerissen, in die der Mann eingesponnen zu sein schien, dessentwegen sie hergekommen war. Sie glaubte, den inneren Schmerz fühlen zu können, den er bei seinem Spiel anzapfte. Es war zu albern. Mehr als die Hälfte aller Cajun-

Songs drehte sich darum, daß irgendein Mann sein Mädchen verlor. Dieser spezielle Walzer – Valse de Grand Mèche – war ein alter Titel, ein Lied über eine unglückselige Frau, die sich im Sumpf verirrt hat, und ihr Geliebter singt davon, wie sie nach dem Tod wieder zusammensein werden. Es handelte sich hier nicht etwa um Jack Boudreaux' persönliche Lebensgeschichte, und selbst, wenn es so gewesen wäre, dann hätte ihr das egal sein können. Sie war hergekommen, um den Mann wegen seines Hundes zu sprechen.

Jack ließ die Finger langsamer über die Tasten des Akkordeons gleiten, als er die letzte Folge von Triolen spielte, um dann den Schlußakkord anzuschlagen. Leonce schmetterte genüßlich den letzten Ton, und die Füße der Tanzenden verlangsamten ihre Bewegung zu einem Schleifen. Als die Musik verhallte und das Publikum klatschte, ließ er sich auf den Klavierhocker sinken und fühlte sich ausgelaugt. Das Lied rief zu viele Erinnerungen wach. Daß sich auch nur irgendein Gefühl in ihm regte, sagte ihm eines – er brauchte dringend noch einen Drink.

Er griff nach dem Glas auf dem Klavier, ohne hinzusehen, und dann stürzte er den Rest eines doppelten unverdünnten Whiskeys runter und sog hörbar die Luft ein, als das flüssige Feuer auf seinen Magen übergriff. Es versengte ihn wie eine einzige Glutwoge und ließ im Kielwasser eine angenehme Taubheit zurück.

Langsam lösten sich seine Lider voneinander, und seine Augen stellten wieder auf seine Umgebung scharf. Sein Blick fiel auf ein riesiges Paar mitternachtsblauer Augen, die durch die Gläser einer Hornbrille in einem männlichen Format zu ihm aufblickten. Das Gesicht eines Engels verbarg sich hinter dieser lächerlichen Brille – herzförmig, zart geschnitten und mit einer schmalen Stupsnase und einem Mund, der darum bat, geküßt zu werden. Jack spürte, wie seine Stimmung sich in ihrem Sturzflug wieder fing und zu einem neuerlichen Aufschwung ansetzte, als sie seinen Namen aussprach.

Sie war nicht der übliche Typ Frau, der sich zur Bühne vordrängte und versuchte, seine Aufmerksamkeit zu kapern. Dazu wurde der Spalt zwischen ihren Brüsten von keinem Dekolleté freigelegt. Es war schwer zu sagen, ob sie in der Hinsicht überhaupt etwas zu bieten hatte. Das Sommerkleid aus blauer Baumwolle, das sie trug, hing wie ein Sack an ihr herunter. Mit seiner tief angesetzten Taille und dem formlosen Schnitt hätte es zwar der neueste Schrei der Mode sein können, aber für verführerische Merkmale hätte es ganz bestimmt keinen Preis gewonnen. Phantasie gehörte jedoch zu den Dingen, an denen es Jack Boudreaux nie gemangelt hatte. Skrupel, ja; Moral, ja; Phantasie dagegen besaß er im Überfluß, und jetzt setzte er sie dafür ein, sich in seiner Vorstellung schnell ein Bild von der Frau zu machen, die unter ihm stand. Zierlich, schlank, geschmeidig wie eine kleine Katze. Er persönlich zog es vor, wenn Frauen etwas kurvenreicher waren, aber gegen Abwechslung hatte er nie etwas einzuwenden.

Er beugte sich zu ihr vor, als er das Akkordeon auf den Boden stellte und zuließ, daß sich auf seinem Gesicht das Grinsen entfaltete, mit dem er schon mehr als nur einigen wenigen Damen den Boden unter den Füßen weggezogen hatte. »He, Süße, wo hast du bloß mein ganzes Leben lang gesteckt?«

Laurel fühlte sich, als hätte er ihr einen Hieb in die Magengrube verpaßt – oder, um es genauer zu sagen, sie fühlte sich, als sei sie *berührt* worden. Vom ersten Augenblick an. Gutaussehende geckenhafte Männer beeindruckten sie im allgemeinen gar nicht; auf ein paar Grübchen fiel sie wohl kaum rein. Sein Ruf bei den Damen bedeutete ihr nichts; sie hatte keinerlei Interesse an Männern, die Kerben in ihre Bettpfosten ritzten, um über ihre Eroberungen auf dem laufenden zu bleiben. Aber so etwas wie Jack Boudreaux' Lächeln war ihr in ihrem ganzen Leben noch nicht begegnet. Sie fühlte sich, als hätte er tausend Watt reine Elektrizität auf sie gerichtet.

Mit der magnetischen Anziehungskraft seiner dunklen Augen, Augen, die die Farbe von *Café noir* hatten und in denen ein diabolisches Licht funkelte, erwischte er sie und verpaßte ihr den ersten Schlag, und dann machte er sie mit diesem Grinsen fertig. Sein Mund war breit und sehr beweglich, die Oberlippe der perfekte Bogen eines Bogenschützen. Beide Mundwinkel waren zurückversetzt und sorgten dafür, daß sich zwei Grübchen in hageren, braungebrannten Wangen bildeten und ein Gesicht vollständig verwandelten, das noch vor einem Moment finster und streng gewirkt hatte.

Jetzt sah er verrucht aus. Jetzt sah er wie ein Wüstling aus. Jetzt erweckte er den Eindruck, als könnte er direkt durch ihre Kleider schauen, und sie verspürte den unbändigen Drang, die Arme vor der Brust zu verschränken, nur für alle Fälle.

Da sie sich über sich selbst ärgerte, klappte sie den Mund zu und räusperte sich. Ihre erste Reaktion auf einen Mann war *niemals* sexueller Natur. Sie hatte einen Grund für ihr Kommen gehabt, und das einzige, was hier mit animalischem Magnetismus zu tun hatte, war, daß ein Hund im Spiel war.

»Ich bin ausgezogen, um zu lernen, Schwerenötern aus dem Weg zu gehen, die einen mit platten Sprüchen anmachen wollen«, sagte sie und verschränkte trotz all ihrer Entschlossenheit, sie an ihren Seiten herunterhängen zu lassen, die Arme vor der Brust.

Jacks Lächeln geriet keinen Moment lang ins Wanken. Er mochte es, wenn Mädchen freche Antworten gaben. »Was ist, bist du etwa eine Nonne oder so was, Engel?«

»Nein, ich bin Staatsanwältin. Ich muß mit Ihnen über Ihren Hund reden.«

In der Menschenmenge erhob sich eine Stimme, um gegen das Ausbleiben der Musik zu protestieren. »He, Jack, kannst du nicht kurz aufhören, Liebe zu machen, und was singen?«

Jack hob den Kopf und lachte, ehe er sich zu dem Mikrofon vorbeugte, das am Klavier befestigt war. »Das ist keine Liebe, Dede, das ist eine Anwältin!« Als die erste Woge von Gelächter abebbte, sagte er: »Ihr wißt doch alle, was Anwältinnen zur Geburtenkontrolle einsetzen, oder nicht?« Er wartete einen Takt, und dann senkte er die Stimme zu einem heiseren Flüstern, als er die Pointe vortrug. »Ihre Persönlichkeit.«

Laurel spürte, wie Zornesröte ihren Hals überzog und sich in ihre Wangen schlich, als die Menschenmenge grölte und lachte. »Ich würde keine Witze reißen, wenn ich Sie wäre, Mr. Boudreaux«, sagte sie und bemühte sich, eine Tonlage zu bewahren, in der nur er sie hören konnte. »Ihr Hund hat es geschafft, heute im Garten meiner Tante beträchtlichen Schaden anzurichten.«

Jack bedachte sie mit einem einstudierten Unschuldsblick. »Welcher Hund?«

»*Ihr* Hund.«

Er zuckte beredt mit den Achseln. »Ich habe keinen Hund.«

»Mr. Boudreaux...«

»Nenn mich Jack, Engel«, brachte er gedehnt heraus, während er sich wieder zu ihr hinunterbeugte und einen Unterarm auf seinen Oberschenkel stützte.

Sie waren fast auf derselben Augenhöhe, und Laurel spürte, daß sie sich zu ihm vorbeugte, als zöge er sie mit seiner persönlichen Magnetkraft an. Sein Blick glitt auf ihren Mund hinunter und verweilte dort, schockierend unverblümt in seiner Neugier. Sie schluckte schwer und schaffte es kaum, dem Drang zu widerstehen, sich mit der Zunge über die Unterlippe zu fahren.

»Mr. Boudreaux«, sagte sie aufgebracht und ignorierte eklatant den irrsinnigen Rhythmus, den ihr Puls aufgegriffen hatte. »Gibt es nicht irgendeinen Ort, an dem wir etwas ungestörter darüber reden können?«

Seine Augenbrauen schossen über dunklen diabolischen Augen, die Funken sprühten, in die Höhe. »Sind wir bei mir zu Hause ungestört genug für deinen Geschmack?«

Laurel biß die Zähne zusammen. »Mr. Boudreaux...«

»Hier hast du noch einen platten Spruch, Engel«, flüsterte Jack, der sich noch etwas weiter zu ihr vorbeugte und ihren Blick mit seinem festhielt, als er einen Finger hob und ihr die gigantische Brille auf die Nase schob. »Du bist sehr hübsch, wenn du so richtig sauer bist.«

Seine Stimme war tief und rauchig, mit Cajun gewürzt und mit dem Aroma von Whiskey durchsetzt, so verführerisch wie die Sünde. Laurel hatte das Gefühl, diese Stimme besäße, ebenso wie sein Lächeln, die Macht, sie mit einer spürbaren Liebkosung zu berühren, federleicht seitlich an ihrem Hals hinabzugleiten und wie eine Fingerkuppe die gesamte Länge ihres nackten Arms zu streicheln. Sie nahm eine steife Haltung ein, um nicht dem Drang des Erschauerns zu erliegen. Dieser Mann war ein unmöglicher Typ. Es war ganz und gar unangemessen, daß sie auf ihn auf einer... einer so... so fleischlichen Ebene reagierte. Sie war eine unabhängige Frau mit Selbstachtung, die es erwartete – nein, *forderte* – in einer Form behandelt zu werden, bei der Hormone keine Rolle spielten.

Sie holte langsam und tief Atem, um die Fassung wiederzufinden, ehe sie das Kinn in die Luft reckte und es noch einmal versuchte. »Mr. Boudreaux...«

Er warf ihr einen Blick zu, als er wieder ans Mikrofon trat. »Laß dich aufheitern, Engel. *Laissez le bon temps rouler.*«

Das Mikrofon schnappte seinen letzten Satz auf, und die Menschenmenge jubelte. Jack stieß ein rauchiges Lachen aus. »Haben wir schon unseren Spaß?«

Ein Chor von Jubel und Pfiffen stieg zu den Deckenbalken auf. Er richtete einen langen, glühenden Blick auf die zierliche Tigerin, die ihn vom Bühnenrand aus zornig anfunkelte, und murmelte: »Dieses Lied ist für dich, Engel.«

Seine Finger spreizten sich über den Tasten des zerschrammten alten Klaviers, und er schlug die ersten Töne von »Great Balls of Fire« an. Das Publikum geriet außer sich. Ehe die erste Textzeile über seine Lippen gekommen war, hatten sich fünfzig Leute auf der Tanzfläche eingefunden. Sie wirbelten und sprangen um Laurel herum wie eine Szene aus *American Bandstand*, und sie tanzten den Jitterbug, als sei er nie aus der Mode gekommen. Ihre Aufmerksamkeit galt jedoch ganz allein dem Sänger. Und das weniger aus freiem Willen heraus, sondern eher gezwungenermaßen. Sie wurde von dem Strahl dieses intensiven dunklen Blickes angezogen, von ihm gefangen gehalten, hypnotisiert. Er beugte sich über die Tasten, über die seine Hände glitten, und sein Mund küßte nahezu das Mikrofon, als seine rauchige Stimme ertönte, doch während all der Zeit sah er ihr unablässig fest in die Augen. Diese Erfahrung war seltsam verführerisch, seltsam intim. Und absolut zermürbend.

Sie starrte ihm mitten ins Gesicht, da sie sich weigerte, sich verführen oder einschüchtern zu lassen. Zumindest weigerte sie sich, eines von beidem einzugestehen. Er grinste, als amüsierte ihn ihr Mumm, und dann ließ er den Blickkontakt abreißen, als er zur Überleitung des Songs ansetzte und seine komplette Aufmerksamkeit dem Klavier und dem rasenden Tempo der Musik widmete.

Er hämmerte die Töne herunter, und seine Finger flogen gewandt über die Tasten. Die gesamte Intensität, die sich in seinem Blick auf sie gerichtet hatte, floß jetzt in sein Spiel ein. Die schwarze Mähne hüpfte über seiner Stirn auf und ab und hatte in dieser Beleuchtung einen nahezu bläulichen Glanz. Schweiß schimmerte auf seiner Haut und strömte seitlich an seinem Gesicht herunter. Das ausgeblichene, blaugemusterte Baumwollhemd klebte an ihm und wies feuchte dunkle Flecken auf. Die Ärmel waren hochgerollt und legten kräftige Unterarme frei, die mit einem Flaum von schwarzem Haar versehen waren, und seine Muskeln strafften und spannten sich, als er den Boogie-Woogie-Rhythmus mit Geschicklichkeit und einer unbändigen physischen Energie runterhackte, die Jerry Lee Lewis persönlich Konkurrenz gemacht hätte.

Auf diese Art Musik zu machen, schien physisch und emotional Schwerarbeit zu sein. Die Töne entrissen sich ihm, elementar, rauh und sexy, beinah beängstigend in ihrer Intensität, als läge er im Kampf mit dem Exorzismus. Er zerrte seinen Daumen auf den Tasten hoch und runter, legte mit leichter Hand zum letzten langen rasenden Glissando los und fiel keuchend und ermattet vornüber, als die Menge pfiff und johlte und nach mehr schrie.

»*Whoa…*« Jack schluckte Luft und rang sich ein Grinsen ab. »*Bon Dieu.* Jetzt machen wir Pause, Leute. Es ist Zeit für ein Bier. Ihr werdet euch jetzt alle brav hinsetzen, während ich mich erst mal wieder erhole.«

Als eine Jukebox losplärrte, zerstreute sich der Rest der Band augenblicklich und verließ die Bühne zugunsten eines Tischs, der sich unter der Last von mehr als einem Dutzend Bierflaschen mit langen Hälsen und einer ganzen Kollektion von Gläsern wacker hielt.

Leonce klatschte Jack im Vorübergehen auf die Schulter. »Du wirst alt, Jack«, zog er ihn auf. »*Sa c'est honteu, mon ami.*«

Jack sog noch einmal heiße verräucherte Luft in seine Lunge ein und gab seinem Freund einen Klaps. »Fick dich selber, *'tit boule.*«

»Das habe ich nicht nötig.« Leonce grinste und krümmte einen Daumen in Richtung Tanzfläche. »Auf dich wartet schon eine.«

Jack hob den Kopf und warf einen Seitenblick auf den Bühnenrand. Sie stand immer noch da, seine kleine Anwaltsplage, und sah ihn gespannt, aber keineswegs von ihm beeindruckt an. Sie würde ihm Ärger machen – das war ihr deutlich anzusehen. Und noch nicht einmal Ärger von der Sorte, in die er gewöhnlich mit einem Kopfsprung eintauchte. Eine Anwältin. *Bon Dieu,* und er hatte schon geglaubt, mit denen hätte er endlich nichts mehr zu schaffen.

»Möchtest du einen Drink, Süße?« fragte er sie, als er von der Bühne hopste und so dicht vor ihr landete, daß er sich hinunterbeugen und sie hätte küssen können.

»Nein«, sagte Laurel, die automatisch einen halben Schritt zurückwich und sich dafür ausschalt. Dieser Mann war einer von der Sorte, die eine Schwäche wittert und sie ausnutzt. Das konnte sie spüren, es daran sehen, wie seine dunklen Augen trotz des Umstands, daß er getrunken hatte, alles wahrzunehmen schien. Sie atmete die abgestandene heiße Luft tief ein und bog die Schultern zurück. »Was ich will, das ist ein ungestörtes Gespräch über den Schaden, den Ihr Hund angerichtet hat.«

Sein Mund verzog sich. »Ich habe keinen Hund.«

Er drehte sich um, ließ sie stehen und entfernte sich mit Schritten einer Gangart, die von Natur aus arrogant war. Laurel schaute hinter ihm her. Sie war verblüfft über seine mangelnden Manieren, erbost darüber, daß er sie einfach so abtat, und etwas zutiefst und urtypisch Weibliches in ihr bewunderte die Paßform seiner ausgeblichenen Jeans auf seinem Hintern. Ein süßer Po. Sie schüttelte den Gedanken ab, war über sich selbst entrüstet und lief ihm nach.

Er sah sich nicht nach ihr um, sondern setzte unbeschwert seinen Weg fort, schlängelte sich anmutig durch die Menschenmassen und raubte im Vorübergehen eine Flasche Bier von Annies Serviertablett. Die Kellnerin stieß einen empörten Schrei aus, sah, daß es Jack war, und schmolz, als er sie in den Genuß seines verruchten Grinsens kommen ließ. Laurel schüttelte mit einer Mischung aus Erstaunen und Ungläubigkeit den Kopf und fragte sich, wie oft er wohl als Junge ungeschoren davongekommen war, wenn er die Plätzchendose geplündert hatte. Wahrscheinlich so oft, daß seine arme Mutter nicht mehr mitzählen konnte. Er trat durch eine Seitentür, und sie folgte ihm ins Freie.

Die Nacht hatte sich jetzt ganz herabgesenkt, und die Quecksilberdampflampen, die über dem Parkplatz aufragten, waren ausgeschaltet worden und hüllten das Bayou, das hinter ihnen lag, in Schwarztöne. Der Lärm der Bar ließ nach und konkurrierte hier draußen mit einem Chor von quakenden Fröschen und dem Surren des Verkehrs, der auf der Straße vorüberrollte. Die Luft war frisch und duftete nach Frühlingsblüten – Jasmin, Glyzinien und Geißblatt – und dazu kam noch der üppige, fast ein wenig widerliche Geruch des Bayou. Irgendwo weiter unten am Wegesrand, wo schäbige kleine Häuser mit kümmerlichen Rasenflächen das Ufer säumten, rief eine Frau Paulito zu sich ins Haus. Eine Tür mit Fliegengitter knallte zu. Ein Hund bellte.

Der Köter sprang Laurel entgegen, kam zwischen zwei geparkten Pick-ups herausgeschossen, heulte sie an und erschreckte sie so sehr, daß sie schlitternd auf den Muschelsplittern des Parkplatzes zum Stehen kam. Sie schlug sich eine Hand aufs Herz und unterdrückte mühsam einen Fluch, als der große Hund schwanzwedelnd davonsprang.

»Dieser Hund stellt eine absolute Gefährdung dar«, klagte sie.

»Du brauchst mich dabei gar nicht so anzusehen, Süße.«

Er lehnte an dem Kotflügel eines arg mitgenommenen Jeeps, hatte die Ellbogen auf die Motorhaube gestützt und hielt eine Flasche Dixie, die zwischen seinen Finger baumelte, in der linken Hand. Laurel konnte es nicht lassen, ihn anzustarren. Schließlich war er der Grund dafür, daß sie überhaupt hergekommen war, begründete sie es rational – ganz ungeachtet seines Aussehens und seiner magnetischen Anziehungskraft.

Sie baute sich vor ihm auf, verschränkte die Arme und bewahrte ihr Schweigen, als könnte sie ihn damit zu einem Geständnis nötigen. Er starrte sie einfach nur an, und seine Augen funkelten in dem gespenstischen Licht, das von oben auf ihn herabfiel. In dieser Beleuchtung traten seine Züge so deutlich wie ein erhabenes Relief hervor – eine hohe, breite Stirn, sardonisch geschwungene Augenbrauen und eine Hakennase, die so aussah, als könnte er sie sich in seinen rund dreißig Jahren ein- oder zweimal gebrochen haben.

Sein Mund hatte jetzt über einem kräftigen, hartnäckig wirkenden Kinn, auf dem diagonal eine Narbe von zwei bis drei Zentimetern Länge verlief, wieder einen strengeren Ausdruck angenommen. Er wirkte plötzlich brutal und gefährlich, und diese Verwandlung, die sich an dem umgänglichen, lachenden Draufgänger mit dem verruchten Grinsen vollzogen hatte, dem sie in der Bar begegnet war, ließ Laurel einen Schauer über den Rücken laufen. Jetzt erweckte er den Eindruck eines gerissenen draufgängerischen Rohlings, und sie fragte sich unwillkürlich, ob es die richtige Entscheidung gewesen war, ihm ins Freie zu folgen. Dann lächelte er. In der Dunkelheit leuchteten seine Zähne hell auf, Grübchen schnitten sich in seine

Wangen, und die Welt nahm unter ihren Füßen wieder einmal eine Schräglage ein.

»Meine Informationen, daß dieser Hund Ihnen gehört, stammen aus einer glaubwürdigen Quelle, Mr. Boudreaux.« Sie stürzte sich in die Ausseinandersetzung, da sie darauf versessen war, wieder auf dem vertrauten Boden eines guten Kampfes zu stehen. Sie konnte es nicht leiden, wenn man sie aus dem Gleichgewicht brachte, und Jack Boudreaux schien ein Meister auf dem Gebiet zu sein, sie zu Fall zu bringen.

Er drohte ihr scherzhaft mit dem Finger, und um seine Mundwinkel spielte immer noch ein neckisches Grinsen, als er den Kopf auf eine Seite neigte. »Jack. Nenn mich Jack.«

»Mr. ...«

»Jack.« Er sah ihr fest in die Augen. Er wirkte träge und apathisch, als er an dem Jeep lehnte, doch in das heisere, rauchige Gewebe seiner Stimme war jetzt ein Faden Beharrlichkeit eingewoben.

Laurel scharrte mit ihren Espadrilles auf den Muschelsplittern. So etwas Albernes, dachte sie, daß eine so simple Aufforderung ihr derart... intim erscheinen sollte. Er forderte sie zu nichts weiter auf als dazu, ihn bei seinem Namen zu nennen. Davor scheute sie jedoch zurück. Er wollte sie ablenken, aber dazu kam noch, daß er versuchte, etwas zu tun, was sie absolut nicht wollte – das Gespräch auf eine vertrauliche Ebene zu bringen.

Er verlagerte sein Gewicht nach vorn, drang plötzlich in ihren persönlichen Freiraum ein, und es kostete sie große Mühe, nicht mit einem Satz zurückzuweichen, als ihr Spannungsmesser in den roten Bereich stieg. Sie schluckte ihre instinktive Furcht und reckte das Kinn in die Luft, um ihm ins Auge zu sehen.

»Ich kenn noch nicht einmal deinen Namen, *'tite ange*«, murmelte er.

»Laurel Chandler«, hauchte sie atemlos und haßte sich dafür. Ihre Nerven zuckten zur Warnung, als die Kontrolle über die Situation ihr noch ein wenig mehr zu entgleiten schien.

»Laurel«, sagte er leise und probierte den Klang aus, ließ ihn sich auf der Zunge zergehen. »Ein hübscher Name. Für eine hübsche Dame.« Er grinste, als etwas Ähnliches wie Sorge in ihren großen Augen aufblitzte. »Hast du etwa geglaubt, das würde mir entgehen?«

Sie schluckte schwer und verlagerte ihr gesamtes Gewicht auf ihre Fersen. »Ich… ich weiß nicht, wovon Sie reden.«

»Du Lügnerin«, beschuldigte er sie nachsichtig.

Mit der freien Hand setzte er ihr die Brille ab, zog sie zentimeterweise auf ihrer Nase nach unten. Als er sie in den Fingern hielt, drehte er sie um und knabberte geistesabwesend auf dem Ende des Bügels herum, während er sie in dem bleichen weißen Licht betrachtete.

Es wäre keine Übertreibung gewesen, sie als eine Schönheit zu bezeichnen. Ihr Körperbau war reizvoll, delikat und feminin, ebenso ihr Gesicht, und ihre Haut war so makellos rein wie frische Schlagsahne. Aber sie war ungeschminkt, trug keinen Schmuck, nichts, was den Blick auf sich zog oder ihre Schönheit unterstrich. Ihr dichtes dunkles Haar war direkt über den Schultern abgeschnitten und wirkte ganz so, als vergeudete sie keinen Gedanken darauf, sondern striche es sich achtlos hinter die Ohren und aus der Stirn zurück.

Laurel Chandler. Der Name trieb durch den zarten Alkoholschleier, der sein Gehirn benebelte, und ließ einen Funken des Erinnerns aufleuchten. Chandler. Anwältin. Die Glühbirne ging auf Schalterdruck an. Debütantin aus der näheren Umgebung. Tochter aus gutem Hause. War irgendwo oben in Georgia bei der Staatsanwaltschaft gewesen, bis ihre Karriere mit einem lauten Knall in die Luft gegangen war. Im Bayou Breaux hatte es von Gerüchten nur so gewimmelt. Sie hatte einen Fall verpatzt. Es war zu einem Skandal gekommen. Jack hatte mit einem Ohr zugehört, automatisch belauscht, was geredete wurde, wie es jeder andere Schriftsteller auch tat, immer auf einen Dialogfetzen oder einen saftigen Leckerbissen aus, der sich in eine Handlung einarbeiten ließ.

»Wozu trägst du dieses Ding?« fragte er und hob ihre Brille hoch.

»Damit ich etwas sehen kann«, fauchte Laurel und riß ihm die Brille aus der Hand. In Wirklichkeit brauchte sie sie nur zum Lesen, aber das ging ihn schließlich nichts an.

»Damit du etwas sehen kannst? Oder damit alle anderen dich nicht sehen können?«

Sie stieß ein unwilliges Lachen aus und veränderte ihre Haltung so weit, daß sie zwei Zentimeter Abstand gewann. »Diese Unterhaltung führt zu nichts«, gab sie bekannt.

Mit seiner anscheinend beiläufigen Bemerkung war er der Wahrheit viel zu nah gekommen. Er schien angetrunken und vollständig mit sich selbst beschäftigt zu sein, doch Laurel beschlich plötzlich das unbehagliche Gefühl, an Jack Boudreaux könnte mehr dran sein, als man auf den ersten Blick sah. Intelligenz und Gerissenheit, die sich hinter einer trägen Fassade verbergen. Ein scharfer Verstand hinter dem Grinsen des Satyrs.

»Oh, ja, dieser Meinung schließe ich mich uneingeschränkt an. Uneingeschränkt«, brachte er gedehnt hervor und scharrte mit den Füßen, um zentimeterweise wieder in ihren persönlichen Freiraum vorzudringen. Seine Stimme senkte sich zu einer heiseren, verführerischen Tonlage, als er sich so tief zu ihr hinunterbeugte, daß sein Atem ihre Wange streichelte. »Dann laß uns doch zu mir gehen und etwas... Befriedigenderes tun.«

»Was ist mit der Band?« fragte Laurel unsinnigerweise und zitterte ein wenig, als die Glut seines Körpers über ihre Haut glitt. Sie wich nicht zurück, und der Atem stockte in ihrer Kehle, als er eine Hand hob, um ihr eine Haarsträhne hinter das Ohr zu streichen. Die Fingerspitzen seiner langen Musikerhände glitten zart über ihren Hals und sandten einen Funkenregen durch sie, der an Stellen glühte und kreiste, an denen sie seit Monaten nicht mehr berührt worden war.

Er stieß ein kehliges Lachen aus. »Ich habe es nicht allzusehr damit, mit anderen zu teilen.«

»So habe ich es nicht gemeint.«

Jack senkte den Kopf noch tiefer und hauchte versuchsweise auf die Stelle, die er gerade berührt hatte, und als sie daraufhin erschauerte, lächelte er. Wenn sie schon auf eine solche Kleinigkeit derart stark reagierte, was würde sie dann erst tun, wenn er sie küßte? Ihre Brüste berührte? Sich auf sie legte und behutsam in die seidige Glut ihres Körpers hineinglitt? Er spürte, wie sein Geschlecht bei dieser Vorstellung warm und schwer wurde, und das Verlangen sprudelte wie Glühwein in seinen Lenden. Würde sie im Bett eine kleine Tigerin sein, oder würde sie sich schnurrend an ihn schmiegen?

»Die anderen kommen bestens ohne mich zurecht.«

»Ich hoffe, dasselbe kann man auch von Ihnen sagen«, entgegnete Laurel trocken. Sie verschränkte die Arme wieder, hüllte sich in ihre

Fassung wie in einen königlichen Umhang und bemühte sich, die verwirrenden physischen Wahrnehmungen abzublocken, die er in ihr ausgelöst hatte. »Ich werde nirgends mit Ihnen hingehen, und die einzige Genugtuung, auf die ich aus bin, ist eine Wiedergutmachung des Schadens, den Ihr Hund angerichtet hat.«

Er ließ sich wieder in einer lässigen Pose an den Jeep sinken, trank einen großen Schluck von seinem Bier und ließ sie dabei keinen Moment lang aus den Augen. Dann wischte er sich mit dem Handrücken den Mund ab. »Ich habe keinen Hund.«

Als hätte er ihm damit seinen Einsatz gegeben, sprang der Hund auf den Fahrersitz des offenen Jeeps und sah die beiden an. Seine Ohren war interessiert aufgestellt, als er zuhörte, wie sie über die Sträflichkeit seiner Verbrechen stritten.

»Eine ganze Reihe von Leuten hat dieses Tier als Ihren Hund identifiziert«, sagte Laurel und wies mit einer ausholenden Armbewegung auf den Missetäter.

»Das macht den Hund noch lange nicht zu meinem, Süße.«

»Nicht weniger als vier Personen haben Sie als den Besitzer genannt.«

Er zog eine Augenbraue hoch. »Habe ich etwa einen Erlaubnisschein zum Halten dieses Hundes? Können Sie Unterlagen darüber vorlegen, daß ich Hundesteuer zahle?«

»Natürlich nicht…«

»Wenn das so ist, dann haben Sie nichts weiter in der Hand als nicht erhärtete Gerüchte, Miz Chandler. Reines Hörensagen. Wir wissen beide, daß diese Form von Beweismaterial einer gerichtlichen Prüfung so wenig standhält wie der Pimmel eines Toten.«

Laurel sog tief Luft durch die Nasenlöcher ein und bemühte sich vergeblich, sich der Woge von Frustration entgegenzustemmen, die in ihr wuchs. Sie hätte es schaffen müssen, diesen Mann in die Knie zu zwingen, bis er in Tante Carolines Haus gekrochen kam, um sich zu entschuldigen. Er war nichts weiter als ein angesäuselter Klavierspieler in Frenchie's Landing, und sie brachte es nicht fertig, ihn übers Ohr zu hauen! Die Wut, die Jack gegolten hatte, begann jetzt, sich gegen sie selbst zu richten.

»Was hat der alte Huey überhaupt angestellt, wenn du dich derart über ihn aufregst?«

»Huey?« Mit der Grausamkeit, mit der eine ausgehungerte Katze über eine Maus herfällt, stürzte sie sich in diese Bresche. »Sie haben ihn bei seinem Namen genannt!« warf sie ihm vor und wies mit einem anklagenden Blick auf Jack, während sie aggressiv einen Schritt nach vorn tat. »Sie haben ihm seinen Namen gegeben!«

Er schaute sie finster an. »Das ist nur eine Kurzform für: Hey, You.«

»Dennoch bleibt die Tatsache bestehen…«

»Du kannst mich mal«, gab Jack zurück. »Ich kann dich auch bei deinem Namen nennen, *'tite chatte*. Davon gehörst du noch lange nicht mir.« Er grinste jetzt wieder, beugte sich vor, nahm ihr Kinn in die rechte Hand und strich unverschämt mit dem Handballen über den üppigen Schwung ihrer Unterlippe. »Stimmt's, Laurel?« murmelte er anzüglich, ehe er den Kopf senkte und mit seinem Mund ihre Lippen ansteuerte.

Laurel wich abrupt vor ihm zurück und schlug ihm auf die Hand. Ihre Selbstbeherrschung, an der sie dieser Tage bestenfalls mit schlüpfrigen und unsicheren Fingern festhielt, entglitt ihr noch ein wenig mehr. Sie kam sich vor, als hinge sie nur noch mit den ausgezackten Überresten ihrer abgekauten Fingernägel daran und würde sie jeden Moment ganz aus dem Griff verlieren. Sie war gekommen, um für Gerechtigkeit zu sorgen, doch die bekam sie nicht. Jack Boudreaux stieß sie mühelos nach allen Richtungen. Spielte mit ihr, verspottete sie, machte ihr schockierende Anträge. Mein Gott, sie war ja so untauglich, ein solcher Versager…

»*Sie haben Ihre Pflicht nicht erfüllt, Ms. Chandler… Sie haben den Fall verpatzt. Die Anklage wird fallengelassen…*«

»Komm schon, Süße, leg dein Beweismaterial vor«, sagte Jack herausfordernd. Er trank noch einen Schluck von einem Bier. *Dieu*, dieser kleiner Sparringskampf bereitete ihm tatsächlich Freude. Er war eingerostet, aus der Übung gekommen. Wie lange war es her, seit er das letzte Mal für einen Fall eingetreten war? Zwei Jahre? Drei? Die Zeit, seit er nichts mehr mit dem Gesellschaftsrecht zu tun hatte, verschwamm zu einem Klecks von Monaten, die ineinanderliefen. Es erschien ihm wie ein ganzes Leben. Er hätte geglaubt, den Geschmack daran verloren zu haben, doch er konnte noch auf sein früheres Geschick zurückgreifen.

Ein Hai verliert seine Instinkte nicht, rief er sich ins Gedächtnis zurück, und Bitterkeit schlich sich ein und vergällte ihm die Freude an dem Kampf. »Es... es ist allgemein bekannt, daß es Ihr Hund ist, Mr. Boudreaux«, stammelte Laurel und mühte sich damit ab, um den Kloß in ihrer Kehle herumzusprechen, der immer dicker wurde. Sie hielt keinen Blickkontakt mit ihm aufrecht, sondern versuchte statt dessen, den Hund im Auge zu behalten, der den Kopf zur Seite legte und sie mit seinen verschiedenfarbigen Augen spöttisch ansah. »S-Sie sollten Manns genug sein, um die V-Verantwortung dafür zu übernehmen.«

»Ach, ich«, sagte Jack und lachte zynisch in sich hinein. »Ich übernehme keine Verantwortung, Engel. Da kannst du fragen, wen du willst.«

Laurel hörte ihn kaum, denn ihre Aufmerksamkeit war fast vollständig nach innen gerichtet, und alles andere nahm eine vage Gestalt an und zog sich an die Peripherie zurück. Ein Schauer der Anspannung durchzuckte sie, heftiger als sein Vorläufer. Sie versuchte, sich dagegen zu wappnen, doch es mißlang ihr.

Sie war gescheitert. »*Sie haben Ihre Pflicht nicht erfüllt, Ms. Chandler... Die Anklage wird fallengelassen...*«

Sie hatte kein Beweismaterial für ihren Fall vorlegen können. Konnte in einem so simplen und blödsinnigen Fall, in dem es nur um den Vandalismus eines Hundes ging, niemandem etwas anhängen. Sie hatte versagt. Schon wieder. *Unbrauchbar, schwach...* Sie zischte sich selbst diese Worte zu, als eine Woge von Hilflosigkeit sie durchströmte.

Ihre Lunge schien plötzlich unfähig zu sein, Luft aufzunehmen. Sie versuchte, einen Mundvoll Sauerstoff zu schlucken, und dann gleich noch einmal, als ihre Knie weich zu werden begannen. Die Krallen der Panik gruben sich in ihre Kehle. Sie preßte sich eine Hand auf den Mund und bemühte sich, durch schnelles Blinzeln die Tränen zurückzudrängen, die sich in ihren Augen sammelten, dort strudelten und sie den Hund nur noch verschwommen erkennen ließen.

Jack wollte gerade etwas sagen, hielt sich aber zurück und erstarrte, während er die Bierflasche an die Lippen führte. Er starrte Laurel an, als hätte sich an ihr vor seinen Augen eine Verwandlung vollzogen. Das war auch tatsächlich der Fall. Die Tigerin mit den leuchtenden Augen, die einem Ruf folgte, war so abrupt verschwunden, als hätte sie niemals existiert, und zurückgeblieben war statt dessen eine Frau, die kurz vor den Tränen stand, am Rand eines entsetzlichen inneren Abgrunds.

»He, Süße«, sagte er zärtlich und stieß sich von seinem Jeep ab. »He, weine nicht«, murmelte er, trat voller Unbehagen von einem Fuß auf den anderen und sah sich nervös auf dem Parkplatz um.

Er hatte Gerüchte gehört, sie sei in einer schicken Klinik in North Carolina gewesen. Das Wort »Zusammenbruch« war in aller Munde gewesen. Himmel, das konnte er nicht gebrauchen, und damit wollte er nichts zu tun haben. Er hatte bereits einmal in seinem Leben bewiesen, daß er damit nicht umgehen konnte, daß er der letzte Mensch auf Erden war, auf den man sich hätte verlassen dürfen. *Ich übernehme keine Verantwortung...* Diese Wahrheit hing an ihm wie ein Kettenhemd. Er beugte sich zu Frenchie's vor und wollte wie der Blitz loslaufen, doch seine Füße rührten sich nicht vom Fleck, wurden von seinem Schuldbewußtsein festgehalten, schlugen Wurzeln.

Die Seitentür knallte zu, und Leonces Stimme drang in einem französischen Staccato über die weite dunkle Fläche des Parkplatzes. »Hey, Jack, *viens ici! Dépêche-toi! Allons jouer la musique, pas les femmes!*«

Jack warf einen wehmütigen Blick zu seinem Freund oben auf der Galerie und sah dann wieder Laurel Chandler an. »Ich komme gleich!« rief er, und dabei verweilte sein Blick auf der Frau, und der Aufruhr wand sich in seinem Bauch wie eine Schlange. Er schrieb sich nicht gerade allzuviel Gewissen zu, aber das, was er davon noch besaß, veranlaßte ihn, einen Schritt auf Laurel zuzugehen. »Sieh mal, Süße...«

Laurel wand sich und wich vor der Hand zurück, die er nach ihr ausstreckte. Es demütigte sie, daß dieser Mann, den sie kaum kannte und noch weniger respektierte, das hier mit ansah – diese Schwäche. O Gott, sie wollte wenigstens einen kleinen Rest an Stolz behalten, an den sie sich klammern konnte, doch selbst dieses Minimum wurde ihr jetzt entrissen.

»Ich hätte niemals herkommen dürfen«, murmelte sie und war sich selbst nicht ganz sicher, ob sie damit Frenchie's im speziellen oder das Bayou Breaux im allgemeinen meinte. Taumelnd wich sie noch einen Schritt zurück, als Jack Boudreaux, auf dessen Gesicht sich tiefe Sorge abzeichnete, wieder die Hand nach ihrem Arm ausstreckte. Dann drehte sie sich abrupt um, rannte von dem Parkplatz und lief in die Nacht hinaus.

Jack stand überrumpelt da und beobachtete voller Erstaunen, wie sie in der dichten Dunkelheit unter einem Grüppchen von moosbehangenen Immergrünen Eichen am Rand des Bayou verschwand. Panik, dachte er. Genau das hatte er in ihren Augen gesehen. Panik und Verzweiflung und eine starke Aversion dagegen, daß er diese Dinge gesehen hatte. Was für sagenhafte Widersprüchlichkeiten doch in ihr waren, dachte er, als er eine Zigarette aus seiner Hemdtasche fischte und sie zwischen seinen Lippen baumeln ließ. Kraft und Feuer und Zerbrechlichkeit.

»Was hast du getan, *mon ami*?« Leonce kam auf ihn zu, setzte seinen Panamahut ab und wischte sich mit dem Unterarm den Schweiß von der Halbglatze. »Hast du sie mit deinem riesigen Schwanz erschreckt?«

Jack schaute finster. Sein Blick war immer noch auf das dunkle Ufer gerichtet, und in Gedanken rätselte er immer noch an Laurel Chandler herum. »Halt's Maul, *tcheue poule.*«

»Laß dich davon nicht runterziehen«, sagte Leonce und lachte über diese Doppeldeutigkeit. Er setzte seinen Hut wieder auf, und seine Finger glitten tiefer, um geistesabwesend die Narbe zu reiben, die seine Wange verunstaltete. »An Frauen ist leicht ranzukommen.«

Und man hat seine liebe Last, sie wieder loszuwerden – so lautete ihr gewohnter Spruch. Nicht so Laurel Chandler. Sie hatte Reißaus genommen. Während sein Verstand das Rätsel noch umdrehte und von allen Seiten betrachtete, um ihm eine Lösung zu entlocken, schüttelte Jack es schon mit einem Achselzucken ab. Seine Instinkte sagten ihm, daß Laurel Chandler nichts als Ärger machen würde. Er jedoch wollte im Grund genommen nichts anderes vom Leben, als seinen Spaß zu haben.

»Ja«, sagte er gedehnt und machte sich gemeinsam mit seinem Kumpel auf den Rückweg zu Frenchie's. »Laß uns wieder reingehen. Ich muß mir dringend ein kühles Bier und eine heiße Verabredung beschaffen.«

3

»Laurel, hilf uns, Laurel, bitte! Bitte! Bitte… bitte…«

Sie hatte diesen Traum schon hundertmal gehabt. Wie eine Videokassette spielte ihr Verstand ihn immer wieder ab, zermürbte sie damit, zerrte an ihrem Gewissen und riß an ihrem Herzen. Das Schlimmste von allem waren immer wieder die Stimmen. Die Stimmen von Kindern, eindringlich, rasend, bettelnd und flehend. Die Eigenschaften dieser Stimmen berührten Nerven, lösten automatische psychische Reaktionen aus. Ihr Puls pochte, und ihr Atem ging in kurzen, flachen, unbefriedigenden Stößen. Adrenalin und Frustration durchströmten sie zu gleichen Anteilen.

Dr. Pritchard hatte versucht, ihr beizubringen, diese Signale zu erkennen und sie zu entschärfen. Theoretisch hätte sie in der Lage sein sollen, dem Traum und all den entsetzlichen Gefühlen, die durch ihn ausgelöst wurden, Einhalt zu gebieten, doch sie schaffte es nie. Sie lag einfach nur da, war aufgebracht, hilflos und in heller Panik und sah zu, wie sich das Drama in ihrem Unterbewußtsein anbahnte, um sich bis zu seinem unausweichlichen Ende hinzuziehen, und sie war nicht in der Lage zu erwachen, nicht in der Lage, es aufzuhalten, nicht in der Lage, den Lauf der Ereignisse zu ändern, die es verursachten. Schwach, ohnmächtig, hilflos, unfähig.

»Die Anklage wird fallengelassen, Ms. Chandler, aus Mangel an ausreichenden Beweisen.«

Hier versuchte sie jedesmal zu schlucken und konnte es nicht. Eine typisch freudianische Geschichte, vermutete sie. Sie konnte die generelle Entscheidung des Generalstaatsanwaltes ebensowenig schlucken, wie sie das Prozeßregister hätte kauen und schlucken können. Vielleicht war es aber auch die Last des Schuldbewußtseins, die ihr die Kehle zuschnürte und sie zu ersticken drohte. Sie war daran gescheitert, das Beweismaterial für ihren Fall zusammenzutragen. Sie hatte versagt, und die Kinder würden die Folgen ihres Scheiterns tragen müssen.

»Hilf uns, Laurel! Bitte! Bitte! … bitte…«

Sie warf sich gegen das Bett, gegen die imaginären Ketten der eigenen Inkompetenz. Sie konnte die drei Kinder hinter dem Generalstaatsanwalt sehen, die Kinder, die die Schlüsselfiguren des ganzen Prozesses waren, ihre Gesichter bleiche Ovale, die von dunklen Augen dominiert wurden, in denen Leid und erlöschende Hoffnung standen. Sie hatten sich auf sie verlassen, sich ihr anvertraut. Sie hatte ihnen Hilfe versprochen, ihnen Gerechtigkeit garantiert.

»*...Mangel an ausreichenden Beweisen, Ms. Chandler...*«

Quentin Parker war vor ihrem geistigen Auge größer als in Wirklichkeit, wurde finster und bedrohlich und vollzog eine Metamorphose zu einem gräßlichen Ungeheuer, während die Gesichter der Kinder sich weiter und immer weiter entfernten. Bleicher und immer bleicher wurden sie, während sie davontrieben, und ihre Augen weiteten sich immer mehr vor Furcht.

»*Hilf uns, Laurel! Bitte... bitte... bitte...*«

»*...werden ihren Eltern wieder übergeben...*«

»Nein«, wimmerte sie und warf und wälzte sich herum und trat gegen die Zudecke.

»Hilf uns, Laurel!«

»*...der Obhut wieder unterstellt...*«

»Nein!« Sie hieb immer wieder mit der Faust auf die Matratze ein, schlug im Takt ihrer Abwehr darauf ein. »Nein! Nein!«

»*...eine offizielle Entschuldigung wird abgefaßt werden...*«

»NEIN!«

Laurel richtete sich schlagartig auf, als die Tür zu ihrem Unterbewußtsein zuschlug. Die Luft verließ ihre Lunge als ein abgehacktes, heißes, bebendes Keuchen. Kalter Schweiß durchtränkte ihr Nachthemd. Sie öffnete die Augen und zwang sich, ihre Umgebung wahrzunehmen, beschäftigte ihr Gehirn mit einer Bestandsaufnahme aller Dinge, die sie sah – das Fußende des Himmelbetts, den gewaltigen Schrank im französischen Kolonialstil, die Walnußholzkommode mit der Marmorplatte, auf der ein Porzellankrug und eine Schüssel mit einem Arrangement von Frühlingsblumen standen. Normale Dinge, vertraute Gegenstände, die von dem bleichen Mond angestrahlt wurden, der durch die Glastüren hereinschien und einen Dinge in einem Moment sehen ließ und im nächsten dann doch wieder nicht. Sie war nicht mehr in Georgia. Das hier war nicht Scott Country. Das hier war Belle Rivière, Tante Carolines Haus im Bayou Breaux. Der Ort, an den sie geflohen war.

Feigling.

Sie biß die Zähne gegen das Wort zusammen, rieb sich mit den Händen fest das Gesicht und fuhr sich dann mit den Fingern durch das zerzauste, wirre, naßgeschwitzte Haar.

»Laurel?«

In dem zaghaften Ruf drückte sich überschwengliche Sorge aus. Die Schlafzimmertür öffnete sich, und Savannah streckte den Kopf herein. Ganz so wie in alten Zeiten, dachte Laurel, als sie noch kleine Mädchen waren und Savannah die Mutterrolle eingenommen hatte, die zu spielen Vivian Chandler ein Greuel gewesen war, es sei denn, sie hatte Publikum. Jetzt waren sie dreißig und zweiunddreißig Jahre alt, sie und Savannah, aber sie waren so mühelos in dieses Rollenspiel zurückgefallen, wie man in bequeme alte Schuhe schlüpft.

Das erschien seltsam, wenn man bedachte, daß Laurel diejenige war, die als Erwachsene ihr Leben selbst in die Hand genommen hatte, diejenige, die ihren Weg eingeschlagen, Karriere gemacht und sich einen Namen erworben hatte. Savannah war hinter ihr zurückgeblieben und hatte sich nie wirklich von der Vergangenheit oder von diesem Ort gelöst, es nie geschafft, sich über die Ereignisse emporzuschwingen, die die beiden geformt hatten.

»He, Baby«, murmelte Savannah, als sie durch das Zimmer kam. Der Mond kauerte sich hinter eine Wolke und tauchte sie in Schatten, und daher beschränkten sich Laurels Eindrücke auf eine zerzauste Wolke langen dunklen Haares, einen Morgenmantel aus pastellfarbener Seide, der achtlos zugeschnürt worden war, lange, wohlgeformte Beine und nackte Füße. »Bist du okay?«

Laurel schlang sich die Arme um die Knie, rümpfte die Nase und zwang sich zu einem Lächeln, als sich ihre Schwester auf der Bettkante niederließ. »Mir fehlt nichts.«

Savannah knipste die Nachttischlampe an, und beide blinzelten in dem hellen Licht. »Lügnerin«, murrte sie und zog die Stirn in Falten, als sie ihre Schwester betrachtete. »Ich habe gehört, wie du dich rumgewälzt und von einer Seite auf die andere geworfen hast. Hast du wieder einen Alptraum gehabt?«

»Ich hätte nicht geglaubt, daß du heute nacht nach Hause kommst«, sagte Laurel, um das Gespräch auf ein anderes Thema zu bringen. Sie wälzte und warf sich allnächtlich herum, und sie hatte jede Nacht Alpträume. Das war für sie die Norm geworden, nichts, was berichtenswert gewesen wäre.

Savannah üppige Lippen verzogen sich zu einem Schmollmund, als sie die kunstvoll gezupften Augenbrauen zusammenzog. »Vergiß es«, sagte sie kategorisch. »Es hat sich alles schneller abwickeln lassen, als ich dachte.«

»Wo bist du gewesen?« Irgendwo, wo geraucht und getrunken wird. Laurel konnte die Kombination über eine reichliche Menge Obsession hinweg riechen. Zigarettenrauch und Schnaps und etwas Wilderes, etwas Naturbelasseneres wie Sex oder der Sumpf.

»Das spielt keine Rolle.« Savannah tat das Thema mit einer unwirschen Kopfbewegung ab. »Allmächtiger Gott, sieh dich nur an. Du hast dieses Nachthemd absolut durchgeschwitzt. Ich hole dir ein anderes.«

Laurel blieb, wo sie war, während ihre Schwester vor die Kirschbaumkommode mit dem Aufsatz trat und auf der Suche nach Nachtwäsche Schubladen aufzuziehen begann. Wahrscheinlich hätte sie darauf beharren sollen, für sich selbst zu sorgen, aber die Wahrheit war die, daß sie sich dem nicht gewachsen fühlte. Sie war erschöpft, von Schlafmangel und von ihrer Begegnung mit Jack Boudreaux. Und außerdem, gehörte das nicht zu den Dingen, um deretwillen sie nach Hause gekommen war? Um sich von vertrauten Gesichtern trösten und verhätscheln zu lassen?

Wenn es ihr auch noch sosehr verhaßt war, es sich einzugestehen, dann fühlte sie sich doch immer noch physisch matt und gleichzeitig emotional ramponiert. Es setzte einem Menschen enorm zu, aus den Angeln gehoben zu werden, überlegte sie sich und schnitt dabei eine Grimasse. Aber, wie Dr. Pritchard immer wieder so gern hervorgehoben hatte, ihr physischer Verfall hatte schon lange vor ihrem Zusammenbruch eingesetzt. Während des gesamten Falles, der in der Presse schlichtweg unter dem Namen »Der-Scott-County-Fall« geführt worden war, war sie zu eingleisig in ihrem Denken gewesen, zu besessen, um an triviale Dinge wie Essen, Schlaf und Bewegung zu denken. Ihr Geist war vollständig von der Anklage auf sexuellen Mißbrauch beschlagnahmt gewesen, dem Heranschaffen von Beweismaterial, dem Beschützen der Kinder, dem Aufrechterhalten von Gerechtigkeit.

Savannahs mürrische Stimme zog sie vom Rand der Erinnerung zurück. »Himmel, Baby, besitzt du denn gar kein Nachthemd, das nicht so aussieht wie die Sachen, die Mama Pearl aus Mehlsäcken für die Armen näht?«

Sie kam zum Bett zurück und hielt ein überdimensionales weißes Baumwoll-T-Shirt auf Armeslänge von sich, als fürchtete sie, seine Schlichtheit könnte auf sie abfärben. Savannahs Geschmack bei Nachtwäsche lag auf der Linie von Frederick's of Hollywood. Unter dem aufklaffenden Revers ihres kurzen Morgenmantels aus champagnerfarbener Seide konnte Laurel einen Blick auf volle Brüste erhaschen, die die einengenden Schranken eines kleinen Fetzens kaffeebrauner Spitze zu sprengen drohten. Mit einem Körper, der aus üppigen Kurven bestand, einem Körper, der seine Sexualität regelrecht herausschrie, war Savannah für Seide und Spitze geschaffen. Laurels Weiblichkeit war subtil, bewußt zurückhaltend – ein Umstand, den sie ganz gewiß nicht zu ändern gedachte.

»Mich sieht doch niemand außer mir selbst«, sagte sie. Sie zog sich das feuchte Nachthemd über den Kopf und schlüpfte in das neue, und als das kühle, trockene Gewebe sich an ihre klebrige Haut schmiegte, genoß sie das Gefühl.

Savannahs Erwiderung bestand in einem empörten Schnaufen. Sie ließ sich wieder auf der Bettkante nieder und schlug die Beine mit einem grimmigen Gesichtsausdruck übereinander. »Falls ich Wesley Brooks jemals über den Weg laufen werde, dann schwöre ich dir, ich werde ihn umbringen. Man muß sich das mal vorstellen, daß er dich einfach verlassen hat…«

»Tu es nicht.« Laurel schwächte diesen Befehl mit einem zaghaften Lächeln ab und streckte einen Arm aus, um die Hand zu berühren, die Savannah auf dem weißen Bettbezug zur Faust geballt hatte. »Ich will es mir nicht vorstellen; ich habe es gelebt. Und außerdem war es nicht Wes' Schuld, daß unsere Ehe nicht funktioniert hat.«

»Es war nicht seine…!«

Laurel schnitt ihr kurzerhand das Wort ab. Wesley behauptete, er hätte sie nicht verlassen, sondern sie hätte ihn vertrieben, sie hätte ihre junge Ehe mit der Last ihrer Besessenheit von *dem Fall* erdrückt. Das entsprach wahrscheinlich der Wahrheit. Laurel versuchte nicht, es zu bestreiten. Savannah schlug sich automatisch auf ihre Seite, da sie immer bereit war, für ihre kleine Schwester zu kämpfen, doch Laurel wußte, daß sie in dieser Auseinandersetzung keine Unterstützung verdient hatte. Sie hatte nichts gegen Wes anzuführen, und das trotz Savannahs Vehemenz. Alles, was sie fühlte, war gewaltige Reue und Schuldbewußtsein, aber das war eine Leiche im Keller, die sie heute nacht nicht unbedingt herausholen mußte.

»Sei ruhig«, sagte sie und drückte Savannahs Finger zusammen. »Ich weiß deinen Beistand zu schätzen, Schwester. Das ist wirklich wahr. Aber laß uns heute nacht nicht darüber streiten. Es ist schon spät.«

Savannahs Gesichtsausdruck wurde freundlicher, und sie öffnete die Hand und verwob ihre Finger mit Laurels. »Du brauchst deinen Schlaf.« Sie hob die andere Hand und fuhr mit einem Zeigefinger über einen der dunklen Halbmonde, die der Streß und die extreme Erschöpfung unter Laurels Augen gezeichnet hatten.

»Was ist mit dir?« fragte Laurel. »Brauchst du nicht auch deinen Schlaf?«

»Ich?« Sie versuchte sich an einem kühnen Lächeln, aber es erreichte nicht annährend ihre Augen, in deren kühlen blauen Tiefen Gespenster aus früheren Zeiten spukten. »Ich bin ein Nachtmensch. Hast du das denn nicht gewußt?«

Laurel sagte nichts, als sich in ihrem Innern alter Schmerz wie Öl an der Oberfläche absetzte und sich mit neuem Schmerz vermischte.

Mit einem Seufzen stand Savannah auf, zog mit einer Hand am Saum ihres Morgenmantels und strich sich mit der anderen eine lange wilde Locke hinter das Ohr.

»Es ist mein Ernst, verstehst du«, murmelte sie. »Wenn Wesley Brooks plötzlich hier auftauchen würde, würde ich ihm die verdammten Eier abschneiden und sie ihm in die Ohren stopfen.« Sie krümmte die Finger wie Pistolen und richtete sie auf Laurel. »Und *dann* würde ich erst richtig gemein.«

Laurel lachte matt. O Gott, wie kreideweiß wäre Vivian geworden, wenn sie eine ihrer Töchter eine solche Sprache hätte sprechen hören. Töchter, die sie zu Debütantinnen erzogen hatte. Strahlende, manierliche kleine Damen, die niemals fluchten und im Angesicht von Vulgarität nahezu in Ohnmacht fielen. Vivian hatte umschwärmte Prinzessinnen erwartet, um die sich die Studentenverbindungen rissen, aber Savannah hätte weiß Gott eher Dreck gefressen und wäre gestorben, als sich Chi-O zu verpflichten, und sie lag zweifeilos nachts wach und ersann Mittel und Wege, um die feine Gesellschaft zu schockieren. Laurel war zu sehr damit beschäftigt gewesen, Verpflichtungen einzugehen, von dem Verlangen verzehrt, ihren Abschluß in Jura zu machen und sich voll und ganz dafür einzusetzen, daß Gerechtigkeit waltete.

»Würdest du mich strafrechtlich verfolgen?« fragte Savannah, als sie die Hand nach dem Lichtschalter ausstreckte.

»Das ließe sich irgendwie schwer machen, wenn man bedenkt, daß ich keinen Job mehr habe.«

»Tut mir leid, Baby.« Savannah schaltete die Lampe aus und tauchte das Zimmer wieder in Mondschein und Schatten. »Ich habe nicht daran gedacht. Du solltest auch nicht daran denken. Du bist jetzt zu Hause. Sieh zu, daß du zu deinem Schlaf kommst.«

Laurel seufzte und strich sich die zu langen Ponyfransen aus der Stirn, während sie zusah, wie sich Savannah mit ihrem lasziven, von Natur aus verführerischen Gang einen Weg zur Tür bahnte und ihr Morgenmantel wie Quecksilber schimmerte. »Nacht, Schwester.«

»Süße Träume.«

Sie hätte sich damit begnügt, gar keine Träume zu haben, dachte Laurel, als sie lauschte, wie die Tür ins Schloß fiel und die Schritte ihrer Schwester sich im Korridor entfernten. Aber keine Träume – das hieß, kein Schlaf. Sie warf einen Blick auf das Leuchtzifferblatt des alten Weckers auf dem Nachttisch. Halb vier. Sie würde heute nacht nicht wieder einschlafen, ganz gleich, wie dringend ihr Körper es auch brauchen mochte. Ihr Verstand würde die Möglichkeit nicht zulassen, daß sich der Traum noch einmal abspulte. Dieses Wissen ließ einen dünnen Tränenschleier vor ihre Augen ziehen. Sie war ja so müde – physisch ausgelaugt, emotional erschöpft, und sie hatte das Gefühl satt, über nichts mehr Kontrolle zu haben.

Mit diesem Gedanken stellte sich die Erinnerung an Jack Boudreaux wieder ein, und eine Woge von Scham spülte über sie hinweg und hinterließ eine Gänsehaut. Sie hatte sich absolut lächerlich gemacht. Wenn sie Glück hatte, war er zu betrunken, um sich jetzt noch daran zu erinnern, und wenn sie ihn das nächste Mal sah, konnte sie so tun, als sei es nie passiert. Falls es ein nächstes Mal geben sollte.

Sie sah dunkle Augen und ein teuflisches Lächeln vor sich aufziehen. Die Erinnerung an seine Berührungen lösten Schauer aus, die von ihrem Nacken aus an ihr herunterrieselten.

Es würde kein nächstes Mal geben, falls sie es verhindern konnte. Instinktiv wußte sie, daß sie einem Mann wie Jack Boudreaux niemals gewachsen war. Seine ungezügelte Sexualität hätte sie überwältigt. Sie hätte ohne jede Kontrolle dagestanden – über ihn, die Beziehung und sich selbst.

Was nicht heißen sollte, daß sie sich für ihn interessierte.

Sie warf die Zudecke zur Seite, schwang die Beine über die Bettkante, ging zu den gläsernen Schiebetüren und öffnete sie. Die Nacht war angenehm warm und roch nach Frühlingsdüften, und es hing bereits eine Vorankündigung der Schwüle darin, die sich in ein paar Wochen wie eine nasse Wolldecke herabsenken würde. An dem Magnolienstrauch, dicht an der Hausecke, prangten noch ein paar Blüten, cremig-weiß und wie Wachs, zwischen dem breiten, ledrigen, dunkelgrünen Laub so groß wie Eßteller.

Als Kind war sie auf diesen Baum gestiegen, wild entschlossen, diese Erfahrung zu machen, weil sie wissen wollte, was es damit auf sich hatte. Auf Beauvoir, der Familienplantage der Chandlers, ein paar Meilen flußabwärts von Belle Rivière gelegen, war das Bäumesteigen verboten. Es gehörte nicht zu den Dingen, die »brave Mädchen« taten – oder zumindest behauptete Vivian das. Laurel schüttelte den Kopf darüber, als sie jetzt auf den Balkon schlenderte. *Brave Mädchen. Gute Familien.*

»Solche Dinge kommen in guten Familien nicht vor...«

»Hilf uns, Laurel! Hilf uns...«

Die Vergangenheit und die Gegenwart verflochten sich in ihrer Vorstellung miteinander wie Ranken, die sich wanden, Kletterpflanzen, die ihre spitzen Enden in ihr Gehirn bohrten. Sie hob die Hände, um sie sich auf die Ohren zu pressen, als könnte das die Stimmen zum Verstummen bringen, die nur in ihrem Kopf existierten. Sie biß sich auf die Lippen, bis sie Blut schmeckte, und sie kämpfte erbittert darum, die Tränen zurückzuhalten, die sich in ihren Augen sammelten und in ihrer Kehle zu einem festen Klumpen geronnen.

»Verdammt, verdammt, verdammt...«

Sie summte das Wort wie ein Mantra, während sie auf dem Balkon vor ihrem Zimmer auf und ab lief. Hin und her, hin und her tappten ihre kleinen nackten Füße leise über das alte Holz. Schwäche bemächtigte sich ihrer, und sie unterdrückte den Drang, sich an die Wand sinken zu lassen und zu schluchzen. Die Tränen erstickten sie. Die Schwäche sog die Stabilität aus ihren Knien und ließ sie sich krümmen wie eine gebeugte alte Frau oder ein Kind mit Bauchschmerzen. Die Erinnerungen bombardierten sie mit einer brutalen und erbarmungslosen Kanonade – die Kinder in Scott County, Savannah und ihrer beider Vergangenheit. *»Brave Mädchen.« »Gute Familien.« »Sei ein braves Mädchen, Laurel.« »Sag kein Wort, Laurel.« »Gib uns allen Grund dafür, stolz auf dich zu sein, Laurel.« »Hilf uns, Laurel.«*

Da sie sich nicht mehr dagegen wehren konnte, drehte sie sich um, drückte sich an die Seitenmauer des alten Hauses und preßte das Gesicht daran, ohne sich auch nur daran zu stören, daß sich die Kanten der verwitterten alten Backsteine in ihre Wange schnitten. Sie klammerte sich dort an wie eine springwütige Selbstmörderin, die sich urplötzlich wieder an ihre Höhenangst erinnert.

»O Gott«, wimmerte sie, als die Verzweiflung ihren Panzer sprengte und Tränen sich durch die undurchdringlichen Barrieren ihrer fest geschlossenen Lider zwängten. »O Gott, bitte, bitte...«

»Hilf uns, Laurel! Bitte, bitte, bitte...«

Erst schrammten ihre Fingerspitzen über den Backstein, dann ihre Knöchel, als ihre Hände sich zu Fäusten ballten. Einen Moment lang schluchzte sie lautlos und ließ eine kleine Menge der inneren Anspannung aus sich herausfließen, doch dann hielt sie den Rest zurück und schluckte ihn, und schon während sie sich dieses Privileg gnadenlos versagte, erstickte sie an ihrem Verlangen zu weinen. Sie stieß sich von dem Gebäude ab, schaute wieder auf den Balkon hinaus und wischte sich mit den Handballen die Tränen aus dem Gesicht.

Verdammt noch mal, sie würde es nicht zulassen. Dazu war sie zu stark. Sie war hierhergekommen, um ihr Leben wieder in den Griff zu kriegen, und nicht etwa, um zweimal in einer einzigen Nacht in Stücke zu zerbrechen.

Sie setzte ihren Zorn dazu ein, die anderen Emotionen zu zerstören, und dann drehte sie sich um und hieb mit der Faust gegen eine der zahlreichen glatten weißen Säulen, die das Dach des Balkons trugen, und der stechende Schmerz, der durch ihren Arm schwirrte, war ihr willkommen.

»Schwächling – Dummkopf – Feigling –«

Sie zischte die Beleidigungen heraus, und ihre Wut kehrte sich nach innen. Geistig verpaßte sie sich einen Tritt für ihr Versagen, als sie mit dem nackten Fuß gegen die Säule trat. Der Schmerz durchzuckte sie wie ein Stromstoß, der alles andere ausfallen ließ und den Faden der Spannung zerriß, der in ihrem Innern dicker und immer dicker geworden war.

Sie schluckte Luft, beugte sich über die Balustrade, und ihre Finger schlangen sich fest um das schwarze schmiedeeiserne Geländer. Im Kielwasser des Schmerzes floß Ruhe. Ihre Muskeln zitterten und entspannten sich, als die Ruhe sie durchströmte. Ihr Herzschlag verlangsamte sich zu dem stetigen Hämmern einer Baßtrommel.

»Gütiger Himmel, ich muß etwas *tun*«, murmelte sie. »So kann ich nicht weitermachen.«

Diese Wahrheit hatte dazu geführt, daß sie überstürzt die Ashland Heights Clinic verlassen hatte. Ihr Aufenthalt dort war friedlich verlaufen, aber nicht produktiv. Dr. Pritchard hatte mehr Interesse daran gehabt, die Vergangenheit auszugraben, als daran, ihr dabei zu helfen, mit der erbärmlichen Gegenwart zurechtzukommen. Was passiert war, war passiert. Sie konnte nicht in der Zeit zurückgehen und alles wieder heil machen, selbst dann nicht, wenn sie es auch noch sosehr gewollt hätte. Was sie brauchte, das war, alles hinter sich zu lassen, es von sich zu stoßen, sich darüber zu erheben. Sich voranzubewegen. Etwas zu tun. Aber was zu tun?

Ihren Job war sie los. Die Folgen *des Falles* hatten sie getroffen, waren wie ein radioaktiver Niederschlag über ihr heruntergegangen. Man hatte sie ihrer Macht beraubt, ihr ihren Beruf genommen, sie ihrer Glaubwürdigkeit entkleidet. Sie hatte keine Ahnung, was aus ihr werden würde, was sie letztendlich tun oder sein würde. Ihr Job war ihre Identität gewesen. Ohne ihn war sie verloren.

»Ich muß etwas tun«, sagte sie noch einmal und sah sich um, als könnte irgendwo auf dem langen, dunklen Balkon, zwischen den Bäumen oder unten im Garten eine Antwort auftauchen.

Belle Rivière war in den dreißiger Jahren des neunzehnten Jahrhunderts von einem ortsansässigen Kaufmann erbaut worden, um seine junge Frau zu beschwichtigen, die im Vieux Carré in New Orleans aufgewachsen war und Heimweh danach hatte. In seinem Entwurf wollte das Haus mit der eleganten Pracht des Französischen Viertels wetteifern, bis hin zu dem wunderschönen Garten mit seiner Fontäne und den Backsteinmauern, die von zarten filigranen Arbeiten aus schwarzem Schmiedeeisen geschmückt wurden. Dem Garten, den wiederherzustellen sich Laurel zwei Tage lang bemüht hatte, und das nur, damit Jack Boudreaux' Hund – *angeblich* sein Hund – ihre Bemühungen zunichte machte. Dieser verdammte Hund.

Dieser verdammte Mann.

Der Garten war im Lauf der Jahre sporadisch instand gehalten worden. Laurel hatte ihn aus ihrer Kindheit, als der alte Antoine Thibodeaux ihn für Tante Caroline gepflegt hatte, als einen Ort von unglaublicher Schönheit in Erinnerung. So üppig und grün wie der Garten Eden, Sprühregen, der wie eine zarte Wolke über der Fontäne hing, elegante Statuen von Griechinnen, die Urnen und exotische Pflanzen in den Händen trugen. Antoine hatte inzwischen schon längst die ewige Ruhe gefunden, und Carolines letzter Gärtner war inzwischen schon lange nach New Orleans abgewandert, um in der Bourbon Street in einer Travestieshow aufzutreten. Caroline, die ganz in ihrem jüngsten geschäftlichen Projekt aufging, einem Antiquitätenladen, hatte sich nicht die Mühe gemacht, einen Nachfolger zu engagieren.

Laurel hatte darin das ideale Projekt gesehen, das sie in Angriff nehmen konnte, physisch, psychisch und auch metaphorisch. Den Unrat wegräumen, tote Äste abschneiden, den Boden verjüngen und mit einem hoffnungsvollen Blick in die Zukunft neu anpflanzen. Auferstehung, Wiedergeburt, ein Neubeginn.

Sie starrte auf das wüste Durcheinander hinunter, das Huey, der Hund, hinterlassen hatte, und sie stieß einen tiefen Seufzer aus. Junge Pflanzen, die mitsamt den Wurzeln ausgerissen worden waren. Sie kannte das Gefühl…

»Wohin bringst du Daddys Sachen, Mama?«

»Zu einem Basar in Lafayette«, sagte Vivian Chandler, ohne ihre zehnjährige Tochter auch nur eines Blickes zu würdigen.

Elegant gekleidet stand sie neben dem Bett ihres Mannes, in einem schlichten hellgrünen Kleid, das lose saß, und mit einer Perlenkette um den Hals. Sie wirkte kühl und kultiviert wie immer, wie ein Mannequin aus einer Modezeitschrift, das aschblonde Haar einfach nur zurückgekämmt, der Lippenstift blaßrosa. Sie stemmte sich die vollendet manikürten Hände in die Hüften und stieß mit der Spitze eines weißen Pumps ungeduldig gegen den Teppich, während sie das Geschehen überwachte. Tansy Jonas, die letzte in einer Reihe von unbeständigen jungen Mädchen, schleppte eine Ladung von Anzügen, Hemden und Hosen nach der anderen aus dem Ankleidezimmer, um alles in Haufen zu sortieren.

»Natürlich werden wir einen Teil der Sachen der Kirche überlassen müssen«, sagte Vivian geistesabwesend, während sie den Armvoll Frackhemden betrachtete, der die arme Tansy niederdrückte. Tansy war nicht älter als fünfzehn, schätzte Laurel, und gertenschlank. Das Mädchen schien unter der Last von Seide und feinen Baumwollstoffen zu wanken, und die schwarzen Augen in ihrem runden schokoladenfarbenen Gesicht wurden groß und immer größer.

»Das wird von uns erwartet«, fuhr Vivian fort, während sie Kragen und Manschetten auf ihren Zustand hin überprüfte und Tansys Unbehagen absolut nicht wahrnahm. »Da die Chandlers hier in dieser Gegend immer die führende Familie gewesen sind, ist es unsere Pflicht, für die Gemeindemitglieder, die weniger glücklich dran sind, etwas beizusteuern. Gerade erst gestern hat mich Ridilia Montrose doch tatsächlich gefragt, ob ich Jeffersons Sachen denn nicht gespendet hätte«, sagte sie und zog ganz reizend die Stirn in Falten. »Als ob sie glauben würde, das hätte ich nicht vor. Eine solche Unverfrorenheit, und das hätte ich ihr auch gesagt, wenn ich keine Dame wäre. Man muß sich das mal vorstellen, daß sie auf mich hinunterschaut, obwohl die ganze Stadt weiß, daß sie dicht vor dem Bankrott gestanden haben! Und was für ein Jammer das gewesen wäre, wenn man bedenkt, daß ihre Tochter ein Pferdegebiß hat und es ein Vermögen kosten wird, ihre Zähne zu richten.«

Sie wählte ein paar gestreifte Hemden aus, blieb ungerührt von dem flehentlichen Blick auf dem Gesicht des Mädchens und warf sie auf einen von mehreren Stapeln auf dem Bett. »Ich habe ihr gesagt, ich hätte mich der Aufgabe einfach noch nicht gewachsen gefühlt, Jeffs Sachen auszusortieren. Also wirklich, allein schon der Gedanke daran hat mich an den Rand einer meiner Krisen gebracht. Ich sehe jedoch selbst, daß ich es keine Sekunde länger vor mir herschieben kann, oder die ganze Stadt wird sich darüber auslassen. Ich schwöre es, diese Ridilia benimmt sich kein bißchen besser, als es unbedingt sein muß.«

Im selben Atemzug fuhr sie fort: »Tansy, leg die restlichen Sachen auf den Stuhl.«

»Ja, Ma'am«, murmelte Tansy erleichtert und entfernte sich wankend unter der Last der Kleider.

»Ich werde die Sachen deines Vaters aussortieren«, sagte Vivian zu Laurel. »Es macht ja niemandem etwas aus, daß mich das in helle Panik stürzen könnte. Ich werde der Kirche etwas spenden, aber eher sterbe ich, als mit anzusehen, wie wertloses Gesindel in Jeffersons Seidenanzügen im Bayou Breaux herumläuft. Ich werde sie nach Lafayette geben, und Ridilia Montrose kann von mir aus der Teufel holen.«

Laurel sprang von dem blauen Samt des Lehnstuhls auf, ehe das Mädchen sie lebendig begraben konnte. Ihr gefiel das überhaupt nicht. Als sie sah, wie Daddys Sachen alle aus seinem ordentlichen Kleiderschrank gezerrt und in seinem Zimmer verstreut wurden, löste das ein flaues und unbehagliches Gefühl in ihrer Magengrube aus. Sie hatte öfter, als sie zählen konnte, in seinem Kleiderschrank gespielt, sich mit ihren Barbie-Puppen reingeschlichen und so getan, als seien seine großen Schuhe Autos, Boote oder Raumschiffe. Das war ihr Versteck gewesen, wenn sie ganz allein sein wollte. Sie hatte im Schneidersitz auf dem Fußboden gesessen und gespürt, wie die Hosenbeine seiner ordentlich aufgehängten Hosen ihre Schädeldecke gestreift hatten, und sie hatte sich vorgemacht, es seien Ranken und sie sei in einer geheimen Höhle im Dschungel und seine Gürtel seien Schlangen. Und jetzt wurde all das auseinandergerissen, um in einer anderen Stadt an Fremde weitergegeben zu werden.

Sie kaute auf einem Daumennagel herum, schlich sich seitlich an der großen Mahagonikommode vorbei und ließ ihre Mutter dabei nicht aus den Augen. Vivian schien das, was sie hier tat, überhaupt nichts auszumachen, es sei denn, ihre Verdrossenheit zählte. Der Meinung war Laurel nicht. Das hieß nur, daß ihre Mutter lieber etwas anderes getan hätte, und nicht etwa, daß diese Beschäftigung sie mit Traurigkeit erfüllte. Sie hatte jedoch gesagt, sie könnte eine Krise kriegen, und das war eine millionmal schlimmer als bloße Traurigkeit. Es jagte Laurel entsetzliche Angst ein, wenn ihre Mutter eine Krise bekam – die ganze Zeit weinte sie dann, kam kaum je aus ihrem Nachthemd und ihrem Morgenmantel heraus und zog sich in ihre Zimmer zurück – so, wie sie es getan hatte, als Daddy gestorben war.

Insgeheim fürchtete Laurel, sie würde später einmal dieselbe Form von Anfällen bekommen. Sie hatte sich so elend gefühlt, als Daddy gestorben war. Sie hatte niemanden sehen wollen. Und sie hatte geweint und geweint. Sie hatte so heftig geweint, daß sie geglaubt hatte, sie könnte ihr Innenleben einfach nach außen stülpen, denn damit hatte Daddy sie im Scherz häufig aufgezogen. Sie und Savannah hatten gemeinsam geweint. Sie hatte sich durch die Tür des Ankleidezimmers in das Zimmer ihrer Schwester geschlichen, weil Mama ihr mehr als einmal gesagt hatte, sie sei jetzt ein großes Mädchen und müsse allein schlafen. Sie und Savannah hatten sich unter den Zudecken versteckt und in ihre Kissen geweint, bis sie nahezu erstickt waren.

Als nächstes kamen Krawatten aus dem Schrank, ein ganzes Gestell voll, das von der Kleiderstange hing. Die Krawatten hingen daran herunter und fielen Tansy fast bis auf die Füße. Das Mädchen mühte sich damit ab, den Krawattenständer mit mageren Armen über dem Kopf hochzuhalten, damit ihre Arbeitgeberin die Seidenstreifen gut sehen konnte. Laurel entdeckte die blaue Krawatte, auf die ein großer Barsch mit vorgequellenden Augen gemalt war, und sie hätte fast gekichert, als sie sich an ihren Vater erinnerte, wenn er diese Krawatte trug. Das war die Krawatte, die ihm beim Pokern Glück brachte, hatte er immer grinsend gesagt und ihr zugezwinkert. Vivian riß sie von dem Bügel und warf sie auf den Haufen, der nach Lafayette gehen sollte.

»Aber, Mama«, sagte Laurel, deren Herz abrupt sank, »das war Daddys Lieblingskrawatte!«

»Der Anblick dieser Krawatte ist mir schon immer verhaßt gewesen«, murrte Vivian und redete mehr mit sich selbst als mit Laurel. »Jedesmal, wenn Jeff sie rausgeholt hat, dachte ich, ich sterbe vor Verlegenheit. Allein schon der Gedanke, daß ein Mann in seiner Position mit einer solchen Krawatte rumläuft!«

Laurel kam zum Bett und streckte eine Hand aus, um die Fingerspitzen zärtlich über den gemalten Barsch gleiten zu lassen. »Aber, Mama...«

»Laurel, laß das sein«, fauchte sie. »Hast du denn keine Schulaufgaben zu machen?«

»Nein, Mama«, murmelte sie, trat von dem Bett zurück und starrte wehmütig auf die Krawatte mit dem Barsch, als ihre Mutter drei weitere auf denselben Haufen warf.

»Kannst du denn nicht sehen, daß ich hier zu tun habe?«

»Doch, Mama.«

Sie wich weiter in die Ecke neben der Kommode zurück und tat eine Zeitlang so, als sei sie unsichtbar. Sie wollte nicht in ihr Zimmer geschickt werden. Sie wollte hier sein, zwischen Daddys Dingen – sie wollte nur nicht, daß Mama und die doofe Tansy mit den teilnahmslosen Kuhaugen hier alles durchwühlten.

Sie drehte einen Fuß auf die Seite und wieder auf die Fußsohle, auf die Seite und wieder auf die Fußsohle, noch einmal auf die Seite und wieder auf die Fußsohle. Dafür schalt Mama sie immer aus, weil sie damit ihre Schuhe abnutzte. Laurel störte sich nicht daran. Mama war vollauf damit beschäftigt, Daddys Sachen auszusortieren, und sie merkte es nicht. Laurel hätte sich aber auch andernfalls nicht daran gestört, da Tränen in ihre Augen traten und sie sich auf etwas anderes konzentrieren mußte, damit sie nicht anfing zu weinen und dafür ausgescholten wurde. Daher drehte sie ihren Fuß immer wieder auf die Seite und zurück, auf die Seite und zurück, und dabei kaute sie auf ihrem Daumennagel herum, obwohl nicht mehr viel übrig war, worauf sie herumkauen konnte.

Die Finger ihrer linken Hand bewegten sich über die Kommodenabdeckung und stießen gegen die Kante von Daddys Schmuckkasten. Da sich in ihr alles zusammenkrampfte, wenn sie Mama und

Tansy zusah, wandte sie den Blick ab und schaute den schweren Holzkasten mit den edlen Einlegearbeiten im Deckel und dem glänzenden Messingverschluß an. Sie strich mit ihrer kleinen Hand über die glatte Oberfläche und dachte an Daddy, der so groß und stark gewesen war und immer Fruchtgummis in der Tasche und ein Lächeln für sie auf den Lippen hatte.

Eine große, dicke Träne taumelte über den Rand ihrer Wimpern und rollte über ihre Wange, um auf dem polierten Holz der Kommode zu zerspringen. Eine zweite folgte. Sie durfte nicht daran denken, daß Daddy für immer fortgegangen war. Er fehlte ihr jetzt schon sosehr. Er verkörperte Kraft, Geborgenheit und Liebe. Ihm war es egal, wenn sie ihre Schuhe abschabte, und er drückte sie immer an sich, wenn sie weinte. Die Vorstellung, ihn zu verlieren, war Laurel unerträglich. Sie wollte nicht, daß er zu den Engeln im Himmel gekommen war, wie Reverend Monroe es ihr geschildert hatte. Vielleicht war das selbstsüchtig, und sie schämte sich dafür, aber doch nicht genug, um ihren Daddy aufzugeben.

Ihre kleinen Finger fummelten an dem Verschluß herum, und sie hob den Deckel des Schmuckkastens an. Der Kasten war mit rotem Samt ausgeschlagen und mit männlichen Schmuckstücken gefüllt. Daddys Geldclip, den beiden großen, klobigen Ringen, die er nie trug, seinen Krawattennadeln und Manschettenknöpfen und ein paar Münzen mit Indianerköpfen darauf.

Laurel griff hinein und zog die Krawattennadel aus rotem Langustenpanzer heraus, die sie ihm zum Vatertag geschenkt hatte, als sie sieben war. Sie war nicht viel wert. Savannah hatte ihr geholfen, sie auf dem Langustenfest im Bayou Breaux für drei Dollar zu kaufen. Aber Daddy hatte gelächelt, als er das Schächtelchen geöffnet hatte, und er hatte zu ihr gesagt, das würde eine seiner liebsten Krawattennadeln werden. In jenem Jahr hatte er sie bei einem Essen, das die Schule für Väter und Töchter veranstaltete, getragen, und Laurel war so stolz und glücklich gewesen, daß sie hätte platzen können.

»Laurel«, fauchte Vivian, »was treibst du denn jetzt schon wieder? Ach, dieser Schmuckkasten. Fast hätte ich ihn vergessen.«

Sie scheuchte Laurel aus dem Weg, wühlte hastig in der Schatulle herum und legte ein Paar Manschettenknöpfe mit Diamanten, einen

Siegelring und eine Krawattennadel mit Diamanten zur Seite. Dann befahl sie Tansy, einen Schuhkarton zu holen, in den sie den übrigen Inhalt kippte. Laurel sah voller Entsetzen zu, Tränen strömten über ihre Wangen, und die Krawattennadel aus Langustenpanzer stach sie in die Hand, als sie die Finger fest darum spannte.

Vivian sah sie argwöhnisch an. »Was hast du da?«

Laurel schniefte und ballte die Faust noch fester. »Nichts.«

»Lüg mich nicht an, Fräulein«, sagte Vivian mit scharfer Stimme. »Brave kleine Mädchen lügen nicht. Mach die Hand auf.«

Sei ein braves Mädchen, dachte Laurel, sei immer ein braves Mädchen, weil Mama sonst böse wird. Sie biß sich auf die Lippen, um nicht zu weinen, als sie die Hand ausstreckte und die Finger öffnete.

Vivian verdrehte die Augen, als sie die Krawattennadel mit einer Geste hochhielt, als sei es ein lebendiges Insekt. »Also, das geht doch wirklich zu weit! Was willst du denn mit diesem Schund?«

Laurel zuckte zusammen, als das Wort sie wie eine Ohrfeige traf. Daddy hatte nicht von Schund gesprochen, als er die Nadel geschenkt bekam. »Aber, Mama...«

»A-aber, Mama«, sagte Laurel, und der Atem verfing sich in dem Kloß in ihrer Kehle. »K-könnte ich sie nicht einfach nur deshalb b-behalten, w-weil sie D-Daddy gehört hat?«

Vivian drehte sich mit verkniffenem Gesicht und den schmalen kleinen Augen einer Schlange zu ihr um. »Dein Vater ist tot und begraben«, sagte sie grob. »Es ist Unsinn, seine Sachen aus Sentimentalität heraus zu behalten. Hast du mich gehört?«

Laurel wich vor ihr zurück und fühlte sich elend, verletzt und benommen. Tränen rannen über ihre Wangen, und ein dumpfer Schmerz pochte in ihrem Herzen.

»Du fällst mir hier nur zu Last«, fuhr Vivian fort und steigerte sich in ihren Ärger hinein. »Ich tue hier mein Bestes, um eine abscheuliche Aufgabe zu bewältigen, während ich von Migräne geplagt werde und unter einem unbeschreiblichen Druck stehe. Wir erwarten Gäste zum Abendessen, und du bist mir ständig nur im Weg...«

Ihre restlichen Worte kamen nur als ein Blablabla bei Laurel an. Ihre Ohren dröhnten, und sie hatte das Gefühl, ihr Schädel könnte zerspringen, wenn sie nicht schon sehr bald anfangen konnte, heftig zu schluchzen. Dann stand Savannah hinter ihr und legte Laurel die Hände auf die Schulter.

»Komm mit, Baby«, flüsterte sie und zog sie zur Schlafzimmertür hinaus. »Wir gehen in mein Zimmer und schauen uns Bilder an.«

Sie gingen in Savannahs Zimmer, setzten sich auf den Bettvorleger und schauten sich ein Fotoalbum mit Bildern von Daddy an, das Savannah am Tag von Daddys Begräbnis aus dem Wohnzimmer gestohlen hatte. Sie bewahrte es unter ihrer Matratze auf und hatte zu Tansy gesagt, falls sie jemals versuchen sollte, es dort herauszuholen oder Vivian etwas darüber zu berichten, würde sie eine Voodoo-Frau dazu bringen, sie mit einem Fluch zu belegen, der ihr ganzes Gesicht und ihre Hände mit Warzen bedecken würde. Tansy ließ das Fotoalbum in Ruhe und ging dazu über, ein Zehncentstück an einer Schnur um den Hals zu tragen, um sich gegen *Gris-Gris* zu schützen.

Sie saßen auf dem Bettvorleger und schauten ihren Vater in der einzigen Form an, in der sie ihn jemals wieder würden sehen können, und dabei fühlten sie sich ganz allein auf der weiten Welt, wie zwei kleine Blumen, die mit den Wurzeln ausgerissen worden waren.

An jenem Abend kam Ross Leighton zum Essen.

Savannah saß mit dem Rücken zu ihrer Frisierkommode, hatte einen Fuß auf die Sitzfläche des Stuhl gezogen und einen Arm um ihr Bein geschlungen, und ihre andere Hand spielte mit dem Anhänger der Halskette, die sie niemals ablegte. Gedankenverloren zog sie das goldene Herz an der schmalen Kette hin und her. Durch die Glastüren, die auf den Balkon führten, konnte sie Laurel sehen, die am anderen Ende an einer Säule lehnte. Die arme Kleine. Der Fall hatte ihr alles geraubt – ihren Stolz, ihren Kampfgeist, ihr Selbstvertrauen, ihre Unabhängigkeit. Alles, was sie von hier fortgeführt hatte, war ihr genommen worden, und jetzt war sie zurückgekehrt. Ein armes verlorenes Schäfchen, schwach und äußerst trost- und liebesbedürftig. Ganz so wie in alten Zeiten. Genauso wie damals, nachdem Daddy gestorben war und Vivian ihnen soviel Trost gespendet hatte wie ein kantiger Granitbrocken.

Komisch, wie die Zeit einen Kreis geschlossen hatte. In all den

Jahren, in denen sie aufgewachsen waren, hatte Savannah Laurel bemuttert, sie umsorgt und beschützt, und Laurel war immer stärker und lebhafter geworden und hatte glühenden Ehrgeiz entwickelt, immer höher hinaus gewollt und war immer weiter über sich hinausgewachsen, bis sie Savannah schließlich im Staub hinter sich zurückgelassen hatte. Aber jetzt war sie wieder da und hatte es dringend nötig, bemuttert und umsorgt zu werden.

Sie drehte sich um und schaute sich in dem Spiegel über ihrer Frisierkommode an, sah auf ihr zerzaustes Haar und auf die aufgequollenen Lippen, die sie in regelmäßigen Abständen mit Collagen vollpumpte. Der Morgenmantel war ihr von einer Schulter gerutscht und legte seidenweiche weiße Haut und den schmalen Träger ihres Nachthemds frei. Die Spitzenkörbchen konnten ihre Brüste kaum fassen, deren natürliche Form sie durch Silikonimplantate vergrößert hatte, die sie sich schon vor Jahren in New Orleans hatte einsetzen lassen. Sie fuhr sich mit einer Fingerspitze über die Unterlippe und dann über den Rand der Spitze. Diese flüchtige Berührung ließ ihre Brustwarze zucken, eine Reaktion, die ein automatisches Flattern zwischen ihren Beinen auslöste.

Laurel war nach Georgia gegangen, um Ruhm zu erwerben und für Gerechtigkeit zu kämpfen. Um ihrer Familie alle Ehre zu machen. Und Savannah war zurückgeblieben und hatte sich einen Ruf als Schlampe gemacht.

Sie schlüpfte aus ihrem Morgenmantel, durchquerte das Zimmer und legte sich auf das Bett mit dem geschwungenen Kopfende, das mit schönen Schnitzereien verziert war. Sie lehnte sich an einen Berg von Kissen mit Satinbezügen zurück, zündete sich eine Zigarette an und blies eine träge Rauchfahne zur Decke. Das Leben hatte einen Kreis geschlossen. Laurel war zu Hause, und Savannah bot sich die Chance, wieder einmal wichtig zu sein, etwas Lohnendes zu tun. Ihre kleine Schwester brauchte sie. Möglicherweise würde das Leben für sie endlich eine Wende einschlagen. Alles, was sie jetzt noch brauchte, war Astor Coopers Tod.

4

Jack wurde schlagartig wach, prallte gegen den überhäuften Mahagonischreibtisch und riß den Kopf von der schwarzen mechanischen Underwood-Schreibmaschine, die ihm als Kissen gedient hätte – ja, wie lange eigentlich? Eine Stunde? Zwei? Drei? Er sah sich um und blinzelte in dem weichen einschmeichelnden Licht, das von dem Baldachin aus Immergrünen Eichen gefiltert wurde und durch die dünnen Spitzengardinen drang. Er rieb sich das hagere Gesicht, räusperte sich und schnitt eine Grimasse, als er den Geschmack von schalem Bier wahrnam, mit dem sein Mund ausgekleidet war. Er fuhr sich mit den Fingern durch das glatte schwarze Haar, das für diese Jahreszeit im Süden von Louisiana zu lang und zu dicht war.

Die alte Goldbronzeuhr auf dem Bord im Schlafzimmer tickte laut und erbarmungslos, und er sah sie mit zusammengekniffenen Augen finster an. Halb zwölf. Die anständigen Leute im Bayou Breaux waren schon seit Stunden auf und fleißig. Jack hatte keinerlei Erinnerung daran, wie er nach Hause gekommen war. Es hätte um Mitternacht sein können. Ebensogut hätte das Morgengrauen schon angebrochen sein können, als er über die Schwelle des alten Hauses gewankt war, das von den Einheimischen L'Amour genannt wurde. Er warf einen forschenden Blick auf das wuchtige Himmelbett, dessen Gardinen aus Baire lieblos hinter das geschnitzte Kopfende gezwängt worden waren. Es hätte sein können, daß eine Frau in dem zerwühlten Bettzeug schlummerte. Er hatte eine vage Erinnerung an eine Frau… große blaue Augen und das Gesicht eines Engels… Feuer und Zerbrechlichkeit…

Es lag keine Frau in seinem Bett, und das war ihm nur recht so. Er war nicht danach aufgelegt. Sein Kopf fühlte sich an, als hätte jemand mit einem Holzhammer darauf eingeschlagen.

Das letzte, woran er sich erinnerte, war, daß Leonce ihn aus Frenchie's rausgeführt hatte. Danach hätte er überall hingegangen sein und alles getan haben können. Der Schmerz traf seine Schläfen wie zwei Eispickel, als er versuchte, sich an mehr zu erinnern. Komisch, dachte er, um zu vergessen. Warum also konnte er es nicht einfach auf sich beruhen lassen?

»Weil du pervers bist, Jack«, murmelte er, und seine Stimme war ein rauchiges Poltern, das noch heiserer war als sonst schon, nachdem er eine Nacht lang laut in einem Raum gesungen hatte, in dem neunzig Prozent aller Anwesenden Kettenraucher waren.

Er stieß sich von dem quietschenden alten Schreibtischstuhl ab und zog sich hoch, und sein Körper knirschte und ächzte nach Gott weiß wie vielen Stunden in einer sitzenden Haltung. Er streckte sich mit der Anmut einer großen geschmeidigen Katze, kratzte sich den flachen nackten Bauch und stellte fest, daß der oberste Knopf seiner ausgeblichenen Jeans aufgeknöpft war, beließ es jedoch dabei.

Sein Blick fiel auf die Seite, die in der Schreibmaschine steckte, und er zog sie heraus, las sie durch und schaute finster auf die Worte, die ihm zu dem Zeitpunkt, zu dem er sie runtergehackt hatte, wie Juwelen erschienen sein mußten.

Sie versucht zu schreien, während sie fortrennt, doch ihre Lunge steht in Flammen und arbeitet wie ein Blasebalg. Nur ein erbärmliches Jaulen dringt aus ihrer Kehle, und diese Laute sind reine Verschwendung von kostbarer Energie. Tränen lassen alles vor ihren Augen verschwimmen, und sie versucht, sie zurückzublinzeln, sie mit dem Handrücken fortzuwischen und den Kloß zu schlucken, der ihre Kehle zuschnürt, als sie durch das dichte Unterholz weiterläuft.

Mondschein dringt kaum durch den Baldachin von Bäumen vor. Das Licht ist unwirklich und alptraumhaft. Zweige peitschen auf sie ein, zerschneiden ihr Gesicht und ihre Arme. Sie stößt sich die Zehen an und bleibt mit ihnen an den Wurzeln der Eichen und Zürgelbäume hängen, die sich über das weiche, feuchte Erdreich ziehen, und dann stolpert sie und schlägt kopfüber zu Boden, verrenkt sich den Kopf, um zu sehen, wie dicht der Tod ihr auf den Fersen ist.

Zu dicht. Zu leise. Zu bedächtig. Ihr Herz pocht schnell.

Sie krabbelt, versucht, sich aufzurappeln. Ihre Hände greifen nach Wurzeln und totem Laub. Ihre Finger schließen sich um den dicken, muskulösen Körper einer Schlange, und sie schreit, als sie versucht, dem dreieckigen Kopf und den aufblitzenden Giftzähnen zu entkommen, die ihr entgegenschießen. Der Gestank des Sumpfes steigt ihr zu Kopf, während der Kupfergeschmack der Furcht ihren Mund auskleidet. Und der Tod kommt immer näher. Gnadenlos. Unbarmherzig. Teuflisch. Lächelnd…

Mist. Der reinste Schund. Mit einem angewiderten Laut zerknüllte Jack die Seite und warf sie mehr oder weniger in Richtung Papierkorb – eine alte chinesische Urne, die durchaus ein kleines Vermögen hätte wert sein können. Er wußte es nicht, und es war ihm auch gleich. Er war auf dem Dachboden darauf gestoßen, begraben unter den abgelegten, mottenzerfressenen Kleidungsstücken eines Jahrzehnts. Anscheinend hatte sie eine ganze Zeitlang dort gestanden, da sie zu einem Drittel mit toten, verwesenden und skeletthaften Überresten von Mäusen angefüllt war, die im Lauf der Jahre hineingefallen waren und es nicht geschafft hatten, wieder rauszukrabbeln.

Jack besaß Antiquitäten, weil er sie gemeinsam mit dem alten baufälligen Haus erworben hatte, und nicht etwa, weil er besonders kultiviert war oder gar aus reinen Prestigegründen zu einem aufwendigen Lebensstil neigte oder edle Gegenstände speziell zu würdigen gewußt hätte. Materielle Dinge waren für ihn seit Evies Tod unwesentlich geworden. Mit seiner Perspektive war es radikal bergab gegangen. Eine weitere Ironie des Schicksals. Die meiste Zeit seiner fünfundreißig Jahre hatte er mit Krallen und Zähnen darum gekämpft, einen Status zu erreichen, der es ihm gestattete, »Dinge« zu besitzen. Jetzt war er dort angelangt und scherte sich keinen Pfifferling mehr darum.

»*Dieu*«, flüsterte er kopfschüttelnd, und der Schmerz ließ ihn zusammenzucken, »der alte Blackie muß in der Hölle sitzen und sich einen ablachen.«

Bon a rien, tu, 'tit souris. Taugenichts, pas de bétises!

Die Stimme holte ihn aus der Vergangenheit ein, erklang aus seiner Kindheit. Eine Stimme, die aus dem Grabe drang. Die Erinnerung an diese Stimme ließ ihn zusammenzucken. Eine automatische Reaktion, programmiert, selbst nach all dieser Zeit noch. Oft genug war auf einen verschliffenen Satz von Blackie Boudreaux ein Schlag mit dem Handrücken auf seinen Mund gefolgt.

Jack schob die Glastüren auf, lehnte sich in den Türrahmen und spürte den glatten weißen Anstrich kühl auf der nackten Haut seiner Schulter. Seine Lider schlossen sich langsam, als er den süßen grünen Geruch von Buchsbaumholz einsog, den aromatischen Duft von Magnolien, Glyzinien und einem Dutzend weiterer blühender Pflanzen. Und diese betörenden Düfte waren von dem dunklen heimtückischen Geruch des Bayou unterlegt – einer Mischung aus Fruchtbarkeit, Verwesung und Fisch. Diese Gerüche, die Liebkosung der heißen Brise auf seinem Gesicht und der Chor des Vogelgezwitschers versetzten ihn augenblicklich in eine andere Zeit zurück.

Er sah sich selbst mit neun Jahren, klein und mager, barfuß und mit schmutzigem Gesicht, wie er sich wie ein Dieb aus der Hütte aus Teerpappe davonschlich, die sein Zuhause war. Vor seinem Vater fortrannte, rannte, um ins Bayou zu fliehen, und wie seine nackten Füße auf den ausgetretenen Lehmpfad klatschten.

Im Sumpf konnte er alles sein und alles tun. Dort gab es keine Einschränkungen, keine Maßstäbe, denen man nicht genügte. Er konnte eine Insel erobern, König der Alligatoren werden, ein berüchtigter Verbrecher auf der Flucht sein. Auf der Flucht, weil er seinen Vater umgebracht hatte, was er auch getan hätte, wenn er größer und kräftiger gewesen wäre...

»Scheiße«, murmelte er und trat wieder in das Schlafzimmer.

Er ließ die Türen offen und schlurfte zum Bad, das ein fortschrittlicher früherer Besitzer von L'Amour in den zwanziger Jahren hatte einbauen lassen, indem er ein Ankleidezimmer hatte umbauen lassen. Es prangte immer noch in der »Pracht« der ursprünglichen weißen Kacheln und Installationen aus Porzellan. Von einer Pracht konnte nicht wirklich die Rede sein, wenn man bedachte, daß sie alle mit dem Alter schmuddelig geworden waren und Sprünge und Risse aufwiesen. Zum Glück war es Jacks einzige Bedingung, daß sie funktionsfähig waren.

Ein Knopfdruck erweckte den rauschenden Radioapparat, der auf dem Spülkasten der alten Toilette stand, zum Leben, und er rülpste schmetternd die munteren Bluesklänge im Zydeco-Sound von Zachary Richard mit – »Ma Petite Fille est Gone«. Trotz des Umstands, daß er seinem schmerzenden Kopf damit enorm zusetzte, bewegte sich Jack automatisch im Takt, während er kaltes Wasser in das Waschbecken laufen ließ.

Er holte tief Luft, knickte in der Taille ein, steckte den Kopf in das Waschbecken, fluchte lautstark auf Französisch, als er eine Minute später wieder auftauchte, und schüttelte sich wie ein nasser Hund. Er musterte sich mit einem langen kritischen Blick im Spiegel und überlegte sich hin und her, was dafür sprach, daß er sich rasierte, während Wasser von der Spitze seiner Hakennase tropfte. Sein nasses Haar war aus der hohen, breiten Stirn zurückgestrichen. Schwarze Augenbrauen bogen sich über blutunterlaufenen braunen Augen. Tückisch wirkende rote Striemen verunstalteten dort seine Wange, wo sich verschiedene Teile seines »Kopfkissens« in sein Gesicht gebohrt hatten.

In seiner derzeitigen Verfassung wirkte er brutal und verschlagen, und von dieser Seite zeigte er sich nicht allzu vielen Menschen. Die Horde, die unten bei Frenchie's rumhing, kannte Jack, den Partylöwen. Jack mit dem breiten Grinsen. Jack, den Frauenheld. Diesen Jack kannte man dort nicht, oder nur durch seine Bücher, und es erstaunte die Leute, daß der Jack Boudreaux, der in der Verlagswelt als *Der neue Meister des Makabren* galt, *ihr* Jack war.

Er rümpfte die Nase und legte den Kopf auf eine Seite, und ein verschmitztes Lächeln spielte um seinen Mund. »*Pas du tout, mon ami*«, murmelte er. »*Pas du tout.*«

Als er nach seiner Zahnbürste griff, riß die Musik im Radio mitten im Chor ab.

»Das ist eben gerade reingekommen«, sagte der DJ, und die schwerwiegenden Nachrichten ließen seinen sonst so leutseligen Tonfall verkrampft und ausdruckslos klingen. »KJUN hat gerade die Nachricht erhalten, daß anscheinend ein weiteres Opfer des Würgers aus dem Bayou aufgefunden worden ist. Heute morgen um etwa sieben Uhr haben zwei Fischer im Gebiet des Bayou Chene in der Gemeinde St. Martin die Leiche einer unidentifizierten jungen Frau entdeckt. Zwar haben die zuständigen Behörden bisher noch keine Verlautbarung herausgegeben, aber zuverlässige Quellen am Tatort haben die Ähnlichkeit zwischen diesem Todesfall und drei anderen bestätigt, zu denen es in den letzten achtzehn Monaten im Süden von Louisiana gekommen ist. Die Leiche des letzten Opfers, Sheryl Lynn Carmouche aus Loreauville, ist entdeckt worden...«

Jack streckte den Arm aus und schaltete auf den Kassettenrecorder um. Augenblicklich drang wimmernd das hektische Geigenspiel von Michael Doucet aus den Lautsprechern, ließ die Spannung abreißen und die grausigen Nachrichten untergehen. Was er an Gräßlichkeiten bereithielt, reichte ihm aus. Er hatte einen Vorrat zusammengetragen, auf den er jederzeit nach Belieben zurückgreifen und ihn wie eine Tonne Backsteine auf seinen Kopf hereinbrechen lassen konnte. Er hatte keine Lust, von außen noch mehr aufzunehmen.

Laß dich bloß auf nichts ein. Das war sein Motto. Das und der traditionelle Kriegsschrei der Cajun – *laissez le bon temps rouler*. Er wollte nichts über tote Mädchen aus Loreauville hören. Er konnte Sheryl Lynn Carmouche das Leben nicht zurückgeben. Er konnte lediglich sein eigenes Leben leben, und genau das hatte er auch vor, angefangen mit einem großen Krabbensandwich und einem kühlen Getränk, am besten gleich einer ganzen Flasche, unten in der Landing.

Schweiß rann zwischen Laurels Brüsten hinunter, als sie in der frisch umgegrabenen Erde kniete. Er bildete Perlen auf ihrer Stirn, und ein Tropfen rann auf ihre Nase hinunter. Sie hob eine Hand, die in einem schmutzigen Handschuh steckte, wischte den Schweißtropfen weg und hinterließ eine Lehmspur.

Niemand hätte sie für die einstmals aggressive Staatsanwältin gehalten – ein Umstand, der ihr nur recht war. Sie wollte sich in anspruchslosen manuellen Tätigkeiten verlieren und an nichts anderes denken als an simple Handgriffe, an das Umgraben der Erde und das Anpflanzen von Blumen. Sie hatte den Verdacht, wenn sie ihre Gartenarbeit beendet hatte, würde sie den Eindruck erwecken, als hätte sie in Erde gebadet. Es gab schlimmere Dinge, in die man sich versenken konnte.

Mit einem kleinen Spaten stocherte sie behutsam an der Wurzel eines neuen Azaleenstrauchs herum und mengte den speziellen Kompost bei, den Bud Landry ihr in der Gärtnerei mitgegeben hatte – seine eigene geheime Mischung aus Gott weiß was, die alles »unter Garantie« wachsen ließ.

Da sie darauf versessen war, das Werk zu restaurieren, das der Hund zerstört hatte, war sie um halb acht zur Gärtnerei runtermarschiert und in dem Moment dort eingetroffen, in dem Bud gerade den Schlüssel ins Tor steckte. Daß ein Teil von ihr ebensosehr darauf aus gewesen war, bloß nicht zu vielen Leuten über den Weg zu laufen, war eine Wahrheit, der sie lieber nichts ins Auge sah.

Den größten Teil des Vormittags verbrachte sie damit, das Gemetzel des Vortags zu beseitigen und das Anbringen eines neuen Tors am hinteren Ende des Gartens zu überwachen. Sie legte nur eine kurze Pause für einen Schluck von dem Eistee ein, den Mama Pearl ihr rausbrachte, und ansonsten harkte und rechte sie Haufen zusammen. Dann schleppte sie die Abfälle, eine Ladung nach der anderen, an den Rand des kleinen offenen Feldes, das östlich von Tante Carolines Grundstück lag, und dort warf sie die Trümmer ihrer ersten beiden Arbeitstage auf einen Haufen, um all das zu verbrennen, ehe sich Schlangen und Nagetiere häuslich darin einrichten konnten.

In Gedanken machte sie sich eine Notiz, bei der Stadtverwaltung anzurufen und sich zu erkundigen, ob sie dafür eine Genehmigung brauchte. Im Bayou Breaux hatte man es nie allzusehr mit solchen Formalitäten gehabt, aber die Zeiten änderten sich. Sie lebte schon seit vielen Jahren nicht mehr hier. Nach allem, was sie wußte, konnten Yuppies, die dem Vorstadtleben entfliehen wollten, die Gegend an sich gerissen haben. Oder die Junior League könnte beschlossen haben, Umweltschutz sei große Mode – solange die Geschäfte ihrer Ehemänner nicht davon betroffen waren. Laurel konnte sich nur zu gut ausmalen, daß ihre Mutter führend in der Kampagne gegen Leute war, die Sträucher anzündeten, während Ross Leighton das Bayou mit Chemikalien verseuchte, um sein Zuckerrohr gegen Insektenbefall zu schützen und es dollargrün zu ernten.

Der Gedanke an Vivian ließ den letzten Rest von Laurels Lächeln verblassen. Sie war jetzt schon seit vier Tagen im Bayou Breaux und hatte Beauvoir immer noch keinen Besuch abgestattet. Viel länger würde das nicht mehr klaglos hingenommen werden. Sie verspürte keinerlei Verlangen, das Zuhause ihrer Kindheit oder die Menschen, die dort wohnten, aufzusuchen, aber es gab so etwas wie familiäre Pflichten, die Vivian Laurel wie einen Knüppel über den Schädel ziehen würde, wenn sie die erwartete Pilgerfahrt nicht bald antrat.

Dieser Aussicht sah sie nicht gerade freudig entgegen. Der Umstand, daß sie mit Vivian und Ross zu tun haben würde, und sei es auch nur, beim Abendessen am selben Tisch mit ihnen zu sitzen, hatte ausgereicht, um sie hinterfragen zu lassen, ob es wirklich ein weiser Entschluß gewesen war, hierher zurückzukommen. Das instinktive Verlangen nach einem vertrauten Ort hatte jedoch über die Aversion gesiegt, ihre Mutter und ihren Stiefvater wiederzusehen.

Die Vorstellung, ganz allein irgendwo hinzugehen, an einen Ort, an dem ihre Anonymität uneingeschränkt war, war zu beängstigend gewesen. An einen Ort, an dem nur sie selbst sich Gesellschaft leisten würde? Das war genau die Gesellschaft, in die sie sich im Moment nicht begeben wollte. Sie hatte sich nach dem Trost gesehnt, den Caroline Chandlers eindrucksvolle Persönlichkeit und ihre bedingungslose Liebe ihr spenden konnten. Sie hatte das Bedürfnis verspürt, Savannah zu sehen. Sie hatte Mama Pearls Getue und ihre Aufsässigkeit vermißt. Ein gelegentliches Treffen mit Vivian und Ross schien ihr ein geringes Bußgeld zu sein, das sie für das Privileg bezahlen mußte, wieder zu Hause zu sein.

Mit beträchtlicher Willenskraft schloß sie die Tür hinter diesem Thema und konzentrierte sich auf andere Dinge. Ihre Hände drückten die Erde fest um die Wurzeln des Azaleenstrauchs. Der Geruch von deftigem Kompost und grünem Wachstum stieg ihr in die Nase. Am anderen Ende des Gartens surrten Bienen träge über ein wüstes Gewirr von üppig rankenden Rosen und Glyzinien, die sich an die Backsteinmauer klammerten. Ein Quintett von Mozart ertönte aus dem Rundfunkapparat, den sie auf der Veranda des Hauses angestellt hatte.

Die Hitze wurde drückender. Sie schwitzte ein wenig mehr. Über ihrem Kopf wanden sich kleine Wolkenfetzen und bahnten sich einen Weg über den blauen Himmel, trieben auf einer lauen Brise vom Golf her nach Norden. Das Quintett endete, und die Nachrichten, die folgten, signalisierten, daß die runde Stunde der Mittagszeit geschlagen hatte.

»Die letzte Meldung dieser Stunde ist die Entdeckung eines anscheinend weiteren Opfers...«

Laurel riß den Kopf herum, als die Meldung abrupt abriß. Savannah stand auf der Veranda, hatte die Arme in die Hüften gestemmt und verbarg ihre Augen hinter den quadratischen schwarzen Gläsern einer Ray-Ban-Brille. Die wüste Mähne hatte sie sich zu einem unordentlichen Knoten hochgesteckt, von dem Locken um ihren Hals und ihr Kinn hingen, und sie war so auffällig wie sonst auch gekleidet, mit einem laubgrünen Minirock aus Latex, der sich eng an ihre Hüften und ihren Hintern schmiegte, und einem losen weißen Seidentop, das es schaffte, mehr zu zeigen, als es bedeckte.

Ein erbsengroßer Diamant hing direkt über dem tiefen Schatten des Spalts zwischen ihren Brüsten, direkt unter der Kette, die Daddy ihr vor Jahren geschenkt hatte, und an ihren Handgelenken klirrten goldene Armreifen, als sie das Gewicht ungeduldig von einem Pfennigabsatz auf den anderen verlagerte.

»Baby, was, auf Erden, tust du da?«

Laurel strich sich den Pony aus den Augen und lächelte sie strahlend an. »Gartenarbeit! Nach was sieht es denn sonst aus?«

Sie ließ ihre Werkzeuge sinken, richtete sich auf und klopfte sich lose Erdbrocken von den Knien ihrer ausgebeulten Jeans, ehe sie sich auf den Weg zur Veranda machte. Mama Pearl würde wie eine fette, alte Henne gackern, wenn sie den Schmutz ins Haus trug.

»Du hast die gesamten zwei letzten Tage mit Gartenarbeit zugebracht«, sagte Savannah stirnrunzelnd. »Du wirst dich noch überanstrengen. Hat dein Arzt dir denn nicht gesagt, daß du dich ausruhen sollst?«

»Gartenarbeit ist psychisch entpannend. Ich habe dringend eine körperliche Betätigung gebraucht«, sagte sie, während sie sich die Leinenschuhe von den Füßen stieß und neben ihre Schwester trat. Mit ihren hochhackigen Schuhen überragte Savannah sie. Laurel war sich in Savannahs Gegenwart immer klein und mausgrau vorgekommen. Heute fühlte sie sich wie ein schmuddeliges Gör, und dieses Gefühl bereitete ihr gewaltige Freude.

Savannah rümpfte die Nase und verzog das Gesicht angewidert zu einer komischen Grimasse. »Himmel, du riechst wie ein ganzer Schweinestall in der glühendsten Mittagshitze! Wenn du Bewegung gebraucht hast, hätten wir einkaufen gehen könne. Deine Garderobe schreit nach einem Ausflug nach New Orleans.«

»Ich habe jede Menge Kleider.«

»Warum ziehst du sie dann nicht an?« fragte Savannah spitzbübisch.

Laurel schaute auf das unförmige Baumwoll-T-Shirt und die ausgebeulten Jeans hinunter, eine blendende Tarnung für alle Einzelheiten ihres Körpers. Das, was sie mitgebracht hatte, zielte auf Bequemlichkeit und nicht etwa auf modischen Chic ab.

»Es wäre nicht allzu praktisch, wenn ich die Gartenarbeit in Stöckelschuhen betriebe«, sagte sie trocken und musterte die Aufmachung ihrer Schwester. »Und wenn ich mich in diesem Rock vorbeugen müßte, würden mich die Nachbarn wahrscheinlich wegen Erregung öffentlichen Ärgernisses verhaften lassen.«

Savannah schaute über den Garten hinaus auf L'Amour, das einst so elegante Backsteinhaus, das ein gutes Stück weit entfernt hinter Belle Rivière am Rand des Bayou stand. »Baby, diesen Nachbarn könntest du selbst dann nicht schockieren, wenn du es darauf absehen würdest.«

»Wer wohnt denn dort? Ich hätte nicht geglaubt, daß es jemals jemand kaufen würde, wenn man die Geschichte dieses Hauses und den Zustand bedenkt, in dem es war, als ich es das letzte Mal gesehen habe.«

L'Amour war um die Mitte des neunzehnten Jahrhunderts herum von einem reichen verheirateten Mann für seine berüchtigte Geliebte erbaut worden. Nach allem, was man so hörte – und es waren zahlreiche Versionen dieser Geschichte im Umlauf –, starb sie durch seine Hand, als er dahinterkam, daß sie sich außerdem mit einem nichtsnutzigen Cajun-Fallensteller eingelassen hatte. Als sie aufgewachsen war, hatte Laurel Geschichten gehört, in denen es hieß, in diesem Haus spukte es. Es war seit Jahren nicht mehr bewohnt gewesen.

»Jack Boudreaux«, antwortete Savannah, und bei dem Gedanken an ihn wurde ihr Lächeln sexy. »Schriftsteller, Schlingel, Schurke und Frauenheld. Und wenn er alt genug wird, kann ich mir vorstellen, daß er noch dazu ein verkommenes Subjekt sein wird, dieser unverbesserliche Kerl. Komm schon, du Bengel«, sagte sie und wandte sich dem Haus zu. »Stell dich unter die Dusche. Ich lade dich zum Mittagessen ein.«

Jack Boudreaux. Laurel stand auf der Veranda und starrte L'Amour an. Ihr Puls hatte einen schnelleren Rhythmus eingeschlagen, als eine unerwünschte Flut von Erinnerungen an den Vorabend über sie hereinbrach. Eine rauchige Whiskeystimme und ungezügelte Sexualität. Funkelnde dunkle Augen und warme, geschmeidige Musikerhände, die unverschämt und anzüglich über ihren Hals geglitten waren. Sie rang überrascht nach Luft, als Verlangen erwachte und sich so gewunden und heimtückisch wie Rauch in ihr ausbreitete.

»Was ist, Baby, kommst du?«

Laurel riß den Kopf herum, und ihre Wangen röteten sich wie die eines schuldbewußten Schulmädchens. Savannah zog besorgt die Augenbrauen hoch und stieß sich die Sonnenbrille aufs Haar.

»Ich glaube, du bist zu lange in der prallen Sonne gewesen. Du hättest einen Hut tragen sollen.«

»Mir fehlt nichts.« Laurel schüttelte den Kopf und wich dem Blick ihrer Schwester aus. »Ich werde nur noch schnell kalt duschen, ehe wir aus dem Haus gehen.«

Eine kalte Dusche konnte sie wahrhaft brauchen, dachte sie und war erschüttert über ihre Reaktion auf die bloße Nennung des Namens eines Mannes hin. Himmel, es war ja nicht gerade so, als hätte sie diese Begegnung genossen. Es hatte sie zermürbt, und sie hatte sich regelrecht lächerlich gemacht. Sie hätte gekränkt auf die Worte »Jack Boudreaux« reagieren müssen.

Sie duschte schnell und zog sich ausgebeulte blaukarierte Shorts und eine ärmellose blaue Baumwollbluse an. Es waren kaum zehn Minuten vergangen, als sie die Treppe hinunterlief und den Salon betrat, einen Raum mit zartrosa Wänden und der Form von Eleganz im Detail, die Belle Rivière auf ein und dieselbe Stufe mit den vornehmsten alten Häusern im Süden stellten.

»...das arme Mädchen drüben in der Gemeinde St. Martin«, sagte Caroline gerade mit gesenkter Stimme.

Sie saß auf ihrem »Thron«, einen Louis-Seize-Lehnstuhl mit roséfarbenem Damastpolster und wunderbaren Schnitzerein. Nachdem sie von ihrem gewohnten Samstagmorgen im Laden nach Hause gekommen war, hatte sie es sich bequem gemacht, ihre schwarzweißen hochhackigen Pumps auf dem burgunderfarbenen Brüsseler Teppich von den Füßen getreten und ihre winzigen Füße auf einem Hocker für Gichtkranke hochgelegt, der zweifellos im achtzehnten Jahrhundert eine Frau hatte erblinden lassen, die bei Lampenschein den Petit-Point-Bezug angefertigt hatte. Zu ihrer Linken stand auf dem zierlichen ovalen Sheraton-Tablett, das auf einem Serviertischchen aus Sterlingsilber abgestellt worden war, ein hohes schwitzendes Glas Eistee.

»Ich habe das Radio ausgeschaltet, ehe sie es hören konnte«, sagte Savannah, deren Stimme ebenfalls zu einem verschwörerischen Tonfall gesenkt war. Sie saß seitlich auf dem Sofa mit der Höckerlehne, hatte sich zu ihrer Tante vorgebeugt und die langen nackten Beine übereinandergeschlagen.

»Ehe ich was hören konnte?« fragte Laurel behutsam.

Die beiden Frauen rissen abrupt die Köpfe herum, und ihre Augen waren groß vor schuldbewußtem Erstaunen. In Savannahs Gesichtsausdruck machte sich im Handumdrehen Gereiztheit breit.

»Du hättest mindestens zwanzig Minuten mehr brauchen müssen, um dich herzurichten«, sagte sie mürrisch. »Und die hättest du auch gebraucht, wenn du dir die Mühe gemacht hättest, dich zu schminken oder etwas mit deinem Haar zu tun.«

»Für Make-up ist es zu heiß«, sagte Laurel kurz angebunden und erbost. »Und wie mein Haar aussieht, interessiert mich nicht«, sagte sie, obwohl sie automatisch eine Hand hob, um sich ein paar feuchte Strähnen hinter das Ohr zu streichen. »Was ist es, was ich nicht hören sollte?«

Tante und Schwester tauschten einen Blick untereinander aus, der ihre aufkommende Wut zehn Punkte in die Höhe schnellen ließ.

»Nur die neuesten Meldungen in den Nachrichten, Liebling«, sagte Caroline und setzte sich anders hin. Sie arrangierte langsam und lässig den vollen Rock ihres schwarzweiß gepunkteten Kleides, als hätte sie nichts Dringlicheres im Sinn. »Wir haben keinen Grund dafür gesehen, dich damit zu belasten, das ist alles.«

Laurel verschränkte die Arme und baute sich vor dem weißen Marmor des Kamins auf. »Ich bin nicht so zerbrechlich, daß man mich gegen Rundfunkmeldungen abschirmen muß«, sagte sie, und ihre Stimme bebte vor Anspannung. »Ich habe es nicht nötig, derart verhätschelt und von der Welt abgeschirmt zu werden. Ich bin nicht in einer derart labilen Geistesverfassung, daß man damit rechnen muß, die kleinste Kleinigkeit könnte mich in Stücke springen lassen.«

Schon während sie die Worte aussprach, ließ der Geschmack der Lüge ihren Mund austrocknen. Sie war tatsächlich hergekommen, um sich verhätscheln zu lassen. Gerade erst gestern abend war sie an der Auseinanderssetzung mit einem nichtsnutzigen Trinker über einen nichtsnutzigen Hund zerbrochen. *Schwach.* Sie zitterte und spannte ihre Muskeln gegen dieses Wort, gegen diese Vorstellung an.

»Natürlich glauben wir das nicht, Laurel«, sagte Caroline und erhob sich mit der Anmut und der Haltung einer Königin. Ihre dunklen Augen waren unbeirrt, und in ihrem sachlichen, nüchternen und offenen Gesichtsausdruck zeigte sich kein Anflug von Mitleid. »Du bist hierhergekommen, um dich auszuruhen und dich zu entspannen. Wir haben uns lediglich gedacht, dieses Vorhaben ließe sich leichter bewerkstelligen, wenn du nicht in den Schwall von Spekulationen über diese Morde hineingezogen wirst.«

»Morde?«

»Es sind jetzt vier in den letzten achtzehn Monaten. Junge Frauen von... fragwürdigem Ruf..., die in vier verschiedenen Gemeinden erdrosselt draußen im Sumpf aufgefunden worden sind – Gott sei Dank nicht in Partout.« Sie gab die Information nüchtern und mit möglichst wenig Einzelheiten weiter. Nachdem die Katze jetzt aus dem Sack war, sah sie keinen Sinn darin, mit affektierten Beschönigungen um den heißen Brei herumzuschleichen. Bestimmt hatte ihre Nichte während ihrer Amtszeit als Staatsanwältin mit ebenso schlimmen, wenn nicht gar schlimmeren Fällen zu tun gehabt. Aber sie sah andererseits auch keine Notwendigkeit dafür, ein gräßliches Bild von Marter und Verstümmelung zu zeichnen, wie es die Zeitungen getan hatten. Sie hoffte nur, der Fall würde Laurels Aufmerksamkeit nicht gefangennehmen. Nachdem sie die Situation in Scott County gerade hinter sich zurückgelassen hatte, konnte sie es nicht brauchen, sich in einen weiteren von Medien hochgespielten Fall von Sex und Gewalttägigkeit zu vertiefen.

»Alle in Acadiana?« fragte Laurel und engte die Möglichkeiten damit auf die Gemeinden ein, die das französische Dreieck von Louisiana bildeten.

»Ja.«

»Gibt es irgendwelche Verdächtigen?« Die Frage war ihr sosehr zur zweiten Natur geworden, wie sich nach jemandes Gesundheitszustand zu erkundigen.

»Nein.«

»Hat man...«

»Das ist nicht deine Angelegenheit, Baby«, sagte Savannah mit scharfer Stimme. Sie stand von dem Sofa auf und trat vor, und ihr Groll trug nichts dazu bei, das Schwenken ihrer Hüften zu verringern. »Du bist kein Bulle, und du bist kein öffentlicher Ankläger, und diese Mädchen sterben noch nicht mal in diesem gerichtlichen Zuständigkeitsbereich, und deswegen darfst du einfach weghören. Hast du verstanden?«

Es lag Laurel auf der Zungenspitze, Savannah zu sagen, sie sei nicht ihre Mutter, doch sie schluckte die Worte herunter. Savannah war ihr in vieler Hinsicht weit mehr eine Mutter, als Vivian es je gewesen war. Und außerdem versuchte Savannah nur, sie zu beschützen.

Mit den Händen auf den Hüften erstickte sie ihre Wut und seufzte langsam, um einen Teil des Dampfes abzulassen, und schon die kleine Menge Wut, die sie an den Tag gelegt hatte, laugte sie aus. »Ich habe nicht die Absicht, eine Serie von Morden aufklären zu wollen«, versicherte sie den beiden. »Ihr wißt doch, daß ich im Moment alle Hände voll damit zu tun habe, mit mir selbst klarzukommen.«

»Unsinn.« Caroline rümpfte die Nase und warf den Kopf zurück. »Du machst dich gut. Wir wollen nur, daß du dich darauf konzentrierst, wieder zu Kräften zu kommen, das ist alles. Du bist eine Chandler«, sagte sie, setzte sich wieder auf ihren Thron und arrangierte achtlos ihren Rock. »Dir wird es bald wieder gutgehen, wenn deine Halsstarrigkeit nicht die Oberhand gewinnt.«

Laurel lächelte. Genau das hatte sie sich von Belle Rivière erhofft – Carolines unermüdliche Kraft und ihre wilde Entschlossenheit. Im Bayou Breaux gab es Leute, die Laurels Tante mit einem Pitbull verglichen – ein Vergleich, der Caroline immens gefiel. Caroline Chandler wurde von allen, die sie kannten, entweder geliebt oder gehaßt, und sie war enorm stolz darauf, derart heftige Reaktionen auszulösen, ganz gleich, welche es auch waren.

»Wir gehen zum Mittagessen aus, Tante Caroline«, sagte Savannah und schlang sich den Riemen ihrer überdimensionalen Handtasche über die Schulter. Sie zog sich die Ray-Ban-Brille wieder auf den Nasensteg. »Kommst du mit? Mama Pearl ist zu einer Kirchenversammlung gegangen.«

»Nein, danke, Liebling.« Caroline trank ihren Tee und lächelte. »Ich bin heute zum Mittagessen in Lafayette verabredet.«

Savannah zog ihre Brille etwas tiefer auf die Nase, zog eine Augenbraue hoch und sah Laurel an, die lediglich mit der Achseln zuckte. Carolines Freunde in anderen Städten hatten niemals Namen

– und im übrigen auch kein Geschlecht. Da sie nie verheiratet gewesen war oder sich auch nur mit einem der Männer aus der Gegend auf eine ernste Beziehung eingelassen hatte, hatten Carolines sexuelle Vorlieben langen Zeit Anlaß zu zahlreichen Spekulationen und Gerüchten im Bayou Breaux gegeben. Und sie hatte sich immer energisch und stur geweigert, die Frage so oder so zu beantworten, denn sie sagte, es ging verdammt noch mal niemanden etwas an, ob sie es nun *war* oder nicht.

»Was meinst du?« fragte Savannah, als sie in die tiefen Schalensitze ihres roten Corvette-Kabrios glitten.

»Ich habe keine Meinung«, sagte Laurel und legte automatisch den Gurt an. Savannahs Fahrstil entsprach ihrer Lebensweise.

Savannah kicherte anzüglich, als sie den Schlüssel in das Zündschloß steckte und den Motor des Sportwagens anließ. »Jetzt hör aber auf, Baby. Willst du mir damit etwa sagen, du hättest nie versucht, dir auszumalen, wie Tante Caroline es mit einer ihrer mysteriösen Bekanntschaften treibt?«

»Natürlich nicht!«

»Du bist ja so prüde.« Sie fuhr rückwärts aus der Auffahrt und bog in die ruhige, von Bäumen gesäumte Straße ein, die direkt ins Zentrum führte. Belle Revière war das letzte Haus, ehe die Straße in das Weideland und die feuchten Sumpfgebiete hinausführte. Aber selbst stadteinwärts, wo ein Haus neben dem anderen stand, schien das einzige aktive Treiben im Flattern des Louisianamooses zu bestehen, das wie zerrissene Flaggen von den Bäumen hing.

»Wenn ich mir meine Verwandten nicht beim Sex ausmale, dann macht mich das noch lange nicht prüde«, murrte Laurel.

»Nein«, sagte Savannah. »Aber es läßt dich mit teuflischer Sicherheit zum Außenseiter der Familie werden, oder nicht?«

Sie ließ die Kupplung kommen, und die Corvette sauste mit heulendem Motor über die Straße. Laurel heftete den Blick fest auf die Straße und kämpfte gegen den Drang an, die Hand zum Mund zu heben, damit sie auf ihrem Daumennagel herumkauen konnte.

Sex war das allerletzte, worüber sie reden wollte. Sie hätte es vorgezogen, wenn es so etwas gar nicht erst gegeben hätte. Ihr schien es, als wäre die Welt ohne Sex ein weit schönerer Ort gewesen. Mit Sicherheit wäre die Welt ohne ihn für die Kinder, für die sie sich in

Scott County eingesetzt hatte, und für zahllose weitere ein schönerer Ort gewesen. Sie versuchte sich auszumalen, was Savannah im Leben hätte erreichen können, wäre sie nicht zu einem derart sexuell fixierten Wesen geworden.

Diese Überlegungen ließen eine Unmenge von anderen Gedanken an die Oberfläche sprudeln, und ihr Magen geriet in Aufruhr. Sie versuchte, ihre Aufmerksamkeit auf die vertraute Umgebung zu richten, an der sie mit Schallgeschwindigkeit vorüberfuhren – ein Straßenzug von kleinen Gebäuden im Landhausstil, jedes mit einem Schrein für die Jungfrau Maria im Vorgarten. Ein Schrein nach dem anderen, alle aus alten Badewannen mit verschnörkelten Füßen angefertigt, die in der Mitte durchgesägt und in den Boden eingepflanzt worden waren. Blumen blühten wuchernd um die Füße weißer Totems der heiligen Mutter herum. Ein Straßenzug mit Stadthäusern aus Backstein, die in den letzten Jahren renoviert worden waren. Die Innenstadt mit ihrer Mischung aus alten und geschmacklos »modernisierten« Geschäftsfassaden.

Sie drehte sich nicht nach dem Gerichtsgebäude um, als sie daran vorbeifuhren, sondern konzentrierte sich statt dessen auf die Ansammlung von verhutzelten, wettergegerbten alten Männern, die den Eindruck erweckten, als säßen sie schon seit drei Jahrzehnten vor der Eisenwarenhandlung, schwätzten miteinander und hielten emsig nach Fremden Ausschau.

Die Anblicke, die sich ihr boten, waren vertraut, aber nicht beruhigend, nicht so, wie sie es sich gewünscht hätte. Sie fühlte sich irgendwie losgelöst von allem, was sie sah, als schaute sie es durch eine dick verglaste Fensterscheibe an und könnte es nicht berühren, die Wärme der Menschen oder das beruhigende Gefühl, mit diesem Ort schon lange vertraut zu sein, nicht spüren. Tränen drückten von hinten auf ihre Augen, und sie schüttelte den Kopf, als sie erbittert an die Verteidigung ihrer Geistesverfassung dachte, die sie im Salon von Caroline und Savannah vorgebracht hatte. Was für eine geballte Ladung Mist. Sie war so zerbrechlich wie altes Glas, so schwach wie ein neugeborenes Kätzchen.

»Ich habe eigentlich gar keinen großen Hunger«, murmelte sie und grub ihre Finger in das beigefarbene Lederpolster des Autositzes, um ihre Hände vor dem Zittern zu bewahren, als die Spannung sich in ihr aufbaute, das Gleichgewicht von Kraft und Schwäche sich in ihr verschob und beide Seiten aufeinanderprallten.

Savannah sparte sich die Mühe mit dem Blinker, als sie auf den Parkplatz neben Madame Collete's einbog, einem von einem halben Dutzend Restaurants in der Stadt. Sie beanspruchte zwei Parkplätze für sich, da sie die Corvette diagonal zwischen einer Mercedes-Limousine und einem verrosteten Pinto abstellte. Sie schaltete den Motor aus, zog den Schlüssel aus dem Zündschloß und bedachte Laurel mit einem Blick, in dem sich eine Entschuldigung und Mitgefühl zu gleichen Teilen miteinander verbanden.

»Es tut mir leid, daß ich es angesprochen habe. Das letzte, was ich will, ist, dich aus der Fassung zu bringen, Baby. Ich hätte es besser wissen müssen.« Sie streckte eine Hand aus und strich über eine von Laurels Locken, die in einem seltsamen Winkel getrocknet war, ehe sie sie ihr mit einer unverwechselbar mütterlichen Geste hinter das Ohr schob. »Komm schon, Süße, jetzt gönnen wir uns ein Stück von Madame Collettes Rhabarberkuchen. Ganz so wie in alten Zeiten.«

Laurel versuchte zu lächeln und blickte zu dem verwitterten grauen Gebäude auf, das an der Kreuzung der Jackson mit der Dumas stand. Madame Collette's hatte den Eingang zur Straßenseite und nach hinten hinaus eine Terrasse mit Fliegengittern zum Bayou hin, mit Blick auf das Wasser. Mit seinem rostigen Blechdach und den alten blauen Fliegengittertüren, die im Eingang hingen, machte das Restaurant nicht viel her, aber es war schon so lange fortwährend in Betrieb, daß nur die echten Oldtimer im Bayou Breaux sich noch an die ursprüngliche Besitzerin Collete Guilbeau erinnerten – eine winzige Frau, die angeblich Kautabak gekaut, einen sechsschüssigen Revolver bei sich getragen und Alligatorenhäute mit einem Messer gegerbt hatte, das ihr Teddy Roosevelt geschenkt hatte, der dort auf einer Jagdexpedition im Atchafalaya auf einen Happen eingekehrt war.

Rhabarberkuchen bei Madame Collette's. Eine Tradition. Erinnerungen, die so bittersüß wie die gedeckte Torte waren. Laurel überlegte sich, daß sie es vorgezogen hätte, in der Abgeschiedenheit des Gartens auf der Veranda von Belle Rivière zu sitzen, aber sie holte tief Atem und machte ihren Gurt auf.

Savannah ging voraus, schlenderte durch den Gang zwischen Reihen von roten Vinylnischen, schwenkte lässig die Hüften und zog die Blicke aller Männer im Restaurant auf sich. Laurel latschte mit den Händen in den Taschen ihrer ausgebeulten Shorts und mit gesenktem Kopf hinter ihr her. Die überdimensionale Brille rutschte auf ihre Nase hinunter. Sie wollte keinerlei Aufmerksamkeit auf sich ziehen, handelte sich aber dennoch neugierige Blicke ein.

Das Aroma scharfer Gewürze und gebratenen Fischs hing in der Luft, Gerüche, die Laurel mit Madame Collette's assoziierte. Deckenventilatoren hingen von dem getriebenen Blechdach wie jetzt schon seit fast achtzig Jahren. Dieselben roten Chromhocker, die Laurel noch aus ihrer Kindheit in Erinnerung hatte, standen noch vor demselben langen Tresen mit dem gewaltigen alten Dinosaurier von einer Registrierkasse und der Glasvitrine, in der die Kuchen und Torten zu sehen waren. Dieselben alten Stammgäste saßen noch auf denselben Wiener Stühlen an denselben Tischen.

Ruby Jeffcoat hatte ihren Posten hinter dem Tresen bezogen, den sie schon immer eingenommen hatte. Sie überprüfte die Kassenbons der Mittagessenszeit und trug etwas, was dieselbe schwarzweiße Livree zu sein schien, die sie schon immer getragen hatte. Sie war immer noch dürr und wirkte mürrisch, trug ein Haarnetz über der ondulierten Frisur und hatte die Lippen mit einem Rotton geschminkt, der den Karos der Tischdecken Konkurrenz machte.

Marvella Whatley, die ein wenig rundlicher und älter wirkte, als Laurel sie in Erinnerung hatte, deckte Tische. Ihr krauses, schwarzes, kurz geschnittenes Haar war inzwischen leicht grau meliert. Ein breites Grinsen hellte ihr dunkles Gesicht auf, als sie von ihrer Beschäftigung aufblickte.

»He, Marvella!« rief Savannah und winkte der Kellnerin zu.

»He, Savannah. He, Miz Laurel. Was darf's denn sein?«

»Wir möchten Rhabarberkuchen haben«, kündigte Savannah an und strahlte wie eine Katze bei der Aussicht auf frische Sahen. »Rhabarberkuchen und Coca-Cola.«

Hinter dem Tresen musterte Ruby Savannahs kurzen Rock und ihre langen nackten Beine, rümpfte entrüstet die Nase und zog eine so finstere Miene, daß ihr Mund sich zu der Form eines Hufeisens verzog. Marvella nickte nur. Marvella ließ sich durch nichts aus der

Ruhe bringen. »Wird gleich erledigt, meine Damen. Kommt frisch aus dem Ofen, dieser Kuchen. Bestimmt wollen Sie mehr davon haben. M'am Collette, mit diesem Kuchen, da übertrifft sie sich selbst.«

Der Tisch, an dem sich Savannah schließlich niederließ, befand sich am hinteren Ende des Lokals, in dem Raum mit den Fliegengittern, in dem herumstehende Teller und Gläser darauf hinwiesen, daß sie den Ansturm um die Mittagszeit herum verpaßt hatten. Draußen auf dem Bayou fuhr ein Motorboot aus Aluminium mit zwei Fischern vorbei, die von ihrem vormittäglichen Barschfang im Sumpf zurückkehrten. Im Schilfrohr am anderen Ufer stand ein Reiher so still wie eine Statue vor einem Hintergrund aus orangerotem, wildem Wein und Zichorien und beobachtete sie im Vorbeifahren.

Laurel holte tief Atem und sog dabei die Gerüche von Madame Colette's Küche und den subtileren wilden Duft des flaschenbraunen Wassers jenseits der Fliegengitter ein, und sie gestattete es sich, sich zu entspannen. Es war ein Tag wie auf einer Ansichtskarte – heiß und sonnig, und der Himmel war jetzt eine schimmernde Kuppel aus reinem Blei über dem dichten Wachstum der Bäume am anderen Ufer. Eichen, Weiden und Zürgelbäume. Fächerpalmen, die ihre Wedel wie langfingrige Hände ausbreiteten. Sie brauchte nirgends hinzugehen und hatte nichts anderes zu tun, als den Tag damit zuzubringen, auf das Bayou hinauszuschauen. Es gab Menschen, die für dieses Privileg teuer bezahlt hätten.

»Na, so was«, schnurrte Savannah, als sie sich durch die Gläser ihrer Ray-Ban-Brille im Raum umsah, »wenn das nicht der liebste Sohn des Bayou Breaux persönlich ist.«

Laurel warf einen Blick durch den Raum. An dem Tisch am gegenüberliegenden Ende saß der einzige andere Gast – ein stämmiger Mann mit einem zerklüfteten Gesicht, dessen blondes Haar in einer Form zerzaust war, die anzudeuten schien, daß er es sich mit den Fingern kämmte. Er hätte fünfzig Jahre alt sein können oder auch älter. Es war schwer zu sagen. Er hatte etwas von einem Sportler an sich – breite Schultern, große Hände und eine reizvolle Vitalität, die dem Alter trotzte. Er saß vorgebeugt über einem Spiralblock und schaute durch eine altmodische runde Brille mit einer goldenen Fassung darauf hinunter. In seinem Blick drückte sich gebannte Konzentration aus, während er vor sich hinkritzelte. Ein großer Krug Eistee stand in Reichweite links neben ihm, als hätte er vor, den ganzen Tag über dort zu sitzen und sein Glas während der Arbeit immer wieder nachzufüllen. Laurel erkannte ihn nicht, und mit einem Blick, der das besagte, drehte sie sich wieder zu Savannah um.

»Conroy Cooper«, sagte Savannah kühl.

Den Namen erkannte sie augenblicklich wieder. Conroy Cooper, Sohn einer prominenten ortsansässigen Familie, Autor und Pulitzer-Preisträger. Er war im Bayou Breaux aufgewachsen und dann nach New York gezogen, um von der Kritik bejubelte Geschichten über das Leben im Süden zu schreiben. Laurel war ihm nie persönlich begegnet, und sie hatte auch nie eines seiner Bücher gelesen. Sie vermutete, daß sie alles Wissenswerte darüber wußte, im Süden aufzuwachsen. Sie hatte ein- oder zweimal gehört, wie er in einem öffentlichen Rundfunksender Geschichten erzählte, und sie erinnerte sich nicht etwa an die Geschichten, die er erzählt hatte, sondern an seine Stimme. Tief, volltönend und wohlklingend, die Stimme der alten Kultur des Südens. Langsam und beruhigend, und es stand in ihrer Macht, gleichzeitig einzulullen, zu umwerben und in Sicherheit zu wiegen.

»Er ist vor ein paar Monaten wieder zurückgekommen«, erklärte Savannah in einem verschwörerisch gesenkten Tonfall.

Ihr Blick war immer noch auf Cooper gerichtet, ihr Ausdruck hinter ihrer Sonnenbrille verborgen. Sie fuhr mit einer Fingerspitze über den Rand des tropfnassen Colaglases, das Marvella serviert hatte, eine Geste, die Laurel an eine Katze erinnerte, die pikiert mit dem Schwanz zuckt.

»Seine Frau hat Alzheimer. Er hat sie aus New York hierher zurückgebracht und sie in das St.-Josephs-Pflegeheim gesteckt. Soweit ich gehört habe, kann sie ihren Kopf nicht von einem Loch im Boden unterscheiden.«

»Die arme Frau«, murmelte Laurel.

Savannah gab einen Laut von sich, der mehr nach Entrüstung als nach Zustimmung klang.

Der Rhabarberkuchen kam, dampfend heiß mit Vanilleeis, das schmelzend an den Seiten herunterfloß und auf dem Teller eine

Pfütze bildete. Laurel verzehrte ihr Stück genüßlich. Savannah stocherte darin herum, bis das Eis sich vollständig verflüssigt hatte und der Kuchen eine unappetitliche Masse von rosa Klümpchen und Kruste war, die Ähnlichkeit mit feuchtem Pappkarton aufwies.

»Stimmt etwas nicht?«

Der Klang von Laurels Stimme ließ sie zusammenzucken und den Blick von Cooper losreißen, der ihre Anwesenheit bisher noch nicht zur Kenntnis genommen hatte. »Was?«

»Du ißt deinen Kuchen ja gar nicht. Stimmt etwas nicht?«

Sie ließ ein sprödes Lächeln aufblitzen und wedelte mit einer Hand durch die Luft. »Nein, keineswegs. Ich habe bloß nicht soviel Appetit, wie ich dachte, das ist alles.«

»Wenn das so ist...« Laurel warf einen nachdenklichen Blick auf Cooper, der über seinen Schreibblock gebeugt war. »Ich habe mir überlegt, ich könnte eigentlich schnell über die Straße zur Eisenwarenhandlung laufen. Tante Caroline braucht einen neuen Gartenschlauch. Möchtest du mitkommen?«

»Nein, nein, nein«, sagte sie hastig. »Lauf du nur los. Wir treffen uns dann beim Wagen. Ich werde mir von Madame Collette eine von diesen Pasteten einpacken lassen und sie zum Abendessen mit nach Hause nehmen.«

Savannah spießte mit ihrer Gabel einen Bissen durchgeweichten Kuchen auf und sah zu, wie Laurel den Kopf einzog und durch die Tür verschwand und sie mit dem Mann allein ließ, der mühelos ihr Herz ergattert hatte und entschlossen zu sein schien, es zu brechen.

Wut grollte in ihr und trieb sie zum Leichtsinn an. Sie wollte, daß er sie ansah. Sie wollte ihm dieselbe Form von Gier ansehen, die sie jedesmal verspürte, wenn sie ihn sah, jedesmal, wenn sie an ihn dachte. Sie wollte dasselbe unbändige Verlangen in seinen Augen glühen sehen. Aber er saß einfach nur da, schrieb und nahm keine Notiz von ihr, als sei sie nicht wichtiger als ein Tisch oder ein Stuhl.

Sie erhob sich langsam, strich ihren kurzen Rock glatt, und jede ihrer Bewegungen war sinnlich und fließend. Das nutzte ihr jedoch nicht das Geringste. Cooper schrieb mit gesenktem Kopf weiter, die Augenbrauen zusammengezogen, den breiten Kiefer zusammengebissen.

Langsam schlenderte sie durch den Raum, und ihre Pfennigabsätze klapperten auf dem Linoleumfußboden. Sie warf ihre Sonnenbrille neben den Notizblock und zog ihren Rocksaum langsam hoch, zentimeterweise, legte seidig-weiche Oberschenkel und dort, wo diese Schenkel zusammentrafen, ein Dickicht sorgsam gestutzter schwarzer Locken frei.

Cooper setzte sich kerzengerade auf seinem Stuhl auf, ließ seinen Stift fallen und hätte mit dem Ellbogen fast den Teekrug umgestoßen. »Heiliger Strohsack, Savannah!« Die Worte entrissen sich seiner Kehle als ein heiseres Flüstern. Er schaute sich automatisch zur Tür um, weil er wissen wollte, ob es Zeugen gab.

»Mach dir keine Sorgen, Schätzchen«, schnurrte Savannah und ließ den Stoff über ihre Lenden gleiten. »Außer uns Ehebrechern ist niemand hier.«

Er streckte eine Hand über den Tisch, weil er die Absicht hatte, ihr den Rock wieder herunterzuziehen und sie zu bedecken, doch sie wich vor ihm zurück und bewegte sich mit dem Rücken zur Tür langsam um das Kopfende des Tisches herum.

»Gefällt dir, was du siehst, Mr. Cooper?« murmelte sie mit honigsüßer Stimme, und ihre blaßblauen Augen funkelten schelmisch und tückisch. »Es steht zwar nicht auf der Speisekarte, aber wenn du mich nett darum bittest, lasse ich es dich kosten.«

Cooper stieß einen Seufzer aus, lehnte sich zurück und sah zu, wie sie ein Knie auf den Stuhl neben seinem senkte. Der ursprüngliche Schock hatte nachgelassen, und seine gewohnte Ausstrahlung von Gelassenheit hüllte ihn so behaglich ein wie das alte karierte Hemd, das er trug. Es lag in Savannahs Natur, andere zu schockieren. Mit übertriebenen Reaktionen stachelte man sie nur zu noch empörenderen Dingen an, wie ein unartiges Kind, das Aufmerksamkeit auf sich ziehen will. Daher lehnte er sich zurück und sah sich an ihr satt, da er wußte, daß er jeden Eindringling früh genug sehen würde, um zu handeln, ehe sie miteinander erwischt wurden.

»Vielleicht später«, brachte er gedehnt hervor. »Vielleicht heute nacht.«

Sie schmollte und starrte ihn durch gesenkte Wimpern an. »So lange will ich nicht warten.«

»Das wirst du aber müssen, und davon wird es nur noch besser.«

Er streckte die Hand wieder aus, langsam und gehässig, ließ die

Fingerspitzen über ihr glattes Bein gleiten und hatte vor, ihr den Rock zu entreißen und ihn runterzuziehen, doch sie packte seine Hand und führte sie zwischen ihre Schenkel.

»Faß mich an, Cooper«, flüsterte sie und preßte sich an ihn, schmiegte ihre Wange auf sein Haar. Sie schlang ihm den rechten Arm um den Nacken und preßte sein Gesicht an ihre Brüste, während ihre Hüften begannen, sich automatisch und rhythmisch über seine Hand zu bewegen. »Bitte, Coop...«

Sie war heiß und seidig, und ihr Körper war augenblicklich bereit zum Sex. Sie bewegte sich wollüstig an ihm. Cooper hegte nicht den geringsten Zweifel daran, daß sie sich an Ort und Stelle rittlings auf ihn gesetzt hätte, wenn er es zugelassen hätte, ohne jede Rücksicht darauf, wer sie dabei ertappen könnte. Diese Vorstellung übte einen starken Reiz auf seine Phantasie aus, und er schnitt eine Grimasse, als das Verlangen pochte und sprudelte. Aber er würde ihm nicht nachgeben.

Er glaubte, das könnte das einzige sein, was ihn von all den anderen Männern unterschied, die Savannah in ihren Bann gezogen hatte – daß er es irgendwie schaffte, angesichts ihres überwältigenden Sex-Appeals an der Stimme der Vernunft festzuhalten, statt sich darin zu verlieren.

»Bitte, Coop«, hauchte Savannah. Sie ließ die Zungenspitze über den Rand seines Ohrläppchens gleiten und keuchte leise, als sich das Verlangen in ihrer Magengrube zu einem Knoten zusammenzog.

Das Verlangen peitschte um sie herum wie ein Wüstenwind, der ihre Haut glühen ließ. Sie wollte ihre Bluse aufreißen und seinen Mund naß und gierig auf ihren Brüsten spüren. Sie wollte sich auf seinem Schaft pfählen und vor Lust außer sich geraten. Sie wollte... wollte... wollte...

Dann zog er seine Hand zurück und stand auf, löste sich von ihr, und ihre Wünsche gerannen zu einem harten Schmerz der Frustration.

»Du bist ein solcher Mistkerl«, fauchte sie, riß sich den Rock herunter und rückte ihr Oberteil zurecht. Eine Haarsträhne fiel ihr ins Gesicht und blieb auf ihrer naßgeschwitzten Wange kleben. Sie strich sie sich hinters Ohr.

Cooper setzte seine Brille ab und begann, die angehauchten Gläser zu reinigen, sie methodisch mit einem sauberen weißen Tuch zu säubern. Er sah sie unter zusammengezogenen Augenbrauen an, seine Augen so blau wie Saphire, sein Blick unerschütterlich. »Ich bin ein Mistkerl, weil ich an einem öffentlichen Ort keinen Sex mit dir haben will?«

Savannah schniefte die drohenden Tränen zurück und war wütend, weil es in seiner Macht stand, sie Scham fühlen zu lassen. »Du wolltest mich noch nicht einmal über diesen gottverdammten Raum hinweg eines Blickes würdigen? Du konntest noch nicht mal höflich: ›Guten Tag, Miz Chandler‹ zu mir sagen.«

»Ich war konzentriert«, sagte er mit ruhiger Stimme.

Er setzte seine Brille wieder auf, faltete das Taschentuch zusammen und steckte es wieder in die Hüfttasche seiner Khakijeans. Nachdem er diese Aufgabe bewältigt hatte, sah er sie zärtlich an, und seine Mundwinkel zogen sich in einer Form hoch, die trotz seiner achtundfünfzig Jahre knabenhaft und unglaublich charmant wirkte. »Ich bin als Mann wohl eine Niete, wenn meine Arbeit mich so sehr beanspruchen kann, daß ich einen deiner Auftritte verpasse, Savannah.«

Er streckte eine Hand aus und berührte mit unendlicher Zärtlichkeit ihre Wange. »Verzeihst du mir?«

Dieser verdammte Kerl, natürlich würde sie ihm noch einmal verzeihen. Diese tiefe, samtige kultivierte Stimme hüllte sie wie Seide ein. Sie hätte sich neben ihm zusammenrollen und ihm hundert Jahren lang lauschen können, während er redete, und es hätte sie glücklich gemacht, einfach nur in seiner Nähe zu sein. Sie schniefte noch einmal und warf einen Seitenblick auf ihn .

»Woran arbeitest du gerade? An einer Kurzgeschichte?«

Coop nahm sein Notizbuch, als sie die Hand danach ausstreckte, klappte es zu und zwang sich zu einem Grinsen. »Aber, aber, Darling, du weißt doch, wie ich mich anstelle, wenn es darum geht, jemanden meine Sachen lesen zu lassen. Zum Teufel, selbst meine Agenten lasse ich meine Sachen nicht lesen, solange sie nicht fertig sind.«

»Ist es eine Geschichte über mich?« Die Sturmwolken ballten sich wieder in ihrem Innern. »Oder über Lady Astor?« fragte sie verdrießlich und warf den Kopf zurück, als sie sich unruhig vom Tisch entfernte.

Sie lief an der Wand mit den Fliegengittern entlang, ohne von dem schäbigen Ponton Notiz zu nehmen, das eine Ladung argloser Touristen über das Bayou in die Sauna beförderte, die der Sumpf um diese Nachmittagszeit darstellte.

»Lady Astor Cooper«, höhnte sie und stemmte die Hände in die Hüften. »Die Schutzheilige gemarterter Ehemänner.«

»Es ist immer noch besser, wenn ich mich von meiner Ehe zum Märtyrer machen lasse als von meinem Schwanz.«

»Willst du damit etwa andeuten, daß ich das tue?« fragte sie. »Mich wie ein Märtyrer dem Sex opfern?«

Cooper stieß zischend den Atem durch seine Zähne hindurch. Sie bewegten sich auf gefährlichem Boden. Er hatte seine eigenen Theorien zu Savannahs sexuellen Motiven, aber es würde zu nichts führen, sie in diese Theorien einzuweihen. Er konnte sich allzu leicht ausmalen, daß sie verletzt und hysterisch mit einem Wutanfall reagierte und wild um sich schlug. Und er verspürte kein Verlangen danach, sie zu verletzen. Trotz all ihrer Fehler hatte er sich in sie verliebt. Hoffnungsvoll verliebt im wahrsten Sinne des Wortes.

»Nun, jedenfalls habe ich Neuigkeiten für dich, Mr. Cooper«, sagte sie, reckte sich zu seinem Gesicht hinauf und verzog erbittert den hübschen Mund. »Ich lasse mich ficken, weil ich mich gern ficken lasse, und wenn du es nicht tun willst, dann werde ich mir jemand anderen suchen, der es will.«

Er packte ihre Arme und hielt sie einen Moment lang fest, während sie ihm ihre Wut ins Gesicht hauchte und seine Brillengläser sich wieder einmal beschlugen. Eine tiefe, unergründliche Traurigkeit wogte ihn ihm auf, und er zog die Stirn in Falten. »Du machst dich selbst unglücklich, Savannah«, murmelte er.

Sie erschauerte und versuchte das Frösteln der Wahrheit abzuschütteln. Coop sah es, dieser verdammte Kerl. Mit diesem weltklugen, weltverdrossenen, abgenutzten Blick sah er ihr in die Augen und erkannte, daß er einen Nerv getroffen hatte. Sie riß sich von ihm los und schnappte sich ihre Sonnenbrille.

»Spar dir deine Einsichten für deine Arbeit, Coop«, sagte sie giftig. »Nur dort erlaubst du dir, wirklich zu leben.« Sie rammte sich die Ray-Ban-Brille auf die Nase und bedachte ihn mit einem Hohnlächeln. »Ich wünsche dir noch einen schönen Tag, Mr. Cooper.«

Eingeschnappt und in eine Wolke von Obsession gehüllt, verließ sie Madame Collette's und machte sich gar nicht erst die Mühe, die Rechnung zu bezahlen. Ruby Jeffcoat wußte, wer sie war, die eingetrocknete alte Fotze. Sie würde ihr die Summe einfach beim nächsten Mal auf die Rechnung setzen und jedem dritten Menschen, den sie sah, erzählen, was für eine Schlampe Savannah Chandler war, die in einem Rock, der ihr kaum über die Möse reichte, und ohne BH durch die Stadt stolzierte.

Laurel stieß sich vom Kotflügel der Corvette ab, als Savannah über den Parkplatz gestürmt kam, pikiert und ohne jegliche Pastete. Sie schien wütend zu sein, und Laurel hatte den starken Verdacht, daß es nichts mit dem Restaurant, sondern mit einem seiner Gäste zu tun hatte. Conroy Cooper. Conroy Cooper, der alt genug war, um ihr Vater zu sein. Conroy Cooper, der verheiratet war.

O Savannah...

»Laß uns von hier verschwinden, zum Teufel noch mal«, fauchte Savannah. Sie warf ihre Handtasche hinter den Sitz, riß die Fahrertür auf und glitt hinter das Steuer.

Laurel hatte kaum Zeit, um in den Wagen zu steigen, ehe die Corvette schon auf Touren gebracht worden war und losrollte. Sie fuhren in die Dumas, und Savannah trat das Gaspendal bis zum Anschlag durch und hinterließ Gummispuren, als der Sportwagen mit quietschenden Reifen Madame Collettes's hinter sich zurückließ.

»Wohin fahren wir?« fragte Laurel so beiläufig wie möglich, wenn man bedachte, daß sie schreien mußte, um sich über das Tosen des Windes und die Motorengeräusche verständlich zu machen.

»Zu Frenchie's«, kreischte Savannah, zog sich die Nadeln aus dem Haar und ließ es im Wind flattern. »Ich brauche einen Drink.«

Laurel schnallte sich an und hielt sich fest. Sie äußerte sich gar nicht erst zu dem Umstand, daß es nicht danach aussah, als könnten sie zum Abendessen Pastete haben, und sie strengte sich nach Kräften an, nicht an Jack Boudreaux zu denken.

5

»Jesus erlöst euch!«

»Jesus lebt!«

»Jesus Christus«, zischte Savannah, als sie abrupt stehenblieb, eine Faust in die Hüfte stemmte und einen Blick auf das Geschehen vor Frenchie's warf.

Kunden scharten sich auf der Galerie und starrten verwirrt auf ein Dutzend Demonstranten hinunter, die Spruchbänder mit so intelligenten Slogans trugen wie »Schließt Frenchie's. Schluß mit der Sünde«. Die Demonstranten drängten sich am unteren Ende der Treppe eng zusammen, zogen für die Kamera eines Fernsehsenders aus Lafayette eine Show ab und riefen im Sprechchor ihre Slogans in dem vergeblichen Bemühen, die Popmusik der Sümpfe zu übertönen, die durch die Fliegengitter herausströmte.

Die rechtschaffenen Bürger drängten sich um ihren Rädelsführer, den Reverend Jimmy Lee Baldwin, der in einem weißen Sommeranzug, den er gerade erst aus dem Katalog von JC Penney bestellt hatte, blendend aussah. Übertrieben weiße Jacketkronen im Wert von zweitausend Dollar blitzten auf, als er mit einem Reporter sprach, der aussah, als benutze er genügend Haarspray, um sein eigenes persönliches Loch in der Ozonschicht zu produzieren.

Jimmy Lee war ein gutaussehender Mann von knapp einem Meter neunzig und früher einmal schlank und sportlich gewesen, doch in den Jahren seit seiner Zeit im Basketballteam der High-School war sein strammes Muskelgewebe schlaffer geworden. Er trug das goldbraune Haar aus dem Gesicht zurückgekämmt und betonte damit seine Augen, die die Farbe von einem guten Scotch hatten, lenkte die Aufmerksamkeit aber auch auf die blendenden Zahnwunder, die sein Lächeln wie große weiße Chiclets säumten.

Er war zwar erst achtundreißig, und doch hatten sich neben diesen lohfarbenen Augen und um den Mund herum die tiefen Falten eines ausschweifenden Lebenswandels eingegraben. Mit seinen Zähnen und der Sonnenbräune, die ganz so aussah, als hätte er sie sich unten im Suds 'n' Sun-Waschsalon mit angeschlossenem Bräunungsstudio geholt, wirkte Jimmy Lee eine Spur zu geschmacklos, um wirklich gut auszusehen. Was nicht etwa heißen sollte, daß ihn jemals jemand davon hätte überzeugen können.

»Wer ist das?« fragte Laurel und stieß sich die Brille auf die Nase. Der Anblick des weißen Pressewagens ließ sie automatisch nervös werden. Die irrationale Furcht, sie könnten hergekommen sein, um sie zur Strecke zu bringen, zuckte ihr flüchtig durch den Kopf, doch sie erschlug sie resolut mit der Keule praktischen Denkens. Sie, Laurel, machte heute keine Schlagzeilen mehr.

»Das ist der Reverend Jimmy Lee Baldwin, Erretter verlorener Seelen, Lieferant der Segnungen des Himmels, Führungsspitze der Kirche des Wahren Weges.«

»Davon habe ich noch nie gehört.«

»Nein. Ich denke mir, daß Georgia seine eigenen religiösen Spinner hat. Der Reverend ist vor etwa sechs Monaten hier aufgetaucht und hat angefangen seine Schäflein um sich zu scharen. Inzwischen hat er seine eigene Sendung im lokalen Kabelfernsehen oben in Lafayette. Er ist auf dem besten Weg, in den Rängen der Tele-Evangelisten ein großer Star zu werden, wirklich wahr.«

Savannah fischte eine Zigarette aus ihrer Handtasche und zündete sie an, nahm einen langen, versonnenen Zug, während sie Jimmy Lee durch ihre Sonnenbrille musterte. Er war jetzt richtig in Fahrt gekommen und gestikulierte wie ein Besessener, als er begann, über die Höhlen des Lasters zu geifern.

»Komm, Baby«, sagte sie und stieß dabei den Rauch aus. »Ich brauche dringend einen Drink.«

Laurel ging auf die Seitentür zu, da sie nicht den geringsten Wunsch verspürte, die Aufmerksamkeit auf sich zu lenken, indem sie die Ränge der Demonstranten durchbrach. Savannah dagegen stürzte sich schnurstracks mitten ins Geschehen hinein, schwenkte verführerisch die Hüften und ließ den Minirock auf ihren Oberschenkeln zucken. Sie warf den Kopf forsch zurück und schüttelte mit der freien Hand im Gehen ihre wüste lange Mähne. Sie wirkte wie eine wandelnde Reklame für ausschweifenden Sex und dekadenten Lebensstil. Laurel unterdrückte ein Stöhnen und folgte ihr. Scherereien hatten Savannah immer magnetisch angezogen, und jetzt lief sie mit einem durchtriebenen Lächeln, das um ihre Mundwinkel spielte, auf das dickste Getümmel zu.

Ihr Nahen blieb nicht unbemerkt. Fast augenblicklich stimmten die Männer auf der Galerie einen Chor von wildem Jubel und bewundernden Pfiffen an. Der Reporter sah sie noch vor den Demonstranten und riß den Kopf zu Savannah herum, während er Reverend Baldwin das Mikrofon hinhielt, und er traute seinen Augen kaum. Es war eine geradezu klassische Situation. Er versetzte dem Kameramann einen Rippenstoß, und daraufhin schwang dieser sein Objektiv in ihre Richtung herum. Reverend Baldwin brach seine Tirade unvermittelt ab und war sichtlich verärgert darüber, daß sein Auftritt im Rampenlicht verkürzt worden war. Er faßte sich jedoch schnell wieder und schritt ein, um die Lage zu seinen Gunsten zu wenden.

»Schwester, Schwester, laß dich erlösen!« rief er dramatisch und streckte die Hände nach Savannah aus, und Laurel fragte sich zynisch, inwieweit er sich wohl als Erlöser fühlen mochte und inwieweit seine Darbietung die eines reinen Scharlatans war. »Laß Jesus Christus deinen Durst löschen.«

Savannah blieb höchstens fünfzehn Zentimeter vor dem Geistlichen stehen, streckte kokett eine Hüfte heraus und blies ihm Rauch ins Gesicht. »Schätzchen, falls Er innerhalb der nächsten fünf Minuten mit einer Flasche Jax mit langem Hals auftaucht, lasse ich meinen Durst mit Freuden von Ihm stillen. Bis dahin kann Frenchie's dieses Verlangen blendend stillen.«

Sie warf dem Kameramann eine Kußhand zu, während die Menschen auf der Galerie in tosendes Gelächter ausbrachen, und dann schlenderte sie weiter. Die Demonstranten, die zu bloßen Gaffern degradiert worden waren, teilten sich wie das Rote Meer, um ihr Platz zu machen, damit sie die Treppe hinaufsteigen konnte. Laurel bemühte sich, ihr eilig zu folgen, ehe die Ränge der Getreuen sich wieder um ihren Anführer herum schlossen, doch Baldwin packte ihren Arm und hielt sie fest.

»Wende dich Gott zu, junge Frau. Finde den Wahren Weg! Laß den Herrn den Durst deiner Seele mit tiefer innerer Gewißheit und Rechtschaffenheit stillen!«

Laurel blickte zu ihm auf, und ihre Augenbrauen zogen sich verärgert zusammen. Sie hatte keine Geduld mit Jimmy Lee Baldwin und seinesgleichen. Auf ihrer Werteskala waren die Televangelisten noch eine Stufe tiefer angesiedelt als übel beleumundete Gebrauchtwagenverkäufer, die ältere Menschen und die Armen um die begrenzten Mittel prellten, die ihnen zur Verfügung standen, und ihnen dafür die Form von Erlösung verkauften, die Gott in der Bibel gratis anbot. Sie war nicht hergekommen, um Streit zu suchen. Sie hätte sogar alles dafür gegeben, wenn sie unbemerkt davongekommen wäre. Trotzdem dachte sie gar nicht daran, sich als eine bloße Schachfigur mißbrauchen zu lassen. Sie holte tief Atem und spürte, wie sich in ihrem Innern das Feuer entfachte, das so lange heruntergedreht worden war.

»Ich besitze meine eigenen Überzeugungen, Mr. Baldwin«, sagte sie und lächelte innerlich, als er den Kopf herumriß und sie ansah wie eine Taubstumme, die plötzlich sprechen kann. Er hatte nicht damit gerechnet, daß sie ihm die Stirn bieten würde. »Und jede einzelne dieser Überzeugungen ist weitaus bedeutender als der Verkauf von vollkommen legalen alkoholischen Getränken in einem Lokal mit gesetzlicher Ausschanklizenz.«

Jimmy Lee erholte sich bemerkenswert schnell von seinem Schock. »Du heißt die Sünde des Trinkens gut, Schwester? Möge der Herr sich deiner erbarmen...«

»Wenn ich mich nicht täusche, dann war es Christus, der auf der Hochzeit von Kanaan Wasser in Wein verwandelt hat. Johannes, Kapitel zwei, Verse eins bis elf. Der Alkohol an sich ist nichts Schlimmes, Reverend, sondern nur die Dummheiten, die von denen begangen werden, die sich seinem Genuß übermäßig hingeben. Und Alkoholismus ist im übrigen eine Krankheit und nicht etwa eine Sünde. Vielleicht sollte sich Gott Ihrer Seele erbarmen, da Sie etwas anderes unterstellen.«

Er entblößte seine schneeweißen Zähne in einer Form, die auf einem Videotape vermutlich als ein Lächeln durchgegangen wären, und seine Finger spannten sich um ihren Oberarm und signalisierten ihr seine Wut. »Ich bin nur ein Soldat Gottes in dem Krieg zur Errettung der menschlichen Seelen. Unsere Schlachtfelder sind die Höhlen des Lasters, in denen die Schwächen der Männer zur finanziellen Bereicherung anderer ausgenutzt werden.«

»Falls Ihnen nur daran liegt, die Seelen der *Männer* zu retten, dann könnten Sie jetzt vielleicht die Finger von mir lassen«, sagte sie trocken und riß sich von ihm los. »Und was das Ausnutzen der Schwächen anderer zur eigenen finanziellen Bereicherung angeht, erstreckt sich mein Interesse mehr auf das Gebiet der Veranlagung von Geldern, die von Fernsehpredigern kassiert werden. Ich frage mich, was Gott dazu zu sagen hätte.«

Während das Publikum auf der Galerie jubelte, lief Baldwin knallrot an. Sein Mund kniff sich zusammen, und die whiskeybraunen Augen, in denen gerade noch das helle Licht der himmlischen Herrlichkeit geglänzt hatte, härteten sich wie Bernstein. Er wich einen Schritt von ihr zurück und gestand in Laurels Augen seine Niederlage ein. Sie warf einen letzten unwilligen Blick auf ihn und wollte die Treppe hinaufsteigen, doch der Reporter schnitt ihr den Weg ab, und das grelle Licht des Punktscheinwerfers, den ein Assistent hinter dem Kameramann in die Höhe hielt und auf sie richtete, ließ sie zusammenzucken.

»Doug Matthews von KFET-TV. Könnten Sie uns bitte Ihren Namen nennen, Miss?«

Erinnerungen an andere Anlässe und andere Kameras schossen Laurel durch den Kopf. Reporter, die sie in die Enge trieben und sie wie ein Rudel Hunde ankläfften und ansprangen. Fragen, Anschuldigungen, abfällige Bemerkungen, die von allen Seiten wie Pfeile nach ihr geworfen wurden.

»Nein«, murmelte sie und kämpfte gegen den Druck an, der plötzlich ihre Brust zusammenschnürte. »Nein, lassen Sie mich bitte einfach nur in Ruhe.«

Savannah kam von der Galerie herunter und stieß das Objektiv des Kameramannes zur Seite. »Laß meine Schwester in Ruhe, Süßer«, sagte sie und richtete den Blick auf den Reporter, »oder ich nehme dir dein niedliches kleines Mikrofon ab und stecke es dir in deinen engen kleinen Arsch.«

Frenchie's Stammkunden johlten und schrien. Die Schar der Gläubigen schnappte nach Luft, als die Chandler-Schwestern die Stufen hinaufstiegen und in der Bar verschwanden.

Jimmy Lee entfernte sich von ihnen und nahm Doug Matthews zur Seite. »Sie werden diesen Scheißdreck rausschneiden, oder ich werde ihr mit diesem gottverdammten Mikrofon zuvorkommen«, knurrte er und ragte drohend über Matthews auf.

Doug Matthews sah ihn streitsüchtig an und ließ zum Schein die Integrität des Journalisten raushängen. Mit einer Hand strich er sich sorgsam das blonde Haar glatt. »Wir können unseren Zuschauern die Nachrichten nicht vorenthalten, Jimmy Lee.«

„Deinen Hang zu hübschen jungen Männern sollte man ebenfalls in den Nachrichten bringen.« Sein Blick fiel auf die Schar seiner verstimmten Jünger, die auf dem Parkplatz herumliefen, als hätte es ihnen die Parade verhagelt. »Scheiß auf die Nachrichten. Das hier soll der Start meines großen Feldzugs gegen die Sünde sein. Ich denke gar nicht daran, mich von irgendeinem Weiberrock mit Hornbrille bloßstellen zu lassen. Du wirst diese Aufzeichnung nehmen und sie zerschnipseln und wieder zusammenleimen, bis ich wie Christus persönlich dastehe, wie er Maria Magdalena vergibt.« Er schlug Matthews mit der flachen Hand auf die Brust und schaute ihn grimmig an. »Hast du kapiert, Dougie?«

Matthews schmollte, rieb sich die schmerzende Stelle und rückte seine türkise Krawatte sorgsam wieder zurecht. »Ja, schon gut. Ich habe verstanden. Ich frage mich wirklich, wer das wohl war. Jedenfalls hat sie dir ganz gewaltig die Fresse poliert.«

Jimmy Lee rieb sich mit den Knöcheln das Kinn und schaute auf die Fliegengittertür, durch die die beiden Frauen verschwunden waren. »Schwester«, murmelte er, und das geölte Räderwerk seines Verstandes surrte wie Windmühlenflügel. »Savannah Chandlers Schwester.« Jetzt dämmerte es ihm, und seine Miene hellte sich beträchtlich auf, als der Keim eines Planes Wurzeln faßte. »Laurel Chandler.«

»Der arme Jimmy Lee«, sagte Savannah ohne jedes Mitgefühl, als sie das kühle, dunkle Innere von Frenchie's betraten. »Er versucht doch nur, die Stadt von Verunreinigungen, Unmoral und lüsternem Gebaren zu säubern. Was lüsternes Gebaren angeht, ist er ein absoluter Experte.« Sie zog sich die Sonnenbrille auf die Nase, sah Laurel an und lächelte verschmitzt. »Und ich sollte das wahrhaftig wissen, weil ich nämlich mit ihm im Bett gewesen bin.«

»Savannah!«

»Ach, Baby, schau mich nicht so schockiert an.« Sie kicherte, als sie sich im Raum nach einem vorzüglichen Nistplatz umsah. »Auch einen Geistlichen juckt es manchmal. Und ich kann dir sagen, Jimmy

Lee mag es, wenn man ihn auf eine der phantasievollsten Arten kratzt…«

Sie schlenderte auf einen Tisch zu und kam sich ein bißchen gemein vor, hatte jedoch andererseits eine Rechtfertigung dafür. Coop hatte sie aus der Bahn geworfen, etwas, was sie überhaupt nicht leiden konnte. Jimmy Lee zum Gespött zu machen, entschädigte sie einigermaßen für den Vorfall bei Madame Collette's. Um die Wahrheit zu sagen, sie fühlte sich erst dadurch reichlich entschädigt, daß sie Laurel schockiert hatte. Laurel, so ein braves Mädchen. Laurel, die aufrechte Staatsbürgerin. Laurel, das Goldkind. Sie hatte es nötig, ab und zu völlig aus dem Gleichgewicht gebracht zu werden. Sollte sie doch sehen, wie die andere Hälfte der Menschheit ihr Leben lebte. Sollte sie doch glauben: *So Gott und Savannah es gewollt hätten, hätte es mir ebenso ergehen können…*

Die Gäste in der Bar begrüßten sie wie eine siegreiche Heldin, riefen ihr zu und hoben die Gläser. Ein Gefühl von Wärme und Bedeutsamheit durchflutete sie. Hier war sie in ihrem heimischen Revier. Das hier war ihre Umgebung, zum großen Verdruß von Vivian und Ross. Hier wußte man sie zu würdigen. Sie lächelte und winkte mit der allumfassenden majestätischen Geste einer Schönheitskönigin.

»He, Savannah!« rief Ronnie Peltier ihr vom Billardtisch aus zu, an dem er stand und sich auf sein Queue stützte. »Du hast ein ganz beachtliches Mundwerk, Mädchen.«

»Das hat man mir schon öfter gesagt«, brachte sie anzüglich hervor.

Er grinste und verlagerte sein Gewicht. »Ach, ja? Sag mal, warum kommst du nicht einfach her, *jolie fille,* und zeigst mir, was du kannst?«

Savannah warf den Kopf zurück und lachte, und währenddessen taxierte sie seine Reize. Ronnie hatte da, wo es zählte, einiges zu bieten, und er war einfach süß. Conroy Cooper konnte sich zum Teufel scheren. Sie hatte sich gerade einen Cajun-Knaben aufgegabelt, der gern seinen Spaß hatte und mit dem sie ihre Spielchen treiben konnte.

Leonce Comeau drehte sich auf seinem Barhocker um und strich ihr mit der Hand über den Rücken, als sie vorüberging. »He, Savannah, wann heiratest du mich? Echt wahr, du, ohne dich kann ich nicht leben.«

Sie warf ihm über die Schulter einen verschmitzten Blick zu und erschauerte innerlich angesichts der grotesken Narbe, die sein Gesicht halbierte, eine schimmernde rosa Linie, die in seltsamen Fleischknoten auslief. »Wenn du nicht ohne mich leben kannst, Leonce, wie kommt es dann, daß du nicht längst tot bist?«

»*I yi yiee*!« Er preßte sich die Hände aufs Herz, als hätte sie auf ihn geschossen, und ein breites Grinsen zog sich über sein bärtiges Gesich. »Du herzloses Weibsstück!«

Laurel beobachtete das Geschehen voller Benommenheit und mit einem flauen Gefühl in der Magengrube. Es riß sie in Stücke, diese Seite ihrer Schwester zu erleben – die Verführerin, die Schlampe. Savannah hatte der Welt soviel mehr zu bieten als nur ihre sexuellen Heldentaten. Oder zumindest war es früher einmal so gewesen. Früher einmal hatte sie sich vielversprechend angelassen, und sie war voller Hoffnung gewesen und hatte mit leuchtenden Augen den Möglichkeiten entgegengesehen, die das Leben zu bieten hatte. Es war einmal...

»Willst du einen Zahnstocher haben, *'tite chatte*?«

Die Stimme war unverwechselbar. Whiskey und Rauch und eine Vision von Bettzeug aus schwarzem Satin. Laurels Körper reagierte flink und automatisch auf diese leise geäußerten Worte, wenn sie auch noch so unsinnig waren. Mit dieser Stimme hätte er alles zu ihr sagen können, und sie fürchtete, ihre Reaktion wäre dieselbe gewesen – eine spontane Beschleunigung ihres Pulsschlags, eine Flut von Wärme, eingeschränkte Lungentätigkeit. Sie spürte seinen Atem warm auf ihrer Wange, drehte sich abrupt um und verfluchte sich für die kerzengerade Haltung, die sie einnahm.

»Weshalb sollte ich einen Zahnstocher haben wollen?« erkundigte sie sich entrüstet, da sie sicher war, daß er sich in irgendeiner Form über sie lustig machte.

Jack grinste, als er die Wut in ihren dunkelblauen Augen aufblitzen sah. Das stellte eine enorme Verbesserung gegenüber der Traurigkeit und dem Schuldbewußtsein dar, das er gerade noch dort wahrgenommen hatte. Einen Moment lang hatte sie wie ein verwirrtes Kind gewirkt, und dieser Eindruck hatte ihn getroffen, als sei er von einem Lastwagen angefahren worden. Was nicht etwa heißen sollte, daß er sich tatsächlich etwas aus ihr machte, beteuerte er sich selbst. Miss Laurel Chandler war keineswegs sein Typ. Viel zu ernsthaft für seinen Geschmack. Zu besessen. Er mochte Mädchen, die gern ihren Spaß hatten. Ein paar gute Lacher, ein nettes, wohltuendes Gerangel zwischen den Laken, keinerlei Verbindlichkeiten. Laurel Chandler gehörte einer ganz anderen Katzenrasse an – das hatte sie deutlich unter Beweis gestellt, als sie Hackfleisch aus Jimmy Lee Baldwin gemacht hatte.

»Da fragst du noch? Damit du dir all die kleinen Bröckchen von Jimmy Lee zwischen den Zähnen rausholen kannst, Süße«, sagte er. »Man kann wohl sagen, daß du ihn gründlich durchgekaut und wieder ausgespuckt hast. Erinnere mich daran, daß ich mich niemals schlecht mit dir stelle.«

Sie schaute finster und sah hinter den Gläsern ihrer gelehrtenhaften Brille ganz allerliebst aus. »Sie haben bereits einen schlechten Stand bei mir, Mr. Boudreaux.«

»Warum gebe ich dir dann nicht einfach einen Drink aus, Engel, und wir versöhnen uns miteinander?« schlug er vor und beugte sich ein klein wenig weiter zu ihr vor, als er es hätte tun sollen. Ihr Gesichtsausdruck wurde noch finsterer, aber sie wich nicht vor ihm zurück.

»Herzlichen Dank, aber ich hätte lieber meine Ruhe«, sagte Laurel spröde und mied diese dunklen Augen, denen es schon einmal gelungen war, hinter ihre sorgsam errichteten Abwehrmechanismen zu blicken. Sie richtete den Blick auf eines seiner tiefen Grübchen und tat ihr Bestes, um den eklatanten Sex-Appeal zu ignorieren.

»Wenn das so ist, dann bist du hier fehl am Platz, Süße.«

Er legte ihr lässig einen Arm um die Schultern und führte sie zur Bar, ohne auch nur die geringste Rücksicht auf ihre Wünsche zu nehmen. Sie behielt eine steife Haltung bei und wehrte sich dagegen, von ihm umhergescheucht zu werden, widerstand aber auch dem Drang, sich wohlig an ihn zu schmiegen.

Sie blickte seitlich von ihm auf, um sich nicht allzu gründlich mit diesem Drang auseinandersetzen zu müssen. Er trug eine ramponierte schwarze Baseballkappe, auf die vorn mit einer Maschine in schimmerndem, blauem Garn aufgestickt war: »100 % Waschbärarsch.« Ein blutroter Rubin schmückte sein linkes Ohrläppchen. Das wüst gemusterte Hawaiihemd, das er trug, hing vollständig aufgeknöpft an ihm herunter und legte einen breiten Keil einer braungebrannten Brust frei, klar umrissene Muskeln, mit einem zarten Flaum von schwarzem Haar überzogen, und einen Bauch, der so straff und hart wie ein Waschbrett aussah. Ein schmaler Streifen seidig wirkender Haare schlang sich um seinen Nabel wie ein Fragezeichen und verschwand im tief sitzenden Bund seiner ausgeblichenen Jeans, als wollte er neugierige Frauenblicke dazu auffordern, sich Fragen nach dem Territorium zu stellen, das jenseits davon lag.

Etwas Warmes und Verbotenes regte sich in ihrem Bauch, und sie riß ihren Blick los, drückte sich die Brille in ihrem Bestreben auf die Nase, die Röte zu verbergen, die augenblicklich in ihre Wangen aufstieg.

Er war überhaupt nicht ihr Typ, rief sie sich ins Gedächtnis zurück. Er war kein Mann von der Sorte, der sie es im allgemeinen gestattet hätte, sie zu berühren. Er war kein Mann von der Sorte, die sie normalerweise überhaupt erst kennengelernt hätte. Er hatte die Aura eines durchsetzungsfähigen, charismatischen Katers, halbwild, ein gossenerfahrener Streuner und gleichermaßen in der Lage, sich gegen andere Kater zur Wehr zu setzen, wie sich die Gunst der Damen zu erschleichen. Nun, ihre Gunst würde er sich nicht erschleichen. Sie ließ sich nur von ihm an die Bar scheuchen, weil sie nicht mit ansehen wollte, wie Savannah die Billardspieler verführte.

»Da wir gerade über Hackfleisch reden«, sagte er, und seine Augen schimmerten anrüchig. »Was ist schwarz und braun und macht sich gut auf einer Anwältin?« Laurel sah ihn finster an. Er konterte mit einem unverbesserlichen Grinsen. »Ein Dobermann.«

Das Lachen, das aus ihm herausgepoltert kam, war heiser und sexy, und es hätte sich dabei ebensogut um ein Paar Hände handeln können, die sie ohne ihre Zustimmung unverschämt betasteten. Diese unerwünschte Reaktion ließ Laurel die Zähne zusammenbeißen, und sie schalt ihren Körper für seine Unfähigkeit aus, sich ein Urteil über den Charakter eines Menschen zu bilden.

»He, Ovide!« rief Jack. »Wie wäre es mit einem Drink für unsere kleine Tigerin hier?«

Diese Benennung ließ Laurel erneut erröten. Sie kletterte auf einen Barhocker und rechnete sich aus, so würde sie zumindest von Jack Boudreaux' Berührungen verschont. Sie irrte sich. Er blieb einfach neben ihr stehen und hielt einen Arm lässig, aber doch besitzergreifend um sie geschlungen. Noch schlimmer, als neben ihm zu stehen, war, daß sie jetzt auf einer Augenhöhe mit ihm war, und er schreckte nicht davor zurück, sich vorzubeugen und ihr ins Ohr zu flüstern.

»Das ist Ovide«, sagte er, und seine Stimme war gesenkt und so vertraulich, als flüsterte er ihr verführerische Dinge ins Ohr. Er fischte eine Zigarette aus seiner Hemdtasche und ließ sie zwischen seinen Lippen baumeln. »›Frenchie‹ Delahoussaye. Der Mann, für den du dich da draußen stark gemacht hast.«

Der Mann hinter der Bar war Ende Sechzig, kurz und stämmig mit gebeugten Schultern und ohne jeden Hals. Seine Schädeldecke war so kahl wie eine Billardkugel und seitlich von zotteligem, stahlgrauem Haar umgeben, das auch in absurden Büscheln aus seinen Ohren sproß. Eine Wolke krausen grauen Haars quoll aus dem V seines karierten Hemds, und ein dichter Schnurrbart zog sich über seine Oberlippe und setzte sich an den Mundwinkeln nach unten fort. Seine Augenbrauen waren so buschig, daß sie Polster aus Stahlwolle hätten sein können, die ihm auf die Stirn geklebt waren. Er sah aus wie ein Nutria, der durch Verzauberung menschliche Gestalt angenommen hatte. Seine Bewegungen waren zielstrebig, wenn auch langsam, als er Bier in große Krüge zapfte.

Im Gegensatz dazu bewegte sich die Frau, die gemeinsam mit ihm hinter der Bar stand, mit Lichtgeschwindigkeit. Sie sprang durch die Gegend, um Gläser zu füllen, ein Päckchen Zigaretten zu schnappen, eine Bestellung für ein Krabbenbrötchen durch das Küchenfenster weiterzugeben. Sie war jünger als Ovide, wenn auch nicht allzuviel jünger, und in ihrem Gesicht zeigte sich jeder einzelne Tag ihrer Jahre in Falten, die sich neben ihren Augen und ihrem schmalen Mund eingegraben hatten, der, passend zu ihrem turmhoch toupierten Haar, klatschmohnrot gefärbt war. Ihre Haut hatte die ledrige Optik einer lebenslänglichen Raucherin. Über ihren Schädelknochen war die Haut straff gespannt und glänzte, was die großen dunklen Augen nur noch mehr betonte, die ihr aus dem Kopf heraustraten, als sei sie permanent verblüfft. Trotz ihres offensichtlich hohen Alters war sie immer noch zierlich gebaut und hatte einen strammen, sehnigen Körper unter einer eng anliegenden Designerjeans aus den Siebzigern und einem metallisch blauen Cowboyhemd aus Satin.

Sie riß Ovide die zwei Krüge aus der Hand, knallte einen von beiden vor Laurel auf den Tresen und schalt Frenchie dabei nonstop aus.

»Was ist bloß los mit dir, Ovide? Jack will doch kein Glas, verdammt noch mal!«

Sie holte blitzschnell eine Flasche Pearl mit einem langen Hals aus dem Kühlschrank, machte sie auf und schnappte sich währenddessen mit der anderen Hand einen Lappen, um eine Wasserlache vom Tresen zu wischen, und dabei lief ihr Mundwerk eine Meile pro Minute.

»Ovide, der weiß nicht mehr, wo oben und unten ist, *cher*, mit diesem Prediger, der einfach herkommt, und was da ständig alles draußen vor der Tür vor sich geht.« Sie schnappte Luft und warf einen Blick zum Himmel, in dem sich eher Verärgerung als ein Bittgebet ausdrückte. »*Bon Dieu*, was soll aus dieser Welt bloß werden, wenn dieser Jimmy Lee und seinesgleichen sich als Geistliche bezeichnen? *Mais, sa c'est fou*! Es schmerzt mich, das mit ansehen zu müssen.«

Sie zog eine dick nachgezeichnete Augenbraue hoch, sah Jack an und schalt ihn dafür aus, daß seine Manieren zu wünschen übrig ließen, als hätte er auch nur hochkant ein Wort in ihren Redefluß zwängen können. »Was ist, *cher*, wirst du mich *une belle femme* vorstellen, oder was?«

Jack warf den Kopf zurück und lachte, und sein Arm schloß sich automatisch fester um Laurel. Sie stellte das Atmen ein, als ihre Brust mit seiner Seite in Berührung kam.

»T-Grace«, ließ er verlauten, »darf ich dir Miss Laurel Chandler vorstellen. Laurel, T-Grace Delahoussaye, Frenchies rechte und linke Hand sowie sein Sprachrohr.«

T-Grace versetzte ihm einen Klaps mit ihrem nassen Handtuch, während sie Laurel weiterhin gebannt ansah. »Sie haben ziemlich kluge Sachen zu diesem Pferdearsch von Jimmy Lee gesagt, *chère*.«

»Miz Chandler ist Anwältin, T-Grace«, teilte Jack ihr bereitwillig mit, eine Äußerung, die bewirkte, daß T-Grace sich zurücklehnte und Laurel so mißtrauisch musterte, als hätte er verkündet, sie käme aus dem Weltraum.

Laurel ruckelte voller Unbehagen auf ihrem Barhocker herum und versuchte vergeblich, unauffällig ein paar Falten ihrer Bluse glattzustreichen. »Ich praktiziere im Moment nicht. Ich bin nur in der Stadt, um hier Verwandte zu besuchen.«

T-Grace beäugte Laurel kritisch und sagte dann: »Ovide, der ist völlig außer sich mit dieser ganzen Erbsündgeschichte und diesem Geistlichen und allem Drum und Dran«, während sie von einer Kellnerin ein Tablett mit leeren Gläsern entgegennahm und sich umdrehte, um es neben dem Spülbecken abzustellen.

Laurel warf einen Blick auf den gleichmütigen Ovide, der neben seiner Frau stand, stumm Getränke zapfte und sie zur Weitergabe auf dem Tresen aufreihte. Entweder T-Grace war medial veranlagt, oder die Stimmungsschwankungen des Mannes waren zu subtil, als daß ein gewöhnliches menschliches Auge sie hätte wahrnehmen können.

»Sie haben ihm ein paar ziemlich harte Brocken vorgeworfen, die einen Mann zum Nachdenken bringen sollten, *oui*?« Sie schnaubte und wischte mit ihrem Lumpen eine Fliege vom Tresen. »Falls dieser Jimmy Lee überhaupt denken kann. Der ist die ganze Zeit vollauf damit beschäftigt, immerzu zu reden, der. Da kann er nicht mehr viel zum Nachdenken im Kopf haben. Dann werden Sie also *unsere* Anwältin sein, *chère*, oder was?« fragte sie unverblümt und verschränkte ungeduldig die Arme unter dem Busen, während sie auf eine Antwort wartete.

Laurel glotzte sie an, war überwältigt von der Frage und ohnehin schon von T-Graces Art mit Sprachlosigkeit geschlagen. Dieses Vorhaben war lachhaft. Hier, im Bayou Breaux, war sie keine Anwältin; sie war nichts weiter als Laurel Chandler. Nichts lag ihr im Moment ferner als die Vorstellung, daß sie beides sein könnte. Sie war hierhergekommen, um sich auszuruhen, um zu genesen und nicht etwa, um einen Kampf aufzunehmen.

»Oh, nein«, sagte sie, schüttelte den Kopf und fuhr nervös mit einem Finger durch die Tropfen auf ihrem beschlagenen Bierkrug. »Es tut mir leid, Mrs. Delahoussaye. Ich mache nur Urlaub hier in der Stadt. Sie brauchen ohnehin nichts weiter zu tun, als Anklage wegen unbefugten Betretens Ihres Grundstücks zu erheben. Falls Sie das Gefühl haben sollten, daß Sie Hilfe brauchen, bin ich sicher, daß es jede Menge ortsansässige Anwälte gibt, die Sie nur zu gern vertreten würden.«

T-Grace rümpfte die Nase und warf Jack einen Blick zu. »Ein paar weniger, als es hier geben sollte.«

Er schaute sie finster an und zog die unangezündete Zigarette zwischen seinen Lippen heraus, um damit zu gestikulieren. »Ich habe es dir doch gesagt, T-Grace. Selbst, wenn ich wollte, könnte ich es nicht für euch tun. Und außerdem braucht ihr keinen Anwalt. Jimmy Lee ist nichts weiter als eine lästige Plage. Ignoriert ihn, und er wird von selbst verschwinden.«

Die ältere Frau sah ihm fest ins Gesicht, und jede Vorspiegelung eines neckischen Geplänkels war aus ihren vortretenden dunklen Augen gewichen. Jetzt sah sie alt aus und so zäh wie Stiefelleder. »Ärger vergeht nicht einfach von allein, *cher*. Das weißt du genausogut wie ich, *c'est vrai*.«

Laurel lauschte interessiert diesem Wortwechsel. Jacks anzügliches Grinsen war dem harten, eindringlichen Gesichtsausdruck gewichen, den sie am Abend zuvor schon einen Moment lang an ihm wahrgenommen hatte. Ein Blick, der T-Grace entschieden sagte, sie solle den Rückzug antreten. Ein Blick, den die meisten erwachsenen Männer nicht leichtfertig mißachtet hätten. T-Grace tat so, als machte ihr das gar nichts aus. Sie wandte sich mit einem Achselzucken von ihm ab. Dann warf sie einen Seitenblick auf Laurel, während sie zwei Flaschen aus dem Kühlschrank zog und sie öffnete.

»Weswegen trägst du so 'ne große Brille, *chère*? Ist das eine Verkleidung, oder was?«

Sie entfernte sich, um ein Dutzend Aufgaben gleichzeitig in Angriff zu nehmen, ehe Laurel sich auch nur irgendeine Antwort darauf zurechtlegen konnte. Sie rückte sich die Brille höher auf die Nase und schaute finster.

»Eine besonders gelungene Verkleidung ist das nicht, Engel«, sagte Jack.

»Nicht im Vergleich zu Ihrer«, gab Laurel zurück. Ein guter Angriff war die beste Verteidigung. Sie mochte es nicht, wenn man sie so mühelos durchschaute, und sie hatte keineswegs die Absicht, mit Jack Boudreaux über ihre Motive zu reden. Und sie hatte schon gar nicht vor, ihn selbst ohne ein Verhör entkommen zu lassen.

»Meine?« bemerkte er spöttisch. Er schüttelte den Kopf, trank einen großen Schluck von seinem Bier und wischte sich den Mund mit dem Handrücken ab. »Ich habe keine Maskerade. Bei mir weiß man auf den ersten Blick, woran man ist.«

Die Verschmitztheit kehrte zurück, funkelte in seinen Augen, zog seine Mundwinkel nach oben und ließ diese atemberaubenden Grübchen in seinen Wangen erscheinen. Er beugte sich zu ihr vor und ließ seine Hand auf ihr Kreuz gleiten. Seine Finger neckten sie durch den dünnen Baumwollstoff ihrer Bluse und beschrieben träge Kreise, die einen Funkenregen in ihr auslösten.

»Dieses Versprechen gefällt dir wohl, was?« hauchte er und beugte sich noch weiter vor, bis seine Lippen ihre Ohrmuschel fast streiften. Laurel erschauerte und schnappte nach Luft, als seine Hand unter den Saum ihrer lose sitzenden Bluse glitt.

»Nein«, sagte sie nachdrücklich und schlug seine Hand zur Seite. Sie bedachte ihn mit einem Blick, der bessere Männer hätte zurückschrecken und die Zähne zusammenbeißen lassen, wogegen er sie lediglich anlächelte. »Versuchen Sie bloß nicht, das Thema zu wechseln.«

»Das will ich doch gar nicht. Das Thema sind wir. Ich versuche nur, über das Redestadium hinauszukommen, Engel.«

»Eher friert die Hölle zu.«

»Tja, dann wird dieser Teufel demnächst wohl reichlich frösteln.«

Sie zog eine Augenbraue hoch und sah ihn an, wobei sie der Versuchung entgegenarbeitete, sich geschmeichelt zu fühlen oder amüsiert zu sein. »Tatsache?«

»Unbedingt«, brachte er gedehnt heraus, und seine dunklen Augen leuchteten.

Seine Absichten waren deutlich. Aus Gründen, die Laurel sich beim besten Willen nicht erklären konnte, hatte er ein Auge auf sie geworfen. Wahrscheinlich kam es daher, daß sie das einzige weibliche Wesen in seinem Territorium war, für das ihm noch die Kerbe im Bettpfosten fehlte. Seine Arroganz war erstaunlich. Aber noch erstaunlicher war das Gefühl äußerster Erregung, das seine Worte, seine Berührungen und seine Nähe in ihrem Innern heraufbeschworen. So etwas hatte sie noch nie erlebt, noch nicht mal mit Wesley, den sie geheiratet hatte.

Aber andererseits hatte sich ihre Beziehung zu Wes auf wichtigere Dinge als Sex begründet. Sex war für sie immer nebensächlich gewesen. Was wahrscheinlich erklärte, warum sie so heftig auf Jack Boudreaux reagierte, legte sie sich rational zurecht. Es lag schlichtweg nur daran, daß physische Bedürfnisse zu lange ignoriert worden waren und jetzt ein gutaussehender Mann allzu bereitwillig diese Situation beheben wollte.

»Du machst dir zu viele Gedanken, Engel«, sagte Jack und steckte die Zigarette wieder in den Mund. Sie war so transparent wie Glas, als sie sich in Gedanken eine logische Ausrede für die körperliche Anziehungskraft zurechtlegte, die elektrisch geladene Funken zwischen ihnen sprühen ließ. Er stieß ihr Glas vor sie hin. »Trink etwas. Hab deinen Spaß. Laß dich aufheitern.«

Damit hat er seine Philosophie auf den kürzest möglichen Nenner gebracht, dachte Laurel. Sie wollte ihm gerade ihre Meinung zu diesem Thema mitteilen, als rechts neben ihr Savannah auftauchte und sich wie eine Ranke von Kopf bis Fuß an den Cromagnonmenschen vom Billardtisch schmiegte.

»Baby«, säuselte sie und verschlang mit gierigen Blicken Mr. Queue, während sie mit der flachen Hand seine Brust rieb. »Ich und Ronnie, wir haben Pläne für heute abend.«

Sie wirkte betrunken, obwohl sie noch nicht so lange in der Bar waren, daß das der Fall hätte sein können. Trunken vor Erregung. Trunken vor sexuellem Verlangen. Laurel seufzte und senkte den Blick, fand jedoch keinen Trost, als er auf Savannahs nacktes Knie fiel, das an Ronnies muskulösem Oberschenkel auf und ab glitt

»Was ist mit dem Abendessen?« fragte sie kurz angebunden.

»Ach, ja... wir essen dann später etwas.« Darüber lachte das angehende Liebespaar und ließ den guten Witz in einem Kuß enden, in dem sich offene Münder kurz trafen und Zungen einander neckten. Ronnies Hand glitt von Savannahs Kreuz auf ihren Arsch, und sie stieß ein kehliges Stöhnen aus.

»Also gut«, murmelte Laurel und drehte sich zu ihrem unberührten Bier um. »Und wie soll ich nach Hause kommen?«

»Hier. Du kannst die Corvette nehmen.« Die Schlüssel landeten klappernd auf dem Tresen. »Ich lasse mich kutschieren.«

Eine weitere Runde anzüglichen Gelächters. Laurel schüttelte den Kopf.

Savannah bekam es aus dem Augenwinkel mit. Sie setzte einen Moment lang damit aus, sich an Ronnie zu erfreuen, drehte den Kopf um und machte sich ein Bild von dem Gesamtumfang schwesterlicher Mißbilligung.

»Man soll nichts schlechtmachen, solange man es nicht ausprobiert hat«, sagte sie übellaunig und vergaß alles, was mit Liebe zu tun hatte, vergaß Laurels momentane Geschwächtheit und ihre Zerbrechlichkeit, aber auch ihr eigenes Gelübde, ihrer kleinen Schwester über all das hinwegzuhelfen. Im Moment zählten nur *ihre* Bedürfnisse, und was sie mehr als alles andere brauchte, war, nackt mit Ronnie Peltier zusammen zu sein und ihre brave Schwester, Conroy Cooper und den Wunsch, etwas zu sein, was sie nicht war, vollständig zu vergessen. »Geh aus dir heraus, Laurel. Hab zur Abwechslung mal selbst deinen Spaß. Komm, Ronnie, mein Süßer«, sagte sie, löste sich von ihm und nahm ihn an der Hand, um ihn wie einen preisgekrönten Deckhengst fortzuführen. »Laß uns gehen.«

Laurel wandte sich nicht um und sah ihr nicht nach. Sie saß da, starrte ihr Getränk an und starrte Savannahs Schlüsselring mit dem kleinen Gummialligator an, der an seinem Schwanz hing. Der Alligator schaute mit aufgesperrtem Rachen zu ihr auf und hatte einen winzigen Stiefel auf der roten Zunge liegen. Es sollte ein Scherz sein, doch ihr war nicht nach Lachen zumute. Sie fand es gar nicht komisch, daß Menschen aufgefressen wurden – sei es von Alligatoren oder von ihren eigenen Dämonen.

Der Geräuschpegel in der Bar schien sich plötzlich beträchtlich zu erhöhen, und das Klirren von Gläsern, der Lärm der Jukebox und der Hall von den Stimmen wurden allzu laut für ihre Ohren. Sie schnappte die Schlüssel und stieß sich vom Tresen ab.

Draußen waren die Demonstranten verschwunden und mit ihnen der Pressewagen. Von Savannah, Ronnie und Fleischpastete war nirgends eine Spur zu sehen. Im Bayou fischte jemand zwischen den Spinnenlilien und dem Wasserkohl am anderen Ufern. Der Himmel, der am früheren Nachmittag blau und klar gewesen war, war jetzt von Wolken überzogen, die sich vom Golf heraufwälzten. Es war auch ein Wind aufgekommen, der die herzförmigen Blätter eines Judasbaums, der am Rand des Parkplatzes wuchs, schüttelte und ihr Innerstes nach außen kehrte.

Laurel stand lange neben der Tür der Corvette, schaute einfach nur auf das Bayou hinaus und fragte sich, ob es ein Fehler gewesen war, hierher zurückzukommen. In der Zeit, in der sie fort gewesen war, hatten sich ihre Erinnerungen an Savannahs Hang zur Selbstzerstörung einigermaßen abgeschwächt. Die Lockung vertrauter Gesichter hatte das Potential überwogen, früheren Schmerz und früheres Schuldbewußtsein wieder auferstehen zu lassen.

»Es ist nicht deine Schuld, Baby.«

»Aber er tut mir nicht weh.«

»Du bist eben glücklich dran und ich nicht. Und außerdem würde ich niemals zulassen, daß er dir weh tut. Eher brächte ich ihn um.«

»Man darf nicht einfach jemanden töten.«

»Es gibt viele Dinge, die man nicht einfach tun darf. Das hält die Leute noch lange nicht davon ab, sie zu tun.«

Sie fuhr sich mit einer Hand durch das Haar und rieb sich die Spannung aus dem Nacken. Sie hätte zu Hause bleiben sollen, sich in der ruhigen Abgeschiedenheit des Gartens von Belle Rivière aufhalten sollen. Vielleicht hätte sie Savannah dazu überreden können, und dann säßen sie jetzt immer noch da, während der Nachmittag in den Abend überging. Sie hätten Eistee trinken können, es sich auf den Liegestühlen behaglich machen und über nichts von Bedeutung plaudern können. Oder sie hätte auf den Vorschlag ihrer Schwester eingehen können, einen Einkaufsbummel zu machen. Alles andere wäre besser gewesen als dieser Ausgang des Nachmittages.

Die *Hätte-ich-doch-Gedanken* stapelten sich übereinander und ließen den Berg noch höher wachsen, den sie als Kind anzuhäufen begonnen hatte wie lebende Korallen, die sich auf toten niederließen, um ein Riff zu bilden. Die Schichten, die darunter lagen, waren von Reue angeschwollen und von Schuldbewußtsein gehärtet. *Hätte sie Daddy doch bloß davon abgehalten, an jenem Tag aufs Feld hinauszugehen... Hätte sie Mama doch bloß dazu bringen können, die Wahrheit zu sehen... Wäre es ihr doch bloß gelungen, den Generalstaatsanwalt zu überzeugen...*

Wäre sie doch bloß nicht so machtlos gewesen, so schwach...

Sie ließ den Kopf sinken und schloß einen Moment lang die Augen. Als sie sie wieder aufschlug, schaute sie auf die Schaltung der Corvette, und eine weitere Woge von Ohnmacht spülte über sie hinweg. Sie hatte es nie gelernt, einen Wagen mit normaler Gangschaltung zu fahren.

»Komm schon, Engel«, sagte Jack, als er sich neben ihr materialisierte. Sie scheute vor ihm zurück, aber erst, nachdem er ihr die Schlüssel aus den matten Fingern gezogen hatte. Er warf den Schlüsselbund in die Luft, fing ihn mit einer Hand auf und grinste wie ein Pirat. »Laß uns eine Spritztour unternehmen.«

6

Er sprang über die Tür, machte es sich lässig auf dem Fahrersitz bequem und ließ seine anmutigen Hände über das lederbezogene Lenkrad gleiten. Huey sprang über die Beifahrertür und nahm auf dem Schalensitz Platz, mit hoch erhobenem Kopf, glänzenden ungleichen Augen und gespitzten Ohren, und war auf ein Abenteuer versessen.

Laurel eilte um die Motorhaube des Wagens herum. »Entfernen Sie diesen räudigen Köter aus dem Wagen meiner Schwester!« verlangte sie und riß die Tür auf. Sie versuchte, den Hund zu verscheuchen, doch er hielt das lediglich für ein Spiel, bellte sie an und wedelte mit dem Schwanz in Jacks Gesicht, während er sie freudig anfeuerte und mit einer großen Pfote nach der Hand ausholte, mit der sie durch die Luft wedelte.

»Raus mit dir, du dreckiger, widerborstiger, von Flöhen zerbissener, gartenumgrabender Köter!« Sie beugte sich in den Wagen und versuchte, ihn gewaltsam herauszuzerren, und dabei mühte sie sich ab und fluchte, als der Köter sich wand und zappelte, den Kopf zu ihrem Gesicht hob und anfing, sie abzulecken.

»Igitt!« Laurel sprang mit einem Satz zurück, wischte sich Schleim vom Gesicht und warf einen finsteren Blick auf Jack. »Sie könnten mir wirklich helfen.«

Er zuckte mit der Achseln und grinste. »Das ist nicht mein Hund.«

Laurel stieß mit zusammengebissenen Zähnen ein tiefes Knurren aus. Huey sah sie ungläubig an, winselte kurz und sprang aus der Corvette. Jack lachte. Er amüsierte sich über ihren Groll und war froh darüber, etwas anderes in ihrem Gesicht zu sehen als die Trostlosigkeit, die sich gerade noch dort gezeigt hatte, als sie dagestanden und auf das Bayou hinausgeschaut hatte.

Er war ihr aus der Bar gefolgt, da ihn ihre Reaktion auf Savannahs unerwartetes »Rendezvous« faszinierte. Nachdem er mit angesehen hatte, wie sie über Jimmy Lee Baldwin hergefallen war, hatte er voll und ganz damit gerechnet, sie würde ihrer Schwester nachlaufen und ihr die Hölle heiß machen. Er hatte nicht damit gerechnet, sie mit einem hilflosen und schmerzlichen Gesichtsausdruck neben dem Wagen stehen zu sehen.

Aber das war nicht etwa der Grund dafür, daß er auf sie zugegangen war und ihr die Schlüssel aus der Hand genommen hatte. Er wollte die Corvette durch ihre Gänge jagen, das war alles. Er hatte seinen Porsche hergegeben, als Evie gestorben war. Er war zu sehr ein Symbol für die Lebenshaltung gewesen, aber manchmal vermißte er die unbändige Kraft, das Gefühl, einen schnittigen Wagen zu lenken, der sich in die Kurven legte und über den Highway brauste. Sein Jeep brachte ihn, wohin er wollte, aber nichts konnte sich mit einem heißen Sportwagen messen, wenn es darum ging, eine gewisse Wildheit in einem Mann zu entfesseln.

Das war der Grund, aus dem er Laurel die Schlüssel aus der Hand gezogen hatte. Er hatte es nicht etwa getan, weil er ihr in irgendeiner Form Trost spenden wollte. Zum Teufel, er konnte noch nicht einmal mit Sicherheit sagen, worin ihr Problem bestand. Und er wollte es auch gar nicht wissen. Er ließ sich auf nichts ein. Wenn sie an Savannahs Geschmack in puncto Männer – der sich nahezu auf das gesamte Geschlecht erstreckte – etwas auszusetzen hatte, dann würde sie dieses Hühnchen eben mit Savannah rupfen müssen. Er wollte von ihr nichts weiter als seinen Spaß und die Gelegenheit, einen faszinierenden Charakter zu studieren.

Sie stand da, sah ihn streng und erwartungsvoll an und streckte ihm die kleine Hand entgegen. »Die Schlüssel, Mr. Boudreaux.«

Er hatte den Schlüssel bereits ins Zündschloß gesteckt, auf das er jetzt hinunterschaute und den kleinen Alligator surren ließ. »Aber du kannst diesem Wagem doch gar nicht fahren, stimmt's, Süße?«

»Wie kommen Sie denn darauf?«

»Weil du sonst längst losgefahren wärst. Spring schon rein. Ich fahre dich nach Hause.«

»Ich habe nicht die Absicht, irgendwo mit Ihnen hinzufahren. Geben Sie mir die Schlüssel. Ich laufe nach Hause.«

»Dann begleite ich dich eben zu Fuß«, sagte Jack hartnäckig. Er zog den Schlüssel wieder aus dem Zündschloß und stopfte ihn beim Aussteigen in eine Tasche seiner Jeans. »Hübsche Damen sollten hier derzeit nicht allein durch die Gegend laufen«, sagte er und musterte sie mit einer Besorgnis, die er sich niemals eingestanden hätte. »Aber ich warne dich, Süße, Savannah wird sich nicht gerade freuen, wenn sie hört, daß du ihren kleinen Liebling auf dem Parkplatz vor Frenchie's hast stehen lassen. Es ist höchst unwahrscheinlich, daß morgen früh noch etwas davon übrig ist.«

Laurel seufzte tief und wägte ihre Möglichkeiten ab. Sie konnte sich von Jack Boudreaux nach Hause fahren lassen, oder sie konnte sich zu Fuß von ihm nach Hause bringen lassen. Im Bayou Breaux gab es keine Taxis; eine Stadt mit fünfzehnhundert Einwohnern, die es selten eilig hatten, irgendwo hinzukommen, rechtfertigte das nicht. Sie kannte niemanden sonst bei Frenchie's, den sie darum hätte bitten können, sie nach Hause zu fahren, und es war unwahrscheinlich, daß Tante Caroline schon aus Lafayette zurück war und hätte kommen und sie abholen können.

»Frauen sollten sich aber auch nicht von Männern mitnehmen lassen, die sie kaum kennen«, sagte sie, ließ sich auf dem Schalensitz nieder und richtete den Blick fest auf Jack.

»Was?« fragte er und spreizte eine Hand auf seiner nackten Brust, ein Bild gekränkter Unschuld. »Du hältst *mich* für den Würger aus dem Bayou? O Mann...«

»Sie könnten durchaus dieser Mann sein.«

»Wie kommst du auf den Gedanken, daß es ein Mann ist? Es könnte ebensogut eine Frau sein.«

»Das ist unwahrscheinlich. Mordserien werden im allgemein von männlichen Weißen in ihren Dreißigern begangen.«

Er grinste verrucht, und seine Augen funkelten schelmisch. »Tja, ich vermute, die Beschreibung paßt auf mich, aber ich brauche Damen nicht zu töten, um zu kriegen, was ich will, Engel.«

Er beugte sich zu weit zu ihr hinüber, und eine Hand schlich sich über die Rückenlehne ihres Sitzes, während die andere über das Armaturenbrett näher rückte und sie in die Enge trieb. Laurels Herz schaltete abrupt auf Overdrive, als er näher kam, wenngleich Furcht auch nicht die vorherrschende Regung war. Sie hätte es sein sollen, war es aber nicht.

Dieses seltsame Gefühl des Verlangens und der Vorfreude schlich sich über ihre Nervenstränge. Wenn sie sich vorbeugte, würde er sie küssen. Sie konnte das Versprechen in seinen Augen sehen, und sie spürte, wie sich eine Wildheit, eine Form von Leichtsinn und etwas ihr vollständig Fremdes in ihr regte und sie dazu antrieb, sich ihm zu nähern, die Chance zu ergreifen. Seine Augen forderten sie heraus, sein Mund lockte sie – maskuline Lippen, sexy, die sich auffordernd ein wenig geöffnet hatten. Jegliche Furcht, die sie verspürte, war Furcht vor sich selbst, vor dieser Anziehungskraft, die ihr nicht behagte.

»Es geht um Macht, nicht Leidenschaft«, flüsterte sie, da ihre Stimme nahezu versagte.

Jack blinzelte. Der Bann war gebrochen. »Was?«

»Sie töten aus Machtgier. Macht über einen anderen Menschen auszuüben, verleiht ihnen ein Gefühl von Omnipotenz… unter anderem.«

Er lehnte sich zurück, ließ den Motor der Corvette an und zog versonnen die Augenbrauen zusammen, als er über das nachdachte, was sie gesagt hatte. »Warum fährst du dann mit mir?«

»Weil es ein Dutzend Zeugen gibt, die auf der Galerie gestanden und gesehen haben, wie ich mit Ihnen in den Wagen gestiegen bin. Sie wären der letzte Mensch, mit dem ich lebend gesehen worden bin, und das würde Sie automatisch zum Verdächtigen machen. Kunden in der Bar werden aussagen, daß ich Ihre Annäherungsversuche zurückgewiesen habe. Das ist ein Motiv. Wenn Sie der Mörder wären, dann müßten Sie ziemlich dumm sein, wenn Sie mit mir von hier fortführen und mich töteten, und wenn dieser Mörder dumm wäre, dann hätte ihn inzwischen längst jemand geschnappt.«

Er schaute finster, während er den Gang einlegte. »Und ich dachte schon, du würdest sagen, es läge an meinem Charme und an meinem guten Aussehen.«

»Charmante Männer beeindrucken mich nicht«, sagte sie barsch und schnallte sich an.

Aber was beeindruckt dich dann? fragte sich Jack, während er den Wagen langsam vom Parkplatz lenkte. Ein scharfer Verstand, ein Mann mit Prinzipien? Das eine hatte er, doch das andere war er nicht. Nicht etwa, daß das eine Rolle gespielt hätte. Er interessierte sich nicht für Laurel Chandler. Sie würde zu viele Schwierigkeiten machen. Und sie war zu verklemmt, um sich für einen Mann zu begeistern, der den größten Teil seiner wachen Stunden bei Frenchie's verbrachte – ganz im Gegensatz zu ihrer Schwester, die für jeden Mann zu haben war, der einen hochkriegte. Diese beiden unterschieden sich voneinander wie Tag und Nacht. Er fragte sich unwillkürlich, woher das wohl kam.

Die Chandler-Schwestern waren dazu erzogen worden, Damen zu sein, die sich für seinesgleichen zu gut waren, hätte der alte Blackie gesagt. Zu fein für einen nichtsnutzigen Waschbärarsch. Er warf einen Blick auf Laurel, die mit gefalteten Händen und der Brille auf der schmalen kleinen Nase dasaß, und er überlgte sich, daß der Alte recht damit gehabt hätte. Sie war prüde und anständig, Miss Recht und Ordnung, voller Moralvorstellungen und hochgestecker Ideale und respektabler Eigenschaften – und Feuer... und Schmerz... und Geheimnissen in den Augen...

»Hätte ich aus diesem Gespräch mit T-Grace schließen sollen, daß Sie früher einmal Anwalt waren?« fragte sie, als sie in die Dumas einbogen und wieder in Richtung Innenstadt fuhren.

Er lächelte, wenn auch keine echte Belustigung darin mitschwang, sondern nur Zynismus. »Süße, für das, was ich früher einmal war, ist ›Anwalt‹ eine zu höfliche Bezeichnung. Ich war Firmenanwalt für Tristar Chemikalien.«

Laurel versuchte, das herkömmliche Image eines Firmenanwalts in einem Anzug mit Weste mit dem Mann in Einklang zu bringen, der neben ihr saß, sich eine Baseballkappe mit dem Schirm nach hinten auf den Kopf gedrückt hatte und sein Hawaiihemd nicht zuknöpfte, damit es den strammen, braungebrannten Körper eines Leichtgewichtboxers bloßlegte. »Was ist passiert?«

Was passiert war? Eine simple Frage, die so geladen war wie eine scharfe, zündfertige Schrotflinte. Was passiert war? Er war erfolgreich gewesen. Er hatte sich vorgenommen, seinem Alten zu beweisen, daß er etwas konnte, es zu etwas bringen konnte, etwas aus sich machen konnte, das große Geld machen konnte. Es spielte keine Rolle, daß Blackie längst tot und zur Hölle gefahren war. Der Geist des alten Mannes hatte ihm Antrieb gegeben. Er hatte es geschafft, und am Ende hatte er dann alles verloren.

»Ich habe sie verpfiffen«, sagte er und übersprang den Kern der Geschichte. Die Qualen, die er Evies wegen immer noch durchlitt, waren seine eigene private Hölle. Dort hatte niemand etwas zu suchen. *»Der heimtückische Anwalt.* Ich nehme an, demnächst machen sie einen Fernsehfilm daraus.«

»Was soll das heißen, Sie haben sie verpfiffen?«

»Ich meine, ich habe die Knoten entwirrt, die ich in Form von Spuren, die im Sand verlaufen, auf dem Papier für sie geschnürt habe, um sie von hochgradig illegalen Aktivitäten freizusprechen, gefährliche Abfälle zu transportieren und sie sich vom Hals zu schaffen«, erklärte er und war sich nicht ganz sicher, warum er ihr das erzählte. Wenn Leute ihn danach fragten, schmetterte er es die meiste Zeit ab, machte einen Scherz darüber und wechselte das Thema. »Das hat die Firma bei den maßgeblichen Regierungsstellen in ein schlechtes Licht gerückt. Daraufhin hat mich die Firma abgesägt, und die Anwaltskammer hat mir einen Arschtritt verpaßt.«

»Ihnen ist die Zulassung als Anwalt entzogen worden, weil Sie der Bundesregierung illegale, potentiell gefährliche Aktivitäten gemeldet haben?« sagte Laurel ungläubig. »Aber das ist ja...«

»So ist es nun mal, Süße«, murrte er und bremste die Corvette, als die einzige Ampel im ganzen Bayou Breaux rot wurde. Er ließ die Hand auf dem Steuerknüppel liegen und sah Laurel finster an. »Stell mich bloß nicht als Held hin, Süße. Ich bin kein Heiliger. Ich habe verloren«, sagte er erbittert. »Ich bin mit einem Volltreffer abgeschossen worden, abgestürzt und in Flammen aufgegangen. Ich habe lichterloh gebrannt und die ganze Firma mitgerissen. Ich hatte meine Gründe dafür, und nicht ein einziger von ihnen hatte etwas mit so noblen Vorsätzen wie dem Schutz der Umwelt zu tun.«

»Aber...«

»›Aber‹, denkst du dir jetzt, ›vielleicht ist dieser Jack doch gar kein so übler Kerl‹, stimmt's?« Sein Blick wurde jetzt verschlagen und spekulativ. Er lachte, als sie die Stirn runzelte. Sie wollte nicht glauben, daß er sie so mühelos durchschauen konnte. Wenn sie Poker miteinander gespielt hätten, hätte er ihr den letzten Cent aus der Tasche geholt.

»Tja, du täuschst dich aber, Engel«, murmelte er finster, und bittere Belustigung zog an seinen Mundwinkeln, als sie die blauen Augen weit aufriß. »Ich bin einer von der ganz üblen Sorte.« Dann setzte er sein berühmtes Grinsen auf, und Grübchen schnitten sich in seine Wangen. »Aber man kann teuflisch seinen Spaß mit mir haben.«

Die Ampel war noch nicht wieder grün geworden, doch er drückte das Gaspedal und ließ die Corvette mit einem Satz losspringen wie ein Vollblut, das von der Startlinie losstürmt. Ein Pick-up, der durch die Jackson fuhr, mußte abbremsen und seitlich ausweichen, um nicht mit ihnen zusammenzustoßen. Der Fahrer streckte den Kopf zum Fenster raus und schrie ihnen Beschimpfungen nach. Laurel klammerte sich an der Armlehne des Sitzes fest und gaffte Jack an. Er lachte, als er die Gänge hochschaltete und sich dabei ruchlos und leichtsinnig vorkam. Miz Laurel Chandler hatte es bitter nötig, aufgerüttelt zu werden, und er war genau der richtige Typ dafür.

Sie rasten mit einem solchen Tempo durch die Dumas, daß das Geschäftsviertel vor ihren Augen verschwamm. Laurel warf einen Blick auf das Gerichtsgebäude und rechnete fest damit, daß das Blinklicht auf einem der Streifenwagen der Gemeinde, die auf dem Parkplatz standen, angehen und Sirenen ertönen würden, doch sie schossen ohne jeden Zwischenfall daran vorbei und fuhren auf den Stadtrand zu. Vorbei an den Stadthäusern aus Backstein, vorbei an den Marienschreinen, vorbei an der Abkürzung, die zu L'Amour führte, vorbei an Belle Rivière und aufs Land, wo Pflaster mit dem Atchafalaya um die Herrschaft über das Gebiet rangen.

Laurel wurde von üblen Vorahnungen geplagt. Sie war ein kalkuliertes Risiko eingegangen, als sie mit Jack Boudreaux in den Wagen gestiegen war, aber sie hatte geglaubt, ihre Logik sei stichhaltig. Jetzt schossen ihr andere Möglichkeiten durch den Kopf. Vielleicht hatte der Mörder sich nicht geschickt angestellt, sondern einfach nur Glück gehabt. Vielleicht war Jack schlicht und einfach verrückt.

Nichts, was er in der kurzen Zeit ihrer Bekanntschaft bisher gesagt oder getan hatte, hätte sie vom Gegenteil überzeugen können.

O Gott, wäre das nicht ein guter Witz gewesen? Wenn sie all die Abscheulichkeiten, die ihr bisher in ihrem Leben zugestoßen waren, überlegt und sich durch einen Nervenzusammenbruch hindurchgekämpft hätte, und das nur, um von einem von der Anwaltschaft ausgeschlossenen Irren kaltgemacht zu werden.

Sie stieß die Angst von sich und ließ die Wut die Oberhand gewinnen.

»Was, zum Teufel, tun Sie da?« schrie sie und drehte sich auf ihrem Sitz zu ihm um. Die Nadel des Tachometers war inzwischen außerhalb ihres Sichtbereichts angelangt.

»Ich unternehme eine Spazierfahrt mit dir, Engel.«

Er schob ein Band in den Kassettenrecorder, lehnte sich dann auf seinem Sitz zurück, ließ die rechte Hand lässig auf dem Lenkrad liegen und stützte den linken Arm auf den Türrahmen. Harry Connick junior dröhnte aus den Lautsprechern: »Just Kiss Me.« Die Straße erstreckte sich vor ihnen wie ein Band, schlängelte sich flach um Rohrdickichte und kleine Gehölze herum und überquerte schmale Ausläufer des Bayou Breaux. Auffahrten zu Plantagen flogen vorbei, und die Landschaft wurde mit jeder Sekunde wilder.

Laurel schaute hinter sich, sah auf die Zivilisation, die schnell hinter ihnen zurückblieb, und versetzte sich in Gedanken einen Tritt dafür, daß sie ein derart blödsinniges Risiko eingegangen war.

»Ich will keine Spazierfahrt unternehmen! Ich will nach Hause!« schrie sie und schlug Jack mit einer Faust fest auf die Schulter. »Wenden Sie augenblicklich diesen Wagen!«

»Geht nicht!« rief er ihr zu.

»Von wegen!«

Jack wollte sie gerade wieder angrinsen, verkniff es sich jedoch, als sie in ihre Handtasche griff und eine Pistole rauszog.

»Himmel!«

»Halten Sie den verdammten Wagen an!«

Sie wirkte wütend genug, um auf ihn zu schießen. Ihre dunklen Augenbrauen waren zu einer finsteren Miene zusammengezogen, und ihr Mund war zu einem dünnen weißen Strich zusammengepreßt. Die Brille rutschte ihr auf der Nase hinunter, und der Wind riß an ihrem Haar und ließ sie blinzeln, aber nichts von alledem hob die Tatsache auf, daß sie eine Lady Smith aus rostfreiem Stahl in ihren zierlichen kleinen Händen hielt.

Er wandte seine Aufmerksamkeit ruckartig wieder der Straße zu. Sie rasten zu schnell auf eine scharfe Linkskurve zu. Er nahm den Fuß vom Gas und trat auf die Bremse, und dabei schaltete er in den vierten Gang runter. Der Motor brüllte seinen Protest heraus, doch Jack bekam die Corvette so weit unter Kontrolle, daß sie nur ein wenig wackelte, als sie sich in die Kurve legte. Sie hätten es schaffen können, wenn der Alligator nicht gewesen wäre, der die Hälfte der Straße einnahm.

»Mist!«

»Aaaahhh!«

Er riß das Steuer herum, um dem Alligator auszuweichen, doch sie verfehlten auch das Ende der Kurve, und die Räder auf der rechten Seite trafen auf die Böschung und rissen die Corvette von der Straße. Jack kämpfte mit dem Steuer, um den Wagen auf den Rädern zu halten, und dabei stieß er mit zusammengebissenen Zähnen einen Schwall von unflätigen Flüchen aus. Sie hatten so viel Schwung drauf, daß sie durch das dichte Unterholz krachten. Die Corvette bäumte sich auf und scheute wie ein panisches Pferd, und Gestrüpp, Gräser und Rohrkolben peitschten gegen die Windschutzscheibe. Endlich kamen sie unter einem Tulepobaum zum Stehen, wenige Zentimeter, ehe sie gegen den Stamm geprallt wären. Direkt hinter dem Baum ging das Land in Wasser über.

»O mein Gott. O mein Gott«, murmelte Laurel immer wieder. Sie zitterte, als hätte sie die Schüttellähmung. Die Pistole lag zu ihren Füßen, und als sie sie anstarrte, war sie froh, daß sie sie nicht entsichert hatte.

Jack beugte sich vor, nahm ihr Kinn in die Hand und drehte ihr Gesicht zu sich um. »Ist alles in Ordnung mit dir? Fehlt dir etwas?« fragte er, und seine Stimme war rauh und schroff. Er atmete so schwer, als hätte er den Wagen auf dem Rücken hergetragen.

Laurel sah ihn an, benommen, erschüttert. »Du blutest ja.«

»Was?«

»Du blutest.«

Sie hob eine Hand zu einem roten Strich über seinem linken Auge und verschmierte ihn mit dem Daumen. Er packte ihr Handgelenk, zog den Kopf zurück und sah das Blut auf ihrer Hand. Dann schaute er in den schief hängenden Rückspiegel, um sich die Wunde selbst anzusehen.

»Ich muß wohl gegen die Windschutzscheibe gestoßen sein.«

»Du hättest den Gurt anlegen sollen«, murmelte Laurel, die immer noch derart erschüttert war, daß sie nicht klar denken konnte. »Du könntest tot sein.«

»Mich hätte keiner vermißt, Süße«, sagte er finster, während er sich damit abmühte, seine Tür zu öffnen. Er fluchte auf Französisch, als er aufgab und über die Tür stieg, um sich ein Bild von dem Schaden zu machen, den der Wagen erlitten hatte.

Ein bedenkliches Zischen war unter der langen, schnittigen Motorhaube zu vernehmen. Die Farbe wies Sprünge auf und war von den Sträuchern und Sprößlingen, durch die sie gekracht waren, vollständig zerkratzt. Die Aufhängung der Räder war mit Sicherheit nicht mehr justiert, und es wäre das reinste Wunder gewesen, wenn das Fahrgestell nicht verzogen war.

»O Mann, Savannah wird mir den Arsch aufreißen.«

»Nicht, wenn ich ihn eher in die Finger kriege«, sagte Laurel und stieg über den Steuerknüppel, um über Jacks Tür zu kriechen. Die Tür auf ihrer Seite war funktionsfähig, befand sich aber so dicht neben dem Stamm einer Weide, daß sie sich nicht öffnen ließ. Sie baute sich mit gespreizten Füßen auf dem glitschigen, matschigen Boden auf, stemmte die Fäuste in die Hüften und sah Jack an. In ihren Augen stand flammende Wut. »Wie kann man nur derart dumm, verantwortungslos…«

»Ich?« Er schlug sich ungläubig mit der Hand auf die Brust. »Du warst doch diejenige, die die Pistole auf mich gerichtet hat!«

»…schwachsinnig, pubertär und unreif handeln. Ich kann einfach nicht glauben, daß jemand…« Sie ließ ihren Satz abreißen, als er anfing zu lachen. »Was ist?«

Er lachte nur noch lauter, wischte sich die Augen und hielt sich den Bauch.

Laurel schaute finster. »Ich weiß absolut nicht, was daran komisch sein soll.«

»Oh… ja… du hast wirklich den Sinn für Humor, den man von

einer Anwältin erwarten kann.« Jack richtete sich auf und bemühte sich, die Fassung wiederzugewinnen. »Die ganze Geschichte ist doch einfach lachhaft. Siehst du das denn nicht? Du, du prüder kleiner Engel, bedrohst mich mit einer Pistole. Wir überfahren beinah einen Alligator…« Er brach seinen Satz ab und fing wieder an zu lachen.

Laurel beobachtete ihn und spürte, wie sich ihre Wut allmählich legte. Sie hatten es heil überstanden. Savannahs Wagen war arg mitgenommen, aber niemand hatte Verletzungen davongetragen. Als ihre Wut und ihre Angst nachließen, begann sie, den Aberwitz dieser Situation zu erkennen. Wie konnten sie das jemals einem Dritten erklären? Sie hielt sich eine Hand vor den Mund und kicherte.

Diese Geste und der erstickte Laut entgingen Jack nicht. Er sah sie an, das Funkeln in ihren Augen und das Beben ihrer Schultern, als das Gelächter aus ihr herausbrechen wollte, und er kam sich vor, als hätte er schon wieder einen Schlag auf den Kopf abgekriegt. Impulsiv streckte er einen Arm aus, zog ihr die Hand vom Mund und grinste wie ein Idiot, als er das strahlende Lächeln sah, das ihr Gesicht aufhellte. *Dieu*, wie hübsch sie doch war…

»Ich weiß selbst nicht, worüber ich lache«, sagte sie verlegen.

»Das ist mir auch ganz gleich.« Er schüttelte den Kopf und trat näher. »Aber du solltest es öfter tun, Engel.«

Ihre Brille war verrutscht, und er zog sie ihr ab, als er noch näher vor sie hintrat. Laurel hörte auf zu lachen… stellte das Atmen ein. Ihr Blick war fest auf sein Gesicht gerichtet. Ihr Körper nahm seine Nähe überdeutlich wahr und reagierte in Formen darauf, die instinktiv und grundlegend weiblich waren – mit einer Wärme, einem Schmelzen. Sie lehnte mit dem Rücken an dem Wagen und war zwischen einem unnachgiebigen Gegenstand und einer unwiderstehlichen Macht eingekeilt. Er hob eine Hand, um ihr über das Haar zu streichen, und dann senkte sich sein Mund zentimeterweise immer tiefer zu ihren Lippen hinunter.

Sie hätte sich von der Stelle rühren sollen. Sie hätte ihn davon abhalten sollen. Sie wußte nicht viel über diesen Mann, und das bißchen, was sie wußte, war besorgniserregend. Er war – als was hatte Savannah ihn doch gleich bezeichnet? – Schriftsteller und zugleich ein Schlingel und ein Schurke. Er war ein Mann, der für seine Verführungskünste berühmt war und eine wahrscheinlich äußerst fragwürdige Vergangenheit hatte, um es milde auszudrücken. Es ging nicht an, daß er sie anfaßte, und es ging auch nicht an, daß sie von ihm angefaßt werden wollte. Sie hätte es verhindern sollen. Aber sie tat es nicht.

Die erste Berührung seiner Lippen ließ sie erschauern, und sie blinzelte, als hätte der Kontakt ihr einen Schock versetzt. Er löste den Blick nicht von ihrem Gesicht, und seine Augen waren dunkel, eindringlich und hypnotisch. Dann schloß sich sein Mund über ihren Lippen, und jede Gehirntätigkeit stellte sich ein. Ihre Lider schlossen sich. Ihre Hände schlangen sich in den Stoff seines Hemdes. Jack zog sie eng an sich, bewegte den Mund auf ihren Lippen und ergriff Besitz von ihnen. Beim ersten Eindringen seiner Zunge schnappte sie kurz nach Luft, und er nutzte das ungeniert für sich aus und stieß langsam und tief in die honigsüße Wärme ihres Mundes vor.

Sie schmeckte süß und fühlte sich himmlisch in seinen Armen an. Jack stöhnte tief aus der Brust heraus und preßte sich enger an sie. Ihr Duft stieg ihm zu Kopf. Kein kostspieliges Parfüm, sondern Seife und Babypuder, und diese Kombination erschien ihm plötzlich als der erotischste Duft, der ihm je begegnet war. Er spreizte die Beine und rückte näher, und Feuer durchzuckte ihn, als seine Oberschenkel die Außenseiten ihrer Schenkel streiften und seine Lenden sich an ihren Bauch preßten.

Sie war winzig, weich und äußerst feminin, und er begehrte sie. Erregung pulsierte in ihm. Er wollte seine Jeans aufreißen und sie an Ort und Stelle nehmen, ganz gleich, wo, zum Teufel, sie gerade waren. Er wollte, daß sich diese geschmeidigen nackten Beine um seine Hüften schlangen. Er wollte in dieses engelshafte Gesicht sehen, wenn er sie ausfüllte.

Das Verlangen stellte sich unverzüglich ein und war heftiger als alles, was ihm seit langer Zeit widerfahren war. Stark genug, um ihn nachdenklich werden zu lassen, und das Denken war etwas, was er im allgemeinen vermied, wenn er die Reize einer Dame genoß. Es war verrückt, jemanden derart heftig zu begehren.

Verrückt… sie hatte einen Zusammenbruch hinter sich. Sie war verletzbar, zerbrechlich. Wie Evie es gewesen war.

Das Verlangen erlosch wie eine Flamme, in die man plötzlich Wasser schüttet. Himmel, war er denn wirklich ein so mieser Kerl? Er machte sich gar nicht erst die Mühe, diese Frage zu beantworten. Es war eine nachgewiesene Tatsache. Er war ein Mann von der Sorte, die sich nahm, was sie wollte, und niemals einen Gedanken an einen anderen Menschen vergeudete. Egoistisch, egozentrisch, selbstsüchtig. Er hatte kein Recht, sie zu berühren.

Laurel schlug die Augen auf, als Jack zurücktrat. Sie fühlte sich schwindlig, schwach und so erschüttert, wie sie es gewesen war, als der Wagen endlich ausgerollt und zum Stehen gekommen war. In ihrer Benommenheit hob sie eine Hand und berührte mit den Fingern ihre Lippen, Lippen, die sich heiß, geschwollen und ausgiebig geküßt anfühlten. Ihre Haut schien zu schmelzen – warm, feucht –, und dann blinzelte sie und stellte zu ihrem größten Erstaunen fest, daß es zu regnen begonnen hatte.

Der Himmel, der den ganzen Tag über wie ein wunderschöner Saphir in den verschiedensten Blautönen geschimmert hatte, war plötzlich bleiern geworden. Im Atchafalaya war das Wetter immer unbeständig. Ein wunderbarer Nachmittag konnte zum Abend hin einem Orkan weichen, einem Tornado oder einem Schauer. Regenschauer konnten sich zu einem sintflutartigen Platzregen ausweiten, ehe man mit der Wimper gezuckt hatte.

»Wir sollten das Verdeck über den Wagen ziehen«, sagte sie verblüfft, und ihr Körper empfing keinen der Befehle, sich in Bewegung zu setzen, die ihr Verstand aussandte.

Jack rührte sich ebensowenig von der Stelle. Er blieb im Regen stehen und wirkte robust und sexy. Seine Mütze war verschwunden. Sein zerzaustes schwarzes Haar schimmerte feucht. Die Nässe rann an seiner Nase herunter und tropfte von seinem vernarbten Kinn. Die Wunde auf seiner Stirn hatte aufgehört zu bluten, und nur ein roter Strich, der entzündet wirkte, war geblieben. Seine Augen waren dunkel und unergründlich, und Laurel, die wieder an dem Wagen lehnte, trat nervös von einem Fuß auf den anderen.

»Ich... ich lasse mich normalerweise nicht einfach so von Männern küssen.« Sie sah sich zu dieser Erklärung genötigt. Sie ließ sich noch nicht mal bei einem ersten Rendezvous küssen. Wes hatte Monate gebraucht, um sie in sein Bett zu locken, Monate, ehe sie ihm genug Vertrauen entgegengebracht hatte. Die allzu klar ersichtliche Schwellung, die Jacks Hosenlatz ausbeulte, sagte ihr, daß Vertrauen bei ihm keinen Vorrang hatte. Er war ein Mann von der Sorte, die sich nahm, was sie wollte. Sex war für ihn etwas Ursprüngliches, ein Urinstinkt. Er war ein kräftiger, gesunder Mann; sie war eine Frau, die möglicherweise empfänglich gewesen wäre, wenn er seinen Vorteil genutzt hätte. Dieser Gedanke ließ sie ein wenig erschauern.

Plötzlich grinste er, und wieder einmal vollzog sich eine Verwandlung an ihm. »He, ich bin kein gewöhnlicher Typ«, sagte er achselzuckend, mit weit ausgebreiteten Armen, die Handflächen nach oben gekehrt.

Sie machten sich gemeinsam ans Werk, das Verdeck hochzuklappen und zu schließen.

»Wir werden zu Fuß Hilfe holen müssen«, sagte Jack und hob die Stimme, als der Regen heftiger zu fallen begann. »Dieser Wagen, der fährt von allein nirgends hin, und es könnte die ganze Nacht durchregnen.«

Laurel sagte nichts, folgte ihm aber auf dem Pfad, den der Wagen von der Straße aus gebahnt hatte. Sie war froh, daß von dem Alligator keine Spur mehr zu sehen war. Sie sah sich ihre Umgebung genau an und fand die Orientierung anhand von vertrauten Kleinigkeiten wieder. Wenn man dem Lehmweg in den Wald nach Norden folgte, erreichte man schließlich den Ort, an dem Clarence Gautier seine Kampfhunde hielt. Ein Schild, das aus einem ausgezackten Stück Zypressenholz angefertigt worden und an dem Stumpf der Sumpfeiche angebracht worden war, die vor zwanzig Jahren der Blitz getroffen und gefällt hatte, besagte: »Draußen bleiben – unbefugte Eindringlinge werden aufgefressen.«

»Komm, Süße«, sagte Jack und wies mit einer Kopfbewegung auf die Stadt.

»Nein.« Laurel schüttelte den Kopf und wischte sich Regentropfen aus dem Gesicht. »Das ist die richtige Richtung.« Sie wandte sich ab und schlug den Weg nach Osten ein.

»Süße, wenn du in diese Richtung läufst, stößt du auf nichts anderes als Schlangen und Alligatoren«, protestierte er.

Der Anflug eines Lächelns zog an ihren Mundwinkeln. Schlangen und Alligatoren. Und Beauvoir, ihr Zuhause.

Gegen Beauvoir nahm sich Tara aus wie eine preisgünstige Unterkunft. Es stand am Ende der traditionellen Allee mit alten, moosbehangenen Immergrünen Eichen, ein Juwel des alten Südens, makellos in Schuß und reinweiß gestrichen. Eine anmutige hufeisenförmige Freitreppe führte vom Boden zur oberen Galerie des Hauses. Sechs dorische Säulen von gut sieben Metern Höhe standen aufrecht und weiß an jeder der vier Seiten des Gebäudes und stützten den Überhang das Dachs, das im karibischen Stil gebaut war. Eingangstüren, die auf der oberen und unteren Ebene das Kernstück des Hauses bildeten, waren mit fächerförmigen Lünetten und Seitenfenstern versehen und von Glastüren eingerahmt, die wiederum von schräggestellten Jalousien flankiert waren, die in einem kräftigen Dollargrün gestrichen waren. Drei Dachgauben mit stehenden Fenstern lenkten die Aufmerksamkeit auf das Schieferwalmdach. Eine verglaste Kuppel krönte das architektonische Meisterwerk.

Beauvoir war ein Anblick, der Denkmalschützern den Atem verschlug. Laurel glaubte, es hätte auch in ihr möglicherweise etwas wie Ehrfurcht oder Liebe hervorgerufen, wenn ihr Vater noch am Leben gewesen wäre. Die Plantage war jedoch bei seinem Tod an ihre Mutter übergegangen, und Vivian hatte es für angemessen erachtet, Ross Leighton ins Haus zu holen. Laurel bezweifelte, daß sie je etwas anderes als Bedauern oder einen Verlust empfinden würde, wenn sie vor der Fassade von Beauvoir stand – Bedauern über den vorzeitigen Tod ihres Vaters, die Kindheit, die sie durchlitten hatte, statt sie auszukosten, den Verlust der Tradition von Generationen, die mit Vivian aussterben würde. Weder Laurel noch Savannah würden jemals wieder hier leben. Die Erinnerungen, die sie daran hatten, waren zu unglücklich.

Es war ein Jammer. Es gab nur noch wenige solcher Häuser. Brände und Überschwemmungen hatten im Lauf der Jahre viele von ihnen zerstört. Die Vernachlässigung hatte ihren Tribut gefordert. Die Kosten für den Erhalt eines Hauses dieser Größenordnung stellten in einer Gegend, die in den Jahrzehnten seit dem Untergang der Konföderierten zu viele magere Jahre erlebt hatte, eine enorme finanzielle Belastung dar. In der Neuzeit hatte die Geldgier die restlichen dieser Häuser weitgehend für sich gefordert. Gar manches edle alte Haus hatte alles andere überlebt, und das nur, um einer Abbruchfirma zum Opfer zu fallen und Ölbohrtürmen und chemischen Werken zu weichen.

Laurel war in Gedanken verloren, als sie die Auffahrt hinaufging, und den Mann, der neben ihr herschritt, hatte sie fast vergessen.

Sie zuckte zusammen, als er sie ansprach.

»Wenn das dein Zuhause ist, wie kommt es dann, daß du nicht hier wohnst?«

»Das geht Sie nichts an, Mr. Boudreaux.«

Jetzt waren sie also wieder bei *Mr. Boudreaux* angelangt. Der Engel mit den strahlenden Augen, der ihn mit einem Kuß halbwegs in den Himmel befördert hatte, hatte den Rückzug angetreten. »Ebenso, wie es mich nichts angeht, warum du eine Pistole in der Handtasche mit dir herumträgst?«

Laurel antwortete darauf mit Schweigen. Sie hatte nicht die Absicht, ihm mitzuteilen, daß die Pistole in Georgia, als Morddrohungen ihr ebensooft mit der Post ins Haus geflattert waren wie Postwurfsendungen, ein unerläßliches modisches Accessoire gewesen war. Wesley hatte die Vorstellung entsetzt, daß sie eine Schußwaffe bei sich trug. Jack Boudreaux hatte darüber gelacht. Sie selbst sah die Waffe als Zeichen von Schwäche an, trug sie aber dennoch mit sich herum, da sie sich außerstande sah, die Sicherheit aufzugeben, die ihr die Waffe vermittelte.

»Du lebst nicht hier. Savannah lebt nicht hier. Wer ist noch übrig?«

Sie ging einen Moment lang weiter. »Vivian. Unsere Mutter. Und Ross Leighton, ihr Ehemann.«

Vivian. Ihr ausdrucksloser Tonfall ließ Jack eine Augenbraue hochziehen. Nicht etwa: *unsere Mutter Vivian*, sondern einfach nur *Vivian*. Ein Name, den sie wie den einer entfernten Bekannten aussprach – und zwar einer, die sie nicht gerade besonders gut leiden konnte. Dahinter steckte etwas. Jack hatte seine Mutter niemals in seinem ganzen Leben anders als *Maman* genannt, bis zum Tag ihres Todes. Dabei ging es um Respekt und Liebe. Keines von beidem hörte er aus Laurels Stimme heraus, und ebensowenig sah er es in ihrem Gesicht. Ihr Ausdruck war verschlossen und verriet nichts, und hinter den regennassen Gläsern ihrer Brille konnte er ihre Augen nicht deutlich sehen.

Auf dem Weg hierher war sie stiller und immer stiller geworden, hatte selbst dann nicht angebissen, als er sie mit einem seiner Anwaltswitze zu ködern versucht hatte, sondern sich in sich selbst zurückgezogen und einen Vorhang des Schweigens um sich herum gezogen. Die Heimkehr entlockte ihr nicht die herkömmliche freudige Reaktion. Ihre Schritte wurden nicht etwa beschwingter, je näher sie kamen. Sie marschierte wie eine Gefangene, die in die Strafanstalt geführt wird.

Und du tätest genau dasselbe, Jack, wenn du den Pfad zu dieser Hütte aus Teerpappe im Bayou Noir hinuntergingst.

Was zählte, war nicht der Wohnsitz an sich. Es waren die Erinnerungen.

Diese Offenbarung ließ ihn noch einmal einen Seitenblick auf die Frau werfen, die neben ihm herging. Ein prächtiges Haus konnte kein Glück gewährleisten. Sie hätte durchaus eine ebenso freudlose Kindheit verbracht haben können wie er. Diese Möglichkeit rührte an den Fäden, die ein Band zwischen ihnen hätten bilden können, wenn er sich nicht gut genug gekannt hätte, um sie zu durchtrennen. Er wollte keine Bindungen.

Eine weiße Mercedes-Limousine war vor dem Haus geparkt und machte sich dort wie ein Werbelayout für die Automarke, als warteten alle nur noch darauf, daß ein elegantes Paar aus dem prächtigen Haus auftauchte, um sich in der in Schwaben fabrizierten Opulenz in ein exklusives Restaurant in der Nähe zum Abendessen entführen zu lassen. Es war Samstagabend, rief sich Laurel ins Gedächtnis zurück. Dinner und Tanz im Country Club. Man pflegte den Umgang mit gesellschaftlich Gleichgestellten. Vivian, der Bienenkönigin des Bezirks Partout, stand es in dieser Nacht zu, sich den weniger Reichen gegenüber aufzuspielen. Es würde ihr gar nicht passen, wenn ihre Pläne vereitelt wurden.

Laurel bemühte sich, die automatisch aufkommende Beklemmung zu unterdrücken, die in ihre aufstieg, als sie auf die beleuchtete Klingel neben der Tür drückte. Sie konnte Jacks Blicke auf sich spüren und wußte, daß er sich fragte, warum sie sich gezwungen sah, in dem Haus, in dem sie aufgewachsen war, an der Tür zu klingeln, doch sie gab ihm keine Erklärung dafür ab. Es war zu kompliziert. Seit der Nacht, in der ihr Vater gestorben war, fühlte sie sich in diesem Haus nicht mehr willkommen. Beauvoir war kein Zuhause mehr; es war ein Haus. Die Menschen, die dort lebten, waren Menschen, die sie eher als Fremde denn als Familienangehörige angesehen hätte. Und das waren Gefühle, die ein noch komplizierteres Gemisch an Emotionen in ihr wachriefen – Abneigung und Schuldbewußtsein kämpften in ihrem Innern um die Vorherrschaft über ihre Seele.

Das Dienstmädchen, das ihnen die Tür öffnete, war niemand, den Laurel je zuvor gesehen hatte. Nicht etwa, daß sie das allzusehr überrascht hätte. Vivian und Ross waren keine Menschen von der Sorte, die ihre Angestellten mit großer Loyalität beseelt hätten. Vivian feuerte regelmäßig Dienstmädchen und Köchinnen, und diejenigen, die sie nicht feuerte, ließen sich im allgemeinen von ihrer Persönlichkeit vertreiben. Dieses Dienstmädchen, ein Zombie mit käseweißem Gesicht in einer nüchternen grauen Livree, sah sie ausdruckslos an, als sie sich vorstellte, und verließ dann wortlos die kühle weiße Eingangshalle, vermutlich, um ihre Herrin zu suchen.

»Zu reizend, dieses Mädchen«, murmelte Jack und schnitt eine Grimasse.

Laurel sagte nichts. Sie blieb direkt neben der Tür stehen, und Regenwasser tropfte von ihr auf den schwarzweißen Marmorboden. Während Jack das Porträt von Colonel Beau Chandler musterte, das in einem riesigen vergoldeten Bilderrahmen über einem polierten Chippendale-Tischchen in der Eingangshalle hing, erhaschte sie in dem facettierten Spiegel, der über einem weiteren antiken Tischchen von unschätzbarem Wert an der gegenüberliegenden Wand hing, einen Blick auf sich. Es gab auch einen Spiegel auf Bodenhöhe, in dem Vorkriegsschönheiten die Säume ihrer Röcke überprüft und sich vergewissert hatten, daß ihre Knöchel nicht hervorschauten. Laurel sorgte sich nicht um ihre Knöchel. Sie zuckte innerlich zusammen, als ihr Blick auf ihr klatschnasses Haar und ihre durchgeweichte Bluse fiel. Die Beklommenheit ballte sich wie eine Faust in ihrem Magen zusammen. Genauso hatte sie sich gefühlt, wenn sie als Kind mit einem Grasfleck auf dem Kleid vom Spielen zurückgekommen war.

»... *Was ist bloß los mit dir, Laurel? Du solltest dich schämen! Brave Mädchen machen sich die Kleider nicht schmutzig. Du bist eine Chandler und nicht irgendein gewöhnliches, kleines, nichts-*

nutziges Ding. Es ist deine Pflicht, dich entsprechend zu führen. Und jetzt wirst du in dein Zimmer gehen und dich umziehen, und komm bloß nicht nach unten, ehe ich dich rufen lasse. Mr. Leighton kommt zum Abendessen...«

»He, Süße, ist alles in Ordnung mit dir?«

Sie riß den Kopf herum und blickte zu Jack auf, der sie argwöhnisch musterte.

»Du siehst aus, als hättest du einen Geist gesehen«, sagte er. »Du bist weißer als dieses große weiße Schiff von einem Wagen, das draußen vor der Tür steht.«

Laurel antwortete ihm nicht. Der Klang einer scharfen, wütenden Stimme drang ihr ins Ohr, und sie schaute auf die Tür, die in den Salon führte. Ihr Blutdruck schnellte mit jedem einzelnen Wort in die Höhe.

»...dir doch gesagt, daß du mich niemals stören sollst, wenn ich mich für eine Essensverabredung fertigmache.«

»Ja, Ma'am, aber...«

»Gib mir bloß keine Widerworte, Olive.«

Einen Moment lang herrschte Schweigen, und die Erwartungshaltung schwoll in der Luft an. Laurel zog ihre Brille ab, strich sich mit einer Hand das Haar zurück und haßte sich dafür, daß sie diesem Impuls nachgegeben hatt.

»...sei ein braves Mädchen, Laurel. Zeige dich immer nur von deiner besten Seite, Laurel...«

Vivian kam aus dem Salon. Sie war inzwischen dreiundfünfzig, sah aber immer noch aus wie Lauren Hutton – kühl, elegant, Alabasterhaut und Augen, die die Farbe von Aquamarinen hatten. Das, was ihr Gott an äußerlicher Schönheit mitgegeben hatte, ließ sich durch plastische Chirurgie gut erhalten. Nur eine Spur von Fältchen neben den Augen und überhaupt keine um den scharf geschnittenen Mund herum, der in einem verlockenden leuchtenden Rotton geschminkt war. Ihr Körper wirkte so schlank und hart wie ein marmorner Zauberstab und fand seine Vollendung in smaragdgrüner Seide. Das schlichte, lose sitzende Kleid betonte meisterlich die schlanken Formen ihres Körpers.

Die Absätze ihrer Pumps klapperten auf den Bodenfliesen, als sie auf die beiden zukam und ihre Aufmerksamkeit auf den Verschluß eines Diamantarmbands richtete, das sie gerade anlegte. Dann riß sie den Kopf hoch und hob eine Hand auf ihr kunstvoll frisiertes aschblondes Haar, eine Geste, an die sich Laurel noch von ihrer frühesten Kindheit her erinnern konnte.

Vivians Augen wurden vor Schock groß. »Laurel, was in Gottes Namen hast du angestellt?« fragte sie und ihr Blick glitt von dem nassen Haar auf ihrem Kopf bis zu den Spitzen ihrer ruinierten Leinentreter hinunter.

»Wir hatten einen kleinen Unfall.«

»Um Himmels willen!«

Vivians Blick fiel auf Jack und heftete sich fest und streng auf ihn, und sie sandte Mißbilligung aus wie Schallwellen. Jack begegnete anmaßend ihrem Blick, und ein sardonisches Lächeln machte sich langsam auf seinem Gesicht breit. Sein Hemd stand immer noch offen. Er hatte die Hände in den Bund seiner Jeans gehakt und ein Bein angewinkelt. Schließlich deutete er eine spöttische Verbeugung an.

»Jack Boudreaux, zu ihren Diensten.«

Vivian starrte ihn noch eine Sekunde lang an und war sich offensichtlich nicht sicher, ob es klug war, ihm über den Mund zu fahren. Wenn Laurel nicht gewesen wäre, hätte Jack laut gelacht. Er wußte genau, was Vivian Chandler Leighton durch den Kopf ging. Er paßte nicht so recht in eine der ordentlichen kleinen Schubladen, in die sie andere Menschen gewöhnlich einordnete. Er war berüchtigt und verrufen; er verdiente sich seinen Lebensunterhalt damit, grausige Horrorromae zu schreiben; und er hatte eine Vergangenheit, die so undurchsichtig war wie die toten Wasser des Atchafalaya. Frauen wie Vivian hätten ihn normalerweise als nichtsnutziges Gesindel abgeschrieben, aber er war stinkreich. Die Junior League hatte keine offizielle Kategorie für Pöbel mit Geld.

»Mr. Boudreaux«, sagte sie schließlich und nickte ihm zu, ohne ihm die Hand entgegenzustrecken. Sie bedachte ihn mit dem Lächeln, das man ihr für Yankees und liberale Demokraten anerzogen hatte. »Ich habe schon viel von Ihnen gehört.«

Er grinste sein verruchtes Grinsen. »Aber bestimmt nichts Gutes, da bin ich ganz sicher.«

Ross Leighton suchte sich diesen Augenblick für seinen Auftritt aus. Er kam aus seinem Arbeitszimmer am Ende der Eingangshalle, hielt ein Glas Scotch in der Hand und war in einem lohfarbenen Leinenanzug eine elegante und distinguierte Erscheinung. Er war mittelgroß und kräftig gebaut und hatte ein rötliches Gesicht und einen dichten Schopf stahlgrauen Haars, das er in einer Form zurückgebürstet trug, die auf Eitelkeit hinwies.

»Wir haben unerwartet Gesellschaft, Vivian?« fragte er und schlenderte durch die Eingangshalle, ganz der Hausherr, der unrechtmäßig Jefferson Chandlers Thron an sich gerissen hatte. Auf seinem Gesicht stand ein strahlendes Lächeln, mit dem er gewöhnlich zu viele Menschen zum Narren hielt. Laurel konnte er damit nicht zum Narren halten. Und hatte es auch nie gekonnt. Sein Lächeln wurde noch strahlender, als er sie erkannte und kichernd auf sie zukam. »Laurel! Mein Gott, sieh dich nur an! Du siehst ja aus wie eine ertrunkene Maus.«

Er beugte sich hinunter, um sie auf die Wange zu küssen, und sie wich vor ihm zurück, setzte ihre Brille wieder auf und reckte ihr Kinn in einem trotzigen Winkel in die Luft.

Jack beobachtete das Geschehen mit Interesse. Keiner von ihnen hatte ein Wort zur Begrüßung verloren oder seine Sorge ausgedrückt, und wenn Blicke hätten töten können, hätte Ross Leighton jetzt tot auf dem Fußboden gelegen. Eine reizende Familie.

»Wir hatten ein wenig Ärger mit dem Wagen«, sagte Jack und lenkte damit Leightons Aufmerksamkeit von Laurel ab. »Haben Sie einen Traktor, den ich mir ausborgen könnte? Wenn wir den Wagen da, wo er steckt, nicht schnell rausziehen, dann wird der Sumpf ihn heute nacht mit Haut und Haaren schlucken.«

»Es ist nicht gerade eine angenehme Nacht, um mit einem Traktor auszufahren«, sagte Ross lachend und schäumte über vor herablassender Bonhomie.

Jack fuhr sich mit einer Hand über das nasse Haar, legte sie Ross Leighton dann auf die Schulter und bedachte ihn mit einem Grinsen, das so unecht war wie das Lachen des älteren Mannes. »Ach, wissen Sie, mir macht es nichts aus, wen ich ein bißchen naß werde«, sagte er, und sein Akzent wurde so dick, daß er die Konsistenz von Gumbo annahm. »Es ist ja schließlich nicht so, als hätte ich einen Fünfhundertdollaranzug an, stimmt's?«

Ross warf einen gepeinigten Blick auf den Abdruck der Hand auf der Schulter seines Jacketts, als er durch die Eingangshalle in sein Arbeitszimmer voranging, damit er den Verwalter der Plantage von dort aus verständigen und ihm die Anweisung erteilen konnte, mit Jack in den Regen rauszugehen.

Laurel sah den beiden nach und wünschte, sie hätte überall anders als ausgerechnet hier sein können. Sie war noch nicht soweit, sich mit Vivian auseinanderzusetzen. Sie hätte gern noch ein bis zwei weitere Tage Zeit gehabt, um sich hier einzugewöhnen und Kräfte zu sammeln. Zumindest hätte sie es vorgezogen, einen präsentableren Eindruck zu machen, statt auszusehen wie eine ertrunkene Maus. Dieser verdammte Ross Leighton – mit dieser einen beiläufigen Bemerkung hatte er bewirkt, daß sie sich von Kopf bis Fuß wieder wie eine Zehnjährige vorkam.

»Laurel, was, auf Erden, hast du mit diesem Mann zu tun?« fragte Vivian, und ihre gesenkte Stimme klang schockiert. Sie preßte sich eine juwelenberingte Hand auf die Kehle, als wollte sie sich vergewissern, daß es Jack nicht irgendwie gelungen war, ihr die Kette mit den Diamanten und Smaragden zu stehlen, die sie um den Hals trug.

Laurel seufzte und schüttelte den Kopf. »Ich freue mich auch darüber, dich wiederzusehen, Mama«, sagte sie mit einem kleinen Hauch von Sarkasmus. »Mach dir keine Sorgen über unser Wohlergehen. Jack hat sich den Kopf an der Windschutzscheibe angestoßen, aber ansonsten fehlt uns nichts.«

»Daß euch nichts fehlt, kann ich selbst sehen«, fauchte Vivian.

Sie wandte sich ab, ging wieder in den Salon und erwartete, daß Laurel ihr folgen würde, was sie auch widerstrebend tat. Vivian ließ sich anmutig auf einen von zwei eleganten Ohrensesseln sinken, die mit eierschalfarbener Seide bezogen waren. Laurel setzte sich über das darin ausgedrückte Gebot hinweg, auf dem anderen der beiden Sessel Platz zu nehmen. Das war eine Falle. Sie war durchnäßt und höchstwahrscheinlich schmutzig. Sie wußte nur zu gut, daß es nicht ratsam war, dic Möbelstücke zu berühren, wenn ihre Kleidung in einem derart schaurigen Zustand und schlichtweg unangemessen für die Lage war. Statt dessen bezog sie ihren Posten auf der anderen Seite des kleinen goldenen Queen-Anne-Sofas und wartete darauf, daß die Vorstellung begann.

»Du bist schon seit Tagen in der Stadt, ohne deine Mutter auch nur anzurufen!« gab Vivian von sich. »Was glaubst du wohl, wie mir zumute ist?« Sie schniefte vornehm, schüttelte den Kopf und tat so, als blinzele sie Tränen tiefer Gekränktheit zurück. »Gerade erst heute morgen hat mich Deanna Corbin Hunt gefragt, wie es dir geht, und was hätte ich darauf sagen können? Du erinnerst dich doch noch an Deanna, oder nicht? Meine gute alte Freundin aus der Schulzeit? Diejenige, die ein Empfehlungsschreiben an Chi-O für dich verfaßte hätte, wenn du mir nicht das Herz gebrochen und dich entschlossen hättest, dich der Verbindung nicht anzuschließen?«

»Ja, Mama«, sagte Laurel pfichtbewußt und resigniert. »Ich erinnere mich noch an Mrs. Hunt.«

»Ich darf mir gar nicht vorstellen, was sie sich jetzt alle denken«, fuhr Vivian mit niedergeschlagenen Augen fort und zog mit einer Hand an einem losen Faden auf der Stuhllehne. »Meine Tochter kommt zum ersten Mal seit einer Ewigkeit zurück, und sie wohnt nicht in meinem Haus und hat sich bisher noch nicht einmal die Mühe gemacht, mich anzurufen.«

Laurel unterließ es, sie darauf hinzuweisen, daß Telefone in beide Richtungen funktionierten. Vivian war entschlossen, die tragische Rolle der übergangenen Mutter zu spielen. Für Ironie hatte sie ohnehin noch nie ein Gespür gehabt. »Es tut mir leid, Mama.«

»Das sollte man aber auch meinen«, murmelte Vivian und schaute mit großen blauen Augen, in denen Verletztheit stand, zu ihrer Tochter auf. »Ich habe mich vor Sorge verzehrt und wußte nicht mehr, was ich davon halten sollte. Ich schwöre es dir, es hätte nicht viel gefehlt, und ich hätte einen meiner Anfälle bekommen.«

Schuldbewußtsein nagte an Laurels Gewissen, und gleichzeitig beschimpfte die Zynikerin in ihr sie als gutgläubig. Sie hatte ihre gesamte Kindheit damit zugebracht, auf Zehenspitzen um die Gefahr herumzuschleichen, sie könnte ihrer Mutter einen ihrer »Anfälle« von Depressionen verursachen, und ihre Gefühle hatten ein ständiges Tauziehen zwischen Mitgefühl und Ablehnung betrieben. Einerseits hatte sie das Gefühl, Vivian könnte nichts dafür, daß sie war, wie sie war; andererseits hatte sie das Gefühl, daß ihre Mutter ihre angeblich so schwache Konstitution dafür nutzte, andere zu manipulieren. Selbst jetzt noch konnte Laurel die gespaltenen Gefühle in ihrem Innern nicht miteinander in Einklang bringen.

»Was glaubst du wohl, was für einen Eindruck es auf meine Freunde macht, daß meine Tochter in die Stadt zurückkommt und bei ihrer lesbischen Tante einzieht, statt bei mir?«

»Du weißt gar nicht, ob Tante Caroline lesbisch ist«, fauchte Laurel. »Und was würde es schon ändern, wenn sie es wäre?« fragte sie und stapfte fort von dem Sofa, fort von ihrer Mutter und zu einem Sideboard aus Mahagoni, auf dem auf einem silbernen Tablett ein halbes Dutzend Karaffen stand. Einen flüchtigen Moment lang wünschte sie, ihr Magen hätte einen Drink vertragen können, denn ihre Nerven hätten ihn inzwischen mit Sicherheit brauchen können. Doch dann wandte sie sich wieder von dem Sideboard ab und trat an die Glastüren, um in den Regen und die Nacht hinauszuschauen, die sich draußen zusammenbraute.

»Es geht niemanden etwas an, mit wem Tante Caroline sich trifft«, sagte sie. »Und außerdem höre ich von dir keine Klagen über den Umstand, daß deine andere Tochter mit Caroline *zusammenlebt*.«

Vivians vollendet geschminkte Lippen zogen sich zu einem schmalen Strich zusammen. »Ich habe schon vor langer Zeit damit aufgehört, mir Sorgen darüber zu machen, was Savannah tut.«

»Ja, das kann man wohl sagen«, murmelte Laurel erbittert.

»Was soll das heißen?«

Sie biß sich auf die Lippen und zügelte ihre Wut. Sie erreichte nichts damit, wenn sie dieses Gesprächsthema jetzt fortsetzte. Im Leugnen war Vivian unschlagbar. Sie würde niemals die Schuld dafür auf sich nehmen, daß aus ihren Töchtern nicht das geworden war, was sie mit ihnen vorgehabt hatte.

Sie holte tief Atem, um sich zu beruhigen, und dann wandte sie sich vom Fenster ab und verschränkte die Arme trotz des Umstands, daß ihre Kleidung klatschnaß war. »Ich habe gesagt: Was ist gegen Jack Boudreaux einzuwenden?«

Vivian sah sie mit aufrichtigem Entsetzen an. »Was ist *nicht* gegen ihn einzuwenden? Um Himmels willen, Laurel! Der Mann spricht kaum auch nur dieselbe Sprache wie wir. Ich habe aus zuverlässiger Quelle, daß er von nichtsnutzigem Gesindel abstammt, und das wundert mich gar nicht mehr, nachdem ich ihn jetzt kennengelernt habe.«

»Wenn er einen Leinenanzug anhätte, wäre er dann respektabel?«

»Wenn sein Hemd auch nur einen Zentimeter weiter aufgeklafft hätte, hätte ich ihn aufgefordert, das Haus zu verlassen«, äußerte sie unmißverständlich. »Und wenn er noch so berühmt sein mag, mir ist das gleich. Er schreibt Schund, und er ist nicht besser als das, was er schreibt. Man kann seine Abstammung eben doch nicht verleugnen.«

»Ach, wirklich?«

»Meine Güte, du bist heute abend aber schnippisch«, bemerkte Vivian affektiert. »Dazu habe ich doch wohl kaum erzogen.«

Sie erhob sich und trat an das Sideboard, um sich einen Drink einzuschenken. Natürlich nur aus rein medizinischen Gründen. Betont langsam holte sie mit einer Eiszange aus Sterlingsilber Eiswürfel aus einem Eiskübel aus Sterlingsilber und ließ sie in ein klobiges Kristallglas fallen. »Ich versuche doch nur, dir Richtlinien zu geben, wie es jede gute Mutter täte. Du scheinst nicht immer zu wissen, was das Beste für dich ist, aber ich hätte geglaubt, du seist zu vernünftig, um dich mit einem Mann wie Jack Boudreaux einzulassen. Deine Schwester würde weiß Gott nicht davor zurückschrecken, aber du… Da hast du gerade deine kleinen Sorgen hinter dich gebracht und alles, insbesondere…«

»Kleine Sorgen.« Laurel beobachtete, wie ihre Mutter Gin über das Eis goß und ihn mit Tonic Water verdünnte. Der Geruch des Schnapses, kühl und würzig, drang ihr in die Nase. Kühl und glatt und herb wie Gin, so war Vivian. Verunstalte niemals die Oberfläche der Dinge mit etwas so Häßlichem wie der Wahrheit.

»Ich habe einen Zusammenbruch gehabt, Mama«, sagte sie unverblümt. »Mein Mann hat mich verlassen, meine Karriere ist mit einem Schlag in die Luft gegangen, und ich hatte einen Nervenzusammenbruch. Das ist wohl etwas mehr als nur ein wenig Ärger.«

Ihrer Veranlagung entsprechend siebte Vivian die Dinge aus, über die sie nicht reden wollte, und tat sie achtlos ab. Sie setzte sich wieder auf ihren Sessel, schlug die Beine übereinander und trank einen Schluck von ihrem Drink. »Du hast unter Niveau geheiratet, Laurel. Und außerdem hat Wesley Brooks kein Rückgrat besessen. Von einem Mann wie ihm kann man nicht erwarten, daß er größere Stürme überlebt.«

»Wesley war lieb und süß«, sagte Laurel zur Verteidigung ihres

Exmannes, ohne ihre Mutter damit auch nur im mindestens zu beeindrucken.

»Eine Frau sollte Kraft heiraten und nicht Schwäche«, predigte Vivian. »Wenn du dir einen Mann von deinem eigenen gesellschaftlichen Rang ausgesucht hättest, hätte er darauf bestanden, daß du deinen Anwaltsberuf aufgibst und seine Kinder großziehst, und dann wäre es zu diesen übrigen Unerfreulichkeiten gar nicht erst gekommen.«

Laurel schüttelte den Kopf und war von dieser rationalen Erklärung überwältigt. Wenn sie ihr gesellschaftliches Gegenstück geheiratet hätte, ein chauvinistisches Arschloch aus gutem Hause, dann hätte sie es vermeiden können, in den Scott-County-Fall hineingezogen zu werden. Sie hätte ihr Streben nach Gerechtigkeit aufgeben und sich auf wesentlichere Dinge konzentrieren können, wie die Auswahl von Silberbesteck und das Planen von Gartenparties.

»Wir haben morgen Gäste zum Abendessen.« Vivian schaute auf die schmale goldene Armbanduhr, die sie trug, stellte ihr Glas ab, erhob sich und glättete behutsam die Falten aus ihrem Kleid. »Die Gästeliste bürgt für einen angemesseneren Umgang als den, den du in der letzten Zeit pflegst.«

»Dem fühle ich mich wirklich noch nicht gewachsen, Mama.«

»Aber, Laurel, ich habe den Leuten bereits gesagt, daß du hier sein wirst!« rief sie aus und erweckte ganz den Eindruck eines verzogenen und trotzigen Teenagers. »Ich wollte dich heute anrufen und dir alles ganz genau erzählen! Du würdest mir doch nicht etwa diese Chance verweigern, vor meinen Freunden das Gesicht zu wahren, oder doch?«

Ein »Ja« lag ihr auf der Zunge, doch Laurel schluckte es runter. *Sei ein braves Mädchen, Laurel. Tu, was sich gehört, Laurel. Verärgere Mama nicht, Laurel.* Sie starrte auf ihre aufgeweichten Schuhe hinunter und seufzte niedergeschlagen. »Natürlich nicht, Mama. Ich werde kommen.«

Vivian ignorierte den gepeinigten Tonfall, da sie mit der Antwort, die sie bekommen hatte, zufrieden war. Ein Lächeln erblühte wie eine Rose auf ihren Lippen. »Wie wunderbar!« rief sie aus und strömte plötzlich vor Energie über. Sie lief vom Tisch zum Spiegel und wieder zurück, strich sich den Rock glatt, überprüfte den Sitz ihrer Ohrringe und schnappte sich ihre Abendtasche. »Wir werden uns um eins zum Essen setzen – nach dem Sonntagsgottesdienst, wie immer. Und zieh dir etwas Hübsches an, Laurel«, fügte sie hinzu und warf einen Seitenblick auf ihre nasse, zerknitterte Tochter. »Ross und ich sind bereits zu spät dran für unsere Tischreservierungen. Wir müssen uns jetzt eilen.«

»Ja, Mama«, murmelte Laurel und biß die Zähne zusammen, als ihre Mutter sie auf die Wange küßte. »Ich wünsche dir noch einen schönen Abend.«

Vivian rauschte aus dem Salon, majestätisch, gebieterisch und siegreich. Laurel schaute ihr nach und fühlte sich ohnmächtig und besiegt. Wenn sie nicht ein ganz so großer Feigling gewesen wäre, hätte sie ihrer Mutter schon vor Jahren gesagt, sie solle sich zum Teufel scheren, wie Savannah es getan hatte. Aber sie hatte es nicht getan. Und sie würde es auch nicht tun. Die arme, jämmerliche, kleine Laurel, die immer noch darauf wartete, daß ihre Mutter sie endlich lieben würde.

Sie schnappte sich ein Glas vom Sideboard und hatte vor, es quer durch den Salon in den Kamin zu schleudern, doch sie brachte es nicht fertig, sich auch nur soweit gehen zu lassen.

Zerbrich nichts, Laurel. Sonst liebt Mama dich nicht. Sag nichts Falsches, Laurel. Sonst liebt Mama dich nicht. Tu, was man dir sagt, Laurel, denn sonst liebt Mama dich nicht.

Die Haustür schloß sich, und sie lauschte, wie der Motor des Mercedes ansprang und die Reifen des Wagens über die Muschelsplitter der Auffahrt knirschten. Dann stellte sie das Glas wieder ab, schlug die Hände vor das Gesicht und weinte.

7

Jack stand in der Tür zum Salon, im Schatten der Eingangshalle, die jetzt im Dunkeln lag. Scharfe Fingernägel gruben sich in sein Herz, als er Laurel weinen hörte, aber sie ließen kein Blut strömen, sondern Mitgefühl. Er wußte nichts über dieses Haus und diese Menschen, aber er wußte, was es hieß, Teil einer Familie mit gravierenden Funktionsstörungen zu sein. Er konnte sich nur zu gut an die bitteren Worte erinnern, die heftigen Auseinandersetzungen und die Spannungen in der Luft, die ihn und seine Schwester dazu veranlaßt hatten, auf Zehenspitzen durch das Haus zu schleichen, da sie fürchteten, jeder Laut, den sie möglicherweise verursachten, könnte ihren Vater in die Luft gehen lassen, und Blackie Boudreauxs Wut würde über eines ihrer Häupter, wenn nicht über alle, hereinbrechen.

Er wußte es, und das war nur noch ein Grund mehr, aus dem er einfach hätte gehen sollen. Beauvoir war das reinste Schlangennest. Nur ein Dummkopf hätte darin herumgestochert. Er war kein Dummkopf. Er mochte vieles sein, und die wenigsten seiner Eigenschaften waren bewunderungswürdig, aber ein Dummkopf war er nicht.

Dennoch rührte er sich nicht von der Stelle. Er blieb stehen und beobachtete, wie Laurel sich die Tränen aus dem Gesicht rieb und gegen den nächsten Strom ankämpfte. Sie rang darum, ihrem Atem einen gleichmäßigen Rhythmus vorzuschreiben, und sie blinzelte erbittert gegen die Feuchtigkeit an, die sich in ihren Augen sammelte. Währenddessen beschäftigte sie sich damit, mit einem Zipfel ihrer Bluse ihre Brille zu putzen. *Dieu*, sie war ein zähes kleines Luder. Sie glaubte, allein zu sein. Es gab keinen Grund dafür, sich nicht einfach auf das elegante goldene Sofa zu werfen und sich die Augen auszuweinen, wenn sie es so gewollt hätte. Aber sie kämpfte darum, ihre Emotionen im Zaum zu halten, rang um Selbstbeherrschung.

Ehe sein Mitgefühl allzu tiefe Wurzeln treiben konnte, gab Jack sich einen Ruck.

»Bist du fertig zum Aufbruch, Süße?«

Laurel zuckte beim Klang seiner Stimme zusammen. Mit fahrigen Bewegungen setzte sie die Brille wieder auf und strich sich mit einer Hand über das Haar, das inzwischen zu trocknen begonnen hatte. Sie verfluchte sich für ihre Nervosität, doch davon schlug ihr Herz, das plötzlich raste, auch nicht langsamer. »Ich… ich dachte, Sie seien fortgegangen, um den Wagen aus dem Schlamm zu ziehen.«

Jack grinste. »Ich habe gelogen.«

Sie war sich allzu klar darüber, daß sie mit ihm allein war. Einen Moment lang starrte sie ihn an, während die Standuhr am anderen Ende des Raumes stetig tickte. »Warum?«

Er ging im Zimmer umher und hob achtlos Schnickschnack hoch, der schon seit Generationen in der Familie war, drehte die Gegenstände unbeteiligt in den Händen und stellte sie wieder hin. Er warf einen Blick auf sie, als er einen Briefbeschwerer aus Bleiglas aufhob und ihn wie einen Baseball stemmte.

»Weil ich deinen *Beau-père* nicht leiden konnte. Und ich könnte auch nicht behaupten, daß deine *Maman* mir besonders gut gefallen hätte.«

»Bestimmt sind die beiden am Boden zerstört.«

»Nee...« Er hatte jetzt wieder dieses tückische Grinsen aufgesetzt, warf den Briefbeschwerer in die Luft und fing ihn mit einer Hand wieder auf. Laurels Herz machte diesen Sprung mit. »Stinksauer sind sie. Weil sie zu spät zum Abendessen dran sind.«

Sie waren allerdings stinksauer, soviel stand fest. Insbesondere Vivian. Laurel unterdrückte den Drang zu lächeln, und ihr Mund verzog sich wie der der Mona Lisa. »Ich muß schon sagen, viel gehört nicht dazu, daß Sie sich amüsieren.«

»So sollten wir es alle halten, Engel. Das Leben ist zu kurz.«

Er stand jetzt direkt neben ihr und schaute in die entgegengesetzte Richtung. Sein Arm streifte ihre Schulter fast, als er die Hand nach etwas ausstreckte, was auf dem Sideboard stand. Sie sagte sich, daß sie sich von der Stelle rühren sollte, doch ehe sie dazu kam, drehte er sich um, stand hinter ihr, schlang die Arme um sie und senkte den Kopf, damit er ihr ins Ohr flüstern konnte.

»Warum machen wir uns nicht einfach auf die Suche nach deinem früheren Schlafzimmer und amüsieren uns dort eine Zeitlang, *catin*? Wenn du mich fragst, ich käme gern aus diesen nassen Sachen raus und in was... in was Warmes rein...«

Ein Schauer glitt federleicht über ihre Haut, als sein Atem seitlich über ihren Hals und von dort aus direkt weiter nach unten über das Vorderteil ihrer Bluse glitt, prickelnd, verführerisch, und diese seltsame Glutasche des Verlangens in ihr schürte. Unter der nassen Seide ihres BHs strafften sich ihre Brustwarzen zu Knospen. Die Wärme, auf die er angespielt hatte, loderte tief in ihrem Bauch. Sie versuchte, einen Schritt vorzutreten, doch er hielt sie mühelos fest, indem er die Hände flach auf ihren Bauch preßte, und der Druck seiner Finger sandte einen Funkenregen durch sie hindurch. Er knabberte zart an ihrem Hals und stieß mit den Lippen den Kragen ihrer

Bluse zur Seite, um die Stelle zu kosten, an der ihr Hals in ihre Schulter überging, und ihr Puls zuckte.

Ihre Empfänglichkeit für seine Liebkosungen entlockte Jack ein tiefes, kehliges Lachen. An Lady Vivian dachte sie jetzt nicht mehr, das stand teuflisch fest. »Komm schon, Süße«, murmelte er. »In diesem großen alten Schuppen muß es jede Menge leere Betten geben.«

»Und dabei wird es auch bleiben«, sagte Laurel. Diesmal ließ er sie los, als sie versuchte, sich von ihm zu lösen. Sie schrak zurück und drehte sich dann zu ihm um. »Und was schlagen Sie vor, wie wir jetzt in die Stadt zurückkommen?« fragte sie und bemühte sich, all ihre prickelnde Nervenenden mit Pragmatismus in den Boden zu stampfen.

Jack steckte die Hände in die Taschen und schob eine Hüfte vor, weil er bemüht war, seine eigene Empfänglichkeit zu verbergen. »Ich habe Alphonse Meyette angerufen. Er und Nipper kommen her und schleppen die Corvette in die Werkstatt ab. Ich habe ihm gesagt, er soll unten bei Frenchie's anhalten und Nipper sagen, daß er meinen Jeep rausfährt. Ich bringe dich schon heil nach Hause, Liebling.«

Laurel schaute finster, als sie das diabolische Grinsen sah. »Wo habe ich das bloß schon mal gehört?«

Er beugte sich zu ihr vor, forderte sie dazu heraus, nicht vor ihm zurückzuweichen, und seine dunklen Augen barsten vor Übermut. »Obwohl ich dich lieber oben ins Bett brächte«, sagte er, und seine Stimme senkte sich zu einem rauchigen Poltern.

Sie mußte unwillkürlich über sein Unverfrorenheit lachen. Kopfschüttelnd verschränkte sie die Arme. »Ich bin bestens über ihren Ruf bei Frauen informiert, Mr. Boudreaux.«

Er rückte noch näher, und als nur noch wenige Zentimeter sie von ihm trennten, erkannte sie zu spät, daß er sie zwischen sich und der Rückenlehne des Sofas in die Enge getrieben hatte. Jetzt stemmte er beidseits die Hände auf die Rückenlehne, legte den Kopf zur Seite und neigte ihn gleichzeitig ihr zu. Sein Blick hielt ihre Augen fest wie ein Magnet. »Wie kommt es dann, daß wir noch nicht miteinander im Bett liegen?«

Laurel streckte eine Hand aus, um ihn abzuwenden. Eine schrecklich schlechte Idee, wurde ihr klar, als ihre Handfläche sich auf die strammen Muskeln seiner braungebrannten nackten Brust preßte.

Seine Haut war heiß und geschmeidig, eine Kombination, die es irgendwie bewerkstelligte, ihr derart die Kehle auszudörren, daß sie kaum noch ein Wort herausbringen konnte. »Mein Gott, Ihr Ego ist wirklich erstaunlich überentwickelt«, sagte sie trocken.

Die dunklen Augen funkelten, das Lächeln wurde strahlender, und in seine Wangen schnitten sich wieder diese Grübchen. Er zog die Augenbrauen hoch. »Du solltest erst mal den Rest von mir sehen.«

Die Komik wurde ihr zum Verhängnis. Wenn diese Bemerkung tatsächlich seinem überentwickelten Ego entsprungen wäre, hätte sie ihn möglicherweise geohrfeigt, aber mit Sicherheit hätte sie seine Ohren mit einer vernichtenden Bemerkung zum Glühen gebracht, indem sie ihm detailliert ihre Meinung über Neandertaler mitgeteilt hätte, die glaubten, der Wert eines Mannes und die Bereitwilligkeit einer Frau ließen sich auf ein paar Zentimeter Penis reduzieren. In diesen dunklen Augen stand jedoch Humor. Er forderte sie dazu auf, gemeinsam mit ihm über diesen Witz zu lachen, statt zur Zielscheibe seines Spotts zu werden. Sie versuchte, ihn streng anzusehen, doch es mißlang ihr, und sie gab sich statt dessen machtlos ihrem Kichern hin.

»Wenn ich nicht eine derart gesunde Selbstachtung besäße«, sagte Jack, während er sich mit einer Hüfte an das Sofa lehnte und die Arme verschränkte, »könnte ich jetzt unter Umständen beleidigt sein.«

Laurel zog die Nase hoch, rückte ihre Brille wieder zurecht und fühlte sich besser, fühlte sich kräftiger. Vivian hatte sie gewaltig aus dem Gleichgewicht gebracht. Ihre Rückkehr nach Beauvoir hatte zu viele Gefühle aufgerüttelt, mit denen sie sich jetzt noch nicht auseinandersetzen konnte. Aber Jack hatte sie von dem finsteren emotionalen Strudel abgelenkt, der gedroht hatte, sie in sich hineinzuziehen, und ihm hatte sie zu verdanken, daß sie die Füße wieder auf dem Boden hatte. Sie warf einen Seitenblick auf ihn und fragte sich, ob er auch nur im entferntesten ahnte, daß sie in diesem Haus seit zwanzig Jahren nicht mehr gelacht hatte.

Die Corvette wurde mit minimalem Aufwand vom Rand des Sumpfs herausgezogen und zu Meyettes Werkstatt abgeschleppt. Laurel beobachtete das Geschehen vom Beifahrersitz von Jacks Jeep aus, und Huey, der Hund, saß anstelle von Jack hinter dem Steuer. Es hatte aufgehört zu regnen, und alles war tropfnaß und schimmernd zurückgeblieben. Die Wolken hatten für einen Sonnenuntergang aus geschmolzener Bronze, der den Sumpf zur Silhouette werden ließ, einen Weg freigeräumt. Die Luft war frisch und kühl, aber die drückende Atmosphäre des Bayou schwelte wie immer darunter. Laurel fröstelte in ihren feuchten Kleidern, als ihre Aufmerksamkeit von dem Abschleppwagen abgelenkt wurde und sich der dichten Wildnis zuwandte, von der sie umgeben waren. Ohne darüber nachzudenken, hob sie eine Hand und kaute auf ihrem Daumennagel herum.

Sie war hier, am Rand des Atchafalaya, aufgewachsen, aber sie hatte nie das Gefühl gehabt, in seine Geheimnissse eingeweiht zu sein. Der Sumpf war eine Welt für sich, alt, geheimnisumwittert, urtümlich. Sie hatte ihn immer als eine Entität angesehen, nicht als Ökosystem. Etwas, was einen Verstand und Augen und eine dunkle, schattige Seele besaß. Dieser Eindruck drängte sich ihr jetzt enorm deutlich auf, als Alphonse Meyettes Abschleppwagen dem Bayou Breaux entgegenrumpelte und Stille sich herabsenkte. Das erwartungsvolle Schweigen, das den Sumpf verstummen ließ.

Gedanken an den Mörder stellten sich ein, sickerten in sie hinein wie Kälte, und sie fröstelte wieder und rieb sich mit den Händen die Oberarme, als ihr ein Bild durch den Kopf schoß. Eine junge Frau, die hier draußen lag, allein, tot, und der Sumpf schaute zu, wußte alles und bewahrte seine Geheimnisse.

»He, du häßliches Vieh, runter von meinem Sitz.«

Jacks Stimme ließ das gräßliche Bild vor ihren Augen zerspringen, und sie zuckte zusammen. Huey knurrte unwillig, kletterte auf den Rücksitz, rollte sich dort zu einer Kugel zusammen und kehrte ihnen den Rücken zu.

»Nicht Ihr Hund.« Laurel verdrehte die Augen.

Jack grinste, als er hinter das Steuer stieg, und in dem schwachen Licht leuchteten seine Zähne hell auf. »Ich kann nichts dafür, daß er meine Persönlichkeit unwiderstehlich findet.« Er warf ihr eine schmutzige Jeansjacke auf den Schoß. »Zieh das an. Ich habe sie Nipper ausschließlich deinetwegen abgeschwätzt.«

Laurel war sich nicht sicher, ob sie ihm dafür danken sollte oder nicht. Nipper war offensichtlich kein großer Verfechter von Reinlichkeit. Die Jacke stank nach männlichem Schweiß, Zigarettenrauch und Benzin, aber der Jeep war offen, und es stand zu erwarten, daß sie auf der Rückfahrt frieren würde, wenn man bedachte, wie naß ihre Sachen waren. Sie rümpfte die Nase und zog die Jacke über. Die Ärmel hingen ihr bis über die Fingerspitzen.

»Ist alles in Ordnung mit dir?«

Sie schaute auf, während sie die Manschetten hochkrempelte.

»Du hast gerade noch reichlich bedrückt gewirkt.«

»Ich dachte nur an... an dieses Mädchen, das man gefunden hat...« Und wie es wohl sein muß, hier draußen zu sterben, ohne eine Menschenseele, und nur den Sumpf zu hören und zu sehen. Diesen Teil ihrer Gedanken behielt sie für sich. Sie hatte eine allzu lebhafte Phantasie, versetzte sich allzu leicht an die Stelle anderer. Kein günstiger Charakterzug für jemanden, der sich mit den Opfern von Gewaltverbrechen auseinanderzusetzen hatte. Eben diese Unfähigkeit, die Grenze zwischen Mitgefühl und Einfühlungsvermögen zu ziehen, machte sie verletzbar.

»Das ist wirklich eine üble Geschichte«, sagte Jack, der die Hand auf dem Schlüssel liegen hatte und seine Blicke über das Dunkel der Einöde gleiten ließ.

Eine Eule gab vier volltönende Rufe von sich und schwang sich dann von den Ästen einer nahen Zypresse auf. Das Schlagen ihrer breiten Flügel erzeugte so gut wie keinen Laut. Laurel zog die übelriechende Jacke enger um sich.

»Haben Sie eines der Mädchen gekannt?«

Er sah sie hart an. »Verhören Sie mich als Anwältin? Sollte ich mich nur in Gegenwart eines Rechtsbeistandes äußern?«

Laurel nahm von der Frage Abstand, ob sie aus seinem Tonfall Sarkasmus oder eine defensive Haltung heraushörte, da sie sich nicht sicher war, ob sie die Antwort wirklich hören wollte. »Ich stellte lediglich eine unschuldige Frage. Es scheint nicht allzu fernliegend zu sein, daß Sie, als selbsternannter Frauenheld, der Sie sind, eines der Opfer gekannt haben könnten.«

»Ich habe keines der Mädchen gekannt. Keines von ihnen war von hier.«

Vier Leichen. Vier Bezirke in Acadiana, aber nicht Partout. Keines der Opfer stammte aus der Gemeinde Partout, keines der Opfer war hier aufgefunden worden. Laurel fragte sich unwillkürlich, ob das wohl Zufall oder Absicht war. Ob der Bezirk Partout als nächster auf der Liste des Mörders stehen könnte. Sie schaute auf die Wildnis hinaus, von der sie umgeben waren, und wieder malte sie sich aus, wie entsetzlich einsam es sein mußte, hier draußen zu sterben.

Der Sumpf war ein erbarmungsloser Ort. Eine Schönheit, brutal und niederträchtig. Von einer schwülen Erotik, verführerisch und geheimnisvoll. Der Tod war hier etwas ganz Gewöhnliches, ein Bestandteil des natürlichen Zyklus'. Bäume starben, stürzten um, vermoderten, wurden Bestandteil des fruchtbaren Bodens, damit mehr Bäume aus ihm wachsen konnten. Maifliegen wurden von Fröschen gefressen, Frösche von Schlangen, Schlangen von Alligatoren. Kein Tod stieß hier auf Mitgefühl. Es war ein Ort für raubgierige Bestien.

Sie warf einen Blick auf Jack. Jack, der sie in Beauvoir mit seinen Scherzen aus ihrer trüben Stimmung aufgerüttelt hatte. Jack mit seinem diabolischen Grinsen. Jetzt grinste er nicht. Diese Maske war von ihm abgefallen und hatte die Intensität freigelegt, von der sie den Verdacht hatte, sie könnte seine wahre Natur sein. Hart. Eindringlich. Gehetzt.

»Der einzig Ort, an dem ich Menschen umbringe, ist auf dem Papier, Süße«, sagte er. Er zog eine Zigarette aus seiner Hemdtasche und steckte sie sich zwischen die Lippen.

Das Wort »Lügner« hallte in seinem Kopf wider, als er den Jeep in die Gegenrichtung lenkte, einen U-Turn machte und auf die Stadt zufuhr.

Savannah stand vor den Glastüren von Coops Arbeitszimmer, verbarg sich zwischen den wuchernden Fliedersträuchern neben dem komfortablen alten Haus und beobachtete ihn bei der Arbeit. Er saß an seinem Schreibtisch, war über seinen Notizblock gebeugt und hatte eine Zigarre im Aschenbecher glimmen und einen Cognacschwenker neben sich stehen. Die Schreibtischlampe war das einzige Licht im Haus und erschuf eine Oase von weichem, schmeichelndem Licht um ihn herum. Durch die Glasscheibe erschien er ihr wie ein Traum, ein warmer goldener Traum, den sie niemals würde fassen und an ihm festhalten können. Immerzu durch eine unsichtbare Schranke in Schach gehalten. Ihre Vergangenheit. Seine Aufopferung für seine Frau.

Diese verdammte Astor Cooper. Warum konnte sie nicht einfach sterben und endlich Ruhe geben? Was für ein grausames Miststück sie doch war, das ihn mit ihren unsichtbaren Fäden einspann und sich an ihn klammerte, obwohl sie nichts mehr weiter als eine leere Hülle war. Sie mochte früher einmal eine schöne Frau gewesen sein. Savannah stellte sich vor, daß sie reizend, zurückhaltend und anmutig war. Alles, was *sie* nicht war. Anständig und solide, die perfekte Ehefrau, die perfekte Gastgeberin. Aber von Coops Frau war jetzt nichts mehr geblieben, und das einzige, was sie ihm noch bereiten konnte, war Leid. Sie war nicht mehr bei Sinnen. Nur ihr Körper lebte noch weiter, erfüllte automatisch seine Funktionen, wurde von Krankenschwestern gepflegt.

Ich könnte ihm etwas geben. Ich könnte ihm alles geben, dachte Savannah und strich gedankenverloren ihr zerknittertes Seidenoberteil glatt.

So, wie sie Ronnie Peltier alles gegeben hatte?

Diese bittere innere Stimme ließ sie die Zähne zusammenbeißen und sich fester an den Ast des Fliederstrauches klammern. Sie hatte es mit Ronnie getrieben, weil sie es so gewollt hatte, weil sie es gebraucht hatte. Es gab nichts, wofür sie sich schuldig hätte fühlen müssen. Nicht dafür, wie sie sich ihm angeboten hatte, nicht dafür, wie sie sich ihm gegeben hatte, und auch nicht für die unersättliche Gier, mit der sie ihn genommen hatte.

»Es ist das, wofür du geschaffen bist, Savannah... Du willst es immer, Savannah...«

Das entsprach der Wahrheit. Diese Wahrheit war Nacht für Nacht in ihren Verstand eingebrannt worden. Sie war eine geborene Verführerin, für die Sünde gebaut. Es war zwecklos, gegen ihre wahre Natur anzukämpfen.

Heute abend hatte sie nicht dagegen angekämpft. Der Geruch von Sex und Ronnies Aqua-Velva-Aftershave haftete ihr noch an, um diese Tatsache zu bezeugen. Sie hatten es noch nicht mal zu seinem Wohnwagen geschafft, ehe sie ihrer Leidenschaft erlegen waren. Savannah hatte ihn dazu gebracht, seinen Wagen hinter das alte Sägewerk zu fahren, und dort war sie auf der Sitzbank seines Ford Ranger auf ihn gestiegen. Ronnie hatte keine Proteste erhoben, keine Erklärungen verlangt. Das war es, was ihr an jungen Männern so gut gefiel – sie waren unkompliziert. Ronnie Peltier wurde von keinen moralischen Mühlsteinen niedergedrückt. Er war rundum gewillt, seine Levi's runterzuziehen und aus reinem Spaß an der Freude loszulegen.

Erregung und Scham rangen in ihrem Innern um die Vorherrschaft, wanden sich und kämpften miteinander. Tränen stiegen in ihre Augen auf und ließen Coop, der dasaß und schrieb, vor ihren Augen verschwimmen.

»Der Teufel soll dich holen, Conroy Cooper«, murmelte sie, und da ihr die Gefühle, die sich durch sie schlängelten, verhaßt waren, richtete sie diesen Haß gegen Cooper. Es war alles nur seine Schuld. Wenn sie sich nicht in ihn verliebt hätte, wenn er nicht so verdammt anständig gewesen wäre... Er war schuld daran, daß sie sich wie eine Hure vorkam.

Nein. Sie *war* eine Hure. Sie war zur Hure geboren und hatte ihr Handwerk bis zur Perfektion erlernt. Cooper ließ sie sich dessen schämen.

Sie weinte lautlos, als sie sich von dem Fliederstrauch abstieß und sich wie eine Diebin am Haus entlangschlich. Sie preßte sich an die Schindelwand und rückte zentimenterweise vor, bis sie die Glastüren erreicht hatte und das Gesicht an die Scheibe preßte.

Cooper richtete sich langsam auf, preßte das Kreuz durch und zuckte zusammen, als er seinen Stift zur Seite legte. Sein Verstand fühlte sich taub und leer an, wie ein Schwamm, den gnadenlose Hände ausgewrungen hatten. Diese Analogie erschien ihm als ein allerletzter Tropfen einer Eingebung, und er wollte gerade wieder nach seinem Stift greifen, um sie niederzuschreiben, als er aus dem Augenwinkel eine Bewegung vor den Glastüren wahrnahm.

»Savannah?« Er murmelte ihren Namen vor sich hin und sah angestrengt in die Dunkelheit, die ihre Züge verschleierte. Natürlich war sie es. Jetzt würde sie zerknirscht zu ihm kommen, wie sie es nach einer ihrer kleinen Szenen immer tat. Und er würde sie wieder aufnehmen und sie trösten. Diesen Zyklus hatten sie schon öfter hinter sich gebracht. Savannah war ein Gewohnheitswesen. Er runzelte die Stirn bei dem Gedanken, daß zu ihren Gewohnheiten selbstzugefügte Martern und Demütigungen zählten.

In dem Moment, in dem er die Türen öffnete, fiel sie ihm in die Arme und schluchzte wie ein Kind. Cooper schlang die Arme um sie, wiegte sie und murmelte beschwichtigend, während seine Lippen zart ihre wüste Mähne streiften.

»Es tut mir leid!« schluchzte sie und packte mit beiden Fäusten sein Hemd. »Es tut mir ja so schrecklich leid!«

»Psst«, flüsterte er, und seine Stimme war gesenkt, einschmeichelnd und besänftigend. »Weine nicht, Darling, du brichst mir das Herz.«

»*Du* brichst *mir* das Herz«, sagte Savannah, die derart litt, daß sie sich innerlich absolut wund fühlte. »Immer wieder.«

»Nein«, murmelte er. »Ich liebe dich.«

»Lieb mich.« Sie holte erschauernd Atem und flüsterte die Worte wieder und immer wieder, während sich glühende Tränen durch die Barriere ihrer fest zugekniffenen Lider zwängten. »Lieb mich. Lieb mich.«

War das nicht alles, was sie sich gewünscht hatte? Geliebt zu werden. Zärtlich und liebevoll behandelt zu werden. Und doch gab sie sich immer wieder Männern hin, die sie niemals lieben würden. Verwirrung siedete und schwoll in ihr an, und sie weinte sich an Coopers starker Brust aus, hüllte sich in seine Wärme ein, verankerte sich an seinem Halt. Sie fühlte sich ja so verloren. Sie wollte stark sein, war es aber nicht. Sie wollte brav sein, konnte es aber nicht. Das einzige, worin sie gut war, war Sex, und das genügte nicht, um Coop seinen Gelübden entsagen zu lassen.

»Psst, ganz ruhig«, flüsterte er und wiegte sie in seinen Armen.

Sie roch nach Sex und billigem Aftershave. Sie war mit einem anderen Mann zusammen gewesen. Er war weder erstaunt noch entsetzt. Er erwartete keine Treue von Savannah. Sie war, nach ihrer eigenen Definition, eine Hure. Es betrübte ihn jedoch in einer tiefgreifenden, grundlegenden Form. Savannah war in vieler Hinsicht die Verkörperung des Südens, dachte er. Wunderschön, ungebärdig, erbarmungslos, halsstarrig, den Verhältnissen zum Opfer gefallen…

»...Cooper?«

Savannah lehnte sich zurück und schaute in sein Gesicht auf. Ihre Fäuste waren immer noch in den Stoff seines Hemds gekrallt. Er blinzelte sie an, und seine dichten blonden Wimpern, die sich hinter seinen Brillengläsern senkten, nahmen seinen allzu blauen Augen das Glasige.

»Du verdammter Kerl«, fauchte sie und stieß ihn von sich. »Du hörst mir noch nicht einmal zu! In Gedanken hast du es mit ihr getrieben, stimmt's? Es mit Lady Astor getrieben. Der keuschen, reinen Lady Astor.«

»Nein, das stimmt nicht«, sagte er ruhig. Er trat an den Schreibtisch, kümmerte sich nicht weiter um sie und machte sich daran, seinen Notizblock und den Stift wegzupacken und den Stummel einer guten Havanna auszudrücken, die unberührt vor sich hingequalmt hatte.

»Dir wäre es lieber, wenn sie jetzt hier wäre«, sagte Savannah erbittert. »Sie ist heute abend schließlich nicht losgezogen und hat es auf alle erdenkliche Arten mit Ronnie Peltier getrieben. Nein, sie ist drüben im St.-Joseph's-Pflegeheim, hübsch wie eine Orchidee und so stumm wie eine Laternenpfahl...«

»Hör auf!« Coopers Stimme schnitt sich wie Donner durch die Luft. Er machte auf dem Absatz kehrt, packte sie an den Armen und schüttelte sie grob. Er riß sich zusammen, ehe er sie noch einmal schütteln konnte, und die Anstrengung, die es ihn kostete, seine Wut zu bezähmen, ließ ihn zittern.

»Du verdammtes Miststück, Savannah, warum tust du das?« fragte er mit barscher Stimme, während sich seine Finger in das Fleisch ihrer Oberarme bohrten. »Du bettelst um meine Liebe, und dann bringst du mich dazu, daß ich dich am liebsten hassen würde. Warum kannst du nicht einfach das nehmen, was ich dir geben kann, und damit glücklich werden?«

»Glücklich?« flüsterte sie trostlos und sah mit ihrem Herzen in den Augen zu ihm auf. »Ich weiß nicht, was das ist.«

Cooper schloß die Augen gegen eine glühende Woge von Gefühlen, zog sie an sich und hielt sie fest.

»Haß mich nicht, Coop«, sagte sie leise und schlang ihm die Arme um die Taille. »Das tue ich schon genug für uns beide.«

»Pst… ganz ruhig…« Er strich ihr das Haar aus dem Gesicht und drückte ihr erst einen Kuß auf die Schläfe, dann auf den Mund. »Ich liebe dich«, sagte er, und die Worte waren kaum mehr als ein Hauch, während seine Lippen ihre streiften. »Ich liebe dich.«

»Zeig es mir.«

Die Standuhr in der Eingangshalle tickte die Sekunden der Nacht. Savannah lauschte ihr in der Stille, als sie zusammengerollt neben Cooper lag und sich an ihn schmiegte. Er schlief, atmete tief und hielt sie immer noch mit einem Arm umschlungen. Im Schlaf sah er älter aus. Wenn seine Vitalität ausgeschaltet war und er seine sportlichen Energien wieder auftankte, blieb nichts anderes übrig als das Gesicht, das achtundfünfzig Lebensjahre überstanden hatte.

Einen kurzen Moment lang stellte sie sich vor, es sei ihr Vater, der dort lag und sie in seinen Armen hielt. Jeff Chandler wäre jetzt achtundfünfzig gewesen. Und einen Moment lang gestattete sie sich die Frage, wie ihr Leben dann wohl ausgesehen hätte. Wie anders sie hätte sein können. Sie hätte die berühmte der beiden Chandler-Schwestern sein können. Sie hätte Schauspielerin oder Modeschöpferin sein können. Und Laurel… Laurel hätte vielleicht nicht so hart um Gerechtigkeit kämpfen müssen.

Das arme Baby. Schuldgefühle nagten an ihr, als sie daran dachte, wie sie Laurel bei Frenchie's zurückgelassen hatte. Sie hätte inzwischen wirklich zu Hause sein und dafür sorgen sollen, daß Laurel ihre Ruhe fand. Ihre Aufgabe bestand jetzt darin, dafür zu sorgen, daß ihre Schwester sich wieder erholte. Aber sie hatte diese Zeit mit Coop gebraucht. Zeit ohne Kampf und ohne Worte, Zeit, in der nichts anderes als Liebe zwischen ihnen stand.

Er ließ es nie an Zärtlichkeit mangeln, wenn er mit ihr schlief. Er ging immer so behutsam mit ihr um. Ohne jede Eile. Kein frenetisches Handgemenge. Keine drängende Brutalität. Zärtlichkeit, Ehrfurcht. Als sei es jedesmal wieder das erste Mal für sie.

Nein, dachte sie, und ihr Mund verzog sich zu der Parodie eines Lächelns. So war es beim ersten Mal ganz und gar nicht für sie gewesen.

»Du willst mich, Savannah. Ich habe doch gesehen, wie du mich ansiehst.«

»Ich weiß nicht, was du meinst...«

»Lügnerin. Du spielst deine Spielchen mit mir, du aufreizendes Ding.«

»Das ist nicht wahr...«

»Jedenfalls werde ich dir jetzt geben, worum du mich bittest, meine Kleine.«

»Nein! Ich will nicht, daß du mich anfaßt. Ich mag das nicht.«

»Oh, doch, du magst es. Lüg mich nicht an. Lüg dich selbst nicht an. Genau dafür bist du geschaffen, Savannah...«

Und sie hatte die Augen geschlossen, als sie den ersten brennenden Schmerz gespürt hatte, und sie hatte Ross Leighton für alle Ewigkeit in die Hölle gewünscht.

Frauenmörder... Mörder... »Der einzige Ort, an dem ich Menschen umbringe, ist auf dem Papier.« ...Lügner ...Du bist ein Lügner, Jack...

Er lief in den Hallen von L'Amour auf und ab, ohne die Tapeten wahrzunehmen, die von den Wänden abblätterten, ohne den Staub wahrzunehmen, den muffigen Geruch von Fäulnis oder Vernachlässigung, ohne irgend etwas anderes als seinen eigenen inneren Aufruhr wahrzunehmen. Er tobte und wütete in ihm wie ein Tier in einem Käfig, und er konnte nichts anderes damit anfangen, als durch die dunklen Hallen des Hauses zu pirschen. Er konnte die Bestie nicht freilassen, weil ihm bei der Vorstellung graute, was er dann tun könnte – verrückt werden, sich umbringen.

Sich umbringen. Diese Vorstellung war ihm schon mehr als einmal durch den Kopf gegangen. Doch diesen Gedanken hatte er gleich wieder abgetan. Er hatte die Freiheit nicht verdient, die der Tod ihm geboten hätte. Seine Strafe bestand darin, zu leben, mit dem Wissen, daß er nichts wert war, mit dem Wissen, daß er den einzigen Menschen getötet hatte, der etwas Gutes in ihm gesehen hatte.

Evie. Ihr Gesicht schwebte vor seinem inneren Auge vorbei, zart und hübsch, die dunklen Augen groß und vertrauensvoll. Vertrauen – das schnitt sich in ihn wie ein Rasiermesser. Sie hatte ihm vertraut. Sie war so zerbrechlich gewesen wie hauchdünnes Glas, und sie hatte darauf vertraut, daß er sie nicht zerbrechen würde. Am Ende hatte er sie dann zerstört, sie zerbrochen. Sie umgebracht.

Ein wilder, nicht vernehmbarer Schrei entriß sich seinen Tiefen, und er drehte sich um und schmetterte die Faust gegen eine Wand, und das Geräusch des Schmerzes und der Wut hallten durch das leere Haus. Leer. So leer wie sein Herz, wie seine Seele, wie die Flasche Wild Turkey, die er zwischen den Fingern der linken Hand hielt. Die Bestie rüttelte an den Stäben ihres Käfigs, und er schwang die Flasche, holte aus und hörte, wie sie an einer Tür weiter hinten im Gang zerschmetterte.

»Wertlos, unbrauchbar, verkommen…«

Das Bild von Blackie Boudreaux stieg aus einem der finsteren Winkel seiner Seele auf, um ihn zu verhöhnen, und er wankte aus der Eingangshalle, durch ein dunkles Zimmer und auf die Galerie im oberen Stockwerk, um ihm zu entkommen.

»Bon à rien, tu, bon à rien…«

Die Erinnerung jagte ihm nach wie ein Dämon, schmerzlich klar und so hell, daß er die Augen zusammenkniff, um sie vor dem grellen Licht zu schließen. Er preßte den Rücken an die Backsteinmauer, stemmte sich dagegen und behielt eine starre Haltung bei, bis jeder einzelne Muskel vor Anstrengung zuckte, aber nichts konnte der Erinnerung Einhalt gebieten.

Seine Mutter stand gekrümmt vor dem Spülstein in der Küche, und Blut rann aus der Nase und von der Unterlippe. Tränen schwammen in ihren Augen und strömten über ihre Wangen, aber sie weinte nicht laut. Sie wußte, daß sie sich damit nur selbst geschadet hätte. Blackie wollte sie nicht jaulen hören; dann wurde er nur noch bösartiger. *Le bon Dieu* wußte, daß er in seinen besten Momenten schon bösartig genug war.

Jack klammerte sich an ihrem Rock fest, verängstigt, wütend, zehn Jahre alt. Zu klein, um etwas zu unternehmen. Wertlos, unbrauchbar, nichtsnutzig. Zum Hassen reichte es. Er sagte sich, daß er darin wohl Experte war. Er haßte seinen Vater mit jeder Faser seines Körpers, und dieser Haß trieb ihn dazu an, die zitternden Beine seiner Mutter loszulassen und sich Blackie in den Weg zu stellen, als er mit zurückgezogenem Arm auf sie zukam, um ihr noch einen Hieb zu verpassen.

Ein schriller Schrei zerriß die Luft, als Marie hereingerannt kam. Jack sah seine kleine Schwester gar nicht erst an, sondern schrie ihr nur zu, sie sollte verschwinden, als er sich auf seinen Vater stürzte. Er wünschte nur, er wäre größer, stärker, groß genug, um Blackie so fest zu schlagen, wie Blackie *Maman* schlug, doch er war es nicht. Er war nichts weiter als ein kümmerlicher, winzigkleiner Junge, wie Papa immer schon gesagt hatte.

Das hieß aber noch lange nicht, daß er es nicht versuchen würde.

Er ballte die Hände zu Fäusten und wollte auf seinen Alten einschlagen, so fest er konnte, aber Blackie hatte andere Vorstellungen. Er holte mit dem Arm aus, den er zurückgezogen hatte, um seine Frau zu schlagen, und hieb statt dessen Jack eine Rückhand ins Gesicht, die ihn wie eine Puppe aus dem Weg räumte.

Jack fiel zu Boden. Sein Kopf schwirrte und pochte, Tränen verschleierten seine Sicht, und Haß fraß sich wie Säure in ihn.

Dann war er plötzlich keine zehn mehr. Er war ein Teenager, und er sprang auf die Füße, schnappte sich die eiserne Bratpfanne vom Herd und holte mit beiden Händen aus, so weit er konnte...

Er zuckte zusammen, als sein Verstand die Tür zu dieser Erinnerung zuschlug.

»Der einzige Ort, an dem ich Menschen umbringe, ist auf dem Papier, Süße...«

Von da aus, wo er im tiefen Schatten der Galerie stand, konnte er Belle Rivière sehen. Er konnte am anderen Ende des dunklen Gartens die Hintertür sehen, neben der die Außenbeleuchtung immer noch brannte. Sämtliche Fenster waren dunkel. Um diese Nachtstunde lagen normale Leute im Bett. Laurel lag im Bett.

»Und ich sitze in der Stille der Nacht und heule den Mond an«, murmelte er und ließ sich an der Wand hinuntergleiten, um sich auf den verwitterten Boden der Galerie zu setzen. Huey materialisierte sich aus dem Dunkel und setzte sich neben ihn. Auf seinem Gesicht stand ein ernster Ausdruck, und seine schlappen Lippen hingen nach unten.

»Du weißt nicht gut genug Bescheid, um dich von meinesgleichen fernzuhalten, stimmt's, du dummer Hund?«

Laurel wußte gut genug Bescheid. Sie sah sich vor ihm vor.

»Und das kann ich dir auch nur raten, *mon ange*«, murmelte er und starrte auf die schwarzen Fenster von Belle Rivière hinaus.

Sie hatte sich von ihm küssen lassen, hatte ihn an sich herankommen lassen, aber schließlich war sie dann doch vor ihm zurückgescheut. Für sie war das nur gut so. Er war ein Schurke und ein Ausbeuter. *Frauenmörder... Mörder.*

Das Wort gärte in seinem Gehirn, als er sich auf die Füße zog und ins Haus ging, um zu arbeiten.

8

Savannah nahm das Ableben ihrer Corvette bemerkenswert gelassen hin. Woran sie Anstoß nahm, das war die Neuigkeit, wer ihren Wagen gefahren hatte.

»Jack?« Sie zog eine Augenbraue hoch, preßte den Rücken durch und nahm langsam, aber sichtlich, eine steife Haltung ein. Sie saß auf Laurels Bett, trug ihren Morgenmantel aus champagnerfarbener Seide offen über einem schwarzen Spitzenbody und sah mit ihrem zerwühlten Haar und ihren von Küssen geschwollenen Lippen wie eine Werbung für Victoria's Secret aus. »Was, zum Teufel, hattest du mit Jack Boudreaux auf der Landstraße zu suchen, die ins Bayou rausführt?«

»Diese Frage habe ich mir durchaus selbst gestellt, als wir wie ein Testfahrzeug mit Raketenantrieb über die Salzebene geschossen sind«, murrte Laurel, während sie sich mit kritischen Blicken in dem Drehspiegel musterte.

Der Rock, den sie trug, war aus einem weichen, fließenden Gewebe und hatte ein Muster aus malvenfarbigen Zentifolien und dunkelgrünem Laub auf einem elfenbeinfarbenen Untergrund. Der Bund saß tief auf ihren Hüften, und der Saum hing ihr fast bis auf die Knöchel. Ihr Gewichtsverlust wirkte sich beklagenwert auf ihre Garderobe aus. Aber damit würde sie leben müssen. Sie hatte nicht viele gute Kleider mitgebracht. Zumindest war der sommerliche Pullover aus zartrosa Baumwolle so lang und so weit, daß er den zu tief sitzenden Bund verbarg. Sie seufzte resigniert und sah im Spiegel ihre Schwester an.

»Ich kann keinen Wagen mit Gangschaltung fahren. Er hat angeboten, mich nach Hause zu fahren – nein, er hat den Wagen regelrecht beschlagnahmt«, verbesserte sie sich und ärgerte sich noch einmal von neuem glühend über seine anmaßende Art und seine Eigenmächtigkeiten. Wenn er nicht ganz so aufdringlich gewesen wäre, wäre es niemals darauf hinausgelaufen, daß sie die halbe Nacht lang wach gelegen, die Decke angestarrt und das Gefühl gehabt hatte, allzusehr... aus dem Gleichgewicht geworfen zu sein.

Savannah schaute finster, da eine Woge von unerwarteter Eifersucht über sie hereinbrach. Frenchie's war ihr Territorium, ihr kleines Königreich von Männern. Jack Boudreaux zählte zu ihren Höflingen. Ihr gefiel die Vorstellung gar nicht, daß er ihre kleine Schwester beschnupperte, insbesondere, da es bisher noch nicht dazu gekommen war, daß er *sie* beschnuppert hatte. Und auch die Vorstellung, Laurel teilen zu müssen, gefiel ihr nicht. Laurel war nach Hause gekommen, um bei ihrer großen Schwester Liebe und Trost zu suchen, nicht bei Jack Boudreaux.

»Der macht nur Ärger«, sagte sie, stand auf und stellte sich hinter Laurel. »Laß die Finger von ihm.«

Laurel warf einen neugierigen Blick über ihre Schulter, als Savannah sich an dem Spitzenkragen ihres Pullovers zu schaffen machte. »Gestern schienst du noch entzückt von ihm zu sein.«

»Es ist etwas anderes, ob er mich umgurrt oder dich. Ich will nicht, daß er sich an dich ranmacht, Baby. Der Mann ist ein Schurke.«

Savannah, die große Beschützerin. Die immer über sie wachte, während niemand über Savannah wachte. Ein Schurke war gut genug für Savannah, ebenso ein Billardspieler, der zehn Jahre jünger war als sie, oder ein verheirateter Pulitzer-Preisträger, der alt genug war, um ihr Vater zu sein. Laurel erstickte den Drang, etwas zu sagen, wovon sie wußte, daß sie es bereuen würde. Sie liebte ihre Schwester und wünschte ihr etwas Besseres als das Leben, für das Savannah sich entschieden hatte, aber jetzt war nicht der rechte Zeitpunkt, um das zu sagen. Ihre Gedanken wurden vollauf von dem Essen in Anspruch genommen, auf das sie keinen Appetit hatte.

»Du hast gesagt, er sei Schriftsteller. Was schreibt er eigentlich?«

»Oooh«, gurrte Savannah, und ein verruchtes Lächeln verzog ihre Mundwinkel und ließ ihre Augen glitzern. »Köstlich schaurige Horrorromane. Zeug von der Sorte, daß man sich fragt, wie dieser Mann nachts wohl schläft. Betrittst du denn nie eine Buchhandlung, Baby? Jack ist praktisch immer auf den Bestsellerlisten.«

Laurel konnte sich nicht erinnern, wann sie das letzte Mal etwas gelesen hatte, was nicht im Juristenjargon verfaßt war. Der Fall hatte ihre gesamte Zeit verschlungen und alles andere aus ihrem Leben verdrängt – ihre Hobbys, ihre Freunde, ihren Ehemann, ihre Perspektiven... So oder so hatte sie nicht den Hang, Bücher zu lesen, die die Leute bei jedem nächtlichen Geräusch vor Furcht die Augen weit aufreißen ließen. Sie brauchte kein Geld dafür auszugeben, auf einen Horror zu kommen und Depressionen zu erliegen. Sie hatte genug Umgang mit Horror im wahren Leben. Depressionen waren etwas, was sie umsonst bekommen konnte.

Sie versuchte, ihr Bild von Jack, dem klavierspielenden Schlingel, der Autos und Küsse raubte, mit ihrer Vorstellung von einem Horrorautor übereinzubringen, doch es gelang ihr nicht. Aber es gab noch einen anderen Jack, den Mann, den sie in flüchtigen Momenten kurz zu sehen bekommen hatte. Einen härteren, finstereren Mann mit einer inneren Intensität, die sie zermürbte. Allein schon die Erinnerung an diesen Mann ließ eine seltsam flatternde Nervosität in ihr aufkommen, und daher schob sie jeden Gedanken an ihn von sich und konzentrierte sich statt dessen auf das, was anstand.

Sie sah sich noch einmal im Spiegel an und beschloß, sie sähe aus wie ein kleines Mädchen, das sich mit den Kleidern seiner Mutter herausputzte. Was nicht etwa heißen sollte, daß Vivian ihnen je erlaubt hätte, sich mit ihren Sachen zu kostümieren. Savannah kramte in einer Schublade der Walnußkommode herum und kam mit zwei Sicherheitsnadeln zurück. Sie faltete den Rockbund vorn zusammen und hielt die Falten mit Sicherheitsnadeln fest, die sie unter dem Saum des Pullovers verbarg.

»Wenn das nicht gut sitzt. Ein alter Mannequintrick«, sagte sie geistesabwesend und musterte Laurel eingehend mit ihren kritischen Blicken.

»Warum bist du nicht dabei geblieben?« fragte Laurel.

»Du wirst meine neuen goldenen Ohrringe tragen«, murmelte sie, und dann riß sie den Kopf hoch. »Wobei? Meinst du etwa, warum ich nicht als Mannequin weitergemacht habe?«

»Du hattest einen guten Stand bei dieser Agentur in New Orleans.«

Savannah rümpfte die Nase und zog eine Schulter lässig zu einem

Achselzucken hoch, während sie nach einem Make-up-Pinsel und dem Wangenrouge griff und gekonnt ein helles Mauve auf Laurels Wangenknochen stäubte. »André hat sich dafür begeistert, sich von mir einen blasen zu lassen, und nicht etwa für mein Portfolio. Ich war nicht gut genug – als Mannequin, meine ich. Andererseits gibt es niemanden auf Erden, von dem man sich besser einen blasen lassen könnte als von mir.«

Laurel äußerte sich nicht dazu, aber Savannah entging nicht, daß sich ihr Kiefer zusammenpreßte und ihr Mund schmaler wurde. Mißbilligung. Es versetzte ihr einen Stich, und das ärgerte sie. »Man sollte das tun, was man am besten kann, Baby«, sagte sie, und die Schärfe einer Rasierklinge war aus ihrer Stimme herauszuhören. »Du hast es mit der Gerechtigkeit. Meine Talente liegen auf einem anderen Gebiet. Und jetzt laß dich ansehen«, sagte sie schroff und stellte das Make-up hin. »Mir ist unbegreiflich, warum du dort hingehst. Ich hätte Vivian gesagt, sie soll sich zum Teufel scheren.«

»Das hast du bereits getan«, sagte Laurel platt. »Bei zahlreichen Gelegenheiten.«

»Und deshalb bist du jetzt an der Reihe. Sie zerrt dich herum wie einen Hund an einer Leine...«

»Bitte, Schwester.« Sie schloß einen Moment lang die Augen. Himmel, wenn sie schon dieser Auseinandersetzung nicht gewachsen war, was, zum Teufel, würde sie dann erst in Beauvoir tun? Ein nervöser Schauer durchzuckte sie. Ein Essen mit Vivian in Gesellschaft war wie ein Tanz auf einem Minenfeld. O Gott, dachte sie höhnisch, wie hatte sie je im Gerichtssaal überleben können, wenn sie ein solcher Feigling war?

»Ich hätte nein sagen können«, sagte sie matt, »aber den Ärger kann ich nicht brauchen. Eine einzige Mahlzeit, und schon bin ich aus dem Schneider. Also bringe ich es am besten gleich hinter mich.«

Savannah gab einen nichtssagenden Laut von sich. »Also, bitte, leih dir meine neuen goldenen Ohrringe aus, und trag um Gottes willen nicht diese gräßliche Buddy-Holly-Brille. Mit der siehst du aus wie ein kleines Hühnchen.«

Laurel zog eine Augenbraue hoch. »Du willst nicht, daß ich hingehe, aber du willst, daß ich gut aussehe?«

Ihre hellen Augen wurden hart und kalt, und ein bitteres Lächeln trat auf ihren sinnlichen Mund. »Ich will, daß Vivian dich ansieht und sich wie die ausgedörrte alte Hexe fühlt, die sie ist.«

Laurel runzelte die Stirn, als Savannah ging, um die Ohrringe aus ihrem Zimmer zu holen. Sie waren schon immer Widersacher gewesen – Savannah und ihre Mutter. Vivian war zu egoistisch und zu egozentrisch, um eine so schöne und für Männer so attraktive Tochter zu haben, wie Savannah es war. Die Rivalität zwischen den beiden war nur eine weitere ungesunde Facette in einer ungesunden Beziehung. Diese Rivalität war einer der Gründe dafür, daß Laurel ihr eigenes Aussehen heruntergespielt hatte. Da sie schon immer die kleine Diplomatin gewesen war, hatte sie ein Boot, das ohnehin schon Schräglage hatte, nicht noch heftiger ins Wanken bringen wollen, indem sie die Aufmerksamkeit auf sich lenkte. Ihr anderer Grund dafür war weniger edelmütig, gestand sie sich ein und sah sich finster im Spiegel an.

Wenn ich nicht so hübsch bin wie Savannah, dann wird Ross mich in Ruhe lassen. Er hat sich Savannah ausgesucht und nicht mich. Was für ein Glück ich doch gehabt habe.

Für die Form von Schuldbewußtsein, das diese Erinnerungen heraufbeschworen, gab es kein Wort, dachte Laurel, als Savannah zurückkam. Der Morgenmantel war ihr von der einen Schulter gerutscht, als sie mit den Ohrringen herumgespielt hatte, und ein Knutschfleck von der Größe eines Silberdollars, der ihre porzellanene Haut verunzierte, war zum Vorschein gekommen. Laurels Magen schnürte sich zusammen, und sie fragte sich, wie sie bloß den Schweinebraten herunterwürgen sollte.

Das Sonntagsessen auf Beauvoir war Tradition. Die Chandlers hatten schon immer den Sonntagsgottesdienst besucht – ebensosehr aus einem Gefühl von Pflichtbewußtsein gegenüber der Gemeinde heraus wie aus Ehrerbietung vor den Zehn Geboten –, und dann waren ein paar wenige Auserwählte zum Essen eingeladen worden und verbrachten dort den Rest des Tages mit gepflegten Beschäftigungen. Jetzt gab es zwar keine Chandlers mehr in Beauvoir, doch die Tradition wurde fortgeführt, ein Bestandteil von Vivians krankhaftem Sinn für soziale Verantwortung.

Hätte sie doch nur einen Bruchteil dieses Verantwortungsgefühls für ihre eigene Familie aufgebracht, dachte Laurel, als sie auf der Veranda stand und läutete. Es hatte wieder begonnen zu regnen, und sie lauschte den Regentropfen, während sie wartete und vergeblich hoffte, das leise Geräusch würde ihre strapazierten Nerven beruhigen. Mit dem Daumen zog sie eine Maalox aus der Rolle in ihrer Rocktasche und steckte sie sich in den Mund.

Die mißhandelte Olive öffnete die Tür, so grau und trostlos wie der Nachmittag, und sah Laurel mit abgestumpften Augen an, als hätte sie sie noch nie gesehen. Laurel bemühte sich, sie mitfühlend anzulächeln, während sie an der Frau vorbeiging und sich auf den Weg zum Salon machte, wobei Bilder aus alten Zombiefilmen durch ihren Hinterkopf flimmerten.

Es wäre die perfekte Kulisse für einen Horrorfilm oder einen Horrorroman gewesen. Die alte Plantage am Rand des Sumpfes, ein Ort voller Geheimnisse, alten Hasses und kranker Gemüter. Ein Ort, an dem Traditionen zu etwas Groteskem entstellt wurden und die Liebe zur Familie wie vergorene Schlagsahne gerann. Sie versuchte sich auszumalen, daß Jack diesen Roman schrieb, doch sie konnte ihn sich nur in einem Hawaiihemd, mit der Baseballkappe falsch rum auf dem Kopf und diesem Grinsen einer Katze im Gesicht vorstellen, die den Kanarienvogel gefressen hat. Dieses Bild zauberte die Spur eines Lächelns auf ihre Lippen, als sie ihn sich hier vorstellte, im Salon von Beauvoir, wie er die versammelten Gäste beobachtete.

Es wäre die Untertreibung des Jahres gewesen, wenn man behauptet hätte, daß er nicht so recht in diese Gesellschaft paßte. Ross stand am Sideboard und wirkte in einem silbergrauen Anzug frisch gebügelt und geschniegelt. Er war der Inbegriff des vornehmen Gentleman aus einer der guten Familien der Südstaaten, bis hin zu den säuberlich manikürten Fingernägeln. Das unbeschwerte gönnerhafte Lächeln. Die Aura von Autorität.

Laurel riß den Blick von ihm los, da sie sicher war, daß der Haß, den sie für ihn verspürte, stark genug und magnetisch genur war, um von allen Anwesenden im Raum wahrgenommen zu werden. Statt dessen sah sie sich schnell unter den anderen Gästen um und taxierte sie in einer Form, die sich automatisch einstellte. Als Anklägerin mußte sie sich schnelle und präzise Eindrücke von Opfern, Tätern, voraussichtlichen Zeugen und Verteidigern verschaffen. Jetzt tat sie es weitgehend aus denselben Gründen heraus – um sich einen Vorteil zu verschaffen, um eine Strategie zu entwickeln.

Der Mann, mit dem Ross sprach, trug einen Klerikerkragen. Er war klein und schmächtig, hatte eine Halbglatze und reagierte auf Ross' unfehlbare Dogmen so oft mit einem zustimmenden Nicken, daß es den Eindruck erweckte, als hätte er einen Art Nervenleiden. Sie ordnete ihn als schwach und kriecherisch ein und wandte sich von ihm ab.

Ein Paar mittleren Alters stand hinter dem Sofa, an dessen Rückenlehne Jack sie am gestrigen Abend in die Enge getrieben hatte. Zwei freundliche runde Gesichter – das des Mannes wies einen leichten Sonnenbrand auf, wogegen das der Frau bleich und vollendet geschminkt war. Die Frau trug ein blaßrosa Kostüm mit einer ausgestellten Jacke, die zu gestärkt wirkte, um nicht brandneu zu sein, und ihr schwarzes Haar wirkte nur einfach frisch gewaschen und hatte doch die Optik von Fülle, die sich dadurch erzielen ließ, daß es eine Stunde lang auf einem Stuhl in Yvette's Houses of Style toupiert und zurückgekämmt worden war. Ihre Blicke schweiften ständig begehrlich über die offenkundigen Zeichen von Reichtum im Raum. Das waren sicher Nachbarn, vermutete Laurel. Pflanzer, deren Land sich jedoch nicht an dem gewaltigen Grundbesitz der Chandler-Leightons messen konnte. Menschen, die eine Einladung nach Beauvoir angemessen demütigen und beeindrucken würde.

Ihr Blick fiel auf Vivian, die in einem königsblauen Leinenkleid kühl und kultiviert wirkte und auf ihrem Ohrensessel thronte. Der andere Ohrensessel war von einem großen dunkelhaarigen Mann belegt, der sich Vivian im Sitzen ein wenig zugewandt hatte, und daher konnte Laurel sein Gesicht nicht sehen. Ehe sie einen anderen Standort beziehen konnte, um einen flüchtigen Blick auf ihn zu werfen, wurde sie von Vivian bemerkt, die sich von ihrem Stuhl erhob und die Mundwinkel zu ihrer Version eines mütterlichen Lächelns hochzog.

»Laurel, mein Liebling.«

Sie trat mit ausgestreckten Händen vor. Pflichtbewußt umfaßte Laurel die Finger ihrer Mutter und ließ das Ritual des Kusses auf die Wange über sich ergehen, während sie in den Brennpunkt der Aufmerksamkeit gerieten.

»Mama.«

»Wir haben dich heute morgen beim Gottesdienst vermißt.«

»Es tut mir leid. Ich habe es nicht geschafft.«

»Nun, ja...« Vivians dünnes Lächeln verrutschte nicht. Nur Laurel nahm die Kritik in ihrem Blick war. »Wir wissen, daß du deine Ruhe brauchst, meine Liebe. Und jetzt laß mich dich allen vorstellen. Ross, sieh nur, Laurel ist hier.«

Ross trat vor und trug sein Lächeln wie ein Banner vor dem Gesicht. »Laurel, Liebling, du siehst aber hübsch aus heute!«

Er legte ihre eine Hand auf die Schulter, und sie rückte flink von ihm ab, da sie um niemandes willen bereit war, seine Berührungen über sich ergehen zu lassen. »Ross«, murmelte sie und neigte den Kopf, um jeden Blickkontakt mit ihm zu meiden.

Der Geistliche wurde ihr als Reverend Stipple vorgestellt. Sein Händedruck war so schlaff wie der einer Großmutter. Das Paar, Don und Glory Trahern, hatte erst kürzlich die Plantage von William Kincaid übernommen, Glorys Onkel, den Laurel vage als einen Freund ihres Vaters in Erinnerung hatte. Don Trahern schien ein netter, umgänglicher Mann zu sein. Glory buhlte ganz offensichtlich um Vivians Gunst, lächelte zu angstrengt und sprudelte zu viele Höflichkeiten heraus. Laurel murmelte die erforderlichen Grußformeln und ertappte sich dann dabei, daß ihr Blick auf das letzte Grüppchen schweifte, das ihr noch nicht vorgestellt worden war.

Der kleine Kreis von Gästen öffnete sich, um ihm Platz zu machen, und alle blickten zu ihm auf, als sei er der Kronprinz irgendeines fremden Landes, der erschienen war, um das arme kleine Bayou Breaux mit seiner Anwesenheit zu ehren. Er war groß und langgliedrig und in einem blendend geschnittenen schiefergrauen Anzug die reinste Verkörperung von Eleganz. Sein Haar war rabenschwarz, modisch geschnitten und ordentlich zurückgekämmt.

»...und unser heutiger Ehrengast«, sagte Vivian und lächelte wie eine Königin. »Stephen Danjermond, unser hiesiger Oberstaatsanwalt. Stephen, meine Tochter Laurel.«

Eine abgekartete Sache. Laurel kam sich vor, als hätten sie sich im toten Winkel an sie herangeschlichen und sie überrumpelt. Sie hatte Vivians übliche Schar von kleinen lokalen Größen erwartet. Sie hatte nicht damit gerechnet, daß ihre Mutter dieses Spielchen spielen würde. Sie und Danjermond waren die einzigen Menschen im Raum, die jünger als fünfundvierzig waren. Die beiden einzigen Menschen, die auffällig ohne Anhang erschienen waren. Sie kam sich wie ein Dummkopf vor, und ihr war danach zumute, einfach wieder fortzugehen. Aber sie biß die Zähne zusammen, streckte die Hand aus und schaute mit einem Blick zu dem Oberstaatsanwalt auf, von dem sie nur hoffte, daß er freundlich und nichtssagend war.

»Es ist mir ein Vergnügen, Sie kennenzulernen, Mr. Danjermond.«

»Das Vergnügen liegt ganz auf meiner Seite«, sagte er gewandt.

Sein Blick traf ihre Augen wie Scheinwerfer und hielt sie fest, stetig, ohne zu zwinkern, seelenruhig. So flau und ruhig wie das Meer an einem windstillen Tag. Seine Augen waren klar und hatten einen seltsamen Grünton. Die Farbe von Chrysolith, von dichten, kurzen Wimpern eingerahmt, tiefliegend unter kräftigen, geraden Augenbrauen. Er sah umwerfend gut aus, sein Gesicht ein langes Rechteck mit einem kräftigen Kiefer und einer schmalen, geraden Nase. Seine Lippen waren breit und beweglich und bogen sich an den Mundwinkeln auf eine sinnliche, nahezu katzenhafte Art nach oben.

Laurel spürte ein leichtes Prickeln des Argwohns in ihrem Nacken. Im Gerichtssaal hätte er einen eindrucksvollen Gegner abgegeben. Das wußte sie instinktiv, denn selbst, während sie keinen einzigen seiner Gedanken lesen konnte, konnte sie in seinem Blick die Wucht seiner Persönlichkeit spüren. Sie wollte ihre Hand zurückziehen, doch er hielt daran fest – mit leichtem und doch sicherem Griff, und seine beiden langen, eleganten Hände schlossen sich um ihre wesentlich kleinere Hand.

»Ich habe schon soviel über Sie gehört«, sagte er. »Ich habe mich gefreut, Sie kennenzulernen, Laurel.«

In seinem Tonfall schwang etwas nahezu... Vertrauliches mit. Seine Stimme war ein warmer, bestens ausgebildeter, blendend modulierter Bariton, in dem der Hall des Geldes des alten Südens vibrierte.

»Stephen kommt aus New Orleans«, sagte Vivian strahlend und hob ihre Stimme ein klein wenig, als über ihnen der Donner grollte. »Ich habe seine Mutter schon vor Jahren kennengelernt – obgleich mir niemand das Geständnis abringen wird, wie viele Jahre das schon her ist«, fügte sie affektiert hinzu und flatterte mit den Wimpern.

»Damals, als ich die Sommer noch mit meiner Cousine Tallant Jordan Brooks verbracht habe. Du erinnerst dich doch noch an Cousine Talli, nicht wahr, Laurel? Ihr Vater war im Ölgeschäft, und sein Bruder war derjenige, der ein so großes Vermögen auf dem Silbermarkt gemacht hat und dann an der New Yorker Börse alles verloren hat. Das war ja ein solcher Skandal!

Laurel war bei Cousine Tallis zweiter Hochzeit Brautjungfer«, erklärte sie. Glory Trahern las ihr jedes Wort von den Lippen ab. Die Augen aller anderen waren inzwischen glasig geworden. »Ihr erster Mann ist bei einem Unfall umgekommen, verstehst du. Meine Güte, war das eine gräßliche Geschichte! Aber Talli hat es überstanden und sich blendend wieder verheiratet.

Eine bemerkenswerte Frau, diese Talli. Sie hat mich Stephens Mutter auf einer Soiree vorgestellt. Eine reizende Frau, eine ganz reizende süße Frau! Wie sich herausgestellt hat, hatten wir beide die Klosterschule Sacred Heart besucht, doch sie war etliche Jahre älter als ich, und wir sind in unterschiedlichen Kreisen verkehrt.

Die Danjermonds sind schon seit Jahren im Reedereigeschäft tätig«, schloß sie, und ihre Erwähnung des Erwerbszweigs ließ die Männer wieder aufhorchen.

»Reedereien und Politik«, sagte Danjermond. Man mußte ihm hoch anrechnen, daß es ihm gelungen war, Vivians Erklärungen lächelnd zu überstehen. »Mein älterer Bruder Simon ist ins Reedereigeschäft gegangen. Somit ist für mich die Politik geblieben.«

Der Rest der Besetzung nickte beifällig mit dem Kopf. Laurel schnaubte vor Wut. Er hielt immer noch ihre Hand, und sie konnte sie ihm nicht entreißen, ohne eine Szene zu machen. Sie reckte das Kinn unmerklich höher in die Luft und sah ihm fest in die Augen.

»Ich bin bisher immer der Auffassung gewesen, die oberste Pflicht eines Staatsanwalts sei das Streben nach Gerechtigkeit und nicht das Trachten nach einem öffentlichen Amt.«

Glory Trahern schnaufte hörbar und preßte sich eine Hand auf die Kehle, als sei sie am Ersticken. Die übrigen Anwesenden standen da und starrten Laurel mit Eulenaugen an, mit Ausnahme von Vivian, deren Blick eher etwas Wölfisches hatte. Nur Danjermond selbst schien keinen Anstoß an ihrer Bemerkung genommen zu haben. Sein Lächeln zog seine Mundwinkel noch ein wenig weiter auseinander.

»Wie ich gehört habe, haben Sie sich als Fürsprecherin für Justitia beachtlich hervorgetan.«

»Das war mein Job«, sagte sie platt und war nicht bereit, sich schmeicheln zu lassen. »Und es ist Ihrer.«

Er neigte den Kopf und gab diesen Punkt an sie ab. »So ist es, und mein Ruf spricht für sich selbst. Das können die braven Bürger des Bezirks Partout bestätigen.«

»Ja, allerdings, Stephen«, zwitscherte Vivian.

Sie lächelte ihn strahlend an, stellte sich neben ihn und hing sich bei ihm ein, als hätte sie beschlossen, Laurel sei seiner nicht würdig und daher nähme sie ihn ihr wieder ab. Laurel zog ihre Hand zurück, verschränkte die Arme und überlegte sich, daß sie unter Umständen belustigt gewesen wäre, wenn sie nicht so verdammt wütend auf ihre Mutter gewesen wäre.

»Dein Ruf ist einwandfrei«, fuhr Vivian fort und schaute so stolz zu ihm auf, als sei sie in irgendeiner Form für dieses Prachtexemplar von einem Mann verantwortlich. »Ich kann nur sagen, ich wüßte wirklich nicht, wie wir ohne dich zurechtkämen. Während überall um uns herum das Verbrechen in Acadiana um sich greift, ist die Gemeinde Partout zu einer regelrechten Zufluchtsstätte für gesetzestreue Bürger geworden.«

»Ich schwöre es«, sprudelte Glory Trahern heraus und beugte sich vor, um Danjermonds Arm zu berühren, als sei er ein Glücksbringer. »Ich wage es kaum noch, einen Fuß über die Bezirksgrenze zu setzen, wo doch um uns herum all diese Morde begangen werden.«

Danjermonds Augen funkelten vor Belustigung, als er Laurels skeptischen Blick bemerkte. »Sehen Sie, Laurel, welche Vorteile es mit sich bringt, einen Bezirksstaatsanwalt mit politischen Ambitionen zu haben? Ich muß gute Arbeit leisten, oder niemand wird mich wählen, wenn ich für ein öffentliches Amt kandidiere.«

Diese Bemerkung entlockte allen ein leises Gelächter. Vivian tätschelte seinen Ärmel, da sie sich darüber freute, wie wohlwollend und gutgelaunt er sich gab. Laurel brachte ein Lächeln zustande. Stephen Danjermond war wohl kaum der erste, der sich das Training für diesen Job im Büro der Staatsanwaltschaft holte. Sie hatte es ohnehin nicht auf philosophische Erörterungen mit ihm abgesehen. Sie war hergekommen, weil man auf ihrem Erscheinen bestanden hatte, das war alles. Die Blicke, mit denen Vivian sie bedachte, zeigten ihr deutlich, daß es ratsam war, sich an dieses Vorhaben zu halten.

Sei ein braves Mädchen, Laurel. Bring das Boot nicht ins Wanken, Laurel. Sag immer das Richtige, Laurel.

Olive schlich sich ins Zimmer und erweckte nahezu den Eindruck, als wollte sie sich dafür entschuldigen, daß sie unterwürfig und monoton ankündigte, das Essen sei fertig. Als es vor den hohen Glastüren blitzte, zuckte sie zusammen wie ein geschlagener Hund.

»Also, ich habe jedenfalls großen Appetit!« bekundete Ross mit einem blendenden Lächeln. Er schlug Reverend Stipple auf die Schulter. »Was ist mit Ihnen, Reverend?«

Der Kopf des Geistlichen schwankte wie die Verzierung im Rückfenster eines voll aufgedrehten Chevrolets. »Aber gewiß doch.«

Alle setzten sich Richtung Eßzimmer in Bewegung. Vivian ging mit Danjermond voraus und kam dann ohne ihn wieder zurück, um den Rest ihrer Gäste aus dem Salon zu verscheuchen. Sie packte Laurel am Arm und hielt sie zurück, als die anderen durch den Gang schlenderten und freundschaftlich miteinander plauderten.

Laurel schloß einen Moment lang die Augen und unterdrückte ein Seufzen.

»Laurel Leanne! Wie kannst du es wagen, einen Gast dieses Hauses grob zu behandeln!« fauchte Vivian. Ihre Stimme war ein heiseres Flüstern, und ihre knochigen Finger gruben sich in Laurels Arm. »Stephen Danjermond ist ein außerordentlich bedeutender Mann. Man kann beim besten Willen nicht sagen, wie weit er es in der Politik bringen wird.«

»Das heißt noch lange nicht, daß ich einer Meinung mit ihm sein muß, Mama«, hob Laurel hervor, obwohl sie wußte, daß es ihr nichts nutzen würde. Der Kodex ihrer Mutter verlangte, daß Damen in jeder Lage liebenswürdig blieben. Es hätte nichts geändert, wenn Stephen Danjermonds politische Einstellungen es an Extremismus mit denen Adolf Hitlers hätten aufnehmen können.

Vivian kniff die Lippen zusammen, und ihre Augen wurden schmaler. »Behandle ihn höflich, Laurel. Ich habe dich zu einer Dame erzogen, und etwas anderes dulde ich nicht in diesem Haus. Stephen ist gebildet und einflußreich und stammt aus einer sehr guten Familie.«

Übersetzung: Stephen Danjermond war ein erlesen guter Fang. Zweifellos hatte ihn jede einzelne Debütantin in der ganzen Gegend ins Auge gefaßt. Laurel hätte ihrer Mutter gern gesagt, daß sie nicht auf Männerfang aus war, doch sie behielt diese Bemerkung für sich. Irgendwie war Vivian nie aufgegangen, sie könnte vielleicht Zeit brauchen, um sich von allem, was ihr zugestoßen war, zu erholen.

»Es tut mir leid, Mama«, murmelte sie, da sie die Auseinandersetzung nicht in die Länge ziehen wollte.

»Also, gut«, sagte Vivian seufzend, und ihre Wut kühlte sich ebenso abrupt wieder ab, wie sie entflammt war. »Du hast schon immer deine halsstarrigen Momente gehabt. In der Hinsicht bist du genauso wie dein Vater.«

Sie hob eine Hand, um flüchtig über Laurels Pony zu streichen, und ihr Gesicht wurde weicher und nahm einen ihrer seltenen aufrichtigen mütterlichen Ausdrücke an. »Du siehst heute wirklich hübsch aus, Liebling. Dieser zarte Rosaton steht dir gut.«

Laurel bedankte sich für das Kompliment und haßte sich dafür, daß es ihr auch nur das Geringste bedeutete. Sie schien sich diesem kindlichen Bedürfnis nach dem Beifall ihrer Mutter nie entziehen zu können.

Eine Schwäche. Eine von vielen.

Sie schaute auf ihre Armbanduhr, als Vivian sie am Arm nahm und sie aus dem Salon führte, und sie fragte sich, wie früh sie wohl würde gehen können. Dieses emotionale Tauziehen war nicht gerade das, was sie brauchte, um wieder auf den Damm zu kommen.

Es ist doch nur ein Essen, ein paar Stunden. Steh es durch und geh nach Hause.

Das Eßzimmer war ebenso elegant eingerichtet wie der Salon, ebensosehr mit Erbstücken und Ölgemälden von Chandlers angefüllt, die längst tot und vergessen waren. Der Hepplewhite-Tisch und die Stühle mit den herzförmigen Rückenlehnen glänzten, weil sie zweihundert Jahre lang von Hand poliert worden waren. Schritte auf dem Fußboden aus Zypressenholz hallten von der mehr als dreieinhalb Meter hohen Decke wider. Glory Trahern blickte auf, als versuchte sie, den Wert des mundgeblasenen Kronleuchters eher zu sehen als zu schätzen. Ihr Mann packte sie am Arm und scheuchte sie zu einem Stuhl.

Es verwunderte Laurel nicht weiter, als sie feststellte, daß sie direkt gegenüber von Stephen Danjermond plaziert worden war, der den Ehrenplatz einnahm – rechts neben Vivain, die an dem einen Ende des Tisches saß, Ross am anderen. Laurel ließ sich auf ihren Stuhl gleiten, konzentrierte sich ganz und gar auf ihren Wedgwood-Teller, nahm den gutaussehenden, eleganten, wortgewandten Mann ihr gegenüber nur zu deutlich war und wünschte, sie hätte ihre Brille getragen. Sie wollte seine Aufmerksamkeit ebensowenig auf sich lenken, wie sie die Aufmerksamkeit ihres Stiefvaters vor zwanzig Jahren hatte auf sich lenken wollen. Im Moment war in ihrem Leben kein Platz für einen Mann.

Vor ihrem geistigen Auge zog das Bild von Jacks spöttischem Lächeln auf und ließ sie die Stirn runzeln, während sie einen jungen Spargel aufspießte.

Das Thema Recht und Ordnung hatte den Weg durch den Korridor überstanden, und man diskutierte jetzt über das dynamische Duo des Bezirks Partout – Sheriff Duwayne Kenner und Staatsanwalt Danjermond – von Freude und Stolz auf den Umstand erfüllt, daß sich das Verbrechen hier auf ein Mindestmaß beschränkte.

»Die Leute können sich zu Kenners Persönlichkeit äußern, wie sie wollen«, sagte Ross mit seiner gewohnten autoritären und überheblichen Art, »aber der Mann leistet gute Arbeit. Ich wage zu behaupten, wenn sich diese Morde in unserem Bezirk ereignet hätten, hätte Kenner den Mann inzwischen längst zur Veranwortung gezogen.«

»Das mag schon sein«, murmelte Danjermond, als Olive seinen Salatteller abräumte und sich davonschlich. »Mit Sicherheit hätte er sein Äußerstes gegeben. Dieser Mann ist sehr fähig und noch dazu unglaublich hartnäckig. Dennoch müssen wir immer daran denken, daß Mörder von dieser Sorte eine berüchtigte Klugheit besitzen. Manchmal sind sie sogar geradezu brillant.«

»Krank«, sagte Glory Trahern und spielte an der Schleife ihrer Bluse herum, während sie erschauerte. »Verrückt und krank, genau das ist er.«

Danjermond neigte den Kopf und räumte diese Möglichkeit ein. »Oder kalt. Gefühllos. Seelenlos.« Er richtete seinen intensiven hypnotischen Blick auf Laurel. »Was meinen Sie dazu, Laurel? Ist unser Bayouwürger ein Irrer oder der reinste Teufel?«

Laurel drehte die Serviette auf ihrem Schoß zwischen den Fingern und wünschte sich weit fort von diesem Gespräch, da sie fürchtete, es würde sich allmählich immer mehr ihr zuwenden, und die Traherns, Reverend Stipple und Stephen Danjermond würden alles über ihr Leben als »die Anwältin, die blinden Alarm geschlagen hatte« hören wollen. »Ich... ich wüßte das nicht zu sagen«, murmelte sie. »Ich bin nicht gut genug über diese Fälle informiert, um mir ein qualifiziertes Urteil zu bilden.«

»Aber trotzdem besteht ein Unterschied dazwischen, finden Sie nicht auch?« bohrte er weiter, und die Beharrlichkeit in seiner Stimme war subtil, schleichend und ausgeprägt. »Im Gegensatz zur Gesellschaft, die jeden Mörder im einen oder anderen Maß für wahnsinnig erachtet, legen die Gerichtshöfe ein anderes Kriterium an. In den Augen des Gesetzes werden diese beiden Dinge klar voneinander unterschieden. Sie glauben doch an das Böse, oder nicht, Laurel?«

Laurel wich seinem eindringlichen Blick nicht länger aus, und Unbehagen machte sich in ihr breit. Sie wollte sich nicht in dieses Gespräch hineinziehen lassen, aber Danjermond ließ nicht von ihr ab, und die anderen Essensgäste warteten gespannt auf ihre Reaktion. Sie konnte ihre Blicke auf sich spüren und die Spannung in ihrem angehaltenen Atem wahrnehmen. Draußen grollte Donner durch den bleiernen Himmel. Es regnete jetzt etwas stärker.

»Ja«, sagte sie leise. »Ja, daran glaube ich.«

»Und das Gute muß über das Böse triumphieren. Das ist die Grundlage unseres Justizsystems.«

Ja, aber es siegte nicht immer darüber. Das wußte sie besser als die meisten anderen, und daher hielt sie den Mund und wandte den Blick ab, und Danjermonds kalte grüne Augen blieben fest auf sie gerichtet, als er seine Spekulationen anstellte.

»Da wir gerade von Gut und Böse sprechen«, sagte Laurel und fing den Blick von Reverend Stipple auf, »was halten Sie von Jimmy Lee Baldwin, Reverend?«

»Wenn es mir auch noch sosehr verhaßt ist, schlecht über andere zu reden, dann ist meine persönliche Meinung über ihn doch alles andere als schmeichelhaft«, sagte der Geistliche, während er sich eine Portion Rindfleisch auf den Teller lud. »Für meinen Geschmack trägt er etwas zu dick auf. Andererseits erreicht er als Fernsehprediger diejenigen, die ans Haus gefesselt sind, und ruft jene zurück, die auf den gewundenen Pfaden des Lebens den Schoß Christi verlassen haben.«

Diese beiden Meinungen hoben sich gegenseitig auf, doch Laurel bekämpfte den Drang, das hervorzuheben. Sitz einfach nur deine Zeit ab und verschwinde dann so schnell wie möglich von hier.

»Und er führt tatsächlich einen Feldzug gegen die Sünde in unserer Gemeinde«, fuhr Reverend Stipple fort und machte den Eindruck, als könnte er sich vielleicht letztlich doch noch dazu durchringen, Baldwin zu mögen.

Laurel dachte an Savannahs Bemerkung zu Jimmy Lee Baldwins abartigen sexuellen Vorlieben und hielt den Mund, als ihr die Kartoffeln gereicht wurden.

»Ich habe gehört, daß er versuchen wird, Frenchie's Landing schließen zu lassen«, sagte Glory Trahern, und die Gelegenheit, Klatsch weiterzutragen, ließ ihre Augen leuchten.

»Ja«, sagte Laurel, »und die Besitzer sind äußerst bestürzt darüber.« Oder zumindest war T-Grace Delahoussaye bestürzt darüber. Ovides Bestürzung mußte sie T-Grace unbesehen abnehmen.

»Du bist dort gewesen?«

Vivians Tonfall ließ Laurel innerlich zusammenzucken, doch sie setzte sich über die Furcht vor der Reaktion ihrer Mutter hinweg. Sie war eine erwachsene Frau, die hingehen konnte, wo sie wollte. »Ich mußte einen Mann wegen eines Hundes sprechen«, sagte sie und schnitt einen Bissen von der dünnen Scheibe Roastbeef ab, die sie sich genommen hatte. »Frenchie's läßt sich zwar nicht mit dem Country Club vergleichen, aber andererseits ist es mir kaum als die Lasterhöhle erschienen, als die Mr. Baldwin es hinzustellen versucht.«

»Das ist kein Ort, an dem sich anständige Leute aufhalten würden«, bemerkte Vivian, und ihr Gesicht zeigte Mißbilligung.

»Ich verstehe trotzdem, worum es geht, Laurel, mein Liebling«, meldete sich Ross zu Wort. »Skeeter Mouton's ist mit Abstand das verrufenste Lokal in der Gemeinde. Wenn es Baldwin mit diesem Kampf gegen die Sünde ernst wäre, wäre Mouton's die naheliegende Zielscheibe. Ich habe jedoch den Verdacht, Mr. Baldwin weiß nur zu gut, welchen Ärger er sich damit einhandeln würde, in diesem Hornissennest herumzustochern. Das würde ihn das Leben kosten.«

»Statt dessen schikaniert er einen legitimen Betrieb.«

»Werden Sie die Delahoussayes vertreten, Laurel?« erkundigte sich Danjermond nachsichtig.

Als Laurel ihn wieder ansah, hatte er sie immer noch nicht aus den Augen gelassen. »Ich praktiziere im Moment nicht, aber jemand sollte den Fall übernehmen und sie vor Gericht vertreten.«

Er zuckte lässig mit den Achseln. »Ich kann mich nicht für sie einsetzen, solange sie keine formelle Beschwerde einlegen. Diese Information können Sie gern weitergeben. Predigen ist kein Verstoß gegen das Gesetz; anders verhält es sich mit rechtswidrigen Übergriffen.«

»Ja, diesen Vorschlag habe ich den beiden bereits gemacht.«

Er lächelte bedächtig, als wollte er ihr damit sagen, daß er sie weitaus besser kannte als sie sich selbst. »Dann übernehmen Sie also doch die Verantwortung, nicht wahr, Laurel?«

Die Wahrheit seiner Bemerkung ließ sie eine Sekunde lang innehalten, doch dann schüttelte sie ihre Zweifel ab. »Ich habe ihnen lediglich einen Vorschlag unterbreitet.«

»Stephen hat weitaus wichtigere Fälle zu übernehmen. Das stimmt doch, Stephen, mein Lieber?« sagte Vivian und tätschelte beifällig seine Hand. »Warum erzählst du uns nichts Genaueres über deine Ernennung zum Chef des Rauschgiftdezernats von Acadiana durch den Generalstaatsanwalt?«

Die Mahlzeit zog sich im Schneckentempo hin. Laurel stocherte in ihrem Essen herum und warf alle dreißig Sekunden einen Blick auf ihre Armbanduhr. Endlich standen sie vom Tisch auf und begaben sich wieder in den Salon, um dort den Kaffee zu sich zu nehmen. Während Vivian Olive herumkommandierte und die Traherns es sich auf dem goldenen Sofa bequem machten, schlenderte Laurel zu den Glastüren, blieb mit ihrer Tasse in der Hand dort stehen und schaute sehnsüchtig auf den regennassen Garten hinaus. Der Gewitterschauer war vorübergezogen. Sobald sie hier entkommen konnte, würde sie sich nach Belle Rivière begeben, ein Buch in den Garten mitnehmen, sich in eine Ecke setzen, lesen und die Stille in sich aufsaugen, den Geruch nach Regen, Rosen und Glyzinien.

»Ist Ihnen die ganze Gesellschaft wirklich derart unangenehm?«

Sie zuckte zusammen, und als sie aufblickte, stellte sie zu ihrem Erstaunen fest, daß Danjermond dicht neben ihr stand. Er hatte seine Kaffeetasse abgestellt und stand mit den Händen in den Taschen seiner modischen Bundfaltenhose da.

»Nein, ganz und gar nicht«, sagte Laurel eilig.

Danjermond lächelte wie eine Katze. »Sie sind nicht gerade eine schrecklich gute Lügnerin, Laurel«, sagte er einschmeichelnd. »Sagen Sie jetzt die Wahrheit. Sie wären lieber woanders.«

»Ich gebe zu, daß ich nicht ins Bayou Breaux zurückgekommen bin, um dort gesellschaftlichen Umgang zu pflegen.«

»Dann kann ich mich glücklich schätzen, daß Sie in diesem Falle eine Ausnahme gemacht haben. Es sei denn, ich bin der Grund dafür, daß Sie so sehnsüchtig aus diesem Fenster hinausschauen und sich von hier fort wünschen.«

»Selbstverständlich nicht.«

»Gut, weil ich nämlich gerade vorschlagen wollte, daß wir uns demnächst abends in einer intimeren Atmosphäre zusammensetzen. Ich dachte beispielsweise an ein Abendessen bei Kerzenschein.«

Laurels Augen wurden groß. »Ich kenne Sie kaum, Mr. Danjermond.«

»Das ist doch der einzige Zweck eines Abendessens in einer intimen Atmosphäre, Laurel«, erklärte er in einem gelassenen Tonfall und mit eindringlichem Blick. »Einander besser kennenzulernen. Ich würde gern mehr über Ihre Ansichten, Ihre Pläne und Sie selbst herausfinden.«

»Ich habe im Moment keine Pläne. Und ich habe keine Lust, über meine Ansichten zu diskutieren. Ich möchte nicht grob unhöflich sein«, sagte sie und hob die freie Hand zu einer beschwichtigenden Geste. »Die Sache ist nur einfach die, daß ich erst kürzlich geschieden worden bin und im letzten Jahr eine ganze Menge durchgemacht habe. Ich bin derzeit schlicht und einfach nicht reif für ein Rendezvous.«

»Auch nicht dafür, daß man Ihnen einen Job anbietet?« erkundigte er sich und zog eine Augenbraue hoch. Ihre Ablehnung schien ihn nicht im entferntesten persönlich getroffen zu haben.

Laurel zog das Kinn zurück und musterte ihn mit mehr als nur einer Spur von Argwohn. »Weshalb sollten Sie mir einen Job anbieten? Wir haben uns gerade erst kennengelernt.«

»Weil ich für einen weiteren guten Anwalt immer Verwendung in meinem Büro habe. Wenn man den Scott-County-Fall außer acht läßt, haben Sie einen ganz ausgezeichneten Ruf. Im Fall der Valdez-Wanderarbeiter haben Sie herausragende Arbeit geleistet, und damals, als Sie kaum mehr als eine Büroangstellte der Staatsanwaltschaft in Fulton County waren, sind Sie im Fall der Vergewaltigung dieser blinden Frau in Ihren Ermittlungen weit über alles hinausgegangen, was die Pflicht von Ihnen verlangt hätte.«

Damals hatte sie gerade erst ihr Studium abgeschlossen gehabt. Es war schon gar nicht mehr wahr. Der Umstand, daß er aus irgendwelchen Gründen so tief in ihrer Vergangenheit gegraben hatte, ließ das Unbehagen wieder in ihr aufkommen, das sie ihm gegenüber gleich zu Beginn verspürt hatte. Sie verschränkte die Arme und achtete dabei sorgsam darauf, den Kaffee nicht über ihren Pullover zu schütten. »Sie scheinen außerordentlich gut über meine Karriere informiert zu sein, Mr. Danjermond.«

»Ich bin sehr gründlich, Laurel.« Er lächelte jetzt wieder dieses attraktive, selbstsichere Lächeln. »Man könnte sagen, daß das Augenmerk für die Einzelheiten mich dahin gebracht hat, wo ich heute bin.«

Ein Posten bei der Staatsanwaltschaft in der tiefsten Provinz von Louisiana? Das schien eine seltsame Äußerung zu sein, wenn man bedachte, daß Stephen Danjermond von Kopf bis Fuß ausstrahlte, daß er Höheres anstrebte. Mit seiner Herkunft und seinen familiären Beziehungen hätte sie erwartet, daß er in Batan Rouge oder New Orleans einen festen Stand hatte.

»Mein Wahnsinn hat Methode, das versichere ich Ihnen«, sagte er und las ihr Schweigen mit erstaunlicher Genauigkeit. »Ehrgeizige Staatsanwälte gibt es in New Orleans wie Sand am Meer. Acadiana bietet mir die Gelegenheit, mich ganz auf mich allein gestellt hervorzutun. Und es gibt einzigartige Probleme hier, Probleme, von denen ich glaube, ich kann dabei helfen, sie in den Griff zu kriegen – Rauschgiftschmuggel, Waffenhandel. Es gibt in der Bayou-Region ein gewisses Element, das weitgehend unzivilisiert bleibt. Diese Splittergruppe kleinzukriegen und ihr begreiflich zu machen, daß die Zeiten eines Jean Lafitte längst vorüber sind, ist ein lohnendes Ziel.«

»Und auch eines, das die Aufmerksamkeit zukünftiger Mächte auf sich ziehen wird.«

Seine breiten Schultern hoben und senkten sich. *»C'est la vie. C'est la guerre.* Die Beute fällt dem Sieger zu.«

»Ich weiß, wie dieses Spiel gespielt wird, Mr. Danjermond«, sagte Laurel in einem unterkühlten Tonfall. »Ich bin schließlich nicht naiv.«

»Nein, Sie sind eine Idealistin. Ein weitaus schwierigeres Los im Leben. Als Zyniker fährt man besser.«

»Sind Sie das? Ein Zyniker?«

»Ich bin Pragmatiker.« Er sah ihr fest in die Augen und ließ das Schweigen zwischen ihnen so lange bestehen, daß es Laurel Kraft kostete, betont nicht vor ihm zurückzuweichen. »Werden Sie sich Gedanken über mein Angebot machen?«

Sie schüttelte den Kopf und gab sich geschlagen, zog einen Fuß zurück. »Es tut mir leid. Ich fühle mich geschmeichelt, aber an Arbeit kann ich im Moment noch nicht denken.«

»Aber für Sie ist das doch nicht nur Arbeit, nicht wahr, Laurel?« fragte er und streckte eine Hand aus, um ihr ihre Kaffeetasse abzunehmen.

Sie beobachtete, wie er die Porzellantasse in seiner Hand umdrehte und einen Schluck daraus trank, von genau der Stelle trank, auf die sie ihre Lippen gepreßt hatte. Dieses Vorgehen war schockierend und kostete sie Nerven, ein Akt, der nahezu... besitzergreifend erschien. Falls ihr irgend etwas von dem, was sie sich dachte, im Gesicht anzusehen war, ging Danjermond nicht darauf ein. Er trank noch einen Schluck von dem Kaffee, kostete ihn genüßlich.

»Das Streben nach Gerechtigkeit ist für Sie eine Berufung, eine Besessenheit«, sagte er. »Das stimmt doch, Laurel?«

Die Frage war zu persönlich. Dagegen war sie zu überempfindlich. Er stand etwas zu dicht vor ihr, und er sah sie zu durchdringend an. Er wirkte entspannt, und doch hatte sie den Eindruck, daß sich hinter dieser ruhigen Fassade ein hitziges Temperament verbarg. Er war zu... es war von allem zuviel. Er war zu groß, er sah zu gut aus, und er war zu charmant. Zu still. Einfach umwerfend. Kein

Mann, mit dem sie sich in dieser Phase ihres Lebens auf irgendeiner Ebene einlassen wollte. Sie konnte sich nicht vorstellen, für einen Mann zu arbeiten, der eine solche Wirkung auf sie ausübte, konnte sich im Traum nicht ausmalen, dieser Form von Intensität in einer zwischenmenschlichen Beziehung gewachsen zu sein.

Sie schaute auf die Platin-Rolex an seinem Handgelenk, und Erleichterung durchflutete sie. »Ich fürchte, ich muß jetzt gehen, Mr. Danjermond. Ich habe meiner Tante versprochen, ihr heute nachmittag bei ein paar Kleinigkeiten behilflich zu sein. Es war mir ein Vergnügen, Sie kennenzulernen.«

Er lächelte dieses geheimnisvolle Lächeln und hob die Tasse. »Auf ein baldiges Wiedersehen, Laurel.«

Nicht, ehe Esel fliegen lernen, dachte sie. Sie war nicht nach Hause gekommen, um sich Herausforderungen zu stellen, sich auf eine Liaison einzulassen oder sich Schwierigkeiten einzuhandeln. Sie wich noch einen Schritt zurück, und irgendein Urinstinkt hielt sie davon ab, Stephen Danjermond zu schnell den Rücken zuzukehren. Als er sie beobachtete, funkelte stumme Belustigung in seinen grünen Augen, und dann wandte sie sich einfach nur deshalb ab, um nicht noch länger in dieses allzugut geschnittene Gesicht schauen zu müssen. Sie drehte sich in dem Moment um, in dem Savannah zur Tür hereinkam.

9

Spannung füllte den Raum augenblicklich wie eine elektrische Ladung, Haut straffte sich, kurze Haare stellten sich auf, Atem erstarrte. Der erste Schock ließ alle verharren, regungslos und sprachlos, und dann hastete Olive mit kreideweißem Gesicht und Tränen in den Augen in den Salon.

»Ich habe sie nicht reingelassen, Mrs. Leighton!« jammerte sie. »Wirklich nicht! Sie hat mich zur Seite gestoßen!«

Vivian packte das Dienstmädchen am Arm und zerrte es in den Korridor hinaus. Savannah sah den beiden nach, und ein hämisches Grinsen zog an den Mundwinkeln ihres sinnlichen Mundes. Die erste Reaktion auf ihr Erscheinen entschädigte sie für die Mühe, die sie sich gemacht hatte, überhaupt herzukommen. Sie hätte auf der Stelle kehrtmachen und wieder gehen können, aber sie war noch nicht zufrieden. Sie wollte in diese zivilisierte, kleine gesellschaftliche korrekte Veranstaltung fegen wie ein Wirbelsturm und ihre kleine Schwester mit sich reißen, wenn sie wieder ging. Der Teufel sollte sie holen, wenn sie zuließ, daß Vivian ihre Klauen in Laurel grub oder Ross ihr auch nur näher als einen Meter kam.

Sie sah an den schockierten Gesichtern von Glory und Don Trahern und Reverend Stipple vorbei und schaute ihren guten alten Stiefpapa an. Ross war auf der Hut und hatte die Miene eines Pokerspielers aufgesetzt, der nichts als Mist in der Hand hat und blufft. Er begehrte sie immer noch. Dessen war sie sich sicher, und sie lächelte ihn an, um ihm zu verstehen zu geben, daß sie es wußte. Um sich wieder ins Gedächtnis zurückzurufen, daß er sie seiner Ehefrau vorgezogen hatte, ihrer Mutter. Um in ihrer eigenen Vorstellung die Wahrheit zu bekräftigen – daß sie eine geborene Hure war und niemals etwas anderes sein würde. Und sie kostete diesen Moment aus und genoß es, ihn zu verunsichern, ihn dazu zu bringen, daß er sich innerlich wand.

Selbstgefällig stolzierte sie ins Haus, mit lässigen Schritten und schwingenden Hüften. Sie hatte sich für diesen Anlaß ein skandalös kurzes, ärmelloses Kleid angezogen, weiß, mit großen Klecksen von Amaryllisblüten darauf, und es saß so eng wie eine Wursthaut. Abgesehen von ihren roten Stöckelschuhen war es das einzige Kleidungsstück, das sie trug. Sie hatte sich eine lange Perlenkette achtlos um den Hals geschlungen, zusätzlich zu ihrer Kette mit dem Anhänger, die sie niemals ablegte, und das Haar hatte sie sich von den Wurzeln aus nach vorn gekämmt und dann zurückgestrichen, so daß es jetzt wie eine Wolke um ihre Schultern hing, wüst und sexy. Ihre Ray-Ban-Brille rundete diese Aufmachung ab, verbarg ihre Augen und verlieh ihr eine mysteriöse Aura.

»Savannah«, sagte Laurel, als sie die Sprache endlich wiederfand. Sie musterte ihre Schwester und wählte sorgsam ihre Worte. »Wir haben dich hier nicht erwartet.«

»Meine Pläne haben sich geändert«, sagte Savannah seelenruhig. »Ich muß mir deinen Wagen borgen, Baby. Du weißt ja, daß meiner vorübergehend aus dem Verkehr gezogen worden ist.«

»Ja, selbstverständlich.« Laurel ging einen Schritt weiter auf die Tür zu. »Du kannst mich nach Belle Rivière mitnehmen. Ich wollte gerade gehen.«

»So früh schon?« gurrte Savannah und schob enttäuscht die Unterlippe vor, während sie sich die Sonnenbrille auf die Nase schob und Stephen Danjermond von Kopf bis Fuß musterte. Er beobachtete sie gelassen, ohne auch nur mit einer Wimper zu zucken, und seine Mundwinkel zogen sich kaum merklich höher. »Wir sind einander noch gar nicht offiziell vorgestellt worden.«

Laurel biß sich auf die Zunge und riß sich am Riemen. Sie sprach ein kurzes Stoßgebet, ihre Schwester möge nichts noch Empörenderes tun, als sie es ohnehin schon getan hatte. Sie hing sich bei Savannah ein, da sie darauf aus war, in irgendeiner Form Einfluß auf sie zu nehmen.

»Stephen Danjermond, meine Schwester Savannah. Savannah...«

»Oberstaatsanwalt Danjermond«, murmelte Savannah selbstzufrieden wie eine Katze und hielt ihre freie Hand dem Mann hin, den Vivian offensichtlich für Laurel ausgesucht hatte. »Es ist mir ein großes Vergüngen, Mr. Danjermond. Savannah Chandler Leighton zu Ihren...« Ihr Blick glitt an seiner langen, schlanken, eleganten Gestalt hinunter und verweilte zwischendurch anzüglich. »...Diensten.«

Danjermond zuckte mit keiner Wimper über ihre Unverschämtheit. »Miss Leighton?« Ein dunkle Augenbraue zog sich ein klein wenig höher. »Sie tragen den Namen Ihres Stiefvaters?«

»Oh, ja«, schnurrte Savannah und strich ihm mit einer Fingerspitze über die Handfläche. Sie warf einen Blick auf Ross, der am anderen Ende des Raums stand. »Schließlich habe ich meinem Stiefpapa ja so viel zu verdanken.« Sie hob eine Schulter zu einem lässigen Achselzucken. »Ross hat mich zu dem gemacht, was ich heute bin, verstehen Sie?«

»Savannah.« Vivians Stimme schnitt sich durch den Salon wie ein orientalischer Krummsäbel. Sie stand majestätisch und aufrecht neben ihrem Thronsessel und hatte die Hände fest vor sich gefaltet. »Was für eine Überraschung, dich hier zu sehen.«

»Ja, das kann man wohl sagen«, brachte Savannah zuckersüß heraus. Sie stieß eine Hüfte vor, stemmte eine Hand darauf und nahm eine kriegerische Haltung ein, die ihre Einstellung haarscharf widerspiegelte. »Wenn man bedenkt, daß du mir früher einmal gesagt hast, ich soll verdammt noch mal aus diesem Haus verschwinden und mich nie mehr hier blicken lassen.«

Laurel zuckte innerlich zusammen, als sich ein Knoten der Anspannung in ihrem Magen bildete. »Savannah, bitte, laß uns jetzt einfach gehen.«

»Ja«, fauchte Vivian, deren Alabasterteint vor Wut rot gesprenkelt war. »Verlasse bitte dieses Haus. Wenn du dich nicht einigermaßen anständig ausdrücken und dich wie eine Dame benehmen kannst, bist du hier nicht willkommen.«

Savannah schüttelte Laurels Hand ab, schlenderte zur Tür und blieb weniger als einen Meter vor ihrer Mutter stehen. All die alte Bitterkeit wogte in ihr auf wie Säure, brodelte und siedete und fraß an ihr. Ihr Gesicht verzog sich zu einer verdrossenen Maske. »Ich habe mich in diesem Haus noch nie wie eine Dame benommen, und früher war ich hier Tag und Nacht willkommen.«

»Schwester, bitte«, flüsterte Laurel und umfaßte Savannahs Handgelenk. Ihr Blick schweifte blitzschnell von der unbändigen Wut und dem Tränenschleier in Vivians Augen auf Ross, der am anderen Ende des Raumes stand und plötzlich absolut fasziniert von dem Muster des Aubusson-Teppichs war. »Bitte, laß uns gehen.«

Das Beben in Laurels Stimme war das einzige, was Savannah davon abhielt, über ihre Mutter herzufallen und den hochanständigen Gästen ins Gesicht zu schreien, daß nur aus ihr geworden war, was aus ihr geworden war, weil Ross Leighton sie seit dem Tag, an dem sie dreizehn wurde, viermal in der Woche bestiegen hatte. Und ihre hochanständige Mutter, diese perfekte Dame, hatte nie auch nur einen Verdacht geschöpft – weil Vivian nur das sah, was sie sehen wollte.

Vivian und Ross hatten jedwede Demütigung verdient, die sie über sie herabbrachte. Aber jetzt war nicht der rechte Zeitpunkt dafür. Das arme Baby, schon immer die Friedensstifterin; sie konnte diese Spannung nicht brauchen. Schließlich war Savannah zu ihrer Rettung hergekommen. Und außerdem zog sie es vor, ihre Mutter und ihren Stiefvater mit niemals endenden Kleinigkeiten zu foltern.

»Komm, Baby«, murmelte sie und legte einen Arm um Laurel.

Ohne besondere Eile verließen sie den Salon, liefen durch die Eingangshalle und an Olive vorbei, die mit roten Augen dastand, das flache Gesicht blaß und feucht, und das strähnige rote Haar klebte an ihren Wangen. Das Mädchen funkelte Savannah wütend an. Savannah lachte nur.

Laurel wäre am liebsten losgerannt, hätte die Tür aufgerissen und wäre mit langen Sätzen zum Wagen gesprungen, aber sie war auf Savannah angewiesen und mußte an ihrer Seite bleiben, als sie sich mit alptraumhafter Langsamkeit voranbewegte und ihrer beider Schuhe auf dem Marmorboden klapperten. Sie wagte es nicht, Savannah zur Eile antreiben zu wollen. Wenn Savannah in der entsprechenden Stimmung war, konnte man beim besten Willen nicht sagen, was sie tun würde und womit man sie zur Explosion brachte. Draußen brach die Sonne durch. Die tiefhängenden Wolken, die den Schauer mitgebracht hatten, rissen bereits zu dünnen Wattefetzen auf und trieben davon. Feuchtigkeit hing wie Dampf in der Luft, die dick und schwer zu atmen war, und intensivierte den kräftigen frischen Geruch nach Buchsbaumholz und Bougainvillea. Savannah blieb auf der Veranda stehen, als hätte sie den ganzen Tag Zeit, und blickte auf das hinunter, was ihr Königreich hätte sein können, wenn ihr Vater noch am Leben gewesen wäre.

Laurel sah es ebenfalls. Die weiten, großzügigen, smaragdgrünen Rasenflächen, die üppige subtropische Vegetation des Zypressensumpfs dahinter, die breiten dollargrünen Blätter des Zuckerrohrs, das sich hinter dem Hain aus Pekannußbäumen in die andere Richtung erstreckte. Der Wohnsitz von Generationen von Chandlers. Generationen, die mit ihnen aussterben würden.

»Warum mußtest du das bloß tun?« fragte sie und wünschte augenblicklich, sie hätte den Mund gehalten.

Savannah nahm ihre Sonnenbrille ab und zog eine Augenbraue hoch. »Warum? Weil sie es verdient haben. Ich bin zu deiner Rettung hergekommen.«

»Zu meiner Rettung?« Laurel schüttelte den Kopf. »Ich bin blendend zurechtgekommen. Schließlich war es ja nur ein Mittagessen. Ich wollte gerade aufbrechen.«

»Also, wenn das nicht Dankbarkeit ist«, sagte Savannah sarkastisch und streckte eine Hüfte heraus. »Ich habe das getan, wozu du nie den Mut aufgebracht hast – ich bin ihnen gegenübergetreten…«

»Ich sehe keinen Sinn darin, große Szenen in der Öffentlichkeit zu machen…«

»Ach, nein?«

Diese Bemerkung traf Laurel bis ins Mark. Sie holte hörbar Atem und wandte den Blick ab. Schuldbewußtsein und Wut verschlangen sich in ihrem Innern wie dichte Ranken miteinander. Es war nicht fair von Savannah, ihr vorzuwerfen, daß sie nicht von Ross mißbraucht worden war, aber es war unverzeihlich, daß Laurel aus ebendiesem Grund das Gefühl hatte, sie hätte Glück gehabt. Dieser Gefühlszyklus endete niemals.

»Laß uns nach Hause fahren und den Nachmittag noch einmal von vorn beginnen, okay?«, murmelte sie. Noch einmal von vorn beginnen. Das war es, was sie im Bayou Breaux vorgehabt hatte und weshalb sie hierher zurückgekehrt war. Warum hatte sie bloß geglaubt, sie könnte ausgerechnet an einem Ort, an dem die Vergangenheit sie immer wieder einholte, einen Neubeginn machen? Sie wollte gern glauben, daß sie sich alle darüber hinwegsetzen und weiterziehen konnten, doch mit jedem Moment, den sie hier verbrachte, spürte sie den Sog stärker – wie Treibsand, wie den dicken Schlamm des Sumpfs, der sie hinunterzog und ihr die Kraft raubte.

Savannah setzte sich auf den Fahrersitz von Laurels schwarzem Acura, und ihr Kleid rutschte auf ihren nackten Oberschenkeln hoch. Laurel ging um die Motorhaube herum, ließ sich auf den Beifahrersitz gleiten und löste den Blick dabei nicht von der Veranda von Beauvoir. Olive stand neben der Eingangstür und funkelte sie zornig an. Von Vivian war nirgends etwas zu sehen. Zweifellos hielt sie sich im Salon auf und versuchte, die Wogen, so gut es eben ging, zu glätten.

Die arme Mama, die sich immer sosehr davor fürchtete, was die Leute sich wohl denken könnten.

»Wie bist du hierhergekommen?« fragte sie gedankenverloren.

Savannah ließ den Wagen an, lenkte ihn um die Kehre, mit der die Auffahrt endete, und wirbelte eine Wolke von Muschelsplittern auf. Als sie unter dem Baldachin von Immergrünen Eichen hindurchfuhren, beschleunigte sie.

»Ronnie Peltier hat mich hergebracht.« Sie lachte darüber und drapierte den linken Arm lässig im offenen Fenster. »Ich habe es ihm letzte Nacht dreimal besorgt. Ich dachte mir, er sei mir etwas schuldig.«

Laurel stieß einen Seufzer aus und fuhr sich mit einer Hand durch das Haar. »Ich wünschte, du tätest das nicht.«

»Was? Es mit Ronnie Peltier treiben?«

»Laß mich in Ruhe damit. Ich will nichts davon hören, Savannah.«

»Himmel, Baby«, zischte sie. »Du bist aber auch derart prüde. Wenn du ab und zu mal mit jemanden schlafen würdest, wärst du vielleicht nicht ganz so verklemmt in dieser Hinsicht.« Sie verlangsamte nur geringfügig, um in die Straße durch das Bayou-Gebiet einzubiegen, scherte vor einem Laster mit Vierrandantrieb ein und entkam ihm mit quietschenden Reifen, während der Fahrer entrüstet hupte. »Vielleicht solltest du dir diesen großen, schmalen Staatsanwalt vornehmen. Der schien etwas an sich zu haben.« Sie lächelte lasziv, als sie sich ausmalte, selbst eine oder zwei Nummern mit Stephen Danjermond zu schieben. »Ich wette, der hat einen fünfundzwanzig Zentimeter langen Schwanz und vögelt dich mit offenen Augen.«

»Ich bin sicher, daß mich das nicht interessiert«, murmelte Laurel.

»So? Also, ich wette, Vivian interessiert es. Ein vornehmer großgewachsener Mann aus guter Familie wie Mr. Danjermond. Sie würde dich ihm auf einem Tablett servieren, wenn sie das könnte. Mach dir Gedanken darüber. Sie könnte dich an einen Mann mit Geld, Macht und Prestige verheiraten, mit einer glänzenden Zukunft in der Politik, und damit wäre die letzte Glutasche deines großen Skandals von einem Moment zum nächsten endgültig erloschen. Durch und durch ordentlich, anständig und kalt – genauso, wie Vivian es mag.«

Laurel hatte nichts dazu zu sagen. Sie hatte Vivians Spiel ebenfalls als das durchschaut, was es war, und was sie betraf, so gab es dazu nichts zu bemerken. Sie hatte nicht die Absicht, sich von ihrer Mutter manipulieren zu lassen – nur war sie längst von ihrer Mutter manipuliert worden. Dieser Gedanke traf sie wie ein Schlag mit dem

Hammer auf die Brust. Sie war nach Beauvoir gekommen, um Vivian versöhnlich zu stimmen. Nichts, was sich im Verlauf ihres Besuchs hier abgespielt hatte, ließ sich jemals wieder rückgängig machen. Es war auf Vivian zurückzuführen, daß Danjermond ein persönliches und professionelles Interesse an ihr gefaßt hatte. Es war auf Vivian zurückzuführen, daß Savannah eine Szene gemacht hatte und daß jetzt diese Spannung zwischen ihnen beiden herrschte, die ihr den Keil ins Gedächtnis zurückrief, der zwischen die beiden Schwestern getrieben worden war und sie gleichzeitig bis in alle Ewigkeit aneinander binden würde – der Mißbrauch durch Ross.

»Ich hätte niemals zurückkommen dürfen«, flüsterte sie.

»Baby, sag das nicht!« rief Savannah aus und war bestürzt über diesen Gedanken. Sie stieß sich die Ray-Ban-Brille aufs Haar und starrte ihre Schwester an, löste den Blick volle zehn Sekunden lang von der Straße. »Sag das nicht. Du mußtest nach Hause kommen. Ich werde mich um dich kümmern, das verspreche ich dir.« Sie legte die andere Hand auf das Steuer, um Laurel mit den Fingern über das Haar zu streichen. »Das war der einzige Grund, aus dem ich nach Beauvoir gekommen bin – ich wollte mich um dich kümmern und dich vor Vivian beschützen. Wir werden noch einmal ganz von vorn anfangen, und zwar jetzt. Nur wir beide, du und ich, und Tante Caroline und Mama Pearl. Wir werden dafür sorgen, daß wir nur noch unseren Spaß haben. Es wird wieder genauso werden wie in den alten Zeiten.«

Laurel nahm die Hand ihrer Schwester, küßte sie und hielt sie fest umklammert, während Savannah ihre Aufmerksamkeit wieder der Straße zuwandte. *Genauso wie in alten Zeiten. Die alten Zeiten sind hier nicht vergessen…* Aber das sollten sie sein…

»I-ich wollte nicht, daß Mama m-mich erwischt! I-ich dachte, sie sei zu ihrem T-treffen gegangen!« Laurel klammerte sich an ihre Schwester, weinte und fühlte sich elend und verzweifelt, und ihre Wange prickelte und brannt noch von der Ohrfeige, die Vivian ihr verpaßt hatte.

Sie hatte etwas Böses getan. Mama war wütend auf sie. Nur der Himmel wußte, ob sie einen ihrer Anfälle bekommen würde. Und das wäre alles nur meine Schuld, dachte Laurel. Sie wußte, daß sie die Bilder von Daddy nicht ins Wohnzimmer hätte bringen dürfen, denn das würde Mr. Leighton gar nicht gefallen, wenn er es sah. Sie zuckte jetzt wieder zusammen, als die Erinnerung daran wie ein Habicht auf sie niederstieß.

Vivian hatte mit einem Lächeln im Gesicht das Zimmer betreten, einem Lächeln, das verschwand, als sie sah, womit Laurel sich beschäftigte. Das Fotoalbum, die Krawattennadel aus Langustenpanzer, die Krawatte mit dem Barsch, die Savannah aus den Kisten für den Goodwill in Lafayette gestohlen hatte. All die Kleinigkeiten von Daddy, die sie behalten hatten. Sie bewahrten sie in Savannahs Zimmer auf, aber dieses eine einzige Mal hatte Laurel sie in den Salon runterbringen und sich damit ans Fenster setzen wollen, an dem Daddy sie an regnerischen Tagen auf dem Schoß gehalten und ihr komische Geschichten erzählt hatte, die er im selben Moment frei erfunden hatte.

»Laurel, was tust du da?« fragte Vivian, als sie durch den Raum auf sie zuging. Sie kam gerade von ihrem Treffen mit den Hilfskräften im Krankenhaus. Wenn sie dort erschien, trug sie immer ihre zweireihige Perlenkette. Die Perlen rasselten aneinander wie klappernde Zähne, als sie auf Laurel zusteuerte, und ihr Gesicht lief unter ihrem vollendeten Make-up rot an, als ihr Blick auf diese Sammlung von Erinnerungsstücken fiel. »Woher hast du diese Sachen?«

»Äh... äh...« Laurels Finger schlang sich um das Fotoalbum, und sie zog es schützend an sich, aber es war schon zu spät. Vivian riß ihr das Album aus den Händen und schnaufte.

»Wo hast du das her? Was hat das hier zu suchen? Schäm dich dafür, daß du es rausgeholt hast!« Sie schlug das Album mit einem Knall zu und warf es auf die Sitzfläche des alten Ohrensessels mit dem roten Lederbezug, der Daddys Lieblingsplatz gewesen war.

Sie preßte sich die Hände auf die Wangen und lief auf und ab, auf und ab, so nervös wie ein Rennpferd, und in ihren Augen blitzte etwas Ähnliches wie Panik auf. »Schäm dich dafür, daß du das rausgeholt hast! Mr. Leighton ist ganz neu in diesem Haus, und du gräbst all das aus! Was würde er sich wohl denken, wenn er das sähe?«

Laurel machte sich eigentlich nichts daraus, was Mr. Leighton dachte. Sie konnte ihn nicht leiden. Sie mochte es nicht, daß er in Daddys Zimmer schlief. Sie konnte nicht leiden, wie er ihr den Kopf tätschelte. Und sie konnte auch nicht leiden, wie er Savannah ansah. Sie wollte ihn nicht in Beauvoir haben.

»Ich mag ihn nicht!« platzte sie heraus und sprang vom Fußboden auf, auf dem sie gesessen hatte, und dabei hatte sie das Gefühl, ihre Wut könnte sie drei Meter groß und so bösartig wie ein Alligator werden lassen. »Ich kann ihn nicht leiden, und mir ist egal, was er sich denkt!«

Die Ohrfeige wurde ihr so schnell und fest verpaßt, daß es ihr den Kopf herumriß. Tränen sprudelten aus ihrem tiefsten Innern auf und rannen über ihr Gesicht, und ihre Wange brannte und war gleichzeitig fast taub. Vivian packte sie an den Schultern und schüttelte sie.

»Sag das *nie* mehr!« sagte sie heftig, und in ihren Augen glühten Wut und Tränen. »Dein Vater ist tot. Mr. Leighton ist jetzt der Herr in diesem Haus, und du wirst ein braves Mädchen sein und ihm Respekt erweisen. Hast du mich verstanden, Laurel Leanne?«

Laurel starrte sie an und wünschte, sie müßte nicht ja sagen. Wünschte, sie könnte es wagen, nein zu sagen, und Mama würde sie trotzdem noch lieb haben. Aber das konnte sie nicht tun, und sie wußte es selbst. Mama hatte Savannah jetzt schon die meiste Zeit über nicht mehr lieb.

»Hast du mich verstanden?« wiederholte sie, und ihre Stimme bebte, wankte am Rand der Hysterie, die immer vor einem ihrer Anfälle durchbrach.

»J-ja, Mama«, stammelte Laurel, und Wut und Kummer überschlugen sich in ihrem Innern wie zwei kämpfende Katzen. »E-es tut mir leid, Mama.«

Blitzschnell kühlte sich Vivians Wut sichtlich ab. Der Griff, mit dem sie Laurels Arme gepackt hatte, lockerte sich. Sie beugte sich ungeschickt zu ihr hinunter, um ihr neues grellrosa Kleid nicht zu zerknittern, strich Laurel immer wieder das Haar aus der Stirn und wischte ihr die Tränen ins Haar. Ein zittriges Lächeln wankte über ihren perfekt geschminkten Mund. »Das nenne ich meine Tochter. Ich weiß, daß du ein braves Mädchen sein wirst. Du weißt, was zählt, nicht wahr, Laurel? Du bist immer ein so braves Mädchen«, flüsterte sie und zog kurz die Nase hoch. »Mamas kleiner Liebling. Und jetzt lauf los und spiel woanders.«

Und Laurel war losgelaufen. Sie war losgelaufen, um Savannah in dem baufälligen alten Bootshaus unten am Ufer des Bayou zu finden. Sie setzten sich in das alte hölzerne Bâteau, mit dem Daddy sie hatte spielen lassen, und Savannah drückte sie an sich und wischte ihr die Tränen aus dem Gesicht. Laurel wünschte sich inbrünstig, sie sagen zu hören, es würde alles wieder gut, aber nachdem Vivian und Ross von ihrer Hochzeitsreise zurückgekommen waren, hatte Savannah aufgehört, das zu ihr zu sagen.

So viele Dinge hatten sich so schnell verändert. Daddy war fort. Ross Leighton hatte seinen Platz eingenommen. In manchen Nächten jagte ihr diese Vorstellung so große Angst ein, daß sie nicht schlafen konnte, und dann versuchte sie, sich in Savannahs Zimmer zu schleichen, wie sie es früher immer getan hatte, aber jetzt hatte Savannah die Geheimtür immer verschlossen und wollte ihr nicht sagen, warum.

»Ich wünschte, wir könnten das Boot nehmen und uns darin bis nach New Orleans treiben lassen«, murmelte sie mit den Lippen an der Schulter ihrer Schwester. »Ich wünschte, wir könnten fortlaufen.«

»Das können wir nicht tun«, murmelte Savannah und strich ihr über das Haar.

»Wir könnten zu Tante Caroline gehen und bei ihr leben.«

»Nein«, flüsterte sie und schaute auf das Wasser hinaus. »Verstehst du das denn nicht, Baby? Es gibt kein Entkommen.«

Die Art, wie sie das sagte, jagte Laurel wieder einen Schrecken ein, und sie erschauerte, schaute zu ihrer Schwester auf und fühlte sich innerlich ganz hohl und von Schmerz erfüllt, als sie die Traurigkeit in Savannahs Augen sah. Dann lächelte Savannah plötzlich und kitzelte sie.

»Aber wir können ins Bayou hinausfahren und so tun, als hätten wir auf einer Insel im Urwald Schiffbruch erlitten«, sagte sie und verrenkte sich, um das vertäute Bâteau loszubinden.

Und sie ließen das Boot aus dem kühlen Schuppen aus Zypressenholz heraustreiben, der vollständig verfallen wirkte und in dem es nach nach Fisch roch. Sie glitten über das Bayou an einen Ort, an dem sie sich vormachen konnten, die Welt sei heil und Ross Leighton gäbe es nicht.

»Diese Armentine Prejean, die kann wirklich kochen«, bekundete Mama Pearl und schüttelte ihren Kopf mit dem wolligen Haar, während sie in einen Plastikeimer, den sie zwischen ihren winzigen Füßen eingezwängt hatte, Bohnen drückte. »Für Vivian kocht sie nie etwas Anständiges, aber ich sage dir, die kann kochen. Wenn sie nicht für Vivian kochen würde, würdest du ihr Abendessen essen, *chère.*«

Laurel blickte von dem Krabbensalat auf, in dem sie herumstocherte. Sie hatte ihren Rock gegen ausgeblichene Shorts aus Jeansstoff und eine weite purpurrote Baumwollbluse ausgetauscht und fühlte sich mit ihrer Brille auf der Nase wieder angenehm unauffällig. In Belle Rivière hatten sich alle auf die Veranda hinter dem Haus zurückgezogen und sich in der Stille des Gartens und der Wärme des Nachmittags eingenistet.

»Das Essen war gut, Mama Pearl. Ich hatte einfach nur keinen großen Appetit, das ist alles.«

Pearl schnaubte, und ihr fleischiges Gesicht zog sich zu Falten tiefster Mißbilligung zusammen. »An dir ist doch nichts mehr dran, du, nur noch Haut und Knochen. Du wirst noch eintrocknen und fortgeblasen werden, wenn wir dir nicht ein bißchen Fett auf die Rippen füttern.«

Savannah streckte sich auf dem gepolsterten Liegestuhl und legte ihr Buch zur Seite. »Ach, du weißt doch, wie es so schön heißt, Mama Pearl. Ein Mädchen kann weder zu reich noch zu dünn sein.«

Pearl schnaubte wieder. *»Sa c'est de la couyonade.«*

Caroline ließ das Eis in ihrem Teeglas klirren, und ihre dunklen Augen waren wachsam auf Laurel gerichtet. »Wir haben dich gestern abend in den Nachrichten gesehen, Darling. Du hast Seite an Seite mit diesem Tele-Evangelisten gestanden.«

Pearl gackerte und schlug sich auf die Knie. »Dem hast du es gegeben, das kann man wohl sagen! Sogar deine Bibelverse hast du auswendig gekannt! *Ma bon pichouette!* Heute morgen habe ich allen in der Kirche erzählt, daß du meine Kleine bist!«

Laurel verzog das Gesicht zu einer Mischung aus einem Lächeln und einer finsteren Miene, doch sie sagte kein Wort. Sie hatte ohnehin schon wenig Appetit auf diesen Krabbensalat gehabt, doch jetzt war er ihr ganz vergangen, und sie legte die Gabel quer über den Teller. Das allerletzte, was sie wollte, war, Aufmerksamkeit auf sich zu lenken.

»Die Delahoussayes sind in Ordnung«, sagte Caroline mit ruhiger Stimme. Sie ließ diesen Satz eine Zeitlang in der Luft hängen, während sie die Beine wieder übereinanderschlug und den Saum ihres hellgelben Rocks zurechtrückte. Dann fragte sie: »Wäre es schwierig, Baldwin davon abzuhalten, daß er sie schikaniert?«

Laurel zuckte mit den Achseln. »Nicht unbedingt. Sie könnten sich an Richter Monahan wenden. Aber das hält Baldwin noch lange nicht davon ab, seinen Feldzug gegen die Sünde in anderer Form weiterzuführen.«

»Jeder praktische Schritt, den man unternimmt, ist besser als ein Haufen Gerede«, sagte Caroline. Sie trank einen Schluck von ihrem Tee, stellte das Glas wieder ab und fuhr mit einer Fingerspitze über den schwitzenden Außenrand des Glases.

»Der Reverend hat es weiß Gott nicht besser verdient«, sagte Savannah trocken und handelte sich damit ein Lächeln von Laurel ein. »Wenn Jimmy Lee ein Mann Gottes ist, dann sitzt der Marquis de Sade dort oben im Himmel, bindet die weiblichen Engel an die schimmernden Himmelspforten und schleckt sich die Lippen.«

Mama Pearl warf eine Bohne auf den Boden und schalt Savannah mit einem schnellen Schwall von Cajun-Französisch aus, der an Savannah abprallte und sie völlig kalt ließ. Im Haus läutete das Telefon. Savannah erhob sich ohne sonderliche Eile vom Stuhl und ging ins Haus, um den Hörer abzunehmen. Pearl schnappte sich ihren Eimer, watschelte hinter ihr her ins Haus und murrte tonlos vor sich hin.

Laurel unterdrückte den Drang, den beiden ins Haus zu folgen. Sie konnte spüren, daß Caroline sie mit Blicken taxierte.

»Du gehörst doch immer noch der Anwaltskammer von Louisiana an, oder nicht?« fragte ihre Tante unschuldig.

»Ja, aber ich bin noch nicht in der Verfassung, einen Fall zu übernehmen«, wandte Laurel ein, und ihre Finger zogen sich auf der Glasplatte des Tisches zu Fäusten zusammen. »Den Ärger kann ich nicht brauchen.«

Caroline erhob sich und strich sich einen nicht vorhandenen Krümel von ihrem hellgelben Rock aus fester Seide. Sie machte einen Schritt auf das Haus zu und sah Laurel dann an, als sei ihr nachträglich noch etwas eingefallen. »Die Delahoussayes auch nicht.«

Laurel biß die Zähne zusammen, als ihre Tante durch die Flügeltür schlenderte, die direkt in ihr Arbeitszimmer führte. »Ich bin hierhergekommen, um mich auszuruhen«, murmelte sie, verschränkte die Arme und lehnte sich auf ihrem Stuhl zurück. »Ich bin hierhergekommen, um Ruhe und Frieden zu finden.«

Niemand antwortete darauf. Mama Pearl hatte sich in ihr Reich zurückgezogen, die Küche. Als Laurel gerade mit dem Gedanken spielte, Savannah zu folgen, damit sie ihrer Gereiztheit Luft machen konnte, hörte sie, wie der Acura angelassen wurde und sich mit quietschenden Reifen vom Haus entfernte. Tante Caroline hatte ihre weisen Worte geäußert und sich sogleich zurückgezogen.

Da sie von plötzlicher Unruhe gepackt wurde, stand Laurel auf und lief einen Moment lang über die Galerie. Die nachmittägliche Brise ließ den Saum ihrer Bluse flattern, brachte hängende Farnwedel in Bewegung und blätterte die Seiten des Buches um, das Savannah liegen gelassen hatte. Da sie dringend Ablenkung brauchen konnte, bückte sich Laurel und nahm das Taschenbuch zur Hand.

Teuflische Illusionen von Jack Boudreaux.

Auf dem Umschlag war der Sumpf bei Nacht abgebildet, verhangen und finster, und das Wasser schimmerte wie schwarzes Glas unter einem bleichen Mond. Aus dem dichten Unterholz, das am Ufer wuchs, lugte ein rot glühendes Augenpaar heraus. Die Umschlaggestaltung genügte bereits, daß Laurel ein Schauer über den Rücken lief. Sie drehte das Buch um und las den Text auf der Rückseite, während sie von der Galerie hinuntertrat und auf den Steinfliesen des Weges zum hinteren Ende des Gartens schlenderte.

Mit seinen meisterlichen spannungsgeladenen Romanen ist Jack Boudreaux auf den Bestsellerlisten der New York Times vertreten. Hiermit legt er eine weitere vor Spannung prickelnde Lektüre vor, die garantiert selbst den kühnsten Zyniker nachts wachhält.

Es schleicht sich etwas durch Perdue, die kleine Stadt in Louisiana, macht Jagd auf Kinder und verbreitet ein Grauen um sich, das die Stadt zu zerreißen droht. Tagsüber erhält Perdue die Fassade einer pittoresken Kleinstadt aufrecht, doch der Schein ist trügerisch, und in den Wäldern der Umgebung lauert das Böse und wartet nur auf den Sonnenuntergang.

Die schöne junge Witwe Claire Fontaine ist mit ihrer Tochter nach Perdue gekommen, um Anspruch auf ein Erbe zu erheben, von dem die Einheimischen sagen, es lastet ein Fluch darauf. Von einer brutalen Vergangenheit verfolgt, hofft sie, hier einen Neubeginn machen zu können. Doch schon während sie im städtischen Krankenhaus eine neue Laufbahn als Krankenschwester beginnt, fällt ein Schatten über ihren Pfad ins Glück. Ein bedrohlicher Schatten – der Schatten des Todes.

Während das Grauen die Stadt immer mehr beherrscht, muß Claire entscheiden, wem sie vertrauen kann. Ist der schneidige Dr. Verret ein würdiger Kandidat... oder ein Mörder? Ist der dortige Quacksalber John Pierce ein harmloser Schwindler, oder ist seine unschuldige Tarnung eine teuflische Illusion...

Fasziniert setzte sich Laurel auf eine steinerne Bank am Rande des Gartens und schlug das Buch auf einer beliebigen Seite auf.

Die Krallen der Nacht halten den Sumpf in einem Griff, der so kalt und schwarz wie der Tod ist. Finger aus Dunst gleiten wie gespenstische Schlangen zwischen den Stämmen der Zypressen umher. Irgendwo in der Ferne ertönt ein Brüllen, das prähistorische Zeiten ins Gedächtnis zurückruft, urzeitliche Sümpfe, Ungeheuer aus alter Zeit.

Furcht rinnt in Strömen über Paulas Rücken. Als sie im Bâteau sitzt, wartet und beobachtet, drängt sich ihr die Ahnung des Bösen auf. Dick und schwer hängt es in der Luft. So dicht wie der Dunst. So erstickend wie eine Decke. Sie packt den Kragen ihrer Bluse und versucht zu schlucken, und als sie hinter sich ein Rascheln im Unterholz hört, dreht sie sich um.

Ein Nutria schreit im Moment des Todes. Eine Wassermokassinschlange durchbricht die Oberfläche des Bayou, und ihr langer, wendiger Körper hat sich um einen Ochsenfrosch geschlungen. Darüber stößt von den Ästen eines Baumes ein geflügelter schwarzer Umriß herab. Eine Eule... eine Fledermaus... irgend etwas Gräßliches... etwas Grauenerregendes... Und Paulas Kehle entreißt sich ein Schrei. Glühend, wild, ungebändigt. Ein Schrei wie der, den die Nutria ausgestoßen hat. Der Schrei des Opfers. Von keinem vernommen. Von der Nacht geschluckt.

»Ich fühle mich geschmeichelt.«

Laurel zuckte zusammen, und das Herz sprang ihr schlagartig in die Kehle. Jack stand kaum mehr als einen halben Meter von ihr entfernt, lehnte träge an einer von Tante Carolines griechischen Frauenstatuen und hatte die Hände in die Taschen seiner abgetragenen Jeans gesteckt und ein Bein angewinkelt. In einem ausgeblichenen schwarzen T-Shirt mit einem tanzenden Alligator und dem Aufdruck »Gator Bait Bar. *Restaurant et Salle de Danse*« wirkte er brutal und sexy. Das Haar fiel ihm in die Stirn, und seine dunklen Augen funkelten schelmisch. Die Schnittverletzung über seinem linken Auge trug nur noch mehr zu seiner bedrohlichen und mysteriösen Aura bei und rundete irgendwie den winzigen Rubin ab, der blutrot an seinem Ohrläppchen blinkte.

Laurel bot alles an Entrüstung auf, was ihr zur Verfügung stand, sprang auf und schlug das Buch zu. »Sie haben mich zu Tode erschreckt!«

Jack grinste, als er ihre Entrüstung bemerkte. »Das wird meine Verlegerin nur zu gern hören. Sie zahlt mir Säcke voll Geld dafür, daß ich den Leuten angst mache.«

»So habe ich es nicht gemeint, und das wissen Sie ganz genau. Was soll das heißen, sich einfach an mich ranzuschleichen?«

Er preßte die Hände aufs Herz und schaute zu unschuldig, um glaubwürdig zu sein. »Also, ich bin gerade hier vorbeigekommen, und da habe ich mir gedacht, ich sollte mich doch wie ein guter Nachbar verhalten und einen kurzen Besuch abstatten.«

Sie verschränkte die Arme und wippte mit der Fußspitze, während sie ihn mit unverhohlenem Mißtrauen musterte. Jack trat näher, nahm ihr das Buch aus den Fingern und warf es auf die Bank.

»Weißt du, worin dein Problem besteht, Süße?« murmelte er und schlang die Arme um sie. Sie zuckte zusammen, riß die Augen angesichts seiner Unverschämtheit weit auf und versuchte, ihm mit einem Satz zu entkommen, doch er faltete die Hände in ihrem Kreuz und hielt sie mühelos zurück. Dieses anzügliche Lächeln breitete sich auf seinem Gesicht aus. »Du bist zu verspannt. Du mußt lockerer werden, Engel.«

»Lassen Sie mich los«, forderte Laurel, die so stocksteif wie ein Laternenpfahl verharrte, während ihre Nervenenden als Reaktion auf seine Nähe wie Peitschenschnüre zischten.

»Warum? Ich halte dich gern im Arm.«

»Ich will nicht im Arm gehalten werden. Ich kann es nicht leiden, im Arm gehalten zu werden.«

Er musterte lange und eingehend ihren Gesichtsausdruck und las darin so etwas wie Furcht. Furcht vor ihm? Oder ging es um etwas Tiefergreifendes, etwas Grundlegendes? Vielleicht Furcht vor Intimitäten. Furcht davor, daß es ihr tatsächlich Spaß machen könnte.

»Lügnerin«, sagte er liebevoll, ließ sie aber dennoch los. Sie hätte sich vor ihm fürchten sollen. Er war ein Schurke, und er nutzte Frauen aus. Wenn er auch nur einen Funken Anstand besessen hätte, hätte er sie in Ruhe gelassen. Aber sie faszinierte ihn, dieses kleine Bündel von Widersprüchen, das sie darstellte. Und er begehrte sie. Vor dieser Tatsache konnte er die Augen nicht verschließen, und er wollte sie auch gar nicht leugnen.

Er zog eine Zigarette hinter dem Ohr hervor und steckte sie sich zwischen die Lippen, während er sich vorbeugte, um das Buch wieder in die Hand zu nehmen. *Teuflische Illusionen*, sein letzter Bestseller, wenngleich ihm das auch herzlich wenig bedeutete. Er schrieb, um die Zeit totzuschlagen, um eine Beschäftigung zu finden, mit der er sich ein Ventil für das verschaffte, was sich in seinem Innern abspielte. Er hatte es nie darauf angelegt, erfolgreich zu sein, eine Haltung, mit der er seine Verlegerin in den Wahnsinn trieb. Sie wollte, daß er im ganzen Land Lesungen abhielt und die Berühmtheit spielte. Er weigerte sich. Sie wollte, daß er um die Gunst von Buchhändlern und Grossisten warb. Er blieb zu Hause. Sie reagierte aufgebracht auf seine Einstellung, doch Jack lachte sie nur einfach aus und sagte Tina Steinberg, sie besäße genügend Energie, Enthusiasmus und Ehrgeiz für sie beide.

»Werden Sie diese Zigarette jemals rauchen?« fragte Laurel sarkastisch.

Jack warf unter den dichten Augenbrauen einen Blick auf sie, grinste, und die Zigarette hüpfte auf und ab. »Nee. Ich habe vor zwei Jahren aufgehört.«

Sie schaute ihn finster und mißbilligend an – und ihre Mißbilligung galt ebensosehr der Versuchung, seinem Charme zu erliegen, wie dem Mann selbst. »Warum stecken Sie sich diese Zigarette dann immer in den Mund?« fragte sie mürrisch und bemühte sich, der Reichweite seines magnetischen Charismas zu entkommen, stellte jedoch fest, daß sie in die Enge getrieben worden war.

Er sah sie fest an. Seine Blicke waren eine regelrechte Liebkosung, und seine Augen funkelten schelmisch. »Ich bin... oral fixiert. Möchtest du mir in diesem Punkt weiterhelfen, Süße?«

Laurel schaute ihn finster an und ärgerte sich über die Woge flüssiger Glut, die durch sie hindurchspülte, als ihr Blick auf den sinnlichen Schwung seiner Unterlippe fiel und sie sich wieder daran erinnerte, wie sich sein Mund auf ihren Lippen anfühlte und wie er schmeckte.

»Warum ausgerechnet Horror?« fragte sie plötzlich und streckte eine Hand aus, um auf den Einband des Buches zu pochen.

Ein schmerzliches Lächeln zog an einem von Jacks Mundwinkeln. *Weil es mein Leben ist. Weil genau das in meinem Innern lebt. Dieu,* sie würde fortlaufen wie ein Karnickel, wenn er ihr die Wahrheit sagte. Welch ein Glück, daß es ihm nie besonders viel ausgemacht hatte zu lügen.

»Weil sich das gut verkaufen läßt«, sagte er und warf das Taschenbuch wieder auf die Bank.

Es war besser, wenn sie ihn für geldgierig hielt als für einen Irren. Ein gewinnsüchtiger Mensch hatte wahrscheinlich immer noch eine Chance, es in ihr Bett zu schaffen. Und schließlich war er habgierig. Hatte er etwa nicht den halben Nachmittag damit zugebracht, in alten Zeitungen herumzuwühlen und sich gründlich mit Miss Laurel Chandlers Leben als Staatsanwältin auseinanderzusetzen? Nicht etwa, weil er mehr über sie als lebende Person wissen wollte, sagte er sich, sondern weil er sie als Romanfigur faszinierend fand. Er hatte sich sogar ein paar Notizen über sie gemacht, die für den späteren Gebrauch gedacht waren, da er fand, ihre Mischung aus Zerbrechlichkeit und Kraft würde sie zu einer faszinierenden Romanheldin machen.

Aber es gab zu viele Dinge, die die Zeitungen ihm nicht gesagt hatten, Dinge, die er wissen wollte, nein – wissen *mußte.* Für ein späteres Buch. *Ganz im Ernst,* versicherte er sich, als er den skeptischen Blick in ihren großen Augen wahrnahm, die so blau wie ein See waren.

Sie trug ihre Brille. Die Brille, von der sie irrtümlich glaubte, sie könnte ihre Schönheit dahinter verbergen. Nicht etwa, daß er sich hätte ausmalen können, warum sie sie hätte verbergen wollen. Eine weitere Frage, ein weiteres fehlendes Teilchen in dem Puzzle, das Laurel darstellte. Die Vorstellung, daß sie schüchtern war, wenn es um ihre Weiblichkeit ging, gab dem, was von seinem Herzen übriggeblieben war, einen kleinen Ruck, und er streckte eine Hand aus und stieß ihr die Brille höher auf die Nase.

»Komm mit, *'tite chatte*«, sagte er und wies mit einer Kopfbewegung auf das hintere Gartentor. Er nahm ihre kleine Hand in seine und setzte sich mit ihr in Bewegung.

Laurel grub die Fersen in den Boden und sah ihn finster an. »Wohin soll ich mitkommen?«

»Zum Langustenfischen.«

Sie versuchte vergeblich, ihm ihre Hand zu entreißen, während ihre Füße tatsächlich einen Schritt auf ihn zugingen. »Ich gehe nicht mit Ihnen zum Langustenfischen. Ich gehe nirgends mit Ihnen hin!«

»Klar tust du das, Süße.« Er grinste wie der Teufel persönlich und zog sie noch einen Schritt näher zum Tor. »Du kannst dich nicht bis in alle Ewigkeit in diesem Garten verkriechen. Du mußt hier raus, dich unter das gewöhnliche Volk mischen.«

Sie rümpfte die Nase. »Ich kann nicht gerade viel Gewöhnliches an Ihnen erkennen.«

»*Merci!*«

»Das war kein Kompliment.«

»Komm schon, Engel«, schmeichelte er und änderte ohne jede Vorwarnung den Kurs. Er sprang auf sie zu, landete so anmutig wie eine Katze und schwang sie zu Musik, die nur er hören konnte, in einem langsamen Tanz herum. »Ich, ich bin doch nur ein armer Cajun-Junge, der keine Menschenseele weit und breit hat«, murmelte er, und seine Stimme war so warm und rauh wie Samt, während sein Dialekt sich eindickte wie eine leckere braune Sauce. Er nahm ihren

Blick gefangen und hielt ihn fest, und da er den Kopf gesenkt hatte, waren sie fast Nase an Nase miteinander. »Hast du Lust, mit mir auf Langustenfang zu gehen, *mon cœur?«*

Versuchung schlang sich um sie und zog sie zu ihm hin. Es schien Irrsinn zu sein, diese Anziehungskraft zwischen ihnen. Sie wollte im Moment keinen Mann in ihrem Leben haben. Sie war voll und ganz damit beschäftigt, mit sich allein klarzukommen. Und Jack würde sich nicht manipulieren lassen. Er hatte eine Wildheit an sich, eine Unberechenbarkeit. Er hätte ihr sagen können, er hätte sich plötzlich entschlossen, für einen Tag nach Brasilien zu fliegen, und sie wäre kein bißchen erstaunt gewesen. Nein, das war kein Mann für sie.

Aber sein Angebot war verlockend. Sie konnte nahezu den Schlamm zwischen ihren Zehen spüren, das Bayou riechen und die Aufregung wahrnehmen, die es auslöste, ein Netz voller roter Langusten aus dem Wasser zu ziehen. Jahre waren vergangen, seit sie das letzte Mal Langusten gefischt hatte. Ihr Vater hatte sie und Savannah dazu mitgenommen – trotz Vivians heftiger Proteste. Und sie und Savannah hatten sich nach seinem Tod ein- oder zweimal allein davongeschlichen, aber diese Zeiten gehörten einer so fernen Vergangenheit an, daß sie ihr nicht mehr wahr erschienen. Jetzt machte Jack ihr dieses Angebot. Der gutgelaunte Jack mit seinem diabolischen Grinsen und seiner Ausstrahlung, in der sich soviel *joie de vie* ausdrückte.

Sie blickte zu ihm auf, und ihre Lippen bewegten sich, ehe sie auch nur dazu kam, ihnen die Erlaubnis zu erteilen. »Also, gut. Gehen wir.«

10

Sie fuhren in Jacks Jeep über die Straße, die durch das Bayou führte und bogen kurz vor dem Schauplatz ihres Unfalls auf einen schmalen überwachsenen Pfad ab. Er wurde von Bäumen gesäumt und war so uneben und zerfurcht, daß Jack den Jeep zu einem Kriechtempo verlangsamte und Huey vom Rücksitz sprang, weil er schon begierig darauf war, die Erkundigung seines neuen Territoriums in Angriff zu nehmen. Laurel klammerte sich an der Tür fest, während der Jeep voranholperte, und ihre Aufmerksamkeit war ganz und gar der Landschaft zugewandt. Sie kannte diese Gegend. Das Pony Bayou. Es war nach einem preisgekrönten Pony benannt worden, das gegen Ende des siebzehnten Jahrhunderts einem ortsansässigen englischstämmigen Pflanzer gehört hatte. Ein Cajun-Mann hatte sich das Pony »geborgt«, da er plante, den Hengst zu Zuchtzwecken zu verwenden. Das hatte eine Fehde mit beträchtlichem Blutvergießen nach sich gezogen, und all das war umsonst gewesen, da das Pony im Sumpf von Bayou steckenblieb, versank und von Alligatoren verschlungen wurde.

Trotz seiner grausigen Geschichte war das Pony Bayou ein hübsches Fleckchen Erde. Der Bach selbst war schmal und seicht, hatte niedrige schlammige Ufer und war mit dichten Wasserpflanzen und Blumen bewachsen. Das reinste Paradies für Langusten, wie die Anwesenheit von zwei weiteren schäbigen Wagen bezeugte, die am Rand des Weges geparkt waren. Zwei Familien versuchten bereits ihr Glück in dem seichten Wasser, und ihre eingetauchten Netze waren mit farbigen Plastikstreifen markiert, die auf der Wasseroberfläche schwammen. Ein halbes Dutzend Kinder spielte am Ufer kreischend und lachend Fangen miteinander. Ihre Mütter hockten auf dem Kofferraum eines uralten braunen Cadillac und plauderten miteinander. Ihre Väter lehnten seitlich an dem Wagen, tranken Bier und rauchten unbekümmert. Sie allen winkten, als Laurel und Jack auf der Suche nach einer geeigneten Stelle vorbeiholperten, an der sie ihr eigenes Netz auswerfen konnten. Laurel lächelte und winkte zurück; sie war froh, daß sie mitgekommen war, und jetzt schon fühlte sie sich außerhalb des Einflusses ihrer Familie unbeschwerter.

Sie parkten den Jeep und packten ihre Sachen zusammen, als hätten sie darin langjährige Routine. Laurel zog sich ein paar Gummistiefel an, die ihr bis zu den Knien reichten, um darin im Wasser zu waten, schnappte sich mehrere Streichnetze und stapfte hinter Jack her, der sich Netze unter den Arm geklemmt hatte und einen Kühlbehälter mit Ködern trug. Huey sprang voraus und witterte ein Abenteuer. Jack schalt ihn aus, als der Hund ins Bayou sprang und darin herumplätscherte, und Huey machte augenblicklich kehrt, schlich sich mit eingezogenem Schwanz davon und warf Jack über die Schulter trübselige Blicke zu.

Jack schaute den Hund finster an, da er den Umstand keineswegs zu würdigen wußte, daß er sich wie ein Ungeheuer vorkam, das Huey den Spaß verdarb. Laurel sah ihn ebenfalls an.

»Solange er in der Nähe ist, werden wir zwischen hier und New Iberia keine einzige Languste fangen«, murrte er.

»Das hängt ganz davon ab, wie gut man als Fischer ist, oder nicht?« Sie zog herausfordernd eine Augenbraue hoch.

»Wenn man von klein an fischt, um etwas in den leeren Magen zu kriegen, dann lernt man es mit der Zeit verdammt gut.«

Laurel sagte nichts, während sie ihm zusah, wie er Alsenmägen und Hühnerhälse als Köder in den Netzen anbrachte. Er war in ärmlichen Verhältnissen aufgewachsen. Im Süden von Louisiana war das das Los vieler Menschen gewesen – und so war es immer noch. Aber der Anflug von Bitterkeit in seinem Tonfall, mit dem er sich rechtfertigen wollte, traf sie tiefer, als sie es erwartet hätte.

Armut und Glück, das gab es. Nach dem Tod ihres Vaters hatte Laurel Gott oft alles, was sie besaß, jedes einzelne ihrer schönen Partykleider, im Austausch für Eltern angeboten, die sich mehr aus ihr und Savannah als aus Reichtum machten. Sie hatte eine ganze Reihe von Familien gekannt, die auf Beauvoir arbeiteten, wenig besaßen und dennoch lächelten und ihre Kinder umarmten. Die Cajuns waren legendär für ihre unmaterialistische Einstellung, und sie besaßen einen ausgeprägten Familiensinn. Sie hatte jedoch das Gefühl, daß das bei Jacks Familie nicht der Fall gewesen war.

Neugier stachelte sie an, doch sie stellte keine Fragen. Persönliche Fragen schienen ihr unklug zu sein.

Sie wateten beide mit einem Netz ins Wasser und legten ein gutes Stück Abstand zwischen sich. Jack ging schnell und methodisch vor. Das Ritual war für ihn zur zweiten Natur geworden, und er ging es mit der Selbstverständlichkeit an, mit der er sich die Schuhe zuband. Laurel stolperte immer wieder über dichtes Alligatorkraut, das mit zartem, gelbem Wasserschlauch und Wasserprimeln verschlungen war. Die Stelle, die sie gewählt hatte, um dort ihr Netz auszulegen, war dicht mit lavendelfarbenen Wasserhyazinthen überwachsen, die ihr das Netz gewaltsam entreißen wollten.

»So, so«, murmelte Jack trocken und tauchte plötzlich neben ihr auf und hüllte sie in seinen warmen männlichen Geruch ein. »Wie ich sehe, bist du mit Langusten aufgewachsen, die im Laden gekauft worden sind.«

Laurel schaute ihn gekränkt an. »Nein, eben nicht. Ich muß dir sagen, ich habe das schon oft getan. Nur eben in den letzten fünfzehn Jahren nicht mehr, das ist alles.«

Jack befestigte das Netz und half ihr dabei, wieder ans Ufer zu waten. Er gab ihr Halt, als ihre Stiefel sich in Wurzeln und Schilf verfingen. Als sie wieder auf festem Boden standen, sah er sie zweifelnd an.

»Ich habe selbst gesehen, wo du aufgewachsen bist, Süße. Ich kann mir nicht vorstellen, daß eine Tochter dieses Hauses im Bayou fischt.«

»Das zeigt nur, was für ein umgekehrter Snob du bist«, sagte Laurel, als sie aus den warmen Stiefeln stieg und ihre nackten Füße im weichen Boden des Ufers versinken ließ. »Daddy hat Savannah und mich früher zum Fischen mitgenommen.«

Sie lehnte sich an die Seite des Jeeps, sah über das Bayou hinaus und dachte an glücklichere Zeiten. Am anderen Ufer wuchsen üppige Farnsträucher und purpurrote wilde Schwertlilien im Schatten von Hartholzbäumen, die mit Moos behangen waren, und Weiden, deren hängende grüne Zweige schwankten. An lichteren Stellen sprenkelten Hibiskusblüten mit schwarzer Mitte und weißstrahliges Berufkraut das Ufer wie Sonnenflecken. Irgendwo weiter unten am Fluß begann ein Schopfspecht auf der Suche nach einem Insektenhäppchen an einen Baumstamm zu klopfen, und dieser Heidenlärm schreckte ein Pärchen Orangesänger von ihrem Nistplatz auf einem jungen Zürgelbaum in der Nähe auf. Die kleinen Vögel flatterten vorbei, und Schieferblau und leuchtendes Gelb blitzten auf.

»Was ist aus ihm geworden?« fragte Jack leise und rief sich wieder ins Gedächtnis zurück, daß das der Grund war, aus dem er sie hierher mitgenommen hatte. Um mehr über sie in Erfahrung zu bringen, und nicht etwa, weil er beobachten wollte, wie ihre Gesichtszüge weicher wurden, als sie über das Bayou hinausschaute. Das war nur eine Gratiszugabe. Sein Hauptanliegen war selbstsüchtig, von langer Hand vorbereitet.

Starke Gefühle nahmen wie ein Klumpen Bernstein feste Gestalt in Laurels Kehle an. »Er ist gestorben«, flüsterte sie, und die reizvollen Gewächse am anderen Ufer verschwammen, als Tränen unerwartet einen Schleier vor ihre Augen zogen. »Er ist umgekommen... es war ein Unfall... in den Zuckerrohrfeldern...«

Ein kurzer entsetzlicher Augenblick, und ihrer aller Leben hatte sich unwiderruflich verändert.

Jack beobachtete, wie die Traurigkeit ihr Gesicht verhüllte wie ein Schleier, und er vergaß sofort seine gesamte berechnende Suche nach Hintergrundinformationen. Automatisch schlang er ihr einen Arm um die Schultern und zog sie zart an seine Seite. »He, Süße«, murmelte er und streifte mit den Lippen ihre Schläfe. »Weine nicht. Ich wollte dich nicht zum Weinen bringen. Ich habe dich hierhergebracht, weil ich dich damit glücklich machen wollte.«

Laurel unterdrückte den Drang, sich an ihn zu schmiegen. Stattdessen nahm sie innerlich eine starre Haltung ein und rieb sich die Wangen, die vor Verlegenheit gerötet waren. »Es ist schon wieder gut.« Sie schniefte, schüttelte den Kopf und lächelte gegen ihr Verlangen zu weinen an. »Es hat mich nur unerwartet einen Moment lang erwischt. Ich bin schon wieder in Ordnung.« Sie nickte energisch, als sei es ihr gelungen, wenigstens sich selbst davon zu überzeugen, wenn schon nicht Jack.

Er beobachtete sie aus dem Augenwinkel. Ein zähes kleines Luder, das sich aufbäumte, wenn es am liebsten zusammengebrochen wäre. Sie war eine Kämpfernatur, soviel stand fest. Das wußte er nicht nur aus seiner persönlichen Erfahrung mit ihr, sondern auch von seiner Lektüre her. Nach den Zeitungsberichten zu urteilen, die er aus dem Packen des letzten Jahres herausgefischt und noch einmal durchgesehen hatte, hatte sie so hartnäckig wie ein Pitbull nicht von den mutmaßlichen Tätern im Scott-County-Fall abgelassen. Sie hatte ihren Mitarbeiterstab erbarmungslos angetrieben und doch in dem gnadenlosen Streben nach Gerechtigkeit – das sich als vergeblich erwiesen hatte – niemanden so hart rangenommen wie sich selbst. Berichterstatter hatten diesen Drang als eine Besessenheit hingestellt. Jede Form von Besessenheit keimte aus einer Saat, die tief im Innern angelegt war. Mit Besessenheit kannte er sich aus.

»Wie alt warst du da?« fragte er.

Laurel pflückte eine Hibiskusblüte und fing an, methodisch die Blütenblätter auszureißen. »Zehn.«

Er hätte ihr gern sein Mitgefühl bekundet, ihr gesagt, er wüßte, wie hart das war. Aber Tatsache war nun einmal, daß er seinen Vater gehaßt und dessen Ableben nicht einmal für einen Sekundenbruchteil beklagt hatte.

»Was ist mit dir?« fragte Laurel und gab aufgrund ihrer guten Manieren ihrer Neugier nach. Er hatte sie zuerst gefragt. Es wäre grob unhöflich gewesen, die Gegenfrage nicht zu stellen. »Leben deine Eltern hier in der Gegend?«

»Sie sind beide tot«, sagte Jack kategorisch. »Wollte er gern, daß du Anwältin wirst, dein Daddy?«

Laurel schaute auf die verstümmelte Blume in ihrer Hand hinunter und sah sie als ein Gleichnis ihres Lebens an. Die Blütenblätter waren die Jahre, in denen ihr Vater noch am Leben gewesen war, alle ausgerissen, und nichts als der häßliche Blütenboden war ihr geblieben. »Er hat sich gewünscht, daß ich glücklich werde.«

»Und Jura hat dich glücklich gemacht?«

Sie schüttelte kaum wahrnehmbar den Kopf. »Ich habe Jura studiert, um für Gerechtigkeit zu sorgen. Wie bist du dazu gekommen?«

Um meinen Alten etwas zu beweisen. »Ich wollte reich werden.«

»Und das ist dir geglückt?«

»Oh, ja absolut. Ich, ich hatte alles, was ich wollte.« *Und dann habe ich es vernichtet, es unter meinen Füßen zertreten, es alles weggeworfen.*

Jack verlagerte sein Gewicht unruhig von einem matschigen Treter auf den anderen. Sie drehte den Spieß um, geschickt, mühelos und subtil. Er sah sie scharf an. »Du bist wirklich eine gute Anwältin.«

Laurel blinzelte ihn unschuldig an. »Ich weiß nicht, wovon du sprichst.«

»Ich meine, *ich* bin hier schließlich derjenige, der die Fragen stellt. Wie also kommt es, daß ich urplötzlich die Antworten gebe?«

Ihre Mundwinkel zogen sich unwillig herunter. »Ich dachte, das sei ein Gespräch und kein Verhör. Warum darf ich keine Fragen stellen?«

»Weil dir meine Antworten nicht gefallen würden, Süße«, sagte er geheimnisvoll.

»Woher soll ich das wissen, solange ich sie nicht gehört habe?«

»Verlaß dich auf mich.«

Laurel nutzte das Schweigen, um ihn einen Moment lang zu mustern, als er auf das braune Wasser hinausschaute und diesen intensiven trübsinnigen Ausdruck im Gesicht hatte. Wieder einmal hatte sie das Gefühl, daß er zwei vollkommen verschiedene Männer in sich vereinigte. Im einen Moment war er der wildwütige Draufgänger, der sich nichts lieber wünschte, als sich in Schwierigkeiten zu bringen und seinen Spaß zu haben; im nächsten Moment war er dann wieder dieser verschlossene, geheimnisvolle Mann, der die Tür zu dem Teil von sich geschlossen hielt, den er niemandem zugänglich machen wollte. Sie ertappte sich dabei, daß sie wissen wollte, was sich hinter dieser Tür verbarg. Eine gefährliche Neugier, dachte sie und hielt sich gewaltsam davon ab, weitere Fragen zu stellen.

Unten am Ufer sprang Huey plötzlich aus einem dichten Gestrüpp von Rohrkolben und Zichorien heraus und bellte aufgeregt. Die Kinder, die weiter stromabwärts um die Autos ihrer Eltern herum Fangen gespielt hatten, rannten heran und quietschten vor Begeisterung, als sie feststellten, daß es sich bei der Beute des Hundes um eine gescheckte Schildkröte handelte, auf deren Rücken ein gesprenkelter Salamander ritt.

Die Schildkröte schleppte sich schwerfällig voran und ignorierte den schnüffelnden Hund. Ihre lethargische Gangart schien sich nicht mit ihrer grellen Farbgebung vereinbaren zu lassen. Ihr ebenholzgrüner Panzer schimmerte wie eine Bowlingkugel und war von einem Netz rötlich gelber Streifen überzogen, die im Zickzack liefen. Ein breiter roter Streifen zog sich von ihrem Hinterkopf bis zu ihrem Schwanz. Der Salamander sah den Hund an, ließ seine lange Zunge herausschnellen und veranlaßte Huey zu einer weiteren Salve von Gebell, die wiederum die Kinder erneut brüllen ließ.

Der arme Huey schien beim besten Willen nicht begreifen zu können, warum die Schildkröte nicht eilig vor ihm fortrannte, damit er Jagd auf sie machen konnte. Er holte mit einer Pfote nach ihr aus und kläffte vor Erstaunen, als der Salamander schleunigst von seinem Taxi mit dem harten Panzer absprang und in den hohen Gräsern verschwand. Der Hund machte kehrt und rannte los, und in seiner Hast rannte er ein Kleinkind um.

Da sie dem Geschehen näher als alle anderen Erwachsenen stand, kam Laurel dem kleinen Mädchen automatisch zur Hilfe. Sie hob zehn Kilo schrill kreischenden Babyspeck hoch und setzte sich das Kind auf die Hüfte, als sei es das Natürlichste auf Erden.

»Weine nicht, mein Süßes, es ist doch gar nichts passiert«, gurrte sie und streichelte einen schwarzen Lockenschopf, der so zart wie eine Wolke war.

Das kleine Mädchen stieß ein letztes Wimmern aus, nur einfach, damit alle Welt verstand, daß sie übel mißhandelt worden war, und dann ging das Heulen in einen Schluckauf über, und ihre Aufmerksamkeit wurde plötzlich von ihrer Retterin gefesselt. Laurel belächelte diesen flinken Stimmungsumschwung, die Unschuld in dem pausbäckigen Gesicht und das Erstaunen in den großen, glänzenden, kugelrunden dunklen Augen. Eine schlammige kleine Hand hob sich und berührte versuchsweise ihr Gesicht.

»Jeanne-Marie, ist alles in Ordnung mit dir, *bébé?«* Die Mutter des Kindes kam herangeeilt, die Stirn von Sorge zerfurcht, und streckte die Arme nach ihrem Baby aus.

»Ich glaube, sie hat sich nur erschrocken«, sagte Laurel und reichte ihr das Kind.

Nachdem eine flüchtige Inspektion die mütterliche Sorge beschwichtigt hatte, wandte sich die junge Frau mit einem eingeschränkten Blick wieder Laurel zu. »Oh, sehen Sie nur! Jeanne-Marie, sie hat Sie ganz schmutzig gemacht! Es tut mir ja so leid!«

»Das macht nichts. Machen Sie sich deshalb bloß keine Sorgen«, sagte Laurel geistesabwesend und kraulte Jeanne-Maries pralles Kinn. »Was für ein hübsches kleines Mädchen.«

Die Mutter lächelte, und Stolz und Schüchternheit rangen in ihrem Ausdruck um die Vorherrschaft. Sie selbst war eine mollige, kurvenreiche Cajun-Schönheit. »Danke«, murmelte sie. »Danke, daß Sie sich um sie gekümmert haben.«

»Ich bin ganz sicher, daß der Hundehalter sich bei Ihnen entschuldigen würde«, sagte Laurel trocken und warf über die Schultern einen Blick auf Jack, »wenn er jemals eingestehen würde, daß dieser Hund ihm gehört.«

Die Frau war verständlicherweise verblüfft, doch sie nickte lächelnd, zog sich zu dem Rest ihres Grüppchens zurück und sagte Jeanne-Marie, sie sollte zum Abschied winken.

Laurel winkte zurück und wandte sich dann mit einer spitzen Bemerkung auf der Zunge zu Jack um. Auf seinem Gesicht stand jedoch ein seltsamer Ausdruck von Betroffenheit, als hätte er etwas gesehen, worauf er überhaupt nicht vorbereitet war.

»Was ist los mit dir?« sagte sie statt dessen. »Hast du eine Kinderphobie oder so was?«

Jack schüttelte gewaltsam das Gefühl von sich ab, das sich seiner bemächtigt hatte, als er Laurel mit der kleinen Jeanne-Marie beobachtet hatte. *Dieu,* er fühlte sich, als hätte er ganz unerwartet einen Hieb in die Magengrube bekommen. Sie hatte so natürlich gewirkt, so liebevoll. Ihm war augenblicklich, geradezu automatisch, durch den Kopf gegangen, daß sie eine wunderbare Mutter abgegeben hätte – ebenso wie Evie, wenn sich ihr die Gelegenheit je geboten hätte. Wenn ihrer beider Kind jemals geboren worden wäre. Das waren Überlegungen, die er sich bei Tageslicht gewöhnlich nicht gestattete. Sie waren der Nacht vorbehalten, wenn er sich darin suhlen, sich damit geißeln und mit den messerscharfen Kanten seine Seele in Fetzen schneiden konnte.

»Äh… nein«, stammelte er, blinzelte heftig und war darum bemüht, emotional Fuß zu fassen. Er zuckte mit den Achseln und bedachte sie mit einem Lächeln, das im Vergleich zu seinem gewohnten Grinsen verblaßte. »Babys, damit kenne ich mich einfach nicht aus, das ist alles.«

Laurel sah ihn an. »Ich wette, dafür weißt du genau Bescheid, wie man sie macht, stimmt's?«

»Ah, *c'est vrai.* Auf dem Gebiet bin ich ein echter Experte.« Sein Grinsen faßte Fuß und schnitt tiefe Grübchen in seine Wangen. Er schlang lässig die Arme um sie, überrumpelte sie damit völlig und rückte näher und immer näher an sie heran, bis sie Bauch an Bauch dastanden. »Möchtest du eine Probevorführung von mir haben, Süße?« brachte er gedehnt hervor, und seine Stimme streichelte sie wie lange sensible Finger.

Laurel schluckte schwer, als zügellose sexuelle Glut in ihr aufwogte. Ihr Körper reagierte augenblicklich auf seinen, als seien sie schon seit Monaten ein Liebespaar, erhitzte sich, wurde nachgiebig und regte sich. Das Wort »nein« lag ihr auf der Zungenspitze, aber das Wort »ja« wallte in ihr auf wie eine verführerische, wohlriechende Rauchschwade. Diese Erkenntnis erschütterte sie mehr als Jacks Unverfrorenheit.

»Du hast wahrhaftig ein sehr hohe Meinung von deinen eigenen Fähigkeiten«, sagte sie und suchte hektisch nach frechen Antworten, um diese anderen gefährlichen Empfindungen abzuwehren.

Er senkte unmerklich den Kopf, und seine dunklen Augen glänzten, als er ihren Mund anpeilte. »Wenn man es untermauern kann, kann wohl kaum von Prahlerei die Rede sein.«

Laurels Puls zuckte. »Dir werde ich es zeigen«, drohte sie und heuchelte Konsterniertheit. Sie stemmte beide Hände gegen seine Brust und stieß zu.

Er rührte sich nicht von der Stelle. Er grinste sie einfach nur an. Dann lachte er. Aufgebracht stieß sie ihn noch einmal von sich. Abrupt löste er die Hände voneinander, die er in ihrem Kreuz gefaltet hatte, und sie stieß einen kleinen Schrei des Erstaunens aus, als sie rückwärts wankte. Der Schwung warf sie schneller zurück, als ihre Füße sie tragen konnten, und sie landete auf dem Hintern in dichten orangeblühenden Klettertrompeten. Schrilles perlendes Gelächter bestätigte ihr überdeutlich, daß die Kinder den Verlust ihrer Würde mit angesehen hatten. Ehe sie auch nur mit dem Gedanken spielen konnte, sich wieder zu erheben, kam Huey aus einem Gestrüpp von Knopfblumensträuchern gesprungen, stürzte sich auf sie, schlug sie flach zu Boden und leckte voller Begeisterung ihr Gesicht ab.

»Igitt!« Laurel riß ihren Kopf in dem vergeblichen Versuch, der Hundezunge zu entgehen, die sie abschleckte, von einer Seite auf die andere, und dabei hieb sie mit den Händen blind auf den Hund ein.

»Arrête sa! C'est assez! Va-t'en!« Jack lachte, als er Huey verscheuchte. Der Hund sprang mit einem Satz zurück, hüpfte herum und zwängte sich zwischen ihre Beine, als Jack eine Hand ausstreckte, um Laurel auf die Füße zu helfen. »Gegen mich hast du keine Chance, *catin.*«

Laurel sah ihn verärgert an. »Dafür habe ich um so mehr Chancen bei dir, du mieser Kerl«, klagte sie und mühte sich damit ab, nicht hemmungslos zu kichern. Sie gestattete es sich niemals, sich von solchen Schlingeln amüsieren zu lassen. Schließlich war sie ein vernünftiger, praktisch orientierter Mensch, der seinen klaren Kopf bewahrte. Aber diese Seite von Jack Boudreaux hatte einfach etwas an sich, etwas Verlockendes, etwas Verschwörerisches. Der Schimmer seiner dunklen Augen zog sie an wie ein Magnet.

»Das sagst du bloß, weil wir noch nicht miteinander geschlafen haben«, knurrte er, und dieser gerissene Mund mit dem ausgeprägten Sex-Appeal zog sich an den Mundwinkeln hoch.

»Du sagst das so, als bestünde tatsächlich eine Chance, daß es dazu kommen könnte.«

Sein Lächeln wurde strahlender, und der Magnetismus zog sie noch stärker an, als er sich etwas weiter zu ihr vorbeugte. »Oh, es wird dazu kommen, Engel«, murmelte er. »Unausweichlich. Garantiert.«

Laurel ließ ihrer Belustigung jetzt endlich freien Lauf, kicherte und schüttelte den Kopf. »Mein Gott, du bist wirklich unmöglich!«

»Oh, nein, Süße«, neckte er sie und ließ seine Arme wieder um sie gleiten. »Nicht unmöglich. Aber vielleicht ein harter Brocken«, sagte er und zuckte mit den Augenbrauen.

Die Anzüglichkeit war unmißverständlich und empörend. Sie traf Laurel auf zwei Ebenen – auf der einen schoß ihre Körpertemperatur in die Höhe, und auf der anderen entlockte sie ihr ein lautes Lachen. Jack fiel in ihr Gelächter ein, und dann trafen sich ihre Blicke, und die beiden Ebenen unsichtbarer Kontaktaufnahme trafen aufeinander, verflochten sich miteinander, kollidierten und schwangen sich auf eine gänzlich andere Ebene auf. Ihr Gelächter wurde von der aufgeheizten Luft davongetragen, und das überdeutliche Bewußtsein von physischer Nähe verdichtete die Schwüle um sie herum nur noch mehr. Laurel spürte, daß ihr Herz ein wenig heftiger schlug, als sie beobachtete, wie die schelmische Maske von Jacks Gesicht fiel. Er wirkte jetzt eindringlich, doch sein Gesicht war weicher, als sie es bisher je gesehen hatte, und als er lächelte, war es ein liebevolleres Lächeln, ein Lächeln, das den Atem in ihrer Kehle stocken ließ.

»Ich sehe dich gern lachen, *'tite ange*«, sagte er und hob eine Hand, um ihre Brille zurechtzurücken. Er strich zärtlich über die Schlammspur, die Jeanne-Marie auf ihrer Wange zurückgelassen hatte. Seine Fingerspitzen glitten über ihren Mundwinkel und hielten still. Langsam und besonnen hakte er einen Daumen unter ihr Kinn und bog ihr Gesicht zu sich hoch, während er seinen Mund auf ihre Lippen senkte.

Erregung knisterte in Laurel und sprühte Funken wie Wunderkerzen am vierten Juli. Reichlich unklug, sagte sie sich und fühlte doch gleichzeitig, wie ihre Lippen unter seinem Mund weicher wurden. Sie hatte nicht die Kraft für eine Beziehung, war nicht auf eine Beziehung aus. Einen fernliegenderen Kandidaten hätte sie so oder so nicht finden können. Jack Boudreaux war unbezähmbar, respektlos und unberechenbar, und er verhöhnte den Berufstand und das System, dem sie soviel Respekt entgegenbrachte. Aber keines dieser Argumente dämmte das Feuer ein, das lodernd aufsprang, als er die Arme enger um sie schlang und seine Zunge in ihren Mund gleiten ließ. Die Flammen züngelten in ihrem Innern auf, versengten ihre Adern, brannten lichterloh und ließen ihre Magengrube mit ihrer Glut schmelzen und alles sich verflüssigen.

Ein tiefes Stöhnen entrang sich Jacks Kehle, als sie mit ihm verschmolz. Seine kleine Tigerin, die ihn die meiste Zeit über anfauchte und mit den Krallen nach ihm hieb. Sie wollte nicht, daß er ihr näher kam, aber sobald die Barriere durchbrochen war, reagierte sie mit einer Süße auf ihn, die ihm den Atem verschlug. Er wollte sie. Er hatte vor, sie sich zu nehmen. Der Teufel sollte die Konsequenzen holen. Nach ihm die Sintflut. Was sie hinterher von ihm hielt, konnte ihm vollkommen gleichgültig sein. Sie würde ohnehin nichts über ihn denken, was nicht der Wahrheit entsprach – daß er ein mieser Kerl war, der andere mißbrauchte. Nur zu wahr. Doch nichts von alledem änderte auch nur das geringste.

Es quälte ihn, ihre kleinen runden Brüste zu spüren, die sich an seiner Brust platt preßten. Sein Schwanz war steif und pochte vor Verlangen, stieß sich schmerzhaft gegen seinen Hosenlatz, während Laurels Bauch an ihn gepreßt war. Jetzt. Jetzt, dachte er. Hier. Während das Surren von Insekten in der drückenden Luft hing. Und die Sonne auf sie herunterbrannte, der unbändig fruchtbare Geruch des Bayous ihnen zu Kopf stieg und er sie gleichzeitig, mit der Quintessenz seiner Männlichkeit, ausfüllte.

Er fädelte eine Hand in ihr kurzes seidiges Haar und sandte die andere auf die Suche nach Knöpfen aus. Seine Hand hielt jedoch abrupt inne, als eine schrille Staccato-Explosion den Schleier seiner Benommenheit durchdrang. Das sprudelnde Gelächter von Kindern. Jack hob widerstrebend den Kopf und sah gerade noch Kulleraugen und eine Knopfnase hinter dem Stamm einer Weide verschwinden.

Laurel schaute blinzelnd zu ihm auf. Betäubt. Benommen. Verwirrt. Mit beschlagenen Brillengläsern. »Was ist?« murmelte sie atemlos, und ihre Lippen prickelten und brannten, ihr Mund fühlte sich heiß und naß und überempfindlich an – Wahrnehmungen, die in einem intimeren Bereich ihres Körpers ihren Widerhall fanden.

»So gern ich manchmal auch ein Publikum habe«, sagte Jack trocken, »aber das gehört nicht zu den Dingen, bei denen ich Zuschauer zu schätzen weiß.«

Eine weitere Salve von Gekicher ertönte hinter dem Baum, und Laurel spürte, wie sich ihre Wangen glühend röteten. Sie schlug die Augen nieder, um auf ihre Füße zu schauen, doch ihr Blick blieb auf dem beeindruckenden Indiz für das Maß von Jacks Erregung hängen. Dieser brennende Schmerz in ihrem Innern ballte sich wie eine Faust, und sie war entsetzt über sich selbst. Sie verlor bei Männern nicht die Selbstbeherrschung. Niemals. Sie wollte es auch nicht. Allein schon die Vorstellung war ihr unerträglich.

»Weide deine Augen daran, Engel«, sagte Jack spöttisch. »Und verzehre dich nach Herzenslust danach. So deutlich wirst du es eine Zeitlang nicht mehr zu sehen kriegen.«

Laurel sah ihn entrüstet an und versetzte ihm einen wirkungslosen Stoß. »Steck deinen Kopf ins Bayou, bis du wieder klar denken kannst, Boudreaux.«

Er grinste wie ein Pirat. »Mein Kopf ist hier nicht das Problem, *ma douce amie.*«

Sie verdrehte die Augen, ließ ihn stehen und behielt ihn für den Fall im Blickfeld, daß er auf komische Gedanken kommen könnte, während sie zu dem Jeep und ihren Stiefeln zurücklief. »Komm, Casanova. Du kannst lange darauf waren, daß ich dir mehr als nur die Hölle heiß mache.«

Sie wateten wieder ins Wasser, und Jack hob das erste Netz mit einem guten Fang von fünfzehn bis zwanzig Langusten heraus. Die kleinen Viecher krochen übereinander, zischten und ließen ihre Scheren zuschnappen. Sie sahen aus wie winzigkleine Hummer, bronzerot mit vorquellenden schwarzen Knopfaugen und langen Fühlern. Laurel hielt einen Zwiebelsack auf, während Jack ihren Fang hineinkippte. Sie holten der Reihe nach die Netze ein und hatten mit allen vergleichbar viel Glück. Als sie am Ende ihrer Runde angelangt waren, hatten sie drei volle Säcke.

Inzwischen hatte sich die Sonne orangerot verfärbt und glitt tiefer am Himmel hinunter. Die Abenddämmerung nahte. Sie würde die Moskitos mit sich bringen. Sie waren nicht aus dem Bayou wegzudenken, und bei Sonnenuntergang erhoben sie sich in Schwärmen vom Wasser, um lozufliegen und zu ihrer blutrünstigen Mission aufzubrechen.

Laurel packte auf ihrer Seite des Rücksitzes alles ordentlich zusammen. Jack warf das gesamte Gerümpel kreuz und quer aufeinander. Die Langustensäcke wurden gemeinsam mit der Ausrüstung verstaut, eine Lösung, der Huey außerordentlich skeptisch gegenüberstand. Der Hund sprang auf seinen gewohnten Platz, saß mit aufgestellten Ohren und geneigtem Kopf da und stieß ein besorgtes Winseln aus, als er mit seiner Pfote nach den Zwiebelsäcken ausholte, die sich wandten und zuckten.

Auf dem Rückweg zur Hauptstraße hielt Jack neben dem alten Cadillac an und gab den Familien, die wahrscheinlich darauf angewiesen waren, einen ausgebeulten Sack. Das Geschenk wurde formlos überreicht und dankbar angenommen. Dann fuhr der Jeep weiter, und etliche Kinder rannten hinterher und warfen wildwachsende Blumen nach Huey, der sich dabei eine Halskette aus Gänseblümchen einhandelte.

Der ganze Ablauf war so selbstverständlich wie ein Händedruck. Es beruhte auf Gegenseitigkeit, eine Tradition, die auf das Eintreffen der Akadier in Louisiana zurückging, zu einer Zeit, zu der das Leben erbarmungslos hart gewesen war, das Land unerbittlich. Die Leute teilten mit ihren Freunden, Nachbarn und Verwandten, in guten wie in schlechten Zeiten. Laurel beobachtete das Geschehen und überlegte sich, daß seit dem Tod ihres Vaters niemand auf Beauvoir jemals wieder einem anderen etwas angeboten hatte, woran keine Bedingungen geknüpft waren.

»Das war nett von dir«, sagte sie und setzte sich seitlich hin, damit sie seine Reaktion genau sehen konnte.

Er tat das Kompliment mit einem Achselzucken ab, verlangsamte den Jeep, um auf die Hauptstraße einzubiegen, zog seine Zigarette hinter dem Ohr hervor, und steckte sie sich zwischen die Lippen. »Wir haben mehr gefangen, als wir brauchen. Diese Familien haben eine Menge Mäuler zu stopfen. Und außerdem«, sagte er und warf ihr einen verschmitzten Blick zu, »möchte ich nicht, daß sie auf dumme Gedanken kommen und mich verklagen, weil Huey ihrem *bébé* ein Trauma verursacht hat.«

»Wie könnten sie dich verklagen, wenn es nicht dein Hund ist?« fragte Laurel zuckersüß.

»Mach das erst mal dem Richter klar, Engel.«

»Möglicherweise werde ich genau das tun«, sagte sie, verschränkte die Arme und unterdrückte ein Lächeln. »Diese Kleinigkeit mit dem Blumengarten meiner Tante ist immer noch nicht aus dem Weg geräumt...«

»Nur durch Gott könnt ihr die Freiheit erlangen, Brüder und Schwestern!« Jimmy Lee ließ diesen Satz ein wenig nachhallen, da er in den Klang seiner eigenen Stimme über Lautsprecher verliebt war. Es störte ihn nicht weiter, daß es sich dabei um billige Lautsprecher mit blechernem Klang handelte. Sowie die Gelder für seinen Feldzug gegen die Sünde zu fließen begannen, würde er losziehen und neue kaufen. Und sich ein oder zwei neue weiße Anzüge zulegen. Und eine schicke Hure aus dem französischen Viertel für ein Wochenende bezahlen... Ja, er würde ein wahrhaft süßes Leben führen, wenn die Gelder erst mal einzulaufen begannen.

Er hegte keinerlei Zweifel daran, daß er reich und berühmt werden würde. Trotz des Verrats, den Matthews, diese kleine Schwuchtel, an ihm begangen hatte. Er hatte doch tatsächlich in den Zehnuhrnachrichten die aufgezeichnete Version des Debakels am vergangenen Samstag gesendet und nicht etwa die Version, die Jimmy Lee sich vorgestellt hatte. Jimmy Lee sah einfach zu gut aus, um nicht groß rauszukommen, und er war außerdem zu charismatisch und zu gut darin, Aufrichtigkeit zu heucheln. Er war den anderen Tele-Evangelisten haushoch überlegen. Jim Bakker war ein

Dummkopf, und zum Beweis dafür war er ins Gefängnis gesteckt worden. Swaggart war unvorsichtig und las Prostituierte auf der Straße auf. Sie waren beide auf der Strecke geblieben und hatten Jimmy Lee Baldwin den Weg zu Ruhm und Reichtum gebahnt. Noch fünf Jahre, und er würde eine eigene Kirche haben, gegen die sich die Crystal Cathedral wie ein Außenabort ausnahm.

Die Anhänger des Wahren Weges jubelten ihm zu und blickten zu ihm auf, als wäre er Christus persönlich. Auf manchen Gesichtern stand ein Ausdruck, der an Verzückung grenzte. Andere hatten Tränen in den Augen. Sie alle waren Einfaltspinsel. In einem anderen Zeitalter hätte er ein Vermögen damit gemacht, Schlangenöl oder das leere Versprechen auf Regen an dürregeplagte Bauern zu verkaufen. Er war ein geborener Schwindler. Aber in diesem Zeitalter der Selbstfindung und der Suche nach innerem Frieden war die Religion genau das richtige. Wie L. Ron Hubbard einmal gesagt hatte: Wenn man zu Reichtum gelangen wollte, konnte man nichts Besseres tun, als eine eigene Religion zu gründen. Jimmy Lee warf einen Blick auf die erbärmlich begierigen Gesichter seiner Anhängerschar und lächelte.

»So ist es, meine Freunde in Christo«, sagte er und ging an das andere Ende des geliehenen Lastwagens mit der offenen Laderampe, der ihm an jenem Nachmittag als Bühne diente. »Nur durch den Glauben. Nicht durch Alkohol, Rauschgift oder Sünden des Fleisches!«

Er begeisterte sich dafür, wie er einen Satz zu einem tosenden Crescendo steigern konnte. Auch seine getreuen Anhänger waren davon hingerissen. Es waren Frauen im Publikum, die er mit der Magie seiner Stimme sichtlich an den Rand des Orgasmus trieb.

»Das ist der Grund dafür, meine geliebten Brüder und Schwestern«, sagte er zärtlich.

Er hob sein zerknittertes Taschentuch und wischte sich den Schweiß ab, der ihm in Strömen über die Stirn rann. Der Tag hatte sich zu einem verfluchten Dampfbad gemausert. Sein weißes Hemd war klatschnaß. Das billige Jackett in Leinenoptik hing wie ein Fetzen feuchter Tapete an ihm herunter. Er wünschte sich sehnlichst, er könnte kalt duschen und mit einem hübschen jungen Ding, das mit seinem süßen heißen Mund seine Lebensgeister wieder erweckte, nackt im Bett liegen. Aber für den Moment saß er auf der Ladefläche dieses Lasters fest, während die Sonne auf ihn herunterknallte und den Schweiß auf seiner Haut zum Kochen brachte. Wenn er erst einmal reich und berühmt war, würde er seinen Wirkungskreis teuflisch weit weg von Lousiana verlegen.

»Deshalb müssen wir diese Schlacht schlagen. Deshalb müssen wir unseren gottlosen Widersacher bezwingen, der uns sonst alle in Versuchung führen und uns den Mächten des Bösen überlassen würde. Deshalb müssen wir die Höhlen des Lasters niederreißen!«

Er wies mit einer ausholenden Armbewegung auf Frenchie's, hinter ihm am anderen Ende des Parkplatzes, und seine kleine Schar von Gläubigen spornte ihn an wie der Pöbel vor Dr. Frankensteins Tür. Was für eifrige kleine Schäfchen. Jimmy Lee grinste innerlich.

Laurel stieg aus dem Jeep, machte ein paar schnelle, erboste Schritte auf die Menge zu und blieb dann abrupt stehen. Ihre Schuhsohlen knirschten auf den weißen Muschelsplittern. Jeder einzelne ihrer Muskeln spannte sich an, während ihr Gewissen mit dem Teil ihrer selbst kämpfte, der Selbstschutz predigte. Das hier war nicht ihr Kampf. Sie war nicht in der Verfassung, einen Kampf auszutragen. Aber sie war so irrsinnig wütend…

Stephen Danjermonds Stimme drang zu ihr vor, gesenkt, geschliffen und verständnisvoll. »Dann ergreifen Sie also doch Partei, stimmt's, Laurel?«

»Diesmal willst du es ihm wohl auf der Bühne ordentlich geben, *'tite chatte?*« fragte Jack. Er schlang eine Hand um ihre Faust und hob sie versuchsweise.

Sie riß sich von ihm los und bedachte ihn mit einem Blick, in dem sich reinste Gereiztheit ausdrückte. »Ich werde die Delahoussayes dazu bringen, daß sie den Sheriff rufen. Wenn ihnen sonst schon niemand helfen will, dann ist das das Mindeste, was ich tun kann.«

Jack zuckte mit den Achseln. »Tu das ruhig, Darling. Auch wenn es nicht das geringste nutzen wird.«

»Und wie das ihnen nutzen wird!«

Er verdrehte die Augen und folgte ihr, als sie weiterging. »Du bist Sheriff Kenner noch nicht begegnet, oder, Süße?«

Laurel sah das als eine rhetorische Frage an. Sie wußte nicht, was das hätte ändern sollen. Baldwin und seine Anhängerschar hielten sich widerrechtlich auf diesem Gelände auf. Das verstieß gegen das Gesetz. Die Aufgabe des Sheriffs bestand darin, dem Gesetz Geltung zu verschaffen. So einfach war das.

Es ließ sich nicht verhindern, daß sie auf dem Weg an Baldwins provisorischer Bühne vorbeikamen. Laurel hielt den Kopf hoch erhoben und bedachte den Geistlichen von eigenen Gnaden mit einem haßerfüllten Blick.

Jimmy Lee hatte sie bereits in dem Moment gesehen, in dem sie mit Jack Boudreaux auf den Parkplatz eingebogen war. Laurel Chandler. Gott lächelte heute wahrhaft auf ihn herab.

Er wartete, bis sie fast auf einer Höhe mit dem Lastwagen war, ehe er ihr zurief: »Miss Chandler! Miss Laurel Chandler, bitte, lassen Sie uns nicht einfach links liegen!«

Sie hätte ihre Schritte nicht verlangsamen dürfen. Sie hätte unbeirrt zur Bar weitergehen sollen. Sie wollte nicht tiefer in diese Geschichte hineingezogen werden, als es ohnehin schon der Fall war. Doch ihre Füße zögerten automatisch, als sie ihren Namen hörte, und etwas zog sie zu Jimmy Lee Baldwin hin. Nicht etwa sein Charisma, wie er wahrscheinlich nur zu gern geglaubt hätte. Auch nicht seine Ausstrahlung von Autorität. Nein, es war etwas, was sie schon aus ihrer Kindheit kannte. Das brennende Verlangen, sich von Tyrannen nicht einschüchtern zu lassen. Das brennende Verlangen, den Leuten die Augen öffnen zu wollen, wenn sie es mit einem Scharlatan zu tun hatten. Das brennende Verlangen, um Gerechtigkeit zu kämpfen.

Sie drehte sich um, ging direkt auf seine Bühne zu und blickte zornig zu ihm auf.

»Schließe dich uns an, Schwester«, sagte Jimmy Lee und streckte ihr eine Hand entgegen. »Ich weiß nicht, welche Macht dieser schändliche Ort über dich hat, aber ich weiß, ich weiß ganz einfach, daß du im Grunde deines Herzens ein guter Mensch bist.«

»Das ist mehr, als ich von jemanden sagen kann, der darauf aus ist, gesetzestreue Bürger zu schikanieren«, fauchte Laurel.

»Ja, das Gesetz.« Jimmy Lee nickte, und ein ernster Ausdruck verfinsterte seine gut geschnittenen Züge. »Das Gesetz beschützt die Unschuldigen. Und die Schuldigen verbergen sich wie Wölfe im Schafspelz, verbergen sich hinter dem Gesetz. So ist es doch, nicht wahr, Miss Chandler?«

Laurel erstarrte. Er sah ihr in die Augen, und trotz der Hitze des Tages lief ihr ein Schauer der Vorahnung über die Haut. Er wußte Bescheid. Dieser Schurke wußte Bescheid, und er würde sein Wissen zu seinen eigenen Zwecken mißbrauchen. Ohne hinzusehen, konnte sie spüren, wie sich die neugierigen Blicke seiner vielleicht fünfzig Anhänger auf sie richteten. Er wußte Bescheid. Sie würden es alle erfahren. Daß sie versagt hatte. Daß ihr die Gerechtigkeit aus den Händen geglitten war wie ein nasses Stück Seife.

»Meine Freunde...« Baldwins Stimme drang wie aus weiter Ferne durch einen langen schmalen Tunnel zu ihr vor. »Miss Chandler ist selbst gegen die frevelhaftesten Verbrechen ins Feld gezogen, Verbrechen, die an unschuldigen Kindern begannen werden. Verbrechen, die verderbten Seelen entspringen, Seelen, die maskiert unter uns weilen, uns bei Tag ein rechtschaffenes Gesicht zeigen und bei Nacht unsere Kinder unaussprechlichen sexuellen Akten unterwerfen! Miss Chandler kennt unseren Kampf nur zu gut, nicht wahr, Miss Chandler?«

Laurel hörte ihn kaum. Sie konnte spüren, wie die Last der Blicke sie niederdrückte, die Last des Urteils. Sie hatte versagt. *»...unaussprechliche sexuelle Akte...« »...Hilf uns, Laurel! Hilf uns...«*

Jack beobachtete, wie sie blaß wurde, und er verfluchte Jimmy Lee bis in alle Ewigkeit in die Hölle. Seine eigene persönliche Lebensphilosophie hieß leben und leben lassen. Wenn Jimmy Lee sich an Gott dumm und dämlich verdienen wollte, dann war das seine Sache. Wenn es Leute gab, die so dumm waren, sich ihm anzuschließen, dann war das nicht Jacks Problem. Er hätte Baldwin und seine Schar von Irren restlos ignoriert. Er hatte nicht die Absicht, anderer Leute Kämpfe auszutragen. Aber der Mistkerl war zu weit gegangen. In irgendeiner Form war es ihm gelungen, Laurel zu verletzen.

Ehe er auch nur den leisesten Schimmer hatte, was sich hinter seiner Reaktion verbarg, sprang Jack auf die Motorhaube von Baldwins geliehenem Lastwagen und stieg über die Fahrerkabine. Er sprang auf die Ladefläche und landete direkt hinter Jimmy Lee, der wie ein erschrockenes Pferd zur Seite auswich, aber nicht schnell genug war, um ihm zu entkommen.

Jack packte Baldwins Arm und bog ihn dem Prediger geschickt auf den Rücken, mit einem Griff, den er auf die harte Tour gelernt hatte – von seinem Alten. Er grinste den Mann an wie ein lange verloren geglaubter Bruder und sprach in einer Tonlage durch die Zähne, die nur Jimmy Lee hören konnte. »Du hast jetzt die Wahl, Jimmy Lee. Entweder du erliegst urplötzlich der Hitze des Tages, oder ich breche dir sämtliche zarten, kleinen Knochen in deinem Arm.«

Baldwin starrte in diese kalten dunklen Augen, und ihn überlief von Kopf bis Fuß ein Schauer. Er hatte Gerüchte über Jack Boudreaux gehört… daß er unbändig und unberechenbar war, im einen Moment noch umgänglich und liebenswürdig, im nächsten so gemein wie die Sünde. Boudreaux war nach sämtlichen Berichten von Leuten, die seine Bücher gelesen hatten, ernstlich gestört. Die Hand schloß sich fester um sein Handgelenk, und Jimmy Lee glaubte spüren zu können, wie diese kleinen Knochen unter dem Druck nachgeben wollten.

»Du hast richtig gehört, Jimmy Lee.« Das Lächeln wurde jetzt noch eine Spur kühler. »Ich breche dir den Arm.«

Unruhiges Gemurmel begann sich in der Menschenmenge zu erheben wie fernes Donnergrollen. Der Prediger biß die Zähne zusammen. Er war nicht mehr in Fahrt und konnte sein Publikum nicht mehr in den Bann ziehen. Dieser verdammte Jack Boudreaux. Jimmy Lee hatte sie an den Rand der Raserei getrieben, und sie hatten es kaum noch erwarten können, ihm den Weg zu einer Karriere als großer Tele-Evangelist zu ebnen. Er warf einen Blick auf seine Anhänger und sah dann wieder den Mann an, der neben ihm stand.

»Die Sünde«, sagte er, und der Druck auf seinem Handgelenk verstärkte sich. »I-ich kann ihren Gluthauch fühlen!« Er verdrehte die Augen und geriet dramatisch ins Wanken. »O Herr, erbarme Dich meiner! Der Gluthauch! Die Feuer der Hölle!«

Jack ließ ihn los und beobachtete mit einer Mischung von Zynismus und Befriedigung, wie Baldwin über die Ladefläche taumelte. Offensichtlich hatte er bei William Shatner Schauspielunterricht genommen, denn Baldwin wankte und taumelte, verzog das Gesicht, verrenkte den Rücken und stieß in Staccato-Salven Schreie aus, während sein Publikum besorgt nach Luft schnappte. Etliche Frauen kreischten schrill, als er endlich auf der Ladefläche zusammenbrach und sich noch weitere dreißig Sekunden lang wand.

Menschen stürzten auf die Bühne zu. Jack schlenderte zu der niedergestreckten Gestalt des Predigers und nahm seelenruhig das Mikrofon zur Hand.

»He, alle mal herhören! Kommt rein und löscht diese Höllenfeuer!« rief er und grinste wie der Teufel. »Alle Getränke gehen auf mich! *Laissez le bon temps rouler!* Und sagt drinnen Bescheid, daß Jack euch geschickt hat!«

Die Stammgäste von Frenchie's, die hinter der Menschenmenge gestanden oder sich auf der Galerie herumgelümmelt hatten, brachen in einen wilden Chor von Pfiffen und Jubelrufen aus und stürmten die Bar wie die Irren. Jack sprang von der Ladefläche. Laurel schaute ihn nicht an, sondern wandte sich ab und ging wieder auf den Jeep zu.

»He, Süße, wohin gehst du denn?«

»Nach Hause. Bitte«, sagte Laurel und spürte, wie ihre Gefühle sie in den Schraubstock nahmen. Sie hatte einen Druck auf der Brust, einen Druck im Kopf. Sie wollte fliehen – sie mußte entkommen.

Jack hielt sie am Arm fest und lief im Schleifschritt neben ihr her. »He, he, du kannst doch nicht einfach weglaufen, du Hitzkopf. T-Grace hat den Ehrenplatz doch schon für dich gedeckt.«

»Und womit habe ich das verdient?« Sie blieb stehen und drehte sich abrupt zu ihm um. Ihr Körper vibrierte vor Anspannung, ihr Gesicht war von Wut verzerrt, und das Blau ihrer Augen hatte einen Anstrich von Scham. »Ich habe versagt. Ich habe verloren.«

Jack zog verwirrt die Augenbrauen zusammen. »Wovon, zum Teufel, redest du? Versagt? Wieso denn versagt?«

Sie hatte kein Wort mehr herausgebracht. Sie hatte verloren. Es ließ sich beim besten Willen nicht sagen, welche Demütigungen sie über sich hätte ergehen lassen müssen, wenn er nicht zu ihrer Rettung gekommen wäre. Sie fühlte sich, als hätte Baldwin tief in sie hineingegriffen und diesen Teil ihrer Vergangenheit herausgezogen, um ihn seinen Anhängern vor Augen zu halten wie ein wissenschaftliches Experiment, das gescheitert war.

»Du bist gegen ihn angetreten, Laurel«, sagte Jack zärtlich. »Das war mehr, als jeder andere zu tun bereit war. Du hast ihn nicht k. o. geschlagen? Na und? Laß dich aufheitern, Süße. Du bist nicht für diese ganze verdammte Welt verantwortlich.«

Sein letzter Satz ließ eine Saite anklingen, eine Erinnerung an ihren Aufenthalt in der Ashland-Heights-Klinik wieder erwachen, und sie hörte Dr. Pritchards Stimme. Wie egoistisch sie doch sei, sich einzubilden, alles drehe sich nur um sie, sie sei die Erlöserin aller und die Zukunft der gesamten Welt laste ausschließlich auf ihren Schultern.

Ihre Reaktionen waren überzogen.

Sie war hierhergekommen, um zu genesen, oder etwa nicht? Um ihr Leben wieder in die Hand zu nehmen. Wenn sie jetzt fortrannte, vor einer solchen Kleinigkeit, dann hätte das bedeutet, daß sie sich geschlagen gab, sich von der Vergangenheit kleinkriegen ließ, obwohl sie sich gelobt hatte, sich darüber hinwegzusetzen.

Sie blickte zu Jack auf, sah die Sorge in seinen Augen und fragte sich, ob er auch ahnte, wie besorgt er sie ansah.

»Danke«, murmelte sie. Sie hätte gern eine Hand gehoben und sie auf seine Wange gelegt, doch das schien eine bedrohlich intime Geste zu sein.

Jack musterte sie mißtrauisch. »Wofür?«

»Dafür, daß du mich gerettet hast.«

»Oh, nein.« Er schüttelte den Kopf, wich einen Schritt vor ihr zurück und hob die Hände, als wollte er ihre Dankbarkeit abwehren. »Stell mich bloß nicht als Helden hin, Süße. Ich hatte eine Chance, Jimmy Lee lächerlich zu machen, das ist alles. Ich, ich spiele für niemanden den Helden.«

Aber er hatte sie vor ihren eigenen Gedanken gerettet – und das schon mehrfach –, vor ihren eigenen Ängsten, vor dem dunklen Morast der Depression, der sie aufsaugen wollte. Laurel musterte ihn einen Moment lang und fragte sich, warum er es vorzog, als böser Bube und nicht als Sieger dazustehen.

»Komm, *'tite ange*«, sagte er und riß den Kopf zur Bar herum. »Ich gebe dir einen Drink aus. Und außerdem ist mir gerade wieder ein Anwaltswitz eingefallen, den ich dir unbedingt erzählen wollte.«

»Wie kommst du auf den Gedanken, ich könnte ihn hören wollen?«

Jack legte ihr einen Arm um die Schultern und lenkte sie auf Frenchie's zu. »Nein, nein. Ich weiß, daß du ihn *nicht* hören willst. Deshalb macht es um so mehr Spaß, ihn dir zu erzählen.«

Laurel lachte, und die Spannung wich allmählich aus ihr.

»Was ist der Unterschied zwischen einem Stachelschwein und zwei Anwältinnen in einem Porsche?« fragte er, als sie um Baldwins Lastwagen herumgingen. »Bei einem Stachelschwein sind die Borsten außen.«

Sie schritten über den Parkplatz. Jack lachte, und Laurel schüttelte den Kopf, und keiner von beiden nahm wahr, daß sie ganz genau beobachtet wurden.

11

Savannah saß in einer der hinteren Ecke der Bar und war von einer Aura von Schweigen umgeben wie von einem Kraftfeld, während überall um sie herum die Luft von rauhem Lärm erfüllt war. Billardkugeln schlugen zusammen, und Leute schrien, um sich über das allgemeine Getöse hinweg verständlich zu machen. Savannah blockte all das ab. Wut siedete in ihrem Innern, heiß, bitter und säurehaltig.

Der Anruf aus dem Pflegeheim St. Joseph's war wie eine unwillkommene Rundfunkmeldung in ihre Zeit mit Cooper hereingeplatzt. Mrs. Cooper hatte plötzlich einen schlimmen Anfall, und ob Mr. Cooper nicht bitte kommen könnte? Er hatte ohnehin schon den ganzen Morgen und den halben Nachmittag dort verbracht. Dieses habgierige, egoistische Miststück. Es reichte noch nicht, daß sie ihn psychisch an sich binden mußte, nein, sie mußte ihn noch dazu physisch fortschleppen.

»Ich hasse sie«, zischte Savannah, da das Gefühl so stark war, daß sie es nicht unterdrücken und in ihrem Innern verschließen konnte.

Niemand nahm auch nur zur Kenntnis, daß sie etwas gesagt hatte. Niemand schenkte ihr auch nur die geringste Beachtung.

Sie trank einen Schluck von ihrem Wodka mit Tonic und kundschaftete durch die dunklen Gläser ihrer Sonnenbrille langsam die Lage im Raum aus. Für einen Sonntagabend war es gesteckt voll. Das hatten sie nur Laurel zu verdanken. Laurel. Der kleinen Volksheldin. Ihr, die sie alle errettet hatte.

Die Wut brannte ein wenig heißer und loderte auf, als sie noch einen Schuß Alkohol in die Flammen schüttete. Es war eine zu bittere Ironie. Laurel hatte alles, was sie war, nur Savannah zu verdanken. Sie war die keusche, reine Schwester, weil Savannah ihre Retterin gewesen war, ihre Beschützerin.

Sie starrte grimmig zum Tresen. Dort prosteten T-Grace und die Stammgäste Baby jubelnd zu und feierten es. Und neben ihr stand Jack Boudreaux, der unwahrscheinlichste aller edlen Ritter, den sie je gesehen hatte. Baby hätte zu Hause sitzen, grübeln und sich verstecken müssen, schwach sein und dringend den Trost und die Unterstützung der großen Schwester brauchen müssen. Der Teufel sollte sie holen. Sie wurde von Tag zu Tag stärker, von Minute zu Minute, und damit raubte sie Savannah die Gelegenheit, die Stärkere zu sein, wieder die Rolle der Beschützerin zu spielen, sich über ihren Status als stadtbekannte Schlampe zu erheben und bedeutsam zu sein.

Sie nahm ein Zündholzmäppchen vom Tisch und verstümmelte es, während sie beobachtete, wie Jack sich in Laurels Nähe herumtrieb, eine Hand auf ihre Schulter legte, auf ihr Kreuz, sich zu ihr vorbeugte, um ihr etwas ins Ohr zu flüstern, und dann den Kopf zurückwarf und lachte, als sie ihm auf die Schulter schlug.

Savannah hatte er nie etwas ins Ohr geflüstert, und der Teufel sollte seine elende Cajun-Haut holen. Von ihr hätte er den Fick seines Lebens haben können, aber er hatte nie auch nur das geringste Interesse an ihr gezeigt, das über den banalen Flirt hinausging, den er mit jedem weiblichen Wesen auf diesem Planeten betrieb. Dagegen zeigte er teuflisch deutliches Interesse an Baby, und das paßte Savannah verdammt noch mal kein bißchen in den Kram.

»Der Teufel soll dich holen, Baby«, murrte sie und putzte den letzten Rest von ihrem Drink weg.

»Redest du mit mir, *ma belle?*« Leonce beugte sich von hinten über sie und ließ eine knochige Hand über ihre Schulter gleiten, um ihre Brust zu streicheln.

»Allerdings, du Mistkerl«, beklagte sie sich. »Du schenkst mir nicht die leiseste Beachtung.«

Sie fühlte sich von seiner Narbe abgestoßen. Ihre Blicke wurden davon ständig auf die grotesken Klumpen an beiden Enden und auf seine entstellte Nasenspitze gezogen. Sie hatte eine Geschichte gehört, in der es hieß, diese Narbe hätte ihm eine Frau mit einem ausgezackten Flaschenhals verpaßt, doch Leonce schien dem weiblichen Geschlecht nicht zu grollen. Er machte alles an, was einen Rock trug.

»Ich zahle dir jeden Preis, den du dafür verlangst, nackt mit mir zusammen zu sein, chère.«

Hure. Du bist nichts weiter als eine Hure, Savannah…

Ihre Wut war angestachelt und durchbrach die gelangweilte Fassade. Sie war nicht käuflich. Sie tat, was sie wollte, wann sie es wollte und mit wem sie es wollte, weil sie es wollte. Das machte sie zur Schlampe, nicht zur Hure. Diese bittere Unterscheidung brannte in ihrem Magen wie ein Geschwür, und verwirrende widersprüchliche Gefühle wanden und verschlangen sich in ihrer Brust. Der Druck staute sich wie in einem Heizkessel.

Da sie ihre Wut unbedingt an jemandem auslassen mußte, griff sie Leonce in den Bart, zerrte brutal daran und entrang ihm ein Aufheulen. In dem Moment, in dem sie losließ, taumelte er rückwärts, prallte mit einem Billardspieler zusammen, der gerade zu einem Stoß ansetzte, und handelte sich eine Queue zwischen den Rippen und einen Schwall von Beschimpfungen ein.

Leonce ignorierte den Mann und heftete seinen finsteren Blick auf Savannah, während er sich die Backe rieb. »Weshalb, zum Teufel, hast du das getan?«

Savannah stand auf und trat ihren Stuhl zurück. »Fick dich selber, Narbengesicht. Spar dein Geld und kauf dir ein Gehirn dafür, du Arschloch.«

Sie schnappte ihr Glas und warf es nach ihm, und es prallte von seiner Schulter ab, als er sich duckte.

»Du verrücktes Miststück!« schrie er, während hinter ihm Gelächter aufwogte. »Du gottverdammtes verrücktes Miststück!«

Savannah ignorierte ihn, schnappte sich ihre Handtasche und ging auf Beutefang. Sie brauchte sich nicht mit Leonce Comeau zu begnügen; es gab jede Menge gutaussehende jüngere Kerle, die ihre Gesellschaft und ihre Erfahrung zu würdigen wußten. Ihr Blick fiel auf Taureau Hebert am anderen Ende des Raumes, der seine Kumpel mit einer Geschichte über seinen letzten Zusammenstoß mit dem Jagdaufseher ergötzte.

Sie hatte schon seit einer ganzen Weile ein Auge auf ihn geworfen. Nicht umsonst trug er den Spitznamen Bulle. Er war ganze dreiundzwanzig Jahre alt und von den endlos breiten Schultern abwärts für gewisse Dienste gebaut. Es schien der perfekte Zeitpunkt zu sein, um ihn auf die Probe zu stellen.

Aber als sie sich mit wiegenden Hüften auf den Weg machte, sich die wüste Mähne über eine Schulter zurückwarf und ihre gesamte beträchtliche Energie ausschließlich darauf konzentrierte, die absolute Verlockung darzustellen, tauchte unerwartet Annie Delahoussaye-Gerrard auf der Bildfläche auf, und die Männer an Taureaus Tisch rissen die Köpfe herum, um ihr zwischen die Brüste zu schauen, als sie ihnen die Drinks servierte und mit ihnen flirtete.

Savannah kämpfte gegen den unbändigen Drang an, laut zu schreien. Das hier war *ihr* Territorium. Für wen, zum Teufel, hielt sich diese billige kleine Kellnerin überhaupt?

Jung und hübsch war sie, aber das war auch schon alles. Und sie hatte ein sonniges Lächeln und ein perlendes Lachen. Wie T-Grace, ihre Mutter, zog auch Annie es vor, ihre Kleider eine Nummer zu klein zu tragen und ihre üppigen Rundungen in hautenge Jeans und Stretchhemdchen zu zwängen, die der Phantasie keinen Spielraum ließen. Um den Hals hatte sie ein Wirrwarr von unechten Goldkettchen hängen, und an fast jedem ihrer Finger steckte ein billiger Ring. Absolut stillos, dachte Savannah erbittert, während sie die langen Stränge echter Perlen, die sie trug, durch ihre Finger gleiten ließ und kurz mit dem Gedanken spielte, Annie Gerrard den hübschen jungen Hals damit zuzuschnüren.

Das kleine Miststück hatte kein Recht darauf, die Männer hier zu beschnuppern. Sie hatte selbst einen Mann, einen Ehemann. Da es ihr in den Kram paßte, vergaß Savannah wohlweislich die Tatsache, daß Tony Gerrard – Annies Ehemann – gerade erst kürzlich eine Haftstrafe im Bezirksgefängnis abgebüßt hatte, weil er sie zusammengeschlagen hatte. Gerüchte über eine Scheidung waren im Umlauf.

Sie schlenderte um den Tisch herum, zwängte sich von hinten zwischen Taureau und die Kellnerin und schlang einen Arm um Taureaus breiten, braungebrannten Nacken, als seien sie schon seit langer Zeit ein Liebespaar. Sie ignorierte seinen verblüfften Gesichtsausdruck und musterte Annie boshaft. »Warum läufst du nicht los und bringst mir einen frischen Wodka mit Tonic, Schätzchen? Dazu bist du doch da, oder etwa nicht?«

Annie kniff die dunklen Augen zusammen und stemmte sich das leere Tablett auf die geschwungene Hüfte. »*Mais yeah,* dazu bin ich da« erwiderte sie rotzfrech und musterte ihre Gegnerin mit unverhohlener Verachtung von Kopf bis Fuß. »Und wozu bist du hier, *grand-mère?* Um junge Männer zu belästigen?«

Savannah hörte die Obszönitäten nicht, die aus ihrem eigenen Mund heraussprudelten. Ein blutroter Schleier trübte ihre Sicht, als sie sich auf die Kellnerin stürzte und eine Handvoll von ihrem dunklen Haar mit der übertriebenen Dauerwelle packte. Sie riß den anderen Arm zu einem wilden Schwinger zurück und verpaßte Annie eine schallende Ohrfeige.

Taureau und seine Kumpel rissen die Augen vor Erstaunen weit auf und sprangen von den Stühlen hoch. Jemand schrie über das Schmettern der Jukebox hinweg: »Eine Weiberprügelei!« Auch der Aufschrei: *»Grand rond!«* ertönte, und augenblicklich bildete sich ein Kreis von Zuschauern um die beiden Frauen herum, die gerade heftig gegen einen Tisch knallten, daß Flaschen und Gläser durch die Luft flogen. Bier ergoß sich als schäumender Strom auf den Holzfußboden, der davon heimtückisch glitschig wurde, was für Annie in ihren flachen Tretern vorteilhaft war.

Savannah merkte nicht, daß sie ausglitt. Ihre Wahrnehmungen waren seltsam verzerrt, ihr Blick war zu einer Nahaufnahme auf ihre Gegnerin gerichtet, und sie hörte nichts anderes als chaotischen tosenden Lärm – tiefe Ruhe, schrille Schreie und Gepolter. Sie fühlte nichts – nicht die Hand der anderen Frau, die an ihrem Haar riß, nicht die Fingernägel, die sich in ihr Fleisch gruben, und auch nicht Zehen, die ihre Haut zerkratzten – nichts außer der Weißglut, die in ihrem Innern wütete. Sie holte zu Schlägen aus, setzte ihre Krallen ein, schrie und klammerte sich an allem fest, was sie von Annie Gerrard zu packen bekam, und die beiden wankten im Kreis ihrer Zuschauer herum wie aufgezogene Puppen, die Amok laufen.

T-Grace stieß einen Laut aus, der irgendwo zwischen Wut und Kriegsgeheul angesiedelt war, als sie hinter dem Tresen herausstürzte und jedem die Ellbogen in die Rippen rammte, der ihr nicht augenblicklich den Weg frei gab. Sie durchbrach die Ränge der Zuschauer und schrie nach Leibeskräften. Die Augen traten ihr weit aus dem Kopf, als sie hinzueilte, nicht etwa zur Rettung ihrer Tochter, sondern zum Schutz der Gläser und der Einrichtung. Annie kam auch ohne sie zurecht.

Laurel riß auf ihrem Barhocker den Kopf herum, weil sie sehen wollte, weshalb dieser ganze Tumult ausgebrochen war, und das Herz zog sich in ihrer Brust zusammen, als ihr Blick auf ein weißes Kleid mit rotem Muster fiel. »O mein Gott, Savannah!«

Ohne auch nur einen Gedanken an ihre eigene Sicherheit zu verschwenden, sprang sie vom Barhocker und tauchte in die Menge ein. Jack fluchte tonlos, als er sie von hinten packte und sie aus dem Weg stieß. Er erreichte den Schauplatz des Handgemenges etwa gleichzeitig wie T-Grace, und die beiden tänzelten um die Ringerinnen herum und versuchten, die eine oder andere von ihnen einzufangen, um sie voneinander loszureißen.

Da sie in puncto Schlägereien ein alter Hase war, ging T-Grace alles andere als diplomatisch vor. Sie zögerte nicht, selbst ein paar Schläge auszuteilen oder eine Handvoll von Savannahs Haar zu packen, als sie darum kämpfte, ihr jüngstes Kind aus dieser Rauferei zu befreien, die das Mobiliar beschädigte und bewirkte, daß keine weiteren Bestellungen aufgegeben wurden.

Jack sprang hinter Savannah ein, zwängte einen Arm zwischen die beiden Frauen und wurde zum Dank für seine Bemühungen gebissen. Ein Ellbogen erwischte ihn über dem linken Auge, als sie wie Rugbyspieler in einem Gedränge im Kreis der Umstehenden herumtorkelten, und die Schnittwunde, die er sich in Savannahs Corvette zugezogen hatte, platzte wieder auf. Er biß die Zähne zusammen und stieß einen Schwall von Flüchen aus, und dabei fragte er sich, wie er überhaupt dazu gekommen war, sich in diese Schlägerei einzumischen. Er war kein Kämpfer; er war Beobachter. Wenn zwei Frauen einander die Haare ausreißen wollten, hielt er normalerweise Abstand, sah gelassen zu und machte sich geistig Notizen. Er zuckte zusammen und fluchte auf Französisch, als sich der Absatz eines Stöckelschuhs in seinen Spann bohrte. Diesmal würde er sich nicht in Gedanken Notizen machen müssen; sein Körper würde ein Bildbericht sein, dem sich alle Feinheiten eines Ringkampfes zwischen

Frauen in einer Bar deutlich entnehmen ließen. Ein Ellbogen bohrte sich in seine Rippen, und er ächzte und rang darum, einen besseren Halt zu finden, während seine Füße in dem verschütteten Bier bedenklich ausrutschten.

Laurel hielt sich am Rande des Geschehens auf. Ihr Magen war verknotet, ihr Atem fühlte sich wie zwei harte Fäuste in ihrer Lunge an, und unzusammenhängende Gedanken schossen ihr wie Granatsplitter durch den Kopf. Sie hatte vorher gar nicht wahrgenommen, daß Savannah sich in der Bar aufhielt. Als sie sie jetzt so vor sich sah, im Ringkampf mit einer anderen Frau verschlungen, empfand sie das als zu surreal, um es wirklich glauben zu können. Sie hob eine Hand zu ihrem Mund und biß fest auf ihren Daumennagel.

Plötzlich zerriß ein Schuß die Luft, gefolgt von einem Chor von Schreien, und für einen Sekundenbruchteil verstummte alles. Laurel war sicher, daß ihr Herz stehenblieb, und sie war auch sicher, daß eine der Frauen den Schuß abgegeben und jemanden getötet hatte. Die Ringkämpferinnen lösten sich jedoch voneinander. Savannah wurde von Jack zurückgezogen, und T-Grace hielt ihre Tochter im Würgegriff. Köpfe wandten sich zur Bar um.

Ovide hielt eine rauchende Achtunddreißiger in seiner fleischigen Faust. Die Waffe war auf die Decke gerichtet, und eine verräterische Mörtelwolke senkte sich herab. Das Gesicht des Barkeepers war so teilnahmslos wie sonst auch. Er sah aus wie eine lächerliche Comicfigur, als er so dastand, mit seinem herunterhängenden Walroßschnurrbart und den weißen Haarbüscheln, die ihm aus den Ohren sprießten. Er sagte kein Wort, als seine Kunden ihn anstarrten, sondern legte nur die Waffe hinter dem Tresen ab, nahm seelenruhig ein Glas in die Hand und trocknete es mit dem Tuch ab, das er gar nicht erst aus der Hand gelegt hatte.

T-Grace schüttelte ihre Tochter grob. »Mit den Kunden raufen. Hat man so was schon gehört?«

Annie wischte sich mit dem Handrücken das Blut ab, das aus ihrer Nase sickerte, und ihr Blick war immer noch mit glühender Wut auf Savannah Chandler gerichtet. »*Sie* hat damit angefangen, Maman…«

T-Grace schnitt ihrer Tochter mit einem wilden Blick das Wort ab. »Ich will kein Wort mehr davon hören. Verschwinde! Mach dich ordentlich zurecht.« Sie versetzte ihrer Tochter einen Stoß in Richtung Damentoilette und schlug die Hände über dem Kopf zusammen, als sie sich wieder an die übrige Kundschaft wandte. *»Allons danser!«* ordnete sie an, während Roddie Romero und die Rockin' Cajuns aus der Jukebox wimmerten.

Die Barbesucher gingen auseinander und wandten sich wieder ihren bisherigen Beschäftigungen zu, doch etliche Paare nahmen sich T-Graces Aufforderung zu Herzen und wirbelten auf die Tanzfläche, um die Aufregung abzubauen, indem sie sie herausschwitzten.

Adrenalin versengte immer noch die verzweigten Pfade von Savannahs Blutgefäßen. Sie fühlte sich abgehoben und außer sich, und sie gab keinen Pfifferling darauf, wer sie so sah oder was die Leute von ihr denken mochten. Sie warf Jack einen anzüglichen Blick über die Schulter zu. »Wenn du mich unbedingt anfassen wolltest, Jack, dann hättest du es mir nur zu sagen brauchen.«

Er ließ sie abrupt los. Ein finsterer Ausdruck stand auf seinem Gesicht. Er zog ein Taschentuch aus einer Hüfttasche und reichte es ihr. »Deine Lippe blutet.«

Savannah starrte ihn einfach nur an, und Verwegenheit wälzte sich in hohen Wogen durch sie hindurch. Unendlich langsam und bedächtig fuhr sie sich mit der Zunge über die Unterlippe und leckte das Blut ab.

»Möchtest du das für mich tun, Jack?« murmelte sie verführerisch und wankte auf ihn zu. »Ich wette, auf so was stehst du, stimmt's? All diese schaurigen blutrünstigen Bücher, die du schreibst, haben dich auf den Geschmack gebracht, nicht wahr, Jack?«

Jack sagte nichts. Er hatte mehr als nur einmal mit dem Gedanken gespielt, Savannah Chandlers Reizen zu erliegen, aber immer hatte ihn etwas dazu angetrieben, ihr in allerletzter Sekunde aus dem Weg zu gehen. Eine Form von instinktivem Argwohn ließ ihn die Distanz wahren. Bis zu diesem Augenblick war ihm nicht klar gewesen, daß es sich um Furcht handelte. Nicht etwa vor der Frau, sondern davor, wozu sie gemeinsam werden könnten. Sie hätte ihn mit sich über den Rand des Abgrunds gezogen, und nur *le bon Dieu* wußte, was passieren würde, wenn sie gemeinsam in den Wahnsinn hinabstürzten. Diese Vorstellung ließ ihm einen eiskalten Schauer über den Rücken laufen.

»Wir beide sind aus demselben Holz geschnitzt, Jack«, flüsterte sie und sah ihm fest in die Augen.

Laurel tauchte kreidebleich neben ihrer Schwester auf, verängstigt und wütend, und sie zitterte, als sie eine Hand ausstreckte, um sie auf Savannahs Arm zu legen. »Mein Gott, fehlt dir auch nichts? Du blutest ja! Himmel, Savannah, was hast du dir dabei bloß gedacht?«

Savannah schüttelte ihre Hand ab und schaute sie finster an. »Überhaupt nichts«, fauchte sie. »Das fällt unter dein Ressort, Baby. Du denkst, ich handele. Vielleicht wären wir ein ganzer Mensch, wenn jemand uns zusammenflicken würde.«

Sie machte auf dem Absatz kehrt und bückte sich, um ihre Handtasche aus rotem Kalbsleder vom Fußboden aufzuheben, und sie störte sich nicht im geringsten daran, daß der Saum ihres Kleides dabei bis auf ihren nackten Arsch hochrutschte. Laurel stockte der Atem, und sie ging einen Schritt auf ihre Schwester zu. Wenn es möglich gewesen wäre, hätte sie ihr den Rock bis auf die Knie heruntergezogen..

»Savannah, um Gottes willen!«

Savannah rümpfte hämisch die Nase, während sie eine Zigarette und ein schmales goldenes Feuerzeug aus ihrer Tasche herauskramte. »Gott hat damit nichts zu tun, Baby«, sagte sie, während sie ihre Zigarette anzündete. Sie sog den Rauch zur Beruhigung tief in sich ein und blies ihn zur Decke, ohne Laurel auch nur einen Moment lang aus den Augen zu lassen. »Er ist ohnehin ein Sadist. Hast du das immer noch nicht begriffen?« Sie lächelte bitter, ein Lächeln, das durch das leuchtendrote Blut auf ihrer üppigen Unterlippe schaurig wirkte. »Wir sind hier die Dummen, mit denen er sich einen Scherz erlaubt hat.«

Voller Zufriedenheit darüber, das letzte Wort gehabt zu haben, machte sie auf ihrem roten Pfennigabsatz kehrt und schlenderte so seelenruhig zur Tür hinaus, als sei absolut nichts vorgefallen.

»Mit der wird es noch ein böses Ende nehmen«, sagte T-Grace, und ihre Stimme bebte vor Zorn. Sie stand neben Laurel, hatte die Fäuste in die Hüften gestemmt und die metallisch blauen Cowboystiefel gespreizt. Der Turmbau ihres roten Haars neigte sich bedenklich nach links. Ihr ledriges Gesicht war von Röte überzogen, und ihre dunklen Augen quollen hervor und erweckten den Eindruck, als hielte eine unsichtbare Hand ihre Kehle umklammert.

Laurel sparte sich die Mühe, Einwände zu erheben. Ihr Herz sank bei dem Gedanken, daß T-Grace höchstwahrscheinlich recht hatte. Savannah schien darauf versessen zu sein, sich in der einen oder anderen Form selbst zu zerstören, und Laurel hatte keine Ahnung, was sie tun konnte, um es zu verhindern. Sie wollte gern glauben, daß sie etwas dagegen unternehmen konnte. Sie wollte gern daran glauben, daß sie ihr eigenes Schicksal selbst in die Hand nehmen konnte, aber sie schien auf nichts Einfluß zu haben. Sie kam sich vor, als versuchte sie, ein Karussell, das sich irrsinnig schnell drehte, schlichtweg dadurch anzuhalten, daß sie die Hand danach ausstreckte und es packen wollte. Jedesmal, wenn sie es erwischte, schleuderte der Schwung sie zu Boden.

»Es tut mir leid, Mrs. Delahoussaye«, murmelte sie. »Seien Sie doch bitte so nett, die Rechnung für den entstandenen Schaden an die Anschrift meiner Tante zu schicken.«

T-Grace schlang einen Arm um sie, tätschelte ihre Schulter und wurde augenblicklich zur Ersatzmutter. »Ihnen braucht das doch nicht leid zu tun, *chère.* Dazu haben Sie wirklich keinen Grund, wenn man bedenkt, wie Sie uns mit diesem verdammten Jimmy Lee weitergeholfen haben. Und jetzt kommen Sie und essen Sie eine ordentliche Portion Langusten. Sie sind so schmächtig, daß ich Sie mühelos über meinen Kopf heben könnte.«

»T-Grace«, sagte Jack, der sein Lächeln mühsam wiederauferstehen ließ, »wen willst du hier eigentlich zum Narren halten? Du könntest mich über deinen Kopf heben und immer noch den Twostep tanzen.«

Sie drohte ihm scherzhaft mit einem knochigen Finger und unterdrückte das Lächeln, das an ihren dünnen rubinroten Lippen zog. »Führ mich bloß nicht in Versuchung, *cher.* Du bist so rotzfrech, daß ich dir zeigen könnte, wer hier der Boß ist. Und jetzt setz dich hin, weil diese Beule auf dem Kopf dich noch verrückter macht, als du es ohnehin schon bist.«

Während sie sich ihren Weg durch die Menge bahnten, schnappte sich T-Grace Leonce und wies ihn an, den Barbetrieb zu übernehmen. Leonce riß sich mit Schwung den Panamahut vom Kopf und machte eine höfliche Verbeugung, wobei die Schöße seines Hawaiihemds tief herunterhingen. Mit einem breiten Grinsen, das seinen Spitzbart auseinanderzog, richtete er sich wieder auf und gab Jack einen Klaps auf die Schulter.

»Sich in einen Weiberringkampf einzumischen, also, so was! Was wirst du als nächstes tun, Jack? In Schlammkämpfen gegen Frauen und Alligatoren antreten?«

Jack sah seinen Freund finster an, zog Leonce mit einer schnellen Bewegung den Hut vom Kopf, setzte ihn sich selbst auf und ließ Leonces Kahlkopf ungeschützt erröten. »Du bist doch bloß neidisch, weil du nur im Vorspiel mitgemischt hast.«

Comeaus Gesicht verfinsterte sich bei dieser unliebsamen Erinnerung, und seine Narbe glühte wie ein Gradmesser seiner Wut dunkelrot. Er versuchte, seinen Hut wieder an sich zu reißen, packte jedoch nur Luft, als Jack ihm auswich. »Fick dich selber, Boudreaux.«

»Das hättest du wohl gern«, verhöhnte Jack ihn lachend. »Jetzt geh schon den Schnaps verdünnen, *tcheue poule.*«

T-Grace drehte sich um und verpaßte ihm einen Hieb aufs Ohr. »Hier wird nichts verwässert, du Klugschwätzer.«

Sie blieb keinen Moment lang stehen, sondern ging weiterhin auf eine selten benutzte Seitentür zu, erteilte auf dem Weg einer Kellnerin schroffe Anweisungen und bedeutete ihrem Mann, er solle sich ihnen anschließen. Laurel lachte in sich hinein, da das Geschehen sie so sehr amüsierte, daß ihre Sorge über die vorangegangenen Vorfälle sich legte. Jack rieb sich das Ohr und bedachte sie unter der Krempe des Strohhuts mit einem mißmutigen Blick – einem Blick, der durch sein Blinzeln entschärft wurde.

Sie traten ins Freie und liefen über den Parkplatz ans Ufer des Bayou. Dort standen ein Picknicktisch und diverse Gartenstühle herum, vom Garten eines schmucken, kleinen, laubgrünen Hauses säuberlich durch den unvermeidlichen Marienschrein mit seinen frischen Blumen abgetrennt. Der Bereich wurde teilweise von billigen chinesischen Plastiklampen erleuchtet, die abwechselnd mit gelben Insektenlichtern zwischen zwei Pfählen gespannt waren. Die Sonne war untergegangen, aber die Nacht hatte den Himmel noch nicht für sich eingenommen. Das Bayou war mit weichem, goldenem Licht und durchscheinenden Schatten gestreift.

Ovide ließ seine massige Gestalt auf einen Gartenstuhl sinken und sagte kein Wort, während T-Grace sich darum kümmerte, daß das Essen aufgetragen wurde. Laurel hielt sich unsicher abseits und fragte sich, warum sie wie ein Gast behandelt wurde. Sie warf einen Blick auf ihre Armbanduhr und wollte sich zurückziehen.

»Ich weiß ihr freundliches Angebot zu schätzen, Mrs. Delahoussaye, aber ich glaube, ich sollte jetzt wohl besser gehen. Wahrscheinlich sollte ich versuchen, Savannah zu finden...«

»Lassen Sie sie in Ruhe«, befahl T-Grace. »Die bringt Sie ja doch nur in Schwierigkeiten, *chère,* ob sie nun Ihre Schwester ist oder nicht.« Da der Tisch zu ihrer Zufriedenheit gedeckt war, wandte sie sich mit den Fäusten in den Hüften und einem mitfühlenden Blick in den Augen zu Laurel um. »*Mais yeah*, Sie lieben sie gewiß, aber die, die tut ja doch, was sie will. Setzen Sie sich.«

Jack legte die Hände auf Laurels Schultern und führte sie zum Picknicktisch. »Setz dich, Süße. Wir haben harte Arbeit geleistet, um diese Schlammkriecher zu fangen.«

Sie gehorchte ihm, nicht etwa, weil sie Hunger hatte oder darauf aus war, anderen einen Gefallen zu tun, sondern weil sie gar nicht daran denken wollte, was sie tun würde, falls es ihr gelang, Savannah zu finden. Sie wollte gern mit ihr reden, aber das Gespräch würde unvermeidlich zu einer Auseinandersetzung führen. Wenn Savannah in der entsprechenden Stimmung war, konnte man nicht vernünftig mit ihr reden. Kopfschmerzen setzten ein, und sie schloß kurz die Augen gegen das Stechen.

»Essen Sie«, sagte T-Grace und schob ihr einen Teller hin. Darauf türmten sich gekochte Langusten, gekochte Süßkartoffeln und *Maquechou* – Mais mit Tomaten und Paprikaschoten. Die deftigen würzigen Gerüche stiegen in Laurels Nase auf, und ihr Magen knurrte, obwohl sie noch vor zwei Sekunden keinerlei Appetit gehabt hatte.

Jack warf den Panamahut auf ein Ende des Tisches, nahm die Bank zwischen die Beine und setzte sich neben Laurel, zu dicht neben sie. Sein Oberschenkel streifte ihren, und seine Lenden preßten sich an ihre Hüfte. Die Luft wurde mit einem vernehmlichen Zischen aus ihrer Lunge gepreßt.

»Sie ist eine Debütantin, T-Grace«, sagte er. »Wahrscheinlich weiß sie nicht, wie man Langusten ohne neun verschiedene silberne Gabeln ißt.«

»Oh, doch«, gab Laurel zurück und warf ihm einen Blick über die Schulter zu.

Trotzig riß sie einer Languste den Schwanz ab, grub die Daumen in die weiche Unterseite des Panzers und spaltete ihn, um das schmackhafte weiße Fleisch freizulegen, das sie herauszog und mit den Fingern aß. Der Geschmack war einfach wunderbar, machte ihr den Mund wäßrig und rief Erinnerungen hervor. Vor ihrem geistigen Auge konnte sie ihren Vater sehen, wie er mit ehrfürchtig geschlossenen Augen und einem strahlenden Lächeln im Gesicht auf dem Festival in Breaux Bridge Langusten verschlang.

»Wirst du wie eine echte Cajun das Fett aus dem Kopf raussaugen?«

Sie riß sich von ihren bittersüßen Erinnerungen los und sah finster Jack an, der die Arme um sie schlang, um sich von ihrem Teller zu bedienen. »Saug dir das Fett aus dem eigenen Kopf, Boudreaux. Damit solltest du eine Zeitlang beschäftigt sein.«

Ovides Schnurrbart zuckte. T-Grace klatschte auf die Armlehne ihres Gartenstuhls und gackerte. »Dein Mädchen gefällt mir, Jack. Die kann dir mit ihrem frechen Mundwerk beikommen.«

Laurel versuchte erfolglos, blitzschnell von ihm abzurücken. »Ich fürchte, Sie machen sich falsche Vorstellungen, Mrs. Delahoussaye. Jack und ich haben nichts miteinander zu tun. Wir sind nur…« Da ihr ein passendes Wort fehlte, ließ sie den Satz unvollendet in der Luft hängen. »Freunde« schien ihr zu intim zu sein, »Bekannte« zu distanziert.

»Du könntest sagen, daß wir ein Verhältnis miteinander haben, und wir holen es dann später nach«, murmelte er mit einer geheimnisvollen und verführerischen Stimme und streifte mit seinen Lippen ihr Ohr, als er sich vorbeugte, um nach der nächsten Languste zu greifen.

T-Grace fuhr unbeirrt fort, ohne sich von Laurels Definition dieser Beziehung ablenken zu lassen. »Ein Mädchen braucht ein gewisses Maß an Frechheit. Wie unsere Annick – Annie, verstehen Sie? Ab und zu gerät sie in eine Rauferei, aber sie kommt allein zurecht, *oui?* Sie ist ein braves Mädchen, unsere Annie, sie hat nur kein gutes

Händchen, wenn es darum geht, sich einen braven Mann zu suchen, das ist alles. Ganz im Gegensatz zu ihrer Maman.«

Sie streckte eine Hand aus, um liebevoll Ovides hängende Schulter zu tätscheln, und ihr strenges Gesicht strahlte große Zuneigung aus. Ovide gab ein Schnauben von sich, das ebensogut Zustimmung hätte ausdrücken können wie Probleme mit den Nebenhöhlen, und dann warf er einen Langustenpanzer ins Bayou. Ein lautes Geräusch war zu vernehmen, als ein Fisch die Schale auffing.

»Wir haben sieben Babys in diesem Haus großgezogen«, verkündete T-Grace stolz. »Ovide und ich, wir arbeiten jeden Tag, damit sie ein schönes Zuhause haben und damit das Geschäft gut läuft. Und jetzt haben wir diesen verdammten Jimmy Lee am Hals, der uns Ärger macht und behauptet, Frenchie's sei ein Sündenpfuhl. Den würde ich gern in einen echten Sündenpfuhl werfen, diesen Kerl. Ovide, der kriegt mir noch ein Magengeschwür vor lauter Sorge, was dieser Jimmy Lee wohl als Nächstes tun wird.«

Sie tätschelte wieder die Schulter ihres Mannes und strich über den wüsten grauen Haarkranz, der seinen Kopf umrahmte und aus seinen Ohren wuchs. Sie warf einen durchtriebenen Seitenblick auf Laurel. »Sie werden uns doch helfen, oder was, *chère?«*

Es fiel ihr wie Schuppen von den Augen. Laurel fühlte sich in der Klemme, eingekeilt zwischen Jack auf der einen Seite und T-Grace, die ihr fest in die Augen sah, auf der anderen. Sie ruckelte voller Unbehagen auf der Bank herum und wünschte sich mehr als alles andere, sie hätte entkommen können. Sie schüttelte den Kopf, während sie ihr Abendessen im Stich ließ und von der Bank aufstand. »Ich glaube, dieses Gespräch haben wir schon einmal miteinander geführt, Mrs. Delahoussaye. Ich praktiziere nicht als Anwältin…«

»Sie brauchen nicht zu praktizieren,«, sagte T-Grace trocken. »Tun Sie es einfach.«

Laurel stieß einen frustrierten Seufzer aus. »Sie brauchen wirklich nur den Sheriff anzurufen, wenn Reverend Baldwin das nächstes Mal auf Ihrem Anwesen auftaucht…«

»Ha! Als ob dieser dickschädelige Esel sich mit unseresgleichen abgeben würde!«

»Er ist der Sheriff…«

»Du verstehst das nicht, Süße«, brachte Jack gedehnt hervor. Er schwang sein rechtes Bein über die Bank, streckte die Füße vor sich aus und lehnte sich mit den Ellbogen auf den Tisch zurück. »Duwayne Kenner kommt nur angerannt, wenn man Leighton oder Stephen Danjermond heißt. Er hat zu viele wichtige Besprechungen, um sich mit dem gewöhnlichen Volk abzugeben. Er wird sich nicht dazu herablassen, Jimmy Lee und seiner Kirche der extremistischen Irrenfraktion Steine in den Weg zu legen, solange es ihm nicht ein Richter vorschreibt.«

»Das ist doch einfach absurd!« rief Laurel aus und fuhr Jack an. »Das ist...«

Er zog die Augenbrauen hoch. »Genauso ist es, Schätzchen.«

»Er ist dazu vereidigt worden, die Gesetze geltend zu machen«, wandte sie ein.

»Nicht jeder steht mit soviel Überzeugung dahinter wie du.«

Sie sagte nichts, sondern stand lange regungslos da, während elektrische Funken zwischen ihnen sprangen, und sie begriff. Er hatte keine solche Überzeugung. Jack stellte seine eigenen Vorschriften auf und verstieß wahrscheinlich ungestraft dagegen. Er spottete über das System und verhöhnte die Leute, die sich darum bemühten, es funktionieren zu lassen. Aber er wußte, daß sie es anders sah.

Er beobachtete sie mit dunklen, bodenlosen braunen Augen und einem eindringlichen Gesichtsausdruck. Er versuchte, sie zu durchschauen. Sie hatte das Gefühl, als griffen diese Augen direkt in ihre Seele hinein. Abrupt wandte sie sich wieder zu T-Grace um.

»Es gibt etliche Anwälte hier in der Stadt...«

»Die sich keinen feuchten Kehricht dafür interessieren«, sagte T-Grace. Sie stellte ihren Teller auf dem Boden ab und büßte somit ihr Abendessen an Huey ein, der unter dem Picknicktisch herausgekrochen kam und die Langusten für sich beanspruchte. T-Grace ignorierte den Hund und richtete ihren harten Blick auf Jack. Sie stemmte die Fäuste in die Hüften, ging auf ihn zu und reckte das Kinn herausfordernd in die Luft. »Unser Jack hier, der könnte uns helfen, aber statt dessen sitzt er auf seinem süßen kleinen...«

»Herr im Himmel, T-Grace!« explodierte Jack. Er sprang so schnell von der Bank auf, daß sie krachend nach hinten überkippte und den Hund schleunigst Deckung suchen ließ. Sein Gesicht war vor Wut darüber rot angelaufen, daß sie ihn zu provozieren wagte, als er sich zu seiner Anklägerin hinunterbeugte. »Ich bin aus der Anwaltskammer ausgeschlossen worden! Was, zum Teufel, erwartest du von mir?«

»Oh, nichts weiter, Jack«, sagte sie mit leisem Spott, ohne einen Zentimeter zurückzuweichen. »Wir wissen doch alle, daß du einfach nur deinen Spaß haben willst.« Sie nahm sich mehr heraus, als es irgendein Mann gewagt hätte, hob die Hand und tätschelte seine hagere Wange. »Hab du nur weiterhin deinen Spaß, Jack. Kümmere dich bloß nicht um uns. Wir kriegen das schon hin.«

Jack drehte sich im Kreis und suchte nach einem Ventil für die Wut, die in seinem Innern tobte. Er hätte gern geschrien, so laut er konnte, aufgeheult wie ein verwundetes Tier. Er packte eine Bierflasche, die auf dem Tisch stand, schleuderte sie durch die Luft und verfehlte nur knapp den Badewannenschrein der Mutter Gottes, und dennoch nahm die Wut in seinem Innern weiterhin zu.

»Scheiße!«

T-Grace beobachtete ihn mit weisen alten Augen. »Es ist schon gut, Jack. Wir wissen alle, daß du dich auf nichts einläßt. Du übernimmst für nichts die Verantwortung.«

Er funkelte sie wütend an und wollte sie packen und sie schütteln, bis ihr die vorquellenden Augen aus dem Kopf sprangen. Der Teufel sollte sie holen, sie dafür holen, daß sie ihm das Gefühl gab, ein… ja, was eigentlich… zu sein? Ein Schurke, ein Lump? Ein nichtsnutziger unbedeutender Wicht?

Bon à rien, T-Jack… bon à rien.

Genau das war er. Nichtsnutzig. Diese Wahrheit hatte man ihm gewaltsam eingetrichtert, seit er alt genug war, um Sprache zu erfassen. Immer wieder hatte er unter Beweis gestellt, daß das der Wahrheit entsprach. Er hatte kein Recht loszubrüllen, wenn er die Wahrheit hörte.

Sein Blick fiel auf Laurel, die still dastand und die Arme vor der Brust verschränkt hatte. Ihre großen mitternachtsblauen Augen waren hinter den Brillengläsern geweitet. Die Gerechtigkeitskämpferin. Bereit, ihren Ruf zu opfern, ihr Privatleben, ihrer Karriere, einfach alles für die Verfolgung ihrer Ziele zu geben. *Dieu, was muß sie von mir halten… und es ist alles wahr.*

Das war das Ironische an seiner Lage – und er hatte ein feines Gespür für Ironie entwickelt –, daß er all das war, dessen T-Grace ihn beschuldigte, und sogar noch übler, daß er genau das war, was er sich vorgenommen hatte zu werden, und jetzt wandte sich das Image, das er für sich aufgebaut hatte, gegen ihn – oder er wandte sich gegen sein eigenes Image.

»Das kann ich nicht brauchen«, zischte er. »Mir reicht es.«

Laurel sah ihm nach, als er sich entfernte. Sie war immer noch ein wenig erschüttert über seinen Ausbruch. Ein Teil von ihr wollte ihm nachlaufen, ihm Trost zusprechen, ihn fragen, warum. *Das wäre unklug, Laurel.* Sie hatte selbst schon genug eigene Schwierigkeiten, ohne sich noch zusätzlich die Last der dunkleren Seite Jack Boudreaux' aufzubürden… oder Frenchie's Landing aus dieser mißlichen Lage zu helfen.

Aber als sie sich wieder zu T-Grace umwandte, brachte sie es einfach nicht über sich, nein zu sagen. Es war nicht der Rede wert, sagte sie sich. Nur ein kurzer Besuch im Gerichtsgebäude, ein oder zwei Telefonate. Sie nahm sich nicht der ganzen Welt an. Nur zweier aufrichtiger, hartarbeitender Menschen, die ein kleines bißchen Gerechtigkeit brauchten. Dafür hatte sie doch sicher genug Kraft.

»Also gut«, sagte sie seufzend. »Ich werde sehen, was ich tun kann.«

Dieses eine Mal war T-Grace sprachlos und brachte nur ein Lächeln und Nicken zustande. Ovide hievte sich von seinem Stuhl hoch und klopfte Reste von Langustenpanzern von seinem Bauch. Er legte eine breite Hand auf Laurels Schulter, sah ihr ins Auge und brummte: *»Merci, pichouette.«*

12

Jimmy Lee saß auf der Fensterbank und bemitleidete sich selbst. Er trug nichts weiter als seine schmutzige weiße Hose und ein Stirnrunzeln. Schweiß rann in kleinen Strömen über seine Brust und bildete eine Pfütze auf seinem Bauch. Er nippte an einem Cognacglas, brütete dumpf, durchlebte in Gedanken noch einmal seine Demütigung und marterte sich damit. Er hätte diese Menschenmenge um den kleinen Finger wickeln können, dachte er sich und ballte die Finger zur Faust. Und dann hatte ihm dieses verdammte Chandler-Luder alles verdorben. Natürlich war es ihm gelungen, die Lage mit seiner schnellen Auffassungsgabe zu retten, aber der glorreiche Moment war ihm dennoch verdorben worden.

Frauen waren der Fluch seiner Existenz. Schlampen und Huren, alle miteinander. Manche wurden in einer respektableren Verpackung geliefert als andere, aber unter dieser Hülle waren sie alle gleich. So gottlos wie Eva, bis auf die letzte.

Er lachte ein wenig über den biblischen Bezug und trank einen großen Schluck Cognac. Scheiße, jetzt fing er schon an zu *denken* wie ein Prediger.

Die Nacht war still und höllisch heiß, und die Luft war mit so etwas wie einer Erwartungshaltung geradezu elektrisch geladen. Eine seltsame Ruhelosigkeit regte sich in ihm, und er hob sein Glas und versuchte, das Gefühl mit dem letzten Schluck seines Drinks zu ersticken. Die Stille setzte ihm zu und reizte seine prickelnden Nervenenden wie Fingernägel auf einer Kreidetafel. Er sehnte sich nach dem Lärm von New Orleans, den Geräuschen und Gerüchen der Bourbon Street, dem Schmutz und den dunklen Gassen des französischen Viertels, den Orten, die die Touristen niemals zu sehen bekamen.

In New Orleans konnte ein Mann alles haben, was er wollte, und er konnte es genauso haben, wie es ihm am liebsten war.

Aber er saß hier draußen fest, am Rande des gottverdammten Sumpfes. Er hatte ein Apartment in Lafayette, aber er hatte sich das Bayou Breaux als den Ort ausgesucht, von dem aus er seine Kampagne startete, und daher hatte er sich im absoluten Abseits diesen Einzimmerbungalow gemietet, um eine gewissen Privatsphäre zu haben.

Das Bayou Breaux war ihm als die perfekte Wahl für seinen »Krieg dem Satan« erschienen – das Herz von Acadiana, wo es von guten Christen wimmelte wie von Ameisen auf einer Wassermelonenrinde, wo derzeit durch die bedenkliche Lage der Ölindustrie und der Landwirtschaft etwas magere Jahre angebrochen waren, wo die Kriminalität um sich zu greifen begann und die Leute etwas brauchten, was ihnen Halt gab und woran sie glauben konnten. Für seinen Geschmack gab es zu viele Katholiken hier, aber andererseits gab es auch ganze Wagenladungen von Fundamentalisten, die so glühend eiferten und so einfältig waren, daß sie an alles geglaubt hätten. Sie bildeten den Kern seiner Anhängerschar. Sie würden ihm den Weg zum Starruhm finanzieren und ihn auf ihren Schultern hintragen.

Vorausgesetzt, daß sich ihm Laurel Chandler nicht in den Weg stellte.

Die Tür mit dem Fliegengitter schwang quietschend auf, und Savannah Chandler spazierte herein und bot in ihrem kurzen geblümten Kleid und den hochhackigen roten Schuhen einen verführerischen Anblick. Ihr Blick glitt durch das schäbige kleine Zimmer und nahm die schmuddeligen gelben Wände wahr, die billigen Möbelstücke, die wahllos zusammengewürfelt waren, die Flasche E & J auf dem zerschrammten Couchtisch. Sie taxierte ihre Umgebung in derselben Form, in der sie sich ein Urteil über eine neue Boutique gebildet hätte.

Schließlich wandte sie sich ihm zu, sagte kein Wort und benahm sich, als sei sie hier zu Hause und nicht etwa er. Sie hatte die Augen einer Wölfin – von einem bleichen durchscheinenden Blau –, und in diesen Augen stand etwas, was ihm einen Schauer über den Rücken laufen ließ. Eine weißglühende Flamme, die brannte. Eine Gier, die dieselbe Gier in ihm wachrief. Das Anerkennen eines beidseitigen Verlangens.

»Du weißt wohl nicht, wohin mit deinen Energien, Jimmy Lee?« brachte sie gedehnt hervor.

»Dasselbe könnte ich von dir auch sagen.«

Sie warf ihm aus dem Augenwinkel einen durchtriebenen Blick zu. »Nein, eben nicht. Ich bin schließlich hergekommen.«

»Und weshalb das?«

»Das wird sich zeigen.«

Er sagte kein Wort, als sie um das alte eiserne Bettgestell herumstrich und einen Zeigefinger über das Fußende gleiten ließ. Sie starrte ihn durch gesenkte Wimpern an. Er konnte die Glut ihres Blickes auf seinem Gesicht spüren, auf seiner nackten Brust, und er konnte dem Drang nicht gänzlich widerstehen, den Bauch einzuziehen. Sie kam mit gesenktem Kopf auf ihn zu; das lange wüste Haar fiel ihr über eine Schulter und verflocht sich mit der langen Perlenkette, die sie trug. Ihre Hüften wiegten sich sinnlich von einer Seite auf die andere. Das Klappern von Stöckelschuhen auf Linoleum, das Quietschen des alten Deckenventilators, der sich drehte, und das verführerische leise Rascheln von Stoff, der sich auf Haut rieb, waren die einzigen Laute, die im Raum zu vernehmen waren.

Jimmy Lee blieb still sitzen, während sich die Lust wie ein Dämon in ihm regte. Einen knappen Zentimeter vor ihm blieb sie stehen. Ihr Parfüm vermischte sich mit dem schwachen Cognacduft, der feuchte, erdige Geruch des Bayous wehte zum Fenster herein, und all das war mit dem unverwechselbaren Moschus der Erregung unterlegt – ihrer, seiner...

»Deine Schwester hat mich heute lächerlich gemacht«, sagte er, und seine Stimme war gesenkt und heiser vom Alkohol.

Einer ihrer Mundwinkel verzog sich hämisch. »Daran solltest du gewöhnt sein, Jimmy Lee.«

Er bewegte sich so schnell, daß sie unwillkürlich keuchte, als seine Hand sich fest und brutal um ihren Oberarm schloß. »Ich werde bald ein Star sein«, sagte er leise.

Sie ignorierte den Schmerz nicht, den seine Finger hervorriefen, die sich in ihr Fleisch gruben. Statt dessen sog sie ihn in sich ein, tat sich daran gütlich, und ihr Lächeln vertiefte sich um eine Spur. »Du bist nichts weiter als ein armseliger kleiner Gauner.«

»Und du bist nichts weiter als eine billige Fotze«, sagte er. »Eine Hure ohne Preisschild.«

Sie schlug ihm so fest ins Gesicht, daß das Blut in ihrem Arm prickelte und ihre Handfläche wie glühende Asche brannte. Jimmy Lee war blitzschnell auf den Füßen, und seine Hand sauste herunter, um sie ebenfalls zu ohrfeigen. Der Schlag riß ihren Kopf zurück, und die Platzwunde, die sich auf ihrer Unterlippe wieder zusammengezogen hatte, riß auf und füllte ihren Mund augenblicklich mit dem kräftigen klebrigen Geschmack ihres Bluts.

Als sei in ihrem Innern plötzlich eine Tür aufgerissen worden, strömten die gesamte Ruhelosigkeit, die Rücksichtslosigkeit und die Wildheit auf einer Woge des Hasses aus ihr hinaus. Haß auf ihn, Haß auf sich selbst, ein allumfassender durchdringender sintflutartiger Haß, der jede Selbstbeherrschung, jede Zurückhaltung und sämtliche Bedenken fortspülte. Und all das – das Verlangen, der Haß, einfach alles – schimmerte in ihren Augen, als sie aufblickte.

Er schaute lange Zeit auf sie hinunter und spürte wieder diese seltsame Seelenverwandtschaft zwischen ihnen. Etwas Finsteres, etwas Böses, was sie miteinander verband. Und das erregte ihn wie nichts anderes, was er je erlebt hatte. Das Verlangen bäumte sich in ihm auf wie eine Bestie, wild, rasend, zügellos. Ein Laut tierischer Gier entrang sich seiner Kehle, als er Savannah grob an sich zog und ihre Lippen mit seinem Mund zermalmte.

Sie wehrte sich gegen seine Umarmung – nicht etwa, um ihm zu entkommen, sondern um des Kampfes willen –, doch alles, was ihre Hände zu packen bekamen, war die fiebrig heiße, von glitschigem Schweiß bedeckte Haut seiner Brust und seiner Oberarme, und sie tastete nach ihm, kratzte ihn und kniff ihn, als sein kräftiger männlicher Geruch ihr zu Kopf stieg und seine Zunge ihren Mund ausfüllte.

Hinter ihrem Rücken beschäftigten sich seine Finger rasend mit dem Reißverschluß ihres Kleides. Er zog ihn ein paar Zentimeter weit herunter, und dann schlang er seine Finger in den Spalt und riß den Rest des Reißverschlusses auf. Er zog ihr das Kleid über die Schultern und noch tiefer, während sich sein Mund von ihren Lippen auf ihren Hals senkte. Er packte den Halsausschnitt des Kleids mit beiden Händen und zerrte ihn herunter, und die Gier knurrte in ihm wie ein wilder Köter, als ihre Brüste hervorsprangen, voll und fest. Er beugte sich vor und zog eine geschwollene Spitze in seinen sengend heißen Mund, saugte fest daran und entlockte ihr einen verzweifelten Laut… und dann noch einen und noch einen. Er schlang seine Hand in ihre Perlenkette und rieb mit den kühlen, seidigen Perlen die andere schmerzende Spitze.

Da sie unsicher war, ob sie ihn an sich ziehen oder von sich stoßen wollte, preßte Savannah die Hände gegen seine Schultern und schlang sie dann in sein zurückgekämmtes Haar und zog. Das war ein Kampf um ihren Geist, um ihre Seele, und bei der Vorstellung, daß sie absolut chancenlos war, schnürte die Verzweiflung ihre Kehle zusammen. *Dafür bist du geboren, Savannah. Versuch nicht, es zu leugnen…*

Einen Moment lang war sie wieder in ihrem Zimmer in Beauvoir, und der Mann, der gierig an ihrer Brust saugte, war ihr Stiefvater. Was sie aufschreien ließ, war nicht etwa die Attacke auf ihren Körper, sonder die widersprüchlichen Gefühle, die sie bestürmten. Ihr Körper reagierte auf seine Berührungen, prickelte, brannte und lechzte. Anfangs hatte sie es überhaupt nicht gemocht, aber mit der Zeit hatte sie eingesehen, daß Ross recht hatte – es war das, wofür sie geschaffen war, das, worin sie gut war. Doch die Lust, die ihren Körper durchzuckte, brachte peinigende Scham mit sich. Sie war eine Hure. Das war alles, was sie jemals sein würde. Das war das einzige, wofür ein Mann sie jemals lieben würde – Sex.

Sie schluchzte ein wenig und fühlte sich in einer Falle gefangen, doch sie verdrängte diese Empfindung schnell wieder und ließ den Balsam der Worte, die Ross zu ihr sagte, in ihr verwüstetes Herz träufeln. *»Du bist so wunderschön, Savannah. Du bist soviel mehr Frau als deine Mutter. Ich begehre dich unablässig. Manchmal glaube ich, das Verlangen nach dir bringt mich um den Verstand...«*

Das Verlangen nach ihr. Er brauchte sie. Er wollte sie. Die Worte vermittelten ihr ein Gefühl von Macht, und daran klammerte sie sich und hielt daran fest.

»Du bist gottlos, Savannah«, murmelte Baldwin und ließ den Mund über die Rundung ihrer Brust gleiten, über ihre bebende Bauchmuskulatur. »So, wie du einen Mann dazu bringst, dich zu begehren, kannst du nur eine Hexe sein.«

Ein wildes bitteres Lachen entrang sich ihr. Sie stemmte ihre Hände gegen den Fensterrahmen, als Jimmy Lee sie leckte. Er packte den Saum ihres Kleids und schob es ihr über die Hüften bis zur Taille hoch. Die Perlenkette hing zwischen ihren Brüsten herunter, und sie wankte mit leicht gespreizten Beinen auf ihren hochhackigen roten Schuhen. Schwindelgefühle benebelten ihren Kopf, und sie war trunken von einer Mischung aus Verlangen, Haß und Selbstmitleid, Selbstverachtung, Erregung und unersättlicher Gier.

Jimmy Lee verschlang sie so gierig und ausgehungert wie ein Vielfraß ein Festmahl. Seine Zunge neckte sie, schnellte vor und erkundete sie, brachte sie an den Rand des Orgasmus, aber nie darüber hinaus, gewährte ihr nie die ersehnte Befriedigung, sondern trieb lediglich den Schmerz ungestillter Erregung bis an seine äußersten Grenzen.

Frustration bemächtigte sich ihrer, verhöhnte sie. Sie stieß mit einer Hand herab, weil sie versuchen wollte, ihn zu dirigieren, versuchen wollte, sich selbst zu helfen, aber er umfaßte ihr Handgelenk und zog ihre Hand fort. Sie schluckte, als er aufstand, ballte die andere Hand zur Faust und schlug sie ihm gegen die Brust. Sie versuchte, ihn noch einmal zu schlagen, aber er fing ihre Hand ab und hielt ihre beiden Hände mit einer Hand vor ihr umklammert. Sie blinzelte rasend gegen die Tränen an und schaute wütend zu ihm auf, sah seine künstliche Sonnenbräune, die Falten eines ausschweifenden Lebenswandels, die sich in sein gutgeschnittenes Gesicht gegraben hatten, seine nassen roten, von Küssen geschwollenen Lippen, die sich zurückzogen und seine allzu weißen Jacketkronen freilegten.

»Ich hasse dich, Jimmy Lee!« Ihre Stimme war kaum mehr als ein Krächzen, so gemartert wie der Rest ihres Körpers und ebensosehr von Verlangen und Frustration gepeinigt. »Du bist ein Mistkerl.«

Er warf sie quer über die quietschende heruntersackende Matratze des alten Bettes, ließ sich auf sie fallen und hielt ihr mit einer Hand die Arme über dem Kopf fest. Sie wand sich und wehrte sich unter ihm, als er mit der freien Hand den Gürtel aus seiner Hose zog.

»Du bist nichts weiter als ein Perverser, Jimmy Lee«, verhöhnte sie ihn, und ihr Herz raste, als er ihre Hände an einen der Eisenstäbe des Kopfteils schnürte. Seine Augen glitzerten wie Pyrit, als er auf sie hinunterschaute, wie sie ans Bett gefesselt war, ihre vollen Brüste sich ihm entgegenreckten und die Perlenkette sich auf ihrer milchig weißen Haut dekadent ausnahm. Ihm fielen mühelos ein oder zwei Spielchen ein, die sie später mit diesen Perlen betreiben konnten, nachdem er seinen ersten Durst gelöscht hatte.

»Um einen Perversen zu erkennen, muß man selbst pervers sein«, knurrte er.

Sie lachte, ein heiseres verführerisches Lachen, und ihre kühlen wölfischen Augen glühten vor Gier und Vorfreude, als er sich mit gespreizten Beinen auf ihre Oberschenkel setzte und seine Hose aufmachte. Er sparte sich die Mühe, sie auszuziehen, doch die Mühe, sich zu schützen, sparte er sich nicht. Er holte ein Kondom aus der Hosentasche und zog es mit den routinemäßigen Bewegungen eines Mannes über, der große Übung darin hat.

»Heutzutage kann man gar nicht vorsichtig genug sein«, sagte er. Er stützte sich auf die Ellbogen, verharrte über ihr, starrte auf sie hinunter, und sein Atem ging schnell und keuchend. »Mein Publikum, das mich anbetet, würde es nicht allzugut aufnehmen, wenn ich mir etwas Ekliges von einer Streunerin hole, die für jeden Mann in der ganzen Stadt die Beine breit macht.«

Savannah funkelte ihn finster an. »Ich werde schon dafür sorgen, daß alle erfahren, was du gerade eben gesagt hast.«

»Wer würde dir schon glauben?« fragte er, und die Verachtung schwärte in ihm wie eine Eiterbeule. »Ich bin für sie der Erlöser. Du bist nichts weiter als eine läufige Hündin.«

»Spar dir die Mühe, es jemandem erzählen zu wollen, Savannah. Niemand wird dir je Glauben schenken... Sie werden dich als das ansehen, was du bist – eine kleine Schlampe, eine kokette kleine Verführerin... Du bist ein böses Mädchen, Savannah, und das weiß jeder... Es ist zwecklos, es auszuplaudern. Wir wissen beide ganz genau, daß du mich verführt hast...«

Sie schloß die Augen, als sich die Stimme in ihrem Kopf abspulte. Sie hob die Hüften, als Jimmy Lee sich in sie stieß... und sie haßte sich selbst.

Der Mitternachtsmond warf einen silbrigen Schimmer auf die Bäume, und Dunst kroch weich und weiß über die schwarze Wasseroberfläche.

Viele Frauen fürchteten den Sumpf. Viele *Männer* fürchteten den Sumpf. Savannah fürchtete ihn nicht. Sie empfand hier draußen etwas anderes als Furcht. Etwas Uraltes. Etwas, was sie ansprach, sie lockte, ihr Blut in Wallung brachte.

Dieser Ort war schon immer ihre Zufluchtsstätte gewesen. Hierher war sie mit Baby gelaufen, um ihrem Zuhause und dem Unglück dort zu entkommen. Hier draußen fühlte sie sich frei. Sie fühlte sich wie ein Teil des Sumpfes, wie ein Tier – ein Reh oder ein Rotluchs oder eine Mokassinschlange. Hier wollte sie ihre Kleidung ablegen und nackt sein, sich dazugehörig fühlen, ein Geschöpf des Atchafalaya sein.

Sie gab diesem unverbildeten natürlichen Verlangen nach, schlüpfte aus dem Kleid, das der Reverend zerrissen hatte, warf es auf die Motorhaube des Wagens und ließ ihre Hände über die Rundungen ihres nackten Körpers gleiten.

Einen Moment lang schloß sie die Augen und malte sich aus, wie es wohl wäre, sich hier auf die Matte toten Laubs zu legen und ihren Liebhaber unter dem Licht des Bayou-Mondes in ihrem Körper willkommen zu heißen. Sie würden sich paaren, wie sich alle Tiere paarten, ohne Schuldbewußtsein und ohne Hemmungen die reine Erregung auskosten. Sie würde in ihrer Ekstase laut aufschreien, und ihre Schreie würden sich mit der gespenstischen Kakophonie vermischen, die nachts über dem Sumpf schwebte.

Das Bild, das sie in ihrer Phantasie heraufbeschworen hatte, entrang ihr ein leises Stöhnen und ließ sie ein schmerzhaftes Verlangen verspüren, ein Verlangen, das Jimmy Lee nicht hatte stillen können, ganz gleich, in wie vielen Formen er sie auch mißbraucht hatte – und er hatte sie in jeder Form genommen, in der ein Mann eine Frau nehmen kann. Es war ein Verlangen, das kein Mann stillen konnte, ein Verlangen, das tief in ihrem Innern verwurzelt war.

Sie warf den Kopf zurück, hob ihr Gesicht dem Mond entgegen und ließ sich die wüste Mähne über den Rücken fallen. Die Ruhelosigkeit regte sich immer heftiger, immer glühender. Die Wildheit zog an ihr, zog an etwas tief in ihrem Innern. Es verlangte sie nach etwas. Sie brauchte… brauchte… brauchte…

Verlangen treibt die Bestie an. Nicht die Gier nach Futter, sondern nach einer anderen Form von Nahrung. Ein Verlangen nach Blut, der Geschmack am Tod. Ein Verlangen, zu bestrafen, der glühende Wunsch, Leid zuzufügen. Das Leid wachsen zu sehen wie ein Krebsgeschwür, wie es von einer simplen Reaktion zu etwas wird, was alles verschlingt. Das Verlangen nach Herrschaft. Gott zu spielen.

Zu spielen. Ein Spiel. Der Gedanke ruft ein Lächeln hervor. Das Lächeln läßt die Beute erschauern. In jedem Spiel gibt es einen Verlierer. Derjenige, der gefesselt ist und gefangengehalten wird, kennt den Ausgang, ehe das Spiel begonnen hat. Für das Opfer ist es kein Spiel, nur die Erwartung, der Schmerz, das Grauen und, so betet sie, der Tod. Bitte, Tod, komm bald…

Niemand hört ihre Schreie. Niemand kommt ihr zu Hilfe. Im Sumpf gibt es keine Retter. Grausamkeit ist der Alltag. Der Tod ist so verbreitet wie die Schlangen. Gefahr, die sich als Schönheit tarnt. Keine Gerechtigkeit. Leben. Tod. Der Jäger und die Gejagte.

Das Messer schimmert silbern im Mondschein. Die Klinge bewegt sich behutsam und mit großer Geschicklichkeit, streicht wie ein Bogen über die Saiten einer Geige. Die Melodie, die er spielt, ist schrill und gespenstisch. Menschlich. Ein Präludium zum Tod.

Und am Ende wird das Instrument verstummen, die Beute ihrem Los erliegen. Sie wird sterben, wie sie es in den Augen der Bestie verdient hat – nackt und besudelt. Eine weitere tote Hure, die im Sumpf vermodern wird. Ein angemessenes Ende, ein angemessener Ort. Und die Bestie wird im Bâteau *davongleiten, lautlos, gefahrlos, und nur die Bäume und die Geschöpfe der Nacht werden ihr Geheimnis kennen…*

Laurel setzte sich plötzlich auf, zitternd und fröstelnd, die Haut mit kaltem Schweiß überzogen, mit pochendem Herzen. Der Alptraum verblaßte, als sie in der Realität Fuß faßte, aber der Klang der Kinderstimmen hallte noch in ihrem Kopf nach und trieb sie aus dem Bett. Sie trat vor die Kommode, zog ein anderes überdimensionales T-Shirt heraus und bemühte sich, den Rest des Traumes aus ihren Gedanken zu verdrängen. Sie zitterte heftig, die Restangst verknotete ihren Magen, und sie stieß tonlos einen Schwall von Flüchen aus und kämpfte gegen ihre Schwäche an.

Ihre Hand glitt über das Fläschchen mit den Tranquilizern, das sie noch von ihrem Aufenthalt in Ashland Heights übrig hatte und jetzt zwischen ihrer Unterwäsche verstaute. Dr. Pritchard hatte ihr gesagt, sie sollte sie nehmen, wenn sie Hilfe beim Einschlafen brauchte, aber sie tat es nicht. Ganz gleich, wie sehr sie sich auch danach sehnte, sie wollte keine Tabletten nehmen. Sie waren ein Hilfsmittel, eine Krücke, eine weitere Schwäche, und sie hatte es so verdammt satt, schwach zu sein.

Sie zog sich eilig um und trat auf den Balkon, da sie hoffte, die kühle Nachtluft würde sie erfrischen, doch die Luft war schwer und warm und frei von jedem Hauch von einer Brise. Sie verschränkte die Arme, um gegen ihr Zittern anzugehen, und dann tappte sie zu den Glastüren von Savannahs Zimmer und lugte hinein. Das Bett war nicht gemacht, die schwere goldrote Tagesdecke lag zusammengeknüllt auf der Matratze, die Satinkissen mit den Spitzenrändern türmten sich vor dem verzierten Kopfende und waren achtlos auf dem Fußboden verstreut. Der Rest des Zimmers trug Savannahs Stempel und war von ihrer Vorstellung von Ordnung geprägt – überall lagen Wäschestücke und Kleidung herum, die sie aus dem Schrank gezerrt und zugunsten von etwas Grellerem, Spärlicherem, Aufreizenderem und Geschmackloserem verworfen hatte.

Furcht peitschte durch die anderen Gefühle, die sich in Laurels Kehle ballten, als ein Potpourri von losgelösten Zitaten in ihrem Kopf abgespult wurde. *»Morde?«... »Inzwischen vier in den letzten achtzehn Monaten... Junge Frauen von fragwürdigem Ruf?«... »Mit der wird es noch ein böses Ende nehmen.«...*

Sie kaute auf ihrem Daumennagel herum, während sie gegen den Drang ankämpfte, die Polizei anzurufen. Sie benahm sich albern und zog voreilige Schlußfolgerungen. Es war nicht weiter ungewöhnlich, daß Savannah nach zwei Uhr noch aus war – oder die ganze Nacht über ausblieb, wenn man es genau nahm. Sie hätte überall sein können, sich mit jedem herumtreiben können.

Mit einem Mörder?

»Schluß damit«, befahl sie, und ihre Stimme war ein heiseres Flüstern, als sie dem irrationalen Hang zur Panik Einhalt gebot. Verdammt noch mal, sie war kein irrationaler Mensch. Sie war logisch und vernünftig und sachlich. War es etwa nicht das, was sie verschont hatte, als sie in der vergifteten Atmosphäre von Beauvoir aufgewachsen war?

Das und Savannah.

Ihr Blick fiel wieder auf das Bett, und sie riß sich von diesem Anblick los und ging mit forschen, zielstrebigen Schritten auf die Treppe zu, die in den Garten hinunterführte.

Sie fühlte sich nervös und aufgekratzt. Der Abend bei Frenchie's hatte sie aus dem Gleichgewicht gebracht, von ihrer Begegnung mit Baldwin über Savannahs Prügelei und Jacks Ausbruch bis hin zu der Rolle, die zu übernehmen sie den Delahoussayes versprochen hatte. Um die Wahrheit zu sagen, das war wahrscheinlich das, was sie am meisten aufbrachte. Morgen würde sie sich ins Gerichtsgebäude begeben und eine Lösung für das Problem mit Jimmy Lee Baldwin finden müssen. Sie würde sich an die Arbeit machen müssen, als hätte sie sie nie niedergelegt, als hätte sie ihre letzte Stellung nicht schmählich eingebüßt. Sie würde die Hallen des Gerichts betreten und den

Sekretärinnen ins Gesicht sehen, dem Gerichtsdiener, dem Richter, anderen Anwälten... Stephen Danjermond.

An dieser Aussicht hatte sie auf dem Heimweg von Frenchie's herumgegrübelt. Da Jack nirgends aufzufinden war und das letzte Tageslicht noch durch die schummrige Dunkelheit des Abends sickerte, hatte sie sich zu Fuß auf den Rückweg nach Belle Rivière gemacht und gehofft, sie könnte durch das Laufen einen Teil ihrer Ängste und Selbstzweifel abwerfen. Aber nachdem sie nur zwei Straßenkreuzungen weit gekommen war, hatte ein flaschengrüner Jaguar am Randstein angehalten, und das Beifahrerfenster war surrend heruntergeglitten.

»Dürfte ich Sie nach Hause bringen, Laurel?« Stephen Danjermond beugte sich über die weichen grauen Ledersitze des Wagens und blickte zu ihr auf; in dem fahlen Licht schimmerten seine grünen Augen wie Edelsteine. Er lächelte, dieses reizvolle, absolut symmetrische Lächeln, und gleichzeitig hatte er sich gerechtfertigt. »Wenn ich es auch noch sosehr auskoste, mit unserer zurückgehenden Verbrechensquote im Bezirk Partout zu prahlen, dann ist es mir doch ein Greuel mit anzusehen, wie eine Dame sich in Gefahr bringt.«

»Nach allem, was ich weiß, könnte ich mich durch Sie in Gefahr bringen«, sagte Laurel mit ruhiger Stimme und ließ die Fäuste in den tiefen Taschen ihrer ausgebeulten Shorts stecken.

Danjermond betrachtete sie mit einem Anflug von Enttäuschung, einem Anflug von Belustigung. »Ich glaube, dazu kennen Sie mich zu gut, Laurel.«

Sie sah ihn verdutzt an und bemühte sich, ihre Verwirrung zu verbergen. Sie hatten einander gerade erst kennengelernt, aber irgendwoher wußte sie, daß er sich nur noch mehr amüsieren würde, wenn sie diesen Tatbestand hervorhob. Sie fühlte sich, als sei er einen Schritt weiter als sie, als träte sie auf eine Bühne, auf der die Vorstellung bereits begonnen hatte, und sie verpaßte ihren Einsatz. Wenn er sie in einem simplen Gespräch über Belanglosigkeiten derart verwirren konnte, dann mußte er im Kreuzverhör ein höllischer Gegner sein. Ein Mann, der Großes erwarten ließ. Stephen Danjermond.

Sie zog die Tür des Jaguars auf und ließ sich auf den butterweichen Sitz sinken. »Ich kenne Sie ganz und gar nicht, Mr. Danjermond«, murmelte sie, und ihr Tonfall war so rätselhaft wie sein Gesichtsausdruck.

»Ich habe vor, diese Situation zu beheben.«

Er ließ den Wagen auf der menschenleeren Straße anfahren und schwieg einen Moment lang. Im Jaguar war es so still wie in einer schalldichten Zelle. Er hatte seinen maßgeschneiderten Anzug gegen ein jadefarbenes Strickhemd und eine sportliche braune Leinenhose eingetauscht, wirkte aber auch darin immer noch makellos und frisch gebügelt.

»Das Essen bei Ihren Eltern war ein interessantes Erlebnis«, sagte er.

»Es sind nicht meine Eltern«, platzte Laurel automatisch heraus, und glühende Röte brannte in ihren Wangen, als er sie mit einer fragend hochgezogenen dunklen Augenbraue ansah. »Ich will damit sagen, daß Ross Leighton nicht mein Vater ist. Mein Vater ist gestorben, als ich klein war.«

»Ja, ich weiß. Er ist getötet worden, nicht wahr?«

»Ein Unfall in den Zuckerrohrfeldern.«

»Sie haben ihm nahegestanden.« Er äußerte diese Feststellung wie eine Tatsache, nicht in Form einer Frage. Laurel sagte nichts und fragte sich, woher er das wohl wußte, fragte sich, was Vivian ihm möglicherweise erzählt hatte. Fragte sich, ob er in Vivians Pläne für sie beide eingeweiht war.

Er sah ihr wieder fest ins Gesicht. »Ihre Abneigung gegen Ross«, erklärte er. »Ich habe den Verdacht, Sie haben nie akzeptiert, daß er den Platz Ihres Vaters eingenommen hat. Wenn ein Kind einen geliebten Elternteil verliert, ist Groll gegen den Usurpator ganz natürlich. Trotzdem würde ich meinen, daß Sie inzwischen darüber hinweggekommen sein sollten. Vielleicht ist noch etwas anderes im Spiel?«

Die Antwort ging ihn nichts an, aber Laurel nahm Abstand davon, ihm das zu sagen. Ihr handwerkliches Können war eingerostet, aber die Instinkte funktionierten noch. Danjermonds Instinkte waren bis zur Perfektion geschärft. Er führte keine Gespräche, er betrieb verbale Schachturniere. Er war niemals außer Dienst. Für ihn war jeder Wortwechsel eine Gelegenheit, seinen Verstand zu trainieren und seine Kampftüchtigkeit zu schärfen. Sie wußte es; sie kannte es selbst. Sie war genauso scharfsichtig und zielstrebig gewesen. Sie wußte, daß sie sich mit einer Antwort auf diese Frage schachmatt setzte.

»Es tut mir leid, daß meine Schwester diese Szene verursacht hat«, sagte sie beiläufig. »Savannah liebt dramatische Auftritte.«

»Warum tut Ihnen das leid?« Er hielt den Jaguar an der roten Ampel vor der Jackson an und nagelte sie mit einem Blick fest. »Sie sind hier nicht diejenige, die den Aufstand verursacht hat. Sie haben keinen Einfluß auf die Handlungen Ihrer Schwester, oder doch, Laurel?«

Nein. Aber sie hätte ihn gern gehabt. Sie wollte über sie bestimmen. Sie wollte, daß die Komponenten ihrer Welt sich säuberlich zusammenfügten. Kein Durcheinander, keine unangenehmen Überraschungen.

Danjermonds Blick löste sich nicht von ihr. »Sind sie die Hüterin Ihrer Schwester, Laurel?«

Sie schüttelte die Gedanken ab und gab sich selbst innerlich einen Tritt dafür, daß sie die potentiellen Risiken dieses Themas, auf das sie abgelenkt hatte, nicht vorzeitig erkannt hatte. »Natürlich nicht. Savannah tut, was ihr paßt. Ich weiß, daß sie sich nicht für ihren störenden Auftritt vor Vivians Freunden entschuldigen wird, und daher tue ich es eben. Ich habe den Fehdehandschuh lediglich der Etikette wegen aufgehoben.«

»Ah«, sagte er lächelnd und schaute über die Motorhaube des Wagens hinaus, »den Fehdehandschuh. Sie hätten in einem früheren Leben ein Ritter der Tafelrunde sein können, Laurel. Galahad der Edle, der seinem strikten Ehrenkodex treu bleibt.«

Er schien sich zu amüsieren, und das erboste sie. Hielt er sich etwa für zu weltmännisch, zu gebildet und zu kultiviert für die malerische provinzielle Umgebung des Bayou Breaux – er, der Sohn alten Geldes aus New Orleans?

»Gastfreundschaft wird im Süden groß geschrieben. Ich bin sicher, man hat Sie zu besseren Manieren erzogen als dazu, sagen wir, einen Gast zu verhören«, sagte sie liebenswürdig und ging in die Offensive über.

Er schien erstaunt und erfreut darüber zu sein, daß sie seinen Stoß parierte. »Habe ich Sie ins Verhör genommen? Ich dachte, wir würden nähere Bekanntschaft miteinander schließen.«

»Einander besser kennenzulernen ist im allgemeinen ein Vorgang, der auf Gegenseitigkeit beruht. Sie haben mir kein Wort über sich selbst erzählt.«

»Das tut mir leid.« Er bedachte sie mit einem betörenden Lächeln, das zweifellos schon mehr als einem einzigen einfältigen Mädchen aus guter Familie die Socken ausgezogen hatte. Laurel rief sich ins Gedächtnis zurück, daß sie kein einfältiges Mädchen war und es auch nie gewesen war. »Ich fürchte, ich empfinde Sie als ein so interessantes und bezauberndes Geschöpf, daß ich den Kopf verloren habe.«

Die Aufrichtigkeit in seinem Tonfall war zu glatt und zu flüssig, um echt zu sein. Laurel hatte das entmutigende Gefühl, nichts auf Erden könnte Stephen Danjermond aus der Fassung bringen. Er war von dieser Aura von Ruhe umgeben, einer Gelassenheit, die in seinen Augen stand und ihn bis ins Mark zu durchdringen schien. Sie fragte sich, ob jemals irgend etwas diese Ruhe würde durchdringen können.

»Mit unaufrichtigen Schmeicheleien kommen Sie nicht weit, Mr. Danjermond«, sagte sie und wandte den Blick von ihm ab, um sich in dem kleinen Spiegel in der Sonnenblende zu betrachten. »Man kann wohl kaum behaupten, ich sähe heute abend ganz bezaubernd aus.«

»Sind Sie auf Komplimente aus, Laurel?«

»Ich äußere lediglich eine Tatsache. Für Komplimente habe ich keinerlei Verwendung.«

Er bog die Auffahrt zu dem Kutschenhaus ein, das Belle Rivière als Garage diente, und dort stellte er die Automatik des Jaguars auf Parken. »Nüchternheit und Idealismus«, sagte er, drehte sich zu ihr um und ließ seinen Arm lässig über die Rückenlehne des Sitzes gleiten. »Eine interessante Mischung. Faszinierend.«

Laurels Finger schlangen sich um den Türgriff, als er sie mit diesen gleichbleibenden Chrysolithaugen ansah. »Es freut mich wirklich sehr, daß ich Sie amüsieren konnte«, sagte sie, und ihr Tonfall war so trocken wie ein guter Martini.

Danjermond schüttelte den Kopf. »Es ist kein Amüsement, Laurel. Es ist eine Herausforderung. Sie stellen eine Herausforderung dar.«

»Sie geben mir das Gefühl, so etwas wie der magische Würfel zu sein.«

Darüber lachte er, doch seine Belustigung über ihre unwirsche Art ebbte abrupt ab, als sein Piepser losging. »Nun, gut, die Pflicht ruft«, sagte er mit einem bedauernden Seufzen und drückte eine Taste auf dem kleinen schwarzen Kasten, der zwischen ihnen auf dem Sitz lag. »Dürfte ich darum bitten, Ihr Telefon zu benutzen?«

Er machte seinen Anruf ungestört von Carolines Arbeitszimmer aus und ging anschließend gleich wieder. Laurel blieb mit einer Mischung aus Erleichterung und Nachwirkungen ihrer Anspannung zurück. Ihr hatte vor der Aussicht gegraut, ihn Tante Caroline und Mama Pearl vorzustellen und den Kaffee und die Konversation durchstehen zu müssen. Dieses Los war ihr erspart geblieben, aber die Anspannung fiel nicht von ihr ab.

Sie war immer noch nicht von ihr abgefallen, als sie jetzt barfuß über die gepflasterten Wege des Gartens schlenderte. Sie war nicht in der Verfassung, sich mit einem Mann wie Stephen Danjermond anzulegen. Er war ein geschmeidiger, raffinierter, ausgewachsener Tiger, und sie fühlte sich nicht stärker und nicht tapferer als ein kleines Kätzchen. Was für ein Alptraum, daß Vivian sie miteinander verkuppeln wollte.

Selbst, wenn sie in Topform gewesen wäre, hätte Laurel privat nichts mit ihm zu tun haben wollen. Mit diesen kühlen grünen Augen und dieser glatten Stimme, die niemals die Tonlage oder das Tempo wechselte, flößte er ihr Unbehagen ein. Er war zu gefaßt, wogegen sie sich vorkam, als kröche sie den Hang eines steilen Hügels hinauf und tastete verzweifelt mit den Händen nach Halt. Sie nahm an, daß er schlichtweg zu männlich war.

Ein Bild von Jack drängte sich ihr gegen ihren Willen auf, geheimnisvoll, grüblerisch, intensiv. Durch und durch männlich auf eine grundlegendere und ursprünglichere Art als Stephen Danjermond... und wenn sie an ihn dachte, regte sich Verlangen.

Es leuchtete ihr nicht ein. Sie hatte sich nie zu bösen Buben hingezogen gefühlt, ganz gleich, wie verführerisch der Glanz ihrer Augen auch sein mochte, ganz gleich, wie verrucht sie auch grinsen mochten. Sie war ein Mensch, der Grundsätze hatte und unter allen Umständen daran festhielt. Kein einziger Grundsatz war jemals aufgestellt worden, über den sich Jack Boudreaux nicht hinwegsetzen, unter dem er nicht hindurchtauchen und um den er sich nicht herumschlängeln würde. Sie hatte schon immer zu den tatkräftigen Erdenbürgern gezählt und Probleme frontal in Angriff genommen. Jacks Glaubensbekenntnis bestand darin, Verantwortung soweit wie möglich zu meiden, sich zurückzulehnen und es sich gut gehen zu lassen. *Laissez le bon temps rouler.*

Es war nicht einleuchtend, daß er etwas anderes als reine Verachtung in ihr wachrief, aber es war so. Die Anziehungskraft war da und riß sie jedesmal, wenn er sie ansah, in ihren Sog. Stark, magnetisch, nicht von ihr beeinflußbar. Und das löste neuerliches Unbehagen in ihr aus. Er würde ihr einen Haufen Kummer bereiten. Ein Mann mit Geheimnissen in den Augen und einer Schattenseite, die zu verschleiern er sich die allergrößte Mühe gab. Ein Mann, dessen niedere Instinkte direkt unter der Oberfläche lauerten. Gefährlich, das hatte sie sich schon mehr als einmal gedacht.

»Träumst du von mir, Süße?«

Laurel zuckte erschrocken zusammen und schlug sich eine Hand aufs Herz, ehe sie sich umdrehte. Jack stand direkt an der Hintertür, lehnte lässig an dem gemauerten Türpfosten. Schatten fielen über sein Gesicht, aber sie konnte spüren, daß er sie beobachtete und ihre Reaktion abwartete, und daher setzte sie ihre gesamte Willenskraft ein, um ruhig und locker zu bleiben.

»Dich interessiert nicht die Bohne, wie gut es sich verkauft«, sagte sie trocken. »Du schreibst Horrorromane, weil du liebend gern anderen Leuten einen Schrecken einjagst. Ich wette, du warst ein kleiner Junge von der Sorte, die sich ständig im Kleiderschrank versteckt und jedesmal herausspringt, wenn die Mutter daran vorbeikommt.«

»Oh, ich habe mich oft genug versteckt.« Seine Stimme war so leise, daß Laurel glaubte, sich die Worte nur einzubilden. Gesenkt und rauchig mit einem Anflug von alter Bitterkeit gewürzt. »Mein Alter hat mich mal zwei Tage lang in einen Kleiderschrank gesperrt. Aber ich habe nie versucht, jemanden zu erschrecken. *Mais non.* Meine Schwester, Maman und ich – wir haben ohnehin schon die meiste Zeit in Angst und Schrecken zugebracht.«

Seine Worte, die so beiläufig herauskamen, trafen Laurel mit der Wucht eines Hammerschlags. Mit diesen wenigen Sätzen hatte er ein lebhaftes und entsetzliches Bild seiner Kindheit gezeichnet. Mit nichts weiter als diesen wenigen Worten hatte er in ihr das Mitgefühl mit einem verängstigten kleinen Jungen geweckt.

Er trat aus den Schatten heraus in das silbrige Licht, die Hände in den Taschen, die breiten Schultern herunterhängend. Er wirkte ausgelaugt, erledigt. Sie hatte keine Ahnung, was er in der Zwischenzeit angestellt hatte, seit er von Frenchie's losgestürmt war, aber es hatte seine Energien erschöpft und Falten der Ermattung in sein Gesicht gegraben.

»O Jack...«

»Laß das«, sagte er mit scharfer Stimme und schüttelte ihr Mitgefühl ab, als ließe er einen Ball an sich abschmettern. »Ich bin kein kleiner Junge mehr.«

»Es tut mir leid«, flüsterte sie.

»Warum? Bist du etwa in einem anderen Leben Blackie Boudreaux gewesen?« Er schüttelte wieder den Kopf und trat einen Schritt näher. »Nein, *'tite ange.* Du hattest nichts damit zu tun.«

Nein. Sie war währenddessen vollauf damit beschäftigt gewesen, ihren eigenen Alptraum zu überleben, aber das würde sie ihm nicht sagen, ihn nicht daran teilhaben lassen... sie hatte nie mit jemandem darüber geredet.

»Was hast du hier zu suchen?« fragte sie. »Warum treibst du dich um diese Tageszeit draußen rum?«

»Ich bin auf Raub aus.« Er lächelte bedächtig, und sein Blick glitt betont langsam von ihrem Kopf bis zu ihren winzigen nackten Zehen hinunter. »Ich habe es darauf abgesehen, Damen in ihrer Nachtwäsche zu erwischen.«

Laurel war froh über das schlechte Licht, in dem er nicht erkennen konnte, daß sie von Kopf bis Fuß errötete. Sie hatte vergessen, wie spärlich sie bekleidet war. Nachdem Jack sie jetzt so gütig darauf hingewiesen hatte, war sie enorm befangen, da ihr nur zu deutlich bewußt wurde, daß sie unter einem dünnen T-Shirt, das kürzer war als ein Minirock, nichts weiter als einen lavendelfarbenen Slip trug. Sein Grinsen wurde breiter, und als er die Augenbrauen hochzog, besagte sein Ausdruck eindeutig: »Jetzt hab' ich dich erwischt.«

Sie verschränkte die Arme und schaute ihn finster an. »Leute können erschossen werden, wenn sie sich mitten in der Nacht in fremden Gärten herumtreiben.«

Jack ließ seine Blicke wieder über sie gleiten und verweilte auf den üppigen Rundungen ihrer Brüste. »Mmmm… bewaffnet scheinst du nicht zu sein, Süße, aber du könntest mir gefährlich werden – meiner Zurechnungsfähigkeit etwas anhaben«, knurrte er.

Laurel versuchte, schleunigst vor ihm davonzulaufen, stellte jedoch fest, daß er sie zwischen der armlosen Statue einer griechischen Göttin und der Bank in die Enge getrieben hatte, auf der er sie beim Lesen seines Buches ertappt hatte.

»Mir war nicht klar, daß deine Zurechnungsfähigkeit in Frage steht«, sagte sie sarkastisch. »Es scheint die übereinstimmende Auffassung zu herrschen, daß du verrückt bist.«

Er lachte und rückte ein klein wenig näher. »Du bist ganz schön frech, *'tite chatte*. Komm her, und gib mir eine Kostprobe deines Temperaments.«

Er gab ihr keine Gelegenheit, nein zu sagen, sondern verringerte den Abstand zwischen ihnen, raubte ihr einen Kuß und schlang die Arme schnell um sie. Laurel reagierte darauf mit einer ungewohnten Mischung aus Verlangen und Gereiztheit. Die Wut gewann die Oberhand über die Versuchung, und sie wollte das Knie hochreißen, um ihm die Lektion zu erteilen, daß man vorher um Erlaubnis bat. Jack reagierte augenblicklich, wich dem Unheil, das ihm drohte, aus und brachte Laurel aus dem Gleichgewicht. Ehe sie durchschauen konnte, was er tat, lag sie auf der steinernen Bank längelang auf ihm, ihr Kinn auf seiner Brust und ihre Augen vor Erstaunen kugelrund.

Er grinste sie an. »Also, gut, Süße, mach mit mir, was du willst.«

»Ich wäre dir dankbar, wenn du mich aufstehen ließest«, sagte Laurel spröde und stieß ihm gegen die Brust.

»Nein«, murmelte Jack und hielt sie fest, zog sie wieder zu sich herunter, weil sie sonst aufgesprungen und fortgerannt wäre. Er wollte sie in seinen Armen halten, lechzte danach, ihren zarten Körper an seinem zu spüren. Er zog sie eng an sich und knabberte an ihrem Ohr, während er mit einer Hand zart über ihren Rücken strich. »Bleib«, flüsterte er. »Geh nicht fort, Engel. Es ist schon spät, und ich will nicht mit mir allein sein.«

Mit seiner Kraft hätte er sie nicht dort festhalten können, aber das flehentliche Verlangen in seiner Stimme war etwas ganz anderes. Es war subtil, in Humor eingewoben, aber dennoch da. Laurel hielt still, und ihre Augen fanden im Mondschein seine, suchten, waren verwundert, stellten sich mißtrauische Fragen.

»Ich weiß nie, wer du bist, Jack«, sagte sie leise.

Sie hätte nicht wissen wollen, wer er wirklich war, dachte er, als er in ihr hübsches herzförmiges Gesicht mit den zarten aristokratischen Zügen und dem süßen Rosenknospenmund sah. Wenn sie alles über ihn gewußt hätte, wäre sie nicht geblieben. Wenn sie alles über ihn wüßte, würde sie ihn meiden, und er würde niemals die Gelegenheit haben, sie in seinen Armen zu halten, einen gewissen Trost daraus zu schöpfen, sie an sich geschmiegt zu spüren – niemals die Chance haben, sich, wenn auch für noch so kurze Zeit, in der süßen Wonne zu verlieren, sie zu küssen.

Dieses Risiko konnte er heute nacht nicht eingehen. Er hatte zuviel Zeit damit zugebracht, die Überreste seines Gewissens in Stücke zu reißen und die Überreste seiner Seele zu martern. Er fühlte sich allzusehr mitgenommen und zerschmettert, und sie war zu hübsch und zu gut.

Zu gut für deinesgleichen, Jack...

Sie starrte ihn an, und ihre Augen waren so dunkel wie der Mitternachtshimmel, so unsicher wie die eines Kindes. Trotz allem, was sie durchgemacht hatte, haftete ihr immer noch eine Aura von Unschuld an, wie der schwache, nachlassende Duft eines Parfüms. Wie Evie. O Gott, welches Leid dieser Gedanke mit sich brachte! Wenn er sie berührte, würde er ihre Unschuld besudeln, sie zerstören, wie er Evie zerstört hatte. Aber er war nicht stark genug, um edelmütig zu sein, nicht gut genug, um zu tun, was sich gehörte. Er war ein Schurke, der die Frauen mißbrauchte, und, was noch schlimmer war, er war ein Mann, der zwischen dem gefangen war, was er verkörperte und was er wollte. Und er hatte es so verflucht satt, allein zu sein...

»Du traust mir nicht«, flüsterte er und strich ihr zärtlich das Haar aus den Augen. Er fuhr mit den Fingerspitzen über den zarten Umriß ihres Wangenknochens. »Das solltes du auch nicht tun. Ich bin schlecht für dich.«

Die Traurigkeit in seinem Gesicht schwächte die Warnung ab, bis nichts mehr davon übrig war. Sein Mund verzog sich zu einem angedeuteten Lächeln, das zynisch und matt war. Seine dunklen Augen sahen aus, als seien sie hundert Jahre alt. Der böse Jack Boudreaux. Der Teufel in Bluejeans. Ein selbsternannter Lump. Der sie vor sich warnte. Er sah das Paradox nicht, doch Laurel sah es. Er spielte für niemanden den Helden, doch er würde sie vor ihm bewahren.

Sie hatten einen so großen Teil ihres Lebens mit Menschen zugebracht, die behaupteten, gute Menschen zu sein, es aber nicht waren. Jack behauptete von sich selbst, böse zu sein, aber wenn er ein wahrhaft schlechter Mensch gewesen wäre, hätte sie es gewußt, hätte sie es gewittert, hätte sie nicht gewollt, daß er sie küßte, sie berührte, sie in den Armen hielt, während die Nacht sich warm und duftend um sie herum ausbreitete.

Er ist gefährlich…

Ja, das hatte sie sich mehrfach gedacht. Und wenn Jack nicht gefährlich war, dann war das, was sie empfand, wenn er ihr so nah war, mit Sicherheit gefährlich. Sie durfte nicht auf ihn hereinfallen, weder auf seinen Körper noch auf seine angeschlagene Seele oder gar auf den Reiz des Verbotenen. In ihrem Leben war kein Platz für einen Vagabunden. Sie durfte sich nicht noch einmal das Herz brechen lassen; sie war immer noch dabei, die Scherben, in die sie das letzte Mal zerbrochen war, zusammenzuleimen.

Durch den dünnen Stoff ihres weißen und seines schwarzen T-Shirts konnte sie ihr Herz schlagen fühlen. Sie hielt den Atem an und zählte die Herzschläge, sah ihm dabei in die Augen und fragte sich, warum sie ihren eigenen Ratschlag nicht befolgte und einfach ging.

»Also, zum Teufel«, murrte er und zog sie enger an sich, »wenn du mir nicht glauben willst, kann ich es dir ebensogut beweisen.«

Der Kuß war vom ersten Moment an sinnlich. Nicht grob, nicht aggressiv, aber flammend. Glühend heiß. Unverhohlene Sexualität drückte sich darin aus. Warme, feuchte Lippen, die auf ihre trafen, offen, eine Aufforderung, ein Angebot. Er fuhr mit der Zunge langsam den inneren Rand ihrer Lippen nach, ließ sie dann tiefer hineingleiten, forschte, erkundete. Laurel bemühte sich, Luft zu schnappen, und sog statt dessen seinen Atem in sich ein, heiß und mit dem Aroma von Whiskey gewürzt.

Die Glut strömte über sie hinweg, gefolgt von Jacks Händen. Er ließ seine Hände über ihren Rücken gleiten, Schauern nachjagen und neue auslösen, während sie tiefer glitten. Verlangen wogte in ihr auf, verdrängte die Zurechnungsfähigkeit und brannte eine Bresche für instinktivere Reaktionen. Sie wölbte sich ihm entgegen, verlor sich in dem Kuß, im Augenblick. Sie fädelte ihre Finger in sein seidiges schwarzes Haar und verschlang seinen Mund mit ihren Lippen, als sich Bedürfnisse, die zu lange ignoriert worden waren, schlagartig meldeten. Seine Hände glitten über ihren Hintern, kneteten und streichelten. Er packte den Saum ihres T-Shirts und zog es hoch, und seine Knöchel glitten über die angespannte Muskeln ihres Rückens, schlitterten seitlich über ihren Brustkorb.

Laurel fühlte sich, als taumele sie durch das All, benommen, und sie klammerte sich fest an ihren einzigen Anker. Dann lag sie plötzlich ohne ein Dach über dem Kopf auf dem Rücken, unter einem Himmel voller diamantener Lichter und Äste, die mit verwobenem Moos behangen waren, und Jack lag an ihrer Brust, knabberte an ihrer Brustwarze und sog mit den Lippen zart daran. Es war ein ganz unglaubliches Gefühl, das etwas Wildes in ihrem Innern aufflattern ließ und ihr die Selbstbeherrschung entriß...

Selbstbeherrschung. Panik kam in ihr auf. Sie verlor niemals die Selbstbeherrschung. Sie *durfte* die Selbstbeherrschung nicht verlieren. Sie war kein leidenschaftliches Geschöpf... wie Savannah.

»Nein.« Das Wort kam wie ein nicht wahrnehmbarer Hauch heraus. Sie schluckte schwer und probierte es noch einmal, stieß gegen Jacks breite Schultern, als Schuldbewußtsein, Furcht und ein Dutzend weiterer Gefühle sich in ihrer Brust verschlangen und sie wie Ranken um ihre Lunge und ihre Kehle zuzogen. »Jack, nein.«

Seine Hände hielten still, als seine Fingerspitzen sich gerade unter den Gummizug ihres Slips schlichen. Er hob die dunklen funkelnden Augen, um sie anzusehen, und sein Mund verharrte regungslos direkt über der prallen, berstenden Knospe ihrer Brustwarze. Laurel spannte jede einzelne ihrer Muskeln gegen das Verlangen an, ihn einfach weitermachen zu lassen. Ihr Bauch bebte unter seiner Hand, und die Gegend, die darunterlag, verzehrte sich nach seinen

Berührungen. Sie schüttete sich einen eiskalten Eimer Scham über den eigenen Kopf, um die Glut zu ersticken.

Was, zum Teufel, war nur in sie gefahren? Wie konnte sie den Reizen eines Weiberhelden wie Jack Boudreaux erliegen? Und noch dazu auf einer steinernen Bank im Garten ihrer Tante. Sie kannte ihn kaum, traute ihm nicht und war sich noch nicht einmal sicher, ob sie ihn leiden konnte.

Jack beobachtete sie, beobachtete das Aufblitzen der Panik, die Woge von Schuldbewußtsein. Er verstärkte den Druck seiner Hand auf ihrem Bauch kaum merklich und fragte sich, was sie wohl täte, wenn er beharrlich blieb.

»Warum wehrst du dich so heftig gegen etwas, was dein Körper so dringend haben will?« flüsterte er verführerisch, während er sich über sie beugte. »Du willst mich, Engel. Ich will dich.« Er verlagerte sein Gewicht und preßte zur Bekräftigung seiner Aussage seine Erektion gegen ihre Hüfte.

»Ich... ich will es nicht.« Laurel kämpfte mühsam gegen den Drang an, in Panik auszubrechen. Sie sah ihm fest in die Augen, als gäbe ihr dieser Blickkontakt ein gewisses Maß an Einfluß. So ein Blödsinn. Er wog fast vierzig Kilo mehr als sie. Er konnte sich nehmen, was er wollte, wie es die Männer schon seit Anbeginn der Zeiten taten.

»*Tu menti, mon ange*«, murmelte er kopfschüttelnd. »Du belügst dich selbst, nicht mich.«

Seine Finger krümmten sich auf ihr, und die Fingerspitzen streiften flüchtig den Büschel flaumiger Löckchen, der ihre Weiblichkeit bedeckte. Laurel stockte der Atem in der Kehle, als Verlangen sie durchzuckte. Er sah ihr fest in die Augen, als er seine Hand noch ein paar Zentimeter tiefer gleiten ließ, um den warmen, feuchten Spalt ihrer Fraulichkeit zu berühren.

»Ich denke, du hast den Beweis erbracht«, sagte sie erbittert, und Tränen der Frustration und der Scham lösten einen starken Druck hinter ihren Augen aus. »Du bist ein Mistkerl, und ich will dich trotzdem. Diese Tatsache hast du deutlich klargestellt.«

Die uralte Ermattung schlich sich wieder in seine Züge, sickerte aus einem tiefen dunklen Brunnen in seinem Innern nach außen durch. »*Oui*«, sagte er. Er ließ seine Hand auf ihrem Bauch nach oben gleiten, zog ihr T-Shirt herunter und bedeckte sie. Zart und voller Bedauern strich er den Stoff glatt, und seine Mundwinkel verzogen sich. »Und jetzt habe ich die ganze lange Nacht über Zeit, mich zu fragen, warum ich das überhaupt getan habe.«

13

Laurel überprüfte ihr Spiegelbild in dem hohen Spiegel in der Eingangshalle und runzelte die Stirn. Sie hatte kein einziges Kostüm nach Hause mitgebracht. Das Beste, was sie zu bieten hatte, war ein lose sitzender Blazer aus marineblauem Leinen über einem weißen Seidenoberteil und einer mausgrauen Hose. Es war eine förmlichere Kluft als alles, was sie je geplant hatte, während ihres Aufenthaltes hier zu tragen, und doch hätte sie es sich nie gestattet, so formlos gekleidet ihrem Job nachzugehen. Da war wohl nichts zu machen.

Es schien, als hinge sie wie eine Schallplatte in einer Rille fest und geriete immer wieder in Situationen, in denen nichts zu machen war. Ihr war nicht danach zumute, etwas in Angriff zu nehmen, was sie geistig und seelisch mehr beanspruchte als Gartenarbeit, und doch hatte sie T-Grace und Ovide ihre Zusage gegeben. Sie hatte nicht die Absicht, sich mit einem Mann einzulassen, und doch hatte sie sich bis zum Morgengrauen herumgewälzt und von einer Seite auf die andere geworfen, an Jack gedacht und von Jack geträumt. Jack mit seinem diabolischem Grinsen. Jack mit seiner grüblerischen Intensität. Jack mit den überdrüssigen dunklen Augen, die zuviel gesehen hatten. Jack, dessen Berührungen ihr Blut entflammten, dessen Küsse ihr den Atem raubten.

Was wäre gewesen, wenn sie nicht nein gesagt hätte?

Wärme breitete sich in ihr aus. Ihr Herz schlug augenblicklich schneller. Die Falten in ihrer Stirn wurden tiefer.

»Du siehst ganz wie eine Anwältin aus.«

Laurel sah sich um, und ihr Blick fiel auf Caroline, die gerade aus dem Haus gehen wollte. Sie trug ein weiches Baumwollkleid in einem Batikmuster aus leuchtenden Purpur-, Rostrot- und Grüntönen, das eng um ihre schmale Taille saß und weit um ihre Waden schwang. Amethyste, die in Scheiben aus getriebenem Gold eingefaßt waren, hatte sie als Ohrclips angesteckt. Ihr Haar war wie gewöhlich eine perfekte Wolke loser Löckchen. Mit ihrer Aura von majestätischer Macht wirkte sie vollständig gesammelt und gefaßt. Laurel beneidete sie um ihre Selbstbeherrschung.

»Ich will das nicht tun«, gestand sie bedrückt.

Caroline schlang Laurel einen Arm um die Taille und drückte sie tröstlich an sich. »Du fühlst dich dem noch nicht gewachsen?«

»Nein.«

Sie hob eine Hand, um eine Strähne des aschbraunen Haares, die sich gelöst hatte, hinter Laurels Ohr zu streichen, und ihr schmerzte ein wenig das Herz. Unter dem unauffälligen Make-up und hinter den Gläsern ihrer überdimensionalen Brille erweckte Laurel den Anschein eines Kindes, das seinen Mut für den ersten Schultag zusammennimmt – das versuchte, tapfer zu sein, während es sich in Wirklichkeit wünschte, es könnte ungeschoren zu Hause bleiben.

»Ich denke mir, vielleicht bist du schon wieder viel kräftiger, als du weißt, Liebling«, sagte Caroline zärtlich. »Wenn du mehr Zeit verstreichen läßt, ändert das nichts an dem, was vorgefallen ist. Du wirst diesen Kindern niemals ihr Recht verschaffen können. Ich denke, es ist das beste, wenn du statt dessen jemand anderem zu seinem Recht verhilfst.«

Laurel seufzte tief, knabberte an ihrer Unterlippe und nagte den weichen knallroten Lippenstift ab, den sie gerade aufgetragen hatte. Ihr fiel nichts ein, was sie hätte sagen können. Ihre Empfindungen waren zu wirr. Sie wäre am liebsten ewig hier stehengeblieben, mit Carolines Arm um sich, und hätte sich von der Liebe ihrer Tante stützen lassen. Deshalb war sie nach Hause gekommen, und nicht etwa, um sich mit einem religiösen Scharlatan auf Schwierigkeiten einzulassen, und auch nicht, um Vivians Machenschaften abzuwehren oder um sich von Jack Boudreaux in Versuchung führen zu lassen. Sie hatte hier Liebe finden wollen, jemanden, der weit weniger hart über sie urteilte, als sie selbst es tat. Zum ersten Mal seit langer Zeit verspürte sie eine akute schmerzliche Sehnsucht nach ihrem Vater, der all ihre kindlichen Probleme mit einer Umarmung, einem Kuß und bunten Fruchtgummis gelöst hatte. Aber das einzige, was ihr von ihm noch geblieben war, waren ein paar alte Schnappschüsse, seine Krawattennadel aus Langustenpanzer und seine Schwester – Caroline.

Sie holte langsam und tief Atem, erstickte diese Gefühle, schöpfte ein wenig Kraft und konzentrierte sich ganz auf die wenigen Gegenstände, die auf dem Chippendale-Tisch in der Halle verstreut waren. Sie katalogisierte sie, um sich mit etwas anderem zu beschäftigen als mit dem Schwelgen in traurigen Erinnerungen – ein elfenbeinernes Telefon französischer Machart, eine blaue Vase mit einem Weidenmuster und einer chinesischen Landschaft, in der ein duftiger Strauß frisch geschnittener Blumen prangte, ein Zinngefäß, in dem die verschiedensten Autoschlüssel lagen, und ein einzelner Ohrring.

»Ich werde es schon schaffen«, sagte sie und ihr Blick heftete sich auf den Ohrring. Er war herzförmig und groß, aus angelaufenem Silber und mit Bergkristallen und Buntglasscherben. Sie fischte ihn aus dem Gefäß, um einen Vorwand für einen Themenwechsel zu finden. »Gehört er dir?«

Caroline sah stirnrunzelnd das wertlose Schmuckstück an. »Um Gottes willen, nein. Der muß von Savannah sein.« Sie trat einen Schritt zurück und sah ihrer Nichte ein letztes Mal lange und fest ins Auge, ohne auf diese Ablenkung auch nur im geringsten hereinzufallen. »Falls du jemanden brauchst, mit dem du reden kannst, kommst du hinterher in den Laden und besuchst mich, hörst du?«

Laurel nickte. Caroline hob eine Hand und streichelte zärtlich die Wange ihrer Nichte, und dabei streifte ihr Daumen leicht einen der dunklen Ringe der Ermattung unter ihren Augen. »Ich weiß, wie stark du in Wirklichkeit bist, meine Süße«, sagte sie liebevoll, »und ich weiß, daß du es schaffen wirst. Schließlich bist du eine Chandler, und wir sind aus hartem Holz geschnitzt. Aber rechne nicht damit, daß du innerhalb eines Tages wieder ganz nach oben kommst, und vergiß nicht, daß ich da bin, wenn du mich brauchst.«

»Danke, Tante Caroline«, murmelte Laurel.

Caroline zog die zarten Schultern zurück; in ihren dunklen Augen stand ein Schimmer, und ihre Mundwinkel verzogen sich sarkastisch. »Nichts zu danken. Zieh du nur los und tritt diesem Fernsehprediger die metaphorische Scheiße aus dem Leib.«

Gelächter sprudelte in Laurel auf, und sie lächelte. »Ich werde mein Bestes tun.«

Als Caroline aus dem Haus ging, kam Savannah die Treppe hinunter. Sie trug einen pflaumenfarbenen Seidenkimono, der mit einem Revers und breiten Manschetten aus elfenbeinfarbenem Satin eingefaßt war, die ihr bis weit über die Handgelenke fielen. Laurel beobachtete sie im Spiegel, wie sie die Stufen hinunterstieg, während sie ihren Lippenstift auffrischte, und dabei versuchte sie, sich ein Bild von der Stimmung ihrer Schwester zu machen. Savannah war erst kurz vor dem Morgengrauen zurückgekommen, und offensichtlich bemühte sie sich, gegen die Nachwirkungen der langen Nacht anzukämpfen. Sie hatte eine Augenmaske aus blauem Gel gegen verquollene Lider aufgetragen und setzte auf der Treppe behutsam einen Fuß vor den anderen. Ihre Lippen waren geschwollen und rot, und ihr Haar fiel ihr so wüst wie die Mähne einer Hexe um die Schultern.

Die Augen der beiden trafen sich im Spiegel, und Laurel schluckte die Frage herunter, die ihr augenblicklich durch den Kopf gingen, aber auch die Beschuldigungen, die ihnen direkt auf den Fersen folgten.

»Ist das dein Ohrring?« Sie hielt das herzförmige Ohrgehänge hoch, während sie sich vom Spiegel abwandte.

Savannah sagte kein Wort, als sie barfuß durch die Halle tappte. Sie starrte den Ohrring einen Moment lang verständnislos an und schnippte dann mit einem Finger dagegen, um ihn baumeln zu lassen. »Ich habe ihn in deinem Wagen gefunden«, sagte sie ausdruckslos. »Wohin gehst du?«

»Runter ins Gerichtsgebäude, um dafür zu sorgen, daß Baldwin aufhört, die Delahoussayes zu belästigen.«

Diese Bemerkung traf Savannah wie ein Stromschlag. Laurel begab sich ins Gerichtsgebäude und tat so, als wäre sie wieder Anwältin. »Himmel, Baby, du kennst diese Leute doch kaum.«

»Ich weiß alles, was ich wissen muß.«

»Du solltest dich nicht mit den Problemen anderer Leute herumschlagen.« *Du solltest dich von mir verhätscheln lassen.*

Laurel öffnete ihre Handtasche und warf ihren Lippenstift und die Autoschlüssel hinein. »Was soll's?« sagte sie achselzuckend. »Ich werde diesen Fall aus der Welt räumen und dann wieder langsam treten. Wie klingt das?«

»Wie ein Haufen Scheiße«, fauchte Savannah und verschränkte

energisch die Arme vor der Brust. »Sollen die Delahoussayes doch sehen, wie sie allein zurechtkommen. Sie könnten verdammt noch mal ihre eigenen Kämpfe selbst austragen.« Ihr Mund verzog sich zu einem leichten Lächeln. »Du hast doch gestern selbst gesehen, daß sie allein zurechtkommen. Annie, dieses Miststück, hätte mir fast eine kahle Stelle auf dem Schädel verpaßt.«

Sie hob eine Hand, um sich die Kopfhaut zu reiben, und der Ärmel ihres Kimonos rutschte bis auf ihren Ellbogen. Beim Anblick ihres Handgelenks bekam Laurel große Augen. Die zarte porzellanene Haut war übel zugerichtet und stellenweise aufgescheuert.

»Mein Gott, was ist dir zugestoßen?« fragte sie und packte Savannahs Arm, um ihn sich näher anzusehen.

Savannah fletschte die Zähne, was durch die blaue Augenmaske, die sie wie ein Überbleibsel vom Karneval trug, gespenstisch wirkte. »Ich kann dir versichern, daß du das nicht wissen willst.«

»Oh, doch, ich will es wissen! Was, zum Teufel…«

»Nein«, sagte sie kühl. »Ich kann mich deutlich daran erinnern, daß du mir gesagt hast, du wolltest nichts über mein Sexualleben hören. Du wolltest nicht hören, daß Ronnie Peltier einen Schwanz wie ein Preßlufthammer hat oder daß der Reverend gern Auspeitschspielchen mit mir spielt oder daß ich es gern mit…«

»Hör auf!« schrie Laurel. Sie schleuderte den Arm ihrer Schwester von sich, als sei Savannahs Eingeständnis so ekelerregend, daß ihr die Vorstellung unerträglich war, sie zu berühren oder dieselbe Luft wie sie einzuatmen. Das Herz donnerte in ihrer Brust, als Gefühle, die sie sorgsam unter Verschluß gehalten hatte, sich aufbäumten und durchdrangen und ihre Zunge mitrissen. »Verdammt noch mal, Savannah, warum mußt du das bloß tun? Warum mußt du dich in dieser Form erniedrigen?«

»Weil ich eine *Schlampe* bin.« Savannah warf das Wort wie einen Dolch nach ihr, und ihre Wut riß das wenige an Selbstbeherrschung, was sie noch besaß, entzwei. Sie ging bedrohlich auf Laurel zu, die Augen hinter der Maske zusammengekniffen, die Lippen zurückgezogen. »Ich bin keine glanzvolle kleine Heldin mit leuchtenden Augen. Ich bin das, wozu Ross Leighton mich gemacht hat.«

»Du bist, was du sein willst«, schoß Laurel zurück. »Ross hat dich seit fünfzehn Jahren nicht mehr angerührt…«

»Woher willst du das wissen?« höhnte Savannah und trieb sie mit dem Rücken gegen den Tisch. »Vielleicht ficke ich ihn um der alten Zeiten willen immer noch zweimal in der Woche.«

»Sei still!«

»Was ist los mit dir, Baby? Willst du nichts darüber hören, wie ich meine Beine für unseren guten alten Stiefpapa gespreizt habe, damit du es nicht zu tun brauchtest?«

Die Worte brannten wie Nesseln in Laurels Herz. Das alte Schuldbewußtsein hüllte sie wieder ein wie eine dicke Decke, und ihre Wut riß Löcher hinein und ging wie eine Wildkatze mit den Krallen darauf los. »Ich hatte keinerlei Einfluß darauf, was Ross dir angetan hat«, sagte sie, und ihre Stimme klang vor Gefühlsüberschwang erstickt. »Du kannst mir nicht die Schuld daran zuschieben, und dir selbst kannst du auch keine Schuld daran geben. Es ist eine Dummheit, den Rest deines Lebens damit zuzubringen, dich für etwas zu bestrafen, worauf du keinen Einfluß hattest.«

Savannah trat einen Schritt zurück, und ihr Ausdruck war unter der Maske eine Mischung aus Zynismus und Ungläubigkeit. »Mein Gott, wenn du keine kleine Heuchlerin bist«, sagte sie leise. »Was, zum Teufel, hast du denn mit deinem ganzen gottverdammten Leben angefangen?«

Laurel starrte sie an, überwältigt und geschwächt. Ihre Knie waren butterweich, und ihr Magen zog sich zu einer Faust zusammen.

Mama Pearl kam in die Halle gepoltert, drehte ein rotkariertes Geschirrtuch zwischen den dicken Fingern und schaute so finster, daß ihre Stirn sich zu schwarzen Fleischwülsten zusammenzog. »Was, auf Erden, geht hier vor?« erkundigte sie sich. »Ich höre nur Geschrei und Flüche, als wolltet ihr dem Allmächtigen die Ohren glühen lassen! Was geht hier vor?«

Savannah zügelte ihre Wut und hüllte sich in sie ein, als sie die Schärpe ihres Kimonos zurechtrückte. »Nichts, Mama Pearl«, sagte sie mit ruhiger Stimme. Sie zog sich ein welkes Blatt aus dem Haar und zerbröselte es zwischen den Fingern. »Ich bin nur runtergekommen, um mir eine Kanne Tee zu holen.«

Mama Pearl sah Laurel fragend an und wollte es von ihr bestätigt haben. Laurel rückte ihre Brille zurecht und griff mit einer Hand, die sichtlich zitterte, nach ihrer Handtasche . »Ich muß jetzt gehen«, murmelte sie und weigerte sich, einer der Frauen in die Augen zu sehen. Sie konzentrierte sich ganz darauf, einen Anschein von Selbstbeherrschung zu bewahren.

Sie ging aus dem Haus und trat auf wackligen Beinen in die Saunaschwüle des späten Vormittags hinaus, und dabei dachte sie sich, daß ein Besuch im Gerichtsgebäude nach allem, was sie gerade durchgestanden hatte, ein Kinderspiel sein würde.

Die Klimaanlage im Büro des Sheriffs führte einen aussichtslosen Kampf gegen die Nachmittagssonne, die grell durch das Fenster schien. Sheriff Duwayne Kenner stand mit den Fäusten auf den schmalen Hüften hinter seinem Schreibtisch und überwachte die vergeblichen Bemühungen zweier Monteuere, die versuchten, eine neue Jalousie zu installieren.

»Seht zu, daß ihr das gottverdammte Ding gerade aufhängt«, knurrte er. »Und die linke Seite hängt einen Zentimeter höher als die rechte. Was, zum Teufel, denkt ihr Jungs euch eigentlich dabei – daß ihr das ganze verdammte Gerichtsgebäude kippen könnt, bis die Jalousie endlich gerade hängt?«

Der Monteur, der auf der rechten Seite stand, warf einen Blick über seine fleischige Schulter zurück und blinzelte gegen den Schweiß an, der über seine glänzende dunkle Stirn in seine Augen tröpfelte. Sein blaues Hemd war auf dem Rücken und an den Seiten durchgeschwitzt, und die Schöße waren aus dem tiefsitzenden Hosenbund gerutscht und gaben den Blick auf einen beträchtlichen Fettwulst um seine Mitte frei. Er rang nach Luft und murmelte die erwartete Antwort: »Nein, Sir.«

Der andere Mann – jünger, dünner, finsterer und verbissener – biß den Kiefer zusammen, als er das Wort »Jungs« hörte, und ließ sein Ende der Jalousie so abrupt los, daß die grelle Sonne Kenner mitten ins Gesicht traf.

»Jesus Christus!« Der Sheriff trat eilig einen Schritt zurück, riß den Kopf zur Seite und kniff die Augen fest zu. Das Abzeichen auf seiner schweißfleckigen Khakiuniform glänzte wie Gold.

Die Mundwinkel des jüngeren Mannes schnellten nach oben. »Tut mir leid, Sheriff Kenner«, sagte er mit übertriebener Freundlichkeit.

»Das will ich dir auch geraten haben, du schwarzes Arschloch«, brummte Kenner tonlos. Er drehte sich abrupt um, murrte etwas über die Verschwendung von Steuerngeldern auf Programm zur Chancengleichheit und wandte sich der jungen Frau zu, die vor vollen fünf Minuten sein Büro betreten hatte, weil sie ihn sprechen wollte.

Laurel Chandler. Ross Leightons Stieftocher. Kenner wollte sich zwar bei Leighton einschmeicheln, aber er hatte es trotzdem nicht besonders eilig, das Mädchen anzuhören. Die ganze Stadt hatte von ihr gehört – daß sie oben in Georgia unhaltbare Anschuldigungen vorgebrachte hatte, den Fall verpatzt hatte und daran durchgedreht war. Mit der würde es doch nur Ärger geben. Störenfriede konnte er eine Meile weit riechen – selbst dann, wenn sie parfümiert waren.

Laurel saß auf dem Besucherstuhl, und Schweiß rann ihr an den Seiten und zwischen den Schulterblättern herunter. Ihre Leinenjacke war zerknittert, und sie war gereizt bis ins Mark. Die Bemühungen, die sie am Vormittag unternommen hatte, waren reibungslos abgelaufen, doch sie hatte das Gefühl, mit Kenner würde alles gleich ganz anders aussehen. Er hatte die unverwechselbare Aura eines Provinzlers. Er schien etwa fünfzig zu sein, kräftig und zäh, und er hatte den hageren Körperbau eines Cowboys. Sein stahlgraues Haar war auf der Schädeldecke reichlich ausgedünnt, doch sie bezweifelte, daß ihn auch nur irgend jemand damit aufzog. Wenn Kenner Sinn für Humor hatte, dann unterstützte der Klu Klux Klan die NAACP in ihren Zielen zur Förderung Farbiger.

Er musterte sie mit harten, dunklen Augen. Seine Ungeduld lud die Luft um ihn herum auf, und sein Mund war zu einem grimmigen Strich zusammengekniffen, der Clint Eastwood alle Ehre gemacht hätte. »Was kann ich für Sie tun, Miz Chandler?« fragte er in einem teilnahmslosen Tonfall, der sowohl das geringe Maß seines Interesses als auch seinen Mangel an Bereitwilligkeit bekundete, auch nur irgend etwas für sie zu tun. Laurel atmete die stickige Luft, die nach Schweiß stank, tief ein und veränderte ihre Haltung auf dem Stuhl. »Ich wollte Sie von der Situation zwischen den Delahoussayes von Frenchie's Landing und Reverend Jimmy Lee Baldwin in Kenntnis setzen. Er schikaniert sie und beeinträchtigt den reibungslosen

Geschäftsablauf. Ich habe schon mit Richter Monahan darüber gesprochen.«

Kenner hockte sich mit einer hageren Hinterbacke auf einer Schreibtischkante, griff nach einem Päckchen Camel ohne Filter und schüttelte eine Zigarette gerade so weit heraus, daß er sie zwischen die Lippen stecken konnte. »Das scheint mir eine enorm drastische Maßnahme zu sein«, sagte er, und die Zigarette hüpfte zwischen seinen Lippen auf und ab, als er ein Streichholz aus einem Mäppchen riß und es anstrich.

»Baldwin fällt ihnen nicht nur zur Last, sondern er diffamiert die Delahoussayes und behindert sie in ihrem Recht, ungestört ihren Geschäften nachzugehen.«

Er nahm einen tiefen Zug von seiner Zigarette und tat so, als ließe er sich die Fakten, die sie ihm vorgelegt hatte, durch den Kopf gehen. »Es ist doch niemand verletzt worden, oder?«

»Ist das etwa das Kriterium, nach dem Sie einschreiten?« fragte Laurel kühl. »Sie warten ab, bis jemand Zuflucht zu körperlichen Gewalttätigkeiten genommen hat?«

Seine Augen verengten sich zu Schlitzen, als Kenner Rauch aus der schmalen Nase blies, mit einem Finger auf Laurel deutete und Asche auf den billigen Linoleumboden schnippte. »Ich leiste verdammt gute Arbeit in diesem Bezirk, Missy. Bei allen um uns herum stapeln sich die toten Mädchen wie Klafterholz, und Rauschgifthändler schleichen sich in solchen Massen wie Mokassinschlangen im Rohrdickicht herum. Davon kriegen Sie hier nichts zu sehen, und ich sage Ihnen auch, warum – weil ich nämlich verdammt gut weiß, wem ich einen Arschtritt verpasse.«

»Soviel steht für mich fest.«

»Da können Sie Gift drauf nehmen.« Er nahm einen schnellen Zug von seiner Zigarette und warf über die Schulter einen finsteren Blick auf die Monteure, die mit der Jalousie einen Heidenlärm veranstalteten. »Und ich sage Ihnen noch etwas – ich habe Besseres mit meiner Zeit zu tun, als hinter diesem Fernsehprediger herzulaufen und ihm zu sagen, wohin er pissen darf und wohin nicht.«

Laurel erhob sich anmutig, strich die Falten aus ihrer Hose und zügelte ihr Temperament. Kenner war keineswegs der erste Idiot, mit dem sie aneinandergeriet. »Mir ist vollkommen gleich, wohin er pißt, Sheriff« sagte sie mit ruhiger Stimme. »Von mir aus kann er tun und lassen, was er will, wo immer er es will, solange er es nicht vor Frenchie's Landing tut. Richter Monahan hat eine einstweilige Verfügung erlassen, bis die Formalitäten abgewickelt werden können. So gewissenhaft, wie Sie sind, gehe ich davon aus, daß Sie alles tun werden, was in Ihrer Macht steht, um dafür zu sorgen, daß Reverend Baldwin sich danach richtet.«

Kenner sah sie gelangweilt an, und die Muskulatur in seinem hageren Kiefer arbeitete. Seine Zigarette glimmte zwischen seinen Fingern, und blaue Rauchbänder schlängelten sich in die stehende Luft. »Ich weiß, wer Sie sind, Miz Chandler«, sagte er leise. »Ich kann hier keine Frau mit einer überaktiven Phantasie brauchen, die in meinem Bezirk rumrennt und jedesmal, wenn sie sich umdreht und ihr die Visage von jemandem nicht paßt, blinden Alarm schlägt.«

Diese höhnische Bemerkung saß. Laurel sperrte sich dagegen, wappnete sich, griff auf ihren Stolz zurück und kramte das Rückgrat heraus, für das sie früher in Scott County berühmt gewesen war. Sie reckte das Kinn in die Luft und sah Kenner in die Augen, ohne mit der Wimper zu zucken. »Ich bringe keine grundlosen Anschuldigungen hervor, Sheriff. Wenn ich Alarm schlage, dann können Sie davon ausgehen, daß ein Wolf darauf lauert, Ihren mageren Arsch abzunagen.«

Kenner schnaubte verächtlich, drückte seine Zigarette aus und warf einen weiteren finsteren Blick auf die Monteure, die ihre Arbeit jetzt ganz eingestellt hatten, um bei dieser Auseinandersetzung nichts zu verpassen.

»Setzt eure faulen Ärsche in Bewegung und bringt diese gottverdammte Jalousie an, ehe ich einen Hitzschlag kriege!«

Laurel wandte sich ab und verließ sein Büro. Sie biß die Zähne zusammen, als ihr Magen sich verknotete und ihre Nerven nachträglich vibrierten. Im Gang war es kühler und dunkler. Das Gerichtsgebäude war vor dem Bürgerkrieg erbaut worden, und für eine Stadt von der Größe von Bayou Breaux war es ein beeindruckendes Bauwerk, drei Stockwerke Backstein mit dorischen Säulen und einer breiten Freitreppe vor dem Haupteingang. Innen befanden sich gewaltige Hallen mit emporstrebenden Decken, an denen sich alte Ventilatoren träge drehten, um die schwüle Luft in Bewegung zu bringen. Die dunkelgrün getünchten Wände waren mit einer Galerie von gerahmten Gemälden prominenter Bürger aus früheren Zeiten geschmückt.

Einen Moment lang lehnte sich Laurel an den kühlen klumpigen Mörtel, schloß die Augen und zwang sich zur Ruhe. Es spielte keine Rolle, was Kenner von ihr hielt. Seine Meinung war keine große Überraschung für sie. Sie stellte sich vor, daß eine ganze Menge Leute diese Auffassung mit ihm teilten. *Die Anwältin, die blinden Alarm schlug.* Diese Schlagzeile versetzte sie immer noch in Wut und brachte sie dazu, um sich schlagen und auf diejenigen losgehen zu wollen, die an ihr gezweifelt hatten.

Ich habe mich nicht geirrt. Sie waren schuldig.

Sie hatte sich nicht geirrt, sie hatte versagt. Das war das schlimmste an der ganzen Geschichte. Das Wissen, daß diese Kinder einem schrecklichen Los überlassen worden waren, weil sie den Beweis nicht hatte erbringen können.

»Niemand wird dir glauben, Laurel... Sag Mama nichts davon.«

Einen Moment lang war sie wieder zwölf Jahre alt, stand in der Tür zum Salon und beobachtete, wie Vivian sich an einem Arrangement von Kallalilien und Rittersporn zu schaffen machte. Sie trug das Geheimnis in ihrem Innern, ein großer pappiger Ball von Worten, der ihre Kehle verklebte. Savannahs Warnung hallte in ihren Ohren wider: *»Niemand wird dir glauben, Laurel. Sag Mama nichts davon. Sie wird nur böse auf dich werden...«* Hilflosigkeit und Furcht packten sie wie eisige Hände und schlugen sich mit ihrem Gerechtigkeitsempfinden herum. Sie wollte es ihr sagen, und sie fand, sie müsse es tun, aber sie stand einfach nur da und beobachtete, wie Vivian die Stirn in Falten zog, außer sich geriet und sichtlich die Fassung verlor, als die Blumen sich ihr weiterhin widersetzten und ihr einfach nicht gefallen wollten...

Sie sog Luft in sich ein wie ein Taucher, der gerade an die Oberfläche gekommen ist, stieß sich von der Mauer ab und bog in eine kleine Nische ein, in der ein Brunnen sprudelte. Sie beugte sich vor und schluckte einen Mundvoll von dem kühlen, stark gechlorten Wasser, feuchtete sich die Finger an und klopfte sich auf die Wangen. Sie schob die Erinnerungen beiseite und wühlte in ihrer Handtasche nach dem Röhrchen Maalox.

Sie würde zu Frenchie's gehen und T Grace und Ovide die Lage erklären müssen. Vielleicht würde sie bei Tante Caroline vorbeischauen und ihr berichten, daß alles einigermaßen gut verlaufen war.

»Wieder eingespannt und im alltäglichen Trott, Laurel?«

Sie zuckte zusammen, als sie Stephen Danjermonds Stimme hörte. Sie hatte ihn nicht näher kommen hören, war zu sehr in sich selbst vertieft gewesen, vermutete sie. Sie schloß ihre Handtasche und trat unauffällig einen Schritt zurück. »Ich habe nur Freunden einen Gefallen getan.«

»Den Delahoussayes?« fragte er, und sein Lächeln sagte ihr, daß er die Antwort bereits kannte. Er stand im Halbschatten, und sein Gesicht war zur Hälfte in Licht und zur Hälfte in Dunkel getaucht, wie eine Gestalt in einem Traum. Laurel empfand die Wirkung als beunruhigend. »In einer Stadt von dieser Größenordnung sprechen sich Neuigkeiten schnell herum«, sagte er und ließ die Hände in die Taschen seiner maßgeschneiderten anthrazitfarbenen Hose gleiten. »Ich hatte beim Mittagessen einen Schwatz mit Richter Monahan. Er war sehr von Ihnen eingenommen.«

»Er war von der Idee eingenommen, Reverend Baldwin das Leben schwerzumachen«, sagte Laurel. »Vor ein paar Jahren hat seine Mutter einem Mann von Baldwins Schlag ein beträchtliches Vermögen vermacht, und später hat man festgestellt, daß er die Spenden seiner Herde für Dinge ausgegeben hat wie klimatisierte Hundehütten und spirituelle Zufluchtstätten an Nacktbadestränden an der französischen Riviera.«

»Sie verkaufen sich unter Ihrem Wert, Laurel. Ich habe mit ihm die Möglichkeit diskutiert, daß sie eventuell für mich arbeiten könnten. Die Idee hat ihm zugesagt.«

Die Idee sagte Laurel gar nicht zu. Irgendwie erschien es ihr allzu vermessen, daß er mit jemand anderem über sie diskutierte. Sie zog die Stirn in Falten. »Ich wünschte, Sie hätten nicht darüber geredet. Ich habe Ihnen doch gesagt, Mr. Danjermond, daß ich nicht mit dem Gedanken spiele, meine Arbeit zu diesem Zeitpunkt wiederaufzunehmen.«

Sein Gesichtausdruck blieb vollkommen unverändert. Die Andeutung eines Lächelns wich nicht, und die kühlen Augen lösten sich nicht von ihr. »Aber Sie wollen doch dafür sorgen, daß Gerechtigkeit waltet, nicht wahr, Laurel? Ein Job und ein Titel, das hat wenig damit zu tun. Sie sind, wer Sie sind.«

So, wie er das sagte, klang es wie etwas Unvermeidliches, als sei das Spielchen, mit dem die Menschheit eine emsige, geschäftige Welt vortäuschte, völlig überflüssig und berührte den Kern des Lebens nicht. Das ganze Drum und Dran ließ sich abschälen, und dann war jeder auf sein eigentliches Wesen reduziert. Sie war die Streiterin für die Gerechtigkeit.

»Für Sie gibt es doch nichts Wichtigeres auf Erden, oder doch?«

Laurel behielt ihre Antwort für sich, da sie das Gefühl hatte, ihm andernfalls in diesem Schachspiel einen gewissen Vorteil einzuräumen. Sie schlang sich die Handtasche wieder über die Schultern und verlagerte ihr Gewicht zur Tür hin. »Ich muß mich jetzt auf den Weg machen. Ich muß zu T-Grace und Ovide gehen und ihnen berichten, was vorgefallen ist, und ich muß dafür sorgen, daß Baldwin kapiert, wie der Hase läuft. Ich setze kein allzu großes Vertrauen darauf, daß Kenner diese Aufgabe übernehmen wird.«

Belustigung funkelte in den Augen des Staatsanwaltes und ließ sein Lächeln strahlender werden. Er drehte sich um und ging mit ihr auf die Tür zu, wobei er darauf achtete, seine langen, geschmeidigen Schritte ihrem Tempo anzupassen. »Ich nehme an, bei Ihnen und Duwayne kann man nicht direkt von Liebe auf den ersten Blick sprechen.«

»Er ist ein Rassist, ein Sexist und ein Wichser«, sagte Laurel platt.

»Und er leistet sehr gute Arbeit.«

»Weil er weiß, wem er einen Arschtritt verpassen muß. Ja, das hat er mir selbst gesagt.«

Sie traten in den geräumigen Säulengang. Eine kapriziöse Brise schlitterte zwischen den Säulen hindurch, zerzauste Danjermonds rabenschwarzes Haar und spielte mit dem Zipfel seiner burgunderroten Krawatte. Er gab eine gute Figur ab, gestand sich Laurel ein, sportlich und elegant, und er schien absolut in seinem Element zu sein, als er jetzt in seinem maßgeschneiderten Anzug vor dem Portal zu den Hallen der Gerechtigkeit stand. Schon allein mit seinem Äußeren würde er es weit bringen, und um so weiter brächte er es wohl mit einem Verstand, der so scharf und klar wie seiner war. Sie konnte ihrer Mutter nicht wirklich vorwerfen, daß sie in ihm einen potentiellen Schwiegersohn sah. Vivian war dazu erzogen worden, an Eheschließungen zu glauben, die dazu dienten, vorteilhafte familiäre Bande zu knüpfen und Prominente in der Familie zu haben. Stephen Danjermond entsprach ihren Anforderungen bis aufs I-Tüpfelchen. Er war ein weitaus angemessenerer Partner für sie als beispielsweise Jack Boudreaux…

»Es gibt einen Trick im Umgang mit Kenner, verstehen Sie«, hob er hervor.

Laurel schaute finster. »Nun, ja, ich glaube nicht, daß ich mir in absehbarer Zeit einen Penis wachsen lassen werde.«

Danjermond lachte und war begeistert über ihre unverblümte Ausdrucksweise. Die Leute rechneten nie damit, daß sie ihre Meinung frei äußern könnte, denn alle gingen davon aus, daß sie automatisch schüchtern und zurückhaltend sein müßte, da sie zierlich und hübsch war. Diese irrige Annahme hatte sie schon mehr als einmal zu ihrem Vorteil genutzt.

»Der Himmel sei vor!« Er hob eine Hand, legte sie unter ihr Kinn, und sein Daumen, der über ihren Kiefer glitt, ließ sie schlagartig aufschrecken. Sexualität und Sinnlichkeit surrten in der Luft um ihn herum, als hätte er plötzlich das Kraftfeld seines Magnetismus' eingeschaltet. Er schaute auf sie hinunter, und seine grünen Augen glühten regelrecht. »Sie sind genau richtig, Laurel, zart gebaut, hübsch und exquisit. Intelligent, direkt und ein Ausbund an Integrität.«

»Kenner hält mich für einen unliebsamen Störenfried.« Sie wich vor ihm zurück, wandte sich ab und schaute auf die Straße hinaus, da sie sich nicht ansehen lassen wollte, daß seine Berührung sie nervös gemachte hatte.

»Ich werde mit ihm reden.«

»Nein.« Sie warf einen Seitenblick auf ihn. »Vielen Dank, aber ich fechte meine Kämpfe selbst aus.«

Dieses verständnisvolle Lächeln zog wieder an seinen Mundwinkeln. Er ließ die Hände erneut in die Hosentaschen gleiten. »Ja, das tun Sie allerdings, Laurel. Soviel ist verbürgt.« Sein Blick wurde grüblerisch. Die Brise legte sich. »Die Schlacht, die Sie in Scott County geschlagen haben – hätten Sie sie gewinnen sollen?«

Laurel mußte sich gegen den Hagel von Gefühlen wappnen, den seine schonungslose Frage über sie hereinbrechen ließ. Ja, sie hätte gewinnen sollen – um der Kinder willen, im Namen des Rechts. Aber sie war nicht stark genug gewesen, und am Ende hatte das Böse gegen sie gesiegt.

»Sie waren schuldig«, sagte sie und lief ohne einen weiteren Blick auf Stephen Danjermond die Treppe hinunter.

14

Laurel bog mit ihrem Acura in Meyette's Werkstatt ein, und ihr graute bei der Vorstellung, aus dem angenehm klimatisierten Wagen aussteigen zu müssen. Sie hatte ihre Jacke abgelegt, aber der Tag war inzwischen schlichtweg zu heiß für jede Bewegung. Es war ein Tag, den man mit leiser Musik und einem guten Buch in einem kühlen Raum hätte verbringen sollen. Diese Vorstellung würde jedoch noch etwa eine Stunde lang wie eine Fata Morgana in ihrer Phantasie schillern.

Savannah hatte den Wagen mit einem nahezu leeren Tank und einer Schicht von Schlammspritzern überzogen zurückgebracht. Sie mußte Gott weiß wo gewesen sein. Laurel hatte beschlossen, auf dem Weg zu Frenchie's Landing vollzutanken und den Wagen selbst zu waschen, nachdem sich die Hitze des Nachmittags gelegt hatte. Die Aussicht darauf, sich körperlich zu betätigen und sich eine einfache und lohnende Aufgabe vorzunehmen, übte einen enormen Reiz auf sie aus. Nur sie allein und der Wagen im Schatten der Auffahrt, ein Eimer und ein Schwamm, leise Musik von Mozart im Hintergrund...

Sie hielt neben Zapfsäulen eines Typs an, die die meisten Tankstellen schon vor zehn Jahren gegen neuere Modelle ausgetauscht hatten, stieg aus und lächelte den Mechaniker an, der den Kopf unter der Motorhaube eines einst zinngrauen Ford herausstreckte.

»Hallo, Miz Chandler.«

»Hallo, Nipper.«

»Ich komme gleich zu Ihnen.«

»Das ist nett.«

Er lächelte sie strahlend an, und kräftige weiße Zähne blitzten in einem hageren Gesicht auf, das mit Schmiere bedeckt war und vor Schweiß triefte. Er war fünfundzwanzig und hatte dichtes, kurzgeschnittenes knallrotes Haar. Laurel nahm an, daß er wahrscheinlich eine Art Schwarm der Mädchen in der näheren Umgebung war, wenn er sich frisch gemacht hatte, aber sie hatte ihn nie anders erlebt als unter der Motorhaube eines Wagens, wenn er aussah wie ein erwachsener Pumuckel.

Meyette's war eine Tankstelle von der Sorte, die nirgends anders als in abgelegenen Kleinstädten existierte. Städter hätten sich von den schäbigen Gebäuden und der geräumigen, dunklen, schmutzigen Werkstatt abschrecken lassen. Den gedrungenen, truhenartigen, alten Cola-Automaten, der neben der Eingangstür auf der Galerie stand, hätten sie vielleicht kurios gefunden, und möglicherweise hätten sie versucht, dem alten Trottel, der die Werkstatt betrieb, diese Antiquität abzuschwatzen, aber sie hätten eher Blasen platzen lassen, ehe sie nach dem Schlüssel für die Toilette fragten, und lieber wären sie verhungert, als die hausgemachte *Boudin*-Wurst zu probieren, die Mrs. Meyette im Laden über die Theke verkaufte.

Dieser Gedanke bot ihr eine Sicherheitsspanne. Die Cajun-Region mochte zwar bei den Touristen zu einer beliebten Attraktion geworden sein, doch es gab immer noch Bereiche ihrer Heimat, die niemals geschändet werden würden.

Laurels Blick fiel auf Jimmy Lee Baldwin, der auf der Galerie der Werkstatt stand und eine Flasche Orange Crush in der Hand hielt, und das Wort »geschändet« hallte in ihrem Kopf wider. Die Freude an ihrer Umgebung trübte sich. Sie konnte ihn nicht ansehen, ohne an die Dinge zu denken, die Savannah über ihn geäußert hatte. Der Mann gehörte zum absoluten Abschaum, wenn man sie fragte. Schon seine bloße Existenz war für anständige Menschen ein Schlag ins Gesicht. Die Erlösung zu predigen und nebenher obszöne sexuelle Akte zu vollziehen war eine Form von Scheinheiligkeit, die eine nahezu unbeherrschbare Wut in ihr auslöste.

Er stieß sich von der Hausmauer ab, als sie auf ihn zukam, strich sich mit einer Hand über die lohfarbene Pomandenfrisur, klatschte sich gleichzeitig sein allzu breites Lächeln ins Gesicht und ließ diese beiden Gesten wie Ursache und Wirkung erscheinen. Er hatte sein weißes Frackhemd durchgeschwitzt und in einem vergeblichen Versuch, gegen die Hitze anzukämpfen, die Ärmel hochgerollt. Sein schmaler schwarzer Schlips hing schlapp herunter, der Knoten war gelöst, und sein oberster Kragenknopf stand offen. Die Bügelfalten seiner schwarzen Hose waren aufgeweicht, und sein Gesamtbild erweckte den Eindruck eines verwahrlosten anrüchigen Handlungsreisenden.

»Miz Chandler, was für eine freudige Überraschung«, sagte er. Dezent wischte er das Kondenswasser, mit dem die Sodaflasche angelaufen war, an seinem Hosenbein ab und reichte ihr die Hand. Er hatte sich ausführlich mit dem Thema Laurel Chandler befaßt, als er heute morgen im Bett gelegen hatte, während der Ventilator Luft über seinen nackten Körper geblasen und er sich von dem nächtlichen Spiel erholt hatte. Er wollte sie, wenn er sie schon nicht als Verbündete haben konnte, dann doch zumindest aus dem Delahoussayes-Lager verjagen. Er war bereit, die Rose seiner Zukunft zu pflücken, doch jedesmal, wenn er die Hand danach ausstreckte, wurde er von diesem niedlichen kleinen Dorn gestochen.

Laurel sah ihn so finster an, als hielte er ihr eine tote Ratte zur näheren Begutachtung hin. »Ich sehe darin überhaupt nichts Erfreuliches, Mr. Baldwin.«

Jimmy Lee preßte den Kiefer zusammen, um dem Drang zu widerstehen, sie als rotzige kleine Göre zu beschimpfen. Er zog die Hand zurück und stemmte sie sich in die Taille. »Es besteht kein Anlaß zu Feindseligkeiten. Wir sind keine gegnerischen Parteien, Miz Chandler. Wir könnten in der Tat sogar Verbündete sein. Wir kämpfen auf derselben Seite, Sie und ich. Gegen das Böse, gegen die Sünde.«

Laurel hätte fast gelacht. »Sparen Sie sich Ihre Predigten für die armen Narren, die an Sie glauben. Wir stehen nicht auf derselben Seite, Baldwin. Ich bezweifle sogar, daß wir derselben Spezies angehören. Nach allem, was ich über Sie gehört und bisher selbst gesehen habe, kann ich nur sagen, daß Sie eine engere Verwandtschaft zu den Dingen haben, die unter toten Baumstümpfen herauskriechen. Vergeuden Sie Ihre Zeit nicht darauf, sich bei mir einschmeicheln zu wollen. Ich habe mit genügend Schlangen zu tun gehabt, um jede, die ich sehe, auf den ersten Blick zu erkennen.«

Glühende Wut loderte in Jimmy Lees Bauch auf. Wenn es etwas auf Erden gab, was er absolut nicht ertragen konnte, dann waren das vorlaute Weiber. Er hätte fast alles für eine Gelegenheit gegeben, ihr eine zu scheuern, aber seine Chance auf Starruhm würde er doch nicht dafür einbüßen, und Nipper Calhoun kam ihm als Zeuge ungelegen.

Er zog die Schultern zu einem steifen Achselnzucken hoch, und als er auf sie hinunterschaute, waren seine lohfarbenen Augen so kalt und ausdruckslos, so bar jeglicher Tiefe wie Goldmünzen. »Ich habe ganz andere Dinge über Sie gehört«, sagte er verkniffen. »Nach allem, was ich gehört habe, nehmen Sie sich wahllos Unschuldige vor.«

Dieser Treffer auf ihren Stolz saß, aber Laurel zuckte mit keiner Wimper. Diese Genugtuung würde sie ihm nicht gönnen. »Es spielt keine Rolle, was Sie über mich gehört haben. Das einzige, was Sie zu interessieren braucht, ist, was Richter Monahan zu sagen hat. Mit Wirkung vom heutigen Tag wird Ihnen hiermit befohlen, von Ihren Belästigungen der Delahoussayes abzusehen und diesen Schikanen ein Ende zu bereiten, und es ist Ihnen ab sofort verboten, auch nur einen Fuß auf deren Anwesen zu setzen. Es freut mich, daß ich Ihnen diese Nachricht persönlich überbringen kann«, sagte sie und bedachte ihn mit einem boshaften Lächeln. »Die Unterlagen werden Ihnen zugestellt. Ich wünsche Ihnen noch einen besonders schönen Tag, Mr. Baldwin.«

Sie wandte sich ab und reckte hochnäsig das Kinn in die Luft, als sie auf das Büro von Meyette's zuging. Jimmy Lee sah ihr nach und hatte das Gefühl, daß all seine sorgsam gestapelten Pläne für seine groß angelegte Kampagne wie ein Kartenhaus um ihn herum einstürzten. Ehe er sich zurückhalten konnte, war er ihr nachgejagt und packte mit einer Hand ihre Schulter, da er vorhatte, sie zu sich umzudrehen und ihr ein paar Kleinigkeiten dazu mitzuteilen, wie man energisch durchgriff.

Jack trat aus dem Schatten der Garage und hakte seine Stiefelspitzen von vorn um den Knöchel des Predigers. Als Laurel sich von dem Mann losriß, zog Jack seinen Fuß zurück, und der Reverend stürzte kopfüber zu Boden. Mit einem gepeinigten Ächzen verschlug es ihm den Atem.

»Oh, hallo. Tut mir leid, Jimmy Lee«, sagte Jack ohne jede Spur von Aufrichtigkeit. »Ich schätze, ich habe nicht aufgepaßt, wo ich hintrete.«

Baldwin zog sich auf die Hände und die Knie, hustete und spuckte zwischen Flüchen Schmutz. Er warf Jack einen gehässigen Blick über die Schulter zu, und sein Gesicht war unter der körnigen Schmutzschicht burgunderrot angelaufen.

»*Bon Dieu!*« rief Jack aus und stellte sich in übertriebener Form schockiert. »Aus deinem Mund kommen ja Worte, die ich nie in der Bibel gelesen habe!«

»Ich bezweifle, daß du je den Buchrücken einer Bibel umgeknickt hast, Boudreaux«, fauchte Jimmy Lee. Er zog sich auf die Füße und versuchte vergeblich, sich die Kleider abzuklopfen. Sein Blick richtete sich so hart und so kalt wie eine Billardkugel auf Jack.

»Nun, ja«, brachte Jack gedehnt heraus, »vielleicht habe ich sie nie gelesen, aber die Bilder habe ich mir angesehen.« Er setzte eine spöttische Miene auf und kratzte sich den Kopf. »Glaubst du, Jesus hat sich seine Bräune auch im Sonnenstudio geholt?«

Jimmy Lee funkelte ihn eine Sekunde lang wütend an und schluckte mühsam seine Wut.

»Was glauben Sie, Miz Chandler?« Jack zog eine Augenbraue hoch und sah Laurel an.

Laurel starrte ihn etliche Sekunden lang an und war vollständig von seinem unerwarteten Auftauchen überrumpelt, von seiner Frage ganz zu schweigen. Sie hatte nicht damit gerechnet, ihn hier anzutreffen, und nach allem, was sich im Gericht zugetragen hatte, hatte sie sich noch nicht darauf vorbereitet, mit ihm zu sprechen. Sie hatte Strategien für Situationen aller Art, die sich in einem Gerichtssaal abspielen konnten, in ihrem Kopf abgeheftet, aber sie hatte keine Strategien für den Umgang mit Männern parat, mit denen sie beinah geschlafen hatte. Sie hatte keine Latte von Liebhabern in der Vergangenheit, bei denen sie Erfahrungen hätte sammeln können. Ihr Exmann war der einzige Mann, mit dem sie sich je ernstlich eingelassen hatte, und wenn Wesley auch ein prima Kerl war, ein intelligenter Mann, ein lieber Mann, dann war er doch kein Mann von Jacks Sorte.

Sie stand sprachlos da, kochte innerlich und beobachtete, wie Jack hinterhältig und amüsiert grinste. Er war braungebrannt und trug kein Hemd, und das dunkle Fragezeichen aus Haaren auf seinem flachen Bauch versuchte immer wieder, ihre Blicke tiefer nach unten auf die ausgeblichene Jeans zu ziehen, die sich an seinen schmalen

Hüften schmiegte und seine Männlichkeit umschloß. Statt dessen konzentrierte sie sich auf das Eis mit Kirschgeschmack in seiner linken Hand und auf seine anmutigen Musikerfinger, die das Ding geschickt am Stiel hielten, damit das Eis nicht auf ihn tropfte. Er führte es an den Mund und knabberte eine Ecke davon ab, ein Vorgang, der ihren Puls um zehn Schläge in der Minute beschleunigte.

»Heute habe ich wirklich meinen großen Tag«, sagte er und seine dunklen Augen funkelten schelmisch. »Ich kriege eine Anwältin zu sehen, der es die Sprache verschlagen hat, und einen Fernsehprediger, der zur Abwechslung den Schmutz nach außen kehrt.«

»Das brauche ich mir von dir nicht bieten zu lassen, Boudreaux«, sagte Jimmy Lee, und seine Stimme war gesenkt und grollte vor Zorn. Er hob einen anklagenden Finger und wedelte damit vor Jacks Gesicht herum. »Der gefeierte Bestsellerautor. Du bist nichts weiter als ein mieser, nichtsnutziger Alkoholiker. Daran kann alles Geld auf Erden nichts ändern.«

»Nee«, sagte Jack und nahm eine täuschend lässige Haltung ein, ein Bein leicht angewinkelt, die rechte Hand in die Taille gestemmt. Er stieß einen übertriebenen Seufzer aus und ließ den Kopf hängen. »Ein Mann ist und bleibt eben, was er ist.«

Im Handumdrehen hatte er Baldwins Hemdbrust gepackt und ihn gegen die Hausmauer geschleudert. Ebenso schnell war die gutgelaunte Maske von ihm abgefallen und von einer Wut abgelöst worden, die wie glühende Kohlen in den Tiefen seiner Augen brannten.

»Ein Mann ist und bleibt eben, was er ist, Jimmy Lee.« Er stieß die Worte zwischen zusammengebissenen Zähnen heraus, und nur wenige Zentimeter lagen zwischen seinem und Baldwins Gesicht. »Du, du bist ein mieser kleiner Scheißer, ein Schwindler und Betrüger. Ich, ich bin der Typ, der dir die Eier in die Kehle tritt und dir die Zähne einschlägt, bis du dir selbst auf die Eier beißt, falls du jemals wieder Miz Chandler zu nahetreten solltest.« Er ließ das Feuer in seinen Augen noch einen Moment lang schimmern, ehe er ein unchristliches Lächeln aufblitzen ließ. »Habe ich mich klar genug ausgedrückt, Jimmy Lee?«

Langsam lockerte sich sein Griff, und er ließ Jimmy Lees Hemdbrust los. Mit einem freundlichen Lächeln unternahm er zum Schein den Versucch, den Stoff zu glätten und den Schmutz herauszuklopfen, ehe er zurücktrat und die Hände auf den Bund seiner Jeans sinken ließ.

»Vielleicht solltes du besser nach Hause gehen und dich umziehen, Jimmy Lee. Du willst doch nicht, daß die Leute dich ansehen und glauben, du hättest Krach mit dem Teufel gehabt und gegen ihn verloren.«

Er entfernte sich ein paar Schritte weit und stieß mürrisch mit der Stiefelspitze gegen das Eis, das er hatte fallen lassen. Er beachtete Baldwin nicht weiter, sondern kramte Kleingeld aus der Tasche und ging auf die kleine weiße Gefriertruhe zu, die neben dem Cola-Automaten emsig surrte. Er konnte spüren, daß sich Baldwins Augen in seinen Rücken bohrten, aber das interessierte ihn nicht die Bohne. Es gab nichts, was ein billiger kleiner Kabelfernsehprediger ihm hätte antun können. Er betrieb kein Geschäft, und einen schlechten Ruf hatte er bereits. Er warf Laurel einen fragenden Blick zu.

»Möchtest du auch ein Eis, *'tite chatte?*«

»Du legst dich mit dem falschen Mann an, Boudreaux«, sagte Baldwin, und seine Stimme bebte vor Wut und Demütigung. »Mit mir solltest du es dir nicht verscherzen.«

Jack warf einen Blick auf ihn, in dem sich deutlich ausdrückte, daß ihn die ganze Szene abgrundtief langweilte. »Stimmt, Prediger. Mit dir will ich mich nicht anlegen. Ich weiß Besseres mit meiner Zeit anzufangen, als dich von meiner Schuhsohle abzukratzen, und daher solltest du mir vielleicht besser aus dem Weg gehen, verdammt noch mal.«

Jimmy Lee schüttelte den Kopf, und ein seltsamer Ausdruck des Erstaunens machte sich auf seinem Gesicht breit. »Du weißt nicht, mit wem du es zu tun hast«, murmelte er, und dann machte er mit seinen spitzen Schuhen auf dem Absatz kehrt und stolzierte zu seinem Wagen.

Laurel sah ihm nach und wandte sich dann Jack zu und stieg auf die Galerie. Sie neigte den Kopf ein wenig zur Seite und musterte ihn. Er war ein Puzzle, ein Labyrinth von Widersprüchen in einem reizvollen kantigen Rahmen. Da ihre forschenden Blicke ihm nicht gefielen, wich er ihren Augen aus und starrte in die Gefriertruhe hinein, aus der eine Woge von Kälte aufstieg.

»Für jemanden, der behauptet, er würde für niemanden den Helden spielen, scheinst du schrecklich viel Zeit darauf zu verwenden, zu meiner Rettung einzuspringen«, sagte sie.

»Mais non«, murmelte Jack und zog ein Eis aus der Gefriertruhe. »Ich, ich habe mir nur einen kleinen Scherz mit Jimmy Lee erlaubt, während mein Vergaser eingestellt wird.«

Er wollte nicht, daß sie etwas in seine Handlungen hineinlas, sagte er sich. Aber in Wahrheit wollte er seine Handlungen selbst nicht allzu genau unter die Lupe nehmen. Er wollte nicht zu tief nach dem eigentlichen Grund für die Woge von Zorn graben, die ihn bestürzt hatte, als Baldwin ihr zu nahe gekommen war. Sie gehörte ihm nicht, er würde nie Ansprüche auf sie geltend machen können, und daher stand es ihm nicht zu, Eifersucht oder übertriebene Beschützerinstinkte an den Tag zu legen.

Ein bedingter Reflex. Genau das war es. Wie viele Male hatte er sich auf Blackie gestürzt, wenn sein Alter sich Maman oder Marie vornehmen wollte? Zahllose Male. Auch sie hatten ihn als ihren Helden bezeichnet. Aber er war nichts weiter als ein Junge gewesen, in dem Zorn und Haß wüteten. Klein, schwach und für nichts zu gebrauchen, und Blackie hatte ihn meistens einfach nur abgeschüttelt. Jetzt war er nicht mehr klein und schwach. Als er Baldwin gegen die Hausmauer geschmettert hatte, hatten ihn ein Adrenalinstoß und ein solches Gefühl von Macht durchzuckt, daß seine Adern jetzt noch davon surrten.

Er warf einen Blick auf Laurel, als er seinen Leckerbissen auswickelte, und er versuchte ihre Konzentration mit einem spöttischen Lächeln abzulenken. »Und außerdem wollte ich nicht, daß du deine Pistole ziehst und ihn erschießt. Wir haben heute einen zu heißen Tag, um eine Leiche in der Sonne liegen zu lassen.« Sie schnitt eine Grimasse, und er lachte. »Was für ein Eis, Engel?«

Laurel kniff die Augen zusammen, als er den Faden ihres Verhörs eklatant zerschnitt. Sie wollte eine direkte Antwort von ihm haben. Sie wollte, daß er entweder gut oder böse war, damit sie ihn in eine Schublade einordnen und vergessen konnte. Aber er war ein Chamäleon, das sich veränderte, ehe man mit der Wimper zucken konnte, und diese Verwandlungen brachten sie aus dem Gleichgewicht und führten dazu, daß sie sich immer wieder fragte, welcher Jack der wahre Jack Boudreaux war.

»Ich finde, du solltest dich entscheiden, Jack«, sagte sie. »Bist du gut oder schlecht?«

Er sah sie an, und seine dunklen Augen glänzten. »Das hängt ganz davon ab, wofür du mich willst, Darling«, murmelte er, und seine Stimme war gesenkt und hatte die Struktur von Rohseide – rauh und glatt zugleich, eine Verlockung für eine Frau, die Hand danach auszustrecken und ihn zu berühren, eine Versuchung, die sie näher heranlocken wollte.

Laurels Herz schlug etwas heftiger; Nervenenden, die er in der vergangenen Nacht geweckt und aufgereizt hatte, regten sich unruhig. Sie sah ihn finster an. »Ich will dich für gar nichts haben.«

Jack beugte sich über die offene Gefriertruhe und forderte sie heraus, nicht zurückzuweichen. Sie rührte sich nicht von der Stelle, doch ihre Schultern spannten sich an, und ihre Kiefer strafften sich. Hinter den Gläsern ihrer überdimensionalen Brille waren ihre Augen dunkler geworden und hatten den Farbton eines stürmischen Meeres angenommen.

»Nur gut, daß du nicht unter Eid aussagst, Frau Rat«, flüsterte er.

Er war ihr nah genug gekommen, um sie zu küssen, und diese Unverfrorenheit hätte er auch gehabt. Diese Aussicht löste eine gefährliche schmelzende Glut in ihrer Mitte aus. Er war schlecht für sie. Das hatte er selbst gesagt. Er stürzte sie zu einem Zeitpunkt in Verwirrung, zu dem sie eine klare Linie brauchte.

»Mach die Gefriertruhe wieder zu, Boudreaux«, sagte sie sarkastisch, »ehe die heiße Luft, die du von dir gibst, sämtliche Eissorten schmelzen läßt.«

Sie betrat den Verkaufsraum der Tankstelle und bezahlte ihr Benzin. Dann plauderte sie noch einen Moment lang mit Mrs. Meyette, die sich nach Tante Caroline und Mama Pearl erkundigte und ihr sagte, sie sei zu dünn, ehe sie ihr ein halbes Dutzend *Boudin*-Spieße zum Mitnehmen aufdrängte. Als sie das Gebäude verließ, war Jack nirgends zu sehen.

Sie weigerte sich standhaft, sich die Enttäuschung einzugestehen, die sie durchflutete. Sie wußte Besseres mit ihrer Zeit anzufangen, als sich Wortgefechte mit ihm zu liefern, und sie mußte annehmen, daß auch er Besseres zu tun hatte. Angeblich war er ein gefeierter Bestsellerautor, doch er schien nie zu arbeiten. Ihr schien es, als triebe er sich ständig in Frenchie's rum und machte ihr das Leben schwer. Und man brauchte keinen Funken Phantasie, um sich auszumalen, daß er den Rest seiner Zeit in einer Hängematte zubrachte und schlief, während dieser gräßliche Köter es sich direkt unter ihm bequem machte.

Sie bemühte sich teuflisch, ihn sich überhaupt nicht auszumalen, als sie nach Hause fuhr und ihre Hose gegen einen leichten, hauchdünnen blauen Rock und eine lose sitzende blaue Baumwollbluse austauschte. Es war still im Haus. Die Läden waren zugezogen, und Mama Pearl hatte eine Nachricht auf dem Tisch in der Eingangshalle zurückgelassen: *Bin beim Kartenspielen. Rote Bohnen und Reis im Topf. Iß bloß was, du!* Montag. Waschtag. Rote Bohnen und Reis zum Abendessen. Laurel lächelte darüber, wie tröstlich solche Bräuche doch waren.

Von Savannah war nirgends etwas zu sehen. Laurel war nicht sicher, ob sie enttäuscht oder erleichtert darauf reagieren sollte. Es gefiel ihr gar nicht, daß die Erinnerungen an ihre Auseinandersetzung am Morgen wie beißender Rauch in ihrem Hinterkopf hingen, aber sie wußte auch nicht, wie sie die Luft wieder reinigen würden. Beide hatten Dinge gesagt, die besser unausgesprochen geblieben wären. Sie konnten die Zeit nicht zurückdrehen und etwas in ihrer Kindheit ändern. Laurel wollte all das in der Vergangenheit zurücklassen und einen neuen Anfang machen, doch Savannah schleppte ihre Vergangenheit wie einen riesigen, zu prall gefüllten Koffer mit sich herum.

Und du tust dasselbe, Baby. Sie konnte die Stimme ihrer Schwester nahezu hören, wütend, anklagend.

»Was, zum Teufel, hast du denn mit deinem ganzen verdammten Leben angefangen?«

Für Gerechtigkeit gesorgt.

Das war etwas anderes, darauf beharrte sie. Sie war Anwältin; das war ihr Beruf. Sie versuchte nicht, die Vergangenheit zu ändern. Sie versuchte nicht, etwas wiedergutzumachen.

Das Wort »Lügnerin« schoß ihr durch den Kopf, und sie hieb darauf ein, ehe es die Gelegenheit hatte, mehr anzurichten, als sie nervös zu machen. Sie mußte aus dem Haus gehen und Dinge erledigen. Wenn sie wieder zurückkam, würde Savannah zweifellos da sein und sie um Verzeihung für die scheußlichen Dinge bitten, die sie gesagt hatte, und sie würde ihr geloben, daß sie nichts von alledem ernst gemeint hatte. Das entsprach ganz Savannahs Art – Umschwünge von heiß zu kalt, von emotionalen Großbränden zu Zerknirschung. Wahrscheinlich war sie im Moment unterwegs und malte sich aus, zu Hause rote Bohnen und Reis vorzufinden und Entschuldigungen als eine zusätzliche Beilage aufzutischen.

Savannah starrte in die Hitze hinaus. Sie schien so massiv zu sein, so drückend, daß sie glaubte, sie in der Luft über dem Bayou hängen zu sehen, wie sie sich auf alles herabpreßte. Sie drang in die Hütte ein, sickerte durch die Fliegengitter, tränkte alles und brachte den wilden barbarischen Geruch des Sumpfes mit sich.

Sie strich sich Haarsträhnen zurück und trat unruhig von einem nackten Fuß auf den anderen. Schweiß überzog ihre Haut, und das trotz des Umstands, daß sie nichts weiter als eine abgeschnittene Jeans und ein knappes schwarzes Bikinioberteil mit einer durchsichtigen Bluse trug, die nicht zugeknöpft war.

Die Stille setzte ihr zu. Sie hatte Coop versprochen, ihn nicht zu stören, aber der Tag war zu einem kompletten Stillstand gelangt. Sogar die Vögel waren unter der Decke der Hitze verstummt. Die Erwartungshaltung, die ein so entscheidender Bestandteil des Sumpfes war, hatte sich verdichtet, bis alles mit angehaltenem Atem auf etwas Unbekanntes, Unsichtbares wartete.

Die Hütte mit den zwei Räumen stand auf Pfählen über dem trüben grünen Wasser. Von Savannahs Aussichtspunkt war kein festes Land zu sehen, nur kahle Zypressen, deren dicke, harte Stämme aus dem Wasser aufragten, mir kurzen, stummelartigen Zweigen, die wie Mißbildungen abstanden, und knorrigen Knoten dicht über dem Wasser. Sie wirkten wie gemarterte Kreaturen, die mit einem Zauberbann belegt worden und versteinert waren, um dem Tod zu ähneln. Um ihre Stämme herum trieben auf der Wasseroberfläche Massen von zartgrüner Entengrütze und Placken von Wasserhyazinthen, die violett schimmerten und unter der brutalen Sonne täuschend fragil wirkten. Seerosenplacken lagen verstreut herum wie eine Ansammlung von dunkelgrünen Frisbeescheiben, die willkürlich über das Bayou geworfen worden waren.

Sie konnte einen Baumstamm sehen, der am Rande eines Dickichts von Rohrkolben teilweise von Wasser bedeckt war, und sie wußte, daß es sich durchaus um einen Alligator handeln konnte. Nicht allzuweit südlich von der Hütte hatten sich in dem kantigen Sumpf einer toten Zypresse Reiher eingenistet, und das Vogelpärchen stand regungslos dort und sah aus wie die kunstvolle Arbeit eines Holzschnitzers, die langen Hälse geschwungen, die schwarzen Schnäbel so gerade und schmal wie Florette.

Die Stille der Vögel irritierte Savannah. Sie wollte, daß sie kreischten und fortflogen, mit ihren riesigen Flügeln die Luft zerteilten. Sie wollte, daß der Alligator nach einem der Fische schnappte, die die Wasseroberfläche kräuselten, wenn sie unsichtbar hochsprangen, um Insekten zu fangen. Sie wollte, daß die Luft sich regte, wollte das Schilfrohr schwanken sehen. Mehr als alles andere wollte sie, daß Coop sich rührte.

Er saß an einem grob gezimmerten Tisch, der an einer Wand mit Fliegengittern stand, starrte hinaus, machte sich von Zeit zu Zeit Notizen und verharrte fast so regungslos wie die Umgebung. Er hatte die Hütte als einen Angelplatz gekauft, aber er fischte nie, wenn er sich hier mit ihr traf. Die meiste Zeit starrte er nur einfach vor sich hin. »Ich absorbiere die unergründliche Intensität des Lebens im Sumpf«, hatte er ihr einmal erklärt. Stundenlang saß er einfach nur da und tat anscheinend nichts, und dann kam er zu ihr, und sie liebten sich auf der alten Matratze, die mit Moos gefüllt war.

Das war ihr geheimes Versteck, eine Vorstellung, die Savannah normalerweise zusagte. Sie paddelte gern in ihrem alten Aluminiumboot ins Bayou hinaus, sagte niemandem ein Wort und bahnte sich einen Weg in die dichte, wuchernde Wildnis, um ihren Geliebten zu treffen. Aber heute ging ihr dieses Arrangement gegen den Strich. Sie schob es auf den Streit, den sie mit Laurel gehabt hatte.

»Warum mußt du das tun? Warum mußt du dich derart erniedrigen?«

Sie riß den Kopf herum und brannte mit ihrem Blick ein Loch in Coopers breiten Rücken. »Hast du nicht lange genug durch dieses Fliegengitter hinausgestarrt?«

Coop lehnte sich zurück und zuckte zusammen, als er spürte, wie steif seine Gelenke von dem langen Sitzen waren. Er fuhr sich mit einer Hand durch das blonde Haar wie ein Mann, der gerade aus einem langen, tiefen Schlaf erwacht ist, und sah über die Schulter Savannah an. Wie immer versetzte ihm ihre zügellose Sexualität einen Hieb, aber auch ihre umwerfende natürliche Schönheit, die sie mit Collagen und Silikon ein wenig grotesk überzogen hatte, weil sie es für angemessen hielt. Sie war derart verführerisch und derart sündig, daß er sich ihrer Wirkung nicht entziehen konnte und sie ihn immer wieder fesselte.

Er verzehrte sich danach, sich abzuwenden und diese Gedanken in seinem Notizbuch festzuhalten, doch davon nahm er Abstand. Savannahs Stimmung schien so unberechenbar wie das Wetter zu sein – eine angespannte Stille, hinter der sich ein aufziehendes Unwetter verbarg. Statt dessen legte er seinen Stift hin und streckte sich.

»Ich möchte dir nicht das Gefühl geben, daß ich dich ignoriere, Liebes«, murmelte er mit seiner ruhigen, einschmeichelnden Stimme. »Aber ich muß meine Notizen fertig kriegen. Ich mache nächstes Wochenende eine APR-Sendung in New Orleans.«

Savannah Augen leuchteten wie die eines Kindes. »Du nimmst mich mit?«

Es hatte mehr von einer Feststellung als von einer Frage. Coop bezweifelte, daß sie ihm auch nur zuhörte, als er sagte: »Mal sehen.« Sie stürmte bereits drauflos und schmiedete Pläne, wie sie sich in einem der Cottages der Maison de Ville treffen würden, ließ sich über ihre Lieblingsrestaurants aus, in denen sie zu Abend essen würden, und über die Einkäufe, die sie dort tätigen würde, die Clubs, die sie besuchen könnten.

Natürlich würde er sie nicht mitnehmen. Er liebte sie zwar, aber er wußte, daß sich diese Liebe innerhalb von klar abgesteckten Grenzen bewegen mußte. Wenn er es ihr gestattete, aus der kleinen Koppel des Bayou Breaux auszubrechen, würde sie ins Kraut schießen und in ihrem Delirium sich selbst und sie beide vernichten. Wie ein edler Tropfen Wein war diese Liebe etwas, woran man genüßlich nippte. Savannah hätte alles gierig in sich aufgesogen, es in sich hineingeschüttet, alles damit vollgespritzt und irrsinnig gelacht.

Er strich ihr mit einer Hand über den Hinterkopf, ließ die Hand auf ihren langen, seidigen Hals gleiten und lächelte erfreut, als sie sich wie eine Katze an ihn schmiegte.

»Komm, laß uns diese Sachen ausziehen«, murmelte er und trat einen Schritt zurück. Er griff nach einer Manschette der hauchdünnen Bluse, die sie trug.

»Nein.« Savannah zog ihre Hand zurück und lächelte scheu, um ihre Schamgefühle zu überspielen. Laurels Worte waren noch zu frisch in ihrer Erinnerung. Coop würde sich dasselbe denken, wenn er die Striemen auf ihren Handgelenken sah – daß sie sich erniedrigte. Das wollte sie nicht von ihm hören, nicht heute. Heute wollte sie so tun, als führten sie ein normales Leben miteinander. Sie sah ihn schüchtern an. »Ich möchte meine Bluse für dich anlassen.«

Er sagte nichts, sondern stand da und sah zu, als sie ihr Bikinioberteil und die abgeschnittene Jeans ablegte und nur noch mit der durchsichtigen weißen Bluse bekleidet war. Der Anblick, den sie bot, war verlockender als das Bild, das sie vollständig nackt geboten hätte. Das wußte sie, denn sie hatte in ihrem Zimmer vor dem Spiegel gestanden und sich genau betrachtet. Provozierend. Angekleidet und doch nicht anständig. Der durchsichtige Stoff war eine hauchdünne Barriere, die einen Mann dazu aufforderte, sie zu durchbrechen, um an die Schätze ihres üppigen weiblichen Körpers zu gelangen.

Coop zog sein Hemd aus und warf es über die Lehne seines Stuhls. Zu seinen Glanzzeiten war er ein Adonis gewesen – kräftig, muskulös, athletisch. Die Muskulatur war mit dem Alter schwächer geworden, und seine Taille war nicht mehr so schmal wie früher, aber er war immer noch ein Prachtexemplar von einem Mann.

Da sie ihm einfach nicht widerstehen konnte, streckte Savannah eine Hand aus und berührte ihn, ließ die Hände über seine Brust gleiten und kostete es aus, das drahtige goldene Haar zu fühlen, das sich als ein Dickicht von Löckchen über seine Brustmuskulatur zog. Sie fuhr mit den Fingerspitzen über seine Seiten bis zu seinem Hosenbund und öffnete den Knopf und den Reißverschluß, während sie sich hinunterbeugte und ihre Zunge über den harten, flachen Knopf einer männlichen Brustwarze rieb.

Sie folgte seinen fallenden Kleidungsstücken nach unten, küßte seinen Bauch, die Spitze seines Beckenknochens und den Ansatz seines Oberschenkels, während sie sich vor ihn hin kniete. Sie streichelte seinen Schaft und lockte ihn mit ihren Lippen, bis er groß und steif war. Sie küßte ihn liebevoll und ehrfürchtig, ließ die Zunge über seine volle Länge gleiten. Sie umschlang ihn mit ihren Lippen, sog mit ihrem heißen, feuchten Mund an ihm, ahmte den Rhythmus des Geschlechtsverkehrs nach und rief ihm ins Gedächtnis zurück, wie schön es für ihn sein würde, wenn er erst tief in ihr eingebettet war.

Zeit spielte für sie keine Rolle. Sie hätte eine Minute oder eine Stunde vor ihm knien können. Sie hätten eine Woche lang miteinander im Bett liegen können. Sie wollte, daß es ewig währte. So zärtlich und bedächtig, wie er sie liebte, ließ Cooper sie glauben, daß es ewig währen könnte, daß sie alle Zeit auf Erden hatten und nicht nur ein paar wenige geraubte Stunden.

Und Zeit spielte auch keine Rolle, als sie hinterher gemeinsam dalagen, die Haut von ihrer beider vermischtem Schweiß verklebt, der schwere exotische Moschus von Sex und Parfüm in der Luft, eingehüllt in den staubigen Geruch der moosgefüllten Matratze. Trotz der Hitze lagen sie umschlungen da, ihre Gliedmaßen miteinander verwoben, mit langsam pochenden Herzen und seichtem Atem, als wollten sie den Frieden, der sich um sie herum herabgesenkt hatte, bloß nicht aufstören.

Das war Glück, dachte Savannah. Mit Cooper hier zu sein. Sie liebte ihn so sehr, daß es ihr Angst einjagte. Es war zu schön, um wahr zu sein. Zu gut für sie. Der Sex mit ihm war so ganz anders als das, was sie bei anderen suchte. Bei anderen fühlte sie sich wild und verrucht. Mit Coop hatte es nichts von Verdorbenheit, Zügellosigkeit, Ausschweifungen und Zerstörung zu tun. Bei ihm empfand sie all die Dinge, nach denen sie sich ihr Leben lang gesehnt und die sie doch nie gefunden hatte. Dieser Gedanke ließ sie ein wenig erschauern. Zu schön, um wahr zu sein.

»Wirst du mich heiraten, Coop?« Die Worte schienen direkt aus ihrem überströmenden Herzen zu sprudeln, und augenblicklich wünschte ein Teil von ihr, sie könnte sie zurücknehmen, denn tief in ihrem Innern wußte sie, wie seine Antwort lauten würde.

Ein paar Momente lang surrte die Stille in der Luft, und dann ertönte das spannungsgeladene Wimmern von Zikaden, ehe schließlich die Spannung einer unausgesprochenen Antwort die Luft erfüllte. Tränen brannten in Savannahs Augen und fraßen sich wie Säure in ihr Herz, und jeglicher goldene Glanz des Moments erlosch.

Jetzt fühlte sie sich so wie das, als was sie alle hinstellten – eine Schlampe, eine Hure, die so etwas wie die Liebe eines anständigen Mannes nicht verdient hatte.

»Warum mußt du dich derart erniedrigen?«

Weil es genau das ist, was Huren tun, Baby.

Coop seufzte, setzte sich auf und lehnte sich mit dem Rücken an das Kopfende des Bettes, als Savannah aufstand. »Diese Bindung kann ich nicht mit dir eingehen, Savannah«, sagte er betrübt. »Du weißt doch, daß ich eine Frau habe.«

Sie stieg in ihre Shorts und riß sie hoch, und ihre Finger fummelten an dem Verschluß herum, als sie ihm durch gesenkte Wimpern einen glühenden Blick zuwarf. »Sie vegetiert doch nur noch vor sich hin.«

»Ich kann sie nicht im Stich lassen, Savannah. Verlang das nicht von mir.«

Frustration schwoll in ihr an und platzte wie eine schwärende Wunde, und das heiße, ätzende Gift durchzuckte sie, drang in jeden Muskel und in jede Faser ihres Wesens ein. Da sie es einfach nicht ertragen konnte, umklammerte sie mit den Händen ihren Kopf und krümmte sich, und ein wilder animalischer Schrei entrang sich ihrer Kehle.

»Sie weiß noch nicht einmal, wer du bist!« schluchzte sie.

Er saß einfach nur da, sah gut aus und wirkte traurig, und seine blauen Augen hefteten sich auf sie, als schaute er sie zum allerletzten Mal an und wollte sich jede Einzelheit deutlich einprägen.

»Aber *ich* weiß, wer ich bin«, flüsterte er, und in dieser ruhigen, einschmeichelnden Stimme waren Aussichtslosigkeit, Fatalismus und ein Gefühl von Unvermeidlichkeit eingefangen, das sie deutlich erkannte, aber nicht hören wollte.

Er würde Astor niemals verlassen, solange sie am Leben war. Und Savannah wußte, daß er sie niemals heiraten würde, denn in seinem lebensechten Drama des Südens war die Ehefrau nicht die Rolle, die er mit ihr besetzt hatte. Es sei denn, sie konnte sich in irgendeiner Form läutern, das herausschneiden und endgültig beseitigen, was sie in all diesen Jahren gewesen war, und diese Aufgabe schien so unmöglich zu sein wie ein Stück aus dem Ozean herauszuschneiden.

Sie starrte ihn ein paar stumme Momente lang mit tränenumflorten Augen an und glaubte zu spüren, daß ihr Herz wie ein gläsernes Ornament zersprang. Dann wandte sie sich ab und verließ ohne ein Wort die Hütte und haßte ihn, haßte sich selbst für das, was sie war... und für das, was sie niemals sein würde.

15

Bei Frenchie's ging es zu wie in einem Tollhaus. Annie war nicht zur Arbeit erschienen, und eine der anderen Kellnerinnen war wegen Krankheit ausgefallen. Somit mußte T-Grace selbst die Kunden an den Tischen bedienen. Sie raste blitzschnell durch die Bar, teilte Teller mit roten Bohnen und Reis aus, servierte Bier, nahm Bestellungen entgegen und gab im Gehen ihre eigenen Bestellungen weiter. Die Hitze und die Feuchtigkeit hatten in Verbindung mit ihrer Gereiztheit dazu geführt, daß sie fix und fertig und gefährlich wirkte. Das rote Haar fiel wie eine gekräuselte Wolke um ihren Kopf. Ihre Augen schienen bereit zu sein, jeden Moment aus ihrem erhitzten Gesicht zu quellen. Sie blieb zwischen den Tischen stehen, strich sich mit dem Handrücken den Pony aus der Stirn und blies sich kühlenden Atem in die Augen, als Laurel auf sie zukam.

»Hast du diesen Jimmy Lee ins Gefängnis werfen lassen, oder was, *chère?*« fragte sie ohne weitere Umschweife.

»Er hat eine offizielle Verwarnung erhalten«, sagte Laurel und hob die Stimme, um sich über das Getöse hinweg verständlich zu machen, das die Billardspieler, laute Gespräche und der Zydeco aus der Jukebox veranstalteten.

T-Grace schnaubte höhnisch und stemmte sich eine Hand in die magere Hüfte. »Ovide, der wird den Mistkerl mit einer Schrotladung in den Arsch warnen, wenn er sich das nächste Mal hier blicken läßt.«

»Dazu würde ich nicht raten«, sagte Laurel geduldig und war insgeheim dankbar dafür, daß die Delahoussayes nicht bereits auf solche Maßnahmen zurückgegriffen hatten. Die Cajuns hatten ihre eigenen Vorstellungen davon, wie sich das gewöhnliche Volk sein Recht verschaffte, eine Tradition, die in dieser Gegend der organisierten Vollstreckung vorauszugehen pflegte. »Falls er Sie noch einmal belästigen sollte, rufen Sie den Sheriff und erheben Anklage.«

»Falls er uns noch einmal belästigen sollte«, sagte T-Grace, und ein durchtriebenes Lächeln zog ihre schmalen Lippen an einem Mundwinkel hoch, »dann werden wir zusätzliche Bedienungen einstellen müssen. Dieses ganze Gezeter, das er im Fernsehen abgelassen hat, war die reinste Gratiswerbung für Frenchie's. Mein Ovide, der gerät schon in Panik, weil er gar nicht mehr weiß, wie er die Kunden alle noch bedienen soll.«

Laurel drehte sich zu *Ovide* um, der so stoisch wie eh und je hinter dem Tresen stand, Bier in Krüge zapfte und die Kronkorken von Flaschen mit langen Hälsen schnippte. Die Schweißperlen auf seiner Glatze wirkten wie Tautropfen auf einem Kürbis. Als er einem Kunden eine Flasche über den Tresen zuschob, spaltete sich sein kurzgeschnittener Bart zu einem Grinsen, und seine weißen Zähne bildeten einen Kontrapunkt zu der roten Narbe, die sich quer über seine Wange zog.

»Also, was ist jetzt der Unterschied zwischen einer toten Anwältin und einem toten Stinktier mitten auf der Straße?« fragte der Kunde. »Von dem Stinktier sind Bremsspuren zu sehen.«

Leonce brüllte vor Lachen über den alten Witz und holte das nächste Bier aus dem Kühlschrank. Jack drehte sich auf seinem Barhocker um und grinste wie eine Katze aus Alice im Wunderland, als sein Blick auf Laurel fiel. Er hatte ein symbolisches Zugeständnis an das Schild gemacht, das hinter dem Tresen an der Wand hing und auf dem stand: »Barfuß und ohne Hemd wird hier keiner bedient.« Das rote Hemd vom Cypress Lanes Bowling-Team war jedoch nicht zugeknöpft und umrahmte einen beträchtlichen Ausschnitt seiner muskulösen Brust und seines flachen Bauchs.

T-Grace streckte eine Hand aus und tätschelte Laurels Wange, und ihre Augen strahlten, als ihr Blick von *une belle femme* auf Jack fiel. »*Merci, ma petite.* Du hast deine Sache gut gemacht, wirklich wahr. Und jetzt setz dich hin, meine Hübsche, und iß etwas, ehe ein Windstoß kommt und dich wegweht, weil du so schmächtig bist!«

Sie packte Laurels Arm mit einem Griff, der Walnüsse geknackt hätte, und zog sie an den Tresen. Dort forderte sie Taureau Hebert auf, sich einen anderen Platz zu suchen, auf den er seinen faulen

Hintern setzen konnte, und somit wurde der Platz neben Jack geräumt.

»He, Ovide!« rief Jack und richtete seinen diabolischen Blick auf Laurel. »Wie wäre es mit einem Champagner-Cocktail für unsere Heldin hier?«

Laurel warf einen Blick auf ihn und beschäftigte ihre Hände damit, ihren Rock glattzustreichen. Ovide stellte einen schäumenden Bierkrug vor sie hin. Jack beugte sich verschwörerisch vor und murmelte: »Was ihm an Kultiviertheit fehlt, das gleicht er mit Feingefühl aus.«

Ein Lachen sprudelte in ihr auf, und Laurel schüttelte den Kopf. Sie konnte ihm anscheinend nicht länger böse sein, ganz gleich, was er auch tat oder sagte oder in ihr auslöste. Es war verrückt. Sie sagte sich, daß sie ihm aus dem Weg gehen sollte, doch jedesmal, wenn sie sich umdrehte, war er mit diesem verruchten anzüglichen Grinsen bereits zur Stelle.

»Arbeitest du denn nie, Boudreaux?« fragte sie und sah ihn finster an.

Sein Grinsen wurde breiter, und Grübchen schnitten sich tief in seine hageren Wangen. »Oh, doch. Und wie. Ununterbrochen.« Er beugte sich näher zu ihr hinüber, stemmte eine Hand hinten auf ihren Barhocker und legte die andere auf ihr Knie. Seine Finger massierten sie sachte und sandten einen elektrischen Stromstoß durch ihren Oberschenkel, der das zarte Fleisch zwischen ihren Beinen prickeln ließ. Seine Stimme senkte sich und wurde heiser, und sein Atem kitzelte ihren Hals. »Im Moment bearbeite ich dich, *tite chatte.*«

Laurel zog eine Augenbraue hoch. »Ach, wirklich? Nun«, brachte sie gedehnt heraus und stach ihm einen Daumen fest zwischen die Rippen, »wenn das so ist, dann gibt es für dich so schnell nichts zu tun, du toller Hecht.«

Jack rieb sich die Seite und schmollte. »Du bist gemein.« Das Funkeln in seinen Augen richtete jedoch seine finstere Miene zugrunde, als er hinzufügte: »Das mag ich an Frauen.«

»Denk an deine Manieren, Jack«, sagte T-Grace mit einem schelmischen Lächeln, als sie einen Teller mit dampfendem Essen vor Laurel abstellte. »Die da, die wird dir zeigen, wo's langgeht, genauso, wie sie es mit diesem verdammten Prediger getan hat.«

Jack grinste und zwinkerte Laurel zu, und sie spürte, wie eine Woge von Wärme, die nichts mit der Hitze des Tages zu tun hatte, sie durchflutete. Es hatte mit Gelächter zu tun, mit Freunden, mit einem Gefühl von Dazugehörigkeit. Diese Erkenntnis ging ihr auf, als würde über ihrem Kopf eine Glühbirne angeschaltet. Sie konnte sich nicht daran erinnern, wann sie sich das letzte Mal irgendwo anders als in Tante Carolines Haus willkommen gefühlt hatte.

In Scott Country war sie immer eine Außenseiterin gewesen und später dann eine Paria, da sie Anschuldigungen gegen Menschen erhoben hatte, von denen niemand glauben wollte, daß sie zu etwas Schlechtem in der Lage waren. Sie hatte sich eingeredet, daß das keine Rolle spielte, daß das einzige, was zählte, Gerechtigkeit war, aber es hatte doch eine Rolle gespielt. Damals hätte sie alles darum gegeben, jemanden in ihrer Umgebung zu haben, der an sie glaubte, sie unterstützte, sie anlächelte, mit ihr scherzte.

Sie dachte an den ersten Abend zurück, an dem sie hierhergekommen war, und sie erinnerte sich wieder an das Gefühl von Isolation, das sie eingehüllt hatte, und an die Einsamkeit, die damit einhergegangen war. Es war nur eine Frage von Tagen gewesen, bis die Menschen hier sie akzeptiert hatten, und akzeptiert zu werden gehörte zu den Dingen, nach denen sie sich gesehnt hatte. Sie hatte dieses Bedürfnis als eine Schwäche angesehen, aber vielleicht war es gar nicht einmal sosehr eine Schwäche, sondern schlichtweg menschlich.

Jetzt hörte sie wieder Dr. Pritchards Stimme, ruhig und sicher. *»Sie sind nicht perfekt, Laurel, Sie sind schließlich auch nur ein Mensch.«*

»Dann ist es dir also wieder einmal gelungen, die Situation zu retten, stimmt's, Baby?«

Savannahs Stimme schnitt mit Schärfe ihre Gedankengänge ab. Laurel drehte sich zu ihrer Schwester um, und Beklemmung ballte sich wie eine Faust in ihrem Bauch zusammen. Savannah stand mit einem Drink in der Hand und mit der anderen Hand auf der Hüfte da. Ihre Brüste drohten, über den Rand ihres schwarzen Bikinioberteils hinauszuquellen, und die transparente Bluse, die sie darüber trug, bot ihr keine zusätzliche Sittsamkeit. Ihr Haar war wirr und fiel in dunklen Locken aus einem Knoten.

»Es war bei weitem nicht so dramatisch«, sagte Laurel und spielte automatisch ihre eigenen Errungenschaften herunter, wie sie es ihr ganzes Leben lang getan hatte.

»Laß den Unsinn, Baby«, sagte Savannah mit einem unangenehmen verkniffenen Lächeln, und ihre blaßblauen Augen leuchteten zu stark. »Sei nicht bescheiden. Wir beide sind ein teuflisch gutes Team, du und ich. Du versohlst allen den Hintern, und ich ficke ihnen das Gehirn raus.«

Laurel biß die Zähne zusammen und preßte einen Moment lang die Augen zusammen, weil sie versuchen wollte, Kraft und Geduld zu schöpfen. Jack ertappte sie dabei und drehte sich mit finsterer Miene zu Savannah um.

»He, Süße, warum gibst du nicht zur Abwechslung mal einen Abend Ruhe?«

»Ooooh!« Savannah wich mit einem übertriebenen Ausdruck von gespielter Furcht vor ihm zurück und preßte sich die freie Hand auf die Kehle. »Was ist denn jetzt los? Jack Boudreaux wächst über sich selbst hinaus, obwohl niemand die Beine für ihn spreizt?«

»Bon Dieu«, murmelte er kopfschüttelnd.

»Was ist?« fragte Savannah, die zwei Wodka-Tonic zwischen sich und die klare Vernunft gelegt hatte und sich von den Wendungen, die ihr Leben einschlug, derart aus dem Gleichgewicht hatte bringen lassen, daß ihr schon alles egal war. »Bin ich dir etwa zu grob, Jack? Das kann man sich schwer vorstellen, wenn man bedenkt, wie du in deinen Büchern die Leute abschlachtest. Ich kann mir nicht vorstellen, daß du an irgend etwas Anstoß nehmen könntest.«

Sie zwängte sich zwischen seinen und Laurels Hocker, streifte absichtlich seinen Arm mit ihrer Brust und bedachte ihn mit ihrem anzüglichsten Blick. »Wir sollten ein paar Runden miteinander durchstehen, Jack«, schnurrte sie und ließ einen glühenden Blick über seinen Schritt gleiten, ehe sie ihm schließlich ins Gesicht sah. »Um uns ein klares Bild voneinander zu machen.«

Mit Intensität in den dunklen Augen und einem schmalen, grimmig zusammengekniffenen Mund sah er sie fest an.

Laurel glitt von ihrem Barhocker und tat ihr Bestes, um gegen das schwache Zittern ihrer Gliedmaßen anzukämpfen. »Komm, Savannah«, sagte sie und versuchte, ihr das Glas aus den Fingern zu nehmen. »Laß uns nach Hause gehen.«

Savannah fiel über sie her, weil sie wütend darüber war, daß Laurel immer den kühleren Kopf behielt, immer die Selbstbeherrschung bewahrte, immer anständig, klug und einwandfrei reagierte.

»Was ist los, Baby? Bringe ich dich in Verlegenheit?« fragte sie und war ebenso wütend auf sich selbst wie auf Laurel. »Das würdest du niemals in diesem Lokal zugeben, stimmt's? Du machst keine Szenen in der Öffentlichkeit. Du ziehst keine Aufmerksamkeit auf dich. Du würdest niemals schmutzige Wäsche vor einem Publikum auslüften. Himmel«, höhnte sie, »du bist genauso schlimm wie Vivian.«

Sie entriß Laurel ihre Hand und ließ dabei Wodka und Tonic über den Rand ihres Glases schwappen. Ihr Gesichtsaudruck grenzte derart nah an Haß, daß es Laurel den Atem verschlug.

»Sei du ruhig weiterhin geziert und anständig«, höhnte sie, und ihre Stimme sprühte vor Gift. »Tu du nur weiterhin immer das, was sich gehört, Laurel. Ich, ich weiß etwas Besseres, um mir die Zeit zu vertreiben.«

Sie machte kehrt und wandte sich ab, und dabei verlor sie beinah das Gleichgewicht, da der Wodka ihr nicht nur die Hemmungen, sondern auch das Gleichgewichtsempfinden genommen hatte. Sie richtete ihre Willenskraft darauf, dem Boden das Schwanken zu untersagen, als sie sich mit wiegenden Hüften entfernte und die Billardspieler ins Auge faßte. Ein hartes Lachen entrang sich ihr, als sie Ronnie Peltier entdeckte.

Laurel preßte sich eine Hand auf den Mund und stemmte sich gegen die Empfindungen, die sie wie Orkanböen durchrüttelten. Sie schien einfach nicht voranzukommen. Jedesmal, wenn sie glaubte, Boden unter den Füßen zu finden, wurde sie um einen Schritt zurückgeworfen. Sie zog sich ganz in sich selbst zurück und hörte den Lärm der Bar nicht mehr, sah den Ausdruck von Sorge nicht, mit dem Jack sie ansah. Das einzige, was sie noch hörte, war ihr eigener Puls, der in ihren Ohren rauschte. Das einzige, was sie noch sah, war, was für ein Fehler es gewesen war, nach Hause zu kommen.

Ohne ein Wort wandte sie sich ab und verließ die Bar. Sie gestattete es sich nicht, auch nur an irgend etwas zu denken, als sie über den Parkplatz lief. Sie setzte einfach nur einen Fuß vor den anderen, bis sie die Böschung erreicht hatte, und dann blieb sie am Ufer stehen, schaute auf das Bayou hinaus und strengte sich gewaltig an, um die Gefühle einzudämmen, die Savannah hatte überströmen lassen. Es half nichts, sich aufzuregen. Savannah war, wer sie war. Ihre Probleme hatten ihren Ursprung in einer Vergangenheit, von der zu lösen sie sich weigerte, von der sie sich vielleicht nicht lösen konnte. Sie hatte Momente, in denen sie alles gesagt und alles getan und auf die Konsequenzen gepfiffen hätte. Es war sinnlos, sich diese Dinge zu Herzen zu nehmen.

Aber es tut weh, sagte ein kleines Stimmchen in ihrem Innern. Die Stimme eines kleinen Mädchens, das sich auf niemand anderen als auf seine große Schwester verlassen konnte, wenn es Trost und Liebe suchte. Die große Schwester, die sich um es kümmerte, es beschützte, sich für es opferte.

Aber wer kümmerte sich um Savannah?

Laurel biß sich auf die Lippen, um gegen den Schmerz anzugehen, und sie kniff die Augen gegen den Schmerz zu. Sie preßte sich die Hände aufs Gesicht und stand zitternd da. Sie fürchtete, wenn sie auch nur atmete, würde der Damm brechen, und sie würde sich in eine bebende Masse von Schwäche, Schuldbewußtsein und Schmerz auflösen.

Jack stand hinter ihr auf der Böschung und rührte sich nicht von der Stelle, während er ihr Ringen beobachtete. Er hätte sie allein lassen sollen. Um keinen Preis auf Erden wollte er in das hineingezogen werden, was sich in der Bar abgespielt hatte. Aber es schien, als könnte er sich einfach nicht dazu bringen, kehrtzumachen und zu gehen. Er verfluchte Savannah dafür, daß sie ein solches Miststück war, verfluchte Laurel dafür, daß sie so tapfer war, verfluchte sich dafür, daß er sich etwas daraus machte. Damit war keinem von ihnen geholfen. Aber schon während er sich diese Tatsache einredete, bewegten sich seine Füße voran.

»Sie ist betrunken«, sagte er.

Laurel schlang sich die Arme um den Oberkörper und heftete den Blick starr auf das ferne Ufer des Bayou. »Ich weiß. Sie hat Probleme, die weit zurückreichen. Ich bin lange Zeit fort gewesen. Mir war nicht klar, daß sie derart... gestört ist«, murmelte sie und suchte verzweifelt nach einem Wort, das gefahrlos erschien, einem Wort, das einen weiten Bogen um den Begriff herum machte, der sich ihr am stärksten aufdrängte. »Ich glaube nicht, daß ich zurückgekommen wäre, wenn ich das gewußt hätte.«

Sie stemmte sich gegen die Wogen von Schuldgefühlen, die dieses Eingeständnis mit sich brachte. *Egoistisch, schwach, feige.* Sie hätte Savannah bereitwillig zu Hilfe kommen müssen, ungeachtet ihrer eigenen anfälligen Verfassung. Das und noch viel mehr war sie ihrer Schwester schuldig. Viel, viel mehr.

Jack trat näher, kam nah genug an sie heran, um eine Andeutung ihres unaufdringlichen weiblichen Geruchs zu schnuppern. Seine Hände legten sich auf ihre Schultern, die so schmal, so zart und so stark waren, und dabei sagte er sich immer noch, er sollte auf der Stelle kehrtmachen, in die Bar zurückgehen und sich das nächste Bier bestellen. »Ich kann mir nicht vorstellen, daß du vor Schwierigkeiten fortläufst, *'tite chatte.*«

Laurel blieb still stehen und nahm seine Berührungen hin, während sie sich sagte, daß sie das nicht hätte tun sollen. Seine Musikerhände waren groß und warm, seine langen Finger zart und wohltuend. Ein Trost, den sie nicht verdient hatte. Verzweiflung schwoll zu einer Woge in ihr an. »Was glaubst du wohl, warum ich überhaupt nach Hause zurückgekommen bin?« fragte sie, und ihre Stimme war vor Scham erstickt.

Weil sie einen Ort brauchte, an dem sie sich verstecken konnte, einen Ort, an dem ihre Wunden heilen konnten, dachte Jack, doch er sagte nichts dergleichen. Es erschien ihm unklug, ihr zu verstehen zu geben, daß er über sie nachgelesen hatte, über sie nachgedacht hatte. Im Moment konnte sie keinen gewissenlosen Menschen brauchen, der sie zu einer Romanfigur verarbeiten wollte. Was sie brauchte, das war eine Schulter. Er beschimpfte sich als einen Dummkopf, drehte sie um und bot ihr seine Schulter an.

»Komm her«, brummte er, als er ihr die Brille absetzte und die Arme um sie schlang.

Laurel preßte die Augen gegen die Tränen zusammen und weigerte sich, sie fließen zu lassen. Sie sagte sich, sie dürfe der Versuchung nicht erliegen, sich an ihn zu schmiegen, doch ihre Arme schlangen sich trotzdem um Jacks schmale Taille. Es tat einfach zu gut, in den Armen gehalten zu werden, ein oder zwei Minuten lang jemand anderen stark sein zu lassen. Es war die reinste Ironie, daß dieser Jemand ausgerechnet Jack war, der selbsternannte Antiheld. Darauf hätte sie ihn möglicherweise hingewiesen, wenn sie sich nicht so verdammt schwach gefühlt hätte.

Die Anstrengung, die es sie kostete, all das in Schach zu halten, ließ sie zittern, als sie ihre Wange an seine Brust schmiegte, an die vom häufigen Waschen weiche Baumwolle seines Bowlinghemdes. Sie konzentrierte sich auf die Töne seines Herzschlags, die strammen Muskeln, die sie in seinem Kreuz spürte, den Duft der Seife, mit dem der beißende Geruch männlichen Schweißes unterlegt war.

»Du hast einen harten Tag gehabt, was, *mon coeur?*« murmelte Jack, und als seine Lippen ihre Schläfe streiften, stieg ihm ein Hauch ihres Parfüms zu Kopf. Sie war so zart und zerbrechlich in seinen Armen, daß er einfach nicht glauben konnte, sie sei stark genug, um die Lasten auf sich zu nehmen, die sie getragen hatte. Die Vorstellung, daß sie es versucht hatte, setzte ihm zu. »Du solltest es so wie ich handhaben«, murmelte er. »Dich um niemand anderen kümmern als um dich selbst. Die Leute machen lassen, was sie wollen. Dir nehmen, was du willst, und den Rest übriglassen.«

»Ach ja?« spottete Laurel und lehnte sich zurück, um zu ihm aufzublicken. »Wenn du so herzlos bist, warum stehst du dann jetzt hier und hältst mich im Arm?«

Er grinste und senkte blitzschnell den Kopf, um an ihrem Hals zu knabbern, und damit entlockte er ihr einen überraschten kleinen spitzen Schrei. »Du riechst gut«, flüsterte er, küßte ihre Wange und ließ die Hände über ihren Rücken gleiten.

Laurel wand sich und zappelte, lachte und riß sich schließlich von ihm los. Sie nahm ihm ihre Brille aus der Hand, tänzelte ein paar Schritte zurück und sah ihm plötzlich in die Augen. Ihr Herz schlug etwas schneller, ihr Gelächter erstarb, und etwas Warmes, Verführerisches und Unsichtbares zog sie an wie die Lockung, die der Mond auf die Gezeiten ausübt. Jack stand in seinen Stiefeln und den Jeans, die vom Tragen Falten bekommen hatten, auf der Böschung, das rote Hemd aufgeknöpft, mit schwarzem Haar, das ihm in die Stirn fiel, die Augen dunkel und glänzend. Eine Cajun-Version von James Dean; der Rebell ohne Ziel.

»Ich habe es dir doch schon gesagt, Süße«, sagte er und zog die

Schultern zu einem lässigen Achselzucken hoch. »Ich, ich will es mir einfach nur gutgehen lassen. Und du scheinst mir eine Dame zu sein, die es dringend nötig hat, ihren Spaß zu haben.« Er zog einen Fuß vor und streckte ihr eine Hand entgegen. »Komm mit, Engel. Laß uns losziehen und unseren Spaß haben, du und ich.«

Sie musterte ihn argwöhnisch. »Spaß? Was ist das?«

Sie konnte sich nicht daran erinnern, wann sie das letzte Mal etwas ausschließlich zum Spaß getan hatte. Ihre Arbeit hatte ihr Leben so lange Zeit ganz und gar in Anspruch genommen, und dann hatte sie diesen Kampf ausgefochten, um nicht in eine Million winziger Scherben zu zerbrechen. Und seit sie nach Hause gekommen war, hatte sie ihr Augenmerk ganz und gar darauf gerichtet, konstruktive Dinge zu tun. Sie hatte die Zeit ausgekostet, die sie im Garten verbracht hatte, aber ihr eigentliches Ziel war es gewesen, etwas Greifbares zu bewältigen, einen Erfolg vorzuweisen, den sie sehen konnte.

Jack sprang mit einem Satz hinter sie, packte sie an den Schultern und schob sie am Ufer entlang zum Anlegesteg. »Was du brauchst, das ist eine Lektion des großen Meisters, Schätzchen. Ich werde dir alles darüber beibringen, wie man seinen Spaß hat.«

Laurel, die sich widerstrebend von ihm antreiben ließ, warf ihm über die Schulter einen skeptischen Blick zu. »Wäre dieser ›Spaß‹, auf den du anspielst, sexueller Natur?«

Seine Grübchen zeigten sich. »Das möchte ich doch hoffen.«

»In dem Fall klinke ich mich aus.« Sie änderte geschwind die Richtung und marschierte auf der Böschung wieder zum Parkplatz zurück.

»Ah, komm schon, *tite ange*«, bettelte Jack und lief um sie herum, um ihr den Weg abzuschneiden. Er setzte seine aufrichtigste Miene auf und preßte sich die Hände aufs Herz. »Ich werde mich benehmen. Ich verspreche es dir.«

Laurel schnaubte ungläubig. »Wirst du etwa auch versuchen, mir ein Grundstück im Sumpf anzudrehen?«

»Nein, aber ich werde dir Gegenden des Sumpfes zeigen. Ich dachte mir, wir könnten eine angenehme und entspannende Bootsfahrt in den Sonnenuntergang unternehmen.«

»Bei Sonnenuntergang in den Sumpf rudern? Bist du verrückt?

Die Moskitos werden uns abschleppen und uns zum Abendessen lecker anrichten!«

»Nicht in dem Boot, das mir vorschwebt.«

Sie sah ihn lange und nachdenklich an und war erstaunt darüber, daß sie sein Angebot auch nur in Erwägung zog. Sie traute ihm keinen Schritt über den Weg. Aber die Vorstellung, gemächlich ins Bayou hinauszurudern, in die Wildnis zu entkommen, die als Kind ihre Zufluchtsstätte gewesen war, übte einen starken Reiz auf sie aus. Und Jack war die personifizierte Versuchung.

»Komm schon, Süße«, redete er ihr gut zu und neigte den Kopf wie ein kleiner Junge zur Seite. Ein unwiderstehliches Lächeln zog an seinen Lippen. Er hielt ihr die Hand hin. »Wir werden es genießen.«

Drei Minuten später stiegen sie in ein Boot, das im Grunde genommen eine kleine vergitterte Veranda auf Schwimmern war. Das Dach war aus wasserdichtem Segeltuch in einem fröhlichen rotweißen Streifenmuster. Zwei Blumenkästen aus Redwood, in denen Geranien und Kletterpflanzen wuchsen, standen als Dekoration beidseits neben der Tür zu dem Bereich mit den Fliegengittern.

»Ist das *dein* Boot?« fragte Laurel, die sich gar nicht erst die Mühe machte, ihre Skepsis zu verbergen.

Jack griff unter die samtigen Blätter einer Geranie, zog den Zündschlüssel heraus und pustete die Erde von dem Schlüssel. »Nein.«

»Nein?« Sie folgte ihm in die Kajüte, und ihr Rechtsempfinden hob den selbstgerechten Kopf. »Was soll das heißen, nein? Du *stiehlst* dieses Boot?«

Er sah sie finster an, als er den Motor anließ und Gas gab. »Ich *stehle* es nicht. Ich *borge* es mir aus.« Laurel verdrehte die Augen. »Anwälte«, murrte er und schaute grimmig, als er sich darauf konzentrierte, das Boot vom Anlegesteg wegzusteuern. »Immer mit der Ruhe, Engel, ja? Das Boot gehört Leonce.«

Nachdem die Frage des Eigentumsrechts aus dem Weg geräumt war, ließ sich Laurel auf eine der tiefen gepolsterten Bänke sinken, die einander vor dem Schaltpult gegenüberstanden. Sie starrte durch die Fliegengitter hinaus und bemühte sich, lockerer zu werden, aber sie fühlte sich etwas gar so sehr einfältig, schüchtern, gereizt und angespannt, und ihr war allzu deutlich bewußt, daß sie mit Jack allein war. Sie versuchte, sich auf die vorbeiziehende Kulisse zu konzentrieren – die Geschäfte, deren Rückfront an das Bayou grenzte, und die baufälligen Bootshütten, die sich hinter ihnen am Ufer drängten; vor den Häusern, die weiter unten das Ufer säumten, standen viele Menschen im Freien, erledigten Gartenarbeiten, plauderten mit Nachbarn oder schauten Kindern beim Spielen zu. Alltägliche Szenen mit Menschen, die ein normales Leben führten. Menschen, die eine gewöhnliche Herkunft und langweilige Jobs hatten.

Dieser Gedanke ließ einen Neid in ihrem Innern anklingen, der surrte und vibrierte wie eine Stimmgabel. Wenn sie einen langweiligen Job und eine gewöhnliche Herkunft gehabt hätte, wären sie und Wesley vielleicht noch zusammen. Vielleicht hätten sie inzwischen ein Kind.

Seufzend trat sie sich die Schuhe von den Füßen, zog die Beine an, legte ihre Füße auf die Bank und setzte sich darauf, machte es sich bequem, ließ unbewußt die Spannung von sich abfallen und versank in Melancholie. Langsam löste sich die Umklammerung, mit der sie ihre Gedanken zusammenhielt, und sie schweifte ab. Sie kamen an L'Amour vorbei, und das Backsteingebäude wirkte leerstehend und erweckte den Eindruck von Einsamkeit, wie es zwischen den moosbehangenen Immergrünen Eichen und den Magnoliensträuchern dastand. Huey beobachtete sie mit einem vergrämten Gesichtsausdruck vom Ufer aus, als sie vorbeifuhren. Dann wurden die Anzeichen der Zivilisation spärlich – gelegentlich war ein Plantagengebäude in der Ferne zu sehen, und vereinzelte Teerpappenhütten wankten auf Pfählen, die vom Alter grau waren, über dem schwarzen Wasser.

Die Vegetation wurde üppiger, wilder. Bäume drängten sich auf dem wenigen Land, das da war, Schulter an Schulter, und ihre Wipfel verschlangen sich zu einem dichten Baldachin aus Grün, der die Abendsonne nicht durchdringen ließ und den Boden darunter in Dunkelheit hüllte. Tulepobäume, Dattelpflaumenbäume, Sumpfgleditschien, Eisenbäume, Judasbäume und ein Dutzend anderer Arten, um deren Stämme herum Knopfblumensträucher, dornige Brombeersträucher und Stechwinden wuchsen. Auf den Ufern wuchsen in dichten Klumpen Schilfgräser mit gelben Ähren und Zichorien, Fächerpalmen und grünes Farnkraut. Kletterpflanzen, flammendrote Klettertrompeten verflochten sich am Wasserrand wie Stickereien, und seichte Stellen waren dicht mit Spinnenlilien und Wasserkohl bewachsen.

Das Bayou verzweigte sich immer wieder, und jeder seiner Arme griff in eine andere Tasche der Wildnis. Manche der Fahrrinnen waren so breit wie Flüsse, andere schmale Rinnsale von Bächen, und sie alle waren Teil eines gewaltigen Labyrinths aus Niemandsland. Der Atchafalaya war eine Gegend, in der es schien, als sei die Welt noch im Entstehen begriffen, in einem ewigen Wandel, einer endlosen Metamorphose, aber doch immer primitiv. Laurel konnte nie hierher hinausfahren, ohne sich in der Zeit zurückversetzt zu fühlen. Genau das hatte immer diesen Reiz auf sie ausgeübt – in eine Zeit zu entfliehen, zu der keines ihrer Probleme existierte. Der Sumpf übte auch jetzt wieder seine Magie auf sie aus, zog sie in eine andere Dimension hinein und ließ all ihre Sorgen in der Ferne zurück, als das Ponton tiefer in die Wildnis hineintuckerte.

Sie kamen durch einen schattigen Korridor von Bäumen, in dem überhaupt kein Land zu sehen war und der Zeugnis von dem ständigen Kampf ablegte, den Wasser und Land hier miteinander führten. Ein Eichhörnchen sprang von einem grauen Baumstamm zum anderen, flitzte hinter einen der Stämme und streckte den Kopf auf der anderen Seite heraus, um das vorüberziehende Boot anzustarren. Vögel sausten überall herum, Grasmücken, Ammern und Pirole mit leuchtendbuntem Gefieder; aufblitzende Farbflecken in der Düsternis, die zwischen dem Filigrangeflecht der Äste umherschwirrten.

Schließlich tauchten sie aus dem natürlichen Laubengang auf und kamen in eine Gegend, in der das Bayou breiter wurde und mehr von einem See als von einem Fluß hatte. Jack manövrierte den Ponton an eine Stelle nahe dem Südufer und brachte sie in eine Position, in der sich ihnen ein Panoramablick auf den Sumpf bot, während die Sonne im Westen tieferglitt. Er drosselte den brummenden Motor und trat aus der Kajüte hinaus, um den Anker über Bord zu werfen. Als er zurückkam, ließ er sich neben Laurel sinken, streckte die Beine vor sich aus und legte die Arme auf die Rückenlehne der Bank.

»Ist es nicht wunderschön?« sagte er leise.

»Mmmmm…«

Der Himmel war die Farbpalette eines Künstlers. Der Horizont im Osten war von einem tiefen, verschwenderischen Purpur und wurde von Azur abgelöst, das wiederum zu einem rauchigen Weiß verblaßte und nach Westen hin, wo die Sonne als ein riesiger Feuerball stand, zu einem tieferen und immer tieferen Orange wurde. Vor ihnen lag der Sumpf, menschenleer, wunderschön und voller Geheimnisse. Laurel sog all das in sich auf, ließ sich von der Stille durchdringen und den Frieden in sich hineinsickern. Der Ponton wiegte sich sanft auf der Strömung, und die Spanung wich aus ihr und bewirkte, daß sich ihre Gliedmaßen schwer und entspannt fühlten.

Als die Motorengeräusche ausblieben, setzte der Chor des Bayous ein. Grillen musizierten im Schilfrohr, eine unsichtbare Streichergruppe. Dann kam der stampfende Baß der Ochsenfrösche, dann die näselnden Banjoklänge der Laubfrösche. Aus größerer Ferne ertönten gelegentlich Vogelrufe zur Begleitung, und in der Nähe des Bootes war das leise Surren von Moskitoheeren zu vernehmen, die sich von der Oberfläche des dunklen Wassers erhoben, um ihre Sonnenuntergangseinsätze zu fliegen.

»Savannah und ich sind früher oft rausgefahren, als wir noch Kinder waren«, sagte Laurel leise. »Wir haben uns nie allzuweit von unserem Zuhause entfernt. Gerade so weit, daß wir geglaubt haben, wir seien in einer anderen Welt.«

Um zu entfliehen. Jack hörte die Worte. Sie hingen in der Luft und waren für jeden greifbar, der die geheimen Sehnsüchte unglücklicher Kinder kennt. »Ich auch«, sagte er. »Ich bin drüben im Bayou Noir aufgewachsen. Ich habe mehr Zeit im Sumpf zugebracht als zu Hause.«

Um zu entfliehen, dachte Laurel. Das hatten sie miteinander gemein.

»Ich hatte ein geheimes Versteck«, gestand er ein und starrte über den Sumpf hinaus in eine andere Zeit. »Ich habe es aus Pfirsichkisten und Latten gebaut, die ich aus dem Zaun der Weide eines Nachbarn gestohlen habe. Dorthin bin ich früher immer gegangen, um meine geklauten Comic-Hefte zu lesen und meine eigenen Geschichten zu erfinden.«

»Hast du sie aufgeschrieben?«

»Manchmal.«

Immerzu. Er hatte sie in Notizbücher gekritzelt und sie sich selbst mit einer Form von schüchternem Stolz vorgelesen, die sich durch nichts anderes je eingestellt hatte. Er hatte nie etwas gehabt, worauf er stolz sein konnte. Sein Daddy war ein hundsgemeiner, nichtsnutziger, mieser Trinker, der ihm immer wieder gesagt hatte, daß aus ihm nie etwas anderes als ein nichtsnutziger, mieser Kerl werden würde. Aber seine Geschichten waren gut. Diese Erkenntnis war eine so wunderbare Überraschung gewesen wie das Weihnachtsfest, als seine *Maman* ihm eine echte Pistole mit Zündplättchen geschenkt hatte – und auch diese hatte er in seinem Versteck aufbewahrt. In Wirklichkeit war diese Überraschung sogar noch viel schöner, weil die Geschichten aus ihm selbst heraus entstanden und bewiesen, daß er für etwas gut war.

Dann war der Tag gekommen, an dem Blackie ihm zu seinem geheimen Versteck hinaus gefolgt war. Betrunken, wie üblich. Gemein, wie immer. Und das Versteck war zertrümmert worden, und die Comic-Hefte und seine Geschichten und die Träume, die sich mit ihnen verknüpften, waren ins Bayou gestürzt.

»So nichtsnutzig und unbrauchbar, wie du es bist, T-Jack…«

Laurel beobachtete sein Gesicht, sah, wie sich sein Kiefer gegen eine unerfreuliche Erinnerung zusammenkniff, sah die Wut in seinen dunklen Augen und die Verletzbarkeit, die darunterlag, und es tat ihr in der Seele weh, ihn so zu sehen. Mit den wenigen Worten, die er über seine Kindheit geäußert hatte, hatte er ein trostloses Bild skizziert. Sie konnte nur vermuten, daß das, was sich jetzt vor seinem geistigen Auge abspielte, ein Kapitel aus jener Zeit war.

»Daddy hatte ein altes *Bâteau* mit einem kleinen Außenbordmotor«, murmelte sie, um etwas gegen seine Anspannung zu setzen. »Er hat Savannah beigebracht, wie man ihn bedient. Das war unser Geheimnis, da Vivian niemals geduldet hätte, daß ihre Töchter so etwas tun. Nachdem er gestorben ist, haben wir uns oft heimlich aus dem Haus geschlichen und sind immer wieder damit rausgefahren. Das hat uns irgendwie das Gefühl gegeben, ihm näher zu sein.«

Und weiter weg von Beauvoir.

Jack wandte sich zu ihr um, verlagerte sein Gewicht auf der Bank und sah ihr forschend ins Gesicht. Sie schien ein wenig verlegen zu sein, als hätte sie dieses spezielle Geheimnis noch nie jemandem erzählt. Diese Vorstellung freute ihn in einer Form, die er nicht hätte zulassen dürfen, doch er versuchte nicht, sich dagegen zu sträuben.

»Als ich ein kleiner Junge war, habe ich geglaubt, meine Familie wäre prima, wenn wir bloß Geld hätten«, sagte er. »Ich dachte, alle Probleme, die wir hatten, kämen nur daher, daß wir arm waren. Das war überhaupt nicht wahr, stimmt's?«

»Nein«, flüsterte sie untröstlich.

Sie starrte auf ihre Hände hinunter und fuhr mit einem Finger über einen Daumennagel, der bis ins Fleisch abgekaut war. Sie wirkte klein und müde und zerbrechlich, nicht kräftig genug, um sich gegen all die Gefühle zur Wehr zu setzen, die durch ihre Heimkehr wieder aufgewühlt worden waren. Der arme kleine Engel. Sie war fortgegangen, um sich ein eigenes Leben aufzubauen, und sie hatte keinen Moment lang den Verdacht geschöpft, das Leben würde sie wieder genau den Problemen in die Arme treiben, vor denen sie geflohen war.

»Dieu«, murmelte Jack und ließ seinen Arm von der Banklehne auf Laurels Schultern gleiten. »Ich mache meine Sache nicht gerade gut, was?« fragte er mit spöttischer Stimme, während er ihre Schulter massierte. Er beugte sich zu ihr hinüber und ließ die Lippen über ihr Ohr gleiten. »Ich habe dich hierhergebracht, damit du deinen Spaß hast, weil ich dir eine Freude machen wollte.«

Wärme wogte in Laurel auf, prickelnd und verlockend. Sie sagte sich, daß sie das nicht wollte, aber die Stimme war nicht streng genug, um sie von ihm abrücken zu lassen. Sie sah ihn sarkastisch an, während ihr Herz in ihrer Brust einen Synkopenrhythmus pochte. »Ich glaube, du hast mich nur hergebracht, weil du dir ausgerechnet hast, daß du dich hier an mich ranmachen kannst.«

Er grinste ein verwerfliches Grinsen, und seine Augen schimmerten in dem verblassenden Licht wie geschliffener Onyx. *»Mais oui, mon cœur«*, murmelte er, und seine rauchige Stimme schnurrte tief in seiner Kehle, als er seinen anderen Arm um sie gleiten ließ. »Genau damit wollte ich dich glücklich machen.«

Hätte irgendein anderer Mann ihr gegenüber eine solche Äußerung gewagt, dann hätte sie ihm mit einer sarkastischen Bemerkung ihrer spitzen Zunge einen solchen Schlag in die Kniekehlen verpaßt, daß er auf allen vieren nach Hause gekrochen wäre. Jacks Arroganz, die durch seinen Sinn für Humor gemildert wurde, flößte ihr lediglich den Wunsch ein, jedes wilde Abenteuer, das er vorschlug, bereitwillig mitzumachen. Das war weder besonders klug noch besonders ungefährlich, aber nichts anderes war verlockender. Als seine Lippen ihre Kehle fanden und er begann, sie mit frechen, kleinen kostenden Küssen zu necken und auf den Geschmack zu bringen, wurde die Versuchung nur noch größer.

»Ich dachte...« Sie ließ ihre Worte abreißen, als sie den atemlosen Klang ihrer eigenen Stimme hörte, räusperte sich und versuchte es noch einmal. »Ich dachte, du hättest versprochen, dich von deiner besten Seite zu zeigen.«

Er lachte verrucht an ihrem Hals, ließ eine Hand über ihren Oberarm gleiten und streifte mit dem Dauem verführerisch ihre Brust. »Das *ist* meine beste Seite, Süße.«

Ein sehnsüchtiger Schauer durchzuckte sie, und sie mußte sich gewaltig zusammenreißen, um sich nicht in seinen Armen zu winden und seine Hand mit ihrer Brust auszufüllen. Sie hatte ihre physischen Bedürfnisse so lange Zeit ignoriert, daß sie vergessen hatte, was es hieß, einen Mann zu begehren.

Nein, beharrte ihr Verstand, und diese Korrektur zerschnitt den Dunstschleier des Verlangens, sie hatte nie *gewußt*, was es hieß, einen Mann zu begehren. Nicht so, wie sie Jack begehrte. Sie war damit aufgewachsen, ihre Sexualität zu unterdrücken und etwas zu meiden, was sie nur von seiner abscheulichen Seite gesehen hatte. Ihre Ehe mit Wesley war eine Eheschließung unter Freunden gewesen, von ihrer Seite aus leidenschaftslos, da sie sich selbst nicht für fähig zur Leidenschaft hielt.

Sie hatte sich geirrt. Als Jack einen Pfad von Küssen auf ihrem langen, schmalen Hals zurückließ und seine Lippen auf den empfindlichen Übergang zu ihrer Schulter trafen, erwachte die Leidenschaft in ihr zum Leben wie ein Feuer, das unter kalter Asche geglimmt hatte. Es verblüffte sie, ängstigte sie. Sie wollte ihn nicht begehren. Sie hatte sich nie vorstellen wollen, sie könnte für die Lockungen des Sex' empfänglich sein.

»Du hast mir gesagt, daß ich dir nicht trauen soll«, sagte sie und bemühte sich, Muskeln anzuspannen, die die Wärme der Begierde zu schmelzen begonnen hatte. »Du hast selbst gesagt, daß du schlecht für mich bist.«

»Du darfst eben nicht auf mich hören, Darling«, murmelte er und küßte sie langsam wieder über ihren Hals zu ihrem Ohr hinauf. Er fuhr mit der Zungenspitze den Rand der zarten Ohrmuschel nach, zog das Ohrläppchen zwischen die Lippen und saugte zart daran. »Ich bin Schriftsteller. Ich verdiene mir meinen Lebensunterhalt damit, Lügen zu erzählen.«

»Dann sollte ich mich davor hüten, dich auch nur auf Armeslänge an mich herankommen zu lassen.«

»Warum? Wir brauchen überhaupt nicht miteinander zu reden, um miteinander zu schlafen. Körper lügen nicht, mein Schätzchen.« Um seine Aussage zu beweisen, nahm er ihre Hand, zog sie vorn auf seine Jeans, preßte ihre Handfläche auf seine Erektion und hielt sie dort fest, während er federleichte Küsse auf ihr Kinn drückte, bis er an ihrem Mundwinkel angelangt war und sich zart mit der Zungenspitze vortastete. »Ich will dich, Engel«, flüsterte er verführerisch. »Das ist keine Lüge.«

Laurel zitterte, als sei sie von einem furchtbaren Fieber gepackt. Ihr war heiß und kalt zugleich, und sie fühlte sich am Rand des Deliriums. Jegliche Logik ließ sie im Stich, als Jack seine Hand fester um ihre schloß und ihre Finger den Beweis für seine Worte greifen ließ. Er war steif und pochte, und als Reaktion darauf fühlte sie ein hämmerndes Pulsieren tief in ihrem Bauch.

Sie schnappte nach Luft und zwang sich aufzustehen, statt zu unterliegen. Sie war wacklig auf den Beinen und froh darüber, daß ihr weiter dünner Rock ihre zitternden Knie verbarg. Sie verschränkte die Arme vor ihrer Taille, riß sich zusammen und kämpfte dagegen an, die Hände nach ihm auszustrecken.

»Ich schlafe nicht einfach mal schnell nebenbei mit Männern, die eingestandenermaßen Lügner und Mistkerle sind«, sagte sie und rang nicht allzu erfolgreich um die ruhige, schneidende Stimme, mit der sie vor Gericht mehr als einen Fall gewonnen hatte.

Jack blickte von der Bank aus zu ihr auf, und seine Augen waren mit geheuchelter Unschuld weit aufgerissen. Er spreizte die Hände auf seiner Brust, erhob sich mit einer lässigen Anmut und schlich sich auf dem engen Raum, den der Ponton bot, an sie heran.

»Habe ich etwa gesagt, ich sei ein Lügner?« fragte er ungläubig. »Oh, nein, *chère*«, schnurrte er und drängte sie mit dem Rücken an das Steuerpult. »Komm her, und laß dich von mir lieben.«

Laurel schüttelte den Kopf und wich zur Seite aus, als er die Arme nach ihr ausstreckte. Sie war überrascht über seine Fähigkeit, blitzschnell die Rollen zu wechseln – erst spöttisch, dann nüchtern, dann verführerisch, dann wieder anzüglich. Das war fast noch zermürbender als sein Geschick darin, sie ihn begehren zu lassen. »Letzte Nacht hast du mich vor dir gewarnt. Heute tust du so, als sei es nie dazu gekommen. Wer bist du diesmal, Jack?«

Sein Ausdruck wurde ernst, als er auf sie hinunterstarrte, und ein Schauer durchzuckte sie. Dieser Jack wirkte enorm männlich und dominant, eine raubgierige Bestie, zu allem imstande. »Ich bin der Mann, der dich lieben wird, bis du jeden Blödsinn vergißt, den ich jemals gesagt habe«, murmelte er.

Wenn er versucht hätte, sie an sich zu reißen, wäre sie ihm ausgewichen. Wenn er ihr zu nahe gekommen wäre, hätte sie ein Knie hochgezogen und es ihm in die Eier gerammt. Wenn er versucht hätte, sie dazu zu zwingen, hätte sie ihr Bestes getan, um die Pistole in ihrer Handtasche in die Finger zu kriegen und auf ihn zu schießen. Aber er tat nichts von alledem. Statt dessen hob er die Hand und legte sie auf ihre Wange, und die Glut in seinen Augen milderte sich zu Zärtlichkeit ab.

»Erlaub es dir, ein klein wenig zu leben, Engel«, flüsterte er. »Zu leben. Nicht, um zu arbeiten, nicht, um für andere etwas durchzufechten. Sondern für den Moment. Für dich selbst. Streck dieses Mal eine Hand nach etwas aus, was du haben willst, und nimm es dir.«

Dann senkte er den Kopf und küßte sie, zart, sanft, versuchsweise. Seine Lippen, fest und geschmeidig und, ach, so geschickt, rieben sich auf ihren und verführten sie dazu, nachzugeben und auf ihn zu reagieren. Er trat einen kleinen Schritt näher, hob die andere Hand und ließ seine Finger in ihr seidiges Haar gleiten.

»Küß mich, *mon cœur*, und überlaß nicht alles nur mir«, befahl er ihr mit gehauchter Stimme. »Nichts auf Erden spricht dagegen.«

Nur, daß sie ihm nicht traute, ihn nicht respektierte und ihr Leben durch eine Affäre nicht noch mehr komplizieren wollte, dachte sie verschwommen. Aber sie verlieh keinem dieser Gründe Ausdruck, da sie glaubte, daß sie in Wirklichkeit nicht allzuviel mit der Gegenwart zu tun hatte. *»Erlaub es dir, ein klein wenig zu leben, Engel...«*

Sie hatte sich so lange Zeit so sehr in acht genommen, daß sie nicht glauben konnte, daß sie jetzt von einem Schlingel wie Jack verführt wurde. Aber das war ja gerade sein Reiz, oder etwa nicht? Daß er schlecht für sie war. Er war ein übler Kerl. Und sie hatte sich immer an die Vorschriften gehalten, immer die richtige Entscheidung getroffen, immer getan, was sich gehörte.

»Streck dieses Mal die Hand nach etwas aus, was du haben willst, und nimm es dir.«

Jacks Mund bewegte sich hartnäckig auf ihren Lippen, schmeichelte, lockte, führte in Versuchung, bot Genüsse an, versprach Seligkeit und garantierte ihr ein oder zwei Stunden köstlicher Selbstvergessenheit, in der die Probleme in ihrem Leben nicht mehr existierten. Und sie begehrte ihn weiß Gott.

Zögernd gehorchte sie seinem Befehl, zog sich auf die Zehenspitzen und lockerte ihre Lippen unter seinen. Ihre Finger ballten sich zur Faust und krallten sich in den Stoff seines Hemdes. Dann schlang er die Arme um sie, verankerte sie an ihm und gab ihr einen sicheren Halt und Geborgenheit, als sie sich ihm öffnete.

Ihre Kapitulation entlockte Jack ein Stöhnen, und er vertiefte den Kuß. Langsam und sinnlich ließ er seine Zunge tief in ihren Mund gleiten, erkundend, suggestiv. Sie antwortete ihm mit einem zaghaften Entgegenkommen, ließ ihre Zunge über seine Unterlippe gleiten und tauchte sie in seinen Mund ein. Er sog sachte an ihr, und Verlangen machte sich in ihm breit, als er sie zart an seinem Körper erschauern fühlte.

Er wollte sie, hatte sie von Anfang an gewollt, diesen Engel mit der reizvollen Mischung aus Feuer und Zerbrechlichkeit. Er begehrte sie in einer Form, in der er schon seit langer Zeit keine Frau mehr begehrt hatte – besitzergreifend und besessen. Er wollte, daß sie sich ihm in einer Form hingab, in der sie sich nie einem anderen Mann hingegeben hatte. Diesen Gedanken hätte er für gefährlich erachtet, wenn er noch zu klarem Denken fähig gewesen wäre.

Ohne den Kuß abreißen zu lassen, setzte er ihr die Brille ab und legte sie auf das Steuerpult, und dann führte er ihre Hände auf seine

Taille und ließ sie dort liegen, während er sein Hemd auszog und es zur Seite warf. Glut durchströmte ihn, geschmolzene, flüssige Glut, die seine Adern versengte und in seinen Lenden sprudelte. Ihm stockte einen Moment lang der Atem, als er ihre Hände spürte, die so kühl und zart auf seiner Brust hinaufglitten.

Laurel erkundete die festen, nachgiebigen Täler und Hügel seines Körpers und staunte über die Kraft, die sie dort fand, staunte über ihre eigene Reaktion auf seine fieberglühende Haut. Sie konnte einfach nicht genug davon kriegen, ihn anzufassen, und sie wollte sich an ihn pressen und diese Kraft und diese Glut von Kopf bis Fuß an ihrem Körper spüren, sie durch ihre Haut in sich aufnehmen. Als er den Saum ihres Oberteils hochzog, drückte sich in dem Laut, der sich ihrer Kehle entrang, nicht etwa ein Protest aus, sondern die begierige Vorfreude auf Genüsse. Von der Taille aufwärts entblößt schmiegte sie sich an ihn, und was von ihrem Atem noch übrig war, verdunstete in ihrer Lunge, als ihre Brüste sich an ihm plattdrückten und dieser Körperkontakt ihre Brustwarzen brennen und schmerzen ließ.

Jack stieß ein leises Knurrren aus, während er sie küßte. Wie ein Bildhauer, der ein Kunstwerk bewundert, ließ er die Hände über ihren Rücken gleiten, liebkosend, forschend, jeder anmutige Schwung, jede Wölbung, jeder Einkerbung, jede Erhebung wurde gedeutet. Er zog sie hoch und preßte sie an seine Hüften, preßte sie an seine Erregung, gab ihr zu verstehen, wie sehr er sie begehrte und wie dringend. Sie schlang die Arme um ihn und klammerte sich an ihn, spiegelte sein Vorgehen wider, als er ihre Kehle und ihre Schulter küßte. Er fühlte, wie ihre Zunge in die Vertiefung unter seinem Kehlkopf eintauchte, und die Flammen des Verlangens züngelten und drohten, ihn um den Verstand zu bringen.

Die rasende Begierde ließ seine Finger unbeholfen vorgehen, als er an dem Knopf und dem Reißverschluß hinten auf ihrem Rock hantierte und mit unkoordinierten Bewegungen das Kleidungsstück aus dem Weg schob. Es senkte sich als eine hauchdünne blaue Wolke herab und fiel um ihre Füße, und kurz darauf fiel ein weißer seidener Slip darauf; endlich hielt er sie nackt in seinen Armen. Er trat einen Moment lang zurück und sog ihren Anblick mit gierigen Augen in sich auf.

Sie war exquisit – zart gebaut, kantig, die Brüste klein und rund mit rosigen Spitzen, die sich nach seinen Berührungen sehnten. Sie war schlank und geschmeidig, doch ihre weiblichen Rundungen waren nicht zu übersehen – und ebenso wenig ihre Unsicherheit, mit der sie sie vorzeigte. Eine zarte Röte wanderte durch ihren Hals und stieg in ihre Wangen auf, als er sie betrachtete – als fürchtete sie, er könnte irgend etwas an ihr auszusetzen haben.

»Viens ici, Chérie«, flüsterte er und hielt ihr die Hand hin. »Komm her, ehe deine Schönheit zu meinem Untergang führt.«

Er zog sie eng an sich, küßte sie gierig und ausgehungert und zeigte ihr deutlich, daß seine Worte nicht nur das routinierte Geschwätz eines erfahrenen Frauenhelden waren. Sie entsprachen der Wahrheit.

Laurel stöhnte. Sie hatte jede Selbstbeherrschung verloren, jedes klare Denkvermögen, alles war von ihr abgefallen bis auf das Verlangen, als Jack sie über seinem festen, muskulösen Unterarm nach hinten bog. *»Erlaub es dir zu leben.«* Sie war vollauf damit beschäftigt gewesen, lediglich zu existieren. Das hier war die Quintessenz des Lebens, das Leben in seiner größten Intensität. Es durchzuckte sie, pulsierte in ihr, ließ sie sich vor Verlangen verzehren.

Als er eine Hand hob, um sie auf ihre Brust zu legen, wölbte sie sich seiner Berührung entgegen, wollte ihn, begehrte ihn, und die Empfindungen, die seine Finger wachriefen, als sie auf ihrem Fleisch spielten, brachten sie zur Explosion. Als er beide Hände über ihr Rückgrat streichen und auf ihren Hintern gleiten ließ, knetete und drückte, schlang sie ihm die Arme um den Hals, zog sich auf die Zehenspitzen, schmiegte sich an ihn, bot sich ihm an, ermutigte ihn. Seine Fingerspitzen trafen sich in der Mitte, und Federkiele reiner fleischlicher Wonne huschten über ihre Nervenenden, um das untere Ende ihres Rückgrats prickeln und schwirren zu lassen. Dann glitt seine Hand zwischen ihrer beider Körper, seine Finger schlüpften in das Nest von weichen Locken, das ihre Weiblichkeit bedeckte, und Feuer brach in ihr aus, verschlug ihr den Atem und ließ jeglichen Zweifel, der ihr möglicherweise noch geblieben war, zu Asche verglühen.

»Genau das ist es, Engel«, flüsterte er und streichelte das seidenweiche, taufeuchte, hypersensible Fleisch zwischen ihren Schenkeln. »Begehre mich. Gestatte es dir, mich zu begehren.«

Langsam ließ er sie auf die rotgeblümten Polster der Bank sinken, die direkt hinter ihr stand, folgte ihr auf die Bank und kniete sich über sie. Sie preßte den Rücken durch und wölbte sich ihm entgegen, als sein Mund ihre Brust fand und er ihre Brustwarze zwischen die Lippen nahm, fest an der angeschwollenen Spitze saugte und dann zärtlich daran sog, sie mit seiner Zunge massierte. Dieses Vorgehen wiederholte er immer wieder von neuem, bis sie glaubte, die Lust keine Sekunde länger zu ertragen, und dann nahm er die andere Brustwarze gefangen und verwöhnte sie mit derselben süßen Folter.

Laurel grub ihre Hände in sein dunkles Haar und bewegte sich unruhig unter ihm, und zarte, zügellose Laute des Verlangens drangen klagend aus ihrer Kehle. Sie schlang die Beine um ihn, hob die Hüften zu seinem Bauch, suchte den Kontakt und war darauf aus, den heftigen Schmerz zu lindern, der im Zentrum ihres Verlangens brannte. Wieder streichelte er zärtlich und verführerisch die geschwollenen, feuchtheißen Blütenblätter ihrer Weiblichkeit und öffnete sie wie eine kostbare, empfindsame Blüte für seine Berührungen. Sie keuchte vor Lust, als er zwei Finger in die heiße, enge seidige Tasche zwischen ihren Schenkeln steckte. Dann fand er mit dem Daumen die sensible Knospe ihrer Lust, stieß mit kaum wahrnehmbaren Berührungen dagegen und rieb sie dann zart, bis sie atemlos war.

Er liebte sie mit seiner Hand, ging ihren Tiefen auf den Grund, zog sich dann so gut wie ganz aus ihr zurück, spreizte die Finger weit auseinander, wenn er sich aus ihr zurückzog, hielt ihre Pforte offen und ließ sie einen Moment lang unausgefüllt, ehe er wieder tief in sie hineinglitt.

»O Gott, Jack!« rief sie rasend und hilflos und gepeinigt auf der Schwelle der Erfüllung aus.

Er hob den Kopf, schaute lächelnd auf sie hinunter und nahm die Röte ihrer Wangenknochen wahr, den Blick ihrer glasigen Augen. Ihre Lippen, die von seinem Kuß geschwollen waren, schimmerten feucht und öffneten sich, flehten ihn an, wie auch ein anderer Teil von ihr sich nach ihm verzehrte.

»Das gefällt dir, Süße?« flüsterte er, streichelte sie tief in ihrem Innern, zog sich langsam wieder aus ihr heraus, öffnete sie und weitete sie.

»Ja... nein«, keuchte sie und hob die Hüften, weil sie ihn wieder in sich spüren wollte.

»Genieß es, Darling. Laß dich gehen«, redete er ihr mit einer Stimme zu, die so weich und rauchig war wie guter Whiskey. »Laß dich von mir glücklich machen. Mmm... ja, das ist es«, murmelte er. Er küßte ihren flatternden Bauch mit offenem Mund, und seine heiße, nasse Zunge tauchte in ihren Nabel ein. »Bist du bereit für mich, Engel?«

Sie schluckte Luft und stemmte sich gegen die Faust des Verlangens, die sich fester und immer fester in ihr schloß. Nie war sie derart bereit gewesen, hatte nie einen Mann derartig begehrt. Als Jack seine Finger aus ihr herauszog, sich aufsetzte und nach dem Knopf seiner Jeans griff, streckte Laurel die Hände aus, um ihm zu helfen, packte den Reißverschluß und konnte es kaum erwarten, ihn zu befreien.

Er wand sich aus ihrer Reichweite, lachte über ihren Eifer und war sicher, daß er in dem Moment, in dem sie ihn berührte, explodieren würde. »Geduld, Engel«, sagte er und mühte sich damit ab, den Reißverschluß über seine Erektion zu ziehen. »Ich werde dafür sorgen, daß sich das Warten für uns beide gelohnt hat, das verspreche ich dir.«

Laurel wollte sich nicht gedulden. Sie wollte Jack. Und zwar jetzt. Sie streckte wieder die Arme nach ihm aus, als er seine Jeans auszog. Dann setzte sie sich auf und preßte glühende Küsse auf seine Brust, während sie die Finger um seinen dicken, pulsierenden Schaft schloß.

Als er spürte, wie ihre kleine Hand ihn streichelte, verlor Jack jede Selbstbeherrschung. Er warf sie auf die Polster zurück und hielt sich mit Mühe und Not davon ab, sich mit voller Wucht in sich hineinzustoßen. Er stieß ihre Hand zur Seite und kniff die Augen fest zu, als er seine Spitze in sie führte. Seine Brust hob und senkte sich. Die Anstrengung, die es ihn kostete, sich zurückzuhalten, ließ jeden seiner Muskeln beben. Dann nahm ihm Laurel die Entscheidung ab, als sie sich unter ihm aufbäumte und ihn halb in sich aufnahm, ehe sie aufschrie.

»O Jack! O Jack! O Gott!«

»Ganz ruhig, Süßes«, flüsterte er durch zusammengebissene

Zähne, während er vor Lust fast den Verstand verlor und sich nichts lieber wünschte, als sich tief in ihr zu begraben. »Ganz ruhig, Schätzchen. O *mon Dieu,* du bist so eng wie eine Jungfrau!«

Laurel stöhnte, zwischen Agonie und Ekstase hin und her gerissen. Sie wollte ihn ganz in sich aufnehmen und war doch sicher, daß ihr das physisch schlichtweg nicht möglich war. Sie rang um Atem und umklammerte seine Oberarme; sein Bizeps fühlte sich steinhart unter ihren Fingerspitzen an. »Ich bin ein wenig verspannt«, sagte sie atemlos. »Für mich ist es lange Zeit her.«

Ihr Eingeständnis schlang sich um Jacks Herz und drückte zu. »Nein«, sagte er und beugte sich hinunter, um sie zu küssen. »Es ist das erste Mal. Unser erstes Mal. Entspann dich einfach und genieße es, Darling.«

Als sie sich unter ihm zu lockern begann, glitt er ein klein wenig tiefer in sie hinein und dann noch ein klein wenig tiefer, ließ sie ihn zentimeterweise in sich aufnehmen, und dieses Vorgehen war eine köstliche Folter. Er küßte sie, erst zärtlich, dann glühend, flüsterte ihr Dinge ins Ohr, redete ihr gut zu, neckte sie und konnte ihr keuchende und stöhnende Laute und zwischendurch ab und zu ein atemloses Lachen entlocken.

»Das ist es, meine Süße«, gurrte er lächelnd mit dem Mund auf ihren Lippen. »Genieße es. Hab deinen Spaß mit mir. *Laissez le bon temps rouler.*«

Laurel schloß die Augen und schlang die Arme um ihn, als er sich gegenläufig zu ihr und gemeinsam mit ihr zu bewegen begann. Er küßte sie erst tief, dann spielerisch. Er knabberte seitlich an ihrem Hals und murmelte ihr glühende und aufreizende Worte zu. Die Lust steigerte und intensivierte sich, schwoll in ihr an, bis der Druck so stark wurde, daß sie kaum noch atmen konnte.

Jacks Küsse wurden drängender, begehrlicher, und seine Stöße wurden tiefer, heftiger, nachdrücklicher und füllten sie aus, bis sie zu platzen glaubte. Die spielerische Phase lief sich tot, verblaßte im Angesicht von etwas, was glühend und intensiv war, sie beide einhüllte und sie zu verschlingen drohte. Etwas Ähnliches wie Furcht schloß sich um Laurels Kehle, und ihre Arme schlossen sich fester um ihn, da sie nicht sicher war, wohin sie das führen würde oder was hinterher passieren könnte.

»Wehr dich nicht dagegen, mein Liebling«, flüsterte er eindringlich. Er rieb seine Wange an ihrer, strich ihr das Haar aus dem Gesicht und küßte ihre Schläfe. »Wehr dich nicht dagegen. Laß es zu. Führ uns in den Himmel, Engel.«

Er ließ ihr keine Wahl. Eine seiner Hände schlüpfte zwischen ihrer beider Körper und berührte das empfindsame Nervenzentrum ihres Verlangens, trieb sie über die Grenze. Laurel stieß einen wilden Schrei aus, als ihr Höhepunkt sie mit der Macht einer Explosion traf. Sie wölbte sich unter ihm, ihre Hände glitten über seinen schweißgebadeten Rücken und ihre Muskel spannten sich mit einer Kraft um seine Erektion, die dafür sorgte, daß die Lust nicht nachließ, sondern immer weiterging.

Jack hielt sich zurück, so lange er es irgend ertragen konnte, und dann erschütterte ihn seine eigene Explosion. Er schlang die Arme enger um Laurel, begrub sich bis zum Heft in ihr, und sein Bewußtsein trübte sich in der heißen Woge der Erfüllung.

Erschöpft ließ er sich auf sie sinken, und seine Muskeln zitterten und entspannten sich nacheinander. Der Atem sägte sich durch seine Lunge. Sein Herz galoppierte wie ein Rennpferd. Benommen hob er den Kopf und nahm irgendwoher die Kraft zu einem Lächeln.

»*Mon Dieu*, Engel.«

Selbst in dem schummrigen Licht der Dämmerung konnte er sehen, daß sich ihre Wangen röteten, als sie das Gesicht von ihm abwandte, und als Erwiderung darauf fühlte er die Wärme, die sich in seiner Brust ausbreitete. »Oh, nein, mein Süßes«, sagte er liebevoll und strich mit den Fingerspitzen zart über ihr Kinn. »Werde mir jetzt bloß nicht schüchtern. Du hast keinen Grund zur Verlegenheit. Es war wunderschön. Es war vollkommen.«

»Ich bin nicht besonders gut darin«, murmelte sie und sah ihn trotz des sanften Drucks auf ihr Kinn immer noch nicht an.

»Worin? Im Sex?«

Das auch, dachte Laurel gekränkt. »Im Reden hinterher.«

»Was war los mit deinem Exmann? War er taubstumm, oder was?«

Darüber lachte sie, weil sie immer noch verlegen war und weil Jack es mit seinem Scherz auf ihr Lachen abgesehen hatte. Er kitzelte ihren Hals, und sie wand sich und schaute ihn endlich an. »Nein. Er hatte nur einfach hinterher nie viel zu sagen.«

Jack schaute in ihr Gesicht, las Verletzbarkeit in ihren großen dunklen Augen und spürte, wie ihm das zusetzte. In anderer Hinsicht war sie so hitzig und so selbstsicher, doch in diesem natürlichsten und grundlegendsten Aspekt ihrer Weiblichkeit war sie unsicher. Wie sehr sie sich doch von Savannah unterschied, deren Erfahrung im Schlafzimmer legendär war. Er wollte wissen, welche äußeren Kräfte das Leben der beiden geformt hatten, wenn sie sich heute derart voneinander unterschieden, aber jetzt war nicht der rechte Zeitpunkt, sie danach zu fragen. Jetzt war der Zeitpunkt gekommen, um ihr Selbstsicherheit zu geben.

»Was war er denn dann – vom Hals abwärts gelähmt?« erkundigte er sich trocken.

Nein, dachte Laurel, er war reizend und lieb und ehrlich, und er hatte sein Bestes getan, damit ihre Ehe klappte, aber sie hatte ihn in so vieler Hinsicht enttäuscht. Was sie für Wes empfunden hatte, war Freundschaft gewesen, ein Gefühl von emotionaler Geborgenheit, aber keineswegs verzehrende Leidenschaft. Sie hatte ihn als Anker in ihrem Leben benutzt und ihm als Gegenleistung nur wenig gegeben, und sie hatte sogar tatsächlich ihre Frustration an ihm ausgelassen, als *der Fall* in seiner aufreibendsten Phase angelangt war, ihn nahezu aus ihrem Leben vertrieben.

»He, Süße…«, murmelte Jack, dem der gehetzte Blick gar nicht gefiel, der sich in ihre Augen eingeschlichen hatte. Er berührte ihr Haar, küßte sie auf die Wange, preßte seinen Körper an ihren und ließ ein Bein über ihre Beine gleiten, als wollte er sie von einem Fluchtversuch abhalten. »Schau nicht so traurig, Engel. Ich wollte keine unerfreulichen Erinnerungen in dir wecken.«

Wenn die unerfreulichen Erinnerungen nicht wären, hätte ich überhaupt keine Erinnerungen. Sie wandte den Blick von ihm ab und stemmte sich gegen den albernen Drang, über seine liebevolle Besorgnis in Tränen auszubrechen.

»Wir haben alle unsere unerfreulichen Erinnerungen«, sagte er. »Aber hier gehören sie nicht hin. Sie sollten nicht zwischen uns beiden stehen. Wir sind hergekommmen, um unseren Spaß zu haben, oder hast du das ganz vergessen?«Seine Finger fanden eine andere kitzlige Stelle auf ihren Rippen. »Eine Zeitlang haben wir das verdammt gut hingekriegt, meinst du nicht auch?«

»Doch«, flüsterte sie, und ihre Mundwinkel zogen sich hoch, vergnügt und verlegen.

»So ist es richtig«, lobte er sie mit einer warmen, verführerischen Stimme. Er richtete sich über ihr auf und senkte den Kopf, bis sie Nase an Nase, Lippen an Lippen waren. »Lächele für mich.« Er lächelte, als sie es tat. »Küß mich«, flüsterte er und stöhnte vor Lust, als sie seiner Aufforderung nachkam.

Ihr Atem stockte, als er die Hüften ein wenig bewegte und wieder in ihren glitschigen warmen Tunnel glitt. Seine Männlichkeit war steif und heiß, und es pulsierte ein Verlangen darin, das seinen Widerhall in ihr fand. Ein Verlangen, das die Vorherrschaft über alte Erinnerungen errang. *»Streck dieses eine Mal die Hand nach etwas aus, was du haben willst, und nimm es dir.«* Sie wollte es. Sie wollte Jack – jetzt, in diesem Moment, um der Lust willen, die er ihr verschaffen konnte, und um der Seligkeit willen, die sie vollständig von den Problemen ablenkte, die sie quälten. Er nannte es den Himmel. Sie wölbte ihm die Hüften entgegen, schloß die Augen und hielt sich für den Rückweg an ihm fest.

Mitternacht nahte, als sie sich endlich anzogen. Es war ein kompliziertes Unterfangen, von vielen Berührungen und Späßen und langen Pausen für Küsse und glühende geflüsterte Worte unterbrochen. Laurel kam sich wie ein Teenager vor – nicht der stille, ernste Teenager, der sie gewesen war, sondern ein ganz gewöhlicher Teenager, den seine Hormone durchdrehen ließen, wenn er einen Abend lang mit dem bösen Buben der Klasse verbotene Spielchen betrieb. Jack spielte seine Rolle bis aufs I-Tüpfelchen. Er versuchte, ihr jedes Kleidungsstück, das sie gerade angezogen hatte, wieder auszuziehen, und er tat sein Bestes, um sie dazu zu überreden, die Nacht mit ihm im Bayou zu verbringen.

»Komm schon, Süße, bleib bei mir«, redete er ihr einschmeichelnd zu und murmelte die Worte an ihrer Kehle, während er den Saum ihrer Bluse hochzog und mit den Fingern über ihre Seiten strich, bis er zu ihren Brüsten gelangte. »Wir haben doch gerade erst angefangen…«

Die Vorstellung, daß diese ersten Runden, die sie miteinander absolviert hatten, für Jack nur eine Einstimmung gewesen waren, sandte Schauer des Verlangens durch Laurel, und die Versuchung, über Nacht bei ihm zu bleiben, ließ sie stöhnen. Ihr Verantwortungsgefühl war jedoch zu tief verwurzelt, und sie entwand sich seinem Griff, streckte die Hand nach ihrer Brille aus, die auf dem Steuerpult lag, setzte sie sich auf die Nase und schloß damit das Thema ab.

»Wenn ich nicht bald zurückkomme, werden Tante Caroline und Mama Pearl sich Sorgen machen«, sagte sie und versuchte vergeblich, die Falten aus ihren Kleidungsstücken zu streichen. »Du willst doch nicht etwa, daß sie den Sheriff verständigen, damit er sich auf die Suche nach uns macht, oder?«

Jack stemmte die Fäuste in die Hüften und bot das Bild eines mißmutigen Mannes, der so sexy war, daß er sich selbst damit ins Unglück stürzte. Er hatte nichts weiter als seine Jeans an, und der Reißverschluß war nicht ganz hochgezogen. »Keiner könnte im Dunkeln seinen eigenen Arsch finden, von uns ganz zu schweigen.«

»Er könnte einen Glückstreffer haben.«

»Und ich habe keinen«, murrte er.

»Du hast schon einen gehabt.«

Augenblicklich grinste er sein gottloses Grinsen und drängte sie mit dem Rücken an das Steuerpult. »*Mais yeah,* Engel.« Er lachte und senkte den Kopf, um wieder an ihrem Hals zu knabbern. »Und meine Chancen stehen zu gut, um es nicht gleich noch einmal zu versuchen.«

Laurel wich ihm aus, ehe er die Arme um sie schlingen konnte. »Lichte den Anker, Seemann, ehe ich dir mit vorgehaltener Waffe drohe.«

Er stieß ein leises Knurren aus, sprang mit einem Satz auf sie und raubte ihr einen Kuß, wich ihr geschwind mit tänzelnden Schritten aus, als sie ihm eine schmieren wollte. »Ich liebe es, wenn du mich herumkommandierst.«

Sie schnappte sich ein Kissen von der Bank und warf es ihm an den Kopf. Jack sprang ins Freie und benutzte die Kajütentür als Schild, und dabei kicherte er unablässig.

Nachdem er sich von der Vorstellung verabschiedet hatte, sie noch einmal zu verführen, machte er sich an die Arbeit, hievte den Anker und fluchte tonlos, als sich der Anker an etwas verfing, was im Schilf verborgen war. Er zog an der Nylonschnur und verfluchte die Leute, die den Sumpf als Müllhalde benutzten. Endlich löste sich der Anker, und er zog ihn an Bord. Minuten später tuckerte der Motor, und der Ponton entfernte sich vom Ufer und schlug den Weg nach Westen ein…

… und die Leiche einer nackten Frau, brutal gefoltert, grausam erschlagen, von dem dichten Gestrüpp unter ihr getragen, trieb aus dem Schilf heraus und schwankte auf dem Kielwasser des Boots. Die blicklosen Augen starrten hinter ihnen her, und ein Arm war ihnen entgegengestreckt, als sie zu stumm und viel zu spät um Hilfe flehte.

16

Die Sonne schien buttergelb, ein weicher, verschwommener Ball auf der anderen Seite des Morgennebels. Laurel saß auf der Galerie am Tisch, starrte über den Garten hinaus, durch das hintere Gartentor und zum Bayou hin, wo der Dunst in hauchdünnen Streifen über dem Wasser hing und sich wie Rauchfahnen zwischen den Bäumen hindurchwand. Sie starrte auf das Bayou… und auf L'Amour.

Das alte Backsteinhaus stand imposant und allein dort, halb von Bäumen und Sträuchern verborgen, denen die Vernachlässigung des Anwesens durch ganze Generationen gestattet hatte, alles zu überwuchern. Von den Ästen einer knorrigen Immergrünen Eiche hingen zwei Dutzend oder mehr Krawatten, deren Zipfel in der schwachen Brise flatterten – sie vermutete, sie legten Zeugnis davon ab, daß Jack sich aus der Welt des Gesellschaftsrechts zurückgezogen und seinen Abschied eingereicht hatte. Jedenfalls konnte sie sich bestimmt nicht vorstellen, daß er sich in seiner derzeitigen Lebensphase – als Rebell und Schlingel – einen Schlips umgebunden hätte. Doch sowie sie ihn sich jünger ausmalte, mit Feuereifer und darauf versessen, sein Können unter Beweis zu stellen, sah sie das Bild mühelos vor sich. Jack, elegant in einem Zweireiher aus grauer Seide. Gutaussehend und doch ein klein wenig ungeschliffen. Gebildet und doch nicht ganz frei von der Ausstrahlung eines Jungen, der am Rande des Sumpfes aufgewachsen und zügellos ins Kraut geschossen war. Wie ein Panther, der gezähmt worden war und doch immer noch Gefahr ausstrahlte, da ein Schatten seines früheren Ichs ständig in der Nähe weilte.

Sie fragte sich, was ihn wohl aus dieser Welt vertrieben hatte, die zu erobern ein harter Kampf für ihn gewesen sein mußte. Sie fragte sich, ob es klug war, sich solche Gedanken über ihn zu machen.

Sie nahm auf dem gepolsterten Stuhl eine andere Haltung ein, zog die Füße unter sich an und hob mit beiden Händen ihre Teetasse, um einen Schluck Earl Grey zu trinken. Der übrige Haushalt würde sich bald rühren. Caroline würde ihren Körper den Verrenkungen ihrer strikten täglichen Yogaübungen unterziehen. Mama Pearl würde in einem Baumwollhemd und Frotteehausschuhen in ihrer Küche herumschlurfen, den Kaffee aufsetzen, eine Schale gekühltes Obst bereitstellen und über die Zustände auf dieser Welt vor sich hinmurren, während die Frühnachrichten im Radio kamen. Doch im Moment gehörten die Galerie und der Morgen noch ganz allein Laurel, und sie kostete genüßlich die Ruhe aus. Da sie nach vier Uhr einfach nicht mehr hatte schlafen können, hatte sie geduscht und sich in Khakishorts und eine ärmellose weiße Baumwollbluse mit einem zarten Kragen mit Lochstickereien geworfen und war nach unten gegangen, um sich den Tagesanbruch anzusehen.

Sie hatte damit gerechnet, daß ihr Zusammensein mit Jack sie in einen gewissen inneren Aufruhr versetzen würde. Schließlich war sie nie ein Mensch von der Sorte gewesen, die leichtfertig ihren Leidenschaften nachgab – sie hatte es sogar tatsächlich für unter ihrer Würde gehalten und gemieden. Doch als sie in der Stille des taufrischen Gartens saß, verspürte sie keine Reue und machte sich selbst keine Vorwürfe. Er hatte ihr etwas angeboten, was sie wollte, brauchte – nicht nur Sex, sondern ein Ventil für andere Spannungen –, und sie hatte sein Angebot angenommen. Und es war wunderbar gewesen....

»Leute, die so früh aufstehen, dürften nicht derart glücklich wirken.«

Savannah stand in der offenen Glastür zur Halle und wirkte in ihrem Morgenmantel aus champagnerfarbener Seide vom Schlaf zerknittert und fix und fertig. Das Haar fiel ihr wüst um die Schultern, und um die Augen herum hatte sie Ringe aus verschmierter Wimperntusche. Sie wirkte aggressiv und unangenehm, von einem ausschweifenden Lebenswandel übel mitgenommen wie eine Nutte am Morgen danach. Der Glanz war erloschen, der Reiz mit dem Mond untergegangen.

Sie stieß sich von der Tür ab und trat auf die Galerie, barfuß und mit einer Hand tief in der Tasche ihres Morgenmantels, während die andere mit dem herzförmigen Anhänger ihrer Kette spielte.

Laurel versuchte, sich eine schlagfertige und doch unverfängliche Erwiderung einfallen zu lassen, doch sie war noch zu tief verletzt von den Vorfällen des Vorabends. »Möchtest du vielleicht eine Tasse Tee?« fragte sie mit ruhiger Stimme.

Savannah schüttelte den Kopf und kniff die Lippen zusammen, um ein bittersüßes Lächeln zu unterdrücken. Das war typisch Baby – auf gute Manieren zurückzugreifen, um ihre Gefühle zu verbergen. Wenn alle Stricke rissen, dann würde sie doch zumindest immer noch eine würdige Gastgeberin sein. Eine solche kleine Dame. Vivian wäre stolz auf sie gewesen.

»Ich möchte mich für gestern entschuldigen. Ich habe eine Menge Dinge gesagt, die ich nicht hätte sagen sollen.« Die Worte kamen als ein Schwall von Verlegenheit und Zerknirschung heraus. Sie beschäftigte ihre Finger mit dem Bindegurt ihres Morgenmantels. »Und ich hätte gestern abend niemals so gemein zu dir sein dürfen, aber ich war so unglaublich verletzt und so verdammt wütend…«

Laurel stellte ihre Tasse ab und stand mit Sorgenfalten in der Stirn auf. »Ich wollte dich nicht verletzen, Schwester…«

»Nein, du doch nicht, Baby. Cooper.« Sie starrte durch einen funkelnden Tränenschleier auf den Tisch hinunter und fühlte sich so zerbrechlich wie Laurels zarte Porzellantasse. »Ich weiß nicht, was ich tun soll«, sagte sie und bemühte sich zu lächeln, während sie den Kopf über die Vergeblichkeit ihrer ganzen Lage schüttelte. »Ich liebe diesen Mann so fürchterlich.«

Sie wandte sich ab und entfernte sich ein paar Schritte weit, atmete die süßen, taufrischen Düfte des Gartens tief ein – Blumen, Oliven und Buchsbaum – frische, kraftvolle Düfte des Lebens. Sie rieb sich mit den Händen das Gesicht, als könnte sie das Gefühl von Verzweiflung abschrubben, das ihr beharrlich anhaftete. In ihrem Innern sprudelte jedoch ein Dutzend anderer Gefühle wie das verseuchte Wasser aus einer unterirdischen Quelle – Schuldbewußtsein und Wut, Gewissensbisse und Eifersucht. Sie wollte mit alldem nichts zu schaffen haben.

Sie bemühte sich, all das zu unterdrücken, als sie sich Laurel wieder zuwandte, die dastand und sie mit großen Augen und ernstem Gesicht beobachtete. Für einen kurzen Moment war sie wieder dasselbe hilflose, vernachlässigte kleine Kind, das Liebe und Beistand bei Savannah gesucht hatte, als sie niemand anderen hatten, an den sie sich hätten wenden können, und Savannah spürte eine willkommene Woge von Kraft.

»Das macht nichts«, sagte sie und fand ein Lächeln für ihre kleine Schwester. »Es hat nichts mit uns zu tun. Ich lasse nicht zu, daß sich etwas zwischen uns stellt.«

Laurel ließ sich von Savannah umarmen und gelobte sich, kein Wort über Conroy Cooper oder irgendeinen anderen Mann zu verlieren, mit dem Savannah sich einließ. Sie konnte Savannah nicht ändern, und sie konnte auch nichts daran ändern, wie Savannah über ihre Vergangenheit dachte, und das waren ohnehin nicht die Gründe für ihre Heimkehr gewesen. Genau das war es, was sie hier gesucht hatte, dachte sie, als sie ihre Schwester umarmte – bedingungslose Liebe und Beistand. Diese Dinge mußten auf Gegenseitigkeit beruhen. Daher erwähnte sie mit keinem Wort den Geruch nach Überresten von Parfüm und Sex, der Savannah anhaftete.

»Ich werde nicht zulassen, daß sich etwas zwischen uns stellt«, sagte Savannah noch einmal ungestüm und schlang ihre Arme noch enger um Laurels schlanke Gestalt.

»Ein wenig Luft könntest du schon zwischen uns kommen lassen«, neckte Laurel sie. »Du drückst mich fast tot.«

Ein nervöses Lachen sprudelte aus ihr heraus, und sie löste ihre Umarmung, trat zurück und legte Laurel die Hände auf die Schultern. »Vielleicht trinke ich doch eine Tasse Tee. Wir können uns hier draußen hinsetzen und miteinander plaudern. Du hast den Garten so hübsch wiederhergerichtet. Wir werden Pläne schmieden.«

Sie eilte ins Haus zurück, so flink, als fürchtete sie, der Moment könnte vorübergehen und die Mauer der Anspannung könnte sich wieder zwischen ihnen errichten. Laurel machte es sich wieder auf ihrem Stuhl bequem und griff nach dem Zündholzmäppchen, das sie am Vorabend auf dem Sitz ihres Wagens gefunden hatte. Sie nahm an, daß Savannah es dort hatte liegenlassen. Sie drehte es immer wieder geistesabwesend zwischen den Fingern, einfach nur, damit ihre Hände mit etwas beschäftigt waren. Keine fünf Minuten vergingen, ehe Savannah mit einem Tablett zurückkam, auf dem die Teekanne stand, eine Tasse, die sie für sich selbst mitgebracht hatte, und ein Teller, auf dem sich *Beignets* mit Puderzucker häuften.

»Die sind noch von gestern übrig«, plapperte sie vor sich hin und arrangierte alles zu ihrer Zufriedenheit auf dem Tisch. »Ich habe sie nur schnell in die Mikrowelle geschoben, um sie aufzuwärmen, und dann habe ich sie mit frischem Puderzucker bestäubt. Nimm dir eins«, ordnete sie an und war plötzlich voller Hoffnung und Lebensfreude. »Nimm dir ein halbes Dutzend. Wenn es jemand nötig hat, sich an Mama Pearls Gebäck sattzuessen, dann bist du das, Baby. Du hast kein Gramm Fett auf den Rippen.«

Laurel warf das Zündholzmäppchen auf die Tischplatte zwischen ihnen und streckte die Hand nach einem *Beignet* aus. »Das hast du im Wagen liegengelassen.«

Savannah nahm das Zündholzmäppchen in die Hand, lehnte sich zurück und musterte es zerstreut, während sie an ihrem Frühstück zu knabbern begann. Lange Zeit sagte sie kein Wort, starrte das blutrote Viereck ausdruckslos an und ließ es dann fallen. »Ich benutze ein Feuerzeug.«

Ein vages Gefühl von Unbehagen durchzuckte Laurel. Sie legte ihr *Beignet* auf ihrer Serviette ab, und ihr Blick glitt von dem ausdruckslosen Gesicht ihrer Schwester auf das Zündholzmäppchen. Eine kunstvolle Faschingsmaske war in Schwarz über die Worte »Le Mascarade« und eine Adresse im französischen Viertel in New Orleans gedruckt. »Wenn es nicht von dir ist, wie ist es dann in meinen Wagen gekommen?«

Sie erhielt nur ein unbekümmertes Achselzucken zur Antwort. Savannah stieß ihren Stuhl vom Tisch zurück und erhob sich. »Ich habe den Zucker für meinen Tee vergessen.«

Während sie wieder ins Haus tappte, drehte Laurel das Zündholzmäppchen in ihren Fingern, und ein seltsamer kalter Schauer überzog ihre Arme mit Gänsehaut.

»*Bonjour, mon ange.* Für dich.«

Laurel schnappte nach Luft, als eine einwandfreie rote Rose vor ihr auftauchte. Sie hatte Jack nicht näher kommen hören, hatte ihn noch nicht mal aus dem Augenwinkel wahrgenommen. Sein Geschick darin, anscheinend aus heiterem Himmel aufzutauchen und sich in Luft aufzulösen, brachte sie aus der Fassung, und sie kniff die Augen zusammen, um ihre Nervosität mit Ärger aufzuwiegen.

»Du hast mich fast zu Tode erschrocken.«

Jack schaute finster, beugte sich vor und atmete den frischen Duft ihrer gewaschenen Haare ein. »Bedankst du dich so bei einem Mann dafür, daß er dir Blumen bringt?«

Sie schnaubte geringschätzig, nahm die Rose jedoch entgegen. »Wahrscheinlich hast du sie von einem von Tante Carolines Sträuchern gestohlen.«

»Es ist und bleibt trotzdem ein Geschenk«, sagte er und beugte sich dichter zu ihr. Sein Blick heftete sich auf ihre Lippen.

Vorfreude flatterte in ihrer Kehle wie ein Kolibri. Die Finger ihrer linken Hand schlangen sich um die Armlehne ihres Stuhls. »Wie kann es ein Geschenk sein, wenn es mir ohnehin schon gehört?«

Er senkte den Kopf noch ein paar Millimeter tiefer und ließ kaum noch Raum für einen tiefen Atemzug zwischen ihnen frei. Seine Wimpern senkten sich, dicht und schwarz. »Wenn das einer Anwältin nicht ähnlich sieht«, flüsterte er. »Wenn ich dir den Mond zum Geschenk machen wollte, würdest du wahrscheinlich meine Schenkungsurkunde dafür sehen wollen.«

Jede Erwiderung, die sie eventuell vorgebracht hätte, ging unwiderruflich verloren. Jeder Gedanke, der ihr eventuell durch den Kopf hätte gehen können, verschwand spurlos, als Jack seinen Mund auf ihre Lippen legte. Er küßte sie ausgiebig, vertraulich, gemächlich. Seine Lippen rieben sich warm und fest auf ihren und verlockten sie dazu, den Mund zu öffnen. Sie schockierte sich selbst damit, daß sie ihm ohne jedes Zögern entgegenkam und dann schmolz, als er die seidigen Konturen ihres Mundes erkundete. Er streichelte sie mit seiner Zunge, die tief in sie eindrang und sie bildhaft und unverblümt an die Intimitäten erinnerte, die sie in der vergangenen Nacht miteinander erlebt hatten.

Als er schließlich den Mund von ihren Lippen zog, drang ein leiser schnurrender Laut der Zufriedenheit aus seiner Kehle, und dann kicherte er sündhaft. »Warum errötest du, *ma jolie fille?*« fragte er, und seine Stimme war dunkel und rauchig. »Du hast mir letzte Nacht teuflisch viel mehr als einen Kuß gestattet.«

»Aber dabei habt ihr wahrscheinlich kein Publikum gehabt, stimmt's, Jack?« fragte Savannah mit scharfer Stimme. Sie trat hinter einer Säule hervor und stellte eine silberne Zuckerdose auf den Tisch, ohne ihn dabei nur einen Moment lang aus den Augen zu lassen. Sie hob das rote Zündholzmäppchen auf und schlug es sich gegen die Wange. »Oder hast du meine kleine Schwester so weit vom rechten Wege abgeführt?«

Als er sich aufrichtete, waren seine Augen kalt, und sein Gesicht war zu einer steinernen Maske erstarrt. »Das geht dich verdammt noch mal nicht das geringste an, Savannah.«

»Oh, doch, das tut es«, wandte sie ein. »Ich lasse nicht zu, daß du meine kleine Schwester fickst, Jack.«

»Und weshalb das? Weil ich mir dich nicht vorher vorgenommen habe?«

Sie warf das Zündholzmäppchen hin und ballte die Hände, die an ihren Seiten herunterhingen, zu Fäusten. Ihre Muskeln zitterten, und Röte stieg in ihre Wangen auf. »Du Mistkerl.«

»Schluß jetzt!« fauchte Laurel. Sie stieß ihren Stuhl zurück, sprang auf und wandte sich an ihre Schwester. Ein Teil von ihr war schockiert über den blanken Haß, den sie wie blaßblaue Flammen in Savannahs Augen brennen sah, als sie Jack anstarrte, und ein Teil von ihr war zu verärgert, um sich daran zu stören. »Schwester, ich weiß deine Sorge zu schätzen, aber ich bin ein großes Mädchen. Ich kann auf mich selbst aufpassen.«

Savannah blinzelte sie an und wirkte bestürzt. »Nein, das kannst du nicht. Du brauchst mich.«

»Ich brauche deinen Beistand«, modifizierte Laurel ihre Worte. »Was ich nicht brauche, ist, daß du mir vorschreibst, mit wem ich mich abzugeben habe.«

Savannah griff sich vier Worte heraus und stieß sie sich wie einen Pfahl in das eigene Herz. »*Ich brauche dich nicht.*« Baby brauchte sie nicht, wollte nichts von ihr wissen, zog Jack Boudreaux' Gesellschaft vor. Die Panik grub ihre Krallen in sie, und Wut strömte so heiß und rot wie Blut aus den Wunden. Ihre einzige Chance, etwas

Bedeutsames zu tun, wurde ihr entrissen. Alles, was sie wollte, war immer außerhalb ihrer Reichweite. Coop. Laurel. Baby wandte sich wegen eines Mannes von ihr ab. Und ihr blieb nichts. Sie stand mit leeren Händen da, eine Schlampe unter vielen, nicht besser als jede andere Schlampe im Süden von Louisiana.

»Nach allem, was ich für dich getan habe«, murmelte sie, und ihr üppiger Mund verzog sich vor Erbitterung über diese Ironie. »Nach allem, was ich für dich getan habe, brauchst du mich nicht mehr.«

Laurels Unterkiefer fiel herunter. »Das habe ich nicht gesagt.«

»Na schön«, fuhr Savannah fort, auf die Laurels Bemerkung nicht die geringste Wirkung hatte. »Mach nur so weiter und hab deinen Spaß mit ihm. Vergiß mich einfach. Ich brauche dich auch nicht. Du bist nichts weiter als eine undankbare kleine Heuchlerin, und ich weiß beim besten Willen nicht, warum ich dich je vor irgend etwas bewahrt habe.«

Tränen funkelten wie Diamanten in ihren Augen. Sie sog ihre künstlich vergrößerte Unterlippe zwischen die Zähne und biß Farbe hinein. »Ich werde es auch nie mehr tun«, gelobte sie, und ihre Stimme war erstickt und mürrisch. »Darauf kannst du dich verlassen. Ich werde es *nie* wieder tun.«

»Savannah!« Laurel wollte ihr nachlaufen, als sie sich abwandte und ins Haus rannte, doch Jack hielt sie an einer Schulter fest.

»Laß sie laufen, Engel. In der Verfassung hört sie dir nicht zu. Warte, bis sie sich abgeregt hat.«

Sekunden später wurde neben dem Haus der Acura dröhnend angelassen, und dann war das zornige Quietschen von Reifen auf Asphalt zu vernehmen.

Laurel drehte sich um und hieb eine Faust auf Jacks Schulter, nicht, um ihn zu strafen, sondern nur, weil sie auf etwas einschlagen mußte. »Ich verstehe nicht, was mit ihr los ist!«

»Sie ist eifersüchtig.«

»Nein«, murmelte sie und schmiegte sich an ihn, als der Ärger aus ihren Muskeln sickerte und sie zitternd zurückblieb. »So einfach ist das nicht.«

»Tja, also...« Er seufzte tief, ließ seine Arme um sie gleiten und stützte das Kinn auf ihren Kopf. »*C'est vrai,* das Leben ist tückisch. Nichts ist je einfach...«

In Laurels Leben ganz gewiß nicht. Sie schien unablässig in ein Netz von Verpflichtungen eingesponnen zu sein. Er wollte sie daraus losschneiden, und sei es auch nur für ein kleines Weilchen, ihr eine Pause gönnen... sie ganz für sich allein haben, damit er sich vormachen konnte, sie könnte ihm gehören.

»Mit einer Ausnahme: Das Fischen«, sagte er und folgte dem Impuls, der ihn überhaupt erst zu dieser unchristlichen Zeit hergeführt hatte. »Hast du dich schon fertig gemacht, um mit mir Fischen zu gehen, *ma petite*?«

»Ich habe nie gesagt, ich würde mit dir Fischen gehen«, sagte Laurel finster.

»Klar hast du das getan. Letzte Nacht.« Er legte einen Knöchel unter ihr Kinn und bog ihr Gesicht zu sich hoch. »Du hast es mir ins Ohr geflüstert, während wir uns geliebt haben. Du hast gesagt, du würdest überall mit mir hingehen. Und jetzt nehme ich dich zum Fischen mit.«

Sie stakten mit einer *Pirogue* hinaus, gegen die Laurel einige Vorbehalte hatte. Sie war so flach und lang und schmal wie eine Erbsenschote, aus Brettern von verwittertem Zypressenholz gebaut und hüpfte wie ein Korken auf der öligen, tintigen Wasseroberfläche. Laurel blieb lange auf dem Anlegesteg stehen und wirkte unschlüssig, als Jack Angelgeräte in den Bug lud.

»Glaubst du wirklich, daß dieses Boot sicher ist?«

»Ja, unbedingt«, brachte er gedehnt hervor und erweiterte die Fracht im Bug um einen Kühlbehälter. Die *Pirogue* tauchte wankend tiefer in das Wasser ein, als protestierte sie bereits gegen diese geringe Ladung. Jack kletterte unbesorgt an Bord, stellte sich mit gespreizten Beinen hin und streckte ihr eine Hand entgegen, um ihr beim Einsteigen behilflich zu sein. »Ein alter Freund von mir hat diese *Pirogue* für mich gebaut. Wie er so schön sagen würde: ›Dieses Boot, das reitet den Tau.‹«

Laurel schluckte schwer, als sie in das Boot kletterte und es unter sich schwanken spürte. Einen Moment lang umklammerte sie Jacks Bizeps, um das Gleichgewicht zu finden und ihn mitzureißen, falls sie über Bord ging. »War er zu diesem Zeitpunkt nüchtern?«

»Das ist schwer zu sagen«, murmelte Jack versonnen und preßte sie sanft auf die Bretterbank des Bootes. Er drückte ihr eine rote Baseballkappe mit der Aufschrift »USL Ragin' Cajuns« auf den Kopf und stieg behende über die Sitzbank, um die Stange zum Staken aus dem Heck zu holen. »Der alte Lucky Doucet, der ist schon ein verrückter Kerl gewesen.«

Er stieß vom Anlegesteg ab, und die *Pirogue* schien so anmutig über das Wasser zu gleiten wie Schlittschuhläufer über Eis. Laurel holte tief Atem und zwang sich zur Ruhe.

»Gewesen?« Sie zog sich die zu große Kappe auf den Hinterkopf und verrenkte sich, um ihn anzusehen. »Ist er tot?«

»Nee, verheiratet. Er hat sich eine sehr schöne Frau und eine kleine Tochter zugelegt, und ein weiteres Baby ist unterwegs.«

»Ein vielbeschäftigter Mann«, sagte Laurel trocken.

Ein glücklicher Mann, dachte Jack, stieß das spitze Ende des Staken in den schlammigen Grund und ließ die *Pirogue* schneller vorangleiten. Ein harter, hohler Ball der Sehnsucht keilte sich in seiner Brust ein und raubte der Luft wertvollen Raum. Er schaute finster und tat sein Bestes, um ihn mit dem Schläger seiner Selbstbestrafung zu zertrümmern. Er hatte seine Chance gehabt, und er hatte alles auf die schlimmstmögliche Weise verpatzt. Er verdiente keine weitere Chance.

Gewaltsam verdrängte er diese trostlosen Überlegungen und wandte seine Aufmerksamkeit Laurel und all den kleinen Puzzle-Teilchen zu, die er noch finden mußte, um sich ein vollständiges Bild von ihr zusammenzusetzen. Sie saß mit der Haltung einer Debütantin auf der harten Bretterbank der *Pirogue*, und ihre Blicke glitten über das andere Ufer des Bayous, auf dem sich ein Alligator sonnte. Selbst in ihren unförmigen, viel zu weiten Kleidungsstücken und mit der viel zu großen Mütze wirkte sie immer noch weiblich und anmutig, und Wärme stieg in seinen Lenden auf und rief ihm wieder ins Gedächtnis zurück, wie enorm weiblich sie sich unter ihm angefühlt hatte. Er schüttelte den Kopf darüber, und ein schmerzliches Lächeln zog an einem seiner Mundwinkel.

Sie war nicht sein Typ. Ganz und gar nicht. Er hatte heute im allgemeinen eher einen Hang zu unkomplizierten kurvenreichen Mädchen mit großen Brüsten und wenig Verstand, sorglose Frauen, die nichts weiter von ihm wollten, als gut gebumst zu werden. Er wußte nicht, was Laurel Chandler wollen würde. Sie behauptete, nichts von ihm zu wollen, und doch fühlte er, daß etwas von ihr ausging, was ihn wie ein Magnet anzog. Seine Instinkte sagten ihm, daß sich seine Neugier als gefährlich erweisen könnte, doch die Warnung war nicht nachdrücklich genug, um gegen die Anziehungskraft zu siegen. Und außerdem, sagte er sich selbstgefällig, konnte er sich ohnehin nicht näher mit ihr einlassen, als er es wollte.

Er steuerte die *Pirogue* zu einem beliebten Angelplatz, einem Ort, an dem Weiden Schatten über das Ufer warfen und Barsche und Brassen zwischen den dichten Zypressenstämmen herumschwammen und sich in dem träge fließenden Wasser am Rand der Dickichte aus Schilf und Rohrkolben suhlten. Laurel lehnte dankend ab, als er ihr anbot, selbst zu staken. Statt dessen zog sie *Teuflische Illusionen* aus der Leinentasche, die sie mitgenommen hatte. Der Morgen verging mit dem Trällern von Zikaden, dem Schwirren einer Angelschnur, dem Zappeln von Fischen, die Wasser aufspritzten, weil sie sich gegen eine Zukunft in der Bratpfanne wehrten. Die Unterhaltung war so sporadisch und sprunghaft wie die Brise.

Nach Savannahs Ausbruch empfand Laurel die Stille als wohltuend. Es kostete sie Anstrengung, die Fragen nach dem Verhalten ihrer Schwester in den Hinterkopf zu drängen, und sie versuchte, sich in den Seiten von Jacks Buch zu verlieren. Das bereitete ihr keinerlei Schwierigkeiten. Obwohl er sich immer wieder als einen einfachen Cajun-Jungen ausgab, war er ein ausgezeichneter Schriftsteller, talentiert und geschickt. Er besaß die Fähigkeit, den Leser wie durch eine Pforte, die in eine andere Dimension führte, in die Geschichte hineinzuziehen. Die optischen Eindrücke waren klar, scharf gekennzeichnet und finster, die Emotionen waren so geballt und elektrisierend, daß ihre Haut prickelte. Die Furcht, die sich von einem Absatz zum nächsten steigerte, war nahezu unerträglich in ihrer Intensität. Das Gefühl des Bösen, das alles überschattete, war subtil, heimtückisch und übermächtig zugleich.

Starke Sinneseindrücke eines Mannes, der behauptete, sich nicht viel daraus zu machen, was sich um ihn herum auf der Welt abspielte, solange er bloß seinen Spaß hatte. Nein, dachte sie und beobachtete ihn, als er die Angel anmutig am Rand eines dichten Geflechts von Wasserhyazinthen auswarf, diese Eindrücke, diese schwarzen Phantasien stammten nicht von Jack, dem Partylöwen. Sie entsprangen dem anderen Jack. Dem Mann mit dem glühenden Blick und der gefährlichen Ausstrahlung. Dem Mann, der als stummer, wachsamer Beobachter hinter der Fassade eines Schlingels stand.

»Woher entstammt es?« fragte sie, als sie am Ufer eine Decke ausbreiteten und Vorbereitungen für das Mittagessen trafen.

»Was?«

»Das, was du schreibst.«

Für einen Sekundenbruchteil verharrte er stocksteif, als hätte ihre Frage ihn buchstäblich überrumpelt. Er fand jedoch schnell die Fassung wieder, und Laurel gelangte beinah zu der Überzeugung, daß sie sich diese Reaktion nur eingebildet hatte.

»Es ist alles frei erfunden«, sagte er und strich einen Zipfel der blaukarierten Decke glatt. »Deshalb wird es Fiktion genannt, Süße.«

»Ich glaube nicht, daß du dich einfach hinsetzt, deine Hände auf die Tastatur legst und dieses Zeug hinschreibst.«

»Und warum nicht?«

»Weil es dafür zu gut ist.«

Er tat es mit einem Kopfschütteln ab. »Es ist eine Begabung, ein Kniff, den man raus hat, das ist alles.« Ein netter Trick, dachte er bitter. Man setzt sich einfach an die Schreibmaschine und schneidet sich eine Ader auf. Läßt all das Gift aus sich hinauslaufen, das in einem selber kocht.

Laurel kniete sich auf die Decke, legte den Kopf auf eine Seite und musterte ihn. »Manche Schriftsteller sagen, es sei wie Method Acting. Sie sagen, daß sie jeden einzelnen Vorgang und jedes einzelne Gefühl innerlich durchleben.«

»Und andere werden dir erzählen, es sei wie Malen nach Zeichenvorlagen.«

»Und was sagst *du*?«

»Ich sage, daß ich viel zu großen Hunger habe, um Fragestunde zu spielen«, knurrte er und pirschte sich auf Knien über die Decke an sie heran. Ein tückisches Lächeln spielte um seine Mundwinkel herum und meißelte Grübchen in seine hageren Wangen.

Ihre Nervenenden ließen rote Warnlämpchen aufblinken, doch Laurel wich nicht zurück, als er näher kam. Es erschien ihr erstaunlich, wie ihr Körper zum Leben erwachte und auf Jacks Nähe reagierte. Ihr Herz beschleunigte seinen Takt, und ihre Brüste wurden schwer und prickelten vor Elektrizität.

»Was gibt es zum Mittagessen?« fragte sie atemlos, als er so dicht vor ihr kniete, daß nur noch ein guter Zentimeter spannungsgeladener Luft sie voneinander trennte.

»Dich.«

Mit einem Schnippen seines Handgelenks schlug er ihr die Baseballkappe vom Kopf. Dann lag sie in seinen Armen, tauchte in seine Umarmung ein und verlor sich in seinem Kuß. Es war ein glühender, unbändiger und verspielter Kuß, und er kitzelte sie, als er mit den Händen über ihre Seiten strich. Laurel reagierte entsprechend darauf – sie lächelte, kicherte und genoß es. Ihr wurde verschwommen bewußt, daß er versuchte, sie von der Richtung abzulenken, die ihr Verhör eingeschlagen hatte, doch sie konnte sich nicht dazu durchringen, Einwände gegen seine Methoden zu erheben. Seine Berührungen entfesselten eine Unmenge von Bedürfnissen, die bis zum vergangenen Abend in ihr geschlummert hatten. Jetzt wanden sie sich und sprangen mit großen Sätzen herum, da die Aussicht auf Freiheit ihr Ungestüm weckte.

Seine Ungeduld ließ ihn unbeholfen werden, als Jacks Finger sich ungeschickt über die Reihe von Knöpfen auf ihrer Bluse hermachten. Dann stieß er das Kleidungsstück endlich zur Seite, damit er ihren Hals bis zu ihrer Schulter mit einem Pfad von Küssen bedecken konnte. Als er dort angelangt war, nahm er den Träger ihres BHs zwischen die Zähne und knurrte ausgelassen, als er ihn herunterzog. Laurel schnappte nach Luft und stöhnte, als sie spürte, wie seine Zunge über ihr Schlüsselbein glitt. Dann lag sein Mund auf ihrer Brust, und die Schleusen des Verlangens öffneten sich.

Sie gestattete es sich, sich zurückzulegen und die köstlichen Gefühle zu genießen, die Jack in ihr wachrief. Sie durchströmten sie in Wogen und machten sie unfähig, mehr zu tun, als es einfach nur zu erleben – das Schaben seiner rauhen Zunge auf ihrer Brustwarze, das Ziehen seiner Lippen, als er daran sog, das Spiel seiner Musikerhände auf ihrem Brustkorb.

Nach einer süßen Ewigkeit wandte er sich von ihren Brüsten ab und bedeckte ihren Bauch mit Küssen. Er ließ den Knopf ihrer Shorts aufspringen und preßte Küsse auf das V nackten Fleisches, das freigelegt wurde, als er den Reißverschluß runterzog. Als er sie ihrer Shorts und ihres Slips entledigt hatte, küßte er sie auf der Innenseite ihrer zarten Kniekehle und dann in der noch sensibleren Furche am Übergang des Oberschenkels zur Hüfte.

Laurel zog sich auf einen Ellbogen und streckte die andere nach ihm aus, um ihn zu sich hochzuziehen, doch Jack hielt ihre Hand fest und küßte sie, saugte zart und provozierend an ihren Fingerspitzen. Sein glühender magnetischer Blick fing ihren auf, und seine dunklen Augen glitzerten.

»Jetzt noch nicht, Engel«, murmelte er, und ein verruchtes Lächeln zog seine Mundwinkel hoch. »Ich will die Nachspeise vor dem Hauptgang haben.«

Ihre Augen wurden groß, als er den Kopf senkte und sie direkt über den dunklen Locken küßte, die ihr weiblichstes Fleisch verbargen. »Jack, nein«, keuchte sie.

Er hielt sie mit den Händen auf den Hüften fest, und sein Atem wehte warm und verlockend über ihre Lenden, als er sprach. »Sag nicht nein, Engel. Ich möchte kosten, wie süß du bist. Ich möchte dir Lust bereiten. Ich möchte dich auf mich vorbereiten. Laß mich.«

Ohne ihre Genehmigung abzuwarten, teilte er ihre zarten Blütenblätter und küßte sie wieder und immer wieder, zarte, aufreizende Küsse, die ihr den Atem raubten. Dann ließ er die Hände unter ihren Hintern gleiten, hob sie hoch und preßte seinen Mund ganz auf sie, trank in tiefen Zügen von dem süßen warmen Honig ihres Frauenkörpers, erkundete sie, streichelte sie, erregte sie mit dem lasziven Gleiten seiner Zunge.

Laurel schrie auf und fiel auf die Decke zurück, und ihr schwirrte der Kopf vor Lust, vor reiner Sinnesfreude. Ihrer Erfahrung nach war das eine verbotene Lust, eine, die sie keinem anderen Mann gestattet hatte. Jack nahm sich diese Freiheit heraus, als stünden ihm die intimsten Geheimnisse ihres Körpers von Rechts wegen zu. Diese Vorstellung faszinierte sie in einer Form, von der sie wußte, daß es sich nicht gehörte, doch das steigerte ihre Erregung nur noch mehr. Sie schlang ihre Finger in die schwarze Seide seines Haares. Ihre Hüften reckten sich und wölbten sich ihm entgegen, und sie wand sich, um den besten Winkel und den größtmöglichen Kontakt mit seinem Mund zu finden.

Glühende, zügellose Seligkeit. Grenzenlose unbekümmerte Ekstase. Eine erschreckende Befreiung aus den Fesseln, innerhalb derer sie gelebt hatte. Ihre Lust stürmte abrupt und unaufhaltsam den Gipfel und entrang ihr hemmungslose Schreie.

Nachdem er ihr jede Selbstbeherrschung geraubt hatte, bäumte Jack sich über ihr auf und drang mit einem einzigen kräftigen Stoß in sie ein, füllte sie aus, weitete sie und löste damit einen weiteren explosiven Orgasmus aus, der fast auch ihn über die Grenze getrieben hätte. Er schlang die Arme um sie und preßte sie an sich, hielt ganz still und biß die Zähne zusammen, als ihre Muskeln sich um seinen Schaft herum spannten und ihn dazu verlockten, dasselbe süße Ziel anzustreben.

Als die Zuckungen nachließen, begann er, sich langsam zu bewegen und sie dem nächsten Höhepunkt engegenzutreiben. Er küßte sie behutsam und zärtlich, ließ sie einen Tropfen von der Süße ihres eigenen Körpers kosten, die sie noch auf seinen Lippen schmecken konnte. Er strich ihr das Haar aus den Schläfen zurück und sah ihr lächelnd in die Augen.

Laurel bemühte sich, ihn ebenfalls anzulächeln, doch bei jedem seiner tiefen, weit in sie hineinreichenden Stöße stockte der Atem in ihrer Kehle. Sie ließ die Hände über seinen Rücken gleiten, über die heißen, schweißnassen Muskeln, die sich anspannten, und sie fragte sich verschwommen, wo sein Hemd wohl geblieben war. Dann streckten sich ihre Finger über die strammen runden Hügel seines Hinterns, und sein Hemd interessierte sie nicht mehr. Sie tastete sich vor und packte zu, drängte ihn, sein Tempo zu beschleunigen, bis er bei jedem Stoß ihre Hüften von der Decke hob, bis sie beide fast den Verstand vor Gier nach der Erlösung verloren, die sie direkt nacheinander erlangten.

Hinterher dösten sie ermattet und erfüllt. Jack legte sich auf die Seite und warf ein Bein über Laurels Beine. Sie drehte sich zu ihm um und schmiegte eine kleine Hand an seine Brust, die zu heiß war, um ihren Körper daran zu schmiegen, doch sie konnte den Kontakt zu ihm einfach nicht abreißen lassen. Und dort lagen sie in der Stille, in der Hitze und lauschten den Zikaden und den Singvögeln und dem Pochen ihrer eigenen Herzen.

Ein nachträglicher Schauer der Furcht durchzuckte Laurel. Furcht vor dem vollständigen Verlust an Selbstbeherrschung. Furcht vor der unglaublichen Lust, die Jack ihr verschafft hatte. Eine uralte Furcht, die in einer Zeit ihres Lebens verwurzelt war, in der sie Sex ausschließlich als eine negative Erfahrung angesehen hatte. Jetzt wußte sie es besser, aber alte Ängste fielen nie gänzlich von einem ab – sie versteckten sich nur in dunklen Winkeln der Seele und warteten bloß auf eine Gelegenheit, sich wieder hinauszuschleichen. Sie verbannte diese Furcht bewußt und schlug blinzelnd die Augen auf, um Jack anzusehen.

Er hob eine Hand, legte sie auf ihre Wange und strich träge eine Haarsträhne aus ihrem Gesicht zurück. »Wo bist du gewesen, *'tite chatte*?« flüsterte er, und seine Augenbrauen zogen sich zusammen.

»Nichts von Bedeutung«, sagte sie und wich seinen Blicken aus.

»Warst du wieder in Georgia?«

»Nein.«

»Aber du kehrst in Gedanken oft dahin zurück, *oui*?«

Darüber dachte sie einen Moment lang nach und fragte sich, wie klug es war, etwas über diese Zeit ihres Lebens preiszugeben. Ein Teil von ihr wollte die Geheimnisse hüten, zu ihrem Selbstschutz. Aber es erschien ihr die reinste Ironie zu sein, etwas vor einem Mann verbergen zu wollen, der ihre intimsten Körperteile berührt hatte, der sie auf schwindelerregende Gipfel der Lust geführt und sie schützend in seinen Armen gehalten hatte, während sie gemeinsam zur Erde zurückgeschwebt waren. Sie hatte ihm ihren Körper geöffnet, und jetzt erschloß sie ihm zaghaft und schüchtern einen anderen Teil ihrer selbst und fühlte sich verletzlicher als eine Jungfrau.

»Manchmal überkommt es mich«, sagte sie schließlich. Sie setzte sich auf und begann sich anzuziehen, da sie sich nicht noch nackter fühlen wollte, als es unbedingt nötig war.

Jack zog seine Jeans hoch, zog den Reißverschluß zu und ließ den Knopf offen. »Kannst du darüber reden?«

Sie zuckte mit den Achseln, als sei es belanglos oder problemlos, was beides keineswegs der Fall war. »Ich vermute, du hast in den Zeitungen darüber gelesen.«

»Ich habe einen Teil dessen gelesen, was die Zeitungen darüber zu berichten hatten, aber ich bin im Lauf meines Lebens schon ein bißchen rumgekommen, Süße. Ich weiß, daß hinter jeder Geschichte teuflisch viel mehr steckt als die Phrasen, auf die sich die Reporter stürzen, und das zugkräftige Bildmaterial.«

Nachdem sie sich angezogen hatte, setzte sich Laurel auf die Decke, schlang die Arme um die Knie und starrte auf das Bayou hinaus. Ein Geschwader von Brautenten drängte sich zu einer geschlossenen Formation zusammen und kam mit gewölbten Flügeln und ausgestreckten Füßen herunter. Sie trafen simultan auf dem Wasser auf, schlitterten ein gutes Stück und nahmen schließlich ihr gemächliches Paddeln wieder auf und schnatterten miteinander.

»Angefangen hat es mit drei Kindern und einer Geschichte über einen ›Club‹, der einmal wöchentlich zusammengetroffen ist«, begann sie und wappnete sich innerlich auf das, was kommen würde. Selbst jetzt noch, Monate, nachdem man ihr den Fall abgenommen hatte, hatten die Einzelheiten die Macht, Übelkeit in ihr aufkommen zu lassen, und die Bilder erstanden so abscheulich und in so leuchtenden Farben wie eh und je wieder vor ihr auf. Ihre Hände spannten sich so fest um ihre Schienbeine, daß ihre Knöchel weiß wurden.

»Die unerwiesenen Anschuldigungen waren einfach unglaublich. Kinderpornographie. Sexueller Mißbrauch. Die Kinder hatten Geheimhaltung schwören müssen. Kleine Tiere waren vor ihren Augen geschlachtet worden, getötet und in Stücke gerissen, um ihnen zu demonstrieren, was passieren könnte, falls sie redeten. Aber mit der Zeit haben sie sich noch mehr davor gefürchtet, was passieren könnte, wenn sie *nicht* redeten.

Sie sind zu mir gekommen, weil ich während der Berufsberatungswoche in ihrer Schule war. Ich hatte dort über die Justiz gesprochen, darüber, das Richtige zu tun und für die Wahrheit zu kämpfen.« Sie verzog den Mund angesichts dieser Ironie. »Die armen kleinen Würmer haben mir geglaubt. Ich habe mir selbst geglaubt.«

Sie konnte sie immer noch vor sich sehen, all diese kleinen Gesichter, die vom Boden der Turnhalle aus mit weit aufgerissenen Augen zu ihr aufgeblickt hatten, während sie ihre Predigt darüber angehört hatten, wie ruhmvoll und würdig es doch war, sich darum verdient zu machen, daß Recht gesprochen wurde. Sie konnte dieses Gefühl von Stolz und Selbstgerechtigkeit und Naivität noch immer wahrnehmen. Damals hatte sie noch geglaubt, daß die Gerechtigkeit immer den Sieg davontragen würde, wenn man nur hart genug daran arbeitete, fest genug daran glaubte und mit reinem Herzen dafür focht.

»Niemand wollte, daß ich der Geschichte auf den Grund gehe. Die Erwachsenen, die diese Kinder beschuldigt haben, waren über jeden Tadel erhaben. Ein Lehrer, ein Zahnarzt, ein Mitglied des Kirchenrates der Methodistengemeinde. Brave rechtschaffene Bürger – die rein zufällig Pädophile waren«, sagte sie bitter.

»Was hat dich dazu gebracht, den Kindern zu glauben?«

Wie konnte sie ihm das erklären? Wie konnte sie dieses Einfühlungsvermögen schildern, ihm klarmachen, daß sie sich in diese Kinder hineinversetzen konnte? Sie wußte, was es hieß, ein gräßliches Geheimnis in seinem Innern zu verschließen, da sie selbst eines in ihrem Innern trug. Sie wußte, wieviel Mut erforderlich war, um das Geheimnis auszuplaudern, da sie selbst diesen Mut nie hatte aufbringen können.

Das Schuldbewußtsein drehte sich wie ein Messer in ihrem Innern, und sie kniff die Augen gegen den Schmerz zu. Sie hätte niemals die Kraft gefunden, den unberechenbaren Launen ihrer Mutter zu trotzen oder die Liebe ihrer Mutter aufs Spiel zu setzen.

»Sag Mama nichts davon, Laurel. Sie wird dir nicht glauben. Sie wird dich dafür hassen, daß du es ihr erzählst. Sie wird einen ihrer Anfälle bekommen, und alles wird nur deine Schuld sein.«

Wenn sie doch bloß kein solcher Feigling gewesen wäre, wenn sie doch bloß das Richtige getan hätte, den Mut dazu aufgebracht hätte…

Ein Bild von Savannah nahm vor ihren Augen verschwommene Umrisse an, zerknittert und zerzaust, verführerisch, wie sie die Nutte spielte und wie ihre Sexualität mit einer tragischen Ausstrahlung von Verzweiflung und Rücksichtslosigkeit unterlegt war.

Sie zog sich auf die Füße und lief an den Rand des Wassers, und damit wollte sie nicht nur vor Jack und seinen Fragen fliehen, sondern vor ihrer eigenen Vergangenheit, vor sich selbst. Er folgte ihr. Sie konnte ihn hinter sich wahrnehmen, seine dunklen Augen in ihrem Rücken fühlen.

»Warum hast du ihnen geglaubt, Laurel?«

»Weil sie mich gebraucht haben. Sie brauchten jemanden, der sich für ihre Rechte einsetzt. Es war meine Aufgabe.«

Das Leugnen ihrer eigenen Empfindungen rief ein Gefühl von Druck in ihrer Brust hervor, das immer stärker wurde und sich wie ein Ballon aufblies. Es legte sich auf ihre Lunge, drückte auf ihr Herz, zog ihre Kehle zu und stieß fest von hinten gegen ihre Augen. Sie hatte dieses Gefühl schon öfter im Keim erstickt, immer wieder von neuem. Sie hatte Dr. Pritchard dafür beschimpft, daß er versucht hatte, sie dazu zu bringen, dieses Gefühl herauszulassen.

»Ich wollte nicht für etwas sühnen. Es war mein Job, und mir hat sich eine Aufgabe gestellt, die ich übernommen habe. Meine Kindheit hat nichts damit zu tun.«

Er bedachte sie lediglich mit diesem geduldigen Blick, in dem sich sowohl Mitleid als auch Enttäuschung ausdrückten. Und sie hätte am liebsten eines der dicken Psychologiebücher von seinem Tisch genommen und ihm den Wälzer um die Ohren geschlagen.

»Ich bin nicht hergekommen, um über alte Geschichten zu reden, die weit zurückliegen. Ich will Hilfe bei den Dingen, die jetzt geschehen.«

»Verstehen Sie das denn nicht, Laurel? Das alles hat doch nur mit der Vergangenheit zu tun. Sie wären nicht an dem Punkt angelangt, an dem Sie heute stehen, wenn Sie einen anderen Ausgangspunkt gehabt hätten und wenn sich damals andere Dinge abgespielt hätten.«

»Ich versuche nicht, etwas abzubüßen!«

Sie versuchte, Luft zu holen, doch ihre Lunge konnte sich nicht ausdehnen, um die schwüle Luft in sich aufzunehmen. Der Druck war so gewaltig, daß sie sich die wahnsinnige Frage stellte, ob sie schlichtweg platzen würde.

Selbstbeherrschung. Was sie brauchte, das war Selbstbeherrschung.

Rücksichtslos versuchte sie, die anderen Überlegungen von sich zu stoßen und sich ausschließlich darauf zu konzentrieren, die Fakten in einer Form zu berichten, die Jack zufriedenstellte und ihre eigene emotionale Betroffenheit auf ein Minimum beschränkte.

»Wir haben Tag und Nacht daran gearbeitet, Beweismaterial zusammenzutragen. Es gab Indizien, aber nichts von alledem ließ sich direkt mit den Angeschuldigten in Verbindung bringen. Und die ganze Zeit über haben sie um das Mitgefühl ihrer Mitbürger geworben und behauptet, die Opfer einer Hexenjagd zu sein, behauptet, ich versuchte, auf ihrem Rücken ins Büro des Generalstaatsanwaltes aufzusteigen.« Ihre Hände ballten sich an ihren Seiten zu Fäusten, während sie versuchte, die Wut im Zaum zu halten, die sich in ihrem Innern aufstaute. Diese Wut war mächtig genug, um sie von Kopf bis Fuß beben zu lassen. »Mein Gott, sie waren so aalglatt, so raffiniert, so selbstgefällig!«

So böse.

»Du glaubst an das Böse, nicht wahr, Laurel?«

Sie biß die Zähne gegen das rasende Verlangen zusammen, laut zu schreien.

»... und das Gute muß über das Böse triumphieren...«

»Das einzige, was wir wirklich in der Hand hatten, waren die mündlichen Zeugenaussagen der Kinder.«

Sie machte einen halben Atemzug und fühlte sich, als würde die Luft ihre Lunge sprengen.

»Kinder werden nicht als glaubwürdige Zeugen angesehen.«

Mach dir gar nicht erst die Mühe, Laurel, es jemandem zu erzählen. Es wird dir ja doch niemand glauben.

»Parker... der Generalstaatsanwalt...« Sie keuchte jetzt, als sei sie zu weit und zu schnell gelaufen. Eine dünne Schweißschicht glänzte jetzt auf ihrer Haut, klebrig und kalt. »Er hat mir den Fall entzogen... Es... war politischer Sprengstoff... Er hat gesagt, ich... ich könnte nicht damit umgehen...«

Jack trat näher, und sein Herz schlug im Takt mit ihrem, schlug *für* sie. Er konnte die Spannung spüren, und die Luft um sie herum war derart stark elektrisch aufgeladen, daß sie knisterte. Er streckte eine Hand aus, um sie ihr auf die Schulter zu legen, und sie zuckte zusammen, als hätte er ihr einen Stromschlag versetzt.

»Du hast alles getan, was du konntest«, sagte er leise.

»Ich habe verloren«, flüsterte sie, und die Worte kamen wie zischende Peitschenhiebe aus ihr heraus, mit einer nahezu greifbaren Qual. Sie zitterte heftig, hob die Fäuste und preßte sie sich fest gegen die Schläfen. »Sie waren schuldig.«

»Du hast dein Bestes gegeben.«

»Es war nicht gut genug!« schrie sie.

Die Enten verschwanden unter heftigem Flügelschlagen und spritzten Wasser auf. Silberreiher und Graureiher, die auf der Suche nach Fischen durch das seichte Wasser gewatet waren, ergriffen die Flucht und schwirrten über das Bayou, schrien zornig über diese Ruhestörung. Laurel riß sich von Jacks Hand los und rannte am Ufer entlang, stolperte, schluchzte und war darauf versessen, zu entkommen, hatte jedoch keine Zufluchtsstätte. Sie ließ sich auf der sandigen Erde auf die Knie sinken und rollte sich zu einer Kugel zusammen, ein Bild des Jammers; ein gewaltsames trockenes Schluchzen entrang sich ihrer Kehle.

Einen Moment lang stand Jack einfach nur da und war bestürzt über die Tiefe ihres Elends, die ihm gleichzeitig Angst einjagte. Seine Instinkte hielten ihn von ihr fern – wie ein Tier, das Feuer schnuppert. Er wollte nicht zu nah herankommen, wollte nicht Gefahr laufen, es zu berühren, doch schon im nächsten Augenblick, nachdem ihm dieser Gedanke durch den Kopf geschossen war, kniete er neben ihr und strich mit einer Hand über ihren Hinterkopf.

»Darling, weine nicht so«, murmelte er, und seine Stimme war ein heiseres Krächzen. »Du hast deine Aufgabe geleistet. Du hast getan, was du konntest. Manche Fälle gewinnt man, andere eben nicht. So lauten nun mal die Spielregeln. Das wissen wir beide.«

»Es ist kein Spiel!« zischte Laurel und schlug seine Hand zur Seite. Sie funkelte ihn durch ihre Tränen wütend an. »Verdammt noch mal, Jack, das ist kein Gesellschaftsspiel, es geht um Rechtsprechung. Verstehst du das denn nicht? Gerechtigkeit. Ich kann nicht einfach mit den Achseln zucken und gehen, wenn die Wette sich nicht bezahlt macht. Diese Kinder haben sich darauf verlassen, daß ich sie rette, und ich habe versagt!«

Es war eine Last, die so schwer wie die Welt wog, und sie brach unter dieser Bürde zusammen.

Jack zog sie sachte in seine Arme und wiegte sie. Er küßte ihr Haar, streichelte ihren Hinterkopf und beschwichtigte sie leise, und die Zeit ging unbemerkt vorüber.

Gerechtigkeit, dachte er zynisch. Wieviel Gerechtigkeit gab es auf einer Welt, auf der Kinder von den Menschen ausgebeutet und mißbraucht wurden, die sie hätten beschützen und umsorgen sollen? Wieviel Gerechtigkeit gab es, wenn eine Frau, die so aufopfernd, so tapfer und so aufrichtig war wie die, die er in seinen Armen hielt, derart für die Sünden anderer büßte? Welches Gerechtigkeitsempfinden erlaubte es einem Mann von seinem Schlag, der einzige zu sein, der da war, um sie zu trösten?

Seiner Erfahrung nach gab es keine Gerechtigkeit. Während er aufgewachsen war, war er nie auf Indizien dafür gestoßen. Als Anwalt hatte man ihn darin ausgebildet, das Rechtswesen als ein kompliziertes Schachspiel anzusehen, in dem man manövrierte, manipulierte und Strategien und Listen ersann, mit denen man seinem Klienten zum Sieg verhalf. Es hatte kein Gerechtigkeit gegeben, nur den Sieg um jeden Preis.

Wenn es so ein Geschöpf wie Gerechtigkeit gab, dachte er, dann hatte es einen außerordentlich sadistischen Sinn für Humor.

17

Sie sahen den Tumult schon vom Anlegesteg vor Frenchie's Landing aus. Am Straßenrand waren in beide Richtungen Wagen geparkt. Eine beträchtliche Menschenmenge hatte sich versammelt. Aus der Entfernung war nur das unverständliche Knistern einer Stimme durch eine schlechte Lautsprecheranlage zu vernehmen; keine einzelnen Wörter, nur, wie sich die Tonlage hob und senkte, das Tempo nachließ und sich steigerte, aber es war nicht zu übersehen, daß sich auf der früheren Texaco-Tankstelle, auf der anderen Straßenseite, gegenüber Frenchie's Landing, die noch gestern menschenleer gewesen war, etwas Aufregendes abspielte.

Laurel warf einen Blick auf Jack – etwas, was sie den ganzen Nachmittag über vermieden hatte, seit ihrem demütigenden Zusammenbruch vor seinen Augen. Seine Schultern hoben und senkten sich zu einem teilnahmslosen Achselzucken. Mit seinem offenen Khakihemd, der Baseballkappe, die er sich auf dem Kopf zurückgeschoben hatte, und den schillernden Fischen, die an einer Schnur in seiner Hand hingen, war er der Inbegriff von Gleichgültigkeit.

Er hatte keinerlei Interesse daran, was sich auf der anderen Straßenseite abspielte. Seine Aufmerksamkeit galt ausschließlich

Laurel und der seltsamen Schüchternheit, die sich ihrer bemächtigt hatte. Er hatte nie eine Frau gekannt, die nicht genüßlich und ungestraft Tränen vergossen hätte. Und doch war Laurel vor ihrem Gefühlsausbruch – und vor ihm – zurückgescheut, da es ihr offensichtlich peinlich war, daß sie ihm gegenüber eine solche Schwäche gezeigt hatte.

Er fragte sich, ob sie sich selbst gegenüber jemals auch nur die geringste Nachsicht walten ließ. Sie verlangte Perfektion von sich selbst, ein Ziel, das für einen gewöhnlichen Sterblichen einfach nicht zu erreichen war. Ein Charakterzug, der ihn schleunigst in die Flucht hätte schlagen sollen.

Le bon Dieu wußte, daß er alles andere als perfekt war. Dennoch ertappte er sich dabei, daß er sie dafür bewunderte. Sie wirkte so klein und zerbrechlich, aber sie konnte auf einen großen Kräftevorrat zurückgreifen, und immer wieder schöpfte sie aus diesem Quell und ließ keine Ausreden gelten.

Das ist mehr, als du über dich selbst sagen kannst, mon ami.

Die Muschelsplitter auf dem Parkplatz knirschten unter ihren Füßen, als sie ein paar Meter weiterschritten und auf die Bar zugingen, doch Laurels Blick hatte sich auf das Geschehen auf der anderen Straßenseite geheftet. Schaulustige drängten sich in Scharen und verrenkten sich den Hals, um besser sehen zu können. Vielleicht eine Auktion, dachte sie, konnte sich jedoch nicht erinnern, in der alten Tankstelle etwas gesehen zu haben, was sich hätte verkaufen lassen. Die Räumlichkeiten waren schon in den siebziger Jahren, während des Ölembargos, ausgeschlachtet worden und standen seitdem leer. Dann war ein einziges Wort klar aus dieser Entfernung zu vernehmen, und sie blieb abrupt stehen.

»...Verdammnis!«

Sie holte entrüstet Luft und stieß den Atem wütend wieder aus. »Dieser Mistkerl!

Ehe Jack auch nur ein Wort sagen konnte, lief sie mit zurückgezogenen Schultern und schnellen, zielstrebigen Schritten schnurstracks auf die Tankestelle zu. Er hätte sie einfach laufen lassen sollen. Eine Sekunde lang blieb er still stehen und beabsichtigte, genau das zu tun. Er wollte die Fische für T-Grace abgeben und sich ein großes, kühles Bier bestellen. Er wollte seine Nase nicht in ein verdammtes Hornissennest stecken. Aber als er sah, wie Laurel losstürmte, konnte er das Bild einfach nicht abschütteln, wie sie in seinen Armen gelegen und sich an seiner Brust ausgeweint hatte, weil sie das Wunder nicht hatte bewerkstelligen können, Justitia das Augenlicht wiederzugeben.

Er fluchte tonlos, schloß die Faust fester um die Schnur mit den tropfenden Fischen und lief im Dauerlauf hinter ihr her, bis er sie eingeholt hatte.

»Er befindet sich nicht auf dem Grund und Boden der Delahoussayes«, hob er hervor.

Laurel schaute finster. »Das nutzt ihm gar nichts, solange er dieses Grundstück nicht gepachtet und eine Genehmigung für eine öffentliche Kundgebung eingeholt hat«, fauchte sie und hoffte insgeheim, daß beides nicht der Fall war, damit sie Kenner auf ihn ansetzen konnte.

»Du hast deinen Teil getan, Engel«, wandte Jack ein. »Du hast ihn Ovide vom Hals geschafft – das hat zu genügen. Warum läßt du ihn nicht einfach in Ruhe, und wir gehen einen trinken?«

»Warum ich ihn nicht in Ruhe lasse?« fragte sie mit scharfer Stimme. »Weil ich hier bin. Ich bin Gerichtsbeamtin, und ich habe den Delahoussayes gegenüber eine Verpflichtung.« Sie funkelte ihn finster an. »Geh du ruhig einen trinken. Ich habe nicht gesagt, daß du mitkommen mußt.«

»Espèces de tête dure«, murrte er und verdrehte die Augen.

»Ja, das bin ich«, sagte sie, ohne ihre Schritte auch nur einen Moment lang zu verlangsamen. »Dickschädligkeit ist eine meiner besseren Eigenschaften.«

Baldwin und seine Anhänger hatten keine Zeit vergeudet. Das große Schild »Zu verkaufen oder zu verpachten«, das im Schaufenster der Tankstelle gestanden hatte, war durch ein anderes ersetzt worden, auf dem stand: »Macht der Sünde ein Ende. Findet den Wahren Weg.« Die Tür zur Tankstelle stand offen, und eine Bühne war hastig in dem Garagentor errichtet worden, um Jimmy Lee einen dramatischen dunklen Hintergrund für sein gewohntes Zetern und Gestikulieren zu geben.

Seine Anhänger hatten sich draußen auf dem rissigen Beton versammelt und scharten sich trotz der Hitze eng zusammen. Viele der

Frauen drängten sich zur Bühne vor, weil sie ihn aus der Nähe sehen wollten, und Sonnenbrände und Anhimmelung ließen ihre Gesichter glühen. Und Jimmy Lee stand über ihnen allen, in Schweiß und Glorie gebadet, das Haar mit Pomade zurückgebürstet, und seine Jacketkronen leuchteten weiß in der Sonne des späten Nachmittags. Er lief auf seiner Bühne auf und ab, das weiße Hemd durchgeschwitzt, die Krawatte gelockert, und er flehte seine Anhänger an, unter der Last ihres jeweiligen Kreuzes tapfer weiterzumarschieren, und er drängte sie, seine Last zu erleichtern, indem sie mit Spenden dafür sorgten, daß er sein Amt weiterführen konnte.

»Ich werde weiterkämpfen, Brüder und Schwestern! Ganz gleich, wie sehr sich Satan auch bemühen mag, mich einzulullen, ganz gleich, welche Hindernisse sich mir in den Weg stellen, ganz gleich, ob mir nichts anderes als mein Glaube zur Verfügung steht, um meine Schlacht damit zu schlagen!« Er ließ seine Proklamation ein paar Sekunden lang in der Luft nachhallen, und dann seufzte er dramatisch und ließ die Schultern hängen. »Aber ich will diesen Kampf nicht allein austragen. Ich brauche eure Hilfe, die Hilfe der Gläubigen, der Tapferen, der Frommen. Wenn es mich auch noch sosehr betrübt, es einzugestehen, dann leben wir doch in einer Welt, in der der allmächtige Dollar herrscht. Ohne Geld kann die Kirche des Wahren Weges nicht weiterhin wöchentlich unzähligen Tausenden von Gläubigen die frohe Botschaft überbringen. Und ohne mein geistliches Amt bin ich machtlos. Auf mich allein gestellt, bin ich nichts weiter als ein Mann. Wenn ich euch hinter mir habe, bin ich ein ganzes Heer!«

Während die Gläubigen und die Frommen Baldwins schauspielerischer Leistung applaudierten, bahnte sich Laurel einen Weg um die Menge herum. Sie beobachtete Baldwins Anhänger mit einer Mischung aus Wut und Mitleid – Wut, weil sie leichtgläubig genug waren, um auf einen Scharlatan wie Baldwin zu hören, und Mitleid aus eben demselben Grund. Sie brauchten etwas, woran sie glauben konnten. Das mißgönnte sie ihnen nicht. Aber daß sie sich ausgerechnet dafür entschieden hatten, einem perversen Schwindler zu glauben, löste in ihr den Wunsch aus, ihre Köpfe aneinanderzuschlagen.

Sie sah die Kameras erst, als es schon zu spät war. Zuerst fiel ihr

Blick auf den Wagen, der neben der Werkstatt parkte. Er trug die Kennung des Kabelfernsehsenders in Lafayette, der Baldwins wöchentliche Sendung ausstrahlte. Dann fiel ihr Blick auf eine der Videokameras, die das Spektakel für das Publikum zu Hause festhielten. Inzwischen war sie fast an der Spitze der Menschenmenge angelangt, und Baldwin hatte sie bereits entdeckt.

Sein Blick, leuchtendes Gold, das im Schein des Fanatismus' glühte, richtete sich auf sie wie ein Scheinwerfer, und er unterbrach sich mitten im Satz. Während sich sein Schweigen in die Länge zog, steigerte sich die Erwartungshaltung der Menge von Sekunde zu Sekunde. Das billige Lautsprechersystem unterlegte all das mit einem leisen brummenden Surren.

Laurel erstarrte, und ihr Herz schlug schneller, als sowohl der Kameramann als auch Jimmy Lee auf sie zukamen. Sie konnte fühlen, wie das Zyklopenauge der Kamera sie aufs Korn nahm, konnte die Glut von Baldwins Blick spüren, konnte die zusätzliche Last von hundert Augenpaaren spüren, als sich die Menschenmenge, einer nach dem anderen, zu ihr umdrehte. Sie machte sich auf einiges gefaßt und holte langsam und tief Atem.

»Miz Laurel Chandler«, sagte er leise. »Eine Frau mit Intelligenz und tiefen Überzeugungen. Eine brave Frau, die durch Sinnestäuschung dazu verführt worden ist, auf der Seite Satans zu kämpfen.«

Ein Keuchen und Murmeln zog sich durch die Zuschauer. Die Frau, die Laurel am nächsten stand, wich zurück und preßte sich schützend eine Hand auf den Busen.

»Ich glaube nicht, daß Richter Monahan sich allzusehr über diesen Vergleich freuen wird«, sagte Laurel durchtrieben und verschränkte die Arme. »Aber Sie amüsiert das wahrscheinlich, da Sie selbst ein Experte darin sind, brave Menschen mit betrügerischen Mitteln zu verführen.«

Diejenigen, die nah genug waren und sie hören konnten, begannen zu murren und zu buhen. Baldwin brachte sie mit einer Handbewegung zum Schweigen. »Gläubige, verdammt andere nicht!« schrie er. »Christus persönlich hat in seiner grenzenlosen Weisheit gepredigt, denjenigen zu vergeben, die euch Leid zufügen. Er hat mich in Fragen der Vergebung beraten...«

»Hat Er Sie auch in Rechtsfragen beraten?« erkundigte sich Laurel. »Haben Sie das Recht, dieses Anwesen zu betreten und hier diese Versammlung abzuhalten?«

Etwas Widerwärtiges blitzte in Baldwins Augen auf. Er konnte es nicht leiden, wenn sie sich in den Fluß seiner göttlichen Inspirationen einmischte. *Dein Pech, Jimmy Lee.*

»Wir haben jedes Recht dazu, verlorene Schwester«, sagte er mit gepreßter Stimme. »Es ist unser gesetzliches Recht, durch Menschenhand verliehen. Wir haben das moralische Recht, von Gott persönlich gewährt, uns vor dieser bescheidenen Kulisse zu versammeln und…«

»Eine angemessene Kulisse«, brachte Jack gedehnt heraus, ging um Laurel herum und lehnte sich lässig an Jimmy Lees Bühne. Die Fische baumelten immer noch an der Schnur in seiner Faust. »Du hast schon immer mit heißer Luft erzählt, Jimmy Lee, mit der man noch nicht mal einen Reifen aufpumpen sollte.«

Er war jetzt so nah gekommen, daß das Mikro seine letzten Worte auffing, und die Leute, die ganz weit hinten standen und aus reiner Neugier dazugekommen waren, brachen in Gelächter aus.

Jimmy Lees Gesicht lief unter seiner künstlichen Bräune blutrot an. Sein Mund bebte ein wenig, als er dagegen ankämpfte, den Mann zu verhöhnen, der träge an seinem Podium lehnte. Dieser verdammte Jack Boudreaux. Diese verdammte Laurel Chandler. Sie war die eigentliche Unruhestifterin, dieses kleine Miststück. Boudreaux kam nur schnuppernd hinter ihr hergelaufen. Wenn er auch noch so gern den ganzen Schmutz über Laurel Chandler ans Licht gezerrt hätte, dann riß sich Jimmy Lee doch zusammen. Seine Anhänger würden es nicht tolerieren, wenn er eine Frau von ihrem gesellschaftlichen Rang angriff. Mit Boudreaux dagegen verhielt es sich gleich ganz anders.

Er lächelte innerlich, ein heimtückisches, gemeines Lächeln. »Ach, wirklich, Mr. Boudreaux?« fragte er. »Soll ich Ihnen sagen, was Ihre Bücher bei mir bewirken? Sie lösen Übelkeit und Ekel bei mir aus, wie bei jedem guten Christen. Ihr Inhalt ist schmutzig, brutal, eine Verherrlichung des Bösen und eine Lektion Anschauungsunterricht der Wege Satans. Oder sind Sie etwa hergekommen, um uns mitzuteilen, daß Sie diesen Pfad der Gottlosigkeit verlassen haben?«

Ein langsames Grinsen breitete sich auf Jacks Gesicht aus. Er ließ seine Fische auf Jimmy Lees spitze Schuhe platschen, der daraufhin schleunigst zurückwich. Jack hopste auf die Bühne, setzte sich auf den Bühnenrand und ließ seine Beine über die Kante baumeln. »Zum Teufel, Jimmy Lee, das läuft in etwa auf dasselbe hinaus, als würde man dich fragen, ob du aufgehört hast, den Leuten das Geld aus der Tasche zu ziehen. So, wie die Frage formuliert ist, kommt ein Leugnen einem Schuldbekenntnis gleich. Da ich in einer früheren Inkarnation Anwalt gewesen bin, kenne ich mich zu gut aus, um diese Frage zu beantworten.« Er legte den Kopf zur Seite und ließ Baldwin in den Genuß eines gnadenlosen verruchten Grinsens kommen, das hart und scharf genug war, um Glas damit zu schneiden. »Mich wundert, offen gesagt, nur, daß du lesen kannst.«

Eine weitere Lachsalve stieg aus den hinteren Rängen auf und setzte sich nach vorn fort. Jimmy Lee biß die Zähne zusammen, um einen Schwall von wüsten Beschimpfungen zurückzuhalten. Seine Faust spannte sich um das Mikrofon, während er sich die Vorstellung gönnte, es sei Boudreaux' Luftröhre, die er zudrückte.

»Über das Böse lacht man nicht«, sagte er streng. Er wandte den Blick wieder auf das kleine Meer von Gesichtern hinaus, das sich versammelt hatte, um ihn zu hören, und dann deutete er finster auf Jack. »Wollen wir, daß unsere Kinder mit der Form von verdorbenen und entarteten Geschichten aufwachsen, die dieser Mann erzählt? Geschichten über Morde, Verstümmelungen und andere Abscheulichkeiten, die doch gewiß das Vorstellungsvermögen anständiger Menschen übersteigen sollten!«

»He, Jack!« rief Leonce, der dicht neben den staubigen alten Zapfsäulen stand. »Wie heißt dieses Buch?«

»Teuflische Illusionen!« rief Jack lachend. »Für fünf neunundneunzig ist es überall zu haben!«

»Und er lacht und macht Geld mit diesem Schmutz!« schrie Jimmy Lee den Frommen zu und übertönte damit das Gelächter der anderen. »Was für andere Sünden könnte ein derart krankes Gemüt sonst noch begehen? Täglich hören wir von Verbrechen, die in diesem Land an Frauen und Kindern begangen werden. Unser eigenes Acadiana wird von einer Bestie terrorisiert, die umherschleicht und unsere Frauen mordet. Und woher beziehen Geschöpfe wie dieses die Ideen für ihre Verbrechen?«

Das Grinsen verschwand spurlos von Jacks Gesicht. Er sah Baldwin fest in die Augen und löste seinen Blick keinen Moment lang von ihm, als er sich auf die Füße zog, auf ihn zuging und die Fische mit dem Stiefel aus dem Weg trat. Feindseligkeit entströmte ihm in heißen Wogen.

»Du solltest deine Zunge hüten, Prediger«, knurrte er und stieß behutsam Baldwins Mikrofon zur Seite. »Man kann nie wissen, welche Form von Rache ein krankes Gemüt wie meines ersinnen könnte.«

Jimmy Lee kostete den kleinen Sieg aus, einen Nerv getroffen zu haben, und er sah mit einer Selbstgefälligkeit in Jacks Augen, die dem Wissen entsprach, daß er in dieser Menschenmenge sicher war. »Ich fürchte mich nicht vor dir, Boudreaux.«

»Nein?« Jack zog eine Augenbraue hoch. »Fürchtest du dich vor dem Wort ›Verleumdungsklage‹? Davor solltest du dich nämlich fürchten, Jimmy Lee, denn ich könnte dafür sorgen, daß meine Anwälte dich für den Rest deines widernatürlichen Lebens immer wieder vor Gericht zitieren. Ich würde dir nicht mal einen Pißpott lassen, und dann hast du deine Predigernummer umsonst abgezogen.«

Baldwin kniff die Augen zusammen. Ein Muskel in seinem Kiefer zuckte. »Wir leben in einem freien Land, Boudreaux. Wenn ich der Meinung bin, daß die Lektüre von Schund labile Gemüter dazu treibt, unaussprechliche Taten zu begehen, dann darf ich diese Meinung äußern.«

»Mhm. Und wenn du meinen Namen mit diesen unaussprechlichen Taten in Verbindung bringst, dann habe ich das Recht, dich windelweich zu schlagen – in übertragenem Sinne.« Er lächelte wie ein Krokodil und hob Jimmy Lees Hand, damit das Mikro seine nächsten Worte aufschnappte. »Vielleicht solltest du versuchen, die Dämonen aus mir zu vertreiben, Jimmy Lee. Sie statt dessen ein paar Schweinen aufhalsen oder so. Den Leuten etwas bieten für ihr Geld.« Baldwin sah ihn finster an. »Nein? Na, dann eben nicht, Jimmy Lee.«

Er bückte sich, hob seine aufgefädelten Fische auf und warf sie Jimmy Lee mit Schwung zu. Baldwin blieb kaum die Zeit für eine Reaktion. Mit einem Ächzen und einer Grimasse fing er das schleimige Bündel auf und drückte es an seinen Bauch.

»Das hätten wir«, sagte Jack. »Und jetzt besorg dir ein paar Brotlaibe und sieh zu, ob du *dieses* Wunder vielleicht wirken kannst.«

Brüllendes Gelächter erhob sich im Hintergrund. Laurel preßte eine Hand auf den Mund und versuchte, sich zusammenzureißen. Jack sprang von der Bühne und schlenderte auf sie zu, zog eine Zigarette aus seiner Hemdtasche und steckte sie sich zwischen die Lippen.

»Du bist ganz schön schlimm!« flüsterte sie, als er sie an einem Arm nahm, sie umdrehte und sie von der Versammlung fortführte.

Seine dunklen Augen funkelten schelmisch, als er sie ansah. »Andernfalls wäre ich nicht halb so gut, Süße«, brachte er gedehnt heraus. »Und jetzt gib mir den Drink aus, den du mir schuldest.«

Sie hatten noch keine drei Schritte zur Straße hin gemacht, als ein entsetzlicher Schrei die Luft zerriß – durchdringend und so grausig, daß einem das Blut gerann, ein Laut, der bis ins Mark ging. Laurel zuckte steif zusammen, erschüttert und entsetzt; ihre Hand umklammerte Jacks Unterarm, und das Herz donnerte in ihrer Brust. Sie konnte hören, wie die Menschenmenge hinter ihr murmelte, keuchte, mit den Füßen auf dem Beton scharrte, als sich alle umdrehten. Dann ertönte der Schrei noch einmal. Und noch einmal. Er drang aus Frenchie's, ein furchtbarer wimmernder Klagelaut, in dem etwas mitschwang, was alle instinktiv verstanden, und alle blieben mit angehaltenem Atem stehen und warteten.

Laurel umklammerte Jacks Arm noch fester, als sie den Streifenwagen des Bezirks Partout vor dem Haus geparkt sah. Sheriff Kenner kam aus der Bar und stieg die Stufen hinunter. Seine verspiegelte Fliegersonnenbrille funkelte in der Sonne. Die Seitentür des Gebäudes wurde aufgerissen, und ein dünner junger Mann in Surfershorts und einem neongrünen Hemd sprang über das Geländer und rannte über den Parkplatz, als sei ihm der Teufel auf den Fersen. Sein Gesicht war kreideweiß, und die Hemdschöße wehten hinter ihm her.

Die Eingangstür wurde wieder aufgerissen, und T-Grace schleuderte sich buchstäblich auf die Galerie und schrie: »Mein *Bébe*! Mein *Bébe*!« Sie fiel auf die Knie und schlug immer wieder mit den Fäusten auf den Boden, und ein entsetzliches Schluchzen entrang sich ihrer tiefsten Seele. Dann wankte Ovide auf die Galerie und tastete sich vor wie ein Blinder. Als er mit den Händen seine Frau fand, sank er hinter ihr zu Boden, wandte das Gesicht gen Himmel und rief aus: *»Bon Dieu avoir pitié!«*

»O Gott, Jack«, flüsterte Laurel, und Tränen stiegen in ihre Kehle auf und drückten gegen ihre Augen. Das Gefühl, das in ihr anschwoll, als sie sich ihm zuwandte, war unverkennbar Kummer, und ein kleiner losgelöster Teil ihres Verstandes wunderte sich über die Fähigkeit eines Körpers, derart heftig auf etwas zu reagieren, was noch nicht bekannt gegeben worden war.

Sekunden später traf der junge Mann, der aus der Bar geschossen war, mit den Neuigkeiten ein: Annie Delahoussaye-Gerrard, die seit dem Sonntagabend nicht mehr gesehen worden war, war von zwei Spaziergängern am Ufer des Bayou aufgefunden worden.

Der Mord erschütterte Bayou Breaux bis ins Mark. Während das Entsetzen über die Greueltaten des Würgers aus dem Bayou andere Teile von Acadiana gepackt hatte, hatten sich die hiesigen Bewohner immun dagegen gefühlt. Die Gemeine Partout war als ein sicherer Zufluchtsort erschienen, ein magischer Ort, an dem nichts Böses geschah. Innerhalb der Zeitspanne, die es Annie Delahoussaye kostete, ihren letzten Atemzug zu holen, war die Illusion von Sicherheit spurlos verschwunden. Die Welt neigte sich auf ihrer Achse, und die Einwohner von Bayou Breaux hielten rasend Ausschau nach etwas, woran sie sich klammern konnten.

An jenem Abend waren die Straßen menschenleer. Die Geschäfte schlossen früher. Die Leute gingen nach Hause, um bei ihren Familien zu sein. Türen, die nie zuvor abgeschlossen worden waren, wurden gegen die Drohung des Bösen verriegelt, das draußen an den finsteren dunstigen Ufern des Bayou lauerte.

T-Grace war untröstlich und mußte ins Bett getragen und mit Tabletten ruhiggestellt werden. Als seien ihnen die Nachrichten durch telepathische Wellen übermittelt worden, begannen die übrigen Kinder der Delahoussayes einzutreffen. Die Familie rottete sich zusammen, um zu trauern, um einander Kraft zu geben, um das winzige Haus zu füllen, in dem sie alle großgezogen worden waren, und die Leere zu vertreiben, die dieses eine fehlende Gesicht hervorgerufen hatte.

Die Bar war nicht geöffnet, aber der harte Kern der Stammgäste versammelte sich dort in einer ganz ähnlichen Form wie der Delahoussaye-Klan in seinem Haus. Sie gehörten gewissermaßen zur Familie – Leonce und Taureau, Dede Wilson und ein halbes Dutzend anderer. Annie war eine von ihnen gewesen, und jetzt war sie aus dem Gewebe gerissen worden, aus dem ihrer aller Leben bestand, und zurückgeblieben war ein häßliches, ausgefranstes Loch.

Leonce übernahm die Bar und verteilte ohne jede Spur seines gewohnten sorglosen Grinsens die Getränke. Sein Panamahut hing an der Garderobe neben der Eingangstür, da er ihn respektvoll abgesetzt hatte, und sein Markenzeichen, das unvermeidliche Hawaiihemd, hatte er gegen ein tristes schwarzes T-Shirt eingetauscht. Der Rest der Gruppe saß am Tresen oder in der näheren Umgebung, und mit Ausnahme von Jack mieden alle die Tanzfläche und die Bühne. Er saß auf dem Klavierhocker, trank Wild Turkey und spielte auf seinem kleinen Evangeline-Akkordeon leise traurige Lieder.

Laurel beobachtete ihn von ihrem Barhocker aus, der ganz am Rand stand. Er saß mit gesenktem Kopf da, und seine anmutigen Hände bedienten das Instrument und quetschten Noten aus ihm heraus, die so ergreifend waren, daß es zu weinen schien. Seit der grausigen Nachricht hatte er keine zehn Worte von sich gegeben – weder mit ihr noch mit sonst jemandem geredet. Trotz des Umstands, daß er körperlich anwesend war, kam sie einfach nicht von dem Gefühl los, daß er sich in die Abgeschiedenheit zurückgezogen hatte, sich ganz in sich selbst verschlossen und sämtliche Türen und Rolläden verriegelt hatte, genauso, wie die Bewohner von Bayou Breaux ihre Häuser abgesperrt hatten. Sein Gesicht war eine starre, ausdruckslose Maske, die nichts besagte, nichts verriet. Nirgendwo war ein Anzeichen des Mannes zu sehen, der sie geneckt hatte, nirgendwo ein Anzeichen des Mannes, der sie in den Armen gehalten hatte, als sie geweint hatte. Sie knabberte an einem Daumennagel und fragte sich, wohin er wohl gegangen war... und wünschte, er wäre nicht ohne sie dorthin gegangen.

Sie fühlte sich wieder wie eine Außenstehende. Die anderen hatten alle ihre Erinnerungen an Annie, die sie miteinander verbanden, Geschichten, die sie alle kannten, gemeinsame Erlebnisse. Sie hatte Annie nicht gekannt. Bis vor kurzem war ihr nie einer der Menschen über den Weg gelaufen, die Frenchie's als ihr zweites Zuhause ansahen.

Ein altes Gefühl aus ihrer Kindheit holte sie wieder ein, eine Erinnerung daran, wie sie und Savannah in ihren identischen Sonntagskleidern auf dem Bürgersteig vor der Kirche standen und sehnsüchtig beobachteten, wie andere Kinder herumrannten und in dem Park spielten, der an das Kirchengelände angrenzte.

»Dürfen wir nicht auch spielen gehen, Mama?«

»Nein, Liebling, du willst dir doch gewiß dein hübsches Kleid nicht schmutzig machen, oder?« Vivian, die ein weißes Kleid mit roten Tupfen trug, das zu den Kleidern ihrer Töchter paßte, und dazu einen eleganten, breitkrempigen weißen Hut, beugte sich hinunter und strich Laurel ein Korkenzieherlöckchen hinter das Ohr. »Und außerdem, meine Süße, sind das Kinder von einer Sorte, mit der ihr nicht spielen solltet.«

»Warum nicht?«

»Sei nicht albern, Laurel.« Sie lächelte dieses affektierte Lächeln, bei dem sich Laurels Magen jedesmal verknotete. »Sie sind gewöhnlich. Du bist eine Chandler.«

Eine blödsinnige Erinnerung, dachte sie und versuchte, den Rest an Verletzbarkeit zu ersticken. Die Delahoussayes standen gerade eine Tragödie durch; das war kein Zeitpunkt, zu dem es ihr zustand, sich selbst zu bemitleiden. Und außerdem würde sich niemand, der bei klarem Verstand war, *wünschen,* zu den Trauernden zu gehören.

»Da hast du was.«

Laurel blickte auf und sah blinzelnd das große Glas Milch an, das Leonce vor ihr auf den Tresen gestellt hatte.

»Mein Großpapa, der hatte ein Magengeschwür«, sagte er freundlich. Er beugte sich zu ihr vor. Eine dunkle Augenbraue zog sich vielsagend hoch und mit ihr der Knoten des Narbengewebes. »Er hat sich genauso den Bauch gerieben, wie du es tust. Wenn ihm der Kohlsaft ausgegangen ist, den der *Traiteur* aus der Umgebung ihm damals gegeben hat, dann hat er Milch getrunken.«

Laurel warf einen schuldbewußten Blick auf die Hand, die sie sich gedankenverloren auf den Bauch gepreßt hatte. »Mir fehlt nichts«, sagte sie und schlang beide Hände um das kalte Glas. »Aber trotzdem vielen Dank, Leonce.«

Er nahm einen tiefen Zug von seiner Zigarette und stieß seufzend eine bleiche Rauchwolke aus, während er ins Leere starrte. »Ich kann nicht glauben, daß sie nicht mehr da ist, uns einfach so weggeschnappt worden ist«, sagte er und schnalzte mit den Fingern.

»Warst du eng mit ihr befreundet?«

Er lächelte betrübt. »Alle haben Annie geliebt.«

Laurel trank einen Schluck von ihrer Milch, warf aus dem Augenwinkel einen Blick auf Jack und fragte sich, ob er Annie wohl geliebt hatte. »Sie war verheiratet, nicht wahr?«

»Oh, ja, aber Tony, der hat sie nicht gut behandelt, und daher hat das nicht gezählt, wenn du mir folgen kannst.«

Er zog wieder an seiner Zigarette und drückte den Stummel in einem Aschenbecher aus. Einen Moment lang verlor er sich in seinen Erinnerungen und hob eine Hand, um geistesabwesend die Narbe auf seiner Wange zu reiben. »Annie, die hat es sich gern gutgehen lassen«, murmelte er. »Sie war kein schlechtes Mädchen. Sie hat einfach nur gern ihren Spaß gehabt, das ist alles.«

Das hieß, daß sie ihren brutalen Ehemann betrogen hatte. In Gedanken sortierte Laurel automatisch die Fakten, heftete sie ab und formulierte Theorien. Es war eine alte Gewohnheit. Irgendwie wohltuend. Sie schöpfte Trost daraus, die Hintergründe von Tragödien zu durchschauen. Morde konnten aufgeklärt werden. Man konnte Gerechtigkeit walten lassen.

Aber nichts würde jemals Annie zurückbringen.

Die Seitentür neben der Küche öffnete sich, und Ovide kam wie ein Zombie hereingewankt. Er wirkte zwanzig Jahre älter und trotz seines gewaltigen Körperumfangs zerbrechlich. Der Haarkranz, der seine Glatze einrahmte, stand wie ein Nimbus aus Silber ab. Die gewohnte Röte war aus seinem Gesicht gesickert, und seine Haut hatte jetzt einen gespenstischen Grauton.

Jedes Gespräch riß ab, und alle sahen ihn erwartungsvoll an. Alle außer Jack, der über sein Akkordeon gebeugt war und »Valse de Grand Meche« spielte. Ovide stand einfach nur da und wirkte hilflos und verwirrt, als hätte er keine Ahnung, wo er war und was er dort zu suchen hatte. Leonce ging auf ihn zu, nahm seinen Arm und sprach leise auf Französisch mit ihm. Er schien nicht zuzuhören, sondern sah sich statt dessen in der Bar nach den Leuten um, die sich eingefunden hatten, um miteinander zu reden, sah Jack an, der sich von den anderen abgesondert hatte. Schließlich heftete sich sein Blick auf Laurel.

»Viens ici, chérie«, murmelte er und streckte ihr eine Hand entgegen. »T-Grace, sie will dich sprechen.«

Laurel hielt sich mit Mühe davon ab, einen Blick über ihre Schulter zu werfen und nachzusehen, ob hinter ihr eine naheliegendere Person stand. »Mich?« murmelte sie und legte eine Hand auf ihre Brust.

»*Oui*, komm. Bitte.«

Eine finstere Vorahnung drückte sie mit ihrer Last nieder, und als sie von ihrem Barhocker glitt, überlegte sie sich, daß sie ironischerweise doch noch einbezogen wurde.

Sie betraten das Haus der Delahoussayes durch die Küche, von der sich herausstellte, daß sie der größte Raum im ganzen Haus war. Sie war unangemessen hell und freundlich eingerichtet, und das kräftige Aroma von Kaffee und der würzige Duft von *Etouffée* hingen in der Luft. An den Wänden klebte eine weiß und gelb karierte Tapete, und überall stand eine überwältigende Menge von Nippes herum, die von betenden Händen aus Plastik über Fingerhüte aus Las Vegas bis hin zu Salz- und Pfefferstreuern in Form von Eichhörnchen und Hühnern reichten – all das erschien Laurel als übertrieben süß und allzu verräterisch in bezug auf die Frau, die ihre Kinder in diesem Haus großgezogen hatte.

Auf den Bänken, die um den langen Tisch herum standen, der mitten im Raum aufgebaut war, hockten die Kinder und Enkel der Delahoussayes. Schläfrige Kleinkinder saßen auf dem Schoß von Elternteilen oder älteren Geschwistern. Der grelle Schein der Leuchtstoffröhre spülte die Farbe aus allen Gesichtern und betonte Augen, die rot geweint waren. Laurel beneidete sie alle um ihre Familie, aber nicht um den Kummer, der sie wie ein Leichentuch einhüllte.

»Es tut mir ja so leid«, flüsterte sie und entschuldigte sich damit sowohl für den Verlust, den sie erlitten hatten, als auch für ihre Störung, ihr Eindringen in die Privatsphäre zu einem solchen Zeitpunkt.

Ihre Worte lösten eine Flut von Tränen bei einer Frau aus, die Annies Zwillingsschwester hätte sein können – Apfelbäckchen und Korkenzieherlocken, ein trägerloses Oberteil, das zwei Nummern zu klein war. Ein muskulöser Ehemann schlang die Arme um sie und das dunkelhaarige Baby, das auf ihrem Schoß saß, und wiegte sie alle beide. Am anderen Ende des Tisches erhob sich eine jüngere Version von T-Grace abrupt und sah Laurel fest ins Gesicht.

»Ich danke Ihnen dafür, daß Sie gekommen sind«, sagte sie automatisch. »Ich mache uns eine frische Kanne Kaffee.«

An diese Aufgabe machte sie sich mit der besessenen Energie eines Menschen, der versucht, den Dämonen in seinem Innern ständig um einen Schritt voraus zu sein. Laurel erkannte die Anzeichen aus eigener Erfahrung wieder, und ihr Einfühlungsvermögen zehrte an ihren begrenzten Kraftreserven.

Sie folgte Ovide durch das vollgestellte Wohnzimmer, in dem zwei Jungen von etwa zehn Jahren auf dem Fußboden saßen und eine ewig alte Folge von *Raumschiff Enterprise* sahen. Der Ton des Fernsehers war so leise gedreht, daß die Schauspieler zu flüstern schienen. Ein Kleinkind war zum Schlafen auf das grün karierte Sofa gelegt und mit einer orangen Wolldecke mit Noppen zugedeckt worden, und nur das Gesicht und die Faust schauten heraus, die sich die Kleine beim Daumenlutschen an den Mund gepreßt hatte.

T-Grace lag in einem Raum, der in Beauvoir als Abstellkammer angesehen worden wäre, in ihrem Bett. Das spärliche Licht einer Nachttischlampe aus rotem Glas, die spanisch wirkte, wurde von der Holztäfelung in Walnußimitation zurückgeworfen, an der Kerzenhalter aus goldenem Plastik und schreiend bunte Schmetterlinge aus Metall hingen. Der Geruch von Mottenkugeln und billigem Parfüm hing in der Luft. Auf jeder freien Oberfläche waren zusammengefaltete Kleider so hoch aufeinandergestapelt, daß sich die Türme bedenklich neigten, und das gab dem überfüllten kleinen Zimmer den Anschein, als handele es sich um ein Vorratslager in einem der Geschäfte der Heilsarmee.

Als Laurel zur Tür hereinkam, stockte der Atem abrupt in ihrer Kehle. Ihr erster Gedanke war, daß jemand T-Grace umgebracht hatte oder daß sie an ihrem gebrochenen Herzen gestorben war, und sie konnte sich nur fragen, warum Ovide sie hergeholt hatte, damit sie sich die Leiche ansah. Die Frau lag auf einem halben Dutzend

Kissen, ihre hervorquellenden Augen starrten ins Leere, und ihr dünner Mund hing schlaf herunter, als hätte sie mitten im Satz der Schlag getroffen. Ihr orangerotes Haar stand in dünnen Rattenschwänzen büschelweise von ihrem Kopf ab. Dann rührte sie sich und hob eine Hand von der Tagesdecke aus grüner Chenille, und Laurel zwang sich, einen Schritt weiter in den Raum zu treten.

»Es tut mir ja so leid, T-Grace«, sagte sie leise, als sie die Hand der Frau nahm und sich mit einer Hüfte auf die Bettkante sinken ließ.

T-Grace drehte den Kopf auf den Kissen von einer Seite zur anderen, da man ihr starke Beruhigungsmittel gegeben hatte und sie kaum mehr tun konnte. »Mein armes, armes *Bébé*. Sie ist von uns gegangen. Aus dieser Welt geschieden«, murmelte sie. »Ich kann es einfach nicht ertragen.«

»Sie sollten versuchen, sich auszuruhen«, flüsterte Laurel, die einfach nicht die angemessenen Worte finden konnte, die das Leiden einer Mutter hätten mildern können.

»Es gibt keinen schlimmeren Schmerz als den, ein Kind zu verlieren«, sagte T-Grace, und ihre Augen füllten sich mit Tränen. Sie unternahm nichts, um sie fortzuwischen. Sie tropften auf ihre eingefallenen Wangen und rannen über ihr Kinn. Das wenige an Energie, was ihr noch geblieben war, verwandte sie auf ihre Worte. »Ich hätte mein Leben hundertfach für sie gegeben.«

Laurel biß sich auf die Lippen und hielt die Hand fest, die zwischen ihren Fingern so zerbrechlich wirkte.

»Jemand muß dafür büßen.«

»Sie werden den Mann schnappen«, sagte Laurel mit belegter Stimme, um T-Grace zu beschwichtigen und es sich selbst noch einmal zu beteuern. Jemand würde dafür büßen. Am Ende würde die Gerechtigkeit triumphieren. So mußte es einfach sein.

Aber für Annie kam diese Gerechtigkeit zu spät.

T-Grace sah ihr mitten ins Gesicht, und ein schwacher Funke ihres früheren Feuers flackerte in ihren Augen auf. »Du wirst uns doch dabei helfen, *chère,* oder was?«

Die Panik versetzte Laurel einen Tritt in den Magen. »Was kann ich schon tun, T-Grace? Ich bin kein Deputy. Ihr könnt keine Anwältin brauchen.« *Ihr könnt mich nicht brauchen. Bitte, bitte, ver-*

lang nicht von mir, daß ich mich in diese Geschichte hineinziehen lasse.

»Mein Ovide und ich, wir trauen Kenner, diesem Esel, nicht«, sagte T-Grace. »Du wirst hingehen und dafür sorgen, daß er unserem armen *Bébé* Annick Gerechtigkeit widerfahren läßt.«

Laurel schüttelte den Kopf. »O T-Grace…«

T-Grace bot ihren letzten Rest an Kraft auf, beugte sich abrupt vor und umklammerte Laurel mit Händen, die so kalt und knochig wie der Tod waren. »Bitte, Laurel, hilf uns!« rief sie aus, und die Verzweiflung war deutlich aus ihrer Stimme herauszuhören. »Bitte, *chère, s'il vous plait!«*

Die Worte hallten in Laurels Kopf nach und prallten dort frontal mit dem Flehen zusammen, das sie jede Nacht im Schlaf hörte. Sie sprang abrupt auf, als T-Grace auf die Kissen zurücksank, wich von ihrem Bett zurück und zwang sich gewaltsam dazu, nicht aus dem Zimmer zu rennen. Tränen stiegen in ihre Augen und in ihre Kehle auf, und sie versuchte, sie mit Rationalität zu bekämpfen. Es war nicht dasselbe wie der Scott-County-Fall. Sie würde die Ermittlungen nicht führen und auch nicht versuchen, die Beweislast auf sich zu nehmen. Sie war lediglich darum gebeten worden, die Dinge im Sinne der beiden im Auge zu behalten.

Dennoch bestand ihr erster und ausgeprägtester Instinkt darin, nein zu sagen, zu ihrem eigenen Schutz.

Egoistisch. Feige. Schwach.

»Bitte, hilf uns, Laurel…«

»Du wirst es niemals schaffen, Gerechtigkeit für diese Kinder zu erwirken… verhilf doch einfach jemand anderem zu seinem Recht…«

Sie sah T-Grace an, die wie ein Leichnam auf dem Bett lag und die der Kummer ihrer unglaublichen Energien beraubt hatte. Dann wandte sie sich zu Ovide um, der in der Tür stand und alt und hilflos und verloren wirkte. Es stand in ihrer Macht, den beiden ein klein wenig weiterzuhelfen – falls sie sich über ihre eigene Schwäche hinwegsetzen konnte.

»Ich werde tun, was ich kann.«

Jack hatte das Akkordeon gegen das Klavier eingetauscht, als Laurel in die Bar zurückkam. Seine Finger bewegten sich langsam, ruhelos, streichelten die Tasten. Er hatte den Kopf zurückgelegt und die Augen geschlossen. Das alte Wandklavier, das mehr daran gewöhnt war, einen Boogie-Woogie zu schmettern, flüsterte den ersten Satz von Beethovens Mondscheinsonate, finster, grüblerisch, still und traurig.

Die letzten der Menschen, die sich hier eingefunden hatten, um miteinander zu reden, waren auf dem Weg zur Eingangstür, als Laurel zur Seitentür hereinkam. Nur Jack war noch da und Leonce, der die Lichter ausschaltete, die Stühle auf die Tische stellte und gleichzeitig den Boden kehrte.

Er blickte zu ihr auf und stützte sich auf seinen Besen. Sein vernarbtes Gesicht lag im Schatten, und eine Dixie-Werbung glühte in rotem Neon hinter ihm. »He, *chère,* soll ich dich nach Hause fahren?« fragte er freundlich. »Ich glaube nämlich nicht, daß unser guter Jack sich noch ans Steuer setzen sollte, verstehst du?«

»Das geht schon in Ordnung, Leonce«, murmelte sie. »Wir sind nicht mit dem Wagen hergekommen. Ein langer Spaziergang wird uns beiden guttun.«

Er senkte den Blick auf die Borsten des Besens und fing wieder an, den Boden zu kehren, ehe sie etwas in seinen Gesichtsausdruck hineinlesen konnte. »Wie du willst.«

Laurel steckte die Hände in die Taschen ihrer Shorts und schlenderte zur Bühne. Jack zeigte mit keinem Anzeichen, daß er ihre Gegenwart wahrnahm, selbst dann nicht, als sie sich neben ihn auf die Klavierbank setzte. Er spielte weiter wie ein Mann in Trance, und seine langen Finger streichelten mit der Behutsamkeit eines Liebhabers die vergilbten Tasten. Die Melodien schwangen sich auf und senkten sich herab, schlangen sich umeinander, schlangen sich um Laurel, hüllten sie ein und zogen sie in eine andere Welt, eine Welt unerbittlichen Schmerzes und bittersüßer Gefühle. Jeder einzelne Ton barst vor Sehnsucht. Die Stille zwischen den Tönen wurde von übermächtigem Leid ausgefüllt.

Das war es, was sich hinter dem anderen Jack verbarg, der Mann mit dem gehetzten Blick und der Aura von Gefahr – Einsamkeit, Seelenqualen, eine künstlerische Ader. Diese Erkenntnis ließ eine Saite tief in ihrem Innern anklingen, und sie schloß die Augen gegen den Schmerz. Wie viele andere Schichten gab es noch? Wie viele Jacks? In welchem von ihnen zeigte sich das eigentliche Wesen dieses Mannes? In welchem von ihnen verbarg sich sein Herz?

Sie verbannte diese Fragen aus ihren Gedanken und lehnte den Kopf an seine Schulter, denn sie war zu sehr von Gefühlen überwältigt, um klar denken zu können. Sie hatte sich den ganzen Abend über schwer zusammengerissen und es sich nicht erlaubt, in irgendeiner Form auf den Mord an Annie zu reagieren oder auf die Gefühle einzugehen, die seitdem versuchten, an die Oberfläche zu gelangen. Aber jetzt war nur noch ein Mann, der sie bereits weinen gesehen hatte, Zeuge, und sie wehrte sich nicht mehr dagegen. Die Gefühle strömten von ihrer Brust in ihre Kehle auf und ballten sich dort zu einem harten Klumpen. Die Tränen kamen, nicht sturzbachartig, sondern als ein jämmerliches, brennendes, kleines Rinnsal, das ihre Wimpern zusammenklebte und ihre Wangen anfeuchtete.

Jacks Hände glitten langsamer über die Tasten, als das Stück sanft zu Ende ging. Seine Finger schlichen sich hinab, um den letzten Ton anzuschlagen, einen leisen Mollakkord, der vibrierte und wie das Echo einer Stimme aus der dunklen Vergangenheit in der Luft hing.

»Hast du dir viel aus ihr gemacht?« fragte Laurel, der diese Frage ohne ihre Genehmigung entschlüpfte. Sie hielt den Atem an, als sie auf seine Antwort wartete.

»Du meinst, ob ich mit ihr geschlafen habe?« verbesserte Jack sie. Er starrte auf den zerschrammten schwarzen Klavierlack und brachte sich gewaltsam dazu, nichts zu sehen, nicht das Holz, nicht eine Spur von Annies sonnigem Lächeln in seiner Erinnerung, gar nichts. »Ja, klar«, sagte er, und seine Stimme war ausdruckslos, frei von jeder Emotion. »Ein paarmal.«

Seine Antwort versetzte ihr einen Stich, obwohl sie sich sagte, daß ihr das nichts hätte ausmachen dürfen. Er war ein Frauenheld, ein Schürzenjäger. Wahrscheinlich hatte er mit jeder zweiten Frau in der ganzen Gegend geschlafen. Das hätte bedeutungslos für sie sein sollen. Sie verdrängte ihre erste Reaktion und versuchte zu enträtseln, welche Gefühle der Tod einer Frau, die er gekannt hatte, wohl bei ihm auslösen könnte – die er intim gekannt hatte und mit deren Eltern er befreundet war.

»Es tut mir so leid«, flüsterte sie.

»Es sollte dir für Annie leid tun, nicht für mich. Ich bin am Leben.« Als ob das jemandem etwas genutzt hätte. Sein Mund verzog sich angesichts dieser Ironie, und er griff nach seinem Whiskeyglas, um den Schmerz zu betäuben. Der Schnaps ging runter wie Seide, floß in seinen Bauch und sandte von dort eine vertraute Wärme aus.

»Es tut mir leid für T-Grace und Ovide«, sagte Laurel, die sich nur zu lebhaft an die Szene erinnern konnte, die sich auf der Galerie zugetragen hatte, und nur zu klar sah sie vor sich, wie verzweifelt T-Grace um Hilfe gefleht hatte. »Sie haben mich gebeten, Kontakt mit dem Sheriff aufzunehmen.«

»Und du hast dich bereit erklärt.«

»Ja.«

»Selbstverständlich.«

Obwohl er die Finger wieder auf die Klaviertasten legte und anfing, einen langsamen Blues zu spielen, entging ihr sein sarkastischer Tonfall nicht. Langsam richtete sie sich auf und rückte von ihm ab. Ihr Blick war hart, als sie ihm mitten ins Gesicht sah. »Was soll das heißen?«

Jack machte sich nicht die Mühe, sie anzusehen. Er konnte spüren, daß sich die Defensive wie ein Wall um sie herum errichtete, genau das, was er beabsichtigt hatte. »Das heißt, daß du ein braves, kleines Mädchen bist und tust, was sich gehört.«

»Sie sind Freunde«, sagte sie kurz angebunden. »Sie haben mich um einen Gefallen gebeten. Angesichts des Tatbestands, daß ihre Tochter gerade ermordet worden ist, erschien es mir das Geringste zu sein, was ich für sie tun kann, wahrhaftig nicht mehr als eine Kleinigkeit. Sie verstehen nichts von den bürokratischen Abläufen. Sie vertrauen nicht darauf, daß das System ihnen zugute kommt.«

»Das muß man sich mal vorstellen«, bemerkte er sarkastisch.

Laurel wurde zornig. »Eines sage ich dir, Jack – deine klugscheißerischen Bemerkungen hängen mir zum Hals raus. Unser System mag zwar nicht perfekt sein, aber es ist das einzige System, das uns zur Verfügung steht. Es liegt an Leuten wie dir und mir, dafür zu sorgen, daß es sich bewährt.«

Er spielte weiter und wünschte, er könnte einen Teil der Spannung in sein Spiel einfließen lassen, die sich wie eine Mokassinschlange sprungbereit in ihm zusammenrollte. Er war zu Niederträchtigkeiten aufgelegt. Er fühlte sich zu empfindsam, als seien all seine Nervenenden freigelegt und aufgescheuert worden. Sein ausgeprägtester Instinkt bestand darin, niemanden an sich heranzulassen. Er wollte sich in diesen kleinen dunklen Raum in seinem Innern zurückziehen, wie er es als kleiner Junge getan hatte, wenn er nur darauf gewartet hatte, daß Blackie Boudreauxs Hand auf ihn herabschmetterte. Er wollte sich an diesen Ort begeben, an dem niemand an ihn herankommen konnte, niemand ihm weh tun konnte, an dem er nichts empfand und nichts ihm etwas ausmachte.

Aber Laurel Chandler saß neben ihm, prüde und anständig, und sie fühlte sich von seinem Mangel an Vertrauen in ihr hochgeschätztes System der Jurisprudenz angegriffen. Der Teufel sollte sie holen.

»Für dich hat es sich nicht gerade besonders gut bewährt, nicht wahr, *'tite chatte?*«

Die Hinterhältigkeit seines Tonfalls traf Laurel bis ins Mark, und Schmerz durchzuckte sie bei dem Gedanken, daß sie ihm von dieser Erfahrung berichtet hatte, ihm diesen zerbrechlichen und angeschlagenen Teil ihres Herzens anvertraut hatte – und das nur, damit er es jetzt gegen sie verwenden konnte.

»Also, schön«, sagte sie. Sie hieb mit beiden Fäusten auf die Tastatur und erzeugte damit eine schrille Dissonanz, als sie von der Klavierbank aufstand. »Das System ist beschissen. Und deshalb sollten wir einfach alles hinschmeißen und das Verbrechen ungehindert um sich greifen lassen?« Sie lief hinter seinem Rücken auf und ab und bemühte sich, ihre Verletztheit in Wut zu kanalisieren. Eine Auseinandersetzung war etwas Greifbares, was sie packen und mit Geschick handhaben konnte. Produktiver als Kummer oder Angst. »Das wäre einfach prima, Jack. Dann könnten wir alle tun, was du tust – rumsitzen und keinen Finger rühren, während unsere Gesellschaft völlig aus den Fugen gerät.«

Er zog eine Augenbraue hoch, als er sich auf dem Klavierhocker zu ihr umdrehte. Er streckte mit irreführender Gelassenheit die Beine vor sich aus, stemmte die Ellbogen gegen das Klavier und schlug die Knöchel übereinander. »Was ist?« fragte er angriffslustig. »Du findest, ich sollte etwas tun? Was soll ich denn deiner Meinung nach tun? Mit den Fingern schnippen und Annie wieder zum Leben erwecken? Das kann ich nicht. Soll ich in eine Kristallkugel schauen, um dort zu sehen, wer sie umgebracht hat? Das kann ich auch nicht. Siehst du, Süße? Es verhält sich genauso mit mir, wie mein Alter es schon immer gesagt hat – ich tauge einfach zu nichts.«

»Wie praktisch für dich«, fauchte Laurel und ignorierte den weicheren Fleck ihres Herzens, der um Jack litt, das mißhandelte Kind. Sie war zu wütend auf ihn, um Mitgefühl zu haben. Er erinnerte sie zu sehr an Savannah, die sich in den verseuchten Wassern ihrer Vergangenheit suhlte, statt sich zusammenzureißen und etwas Positives mit ihrem Leben anzufangen. »Du brauchst dich für nichts verantwortlich zu fühlen. Du brauchst nichts anzustreben. Wenn sich dir Schwierigkeiten in den Weg stellen, kannst du jederzeit kehrtmachen und alles auf deine Vergangenheit schieben. Du hast keine Zeit, etwas für andere zu tun, weil du vollauf damit beschäftigt bist, Mitleid mit dir selbst zu haben, verdammt noch mal!«

Er war so schnell aufgesprungen und ragte drohend über ihr auf, daß sie kaum die Zeit fand, überrascht Luft zu holen. Der gesunde Menschenverstand gebot ihr, vor ihm zurückzuweichen, wie sie vor einem Panther zurückgewichen wäre, auf den sie in der Wildnis traf. Ein tiefer gehender Instinkt brachte sie jedoch dazu, keinen Zentimeter nachzugeben, und ein angespanntes, unbehagliches Schweigen senkte sich zwischen ihnen herab.

Er starrte sie lange und fest an; seine nackte Brust hob und senkte sich vor Wut, und sein Kiefer war derart verkniffen, daß die Narbe auf seinem Kinn in dem schwachen Licht wie Silber schimmerte. Das Feuer, das in seinen dunklen Augen aufgeflackert war, brannte jedoch langsam herunter, und zurück blieb diese ewig alte, äußerste Resignation. Die Mundwinkel seiner sinnlich geschwungenen Lippen zogen sich zu einer bitteren Imitation eines Lächelns hoch.

»Du würdest nicht wollen, daß ich mir etwas aus dir mache, Süße«, murmelte er. »Alle, aus denen ich mir je etwas gemacht habe, sind tot.« Er hob eine Hand, um ihre Wange zu streicheln, und seine Berührung ließ sie zurückschrecken. »Siehst du? Ich habe dir doch gleich gesagt, daß ich dir nur schaden würde. Du hättest auf mich hören sollen.«

Sie schlug seine Hand zur Seite und wich einen Schritt zurück. Er versuchte, ihr Angst einzujagen. Derselbe Mann, der noch vor wenigen Stunden mit seinem schalkhaften Lächeln um sie geworben hatte... nein. Nicht derselbe Mann.

Sie war erbost über seine Chamäleonnummer, erbost darüber, daß er tatsächlich versuchte, ihr Angst einzujagen, und wütend auf sich selbst, weil ihr nicht vollkommen gleichgültig war, was er tat, und daher warf sie ihm einen letzten trotzigen Blick zu. »Spiel deine Spielchen mit jemand anderem, Jack. Ich gehe jetzt nach Hause.«

Er sah ihr nach, als sie von der Bühne sprang und auf die Eingangstür zulief, und dabei sagte er sich, daß er sie laufenlassen sollte, sagte sich, daß es besser für ihn war, wenn es ihm keine Sorgen machte, daß sie allein in die Nacht hinauslief. Aber es gelang ihm nicht, die Tür zu diesem kleinen Raum ganz zuzuziehen. Er konnte die Bilder nicht ganz aus seinen Gedanken verbannen – Annie... Evie... Für immer verloren. Das Bestreben, Laurel zu beschützen, lag im Tauziehen mit dem Bestreben, sich selbst zu schützen, und seine Nerven waren gespannt wie die Saiten einer Geige. Er zitterte vor Anspannung und wartete darauf, daß der Faden einfach riß.

Laurel lief mit hocherhobenem Kopf weiter; ihre schmalen Schultern waren zurückgebogen, und ihre winzigen Füße verursachten so gut wie keinen Laut, wenn ihre leichten Treter auf den Boden trafen. Sie war so klein, so zerbrechlich, so wild entschlossen, es gegen jede Scheußlichkeit aufzunehmen, die ihr die Welt in den Weg warf.

Jack fluchte tonlos, als er von der Bühne sprang. Mit einem halben Dutzend langer Schritte hatte er sie eingeholt, packte ihren Arm und hielt sie auf dem Weg zur Tür zurück.

»Ich begleite dich.«

»Warum?« fragte sie und schaute finster zu ihm auf. »Was wirst du tun, Jack? Mich beschützen? Du hast mir gerade eben erst erklärt, wie gefährlich du bist. Weshalb sollte ich mit dir gehen? Du bist betrunken.«

Seine Hand schloß sich fester um ihren Arm. Seine Wut drohte überzukochen, während die gegnerischen Parteien in seinem Innern miteinander im Kampf lagen und er zwischen dem Drang schwankte, sie zu erwürgen, und dem, sie an sich zu reißen.

»So betrunken bin ich nun auch wieder nicht«, murrte er. »Ich habe gemeint, daß ich dich zu Fuß begleite.«

»Und ich habe dich gefragt, warum«, sagte Laurel, die zu wütend war, um sich vorzusehen. Ein kleiner Winkel ihres Verstandes, der noch zu rationalem Denken fähig war, sagte ihr, daß sie einen Tiger verhöhnte, doch sie hörte nicht darauf. Etwas in ihrem Innern stachelte sie zum Leichtsinn an. Das verstand sie nicht, und sie war auch nicht sicher, ob sie es verstehen *wollte,* aber anscheinend konnte sie nichts dagegen ausrichten. »Warum?«

Seine Nasenflügel bebten. Seine Augenbrauen zogen sich unheilverkündend tief über seine Augen. Er sah aus wie der Teufel, als er wütend auf sie hinunterschaute und die kantigen Züge seines hageren Gesichts sich wie ein Relief abzeichneten. »Sei nicht so dumm. Hier werden Frauen umgebracht. Wärst du gern eine von ihnen?«

»Was würde das dir schon ausmachen, Jack?« gab sie zurück. »Du interessierst dich doch für niemand anderen als dich selbst. Nachdem sie meine Leiche finden, kannst du mir zu Ehren einen Liter Wild Turkey trinken und den Leuten erzählen, daß du ein paarmal mit mir geschlafen hast.«

Seine Selbstbeherrschung wurde auf eine Zerreißprobe gestellt. Wut grollte in ihm wie Donner, erschütterte ihn, schwoll in seiner Brust an, dröhnte in seinen Ohren. Er packte sie mit beiden Händen an den Schultern und bebte vor Verlangen danach, sie wie eine Stoffpuppe mit schlenkernden Gliedmaßen zu schütteln und sie in eine Ecke zu schleudern, sie aus seinem Leben zu entfernen.

»Der Teufel soll dich holen«, knurrte er und war noch nicht mal sicher, ob er Laurel oder sich selbst verfluchte. »Wenn du einen Idealisten haben wolltest, dann hättest du in einer besseren Gegend einkaufen gehen sollen, Süße. Ich bin ein Mistkerl, der andere nur ausnutzt, und ein Zyniker...«

»Warum willst du mich nach Hause bringen, Jack?« fragte sie, und jeder ihrer finsteren Blicke konnte sich an seinen messen.

»Weil ich genug Leichen für den Rest meines Lebens auf dem Gewissen habe!«

Ein schweres, drückendes Schweigen lastete in der Luft um sie herum, als sie einander fest in die Augen sahen. Jacks Gesichtsausdruck war wild und grimmig. Seine Finger bohrten sich in das zarte Fleisch auf Laurels Oberarmen. Sie hatte das Gefühl, er hätte sie wie einen kleinen Zweig in zwei Hälften brechen können. Nie hatte sie die Größenunterschiede zwischen ihnen derart kraß wahrgenommen, sich nie physisch ganz so zerbrechlich gefühlt.

»Ich habe genug Leichen für den Rest meines Lebens auf dem Gewissen…« Die Worte sickerten eines nach dem anderen in ihr Bewußtsein ein, um dort einer gründlichen Untersuchung unterzogen zu werden, und ein Schauer überlief sie.

Sie starrte ihn lange an und beobachtete, wie er darum rang, seine Wut, diese Bestie, im Zaum zu halten. Als sein Atem sich verlangsamte, zwang sie sich dazu, sich nach und nach zu entspannen, und auch ihr Atem wurde wieder leichter, als sein Griff sich lockerte.

»Hättest du vielleicht Lust, ausführlicher auf diese Bemerkung einzugehen?« fragte sie mit leiser Stimme.

Äußerst bedächtig hob er die Hände von ihren Schultern. »Nein, ganz und gar nicht«, sagte er und machte sich auf den Weg zur Tür.

Sie gingen schweigend durch die dunklen, menschenleeren Straßen nach Belle Rivière, sprachen nicht miteinander, berührten einander nicht. Jack hatte sich gänzlich in sich selbst zurückgezogen. Laurel beobachtete ihn verstohlen und stellte sich Fragen. Das Räderwerk ihres Anwaltsverstandes surrte, als sie rasend nach einer logischen Erklärung tastete und ihr Herz schwor, es müsse eine geben.

Er brachte sie zum Garten und hielt ihr das Tor auf. Sie betrat den Garten und versuchte verzweifelt, sich etwas einfallen zu lassen, was sie hätte sagen können, um die Spannung, die zwischen ihnen herrschte, irgendwie abzuschwächen, doch als sie sich zu ihm umdrehte, um es zu sagen, war er bereits gegangen. Ohne ein Wort war er in die schwarzen Schatten der Bäume geglitten, die zwischen Belle Rivière und L'Amour standen.

Die Zeit verstrich unbemerkt, als sie dastand, die Hände um die Eisenstäbe des Tores geschlungen hatte und auf das Backsteingebäude hinausstarrte, das am Ufer des Bayou stand. Kein Lichtschein fiel aus den Fenstern.

»Alle, aus denen ich mir je etwas gemacht habe, sind tot.«

»Ich habe genug Leichen für den Rest meines Lebens auf dem Gewissen…«

Wen hatte er verloren? Aus wem hatte er sich etwas gemacht? Warum lasteten diese Toten auf seinem Gewissen?

Das einzige, was sie mit Sicherheit wußte, war, daß es unklug von ihr war, diese Dinge wissen zu wollen. Sie war voll und ganz damit ausgelastet, ihr eigenes Leben von einem Tag zum nächsten durchzustehen. Die Form von Schwierigkeiten, wie sie sich zwischen ihr und Savannah zusammenbrauten, konnte sie überhaupt nicht brauchen. Sie wollte nichts mit den Delahoussayes oder den Ermittlungen eines Mordfalls zu tun haben. Sie war nicht stark genug, um eine Beziehung mit einem Mann wie Jack zu verkraften. Er hatte zu viele Facetten, zu viele Geheimnisse, zu viele Schatten in seiner Vergangenheit, zuviel Finsternis in seiner Seele.

Und dennoch fühlte sie die magnetische Anziehungskraft, die er auf sie ausübte.

»O Gott«, flüsterte sie, schloß die Augen und preßte die Stirn gegen die kühlen Eisenstäbe des Tores. »Ich hätte niemals hierher zurückkommen dürfen.«

Ein Wolkenfetzen trieb vor die Mondsichel. Eine feuchte Brise ließ die Äste der Bäume rascheln. Ein kalter Schauer jagte über Laurels Haut, und sie blickte abrupt auf und nahm wahr... nahm etwas wahr. Sie strengte ihre Augen an und starrte in das Dunkel, sah nichts, witterte jedoch... die Gegenwart eines Lebewesens. Das Gefühl fiel nicht von ihr ab, sondern verweilte wie ein finsterer, gebannter Blick, und das Haar in ihrem Nacken stellte sich auf.

»Jack?« rief sie, und in ihrer Stimme schwang das Zittern des Zweifels mit.

Stille.

»Jack? Huey?«

Nichts weiter als der Blick, den sie schwer auf sich lasten spürte.

Irgendwo in den Wäldern jenseits von L'Amour schrie eine Schleiereule, und ihre Stimme klang wie der Schrei einer Frau. Laurel schluckte schwer, als ihr Herz in ihrer Kehle schlug. Langsam machte sie sich auf den Weg zum Haus und schlurfte über die unebenen Steine des Fußpfades, um nicht über etwas zu stolpern. Als sie sich in der Dunkelheit des Gartens nach unvertrauten Umrissen umsah, schalt sie sich selbst dafür aus, daß sie sich so leicht erschrecken ließ, und sie bemühte sich, nicht an den Umstand zu denken, daß Annies Leiche nicht allzuweit von hier entdeckt worden war.

Es schien eine Ewigkeit zu dauern, bis sie die Galerie erreicht hatte, doch als sie es endlich geschafft hatte, kam sie sich vor wie ein Kind, das sich beim Nachlaufspiel in Sicherheit gebracht hatte. Die Erleichterung strudelte wie eine schwindelerregende Woge in ihr auf, als sie sich in das Haus schlich und die Glastüren hinter sich verriegelte.

Die Bestie ist in Schatten getaucht. Ein Geschöpf der Nacht. Ein Geschöpf der Dunkelheit. Beobachtet. Wartet. Verächtlich. Selbstgefällig.

Die Wahl des Gegners ist getroffen. Die anständige, untadelige Streiterin für die Gerechtigkeit. Aber Untadeligkeit und Gerechtigkeit haben nichts mit diesem Spiel zu tun. In diesem Spiel überleben nur die Starken und die Gerissenen.

18

Tony Gerrard saß zusammengekauert an dem kleinen Tisch im Vernehmungszimmer wie ein schmollender sechzehnjähriger Delinquent in der Untersuchungshaft. Sein lockiges, schwarzes Haar war rebellisch lang, sein breites Kinn vom blauen Schatten seiner Bartstoppeln überzogen. Die Ärmel seines ausgeblichenen Hemds aus Jeansstoff waren abgeschnitten worden und entblößten einen enormen Bizeps, der mit kunstvollen Tätowierungen von Big Mamou von Mamou's Tattoos verziert war. Sein rechter Arm wies ihn stolz als »100 % Waschbärarsch« aus. Auf seinem linken Arm war ein Alligator eintätowiert, der zum Leben zu erwachen schien, als er nach einem Aschenbecher griff, um seine Zigarette darin auszudrücken. Der Alligator streckte und verrenkte sich, und man konnte froh sein, daß er nicht auch noch brüllte, ehe er selbstgenügsam wieder schrumpfte.

In Wahrheit hatte sich Tony in den zehn Jahren, seit er von der High-School abgegangen war, kein bißchen verändert. Körperlich war er frühreif gewesen und hatte seine volle Größe von rund einem Meter siebzig, mit Muskeln gepolstert, in dem Moment erreicht, in dem seine Hormone zum Leben erwacht waren. Psychisch dagegen war er überhaupt nicht herangereift. Seine Launen waren immer noch so sprunghaft, unbeständig und unberechenbar wie die eines pubertären Knaben. Seinen Penis benutzte er wie ein Zielfluggerät, und seine Vorstellungen davon, es sich gutgehen zu lassen, drehten sich ausnahmslos um Sport, derben Humor und Unmengen von Bier.

Schon zu seinen Schulzeiten hatte er sich zwischendurch immer wieder Ärger eingehandelt, sich aber nie in allzu große Schwierigkeiten gebracht, zumindest nicht in seiner eigenen Vorstellung – ein paar Autos, die er kaputtgeschlagen hatte, die gelegentliche Schlägerei. Zweimal hatten sie ihn eingebuchtet, weil er Annie zugesetzt hatte, aber er hatte ihr nie wirklich etwas angetan. Die Richter wollten nie etwas davon hören, aber sie hatte immer so viel ausgeteilt, wie sie selbst eingesteckt hatte, das zänkische kleine Biest.

Er lächelte schwach, als er sich daran erinnerte, wie sie Bierdosen nach ihm geworfen und ihn ohne Punkt und Komma beschimpft hatte. Sein Lächeln zog sich jedoch zu einem schmerzenden Knoten zusammen, als er sich ins Gedächtnis zurückrief, daß Annie ihm in Zukunft nichts mehr an den Kopf werfen würde.

Er schaute auf den schlichten goldenen Ehering an seiner linken Hand hinunter und konnte den Blick nicht davon losreißen, konnte einfach nicht aufhören, ihn immer wieder an seinem Finger zu drehen.

»Den kannst du jetzt abziehen und ins Pfandhaus bringen, Tony«, brachte Sheriff Kenner gedehnt heraus und stellte einen Stiefel auf die Sitzfläche des einzigen anderen Stuhls, der am Tisch stand. Er stützte die Unterarme auf seinen schmalen Oberschenkel, sah Tony von der Seite an und fühlte sich erschöpft und zu Gemeinheiten aufgelegt. Seit der Entdeckung der Leiche hatte er ganze zwei Stunden Schlaf bekommen. »Du bist nicht mehr verheiratet.«

Tony zog lediglich die Nase hoch und wandte den Blick ab.

»Eine Scheidung wäre billiger gekommen«, sagte Kenner und beobachtete seinen Mann mit zusammengekniffenen Augen. »Jetzt bist du erledigt. Du kannst dich nur noch auf vorübergehende geistige Umnachtung rausreden. Jetzt wirst du dafür büßen, Junge. Sie werden deinen hübschen Arsch ins Angola-Gefängnis werfen, und du wirst für den Rest deines elendiglichen Lebens dafür büßen.«

Tony blinzelte gegen den Druck und das Jucken in seinen Augen an, ohne Kenner auch nur einen Moment lang anzusehen, und murmelte: »Ich habe sie nicht umgebracht.«

»Klar hast du es getan. Du hast ihretwegen gerade erst sechs Wochen in unserem kleinen Gemeindehotel zugebracht. Du hast sechs Wochen Zeit gehabt, dich so richtig in deine Wut reinzusteigern. Dann bist du rausgekommen, und du bist zu ihr zurückgegangen, um es ihr heimzuzahlen, und dabei hast du einen Moment lang die Kontrolle über dich verloren...«

»Ich habe sie nicht umgebracht.«

»Erzähl es mir, Tony, was ist das für ein Gefühl, einer Frau einen Schal um die Kehle zu wickeln und ihn zuzuziehen, bis sie keinen Funken Leben mehr im Leib hat? Hast du ihr dabei ins Gesicht gesehen? Hast du beobachtet, wie sie sich verfärbt hat und wie ihr die Augen aus dem Kopf getreten sind, als sie begriffen hat, daß der Mann, den sie geheiratet hat, sie umbringt?«

»Halt's Maul.«

»Hast du die Laute genossen, die sie ausgestoßen hat, Tony?«

»Halt's Maul.«

»Oder hat es dir noch mehr Spaß gemacht, als sie dich angefleht hat, endlich das Messer aus ihr zu ziehen?«

»Halt's Maul!« brüllte Tony und sprang auf; sein Stuhl schlitterte über das Linoleum. Sein Gesicht verzerrte sich vor Wut, und Spucke flog durch die Gegend, als er schrie: »Halt's Maul, verdammte Scheiße!«

Kenner stürzte sich auf ihn wie ein Wolf, packte ihn an seinem Stiernacken und grub seine Fingerspitzen hinein. Als der Schmerz, der durch sein Rückgrat schoß, Tony keuchen ließ, beugte Kenner sich dicht zu ihm vor und drang in jeder erdenklichen Form in die Privatsphäre des Mannes vor. »Nein, du wirst jetzt das Maul halten, du Dickschädel!« brüllte er Gerrard ins Ohr. »Halt's Maul und setz dich!« Er ließ Tonys Nacken los und stieß den unbequemen alten Holzstuhl gerade noch rechtzeitig unter ihn.

Tony knallte so hart auf die Sitzfläche des Stuhls, daß er sich fühlte, als hätte ihn ein Baseball in die Eier getroffen. Wieder kreisten rote und blaue Punkte vor seinen Augen. Er schluckte schwer und stützte die Ellbogen auf den zerschrammten Tisch, ließ den Kopf hängen und rieb sich matt den Nacken. Das, was von seiner Zigarette noch übrig war, glimmte im Aschenbecher vor sich hin, und ihm wurde übel von dem Rauch.

Kenner entfernte sich und trat vor einen alten armeegrünen Schreibtisch aus Metall, der an einer Wand des schmucklosen Raumes stand. Er nahm einen Aktenordner in die Hand und ließ sich Zeit, da er fest daran glaubte, daß es etwas nutzte, einen Täter mit psychologischen Tricks in die Pfanne zu hauen. Tony Gerrard wollte aus diesem Raum verschwinden. Sollte er doch glauben, daß es dazu in absehbarer Zeit nicht kommen würde. Sollte er doch glauben, der Grund, aus dem sich die Bullen ausrechneten, sie hätten alle Zeit auf Erden, um ihn zu verhören, sei der, daß sie verdammt sicher waren, daß er die Tat begangen hatte.

»Du bist ein armseliger Haufen Scheiße, Tony«, murmelte er und blätterte mit dem Daumen in dem Ordner. »Auf diese Form von perversem Folterkram abzufahren!«

»Ich habe es nicht getan«, flüsterte Tony und kniff sich in den Nasensteg. Er wollte weinen, und dafür haßte er Kenner. Er wollte aus diesem Schuhkarton von einem Raum rauskommen. Er wollte aufhören, an Annie und Worte wie »Folter« und »Mord« zu denken.

»Verdammt noch mal, jeder weiß, daß du sie schlecht behandelt hast.«

»Aber ich hätte niemals...« Er ließ seinen Satz abreißen und schluckte schwer, als die Gerüchte wie eine abscheuliche Woge wieder über ihn hereinbrachen. Die ganze Stadt sprach darüber, was diese Spaziergänger vorgefunden hatten. »Das hätte ich nie getan. Niemals.«

»Du meinst das hier?« Kenner zog die Polaroids aus dem Ordner, die am Schauplatz des Verbrechens aufgenommen worden waren, und warf sie auf den Tisch.

Eine entsetzliche Sekunde lang, die ewig zu währen schien, starrte Tony die Leiche seiner Frau an, und sein Verstand katalogisierte die schrecklichen Greuel – den Schal, der um ihre Kehle geknotet war, die Messerwunden in ihren Brüsten, ihrem Bauch und ihren Oberschenkeln. In dieser einen Sekunde wurden die Bilder für immer in sein Gedächtnis eingebrannt. Die Haut, die unnatürlich blaß war, mit Prellungen übersät, stellenweise mit dem Messer aufgeschlitzt, an anderen Stellen zerrissen und ausgezackt. Und ihre Augen. Diese wunderschönen großen braunen Augen, deren Ausdruck zu blankem Entsetzen erstarrt war.

»Wahrscheinlich sieht sie schlimmer aus als in dem Moment, als du sie ins Wasser geworfen hast«, sagte Kenner kühl. »Sie hat ein paar Tage lang im Bayou gelegen. Wir können von Glück sagen, daß noch etwas von ihr übrig war, mit all den Fischen, Alligatoren und...«

Tony fegte die Fotos mit einem gequälten Aufschrei vom Tisch, und dann drehte er sich um und übergab sich auf den Fußboden; die Bilder, die ihm durch den Kopf gingen, ließen ihn seine Eingeweide aus dem Leib würgen.

»Annie! O Gott, Annie!« rief er aus, und das Schluchzen stieg aus der Tiefe seines Herzens auf. Er erhob sich, und der entsetzliche Schmerz über diesen Verlust ließ ihn sich krümmen, als er vom Tisch fortwankte und in einer Ecke des Raumes auf die Knie sank.

Kenner runzelte die Stirn und seufzte. Er hob die Schnappschüsse auf und achtete dabei sorgsam darauf, sie nicht anzusehen, ehe er sie wieder in den Ordner steckte. Der brennende, übersäuerte Gestank von Tonys Mageninhalt reizte seine Nase, aber es war nicht das, was einen üblen Geschmack in seinem Mund zurückließ.

Er hatte sich gewünscht, daß Gerrard schuldig war, hatte ernsthaft daran geglaubt, er könnte das Verbrechen begangen haben. Ein Geständnis hätte das gerechtfertigt, was er Tony Gerrard gerade zugemutet hatte. Es verschaffte einem teuflisch viel mehr Befriedigung, einen Schuldigen zu quälen als einen trauernden Ehemann.

»Du kannst jetzt gehen«, sagte er mit gesenkter Stimme und verließ den Raum.

Die Tür, die vom Nebenzimmer in den Korridor führte, öffnete sich, und Danjermond trat heraus. Er wirkte nüchtern und gelassen und keineswegs von dem berührt, was er gerade durch die Spionglasscheibe mit angesehen hatte.

»Mein Gott, Ihre Skrupellosigkeit ist wirklich brutal«, sagte er nachsichtig.

Kenner beobachtete, wie er die Manschette seines Hemds glattstrich und den Manschettenknopf aus Onyx geraderückte. »Nein«, sagte er. »Von einer brutalen Skrupellosigkeit ist hier derjenige, der Annie Delahoussaye-Gerrard getötet hat. Ich habe lediglich vor, ihn mir zu schnappen.«

Danjermond sah ihn an. »Sie halten Gerrard nicht für schuldig?«

Er schüttelte den Kopf, während er eine Zigarette aus seiner Hemdtasche fischte und sie sich zwischen die Lippen steckte. »Sie haben ihn selbst gesehen«.

»Er könnte sich verstellen. Aber vielleicht ist das, was wir gerade gesehen haben, auch ein Ausdruck tiefster Reue.«

»Wenn das gespielt ist, dann hat er dafür einen verdammten Academy Award verdient.« Er riß ein Streichholz an und wölbte die Hand um seine Zigarette, als stünde er draußen in einer steifen Brise. Um den säuerlichen Geschmack und den schlechten Geruch zu vertreiben, den er noch nicht los geworden war, sog er den Rauch tief in die Lunge ein und stieß ihn durch die Nasenlöcher aus. »Ich habe mich bei dem Sheriff im Bezirk St. Martin angemeldet, wo sie das letzte tote Mädchen gefunden haben. Hundert pro, daß es wieder derselbe Scheißkerl gewesen ist.«

Er warf das Streichholz auf den Fußboden und zermalmte es mit seiner Stiefelspitze, bis es sich in seine Bestandteile auflöste. »Ich werde diesen Schurken schnappen«, gelobte er. »So was tut niemand in meinem Bezirk und kommt ungeschoren davon.«

Danjermonds Mundwinkel verzogen sich zu einem freudlosen, sardonischen Lächeln. »Ich weiß Ihre Haltung zu schätzen. Mörder, die auf freiem Fuß herumlaufen, sind meiner Karriere auch nicht gerade zuträglich.«

Kenner warf ihm einen unfreundlichen Blick zu, und in seinem hageren, ledrigen Gesicht waren seine Augen nur noch schmale Schlitze. »Ich scheiße auf Ihre Karriere, Danjermond. Ich habe eine Frau und zwei Töchter. Wenn dieser Irre mir in die Quere kommt, dann reiße ich ihm die gottverdammte Kehle aus dem Leib.«

Er wandte sich ab und ging auf sein Büro zu. Danjermond lief im Gleichschritt neben ihm her, und neben dem schwankenden Gang eines Cowboys nahmen sich seine Schritte geschmeidig und elegant aus. »Unsere Wählerschaft kann froh sein, daß Sie das Feingefühl eines Pitbulls haben, Sheriff.«

»Ja, und ich bin schäbig genug, um das als ein Kompliment aufzufassen.« Er warf einen Blick durch das Fenster in sein Büro und blieb abrupt vor der Tür stehen. Ein pochender Kopfschmerz setzte augenblicklich in seinen Schläfen ein, als sein Blick durch die Jalousie auf das Profil von Laurel Chandler fiel. »Mist. Das hat mir jetzt gerade noch gefehlt. Wahrscheinlich ist sie hergekommen, um mir zu erzählen, daß es Jimmy Lee Baldwin war.«

Danjermond schaute durch die Lamellen der Jalousie und nahm Laurel Chandlers feminine Gesichtszüge und die entschlossene Haltung ihres Kinns wahr. Sie saß auf dem Stuhl neben Kenners Schreibtisch und hatte die Beine übereinandergeschlagen, und während er sie beobachtete, beugte sie sich vor, um ihre Wade unter dem Seidenstrumpf zu kratzen. »Sie steht in dem Ruf... ziemlich verbissen zu sein.«

Kenner schnaubte und drückte seine Zigarette in der Erde einer Topfpflanze aus, dem Orangenbaum neben dem Schreibtisch seiner Sekretärin. »Sie steht in dem Ruf, Scherereien zu machen, und ich will nicht noch mehr Ärger haben, als ich ohnehin schon habe.«

Nach ihrem Gespräch mit Kenner hatte Laurel das Gefühl, gerade drei Runden mit Dirty Harry hinter sich gebracht zu haben. Wie der Mann jemals eine Wahl gewonnen hatte, das überstieg ihr Fassungsvermögen. Mit Sicherheit hatte er die Wähler nicht mit seinem Charme betört. Wahrscheinlicher war es, daß sie sich davor gefürchtet hatten, ihn nicht zu wählen. Da er dazu neigte, sein Territorium klar abzustecken, war er zuerst einmal über sie hergefallen, weil sie in sein Büro eingedrungen war. Dann war der Vortrag »Ich habe Besseres zu tun« gefolgt. Er regte sich nur unbedeutend ab, als sie ihm den Zweck ihres Besuchs nannte und ihm erklärte, daß die Delahoussayes sich in den bürokratischen Abläufen nicht auskannten und sie lediglich darum gebeten hatten, als Mittelsmann in ihrem Sinne zu agieren.

Widerstrebend machte er ihr die notwendigsten Angaben zum Stand der Ermittlungen. Aufgrund der Dringlichkeit dieses Falles wurde die Autopsie bereits vorgenommen. Er konnte ihr nicht sagen, wann die Leiche freigegeben würde. Er war nicht bereit, ihr zu sagen, ob sie stichhaltige Beweise vorliegen hatten. Bisher waren keine Verhaftungen vorgenommen worden.

»Sie haben Tony Gerrard zum Verhör vorgeladen.«

Er sah sie aus zusammengekniffenen Augen an. Ein Muskel zuckte auf seiner Wange.

»Das ist allgemein bekannt, Sheriff. Wir leben hier in einer Kleinstadt.«

Er zündete sich eine Zigarette an und vollzog bedächtig das Ritual, das Streichholz zu löschen und den ersten tiefen Zug zu nehmen. »Wir haben ihn vorgeladen. Für einen kleinen Plausch.«

»Ich nehme an, Ihnen ist bekannt, daß seine Frau mit einer ganzen Reihe von anderen Männern Beziehungen unterhalten hat.«

»Sie wollen mir damit wohl sagen, daß die sich alle zusammengerottet und den Mord gemeinsam begangen haben? Es war eine verdammte Verschwörung, stimmt's? In der Form von Blödsinn sind Sie ja ganz groß.«

»Ich will Ihnen damit gar nichts sagen.«

Sie hätte ihm gern gesagt, er solle das anatomisch Unmögliche tun, dachte sie, als sie durch den Gang lief. Er hatte sie auf nicht ganz dicht abgestempelt, und alles, was sie sagte, deutete er in das unsinnige Stammeln einer hysterischen Frau um. Er hätte ihr nicht geglaubt, wenn sie ihm gesagt hätte, die Erde sei rund. Natürlich hegte er als der Neandertaler, der er war, wahrscheinlich ohnehin Zweifel daran. Eine boshafte Anspielung auf die Spezies, die in Kenners Stammbaum vorherrschte, schoß ihr durch den Kopf, und sie lächelte schwach, als sie vor ihrem geistigen Auge Orang-Utans mit Schlitzaugen vor sich sah, die Zigaretten zwischen ihren nicht existenten Lippen baumeln hatten.

»Ich habe schon erlebt, daß Menschen aufgrund eines derartigen Lächelns überführt worden sind.«

Danjermond kam aus der Nische, in der der Brunnen stand, und schien sich aus dem Nichts zu materialisieren. Laurels Herz machte einen Satz, doch es gelang ihr, den Instinkt zu unterdrücken, seitlich auszuweichen. Sie blickte zu dem Staatsanwalt auf und fand die stumme Belustigung in seinen klaren grünen Augen aufreizend und unangebracht zugleich – und ebenso mußte ihr eigenes Lächeln gewirkt haben.

»Wahrscheinlich sollte man mich zumindest zu einer Geldstrafe verurteilen«, sagte sie mit kläglicher Miene. »Wegen parapsychologischer Ehrabschneidung.«

Er legte den Kopf zur Seite. »Nicht nach den Gesetzen des Staats Louisiana.«

»Wenn das so ist, dann bin ich aus dem Schneider, solange Kenner keine Gedanken lesen kann.«

»Ich bin der Überzeugung, daß seine Begabung auf anderen Gebieten liegt.«

Laurel rümpfte die Nase, verschränkte die Arme und gestattete es einem kleinen Teil ihrer Wut, sich brodelnd Luft zu machen. »Ja, ich bin sicher, daß er im Umgang mit Gummiknüppeln und Daumenschrauben ein Genie ist, aber das finde ich nicht gerade besonders lustig.«

»Nein?« Danjermond lachte in sich hinein, und dann verhallte der Laut, und ein lastendes Schweigen senkte sich wie eine schwere Decke aus Schwüle zwischen ihnen herab. Sein Blick wurde versonnen, und er sah ihr fest ins Gesicht, suchend, forschend. »Was ist los, Laurel?« fragte er liebevoll.

Von seiner Frage ging etwas aus, was ihre Zunge an ihrem Gaumen festfrieren ließ. Als sie in dieses ruhige, umwerfend gutgeschnittene Gesicht aufblickte, hatte sie das Gefühl, daß er sich die verschiedenen Möglichkeiten durch den Kopf gehen ließ. Glühend, mysteriös, erotisch. Die Luft um sie herum schien plötzlich mit seiner gewaltigen Sexualität geladen zu sein. Sie spürte, wie diese Sexualität sie einhüllte, spürte, wie sie den Rock und die Bluse, die sie trug, durchdrang und über die Seide strich, die sich darunter verbarg. Ein köstlicher Schauer der Erregung durchzuckte sie, und direkt darauf folgte so etwas wie Ekel. Sie war nicht sicher, ob sie eines von beidem verstand.

»Wir könnten beim Mittagessen darüber reden«, sagte er mit ruhiger Stimme, und sein Blick verweilte auf ihrem Mund, als malte er sich aus zu sehen, wie sich ihre Lippen um eine reife rote Erdbeere schlossen. Er streichelte mit den Fingerspitzen einer Hand die elegante Seidenkrawatte, die er trug, und strich sie mit der Liebkosung eines Liebhabers glatt. Seine Stimme wurde so weich wie Samt. »Oder hinterher.«

»Das scheint mir ein hochgradig unsittlicher Antrag zu sein, Mr. Danjermond«, sagte Laurel kühl und wünschte sich inbrünstig, jemand anderer käme zufällig in den Gang und durchbräche diese sexuelle Spannung oder würde sich wenigstens als Augenzeuge anbieten. Aber dann beschlich sie das gruselige Gefühl, niemand sonst würde etwas davon sehen oder wahrnehmen. Die Signale, die er aussandte, waren für sie allein bestimmt.

Er ließ die Hände in die Taschen seiner kaffeebraunen Hose gleiten und lächelte dieses allwissende Katzenlächeln, das ihr das Gefühl vermittelte, als sei er eine überlegene Lebensform, die zu ihrer schieren Belustigung in die Hülle eines Sterblichen geschlüpft war. »Ich glaube nicht, daß ich mit einer Einladung zum Mittagessen gegen den Anstand verstoßen habe.«

Wieder einmal hatte er sie säuberlich in eine Ecke manövriert. Diese Erkenntnis ärgerte sie. Wenn sie etwas gegen seine Behauptung einwenden wollte, dann würde sie diejenige sein müssen, die das Thema sexueller Spannung und unsittlicher Anträge anschnitt.

Aber vielleicht bildete sie sich all das auch nur ein. Vielleicht hatte sie eine solche Aversion gegen Vivians Absichten entwickelt, ihn als ihren Schwiegersohn anzusehen, daß sie in alles, was er sagte, etwas hineinlas. Wie dem auch sein mochte – sie wollte nichts mit ihm zu tun haben; sie hatte nicht die nötige Energie.

»Vielen Dank für die Einladung«, sagte sie ausweichend. »Aber ich fürchte, ich habe bereits andere Pläne.«

Eine geschwungene Augenbraue zog sich hoch. Sein Blick schien eindringlicher zu werden, und seine blaßgrünen Augen funkelten wie kostbare Steine, die man bei Sonnenschein hochhält. »Ein anderer Mann?«

»Meine Tante. Nicht etwa, daß Sie das etwas anginge.«

Er ließ sie in den Genuß eines ausgewachsenen Lächelns kommen, das absolut gleichmäßig war, absolut symmetrisch, strahlend, weiß und so attraktiv, daß sie sich lebhaft vorstellen konnte, daß sämtliche Danjermonds schon seit den Zeiten der Renaissance so gewirkt haben mußten. »Ich bin gern im Bilde darüber, ob ich Rivalen habe.«

»Ich habe es Ihnen doch bereits gesagt«, sagte Laurel, die allmählich ungeduldig wurde. »Ich bin im Moment nicht darauf aus, mich mit jemandem einzulassen.«

Das Wort »Lügnerin« hallte durch ihren Kopf, und sie hatte das deutliche Gefühl, daß Stephen Danjermond es ebenfalls hörte. Aber darauf würde er sie von sich aus ansprechen müssen. Sie dachte gar nicht daran, das Thema Jack Boudreaux zur Sprache zu bringen.

Heute wünschte sie aufrichtig, sie hätte diesen Namen nie auch nur gehört.

»Manchmal fallen uns jedoch Dinge in den Schoß, die wir nicht unbedingt geplant haben, stimmt's, Laurel?« sagte er.

Ihre Abfuhr paßte ihm nicht. Sie konnte eine winzige Spur von Gereiztheit aus seiner geschliffenen, kultivierten Stimme heraushören, und hinter dem liebenswürdigen Lächeln strahlten seine Augen eine Kälte aus, die auf Wut hinwies. Welch ein Jammer. Sie hatte nicht die Absicht, sich mit ihm einzulassen – weder emotional noch sonst irgendwie.

»Annie Delahoussaye ist wahrhaft etwas widerfahren, was sie nicht erwartet hat«, sagte sie und schaltete wieder auf geschäftlich. O Gott, wie erschreckend es doch war, daß Mord ein sichereres Territorium zu sein schien als persönliche Beziehungen.

»Sie sind ihretwegen hier, Laurel? Für jemanden, der behauptet, kein Interesse daran zu haben, seine Arbeit wiederaufzunehmen, verbringen Sie wirklich eine ganze Menge Zeit hier im Gerichtsgebäude.« Er schien nahezu belustigt oder erfreut darüber zu sein, und Laurel stellte sich vor, daß er selbstgefällig darauf wartete, daß sie angekrochen kam und ihn um den Job bat, den er ihr angeboten hatte.

»Ihre Eltern haben mich darum gebeten, als Mittelsmann zwischen ihnen und den Leuten des Sheriffs zu fungieren«, sagte sie. »Sie sind völlig außer sich, das versteht sich von selbst, und Kenner ist alles andere als mitteilsam, ganz zu schweigen von dem Umstand, daß Mitgefühl für ihn ein absolutes Fremdwort zu sein scheint.«

Danjermond nickte. »Der Mann ist hartgesotten. Er würde Ihnen sagen, daß Mitgefühl in seiner Arbeit nichts zu suchen hat.«

»Ja, aber er könnte sich irren.«

»Ach, ja?« fragte er und sah sie zweifelnd an. »Mitgefühl kann manchmal mit Schwäche gleichgesetzt werden, mit Angreifbarkeit. Es kann einen Menschen in Situationen hineinziehen, in denen sich die Perspektive verschiebt und die Emotionen dort die Oberhand gewinnen, wo Logik herrschen sollte. Im Jurastudium bringt man uns bei, daß wir es uns nicht gestatten dürfen, uns gefühlsmäßig auf einen Fall einzulassen, stimmt's, Laurel? Wie Sie nur zu gut wissen, können die Folgen katastrophal sein.«

Diese Erfahrung hatte sie in Scott County machen müssen.

Mit einem Skalpell hätte ihm kein derart sauberer Schnitt gelingen können. Und dabei war er ganz subtil vorgegangen, anscheinend mühelos. Und wieder einmal konnte Laurel nichts sagen, ohne sich selbst zu belasten. Sie hatte ganz deutlich das Gefühl, daß er sie dafür bestrafte, seine Einladung abgelehnt zu haben, aber sie konnte ihm kaum einen Vorwurf daraus machen. Das Beste, was sie tun konnte, war, einem Gegner einzuräumen, daß sie ihm nicht gewachsen war, und dann höllisch schnell zu verschwinden.

Sie warf bewußt einen äußerst unhöflichen Blick auf ihre Armbanduhr und sagte platt: »Ach, du meine Güte, wie spät wir es schon wieder haben. Ich muß jetzt wirklich gehen.«

Danjermond deutete eine spöttische Verbeugung an. »Bis zum nächsten Mal, Laurel.«

Als sie das Gerichtsgebäude verließ, fühlte sie sich wie durch den Wolf gedreht. Kenner allein war schon schlimm genug gewesen, aber Stephen Danjermond konnte sie nicht gegenübertreten, ohne das Gefühl zu haben, sie sei in den Käfig eines Tigers geraten. Er war wunderschön und charismatisch, aber unter seiner attraktiven Verpackung verbargen sich Kraft, ein starkes Ego und Temperament. Diesmal hatte er zum Sprung angesetzt und mit seiner eleganten Tatze nach ihr ausgeholt, und sie fühlte sich, als hätten sich seine Klauen so unaufhaltsam und so scharf wie Rasierklingen in sie geschnitten. Sie dankte Gott dafür, daß sie ihm niemals in einem Gerichtssaal würde gegenübertreten müssen.

Der Acura war im dichten Schatten einer Immergrünen Eiche am Rand des Parkplatzes vor dem Gericht geparkt. Laurel setzte sich hinter das Steuer, und die Anspannung, die sie den ganzen Morgen über in ihren Fängen gehalten hatte, löste sich endlich, und sie fühlte sich wie zerflossene Götterspeise. Einen Moment lang starrte sie auf die Straße hinaus und beobachtete die wettergegerbten alten Männer, die vor der Eisenwarenhandlung auf ihrer Bank saßen.

Dort versammelten sie sich jeden Morgen mit ihren Sommerhüten und ihren kurzärmeligen Hemden, mit Hosenträgern, die ihre ausgebeulten dunklen Hosen hochhielten. Laurel wußte, daß die Gesichter im Lauf der Jahre gewechselt hatten, aber sie konnte sich genau daran erinnern, daß alte Männer dort gesessen hatten, als sie noch ein kleines Kind gewesen war. Sie nahmen ihre Plätze auf der Bank ein, um den Tag vorüberziehen zu sehen und einander Geschichten und Klatsch zu berichten. Heute schauten sie finster und grimmig und musterten argwöhnisch jeden Wagen, der vorbeifuhr, da sie allen Fremden mißtrauten. Eine Frau trat aus dem Geschäft und hielt die Hand ihrer Tochter, die wahrscheinlich gestern noch geglaubt hatte, diesem Alter entwachsen zu sein.

Annie Delahoussaye ging heute vielen Leuten nicht aus dem Kopf. Dachte auch Jack an sie?

»Scheiße«, flüsterte Laurel, und ihre Wimpern senkten sich, als die Ermattung jeden einzelnen ihrer Muskeln bleischwer werden ließ – insbesondere jedoch ihr Herz. Ohne ihre Erlaubnis trat sein Bild vor ihre Augen, und er hatte diesen gehetzten, grüblerischen Blick, dieses harte Gesicht. Diesen Blick hatte sie die ganze Nacht über vor sich gesehen, und sie hatte seine barsche, rauchige Stimme gehört. »Ich habe genug Leichen auf dem Gewissen…«

Es hätte sein können, daß er von seiner Arbeit sprach, aber jedesmal, wenn sie das Thema angesprochen hatte, hatte er den zynischen, rein kommerziellen Autor raushängen lassen. Er schrieb Horror um des Geldes willen. Er behauptete, daß es ihm keinerlei Schwierigkeiten bereitete, zwischen Fakten und Fiktion zu unterscheiden. Ihre Gedanken kehrten wieder zu den wenigen Bemerkungen zurück, die er zu seinem Leben als Gesellschaftsrechtler für Tristar Chemikalien von sich gegeben hatte. Das war wohl kaum ein gewalttätiger Job. Und doch hielt sie jedesmal, wenn sie das Thema als bedeutungslos abtun wollte, etwas zurück. Er hatte beruflich Selbstmord begangen, hatte er gesagt, und er hatte die Firma mit sich in den Abgrund gerissen. Warum bloß?

Ihre Intuition sagte ihr, daß sie einige der Antworten, nach denen sie suchte, in Houston finden würde, wo die Zentrale von Tristar ihren Sitz hatte. Sie hatte Bekannte dort, konnte einen Anruf machen… Ihre Sachlichkeit sagte ihr, sie sollte sich nicht damit befassen. Ohne Jack und seine unberechenbaren Launen war sie besser dran. Offensichtlich hatte er Probleme, die er verarbeiten mußte – oder in denen er sich suhlen wollte, denn darauf schien seine Wahl gefallen zu sein. Gemeinsam wären sie die reinste Katastrophe, beide tief verletzt, und jeder von beiden hätte von dem anderen eine Kraft gefordert, die einfach nicht da war. Er wollte sie ohnehin nicht. Jedenfalls nicht auf Dauer. Sie hatten ihren Spaß miteinander gehabt, es »sich gutgehen lassen«, wie die Cajuns sagten. Das war alles, was Jack wollte.

Sie ignorierte, was für einen Stich ihr dieses Wissen versetzte, als sie die Hand nach dem Zündschlüssel ausstreckte, den Motor des Wagens anließ und die Klimaanlage einschaltete. Wie oft hatte sie beteuert, daß sie nicht auf eine Beziehung aus war? Sie war emotional nicht in der Verfassung, eine Beziehung einzugehen. Daß sie ihn sich zum Liebhaber genommen hatte, war etwas ganz anderes – eine Frage davon, selbst zu leben und etwas zu ihrem eigenen Vergnügen zu tun. Sie sagte sich, daß sie nichts weiter als das von ihm wollte, und sie strengte sich teuflisch an, um zu vergessen, was für ein Gefühl es gewesen war, seine Arme um sich zu spüren, während sie geweint hatte.

Das Mittagessen bestand aus gefüllten Tomaten und gartenfrischem Salat, auf den niemand Appetit zu haben schien. Sie saßen an dem Tisch mit der Glasplatte auf der Galerie und schauten auf den Garten hinaus, in dem alte Sträucher wuchsen und gediehen, nachdem sie jetzt von dem erstickenden Unkraut befreit waren, und wo neue Blumen von Tag zu Tag voller und in leuchtenderen Farben aufblühten.

Laurel glaubte, daß Caroline, ob bewußt oder unbewußt, beschlossen hatte, hier draußen zu essen, damit sie von positiven Bestätigungen des Lebens und der Schönheit umgeben waren, nachdem den ganzen Morgen über in der Stadt nur von Tod und Greueltaten die Rede gewesen war. Hier konnten sie sitzen und fühlen, wie die Brise durch die schattenspendenden Bäume und über die Galerie wehte und den schweren Duft von süßen Oliven und Gardenien mit sich brachte. Sie konnten dem Gesang von Grasmücken und Ammern lauschen, auf den Reichtum an Leben im Garten hinausschauen und versuchen, Gedanken an den Tod etwas entgegenzusetzen.

»Also, ich, ich weiß nicht, was aus dieser Welt noch werden soll«, murrte Mama Pearl und wackelte mit dem Kopf. Sie stieß energisch mit ihrer Gabel zu und fischte einen beträchtlichen Brocken Hühnerfleisch aus ihrer Tomate, führte den Bissen jedoch nicht zum Mund. Statt dessen legte sie die Gabel zur Seite, seufzte tief und rieb sich mit einer dicken Hand die Lippen, als wollte sie die Worte zurückdrängen, die sonst herausgesprudelt wären. Als die Tränen aufstiegen, sah sie schnell auf den Garten hinaus und starrte unerbittlich den alten steinernen Brunnen an, auf dessen Sockel pausbäckige Cherubim herumtollten.

Caroline stocherte lustlos in ihrem Salat herum und drehte einen schwarzen Olivenring immer wieder mit den Zacken ihrer Gabel um. Ihre gewohnte Ausstrahlung von Autorität schien abgeschwächt zu sein, von der Last der Ereignisse gedämpft, doch sie war immer noch das Oberhaupt von Belle Rivière, hatte das Sagen und war der Felsen in der Brandung. Sie tat dennoch ihr Bestes, um sich der Situation gewachsen zu zeigen. Jetzt holte sie tief Atem, um sich zu stärken, und zog die zierlichen Schultern unter der weichen weißen Chiffonbluse, die sie trug, straff zurück.

»Die Welt ist schon seit Kains Zeiten ein gewalttätiger Ort gewesen«, sagte sie mit ruhiger Stimme. »Heute ist es nicht schlimmer als sonst auch. Es erscheint nur so, weil die Gewalttätigkeit in allernächster Nähe zugeschlagen hat.«

Mama Pearl bedachte sie mit einem scharfen Blick, in dem sich Mißbilligung ausdrückte, ehe sie ihren Stuhl zurückschob und ihre Körperfülle hochhievte. »Das können Sie T-Grace Delahoussaye sagen. Ich muß nach meinem Kuchen sehen.«

Kopfschüttelnd watschelte sie ins Haus, wobei das rotbedruckte Baumwollkleid bei jedem Schritt raschelte. Caroline sah ihr nach und fühlte sich hilflos. Ihr fiel nichts mehr ein, was sie hätte tun können, um den Kummer, die Sorge und die Wut zu mildern, die jeder verspürte, den sie kannte. Die Ängste lauerten bei allen dicht unter der Oberfläche. Sie wandte sich an Laurel, die ebenfalls lustlos in ihrem Geflügelsalat herumstocherte.

»Wie geht es dir, mein Liebling?«

»Gut.« Die Antwort kam automatisch. Caroline ignorierte sie und wartete geduldig auf etwas, was der Wahrheit näherkam.

Laurel fügte sich in das Unvermeidliche, legte ihre Gabel hin und stützte die Unterarme auf das kühle Glas der Tischplatte. »Ich fühle mich schon wieder kräftiger«, sagte sie und war selbst ein wenig überrascht über dieses Eingeständnis. »Aber nach allem, was passiert ist... und wenn man bedenkt, in was ich mich alles hineingezogen fühle... Ein Teil von mir würde am liebsten fortlaufen und irgendwo Zuflucht suchen, wo ich keine Menschenseele kenne.«

Caroline bot ihr mit einer liebevollen Geste ihren Beistand an, als sie eine Hand über den Tisch streckte und ihre Finger mit denen ihrer Nichte verschlang. »Aber das wirst du nicht tun.«

Wenn sie jetzt fortging, nachdem sie den Delahoussayes ihr Wort gegeben hatte und außerdem wußte, welche Spannungen zwischen ihr und Savannah herrschten, dann hätte sie sich mit dieser Flucht ihre eigene Feigheit bewiesen. Sie mußte mit sich selbst weiterleben, und deswegen konnte sie jetzt nicht einfach fortlaufen. »Nein, das werde ich nicht tun.«

Carolines Herz strömte vor Liebe und Mitgefühl über, als sie ihr die Hand drückte. »Dein Vater wäre ja so stolz auf dich gewesen«, sagte sie und ihre Stimme war plötzlich heiser vor Gefühlsüberschwang. »Und ich bin stolz auf dich.«

Laurel fiel absolut nichts ein, was sie getan hatte und worauf sie hätte stolz sein können, doch das sprach sie nicht aus. Eine Minute lang sagte sie gar nichts, weil sie fürchtete, sie würde in Tränen ausbrechen. Lange Zeit schaute sie auf ein paar besonders schöne, dichte, purpurrote Klematisblüten hinaus, die sich um eine der Säulen der Galerie wanden, hielt die Hand ihrer Tante fest und kostete den Körperkontakt aus, aber auch die Kraft, die ihr von einem Menschen eingeflößt wurde, der sie bedingungslos liebte.

Sie hatte den Verdacht, daß heute eine ganze Menge Leute im Bayou Breaux ihren Familien außergewöhnlich viel Aufmerksamkeit widmeten, da ihnen schlagartig bewußt geworden war, daß einem ein geliebter Mensch von einer Sekunde zur anderen entrissen werden konnte und man dann erst feststellte, daß Gefühle unausgesprochen geblieben waren, Träume nicht verwirklicht worden waren. Heute schien das Leben kostbarer zu sein, dringlicher, etwas, woran man sich klammern mußte, was man genießen mußte.

Sie zwang sich, ihre Gefühle wieder in den Griff zu kriegen, ehe sie Caroline behutsam ihre Finger entzog und nach dem Stapel Post griff, den sie auf dem Weg zum Gericht im Postamt abgeholt hatte. »Du hast heute einige Briefe bekommen, die interessant zu sein scheinen«, sagte sie und blätterte den Stapel durch. Sie zog etliche qualitativ hochwertige Umschläge heraus, von denen jeder einen anderen Stempel trug – Biloxi, New Orleans, Natchez –, alle trugen unverkennbar weibliche Schriftzüge, und einer von ihnen duftete sogar zart nach Jasmin.

Caroline nahm ihre Post entgegen, und ihre Lippen verzogen sich zu einem zarten Lächeln, als sie die Lesebrille auf ihre schmale Stupsnase setzte und einen Blick auf die Umschläge warf. »Wie zauberhaft, an einem so furchtbaren Tag von Freunden zu hören.«

»Alte Schulfreunde?« fragte Laurel behutsam und behielt ihre Tante genau im Auge, als sie mit dem Messer ihres Eßbestecks den rosafarbenen Umschlag öffnete. »Oder geschäftlich?«

»Mmm... einfach nur Freunde.«

Laurel schalt sich selbst für ihre Neugier aus. Carolines Privatleben war ihre eigene Angelegenheit. Savannah hätte sie natürlich höchstwahrscheinlich direkt darauf angesprochen.

»Ich kann einfach nicht glauben, daß Savannah so spät noch schläft«, murmelte sie und fragte sich, ob nicht vielleicht heute genau der richtige Tag war, um zu beginnen, die Risse in dieser Beziehung zu flicken. Im Angesicht des Todes schienen Auseinandersetzungen so unbedeutend und sinnlos zu sein, und das Leben erschien so endlich. Sie konnten sich für den Rest des Tages Zeit nehmen und zum Cypremort Point runterfahren und dort bei Tigerkrabben den Ausblick auf den Golf bei Sonnenuntergang genießen. Sie würden gemeinsam dasitzen, während die salzige Prise ihnen ins Gesicht wehte und ihnen das Haar zerzauste, miteinander reden und beobachten, wie das Riedgras im seichten Wasser schwankte, und über ihren Köpfen würden Möwen kreisen. »Glaubst du, ich kann es wagen, sie unter dem Vorwand zu wecken, ihr die Abrechnung für ihre Visacard zu bringen?«

»Hmmm? Oh, äh...« Caroline blickte von ihrem Brief auf. »Savannah ist nicht da, Liebling.«

»Wo ist sie denn hingegangen?« fragte Laurel, die erbost darüber war, daß der wunderschöne Tag, der sich in ihrer Vorstellung abgezeichnet hatte, verschoben werden mußte. »Oder, genauer gesagt: *Wie* ist sie dort hingekommen? Ich habe den ganzen Vormittag über den Wagen gehabt.«

»Ich bin nicht sicher. Vielleicht hat sie sich von Freunden abholen lassen. Ich kann es dir nicht sagen; ich war im Geschäft. Hattet ihr etwas miteinander geplant?«

»Nein. Wir haben einfach nur darüber geredet, gemeinsam etwas zu unternehmen. Sie hatte es gestern schon vor, und dann ist Jack aufgetaucht.«

»Als sie gestern das Haus verlassen hat, war sie in einer miserablen Verfassung, soviel weiß ich«, sagte Caroline und faltete ein Blatt rosarotes Briefpapier wieder zusammen. »Wenn ich das richtig sehe, paßt es ihr überhaupt nicht, daß du dich mit Mr. Boudreaux triffst.«

»Ich glaube, Jack ist nicht ihr Problem.« Sorge zog an Laurels Mundwinkeln und zerfurchte ihre Stirn. Einen Moment lang rang sie mit den Gedanken, die sie schon seit Savannahs Ausbruch bedrückten, und schließlich entschied sie, das nicht mit sich allein abzumachen. »Ich mache mir Sorgen um sie. Sie scheint so flatterhaft zu sein. Es ist ein ständiges Auf und Ab. Am Sonntag ist sie mit Annie Gerrard zusammengestoßen. *Ein Faustkampf!* Tante Caroline, ich habe Angst um sie.«

Und um mich selbst, dachte sie, wenn auch nur unterschwellig. Das Kind in Laurel hatte sich immer auf Savannah verlassen. Dieses Kind fühlte sich hilflos und verloren bei der Aussicht, Savannah könnte nicht mehr zuverlässig sein.

Caroline legte ihre Briefe zur Seite, setzte die Lesebrille ab und schaute trübsinnig vor sich hin. »Sie hat eine Zeitlang einen Psychiater in Lafayette aufgesucht. Ich glaube, sie hätte dort Hilfe finden können, aber sie ist nicht bei der Stange geblieben.«

Selbstverständlich nicht. Ebensowenig, wie sie je einen Job oder irgend etwas anderes beibehalten hatte, was ihr hätte helfen oder ihr eine gewisse Bestimmung hätte geben können, bei der es sich nicht um Sex drehte. Laurels Hände ballten sich auf der Tischplatte zu Fäusten, und sie sehnte sich nach etwas, worauf sie hätte einschlagen können, um einen Teil der ohnmächtigen Wut abzulassen, die sich in ihr aufstaute. »Sie ist wild entschlossen, ihr Leben von der Vergangenheit bestimmen zu lassen, sich von der Vergangenheit diktieren zu lassen, wer sie ist und was sie ist. Vorgestern hatten wir deswegen einen furchtbaren Streit. Ich habe die Selbstbeherrschung verloren, aber es versetzt mich in Wut, wenn ich sehe, wie sie ihr Leben wegen etwas wegwirft, was bereits vor fünfzehn Jahren geendet hat.«

Einen Moment lang sagte Caroline kein Wort. Sie saß stumm da, spielte mit einem der schweren goldenen Reifen, die von ihren Ohren hingen, und ließ Laurels Bemerkung im Raum stehen, nahm sie nicht um ihrer selbst, sondern um ihrer Nichte willen zur Kenntnis.

»Sag mir eines«, sagte sie schließlich. »Siehst du im Schlaf immer noch diese Kinder aus Scott County?«

Dieser abrupte Themenwechsel verwirrte Laurel einen Moment lang. Die Frage ließ die Gesichter wieder in ihrer Erinnerung auferstehen, und sie mußte sie gewaltsam in die kleine Schublade zurückdrängen, in der sie sie tagsüber mühsam zu verstauen versuchte. »Ja«, murmelte sie.

»Aber das ist aus und vorbei«, sagte Caroline. »Warum kannst du dich nicht davon lösen?«

»Weil *ich* diese Kinder im Stich gelassen habe«, sagte Laurel und wehrte sich gegen die Schuldgefühle. »Es war *meine* Schuld. Ich habe es verdient, davon heimgesucht zu werden...«

»Nein«, schnitt ihr Caroline mit scharfer Stimme das Wort ab, und die Stärke ihrer Gefühle ließ ihre dunklen Augen leuchten. »Nein«, sagte sie noch einmal, und diesmal schlug sie einen milderen Tonfall an. »Du hast getan, was du konntest. Auf den Ausgang hattest du keinen Einfluß. Du konntest nicht über den Generalstaatsanwalt bestimmen, und es hat auch nicht an dir gelegen, daß es an Beweisen gemangelt hat oder wie sich andere Mitbürger verhalten haben, und doch machst du dir Vorwürfe und läßt dich von diesem Teil deiner Vergangenheit martern.«

Laurel versuchte nicht, sich dafür stark zu machen, daß die Schuld sie und nur sie allein traf; sie war sich über die Wahrheit im klaren. Das, worauf ihre Tante hinaus wollte, hatte ohnehin nur wenig mit ihr zu tun.

»Willst du damit etwa sagen, daß Savannah sich selbst die Schuld daran gibt, mißbraucht worden zu sein?« fragte sie ungläubig. Diese Vorstellung erschütterte sie. »Aber das, was passiert ist, war Ross' Schuld! Er hat sie dazu gezwungen. Sie kann unmöglich glauben, es sei ihre Schuld gewesen.«

Caroline strich nachdenklich mit einer Fingerspitze über ihren

Wangenknochen und zog eine zart geschwungene Augenbraue hoch. »Du glaubst es nicht? Savannah ist ein schönes und ein sinnliches Geschöpf, mit einer ausgeprägten Sexualität. Ist sie schon immer gewesen. Schon als Kind hatte sie eine gewisse Macht über Männer, und das hat sie genau gewußt. Du glaubst, sie hätte sich nicht vorgeworfen, daß Ross sie attraktiv gefunden hat? Du glaubst, Ross hätte nicht jede erdenkliche Gelegenheit genutzt, ihr die Schuld daran zuzuschieben? Er ist ein schwacher Mann, und das ist er schon immer gewesen, jemand, der sich Dinge als Verdienst anrechnet, die nicht ihm zu verdanken sind, und der gegen Schuldgefühle so resistent ist wie eine Ente gegen Wasser.«

Ein frischer Quell des Hasses auf Ross Leighton sprudelte in Laurels Innerem auf, und sie erkannte, daß sich ein großer Teil ihrer Wut gegen den Umstand richtete, daß Ross nie für sein Verbrechen hatte büßen müssen. Er hatte nie seine gerechte Strafe bekommen. Sie wußte, daß sie daran mitschuldig war, und dieses Schuldbewußtsein lastete entsetzlich schwer auf ihr.

Hätte sie doch bloß den Mut aufgebracht, es ihrer Mutter zu erzählen oder zu Tante Caroline zu gehen. Aber sie hatte es nicht getan. Vivian wußte immer noch nichts von den Greueltaten ihres Mannes. Caroline hatte die Wahrheit erst Jahre später entdeckt. Savannah war keine Gerechtigkeit widerfahren... und daher hatte Laurel ihr Leben damit zugebracht, anderen zu ihrem Recht zu verhelfen.

Ich versuche nicht, für etwas zu sühnen!

O Gott, was für eine Lüge. Was für eine Heuchlerin sie doch war.

Caroline erhob sich anmutig von ihrem Stuhl und steckte ihre Briefe in eine Tasche, die auf ihren vollen gelben Glockenrock aufgenäht war, der sich eng an ihre zierliche Taille schmiegte und weich um ihre Waden spielte. Sie kam um den Tisch herum, schlang Laurel die Arme von hinten um den Hals und drückte sie fest an sich. »Wir können die Vergangenheit nicht einfach abschütteln, Laurel«, sagte sie liebevoll. »Sie ist ein Teil von uns, der uns immer begleiten wird und den wir nicht ignorieren oder abwerfen können. Und es ist auch nicht immer leicht, sie hinter uns zurückzulassen, dort, wo sie hingehört. Du tätest gut daran, dir das zu merken, nicht nur in bezug auf deine Schwester, sondern auch in bezug auf dich selbst.«

Sie drückte ihr einen Kuß auf die Schläfe und ging ins Haus, ließ Laurel auf der Galerie allein, damit sie dem Vogelgesang lauschen und über ihre Worte nachdenken konnte.

Als ihre Gedanken zu kreisen anfingen, bis sie Kopfschmerzen davon bekam, wandte Laurel ihre Aufmerksamkeit wieder der Post zu und blätterte die Rechnungen und Spendenaufrufe durch. Darunter fand sie einen schlichten weißen Umschlag ohne Adresse und ohne Absender.

Verwundert öffnete sie das Kuvert und zog nicht etwa einen Brief heraus, sondern eine billige goldene Kette, an der ein kleiner goldener Schmetterling hing. Sie hob die Kette hoch und beobachtete, wie der Schmetterling sich drehte und schwankte, und ein seltsamer Schauer überlief sie, wie ein eiskalter Windhauch, der sich aus einer anderen Dimension eingeschlichen hatte, um über ihre Haut zu kriechen.

Das Räderwerk ihres Verstandes setzte sich automatisch in Gang und suchte nach der logischsten Erklärung. Die Kette gehörte Savannah – obwohl Savannah einen weitaus kostspieligeren Geschmack hatte. Sie hatte sie auf dem Sitz des Wagens vergessen – aber wie war sie in diesen zugeklebten Umschlag geraten?

Keine der Lösungen, auf die sie kam, beantwortete hinreichend alle Fragen, und keine Antwort erklärte das nervöse Prickeln in ihrem Nacken.

In seinem Büro im Gerichtsgebäude des Bezirks Partout beugte sich Duwayne Kenner über seinen Schreibtisch; Hämmer stampften in seinen Schläfen, und Säure brodelte in seinen Eingeweiden. Er war über die Faxe von vier anderen Verwaltungsbezirken gebeugt, Kopien von Mordberichten. Seine Blicke glitten über die Fotografien von Jennifer Verret, die der Sheriff von St. Martin mitgebracht hatte. Sie war am Sonntagmorgen aufgefunden worden, verstümmelt und mit einem Seidenschal erwürgt. Auf der anderen Seite des Schreibtischs stand Danjermond, der versonnen vor sich hinschaute und dabei den Siegelring an seinem Finger drehte.

»Für mich besteht nicht der geringste Zweifel daran«, knurrte Kenner, dessen Stimme von zwei Päckchen Camel rauh war. »Wir haben es hier mit demselben Mörder zu tun.«

»Es paßt alles zusammen?«

»Bisher ja. Wir werden mehr Einzelheiten vorliegen haben, wenn die Laborberichte über Annie Gerrard eintreffen, aber es ist alles da – der Seidenschal, identische Messerwunden. Aber das wichtigste ist, daß sich die Einzelheiten gleichen, die wir der Presse vorenthalten haben, um die Möglichkeit einer exakten Nachahmung auszuscheiden.«

»Wie zum Beispiel?«

»Zum Beispiel die Striemen auf den Handgelenken und den Knöcheln und die Tatsache, daß jeder der Frauen Schmuckstücke abgenommen worden sind, die sie am Körper getragen haben. Wahrscheinlich sammelt dieser perverse Mistkerl Souvenirs«, murmelte er, und seine Augen zogen sich zu Schlitzen zusammen, als er die Grausamkeiten verdaute, die ein Mensch an seinen Mitmenschen begehen konnte. »Das werde ich herausfinden, wenn ich ihn erst mal gefaßt habe. Ich werde es herausfinden, das schwöre ich bei Gott.«

19

Zu Vivians lästigen Eigenschaften zählten ihre sporadischen Anwandlungen, sich in Spontaneität zu versuchen. Laurel erinnerte sich noch daran, wie ihre Mutter zu ihren Kinderzeiten aus ihrem Alltagstrott ausgebrochen war, der aus dem Besuch von Clubs, dem Erledigen ihrer Bürgerpflichten und ihrem Leben als Herrin über Beauvoir bestand, und rasend bestrebt gewesen war, etwas Spontanes zu unternehmen, etwas, was sie für schrecklich raffiniert oder vergnüglich hielt, doch das Ergebnis war meist enttäuschend. Die Unternehmungen strahlten immer eine Form von Verzweiflung aus, und es knüpfte sich eine ganze Reihe von Erwartungen daran, die nie erfüllt wurden. Sie hatte nicht das geringste mit den spontanen Eingebungen von Laurels Vater gemeinsam, die ausnahmslos auf die eine oder andere Weise wunderbar gewesen waren, nie vorgeplant und nie mit festgelegten Kriterien oder Zielsetzungen angetreten.

»Lebe im Moment und nimm, was er zu bieten hat«, hatte Daddy immer gesagt, und dabei hatte eine schlichte Freude am Leben sein schön geschnittenes Gesicht strahlen lassen.

Vivian dagegen hatte solche Momente immer mit gierigen Händen gepackt und sie gewaltsam ausgewrungen, um zu bekommen, was sie wollte. Aus diesem Grund hatte Laurel immer Mitleid mit ihrer Mutter gehabt. Es lag nicht in Vivians Natur, spontan zu sein. Daß sie sich dennoch genötigt gesehen hatte, es zu versuchen und sich dabei zu sehr anzustrengen, hatte Laurel immer betrübt, insbesondere dann, wenn einer von Vivians gescheiterten Versuchen sie in einen weiteren Anfall von Depressionen gestürzt hatte.

Vielleicht war das der Grund dafür, daß es Laurel nicht gelungen war, ihre Chance zu nutzen, als Vivian angerufen und sie zum Abendessen eingeladen hatte – »wir beide gehen ganz allein miteinander aus und reden von Frau zu Frau miteinander«, Gott behüte. Innerhalb dieser kurzen Spanne von fünf Sekunden, in der Lügen am Telefon unentdeckt bleiben, war ihr kein Vorwand für eine Absage eingefallen. Aber vielleicht hatten ihre Gründe auch mehr mit diesem speziellen Tag und mit den Gedanken zu tun, die sie sich über das Familienleben und die Wankelmütigkeit des Lebens gemacht hatte.

Savannah hätte zweifellos eine beißende Bemerkung zu diesem Thema parat gehabt. Aber da Savannah noch nicht zurückgekommen war, brauchte sich Laurel ihre Kommentare nicht anzuhören. Sie nahm die Einladung resigniert an und tat ihr Bestes, um den inneren Mechanismus der Selbstbefragung abzuschalten.

Sie saßen in einem der kleinen eleganten Restaurants ihres Clubs und plauderten bei gleichermaßen gepflegten Gerichten miteinander – gefüllten Wachteln und frischem Seebarsch. Das Clubhaus war in einer neoklassizistischen Villa untergebracht, die auf der ehemals größten Indigoplantage des Bezirks stand. Das Haus und das Gelände waren akribisch restauriert worden und wurden bestens instand gehalten, bis hin zu den Sklavenhütten, die rund zweihundert Meter hinter dem Haupthaus standen und jetzt als Geräteschuppen für Gartenwerkzeuge dienten oder zwischen den einzelnen Runden von den Caddies frequentiert wurden – bei denen es sich in der Mehrzahl um schwarze Jugendliche handelte. Im Club bereitete es niemandem Sorgen, sie könnten an diesem Vergleich zwischen Caddies und Sklaven Anstoß nehmen, und es gab keine anderen Farbigen als die engagierten Hilfskräfte, die daran Anstoß hätten nehmen können, da der Club ausschließlich Weißen vorbehalten war, und so war es schon immer gewesen, und so würde es auch weiterhin immer sein.

Laurel stocherte in ihrem Seebarsch herum und dachte sehnsüchtig an Tigerkrabben und die Farben des Himmels über dem Golf bei Sonnenuntergang, die Geräusche von Meer und Möwen, die beißende salzige Luft. Statt dessen schaute jetzt ein Barsch von einem Limoges-Teller zu ihr auf, an den hohen Glastüren hingen grüne Samtportieren, aus geschickt verborgenen Lautsprechern drang diskret ein Konzert von Vivaldi, und um sie herum herrschte die künstliche Keimfreiheit einer zentralen Klimaanlage. Ihre Mutter saß ihr gegenüber und war ganz und gar in ihrem Element. Ihr aschblondes Haar war elegant frisiert, und ein leuchtendblauer Leinenblazer unterstrich ihre Augenfarbe. Unter der Jacke trug sie ein schickes weißes Futteralkleid, das ein Muster in demselben Blauton aufwies. Von ihren Ohrläppchen hingen tropfenförmige Saphire.

»Die Welt ist vollständig verrückt geworden«, verkündete Vivian und spießte eine frische grüne Brechbohne auf. Sie kaute so geziert darauf herum, wie es sich für eine Dame gehörte und ließ den Gedankengang vollständig abreißen, um den Geschmack ihres Essens zu kosten. Nachdem sie die Bohne mit einem Schluck Chardonnay runtergespült hatte, griff sie den Gesprächsfaden wieder auf und fuhr fort. »Frauen werden sozusagen vor unserer Haustür ermordet. Mitten in der Nacht laufen Irre frei herum. Sag mir, warum auch nur ein Mensch auf Erden das Pflegeheim St. Joseph's mutwillig verwüsten und mit diesem Wandalismus diese armen älteren Menschen vor Angst um den Verstand bringen will.«

Laurel spitzte die Ohren wie ein Hühnerhund, nahm auf ihrem Stuhl eine stocksteife Haltung ein und ließ die Gabel über ihrem verstümmelten Fisch in der Luft verharren. »St. Joseph's?«

»Ja.« Vivian fuhr mit angemessenem Abscheu fort, während sie zum Messer griff und ihre Wachtel sezierte. »Vor einem der Zimmer sind Obszönitäten mit Farbe an die Wand gesprüht worden, auf dem Rasen sind Scheußlichkeiten zurückgelassen worden, über die zu reden ich mich schlichtweg weigere, ob in der Öffentlichkeit oder sonstwo, und es ist an die Fenster getrommelt und geschrien worden, und überhaupt war es ein heidnisches Spektakel. Es ist eine ungeheuerliche Schande, was dort vorgegangen ist.«

»Ist die betreffende Person geschnappt worden?« fragte Laurel behutsam.

»Nein. Sie ist schreiend in die Nacht hinausgerannt.«

Eine Vorahnung sandte ihre Schauer über Laurels Rücken. »Sie?«

»Oh, ja. Es war eine Frau. Kannst du dir das vorstellen? Ich meine, bei einem jungen Mann wäre man ja noch auf ein gewisses Rowdytum gefaßt, aber eine Frau?« Vivian erschauerte bei der Vorstellung, daß die natürliche Ordnung der Dinge sosehr aus dem Gleichgewicht geraten war. »Wie du weißt, bin ich freiwillige Mitarbeiterin der Bücherei. An dem Tag hätte ich Bücher ins Pflegeheim bringen sollen. Ridilia Montrose hilft dort mittwochs bei der Planung der Aktivitäten aus. Du erinnerst dich doch noch an Ridilia, nicht wahr, Laurel, meine Liebe? Ihre Tochter Faith Anne war diejenige, die damals dieser kostspieligen Kieferorthopädie unterzogen werden mußte und dann schließlich zur Ballkönigin ihres Abschlußjahrgangs gewählt worden ist. Sie hat einen Finanzier aus Birmingham geheiratet. Ridilia sagt, nach Angaben des Nachtpersonals war es ganz eindeutig eine Frau.«

Sie preßte die Lippen zu einem mißbilligenden dünnen Strich zusammen, und ihre Saphire schwangen hin und her, als sie den Kopf schüttelte. »Solche Gräßlichkeiten. Ich schwöre es dir, manche Leute vermehren sich wahllos und lassen ihre Kinder dann wie streunende Hunde aufwachsen. Die Herkunft zeigt sich eben doch immer, verstehst du«, sagte sie, wie sie es schon immer gesagt hatte. Und wie immer führte es dazu, daß Laurel die Zähne zusammenbiß, um einen Widerspruch für sich zu behalten, weil sie es so gelernt hatte. »Jedenfalls tut es mir am allermeisten für diese arme Astor Cooper leid. All das hat sich direkt vor ihrem Fenster abgespielt. Kannst du dir das vorstellen?«

Das wenige, was Laurel von ihrer Mahlzeit zu sich genommen hatte, verwandelte sich in ihrem Magen in einen schweren Klumpen. »Astor Cooper?« brachte sie matt hervor, während ihr Verstand ohne ihre Einwilligung die Fakten zu einem Gesamtbild zusammenfügte.

»Ja. Sie ist die Frau von Conroy Cooper, dem Schriftsteller und Pulitzer-Preisträger. Ein ganz reizender Mann. So großzügig bei allen Wohltätigkeitsveranstaltungen. Es ist die reinste Tragödie, daß seine Frau derart krank ist. Alzheimer, du weißt schon. Und man hat mir berichtet, daß ihre Familie oben in Memphis ganz bezaubernd ist. Es ist ein solcher Jammer. Ridilia hat gesagt, Mr. Cooper sei absolut außer sich über diesen Wandalismus. Er hält in jeder Hinsicht zu seiner Frau, verstehst du…«

Laurel ließ die Hände auf ihren Schoß sinken und unterdrückte den Drang, sich haltsuchend am Tisch festzuklammern. Während ihre Mutter ihr gegenübersaß und sich über Conroy Coopers einwandfreien Charakter ausließ, wehte dieselbe Stimme aus ihrem Hinterkopf nach vorn und schalt sie für ihre Manieren aus. *»Junge Damen legen nicht die Hände auf den Tisch, Laurel…«* Dann zog ihr Savannahs Gesicht vor Augen, mit einem verschlagenen Gesichtsausdruck. *»Seine Frau hat Alzheimer. Er hat sie ins Pflegeheim St. Joseph's gesteckt… Soweit ich gehört habe, kann sie ihren Kopf nicht von einem Loch im Boden unterscheiden.«*

Kaltes Grauen legte sich um ihre Kehle wie eiskalte Finger. Es konnte nicht sein, sagte sie sich. Es durfte schlichtweg nicht wahr sein. Savannah hatte zwar ihre Probleme, aber sie würde doch nicht Zuflucht zu solchen… Als wollte es sie dafür verspotten, daß sie ihre Schwester verteidigte, schleuderte ihr Gedächtnis ihr ein Bild von Savannah vor Augen, wie sie sich in Frenchie's mit Annie Delahoussaye geschlagen hatte und wie ein Derwisch schreiend durch das Lokal gewirbelt war.

»Laurel? Laurel?« Der scharfe Tonfall ihrer Mutter holte sie wieder in die Realität zurück. Vivian sah sie finster an. »André wüßte gern, ob er deinen Fisch abservieren darf.«

»Entschuldigung.« Laurel rang darum, die Fassung wiederzufinden. Sie senkte den Kopf und strich die Serviette auf ihrem Schoß glatt, ehe sie zu dem geduldigen André aufblickte, der sie aus herzensguten braunen Augen ansah, die in dem Gesicht eines Bluthunds saßen. »Ja, vielen Dank. Es war ganz ausgezeichnet. Entschuldigen Sie mich bitte bei dem Chefkoch dafür, daß ich meinen Fisch nicht aufessen konnte.«

Während die Teller blitzschnell abserviert wurden und das Tischtuch von Krümeln befreit wurde, musterte Vivian ihre Tochter und nippte an ihrem Wein. »Ich habe gehört, daß du diese Woche zweimal im Gerichtsgebäude warst. Die Leute dort bekommen mehr von dir zu sehen als ich.«

Einem ungeschulten Ohr hätte der vorwurfsvolle Tonfall entgehen können. Laurel vernahm ihn deutlich. »Es tut mir leid, Mama. Ich habe mich darauf eingelassen, den Delahoussayes zu helfen.«

»Das sind wohl kaum Leute von der Sorte…«

Laurel hob eine Hand, sie zu unterbrechen. »Könnten wir bitte dieses Gespräch abbrechen? Wir werden uns hierin nicht einigen. Hinterher wären wir doch nur beide wütend. Könnten wir es nicht einfach bleiben lassen?«

Vivian richtete sich auf ihrem Stuhl zu ihrer majestätischen Haltung auf, reckte das Kinn in die Luft, und in ihre Augen trat derselbe kalte Glanz, den die Saphire abstrahlten, die sie trug. »Natürlich«, sagte sie steif. »Es interessiert ja niemanden, daß ich nur das Beste für dich will.«

Vivian hatte immer nur das Beste für sich selbst gewollt, doch das war eine Wahrheit, die Laurel lieber für sich behielt. Wenn sie ihre Mutter zu einer Auseinandersetzung in der Öffentlichkeit provozierte, dann hätte Vivian ihr das nie verziehen. Ein Teil von ihr fand, sie solle sich nichts daraus machen, aber die simple Wahrheit war die, daß Vivian die einzige Mutter war, die sie hatte, und nachdem sie ein Leben lang auf Eierschalen gelaufen war, um ihre Anerkennung zu erringen und das zu bekommen, was Vivian für Liebe erachtet hätte, würde sie sich jetzt wahrscheinlich nicht mehr ändern. Und ebensowenig würde sich Vivian jemals ändern.

Vivians Stimmungspendel schwang erneut um, als sie zur Eingangstür blickte. Als käme die Sonne hinter einer Gewitterwolke hervor, ließ ein Lächeln ihr Gesicht erstrahlen. Laurel drehte sich um, weil sie sehen wollte, wem es gelungen war, ein solches Wunder zu wirken, und sie mußte eine weitere unangenehme Überraschung einstecken.

»Stephen!« sagte Vivian und streckte Danjermond ihre beringten Hände entgegen, als er auf ihren Tisch zukam. Er nahm sie beide und beugte sich vor, um sie geziemend zu küssen. Vivian strahlte. Sie schien fast zu schnurren, als sie sich an Laurel wandte. »Sieh nur, Laurel, meine Liebe, Stephen ist hier! Ist das nicht eine reizende Überraschung?«

Von wegen. Laurel zwang sich zu einem Lächeln, das wirkte, als hätte sie den ganzen Mund voll Sand. »Mr. Danjermond.«

»Stephen, du kommst gerade rechtzeitig zum Nachtisch. Sag, daß du dich zu uns setzt, ja?«

Er verwöhnte sie mit einem strahlenden Lächeln. »Wie könnte ich das Angebot ablehnen, mich den beiden schönsten Damen im ganzen Umkreis anzuschließen?«

Vivian errötete wie bestellt und klapperte mit den Wimpern; sie beherrschte die weibliche Kunstfertigkeit des Flirtens meisterlich. »Nun, eine dieser beiden Schönheiten muß sich dringend die Nase pudern. Du bist doch so nett und leistest Laurel Gesellschaft, nicht wahr?«

»Ja, selbstverständlich.«

Während sie sich vom Tisch erhob, ließ sich Danjermond auf den leeren Stuhl rechts neben Laurel sinken. Er trug, ebenso wie sie, dieselben Sachen, die er am Vormittag im Gerichtsgebäude getragen hatte – den kaffeebraunen Anzug, das elfenbeinfarbene Hemd und die modische Krawatte –, aber er hatte es irgendwie geschafft, den Tag ohne Falten zu überstehen, wogegen sich Laurel verschwitzt und zerknittert fühlte. Von seiner Eleganz ging etwas aus, was in ihr den Wunsch auslöste, sich das Haar zu kämmen und ihre Brille abzusetzen, doch sie unterließ beides.

»Sie sind mir böse, Laurel«, sagte er schlicht und einfach.

Laurel schlug die Beine übereinander, strich ihren Rock glatt und ließ sich mit ihrer Erwiderung Zeit. Draußen waren vom Golf her Sturmböen aufgekommen, und es drohte zu regnen. Wind riß an den Spitzen der Fächerpalmen, die das Putting green säumten. Sie starrte sie durch die gläsernen Flügeltüren an und fragte sich, inwieweit es klug war, das zu sagen, was sie gern gesagt hätte.

»Mir behagen die Spielchen nicht, die Sie spielen, Mr. Danjermond«, sagte sie schließlich und sah ihm fest in die kühlen Augen.

Er zog eine Augenbraue hoch. »Sie halten mein Erscheinen hier für einen Teil einer Verschwörung, Laurel? Zufällig esse ich oft hier zu Abend. Sie gestehen mir doch zu, daß ich etwas essen muß, oder etwa nicht? Schließlich bin ich auch nur ein Mensch.«

Das Licht in den Chrysolithaugen funkelte, als sei er insgeheim belustigt. Sie hätte nicht sagen können, ob er über sie lachte oder über seinen Ausspruch, er sei schließlich auch nur ein Mensch. Sie hatte so oder so nicht die Absicht, es komisch zu finden.

»Gibt es Neuigkeiten in dem Mordfall?« fragte sie und spielte mit dem Stiel ihres Weinglases.

Er nahm sich eine Scheibe Baguette aus dem Brotkorb auf dem Tisch, riß ein Stück davon ab und lehnte sich mit der lässigen Eleganz eines Prinzen auf dem Stuhl zurück. Gedankenverloren kaute er auf dem Brot herum und musterte sie. »Kenner hat Tony Gerrard freigelassen. Er hat das Gefühl, daß der Mord dem Würger aus dem Bayou zuzuschreiben ist.«

»Und wie denken Sie darüber? Sie glauben nicht, Tony Gerrard könnte seine Vorgehensweise nachgeahmt haben?«

»Nein, denn wenn er das getan hätte, dann hätte er alles verpatzt. Unser Mörder ist sehr klug. Von Tony dagegen«, sagte er, zupfte eine weiße Brotkrume von seiner Krawatte und schnippte sie fort, »kann man das bedauerlicherweise nicht behaupten.«

»Das klingt fast so, als bewunderten Sie ihn – den Mörder.«

Er sah sie nicht ohne eine Spur von einem Vorwurf an. »Natürlich nicht. Allerdings muß ich zugeben, daß er mich fasziniert. Serienmörder haben Studenten des Strafrechts schon immer fasziniert.« Er riß einen weiteren Bissen von dem frischen warmen Brot ab, schloß die Augen und atmete genüßlich den starken Hefegeruch ein, ehe er sich den Bissen in den Mund steckte. Als er schluckte, hoben sich seine Wimpern wie schwarze Spitzenschleier. »Ich bin über diese Verbrechen so entsetzt wie jeder andere auch, aber gleichzeitig bringe ich einem scharfen Verstand eine gewisse« – er suchte nach dem Wort und wählte es sorgsam und säuberlich aus – *»klinische* Wertschätzung entgegen.«

Während er das sagte, hatte Laurel eindeutig den Eindruck, daß er die Schärfe ihres Verstandes testete. Sie konnte spüren, wie sich die Macht seiner Persönlichkeit zwischen ihnen spannte und in ihren Kopf hineinreichte, um zu erforschen und zu untersuchen.

»Was halten Sie von Haien, Laurel?«

Der Richtungswechsel kam so abrupt, daß sie fand, es sei ein Wunder, wenn sie kein Schleudertrauma erlitten hatte. »Was sollte ich von ihnen halten?« sagte sie verärgert und verwirrt. »Warum sollte ich mir überhaupt Gedanken über Haie machen?«

»Sie täten es, wenn Sie auf See über Bord gingen«, hob Danjermond hervor. Er beugte sich auf seinem Stuhl vor und erwärmte sich für sein Thema. Sein Gesichtsausdruck war ernst. »Sie sind die vollendetsten Raubtiere, die die Natur je hervorgebracht hat. Sie fürchten sich vor nichts. Sie töten mit einer beängstigenden Wirtschaftlichkeit.

Serienmörder sind die Haie unserer Gesellschaft. Unbeseelt und ohne jede Furcht vor Strafe. Räuberische Bestien, klug und erbarmungslos.« Er riß noch einen Bissen von dem Brot ab und kaute versonnen. »Ein faszinierender Vergleich, finden Sie nicht auch, Laurel?«

»Ich halte diesen Vergleich, offen gestanden, für dumm und für eine gefährliche Verklärung«, sagte sie schonungslos, als sie spürte, wie ihre Wut sie unter Strom setzte. Sie ignorierte ihre gute Erziehung, stemmte ihre Fäuste auf den Tisch und funkelte den Staatsanwalt erbost an. »Haie töten um des Überlebens willen. Dieser Mann tötet aus schierer krankhafter Lust daran, Frauen leiden zu sehen. Man muß ihm das Handwerk legen und ihn seiner gerechten Strafe zuführen.«

Danjermond musterte sie prüfend, studierte ihre Haltung, ihren Gesichtsausdruck und die Leidenschaft, die in ihrer Stimme mitschwang, und als er knapp nickte, wirkte es wie die kritische Würdigung einer schauspielerischen Leistung. »Sie sind zur Anklägerin geboren, Laurel«, verkündete er, und dann wurde sein Blick eindringlicher und schärfer, als hätte er etwas an ihr wahrgenommen. Langsam und anmutig beugte er sich über den Tisch, bis er ihr ein klein wenig zu nah gekommen war. »Oder sind Sie dazu *gemacht* worden?« murmelte er.

Laurel sah ihm ins Gesicht, ohne auch nur mit der Wimper zu zucken, obwohl sie innerlich zitterte. Danjermonds durchschlagender Sex-Appeal ließ die Luft zwischen ihnen vibrieren. Er war ihr so nah gekommen, daß sie einen Hauch seines exotischen Eau de Cologne schnuppern konnte. Irgendwo außerhalb des Spannungsfelds, das sie umschlossen hielt, grollte Donner, und fette Regentropfen prasselten aus den Wolken herunter. Der Wind wirbelte den Regen unter die Veranda und ließ ihn auf die Scheiben der Glastüren trommeln.

»Sie faszinieren mich wirklich, Laurel«, flüsterte er. »Für eine Frau besitzen Sie ein erstaunliches Gefühl für Ritterlichkeit.«

Vivian wählte sich diesen Moment für ihre Rückkehr an den Tisch aus, und Laurel überlegte sich, daß sie ihrer Mutter dankbar für diese Unterbrechung war, wenn sie ihr sonst schon nie für etwas anderes dankbar gewesen war. Stephen Danjermond bewirkte, daß sich die kurzen Haare in ihrem Nacken aufstellten. Je seltener sie mit ihm allein sein mußte, desto besser.

Er blieb sitzen und trank Kaffee mit ihnen. Vivian bestellte Brotpudding und genoß ihn mit Gesprächen über Politik und Geplauder über das bevorstehende Abendessen für die Wähler der Frauenliga als Beilage. Laurel saß da, betrachtete die abgenagten Überreste ihrer Fingernägel und wünschte, sie wäre überall sonst, bloß nicht hier. Ihre Gedanken wandten sich gegen ihren Willen Jack zu, und während sie in den Regen hinausstarrte, fragte sie sich, wo er wohl heute abend war und was er fühlte.

Richter Monahan und seine Frau wurden ins Restaurant geführt und nahmen Danjermonds Aufmerksamkeit gefangen. Der Staatsanwalt ließ sie für diese einflußreichere Gesellschaft im Stich. Während Vivian sich um die Rechnung kümmerte, holte Laurel zum ersten Mal seit dreißig Minuten tief Atem.

Sie traten gemeinsam auf die Veranda hinaus, blieben dort stehen und beobachteten, wie Bedienstete in den Regen hinaussprangen, um ihre Wagen vorzufahren.

»Das war ein netter Abend, Liebling«, sagte Vivian und lächelte wohlwollend. »Ich bin froh, daß wir nach diesem unangenehmen Zwischenfall mit deiner Schwester am Sonntag heute in Ruhe miteinander essen konnten. Ich schwöre es dir, manchmal weiß ich nicht, wie sie überhaupt meine Tochter sein kann, wenn ich sehe, wie sie sich benimmt.«

»Laß das sein, Mama«, fauchte Laurel und schwächte den Befehl dann mit einer Bitte ab. »Bitte.«

Statt pikiert zu sein, entschloß sich Vivian so zu tun, als sei Savannahs Name nie auch nur gefallen. »Ich bin ja so froh, daß Stephen sich uns ein kleines Weilchen anschließen konnte. Er genießt in dieser Gegend hier und auch in Baton Rouge ein sehr hohes Ansehen. Mit seinen familiären Beziehungen und seinem Talent kann man beim besten Willen nicht sagen, wie weit er es noch bringen wird.« Ihr weißer Mercedes traf in dem Säulengang ein, doch sie setzte sich nicht etwa in Bewegung, sondern drehte sich statt dessen zu ihrer Tochter um und sah sie verschwörerisch an. »Als ich heute abend durch das Restaurant auf euch zugekommen bin, habe ich mir unwillkürlich überlegt, was für ein hübsches Paar ihr beide doch wärt.«

»Ich weiß deine Vorstellungen zu würdigen, Mama«, log Laurel, »aber ich habe kein Interesse an Stephen Danjermond.«

Mißbilligung flackerte in Vivians hellen Augen auf. Sie hob unwillig die Hand und strich Laurel eine lose Haarsträhne aus dem Gesicht zurück, und damit brachte sie es fertig, daß Laurel sich vorkam, als sei sie wieder zehn Jahre alt. »Erzähl mir bloß nicht, daß du dich für Jack Boudreaux interessierst«, sagte sie mit drohendem Unterton.

Laurel wich vor der Hand ihrer Mutter zurück. »Und wenn es so wäre, würde das etwas ändern? Ich bin eine erwachsene Frau, Mama. Ich kann mir meine Männer selbst aussuchen.«

»Ja, aber du könntest kaum eine schlechtere Wahl treffen«, sagte Vivian mit schneidender Stimme. »Ich habe Stephen nach Jack Boudreaux gefragt...«

»Mama!«

»Er hat mir erzählt, daß der Mann von der Anwaltsliste gestrichen worden ist, weil er in dem Chemiemüllskandal von Sweetwater in Houston eine führende Rolle gespielt hat.« Laurels Augen wurden bei der Nennung des Namens »Sweetwater« automatisch groß. Das befriedigte Vivian, und sie fuhr genüßlich fort. »Nicht nur das, sondern es ist auch kein Wunder, daß er diese gräßlichen Bücher schreibt. In Houston behaupten alle, daß er seine Frau umgebracht hat.«

Falls ihre Mutter danach noch etwas sagte, hörte Laurel nichts davon. Sie nahm die gemurmelten Abschiedsworte nicht wahr, spürte den obligatorischen Kuß auf ihre Wange nicht und nahm nur in einer gänzlich abstrakten Form zur Kenntnis, daß Vivian die Wagentür aufgehalten wurde und der schimmernde weiße Mercedes in das dichter werdende Dunkel der Nacht hinausglitt.

Sie stand im bernsteinfarbenen Schein der Kutscherlampen, die die kunstvoll mit Schnitzereien verzierten Türen des Clubs flankierten, auf der Veranda. Jenseits der Säulen, die das Dach trugen, quoll der Regen aus den dicken Wolken und prasselte auf das gleißende schwarze Pflaster der Auffahrt. Und was sie hörte, war Jacks Stimme. *»Ich habe genug Leichen auf dem Gewissen…«*

Er war mordlustig.

Jimmy Lee lief in seiner Unterwäsche in seinem einengenden, schäbigen, stickigen Bungalow auf und ab, und die Frustration gärte in seinem Innern, stieg zu einem leisen Knurren in seine Kehle auf, als er sich noch einmal aufzählte, wieviel Scheiße seinen Weg zu Ruhm und Reichtum besudelte.

Der billige Fernseher, den er bei Earlene's Used-a-Bit gebraucht gekauft hatte, stand auf einer alten Obstkiste in der Ecke. Anstelle seiner eigenen Sendung, die regelmäßig ausgestrahlt wurde, würde der Bildschirm von dem flimmernden Bild Billy Grahams auf seinem Kreuzzug zur Errettung der heidnischen kommunistischen Seelen Kroatiens ausgefüllt. Eine Wiederholung, die hastig ausgegraben worden war, um anstelle des Fiaskos gesendet zu werden, das am Vortag auf der alten Tankstelle aufgenommen worden war.

Die Bilder blieben in der Horizontale hängen, sprangen weiter, blieben wieder hängen, rutschten, schlitterten und stockten. Als er auf seiner Runde durch das Zimmer an dem Gerät vorbeikam, versetzte Jimmy Lee ihm einen Schlag auf die Seitenwand des Gehäuses, der nur bewirkte, daß der Ton plötzlich viel zu laut war.

Fluchend fummelte er an dem Knopf herum und brachte es fertig, ihn mit der Hand abzubrechen. Ebenso mühelos riß sein Geduldsfaden, und er verlor die Selbstbeherrschung, schnappte wütend eine Lampe von einem Beistelltisch aus imitiertem Holz und schleuderte sie an die Wand. Der laute Schlag übertönte Billy Graham inmitten seiner Tirade gegen die Ausschweifungen des modernen Lebens.

Sollte sich Billy Graham doch zum Teufel scheren. Jimmy Lee wandte sich von dem Fernseher ab und ignorierte ihn, obwohl der Zorn des meisterlichen Tele-Evangelisten das Gerät erschütterte. Der Kerl stand mit einem Fuß im Grab. Er war ein alter Hut, passé, hatte den Anschluß verloren und wußte nicht, was die bedürftigen Fanatiker der neunziger Jahren wollten. Noch ein paar Jahre, und Jimmy Lee würde derjenige sein, der weltweit seine Kreuzzüge unternahm und die Gläubigen aller Rassen anflehte, sich zu ihrem Glauben zu bekennen und sich zählen zu lassen – und, was noch viel wichtiger war, sich zu ihrem Glauben zu bekennen und dies auch tatkräftig zu bezahlen.

Dort würde sein Platz sein, ganz oben, an der Spitze, angebetet. Und er würde nie mehr etwas anderes tragen als maßgeschneiderte weiße Seidenanzüge. Zum Teufel, er würde sogar maßgeschneiderte weiße Seidenunterwäsche tragen. Er liebte es, kühle weiße Seide auf der Haut zu spüren. Er würde Bettzeug und Gardinen aus Seide haben und weiße Seidensocken, weiße Seidenkrawatten. Seide, das fühlte sich nach Geld und Sex an. Weiß, die Farbe der Reinheit und der Engel. Diese Dichotomie übte ihren Reiz auf ihn aus.

Dies würde er erreichen, das gelobte er sich, ganz gleich, was er auch dafür tun mußte, ganz gleich, wer sich ihm in den Weg stellte.

Augenblicklich zogen etliche Gesichter vor seinen Augen auf. Annie Delahoussaye, deren Leichnam ihm in den Lokalnachrichten die Schau gestohlen hatte. Savannah Chandler, deren Lust am Abenteuer seine Gedanken von seiner Mission ablenkte. Ihre tugendhafte Schwester Laurel, die ihm wie ein Fluch anhaftete. Weiber. Sein Leben war von Weibern verseucht. Nur für eines gut – die niederen Gelüste eines Mannes zu stillen. Im Fernsehen plärrte ein fettes weißes Weibsbild, das wie Jonathan Winters in Frauenkleidung wirkte, den Refrain »Deine Größe loben wir«. In Jimmy Lees Innerem brannte eine unruhige Gier. Die Nacht lockte ihn an wie eine Hure, voller Glut, stürmisch und verführerisch, und mit seiner besten Tele-Evangelistenstimme verfluchte er die Frauen dafür, daß sie ihn in Versuchung führten.

Jack trieb sich auf dem Gelände von L'Amour herum und war zu unruhig, um sich von Wänden einengen zu lassen. Er hatte kein Auge mehr zugetan – seit wann eigentlich? Seit zwei Tagen? Er hatte das Zeitgefühl verloren, das Gefühl für so ziemlich alles verloren, außer Todesgedanken, Gedanken über Selbstwert und Würde… und Gedanken an Laurel. Sie ging ihm einfach nicht aus dem Sinn. Dieses unbeugsame Ehrgefühl, diese Courage. Er konnte nichts dagegen tun, daß er sich etwas aus ihr machte. Sie war zu rein, zu tapfer, zu gut.

Zu gut für deinesgleichen, T-Jack...

Dieu, was für eine Ironie, daß das Netteste, was er für sie tun konnte, darin bestand, sich nichts aus ihr zu machen. Alles, was er berührte, starb. Alles, was er wollte, welkte dahin, sowie es in seine Reichweite kam. Er hatte nicht das Recht, sie als einen Teil seiner Buße für andere Sünden zu benutzen.

Er lief ans Ufer des Bayou hinunter, blieb in den tiefen Mondschatten der Immergrünen Eiche stehen und starrte auf das gläserne Wasser hinaus, auf die *Pirogue,* die am Ende des Anlegestegs wankte. Um ihn herum sang die Nacht, ein Chor von Froschgesängen und Insekten zwischen Gewitterschauern. Eine Brise neckte die Enden des Mooses, das von den Zweigen hing, und sie schwankten schwerfällig wie Stricke an einem Galgen.

Er konnte Evies Gesicht dort vor sich baumeln sehen, bleich und sogar im Tod noch hübsch, und in ihren wunderschönen dunklen Augen standen Anklagen, Wut und Enttäuschung. Evie, so vertrauensvoll, so liebevoll. Er hatte sie so unbekümmert geliebt, das kostbare Geschenk ihres Herzens, das sie ihm gemacht hatte, so selbstverständlich entgegengenommen. So achtlos und egoistisch, wie er war, hatte er alles genommen, was sie ihm dargebracht hatte, als stünde es ihm zu, als sei es Teil des Profits, den sein Erfolg mit sich brachte.

Das Schuldbewußtsein, das ihn niederdrückte, war die schwerste Last auf Erden. Sie preßte sich von oben auf ihn und zwängte ihn von allen Seiten ein. Er drehte sich ruckhaft im Kreis und suchte nach einem Fluchtweg, fand jedoch keinen. Er versuchte zurückzuweichen, stieß jedoch gegen den rauhen Stamm der Immergrünen Eiche, deren Rinde ihm durch den dünnen Stoff seines T-Shirts den Rücken zerschrammte.

Er legte den Kopf zurück und kniff die Augen fest gegen den Schmerz zusammen, und sengende Tränen rannen über seine Schläfen in sein Haar. In seiner schriftstellerischen Phantasie gab es keine Adjektive, um das Leid zu schildern, keine Worte, die ausdrücken konnten, wie dieser Schmerz sich in seine Seele schnitt.

»Bon Dieu, Evangeline, sa me fait de le pain. Sa me fait de la pain.«

Immer wieder flüsterte er die Worte, ein heiserer brüchiger

Sprechgesang um Vergebung, ein Mantra um Erlösung von der entsetzlichen Bürde seiner Reue. Doch ihm wurde kein Pardon gewährt. Er wußte, daß er es nicht verdient hatte, denn ganz gleich, wie leid es ihm auch tat, Evie würde für immer tot sein. Und all die Träume, die sie geträumt hatte, waren mit ihr gestorben. Und all die Babys, die sie hatte lieben wollen, würden niemals auch nur das Licht der Welt erblicken.

Seinetwegen

»Sa me fait de le pain«, murmelte er, und sein Gesicht verzerrte sich vor Schmerz. Er wandte sich zu dem Baumstamm um und preßte die Wange an die geriffelte Oberfläche, umklammerte den Stamm, während ihn die Reue fest im Würgegriff hatte.

Die süße, süße Evie, seine Frau.

Die süße, süße Annie, die praktisch zur Familie gehört hatte.

Die süße, süße Laurel...

Der böse Jack Boudreaux. Nie gut genug. Unwürdig, geliebt zu werden, nie dazu bestimmt, eine eigene Familie zu haben. Nie das gewesen, was eine anständige Frau sich wünschen sollte. Ein Mistkerl, ein Schurke, ein Mörder.

Was für eine grausame Lüge, sich einzubilden, er könnte etwas haben. Es war besser, sich gar nicht erst etwas aus einem anderen Menschen zu machen, als mit ansehen zu müssen, wie etwas so Kostbares, etwas derart tief Ersehntes, ihm wie Rauch durch die Finger glitt, wie ein Zaubertrick – von einem Augenblick zum nächsten spurlos verschwunden.

Huey wimmerte vor Sorge leise vor sich hin, als er angetappt kam und die Hand beschnupperte, die schlaff an Jack herunterhing. Seine rauhe rosa Zunge glitt zögernd über die Handfläche, um Trost und Mitgefühl zu spenden, doch Jack zog seine Hand zurück.

»Verschwinde«, knurrte er und holte mit einem Arm nach dem Hund aus.

Der Hund trat unbeholfen seinen hastigen Rückzug an, die Ohren aufgestellt und den Kopf mit einem seltsamen Gesichtsausdruck zur Seite geneigt. Er bellte leise, spielte den niedlichen Wauwau und wedelte mit seiner dünnen Rute von einem Schwanz.

»Verschwinde!« brüllte Jack.

Die gesamte Wut und all der Schmerz, der sich in seinem Innern zu einer harten Kugel zusammengeballt hatte, explodierte wie eine Nova und durchflutete ihn mit weißglühender Rage. Sie brach in Form eines wilden Schreis aus ihm heraus, und er trat nach dem Hund und streifte mit der Stiefelspitze knapp Hueys Brustkorb. Der Hund stieß ein Knurren aus, in dem sich das Gefühl von Verrat und Furcht ausdrückten, ehe er zur Seite sprang, sich drei Meter weiter zusammenkauerte und Jack aus seinen ungleichen Augen so verletzt und unschuldig wie ein Kind ansah.

»Verschwinde, verdammt noch mal, und komm mir nicht mehr zu nah!« fauchte Jack ihn an. »Ich habe keinen Hund! Ich habe keinen Hund«, wiederholte er, und seine Stimme war nur noch ein heiseres Flüstern, nachdem sein Adrenalin verbraucht war. »Ich habe nichts, was mir gehört.«

Und er wandte sich von dem Hund ab, von L'Amour ab und verschwand in den Schatten der Nacht.

20

Donner grollt wie fernes Kanonenfeuer. Wolken huschen wie zerfetzte Rauchschwaden über den Nachthimmel. Das Schlachtfeld färbt sich rot.

Die Gefangene höhnt und schreit im nächtlichen Sumpf. Qualen erfüllen die Luft wie eine wilde Euphorie mit Elektrizität und dem süßen Geruch von Blut. Verzweiflung und Haß. Verlangen und Gier. Emotionen winden sich umeinander und reißen sich los, überwältigen sowohl die Gefangene als auch den, der sie gefangenhält. Machtvolles, zerstörerisches Verlangen, das in der Bestie und in ihrem ans Bett gefesselten Opfer ausbricht, läßt die Wände der Hütte beben.

Damit hat der Jäger nicht gerechnet. Der Wahnsinn läßt die Selbstbeherrschung von ihm abfallen, zieht sogar den Seelenlosen über den Abgrund und in den Mahlstrom hinein.

Draußen tobt der Wind zwischen den Bäumen und legt die schlanken Halme flach, die in den Untiefen wachsen. Die Geschöpfe der Nacht bäumen sich auf und scheuen, drehen die Köpfe, die Augen weit aufgerissen, und die Nüstern schnuppern, als sie sich dem Zen-

trum eines Strudels von Gewalttätigkeit zuwenden. Der Mond stanzt ein Loch in die Schwärze, doch der Donner grollt näher, und Blitze brechen den Himmel auf wie Splitter ein Glas.

Der Sturm bricht los. Draußen, drinnen. Wild und brutal. Ohrenbetäubend. Vernichtend. Regen prasselt auf das Bayou und reißt an zarten Pflanzen. Blut bespritzt Wände, das Opfer und die Bestie. Die Seide strafft sich. Das Ende eilt aus den schwarzen Tiefen der Hölle heran. Der Moment explodiert mit ungeahnter Macht. Triumph ist darin enthalten, Niederlage, die Erlösung von Martern – Martern von innen und von außen.

Der Wind legt sich. Das Unwetter läßt nach. Das Verlangen ebbt ab. Selbstbeherrschung sinkt wie Staub herab. Ruhe kehrt ein und mit ihr die Logik.

Eine weitere tote Hure, die von Ahnungslosen gefunden werden wird. Ein weiteres Verbrechen, das begangen worden ist und ungelöst bleiben wird. Die Bestie lächelt. Eine Widersacherin könnte Verdacht schöpfen, doch niemand wird ihr glauben.

Laurel erwachte nicht etwa, sondern wurde buchstäblich aus dem Schlaf gerissen. Inmitten eines trostlosen und beunruhigenden Traums griffen eiskalte Hände panisch in ihre Psyche und zogen sie aus einem Reich des Daseins in ein anderes hinein. Sie schnappte nach Luft, als sie auftauchte wie eine Schwimmerin, die an die Oberfläche kommt, nachdem sie in eisigen Gewässern lange untergetaucht ist. Die Luft um sie herum war warm und feucht, ein Lufteinschluß voller Hitze und Schwüle, der durch die Glastüren aufgesogen worden war, um dem Sturm zu entkommen. Es war dunkel und still im Zimmer, eine Stille, hinter der sich etwas anderes als nur Lautlosigkeit verbarg. Verlust schwang darin mit. Sie fühlte sich in einer Form allein wie nie zuvor in ihrem Leben, und ihre Gedanken wandten sich automatisch Savannah zu. Sie war nie allein gewesen; sie hatte immer Savannah gehabt.

Ihr Herz pochte heftig, als sie sich damit abkämpfte, ihre Beine aus dem Bettzeug zu befreien, ehe sie, mit einem Trägertop und einem Slip bekleidet, auf den Balkon rannte. Sie stürzte zu der Flügeltür, die ins Zimmer ihrer Schwester führte, riß den Riegel zurück und eilte in das Schlafzimmer.

Die Stille hing auch hier in der Luft, so dicht wie ein Leichentuch. Eine unsichtbare Hand schloß sich um Laurels Herz, als sie sich im Zimmer umsah. Das Bett war nicht gemacht. Niemand lag darin, und die Decken waren zusammengeknüllt, die Kissen überall verstreut. Alles sah ganz genauso aus wie beim letzten Mal, als sie dieses Zimmer betreten hatte. Sie bemühte sich, die Furcht zu schlucken, die ihre Kehle zusammendrückte, und langsam drehte sie sich um und schaute auf das Durcheinander von Gläsern, Töpfen und Fläschchen auf der Frisierkommode, die abgelegten Kleidungsstücke, die über Stühlen hingen und auf dem Boden herumlagen. Es ließ sich beim besten Willen nicht sagen, wann Savannah ihr Zimmer das letzte Mal betreten hatte.

Ein Schauer raste über ihren Rücken und sickerte bis in ihre Knochen. Tränen füllten ihre Augen. Sie verschlang die Hände fest miteinander und lief vor dem Bett auf und ab. »Sei nicht dumm, Laurel«, murmelte sie, und ihre Stimme war grob und schneidend. »Savannah hat schon so oft anderswo genächtigt, daß du es nicht mehr zählen kannst. Bloß weil sie heute nacht nicht hier ist – das hat überhaupt nichts zu bedeuten. Sie ist bei einem ihrer Liebhaber, das ist alles.«

Um sich abzulenken, versuchte sie, sich vorzustellen, welcher von ihnen es wohl sein könnte. Ronnie Peltier mit seinem Preßlufthammer als Penis. Taureau Hebert – der Mann, um den sich Savannah mit Annie geprügelt hatte. Jimmy Lee Baldwin – der Moral predigte und Fesselspiele mit ihr betrieb. Conroy Cooper, dessen invalide Frau erst letzte Nacht terrorisiert worden war.

Die Schlagwörter, die sich an jeden dieser Namen hefteten, surrten wie ein Mückenschwarm durch Laurels Kopf. Sie war dazu ausgebildet worden, Fakten zu addieren, wie ein Buchhalter Spalten von Zahlen addiert. Sie war dazu ausgebildet worden, die Teilchen eines Puzzle im Schlaf zusammenzusetzen. Heute nacht wollte sie beides vermeiden. Die Zwischensumme der Spalte, das Bild, das Gestalt anzunehmen begann – beides gab ihr Antworten, die sie nicht hören wollte.

Sie blieb neben dem Bett stehen, beugte sich vor, hob Savannahs Morgenmantel aus champagnerfarbener Seide hoch und schmiegte den edlen Stoff an ihre Wange. Kühl und so leise wie ein Flüstern verströmte das Kleidungsstück den Duft von Obsession. Sie wollte nicht glauben, daß Savannah krank war. Sie wollte der Wahrheit nicht ins Gesicht sehen, daß die Schwester, die sie bemuttert und beschützt hatte, so tief gesunken war, daß ihre Verfassung sich derart verschlechtert hatte, während sie nichts anderes getan hatte, als sie dafür zu kritisieren. Wie oft hatte sie sich gewünscht, Savannah würde die Vergangenheit abblocken, sich darüber erheben und über das hinwegkommen, was Ross Leighton ihr angetan hatte. Und all das, während Laurel selbst ihr Leben damit zugebracht hatte, für eben diese Vergangenheit zu sühnen, ihr Martyrium zu ignorieren und es statt dessen als ihre Karriere zu bezeichnen.

Tränen tropften auf die Seide, und sie wünschte sich von ganzem Herzen, ihre Schwester würde zur Tür hereinkommen, damit sie sich Savannah in die Arme werfen und sie um Verzeihung bitten konnte. Aber niemand kam zur Tür herein. Nur das leere Zimmer hörte ihr Weinen.

Müde warf sie den Morgenmantel wieder auf das ungemachte Bett und schlenderte auf den Balkon hinaus. Der letzte Regenschauer war weitergezogen und hatte alles klatschnaß zurückgelassen. Der Mondschein spiegelte sich in Regentropfen und verwandelte sie in Diamanten. Der Wind raschelte unruhig in den Bäumen. Laurel schlang einen Arm um die Säule vor ihrem eigenen Zimmer, lehnte sich dagegen und ließ ihren Blick auf das ferne L'Amour gleiten.

Manche Leute sagten, es sei ein Spukhaus. Sie fragte sich, ob die Geister, die Jack heimsuchten, etwas mit der Geschichte des Hauses zu tun hatten oder ob es seine eigenen Gespenster waren, die er aus Texas mitgebracht hatte.

Er hätte bei dem Sweetwater-Zwischenfall eine führende Rolle gespielt, hatte Vivian gesagt. Sweetwater war ein Vorort von Houston, von Städteplanern erbaut, die das gute Leben anpriesen, ein Ort für Familien, um dort ihre Kinder großzuziehen. Ein kleines Stück vom Himmel, das an ein kleines Stückchen Hölle grenzte. Trommeln mit Chemiemüll, die illegal in dem Gelände dahinter eingegraben worden waren, vergifteten den Boden. Laurel hatte den Fall nicht näher verfolgt, nur abends in den Nachrichten Bruchstücke aufgeschnappt. Sie war in ihre eigenen Rechtskämpfe verwickelt gewesen. Sie erinnerte sich noch daran, daß es nahezu unmöglich gewesen war, dem

Ursprung der Fässer auf den Grund zu kommen. Die Spur hatte von einem Scheinunternehmen zum nächsten geführt.

Jack hatte das verfilzte Knäuel für die zuständigen Regierungsstellen entwirrt. Er war der beste Mann für diesen Job gewesen, vermutete sie, denn falls Vivians Informationen zutreffend waren, war er derjenige gewesen, der auf dem Papier alle Spuren verwischt hatte, damit kein Verdacht auf Tristar fiel. Wenn sie ihn nicht persönlich gekannt hätte, hätte sie ihn mit einem Dutzend von Schimpfwörtern bedacht. Skrupelloser, gottloser, geldgieriger Mistkerl wäre eines der netteren gewesen. Aber sie kannte ihn. Sie wußte, daß er sich mühsam auf der Stufenleiter nach oben vorgekämpft hatte, weil er glaubte, etwas beweisen zu müssen. Was mußte es bei ihm angerichtet haben, den Gipfel zu erreichen, um festzustellen, daß er auf dem falschen Berg stand? Er hatte gesagt, er hätte beruflich Selbstmord begangen und die Firma mit sich gerissen.

Und seine Frau?

Das Wort löste einen bitteren Geschmack auf Laurels Zunge aus. Sie mochte zwar gesagt haben, daß sie ihn nicht wollte, daß sie keine dauerhafte Beziehung wollte, aber es war die nackte Wahrheit, daß sie sich nicht ausmalen wollte, er könnte jemand anderen lieben.

Aber was war überhaupt los – hatte er sie geliebt, oder hatte er sie getötet?

In einem der Fenster im ersten Stockwerk von L'Amour ging flackernd ein Licht an, das nur einen matten Schein warf, als käme es aus einem Zimmer in der Tiefe des Hauses. Schwach, und doch zog es sie wie ein Leuchtfeuer an. Sie mußte wissen, wer er wirklich war. Welcher Jack stand hinter der endgültigen Fassade? Der Firmenhai, der Frauenheld, der Mann, der von sich selbst behauptete, sich aus niemand anderem als sich selbst etwas zu machen, oder der Mann, der sie in seinen Armen gehalten und ihr Trost zugesprochen hatte, der zu ihrer Rettung gekommen war, der sie von ihren Problemen und Ängsten abgelenkt hatte?

Sie konnte ihn sich nicht als einen Mörder vorstellen. Mörder liefen nicht durch die Gegend und warnten potentielle Opfer vor sich oder brachten sie nach Hause, damit ihnen nichts passieren konnte. Nein, »mordlustig« war kein Wort, das sie auf Jack anwenden konnte. Bedrückt. Zornig. Verletzt.

Verletzt. Das Wort ließ eine Saite in ihrem Innern anklingen. Das Licht in dem alten Haus lockte sie an.

Jack stieg die Stufen zum ersten Stock hinauf, hundemüde, und sein Körper schmerzte und lechzte nach Schlaf. Aber er wußte, daß sein Verstand ihm diesen Wunsch niemals gewähren würde. Nicht heute nacht. Er ignorierte das Rascheln der Mäuse in einem Berg von Tapeten, die weiter unten im Gang von der Wand gefallen waren, schlurfte in sein Schlafzimmer und schaltete die Lampe an, die auf seinem Schreibtisch über der alten schwarzen Underwood-Schreibmaschine thronte. Ein weißes Blatt starrte ihm entgegen und erinnerte ihn nicht etwa an Abgabetermine oder Wendungen in der Romanhandlung, sondern an Jimmy Lee Baldwin. Jimmy Lee, wie er vor seinen begeisterten Anhängern gestanden und sie gefragt hatte, woher Geistesgestörte ihre Anregungen zum Töten bezogen.

Im schwachen Licht der Wälder treffen sich ihre Blicke. Bestie und Beute. Funken des Erkennens sprühen. Die Erkenntnis dämmert. Wahrnehmungen spannen sich zwischen ihnen. Sonderbare Gelüste vermengen sich miteinander. Bodenloses Verlangen verbindet sich mit grenzenloser Gier. Es wird vorausgesetzt, daß dieses Spiel mit dem Tod enden wird. Sie breitet die Arme auseinander, um ihn willkommen zu heißen, um der Folter ein Ende zu bereiten, die sie ihr Leben lang ertragen hat.

Eine schmale silberne Klinge schimmert im Dunkeln…

Was folgte, war der Tod, in einer Form dargestellt, die beunruhigend war, verführerisch, poetisch, grausam und teuflisch beängstigend.

Das war sein Job – den Leuten Angst einzujagen, sie nachts wachzuhalten und für nervliche Anspannung zu sorgen, bis jeder Laut, der in einem einsamen Haus zu hören war, das Potential für unsägliches Grauen enthielt. Die Leute bezeichneten das als Unterhaltung, nicht als Inspiration. Er distanzierte sich nicht von dieser Auffassung. Zu glauben, Menschen könnten sich dadurch inspiriert fühlen, hieß, Verantwortung zu übernehmen, und es war allgemein bekannt, daß Jack Boudreaux für nichts und niemanden die Verantwortung übernahm.

»Es heißt, sie hätte sich nie hier mit ihm getroffen.«

Jack riß den Kopf hoch, schaute zur Tür und war nicht ganz sicher, ob das, was er sah, wirklich vorhanden war. Laurel stand vor einem Hintergrund aus Schwärze direkt außerhalb des zersplitterten weißen Türrahmens. Ein bleiches Porträt einer Frau in einem weiten Rock, der mit alten Zentifolien bemalt war, und einer blauen Baumwollbluse, die über den Rock hing. Sie war eine Vision, ein Engel, etwas, was er niemals hätte berühren dürfen. Es wäre besser gewesen, sich aus der Ferne danach zu sehnen und sie nur in seiner Phantasie genommen zu haben. Das konnte ihm niemand nehmen.

»Madame Devereaux«, sagte sie und trat einen Schritt näher. »August Chapin, ihr wohlhabender verheirateter Geliebter, hat dieses Haus für sie erbaut. Alle haben es gewußt. Er hat seine Besessenheit von ihr unverhohlen zur Schau gestellt, zur großen Schmach seiner armen Ehefrau.«

Jack fand mit Mühe die Stimme wieder. »Sie hat sich nie hier mit ihm getroffen?«

»Mit Mr. Chapin schon. Aber nicht mit dem Mann, den sie wahrhaft geliebt hat.« Sie betrat langsam das Zimmer und blieb vor den hohen Glastüren stehen, außerhalb des Lichtkegels der Schreibtischlampe. »Sie hat einen Mann namens Antoine Gallant geliebt. Einen unbedeutenden Cajun-Fallensteller. Er hat sich geweigert, auch nur einen Fuß in das Haus zu setzen, das Chapin gebaut hat, um sie dort als seine Hure unterzubringen. Sie haben sich heimlich in einer Hütte im Sumpf getroffen.

Natürlich sind sie ertappt worden. Da sein Stolz empfindlich verletzt worden war, hat Chapin Gallant zu einem Duell herausgefordert, das er zu gewinnen dachte, indem er die Pistolen zu seinem Gunsten frisierte. Madame Devereaux hat erst wenige Minuten, ehe das Duell stattfinden sollte, von dieser List erfahren. Sie ist auf ihren Liebhaber zugestürzt, um ihn zu warnen, doch die Männer hatten bereits die abgemachte Zahl von Schritten zwischen sich gelegt und sich umgedreht, um ihr Ziel anzupeilen. Um Antoine zu retten, hat sie sich vor ihn geworfen und Chapins Schuß selbst abgefangen. Sie ist in Antoines Armen gestorben.«

Sie schlenderte zu dem alten Rollpult, blieb dahinter stehen und legte die Hände auf den hohen Aufsatz. Ihr Ausdruck war nüchtern und forschend, als sie sich bedächtig in dem Zimmer umsah. »Als ich klein war, habe ich gehört, daß ihr Geist immer noch in diesem Haus herumspukt.«

Jack zuckte mit den Achseln und wich dem durchdringenden Blick aus, den sie auf ihn richtete. »Ich habe sie noch nicht zu sehen bekommen.«

»Tja«, murmelte sie, »du hast schließlich deine eigenen Geister.«

Oui. Mehr, als du weißt, Engel.

»Jemand hat heute Sweetwater erwähnt«, sagte Laurel und ging behutsam vor. »Du warst der Mann von Tristar, nicht wahr?«

Er lächelte bitter, verbeugte sich und wich von dem Schreibtisch zurück. »*C'est vrai*, du hast auf Anhieb richtig geraten, Süße. Jack Boudreaux, der Star unter den Winkeladvokaten. Du willst Giftmüll verscharren und ungeschoren davonkommen? Dann bin ich dein Mann. Ich kann die Fährte zu einem Gordischen Knoten verschlingen, in dem sich eine Schlaufe in die andere windet, sich dann krümmt, einen Haken schlägt und in einer Sackgasse mündet. Holdinggesellschaften, Scheinunternehmen, alles, was dazugehört.« Er rammte die Hände in den Bund seiner Jeans, starrte zu dem verzierten Deckenstuck auf und bestaunte nicht etwa ihn, sondern sein eigenes früheres Leben. »Ich war ja so gerissen, so intelligent. Wie ich mich hochgearbeitet habe, ohne mich je darum zu kümmern, auf wen ich trete, während ich auf der Stufenleiter höhersteige. Das Ziel hat schon immer die Mittel gerechtfertigt, verstehst du.«

»Du hast sie alle hochgehen lassen.«

Eine dunkle Augenbraue zog sich hoch, als er sie mit einem Blick aufspießte. »Und du glaubst, das macht mich zum Helden? Wenn ich Häuser in Brand stecken und dann das Feuer löschen würde, nachdem die Leute im Haus alle verbrannt sind, wäre ich dann ein Held?«

»Das hinge von deinen Motiven und von deinen Absichten ab.«

»Meine Motive waren egoistisch«, sagte er schroff und ging auf dem abgenutzten dunkelroten Teppich auf und ab. »Ich wollte bestraft werden. Ich wollte, daß alle, die mit mir zu tun hatten, bestraft werden. Für das, was ich getan habe.«

»Was du den Leuten in Sweetwater angetan hast?« fragte sie behutsam und musterte ihn durch gesenkte Wimpern.

Er blieb stehen und beobachtete sie gebannt aus dem Augenwinkel, da seine alten Instinkte eine Falle witterten. »Worauf wollen Sie hinaus, Frau Rat?« fragte er, und seine Stimme war ein leises bedrohliches Knurren. Langsam bewegte er sich auf sie zu, sein Gang täuschend träge, sein Blick hinter einem diabolischen Lächeln hart wie Granit, und eine Hand hob sich, um ihr warnend mit dem Finger zu drohen. »Was für ein Spielchen spielst du hier, *'tite chatte*?«

Laurel klammerte ihre Finger in den Stoff ihres Rocks, sah ihm fest ins Gesicht und achtete behutsam darauf, sich nichts anmerken zu lassen. »Ich spiele keine Spielchen.«

Jack lachte grimmig. »Du bist Anwältin. Du bist dazu ausgebildet worden, Spielchen zu spielen. Versuch bloß nicht, mir etwas vorzumachen, Süße. Du legst dich mit einem großen Hai an. Es gibt keinen Trick, den ich nicht kenne.«

Er blieb wenige Zentimeter vor ihr stehen und beugte sich hinunter, bis er auf einer Augenhöhe mit ihr war und seine Nase ihre beinahe berührte. In dem weichen Schein der Lampe funkelten seine Augen wie Onyx, hart und unergründlich.

»Warum fragst du mich nicht einfach danach?« flüsterte er, und seine heisere Whiskeystimme glitt wie eine Reibe über ihre Nervenenden. »Hast du sie getötet, Jack? Hast du deine Frau umgebracht?«

Sie schluckte schwer, zwang ihn, Farbe zu bekennen, und sie wettete ihr Herz auf seine Antwort. »Hast du es getan?«

»Ja.«

Er beobachtete, wie sie mehrmals schnell blinzelte, als fürchtete sie sich davor, ihn auch nur für einen Sekundenbruchteil aus den Augen zu lassen. Doch sie wich nicht zurück, blieb bis zum Schluß tapfer und verwegen. Bei dieser Beobachtung zog sich sein Herz schmerzhaft zusammen. Sie wartete darauf, daß er seine Aussage modifizieren würde, daß er etwas sagen würde, was die Wahrheit verwässerte und sie in einem anderen Mischungsverhältnis genießbarer machte.

»Ich habe dir doch gesagt, daß ich schlecht bin, Engel«, sagte er und trat zurück. »Du weißt doch, wie es so schön heißt: Man verrät eben doch seine Herkunft. Der alte Blackie, der hat mir schon immer gesagt, aus mir würde nichts Brauchbares werden. Ich hätte auf ihn hören sollen. Damit hätte ich ziemlich vielen Leuten ziemlich viel Kummer ersparen können.«

Er entzog sich ihr, nicht nur äußerlich, sondern auch innerlich, und verlor sich in einer Vergangenheit, die so trüb wie das Bayou war. Er schlenderte durch das Zimmer, an dem massiven Himmelbett mit den sinnlichen weißen Netzdraperien und dem zerwühlten Bettzeug vorbei, fand den Weg zu einer weiteren Flügeltür aus Glas, blieb stehen und schaute ins Dunkel hinaus. Inzwischen war wieder Wind aufgekommen. In der Ferne zuckten Blitze und meißelten sein schroffes Adlerprofil in Silber.

Laurel ging auf ihn zu, lief um das Fußende des Bettes herum und hatte das Gefühl, daß er sie wie ein heller Scheinwerfer anzog. Sie hätte ihn in Ruhe lassen sollen. Ungeachtet aller Einzelheiten, die sie von ihm hören wollte, konnte sie sich mit ihm ja doch nur Ärger einhandeln. Vielleicht hätte sie sogar Grund gehabt, ihn zu fürchten – Jack mit seiner zwiegespaltenen Persönlichkeit, seinen finsteren Geheimnissen und einem Temperament, das so unberechenbar war wie das Wetter im Atchafalaya. Sie ging jedoch nur noch einen Schritt näher auf ihn zu und dann noch einen, und ihr Herz trommelte in ihrer Brust. Und die Frage fand ein Schlupfloch in ihrer Abwehr und kam gegen ihren Willen über ihre Lippen.

»Wie hieß sie?«

»Evangeline«, flüsterte er. Donner ließ die Fensterscheiben klirren, und Regen begann zu fallen, mit einem kühlen, frischen und süßen Duft. »Evie. So schön wie eine Lilie, so zerbrechlich wie gesponnenes Glas«, sagte er leise. »Sie war eine meiner zahllosen Trophäen. Wie das Haus, wie der Porsche, wie die Krokodillederschuhe und die Anzüge aus Italien. Mir ist in meiner Verblendung nie aufgegangen, daß sie mich geliebt hat.« Er zog den Kopf ein, als könnte er es immer noch nicht glauben.

»Eine Zeitlang war sie die ideale Frau eines Firmenanwalts. Essenseinladungen und Cocktailparties. Sie hat meine Hemden gebügelt und meinen Kaffee übergebrüht.«

Laurel, die erstaunt darüber war, was für einen Stich ihr seine Worte versetzten, schlang einen Arm um einen kunstvoll mit Schnitzereien verzierten Bettpfosten und hielt sich daran fest. Diese Frau hatte sein Leben mit ihm geteilt, sein Bett, hatte all seine Gewohnheiten und Macken gekannt. Aber jetzt gab es sie nicht mehr, würde es sie nie mehr geben. »Was ist passiert?«

»Sie wollte ein Leben mit mir, doch ich habe meine Arbeit geliebt. Ich habe das Spiel geliebt, die Herausforderung, die Hektik. Um halb acht morgens war ich im Büro. Abends bin ich meistens nicht vor elf nach Hause gekommen, oder auch erst um eins oder zwei. Der Job hat mir alles bedeutet.

Evie hat angefangen, mir zu sagen, sie sei nicht glücklich, sie könnte so nicht leben. Ich habe sie für eigenwillig und launisch gehalten, für anstrengend und egoistisch, für ein Klammeräffchen, und ich habe geglaubt, sie wollte mich dafür bestrafen, daß ich hart arbeite, damit ich schöne Dinge schenken kann.«

Die Reue brannte wie Säure in seiner Kehle und hinter seinen Augen. Er biß die Zähne dagegen zusammen und gab sich innerlich einen Ruck, um darüber hinwegzukommen. »Der erste Bericht über Sweetwater war veröffentlicht worden, und ich habe wie ein Irrer gearbeitet, um der Firma den Rücken zu decken und alles im Triplikat abzusichern. Ich habe mir kaum noch die Zeit genommen, mich zu rasieren oder etwas zu essen.«

Seine innere Anspannung ließ ihn beben wie die Fensterscheiben, die der Donner rüttelte, als die Szenen in seiner Erinnerung noch einmal abgespult wurden. Seine Gefühle eilten mit rasender Geschwindigkeit voraus, da sie den Ausgang kannten, und er war zerrissen zwischen dem Verlangen, sich selbst zu schützen, und dem Bedürfnis, sich zu bestrafen. Er sog scharf den Atem durch die Nase ein und umklammerte mit einer Faust die empfindliche alte Spitzengardine.

»Eines Abends bin ich miserabel gelaunt nach Hause gekommen. Um zwei Uhr. Ich hatte den ganzen Tag über keine einzige Mahlzeit zu mir genommen. Es war nichts in der Küche. Ich habe mich auf die Suche nach Evie gemacht, weil ich auf einen Streit aus war. Im Bad habe ich sie dann gefunden. In der Wanne. Sie hatte sich die Pulsadern aufgeschnitten.«

»O Gott, Jack.« Laurels Arm schloß sich enger um den Bettpfosten. Sie schlug sich eine Hand auf den Mund, um nicht laut zu schluchzen, doch die Tränen strömten in ihre Augen und fielen. Durch diesen Tränenschleier beobachtete sie, wie Jack mit der Last seines Schuldbewußtseins rang. Er hatte die breiten Schultern dagegengestemmt und zitterte sichtlich. Ein Blitz ließ sie sein Gesicht sehen, den Mund, der sich verzogen hatte, und das zitternde Kinn, während er sich abkämpfte.

»Der Brief, den sie zurückgelassen hat, hat nur so gestrotzt vor Entschuldigungen«, sagte er, und seine Stimme wurde belegt und brüchig. Er räusperte sich und bewerkstelligte ein bitteres Lächeln. »›Es tut mir leid, daß ich dich nicht dazu bringen kann, mich zu brauchen, Jack. Es tut mir leid, daß ich dich nicht dazu bringen konnte, mich zu lieben, Jack. Tut mir leid, daß ich dir solche Ungelegenheiten bereitet habe.‹ Ich glaube, sie hat es in der Wanne getan, um keine Schweinerei zu hinterlassen.«

Als sie diesmal den Drang verspürte, zu ihm zu gehen, ließ Laurel den Bettpfosten los und erlaubte es sich, zu ihm zu gehen. »Sie hat ihre eigene Entscheidung getroffen, Jack«, murmelte sie. »Es war nicht deine Schuld.«

Als sie eine Hand auf die angespannte Muskulatur seines Rückens legen wollte, entwand er sich ihr und drehte sich abrupt zu ihr um. Seine Augen brannten vor Wut und Scham und Tränen, die er nicht fließen ließ.

»Von wegen, nicht meine Schuld!« brüllte er. »*Ich* war für sie verantwortlich! *Ich* hätte mich um sie kümmern müssen. *Ich* hätte auf sie aufpassen müssen. *Ich* hätte da sein müssen, als sie mich gebraucht hat. *Bon Dieu,* ich hätte ihr ebensogut gleich selbst die Pulsadern aufschneiden können!«

Er drehte sich abrupt um und räumte mit einer heftigen Armbewegung die Marmorplatte eines Tisches ab; antike Porzellanfiguren zerschmetterten auf dem Zypressenholz des Fußbodens. Laurel zuckte zusammen, doch sie wich nicht zurück.

»Du konntest beim besten Willen nicht wissen…«

»Stimmt, ich konnte es beim besten Willen nicht wissen«, fauchte er. »Ich war ja nie da. Ich hatte zuviel damit zu tun, toxische Abfälle illegal zu beseitigen.« Er warf den Kopf zurück und lachte mit sardonischer Verwunderung. »Himmel, ich bin eben ein toller Kerl, stimmt's? Was? Genau der Richtige für dich, Lady Justitia!«

Sie preßte die Lippen zusammen und sagte kein Wort. Sie konnte nicht gutheißen, was er bei Tristar getan hatte – es war sowohl illegal als auch unmoralisch –, aber sie konnte sich ebensowenig dazu durchringen, ihn zu verdammen. Sie wußte, was es hieß, sich vollends in einem Job zu verlieren, von Dämonen aus der Vergangenheit dazu angetrieben zu werden. Und sie wußte, was Schuldbewußtsein einem Menschen antun konnte, welche Veränderungen es hervorrufen konnte und welches innere Leid es verursachen konnte.

»Du hast sie nicht getötet, Jack. Sie hätte andere Möglichkeiten gehabt.«

»Ach, ja?« fragte er, und seine Stimme war dünn und zitterte, sein Gesicht war eine gemarterte Maske. »Und was ist mit dem Baby, das sie in sich getragen hat? Hatte der kleine Junge etwa eine andere Wahl?«

Der Schmerz war so stechend wie eh und je. So scharf wie die Rasierklinge, die seinem Traum von einer Ehefrau und einer Familie ein Ende bereitet hatte. Sie schnitt sich in sein Herz und raubte ihm den letzten Rest an Kraft, den er noch besaß. Er drehte sich zu den Glastüren um, lehnte sich an den Flügel, der geschlossen war, preßte das Gesicht an die kühle Scheibe und weinte lautlos, während der Regen über die andere Seite der Scheibe strömte, sanft und reinigend, ohne ihn je zu berühren. Er konnte jetzt noch das Gesicht des Pathologen vor sich sehen, konnte jetzt noch seine ungläubige Stimme hören. *»Soll das heißen, daß sie Ihnen nichts davon gesagt hat? Sie war schon fast im vierten Monat…«*

Sein Kind. Seine Chance, für alle Sünden seines Vaters zu büßen. Es war ihm genommen worden, ehe er auch nur etwas von seiner Existenz erfahren hatte und sich darauf hätte freuen können. Er trug die Schuld daran, daß dieses Kind nicht lebte, ebenso, wie er die Schuld daran trug, daß Evie nicht mehr am Leben war.

Nicht zum ersten Mal sagte er sich, daß er derjenige war, der sich eine Ader hätte aufschlitzen und das Leben aus sich herausströmen lassen sollen.

Laurel schlang ihm die Arme um die Taille und preßte eine Wange an seinen Rücken; ihre Tränen durchnäßten den weichen Stoff seines T-Shirts. Sie konnte es alles ganz deutlich vor sich sehen. In seinem Eifer, sich etwas zu beweisen, war Jack einen steilen Granithang hinaufgekrochen, denn alles hatte dagegen gesprochen, daß er jemals etwas aus sich machen würde. Dann war das alles unter ihm zerbröselt, hatte ihn mit sich nach unten gezogen und ihn mit der Last der Trümmer erdrückt. Und alle Demütigungen, die sein Vater ihm je eingetrichtert hatte, mußten auf einmal über ihn hereingebrochen sein.

Er stieß sie so plötzlich und so unerwartet von sich, daß Laurel fast hingefallen wäre. Sie taumelte gegen den Tisch zurück, und ihre Schuhe knirschten auf einem Vermögen in Form von zerbrochenem Porzellan. Jacks Gesicht hatte sich vor Wut verfinstert, als er über sie herfiel.

»Verschwinde! Verschwinde von hier! Verschwinde aus meinem Leben!« schrie er ihr ins Gesicht. »Verschwinde, ehe ich dich auch noch umbringe!«

Laurel starrte ihn einfach nur an, sah den unbändigen Schmerz in seinen Augen schimmern, sah die Muskeln und die Sehnen, die auf seinem Hals hervorgetreten waren, sah, wie seine Brust sich hob und senkte, wenn er atmete. Sie hätte teuflisch schnell fortlaufen sollen. Innerlich war er so zerbrochen wie jede einzelne der kleinen Statuetten, die sie unter ihren Füßen zu Staub zertrat. Um sie selbst war es auch nicht viel besser bestellt. Jedenfalls war sie mit Sicherheit nicht stark genug, um auch ihm zu helfen.

Sie hätte teuflisch schnell fortlaufen sollen. Sie tat es nicht.

Sie verliebte sich in ihn.

Er versuchte sie von sich zu stoßen, nicht etwa, weil er sich nichts aus ihr gemacht hätte; nicht etwa, weil er nichts empfand, sondern weil sein Herz so übel zertrümmert war. Ihr Herz an ihn zu verlieren, war nicht gerade klug oder jetzt angemessen. Es war nicht die Wahl, die sie mit ihrem logischen, zum Anwalt geschulten Verstand getroffen hätte, aber Logik hatte nichts damit zu tun.

Mit hochgerecktem Kinn und klaren Augen stellte sie sich seinem Schmerz und seiner Wut. »Warum sollte ich fortgehen?«

Jack starrte sie sprachlos an. Er glaubte, tatsächlich spüren zu können, wie sein Verstand auf Leerlauf schaltete. »Warum?« wiederholte er ungläubig. Er fuhr sich mit den Händen durch das Haar, drehte sich im Kreis und starrte sie dann wieder an. »Wie kannst du das noch fragen? Wie kannst du dastehen und mich das noch fragen, nach allem, was ich dir gerade erzählt habe?«

»Du hast deine Frau nicht getötet, Jack«, sagte sie liebevoll. »Du hast dein Kind nicht getötet. Und mich wirst du auch nicht töten. Warum also sollte ich fortgehen?«

»Ich kann dich nicht haben«, flüsterte er und redete mehr mit sich als mit Laurel.

Sie trat auf ihn zu, ohne ihn auch nur einen Moment lang aus den Augen zu lassen. Ihre Augen, so weit und so blau wie der Himmel, griffen in ihn hinein und berührten sein Herz an Stellen, die so empfindsam waren, daß er fast aufgeschrien hätte. Sie blickte ruhig und furchtlos zu ihm auf und flüsterte: »Oh, doch, das kannst du.«

Er wollte ihr sagen, daß sie das nicht verstand. Er konnte sie nicht haben, durfte sich nichts aus ihr machen, weil er sie nicht verdient hatte und weil alles, was er je gewollt hatte, ihm ohnehin immer nur wieder entrissen worden war. Diesen Schmerz konnte er nicht brauchen, und er glaubte auch nicht, daß er ihn ertragen konnte. Aber er sagte nichts von alledem. Die Worte wollten ihm einfach nicht über die Lippen gehen.

Das einzige, woran er denken konnte, als er in dieses ernste engelsgleiche Gesicht hinunterschaute, war, daß er sie in seinen Armen halten wollte. Nur für ein kleines Weilchen. Nur für den letzten Rest, der noch von dieser Nacht geblieben war. Er wollte sie in seinen Armen halten und sie küssen und Trost in ihrem Körper finden.

Sie zu diesem Zweck benutzen.

Er würde bis zu seinem bitteren Ende ein Mistkerl bleiben, sagte er sich. Es war zwecklos, gegen seine wahre Natur anzukämpfen. Schließlich war es nicht so, als hätte er sie nicht gewarnt.

Schließlich war es nicht so, als bräuchte er sie nicht…

Sehnsucht sprudelte in ihm auf, und er streckte die Hände nach ihr aus, um sie zu berühren, um den Schmerz zu lindern, um das Loch in seinem Herzen zu stopfen, und wenn es auch noch so provisorisch war. Er berührte ihre Wange und kostete von neuem aus, wie zart sie war. Er beugte sich hinunter und kostete ihre Lippen, sog einen Geschmack in sich auf, der lieblicher war als Wein. Seine Handflächen umrahmten ihr Gesicht. Seine Finger gruben sich in das dunkle Haar, das so weich wie Seide war. Wieder trank er von ihrer Süße, und seine Lippen zitterten auf ihren.

Sie ließ sich an ihn sinken und erschauerte zart an ihm. So klein, so zerbrechlich, so köstlich feminin. Sie gehörte ihm… für den Moment… für die Nacht… für eine Erinnerung, die er für immer bewahren konnte.

Laurel genoß es, seine starken Arme um sich zu spüren und die Empfindsamkeit seines Kusses wahrzunehmen. Ihre Haut, die seine Nähe allzu deutlich wahrnahm, prickelte bei der leisesten Berührung durch seine Fingerspitzen, und die Empfindungen strömten wie Sternnebel durch sie hindurch.

Draußen erschütterte das Unwetter die Nacht mit seinem Getöse und seiner Macht, doch in diesem Raum herrschte Stille, die nur von Herzschlägen durchbrochen wurde, von Liebkosungen, bei denen Haut auf Haut traf. Dunst wurde durch die offene Tür hereingeweht und senkte sich wie silberner Tau herab, schimmerte auf dem Zypressenboden, wenn Blitze über den Himmel zuckten, doch alles, was die beiden ergriff, war eine Wärme, die einem inneren Verlangen entsprang. Die Intensität dieses Verlangens ließ sie seufzen, doch in seiner Schärfe war es nahezu schmerzhaft.

Sämtliche Sinneswahrnehmungen waren verstärkt. Sämtliche Sinne waren in Anspruch genommen. Der Duft ihrer Haut. Die Härte seiner Muskeln. Der Geschmack von Tränen, von Zärtlichkeit, von Verlangen. Das Geräusch stockenden Atems. Das Knurren der Leidenschaft. Der Kontrast, den helle Haut zu dunkler bildete. Das zarte Gitterwerk ihrer Wimpern, als sie sich auf ihre Wangen senkten. Sein ausgeprägtes Kinn unter den dunklen Bartstoppeln. Laurel tauchte in all das ein. Jack sog es gierig in sich auf, bis er glaubte, sein Herz würde überfließen.

Er berührte sie wie ein Blinder, der versucht, mit den Fingerspitzen zu sehen, fuhr die Umrisse und die sanften Rundungen nach. Knöpfe wurden geöffnet, und ihre Bluse schwebte auf den Fußboden und geriet gemeinsam mit ihrem Rock in Vergessenheit. Sie stand in seinen Armen, blaßrosa Seide auf seidiger Haut, elfenbeinerne Spitze auf Brüsten aus Elfenbein. All das berührte er – ehrfürchtig und zärtlich.

Mit weit gespreizten Fingern glitten seine Hände über ihren Kiefer, ihre Kehle, den Schwung ihrer Schulter. Er streichelte ihre Brüste und ließ seine Hände dann tiefer gleiten, über ihre Rippen bis hin zu ihrer winzigen Taille und über den sanften Schwung ihrer Hüften. Die Seide flüsterte verführerisch, als ihr Slip zu Boden fiel. Elfenbeinerne Spitze folgte, und sie war von der Taille abwärts entblößt für seine ungehinderten Berührungen.

Er hauchte ihr Phantomküsse auf die Augenlider, auf den Kiefer und erkundete mit den Fingern ihr zartestes Fleisch und fand sie so warm und sinnlich vor wie Satin, der in Honig getaucht ist, und sie hieß ihn so eindeutig willkommen, wie ihn zuvor schon ihre Lippen willkommen geheißen hatten. Die Knospe ihres Verlangens pochte unter der Berührung seines Daumens und hallte ihren Herzschlag wider. Sie flüsterte seinen Namen, und beide erschauerten vor Begierde.

Laurel fühlte sich derart beraubt, als er einen Schritt zurücktrat, daß sie glaubte, sie würde aufschreien, doch ihr Blick heftete sich statt dessen auf seine Augen, und sie beobachtete gebannt und atemlos, wie er sich das T-Shirt über den Kopf zog und es zur Seite warf. Dann entledigte er sich seiner Stiefel; sie hörte sie nicht fallen. Alles in ihrem Innern war auf diesen Mann ausgerichtet, als er den Reißverschluß seiner Jeans herunterzog. Der ausgeblichene Stoff, der vom Alter und vom häufigen Tragen weich geworden war, glitt an ihm hinunter und blieb auf seinen Füßen liegen.

Genauso sollte ein Mann aussehen. Der Gedanke zuckte durch einen kleinen finsteren Winkel ihrer Wahrnehmung, der nicht ausschließlich von Instinkten bestimmt wurde. Breite Schultern und schmale Hüften. Geschmeidige Gliedmaßen mit strammen Muskeln. Er stand vor ihr, absolut ungehemmt und wunderbar und bis aufs Äußerste erregt. Als er ihr seine Hand hinhielt, zögerte sie nicht eine Sekunde.

Es würde nicht leicht sein, diesen Mann zu lieben. Er hatte sich selbst als unwürdig gebrandmarkt und sah nur seine eigenen Mängel. Wenn es nach ihm gegangen wäre, hätte er sie von sich gestoßen, weil er sich etwas aus ihr machte, und damit hätte er ihr das Herz gebrochen und es Schicksal genannt. Aber sie ging auf ihn zu. Sie ging auf ihn zu und bot ihm alles an, alles, was sie war, und alles, was in ihrem Herzen Platz fand. Ohne Worte. Ohne Bindungen.

Er zog sie in die Arme wie ein Tänzer, und sie fielen auf das Bett. Sprungfedern ächzten, Bettzeug raschelte. Der Sturm zog nach Lafayette weiter, der Donner klang wie das schwache Echo von Hufschlägen, und der Regen zischte wie Dampf.

Jack schlang einen Arm um ihren anmutig gewölbten Rücken, beugte sich über sie und nahm ihre Brust in den Mund. Seine schmeichelnde Zunge ließ ihre Brustwarze unter der nassen Seide ihres Trägeroberteils aufkeimen, und er sog glühend und begierig daran und entlockte ihr kleine Schreie der Erregung.

Seine Finger packten den Saum des Kleidungsstücks und zogen es hoch. Über ihren bebenden Bauch, über die wunderschönen Erhebungen mit den rosigen Gipfeln und noch höher. Sie ließ sich zurücksinken und streckte die Arme über den Kopf. Er zog ihr das Hemd bis auf die Handgelenke und hielt es dort fest, hielt sie dort fest und preßte sie auf die Matratze. Er sah ihr fest in die Augen, als er mit einem Knie ihre Beine spreizte und seine Hüften auf ihre preßte.

Laurels Atem flatterte in ihrer Kehle, nicht etwa vor Furcht, sondern vor Vorfreude. Er hätte ihr niemals körperlichen Schaden zugefügt. Er würde ihr das Herz brechen – daran hegte sie kaum einen Zweifel –, doch ihren Körper vertraute sie ihm vorbehaltlos an. Sie spürte ihn heiß und hart und männlich über sich, und sein Ausdruck war reinstes Verlangen. Sie bot sich ihm ohne jede Einschränkung an, öffnete sich ihm, schlang ihm die Beine um die Hüften.

Und er füllte sie aus. Ganz langsam. Zentimeter für Zentimeter. Er sah ihr dabei in die Augen. Gab ihr die Essenz seiner Männlichkeit und wurde von dem warmen engen Handschuh ihres Frauenkörpers willkommen geheißen und umarmt. Stieß sich tiefer und immer tiefer in sie hinein, bis sie seinen Namen keuchte. Als sie gänzlich zueinandergefunden hatten, warf er die Seide aus der Hand und zog sie eng in seine Arme.

Es dauerte ewig. Es hätte niemals lang genug dauern können. Sie bewegten sich gemeinsam, Körper an Körper, Verlangen an Verlangen, Herz an Herz. Erklommen Gipfel der Lust, schwangen sich von einer schwindelerregenden Höhe zur nächsten auf.

Jack verlor sich in der Glut, der Seligkeit, dem Trost, den sie ihm ohne Worte spendete. Er gab sich ganz dem Verlangen hin und dachte nicht mehr daran, was richtig oder falsch war, sondern nur noch an Laurel. So süß, so stark. Er wollte ihr alles geben, ihr alles sein. Er wollte sie an sein Herz schmiegen und sie nie mehr loslassen. Sie füllte das Loch in seinem Innern aus, schwemmte sämtlichen Schmerz aus ihm hinaus und ließ ihn einen Moment lang glauben, er könnte noch einmal von vorn anfangen… mit ihr… eine Familie haben… Frieden finden… Vergebung finden.

Dumme Gedanken. Die Gedanken eines dummen Herzens. Aber heute nacht würde er sich an diese Vorstellung klammern, wie er sich an die Frau in seinen Armen klammerte, und er würde den Schmerz seiner Seele mit Visionen von Liebe lindern.

21

Laurel schlich sich im Morgengrauen aus dem Bett und zog sich in dem weichen Licht, das durch die Glastüren und die Spitzengardinen gefiltert wurde, lautlos an. Lange Zeit blieb sie neben der Balkontür stehen und betrachtete ihn einfach nur, wie ein Künstler einen Gegenstand hätte mustern können, ehe er den Pinsel zur Leinwand führte, und sie bemühte sich, alles in sich aufzunehmen, was diesen Mann und diese Stimmung ausmachte. Das Licht schien die Farbe und die Konsistenz von feinem Sand zu haben, golden und körnig, und es durchdrang die Schatten des anmutigen Himmelbetts nicht gänzlich. Jack lag entspannt auf dem Bauch und nahm den größten Teil des Bettes für sich ein; er hatte das Gesicht in der Armbeuge begraben. Sein bronzefarbener Rücken war eine Skulptur von straffen Muskeln. Das Laken, eine weiße Schneewehe, bedeckte nur einen Teil seines Oberschenkels und der Hüften. Ein Bein war angewinkelt, der Oberschenkel und die Wade kräftig, maskulin und mit krausem, dunklem Haar überzogen.

Laurel prägte sich genau ein, wie er in diesem Moment aussah, am ersten Morgen, nachdem sie sich in ihn verliebt hatte. Heute erschien ihr das auch nicht weiser als in der Vornacht. Sie hatte keine Ahnung, wohin diese Gefühle führen würden, aber sie würde sich selbst gegenüber nicht bestreiten, daß sie sie empfand. Sie hatte sich im Lauf ihres Lebens schon oft genug belogen. Sie hatte es jedoch unterlassen, Jack etwas davon zu sagen, da sie wußte, ohne es sich erst aus seinem Mund anhören zu müssen, daß er nichts davon würde hören wollen.

Ihr Herz zog sich bei diesem Gedanken schmerzlich zusammen, aber sie stieß den Schmerz von sich. Sie würde die Dinge ihren natürlichen Lauf nehmen lassen. Die Gefühle waren noch zu frisch, zu empfindlich, um zu verkraften, daß etwas so Schweres wie nüchterne und praktische Überlegungen oder eine peinliche Szene am Morgen danach darauf herumtrampelte.

Sie führte zwei Fingerspitzen an ihre Lippen, die von seinen Küssen geschwollen waren, und sie fragte sich, wie sie sich mit einem Mann wie Jack Boudreaux so schnell hatte einlassen und so tief in ihren Gefühlen hatte verstricken können. In vielerlei Hinsicht waren sie krasse Gegensätze, in anderer Hinsicht einander allzu ähnlich. Ein äußerst ungleiches Paar, das der Schmerz zusammengeführt hatte, und jetzt band sie etwas aneinander, worüber keiner von beiden sprechen wollte – Liebe.

Es mußte einfach Liebe gewesen sein, was sie in dieser langen erotischen Nacht aus seinen Berührungen herausgespürt hatte. Die Zärtlichkeit, die Eindringlichkeit, die Süße, die Verzweiflung – ihr logischer und analytischer Verstand sagte ihr, daß die Verbindung dieser Komponenten mehr als Lust ergab, soviel stand für sie fest. Ebenso deutlich war ihr klar, daß Jack es sich nie eingestehen und daß sie das Wort niemals aussprechen würde. Nicht jetzt. Nicht, solange er so sicher war, daß er nichts Gutes verdient hatte. Sie würde nicht versuchen, ihn mit ihren Worten und mit seinem Schuldbewußtsein an sich zu binden. Sein Schuldbewußtsein war ohnehin schon zu groß.

Gegen ihren Willen schlichen sich Gedanken an die Ehefrau und an das Kind ein, die er beide verloren hatte, und sie litt derart mit ihm, daß sie fast aufgeschrien hätte. Mit Verlusten kannte sie sich bestens aus; mit Schuldgefühlen ebenfalls. Sie dachte an den ungeliebten und mißhandelten Jungen, der er gewesen war, und das verängstigte und emotional vernachlässigte kleine Mädchen in ihr wollte die Arme ausstrecken und ihn eng an sich ziehen. Und sie wußte, daß Jack getan hätte, was er konnte, um sie zu vertreiben, wenn er auch nur den geringsten Verdacht geschöpft hätte, daß das ihre Überlegungen waren. Er hortete sein Leid wie ein Geizkragen, lagerte es tief in seinem Innern und ließ niemanden daran teilhaben. Auf die Art bewahrte es seine Stärke und seine Durchschlagskraft und war besonders zermürbend. Sie wußte das wahrhaftig.

O Gott, warum ausgerechnet er? Warum hatte sie sich zu einem solchen Zeitpunkt in einen Mann wie Jack verlieben müssen, wenn sie sich doch in Wirklichkeit nichts anderes wünschte, als selbst wieder auf die Füße zu kommen und ihrem Leben wieder eine klare Linie zu geben – ganz gleich, was für eine Linie das auch sein mochte?

Keine Antwort stellte sich ein, als die Dämmerung in Streifen zarter Farben über dem Bayou anbrach. Keine andere Antwort als ihr Herzschlag.

Im Rahmen der offenen Glastür wob eine kleine dunkle Spinne sorgfältig ein Netz aus hauchdünnen Seidenfäden, auf denen der Morgentau im ersten Licht wie Kristallperlen glänzte. Laurel schaute einen Moment lang zu und dachte an ihre eigenen Versuche, sich ein neues Leben aufzubauen. Sie war hergekommen, um zu genesen und noch einmal von vorn anzufangen, und sie fühlte sich, als sei sie so zerbrechlich und angreifbar wie dieses frisch gewobene Spinnennetz. Sie versuchte, Fuß zu fassen und alles wieder miteinander zu verflechten, was in ihrem Innern entzweigerissen worden war, doch der kleinste gewaltsame Eingriff von außen würde all das wieder zerreißen, und sie würde wieder einmal mit leeren Händen dastehen.

Ihr Blick fiel auf Jack, der noch schlief – oder so tat –, und sie spürte, daß dieses dürftige Fundament unter ihr bebte. Mit einem schweren und empfindsamen Herzen schlich sie sich auf Zehenspitzen aus dem Zimmer ,und verließ das Haus.

Als er das hohle Echo hörte, mit dem die Haustür zugezogen wurde, drehte Jack sich langsam um und starrte zu den morgendlichen Schatten an der Decke auf. Er wollte sie lieben. Sein Herz verzehrte sich derart danach, daß es ihm fast den Atem verschlug. Es überraschte ihn, daß er nach all der Zeit, nach all den harten Lektionen, immer noch verwundbar war. Er hätte in der Lage sein müssen, sich dagegen zu wappnen. Er hätte wissen müssen, daß er sie letzte Nacht hätte fortschicken sollen. Aber er hatte sich sosehr danach gesehnt, sie einfach nur in seinen Armen zu halten und Trost in ihrer Süße zu finden.

Er hatte sie von Anfang an begehrt. Verlangen konnte er verstehen. Es war simpel, grundlegend, elementar. Aber das hier... das war etwas, was man ihm nie wieder anvertrauen durfte. Und da er das genau wußte, hatte er irgendwie daran geglaubt, daß er nie mehr in Versuchung geraten würde. Jetzt kam er sich wie ein Dummkopf vor, von seinem eigenen Herzen verraten, und dafür versetzte er sich gnadenlose Tritte. *Du dummer, selbstsüchtiger Mistkerl...* Er durfte es sich nicht gestatten, sich in Laurel Chandler zu verlieben. Sie hatte weit Besseres als ihn verdient.

Und vielleicht, dachte ein hilfloser und einsamer Teil seiner selbst, als der Schmerz dieser Tritte, die er sich selbst versetzte, zu ihm durchdrang, vielleicht verdiente er es nach all der Buße, die er getan hatte, endlich seine Ruhe zu haben.

Laurel begab sich durch den Garten und über den Balkon in ihr Zimmer, da sie niemanden im Haus darauf aufmerksam machen wollte, daß sie erst jetzt nach Hause kam. Da aufwühlende Gedanken an Jack und die Nacht, die sie miteinander verbracht hatten, sie nicht in Ruhe ließen, duschte sie ausgiebig und warm und kleidete sich dann für den bevorstehenden Tag mit schwarzen Shorts und einem weiten weißen Polohemd. Sie überprüfte ihr Äußeres in dem Spiegel über der Kommode aus Walnußholz und sah einer Frau entgegen, die besorgt aussah und deren Haar feucht und lose zurückgebürstet war.

Äußere Anzeichen hätten auf die Veränderungen in ihr hinweisen müssen, die sich in den allerletzten Tagen vollzogen hatten – die Kraft, die sie dadurch wiedergewonnen hatte, daß sie sich für ihre neuen Freunde einsetzte, die Erniedrigung, die zurückgeblieben war, nachdem ihre aufgeblasenen Vorstellungen, sie könnte Einfluß auf Savannahs Leben nehmen, sich in Luft aufgelöst hatten, die Unsicherheit in ihrem Herzen, was ihre eigene Zukunft anging. Sie hätte aussehen müssen wie ein Gegenstand aus mundgeblasenem Glas, doch sie sah einfach nur blaß und müde aus und fühlte sich an das alte Sprichwort erinnert, das besagte, der äußere Schein könne trügen.

Mit einem Seufzer ließ sie den Blick auf das kleine Porzellantablett auf der Kommode sinken, auf dem sie die diversen Eigentümlichkeiten gesammelt hatte, die ihr in der letzten Zeit in die Finger gefallen waren. Der protzige Ohrring, zu dem sich niemand bekennen wollte, das Zündholzmäppchen vom Le Mascarade, das sie in ihrem Wagen gefunden hatte, die Halskette, die in dem unbeschrifteten weißen Umschlag gesteckt hatte. Auf den ersten Blick schienen diese Gegenstände in keinem Zusammenhang miteinander zu stehen und durchaus harmlos zu sein, doch etwas an der Form, in der sie einfach unerwartet aufgetaucht waren, flößte ihr Unbehagen ein. Der äußere Schein konnte trügen. Ein Ohrring ohne Gegenstück. Ein Zündholzmäppchen mit einem Namen, der Bilder von Menschen in Verkleidung heraufbeschwor. Eine Halskette. Nichts anderes verband diese Gegenstände miteinander als das Geheimnis ihres Ursprungs.

Sie nahm die Kette in die Hand und ließ sie von ihrem Zeigefinger baumeln. Der kleine Schmetterling schwankte und tanzte in einem Lichtstreifen, der schräg durch die Tür einfiel. Wahrscheinlich gehörte diese Kette Savannah, sagte sie sich noch einmal. Sie hatte sie irgendwo bei einem Liebhaber liegenlassen. Bekannterweise ging sie achtlos mit ihren Dingen um. Der Mann hatte ihr die Kette zugeschickt... in einem nicht adressierten Umschlag. Nein. Der Umschlag mußte im Wagen gelegen haben. Es sei denn, das Postamt von Bayou Breaux hatte Angestellte mit medialen Fähigkeiten, da unadressierte Umschläge ansonsten nicht zugestellt werden konnten.

Die naheliegende Lösung bestand darin, Savannah schlichtweg selbst danach zu fragen. Laurel, die vollständig vergessen hatte, wie früh am Tag es noch war, lief über den Balkon zum Zimmer ihrer Schwester und trat ein.

Das Bett war leer. Das Bettzeug war ein wirrer Haufen. Dieselben abgelegten Kleidungsstücke lagen noch auf den Stühlen und dem Fußboden verstreut. Dasselbe Gefühl von Stille, das sie in der vergangenen Nacht hier wahrgenommen hatte, hing immer noch feucht und modrig in der Luft.

Die Erinnerung an diese Stille traf Laurel unvorbereitet. Sie war ihr so surreal erschienen, daß sie sich nahezu eingeredet hatte, es sei nur ein Traum gewesen, doch hier war sie wieder, und die Panik folgte dieser Stille dicht auf den Fersen. Savannah hatte nicht in diesem Bett geschlafen. Wann war sie das letzte Mal von jemandem im Haus gesehen worden? Sie hatte den Acura irgendwann im Lauf des Dienstagabends oder am Mittwoch in der Frühe zurückgebracht – woher wollte sie das überhaupt wissen? Der Wagen hatte am Mittwoch morgen in der Auffahrt gestanden, aber niemand hatte Savannah an jenem Tag tatsächlich zu sehen bekommen.

»Morde?« »...inzwischen vier in den vergangenen achtzehn Monaten... Frauen von fragwürdigem Ruf... erwürgt draußen im Sumpf vorgefunden...«

»O Gott«, flüsterte Laurel, als Tränen in ihre Augen traten und sich in ihrer Kehle drängten, bis es schmerzte. Sie umklammerte das schmale Kettchen mit der Faust und biß sich fest auf einen Knöchel, als wüste, grauenhafte, widersprüchliche Bilder durch ihren Kopf geschleudert wurden wie Trümmer, die ein Tornado mit sich reißt. Savannah, die irgendwo tot dalag. Savannah im Ringkampf mit Annie Gerrard, die Augen glasig vor Blutrünstigkeit. T-Grace, die auf der Galerie vor Frenchie's schrie. Vivian, die von dem Wandalismus im Pflegeheim St. Joseph's berichtete. *»Das Blut bricht eben doch durch.«* Blut. Blut aus Wunden. Blutrot – die Farbe des Zündholzmäppchens vom Le Mascarade. Savannahs ausdrucksloses Gesicht, als sie es auf den Tisch geworfen hatte. *»Ich benutze ein Feuerzeug...«* Savannah, die nach all diesen Jahren psychisch über ihre Grenzen hinausgetrieben wurde, und schuld daran war dieser Mistkerl, Ross Leighton. Savannah, von Männern mißbraucht, von Conroy Cooper, von Jimmy Lee Baldwin, der Frauen gern fesselte...

All das schwirrte und kreiste in Laurels Kopf wie Glassplitter in einem Kaleidoskop, jedes Bild noch scheußlicher als das vorherige, jede der Möglichkeiten zu entsetzlich, um wahr zu sein. Und über all das erhob sich die tadelnde Stimme der Logik und schalt sie für ihre Dummheit aus, für ihren Mangel an Zuversicht, für ihre unzureichenden Indizien. Alles, was sie in Wirklichkeit wußte, war, daß ihre Schwester nicht zu Hause war und daß sie seit Dienstag von keinem Familienmitglied mehr gesehen worden war. Das einzig logische Vorgehen bestand darin, sich auf die Suche nach ihr zu machen.

Mit einer Woge von Erleichterung und Entschlossenheit stürzte sie sich auf diese Vorstellung. Zerbrich nicht in Stücke, sondern *tu etwas.* Komm zu Ergebnissen. Löse das Rätsel.

Ihre gesamte Anspannung ballte sich zu einem Energiebündel, das sich in ihrer Brust einkeilte, sobald sie eine Zielsetzung gefunden hatte. Sie verließ das Zimmer und begab sich wieder in ihr eigenes, um dort Schuhe und ihre Handtasche zu holen. Sie würde das Haus durch den Hintereingang verlassen, sagte sie sich, als sie die Stufen zum Garten hinunterlief. Es war zwecklos, Tante Caroline oder

Mama Pearl unnütz zu alarmieren. Sie würde Savannah finden, und dann würde alles wieder gut sein.

Mama Pearl war bereits auf und schlurfte mit einer Tasse Kaffee auf die Galerie. In dem Moment, in dem Laurel einen Fuß auf den Boden unter der Treppe setzte, fiel ihr Blick auf sie.

»Kind, weshalb treibst du dich um diese frühe Stunde schon draußen herum?« fragte sie, und ihre Stirn zerfurchte sich unter der Sorgenlast.

Laurel malte sich ein Lächeln aufs Gesicht und ging auf das hintere Gartentor zu. »Ich habe jede Menge zu tun, Mama Pearl.«

Die alte Frau schnaubte ihren Unwillen über moderne Frauen heraus und warf eine mitgebrachte Zeitschrift auf den Tisch. »Du kommst jetzt her und frühstückst, du. Du bist so schmächtig, daß die Krähen dich noch wegtragen werden.«

»Vielleicht später!« rief Laurel und beschleunigte die Schritte, mit denen sie auf das Tor zulief.

Sie glaubte, Mama Pearl immer noch murren zu hören, als sie schon auf halber Strecke zu L'Amour war. Es hätte statt dessen auch ihr eigener Magen sein können, der knurrte, doch das bezweifelte sie; er hatte sich zu sehr daran gewöhnt, die meiste Zeit leer zu sein. Gewohnheitsmäßig holte sie eine Tablette gegen Sodbrennen heraus und kaute sie wie eine Süßigkeit.

Sie war von Jack fortgegangen, um ihnen die Peinlichkeiten eines Gesprächs am Morgen danach zu ersparen. Was sich im Lauf dieser Nacht zwischen ihnen abgespielt hatte, war weit über Worte hinausgegangen und hatte sie auf unvertrautes Territorium geführt. Hier bewegte sie sich dagegen auf vertrautem Boden. Sie wollte ihn nach seiner Meinung fragen, sein Wissen anzapfen. Das konnte von einem Mann, der sich davor hütete, sein Herz zu vergeben, schwerlich als eine Bedrohung ausgelegt werden. Im Grunde genommen war es eine geschäftliche Angelegenheit. Und eine Frage von Freundschaft. Sie wollte seine Unterstützung, gestand sie sich ein, als Huey zwischen zwei indischen Fliederbäumen herausgesprungen kam und sich mit seitlich heraushängender Zunge und einem Funkeln in den ungleichen Augen auf sie stürzte.

Der Hund warf sich auf sie und schmetterte sie mit Getöse gegen die Haustür. Während sie ihn mit einem Dutzend Beschimpfungen bedachte, die seinen Charakter und seine Abstammung verunglimpften, fiel er über ihre Füße her, bellte verspielt und schnappte nach ihren Schnürsenkeln. Er machte kehrt, sprang die Stufen vor dem Haus hinunter, rannte mit eingezogenem Schwanz wie verrückt im Kreis und war offenkundig außer sich vor Freude darüber, sie zu sehen. Laurel schaute ihn finster an, als er sich vor der untersten Treppenstufe auf den Boden fallen ließ, sich auf den Rücken wälzte und sie aufforderte, ihm den blaugesprenkelten Bauch zu kraulen.

»Du blöder Hund«, murrte sie und gab nach; sie bückte sich, um ihn zu streicheln. »Merkst du denn nicht, wenn du abgewimmelt wirst?«

»Liebe ist blind«, sagte Jack sarkastisch und schwang die Tür hinter ihr auf.

Er trug dieselben zerknitterten Jeans. Kein Hemd. Er hatte sich nicht rasiert. Eine Kaffeetasse dampfte in seiner Hand. Als Laurel aufstand, konnte sie erkennen, daß das Gebräu nachtschwarz war. Sie atmete das kräftige Aroma ein und versuchte, mit reiner Willenskraft zu erreichen, daß ihr Herz langsamer schlug. Er schien nicht erfreut zu sein, sie hier zu sehen. Der Mann, der sie in seinen Armen gehalten und die ganze Nacht geliebt hatte, war verschwunden, und an seine Stelle war der Jack getreten, den sie lieber nicht gekannt hätte, der dumpf vor sich hinbrütende, zornige Mann.

»Wenn du etwas Milch im Haus hast, um das Maschinenöl zu verdünnen, das du trinkst, könnte ich auch eine Tasse gebrauchen.«

Er musterte sie eine Minute lang, während er versuchte, ihre Motive zu entschlüsseln, und dann zuckte er mit den Achseln, ging ins Haus und überließ es ihr, ob sie ihm folgte oder nicht. Laurel lief hinter ihm her durch einen langen Gang und konnte dabei vereinzelte Blicke in Zimmer werfen, die Jahrzehnte lang leergestanden hatten. Wasserfleckige Tapeten. Mottenzerfressene Draperien. Möbel mit Schonbezügen, auf denen sich eine dicke Staubschicht abgelagert hatte.

Es war, als lebte niemand hier, und diese Vorstellung bereitete ihr ein seltsames Gefühl von Unbehagen. Gewiß konnte Jack, der es als Autor in die Bestsellerlisten der *New York Times* geschafft hatte, es sich leisten, das Haus renovieren zu lassen. Aber sie fragte ihn nicht, warum er das nicht getan hatte, da sie das Gefühl hatte, es ohnehin schon zu wissen. Es war seine eigene Form von Buße. Von Selbstbestrafung. L'Amour war sein eigenes privates Fegefeuer. Diese Vorstellung setzte ihr innerlich zu, doch sie ging nicht zu ihm, obwohl sie sich danach sehnte. Mit seiner gleichgültigen Reaktion auf ihr Erscheinen hatte er die Grundregeln für diesen Morgen festgelegt – kein Klammern, keine Versprechungen.

Er führte sie in eine Küche, die im Gegensatz zum übrigen Haus in einem einwandfreien Zustand war. Das Rot der Wände war zu der Farbe von Tomatensuppe ausgeblichen, aber alles war sauber und frei von Spinnweben. Der Kühlschrank war neu. Die Küchenschränke waren gründlich gesäubert und blank poliert. Nirgends waren Lebensmittel zu sehen, bis auf eine geflochtene Schnur mit Knoblauchzwiebeln und eine weitere mit roten Paprikaschoten, die beidseits des Fensters über der Spüle hingen, doch diese Küche war ein Ort, an dem man Essen zubereiten konnte, ohne sich durch Leichengift gefährdet zu fühlen.

Er holte eine Tasse aus dem Schrank und füllte sie für Laurel aus der alten Emaillekanne, die auf dem Herd stand. Laurel holte die Milch selbst aus dem Kühlschrank – ein perfekter Vorwand, um herumzuschnüffeln. Elf Flaschen Jax, ein Liter Milch, ein Glas mit den üblichen Mixed Pickles und drei Eintöpfe, von denen jeder einen anderen Namen trug, jeweils auf einem Streifen Klebeband ausgewiesen, wie Speisen und Salate, die für das Büfett einer Gemeindeveranstaltung gespendet werden. Zweifellos stammten diese Gerichte von Freundinnen, die sich um ihn kümmerten. Dieser Gedanke brachte eine Mischung von Eifersucht und Belustigung mit sich.

Sie lehnte sich an die Anrichte und rührte ihren Kaffee um. »Hast du Savannah gesehen, seit sie vorgestern morgen eingeschnappt das Haus verlassen hat?«

Jack, der ihr in dem schmalen Raum gegenüberstand, war ein exaktes Spiegelbild ihrer Haltung. Geduldig wartete sie auf seine Antwort. Fast hätte er die Frage vergessen, als er sah, wie frisch und sauber sie wirkte. Am liebsten hätte er sie gleich wieder nach oben mitgenommen und seine Finger durch ihr feuchtes Haar gleiten lassen, während er sie küßte und den Duft ihrer Haut tief in sich einsog. Er würde es nicht tun, aber es war das, was er wollte. Und wie er es wollte. Viel zu sehr. Er trank einen Schluck von seinem Kaffee und empfand die bittere Schärfe der Zichorien als wohltuend.

»Nein. Wieso?«

»Ich habe sie seitdem auch nicht mehr gesehen. Und Tante Caroline und Mama Pearl haben auch keine Spur von ihr zu sehen bekommen.« Sie machte sich mit dem Löffel zu schaffen, als die Nerven in ihrem Bauch zu beben begannen. Sie richtete den Blick auf Jacks Nabel und das dunkle Haar, das sich um ihn herumwand. »Ich bin ein wenig besorgt um sie.«

Er zuckte mit den Achseln. »Sie ist bei einem ihrer Liebhaber.«

»Vielleicht. Wahrscheinlich. Es ist nur so, daß...« Sie ließ ihren Satz abreißen, als ihre Verdächtigungen und Theorien an die Oberfläche kommen wollten. Sie wünschte, sie hätte über all das mit ihm reden können, doch er war im Moment in einer unzugänglichen Stimmung, und angesichts des versteinerten Ausdrucks, der auf seinem Gesicht stand, konnte sie sich nicht dazu durchringen, ihm ihre Vermutungen zu unterbreiten. Sie fühlte sich allein gelassen, und sie war nur aus dem einzigen Grund zu ihm gekommen, weil sie dieses Gefühl meiden wollte. »...daß mir nach allem, was hier vorgefallen ist, wohler zumute wäre, wenn ich es mit Sicherheit wüßte.«

»Und was erwartest du jetzt von mir, Süße?« fragte er ohne Umschweife. »Du weißt ganz genau, daß sie nicht in meinem Bett liegt.«

Stille knisterte zwischen ihnen. Laurel sah ihn erbost an und beschimpfte sich als einen Dummkopf, weil sie wollte, daß er sie liebte, und weil sie zuließ, daß sie ihn brauchte. Ihre Wut auf ihn und auf sich selbst machte sie streitlustig.

»Warum tust du das?« fragte sie und stellte ihre Tasse auf der Anrichte ab. Sie stemmte die Fäuste in die Hüften und halbierte die Strecke, die zwischen ihnen lag.

»Was tue ich denn?«

»Warum bist du ein so gemeiner Kerl?«

Jack zog eine Augenbraue hoch und grinste hämisch. »Man tut eben das, was man am besten kann, Engel.«

»Ach, hör schon auf damit!« fauchte sie. »Es ist noch zu früh am Morgen für diese Form von Blödsinn!« Sie wagte es, noch einen Schritt auf ihn zuzugehen, und dann blickte sie aus zusammengekniffenen Augen forschend zu ihm auf. «Was hast du denn geglaubt,

Jack? Daß ich hergekommen bin, weil ich dich dazu auffordern wollte, mich zu heiraten?« sagte sie sarkastisch. »Nun, das ist nicht der Fall. Du kannst beruhigt sein. Dein Martyrium ist nicht bedroht. Ich will nichts weiter von dir als ein wenig Hilfe. Ein oder zwei klare Antworten könnten mir weiterhelfen.«

Er sah sie finster an, als ihre spitze Bemerkung über sein Martyrium sich in ihn bohrte und einen Volltreffer erzielte. Er gab dem Drang nach, sich ihren forschenden Blicken zu entziehen, und daher ließ er seinen Kaffee stehen und schlenderte durch die Küche, um sich ein Bier aus dem Kühlschrank zu holen.

»Und was willst du von mir hören?« fragte er und schnippte mit einer schnellen Bewegung aus dem Handgelenk den Kronkorken von der Flasche. »Daß ich weiß, wer deine Schwester letzte Nacht gevögelt hat? Ich weiß es nicht. Wenn ich eine Vermutung zu den potentiellen Kandidaten äußern müßte, könnte ich dir ebensogut ein Telefonbuch in die Hand drücken.«

»Na, prima!« fauchte Laurel. Sie pirschte sich wie eine Tigerin an ihn heran. Innerlich kochte sie vor Wut, und sie wünschte bei Gott, sie wäre groß und stark genug gewesen, um Jack Boudreaux windelweich zu schlagen. Er hatte es verdient, und es hätte viel dazu beigetragen, ihren eigenen verletzten Stolz zu besänftigen. »Du bist mir wirklich eine große Hilfe, Jack.«

»Ich habe es dir doch gesagt, Süße. Ich lasse mich auf nichts ein.«

»Du bist ein solcher Drückeberger, Jack«, provozierte sie ihn. Sie stand jetzt direkt vor ihm, das Kinn in die Luft gereckt und Feuer in den Augen. Sie mochte sich zwar auf dem unebenen Boden der Beziehung, die sich plötzlich zwischen ihnen herausgebildet hatte, unsicher fühlen, aber sie wußte ganz genau, wie sie sich in einer Auseinandersetzung zu verhalten hatte. »Du schleichst überall nur um den heißen Brei herum – bei Frenchie's, den Delahoussayes, Baldwin und mir. Du bist ein derartiger Feigling, daß du es nicht wagst, dir mehr als die Füße naß zu machen.«

»Ich soll ein Feigling sein?« Er gaffte sie an und war über den Klang dieses Wortes verblüfft. Er bezeichnete sich als so einiges, und das wenigste davon war schmeichelhaft, aber »Feigling« stand nicht auf seiner Liste.

Laurel bestürmte ihn weiterhin, schlug blind um sich und verließ sich ausschließlich auf ihre Instinkte. Sie war reichlich aus der Übung gekommen, und sie war ohnehin nie gut darin gewesen, ihr Herz aus einem Streit herauszuhalten. Jetzt stürzte es sich in das Handgemenge, empfindsam und von neu erwachten Gefühlen überschäumend. Die Worte sprudelten schon über ihre Lippen, ehe sie auch nur versuchen konnte, sie zurückzuhalten. »Jedesmal, wenn es so aussieht, als böte sich dir eine Chance, ziehst du den Schwanz ein und reißt aus, um dich hinter dieser gleichgültigen Fassade zu verbergen.«

»Eine Chance?« sagte Jack und sah sie scharf an, während sein Herz sich in der Brust zusammenschnürte. »Was meinst du damit? Etwa uns?«

Sie verkniff sich die Antwort gewaltsam, aber sie war dennoch deutlich in ihren Augen zu lesen. Jack fluchte tonlos und wandte sich von ihr ab. Er rang um eine lässige und gleichgültige Haltung, schüttelte eine Zigarette aus einem Päckchen, das auf der Anrichte lag, und steckte sie sich zwischen die Lippen. »*Mon Dieu,* da hat man ein paarmal seinen Spaß miteinander im Bett, und plötzlich...«

»Laß das!« fauchte Laurel. Sie hielt zur Warnung einen Finger hoch und preßte die Lippen fest zusammen, damit sie nicht zitterten. »Wage es nicht.« Sie schluckte eine dichte Dolde von Tränen und rang darum, Luft zu holen, ohne den Atem in ihrer Kehle rasseln und stocken zu lassen. »Ich bin nicht hergekommen, um darüber mit dir zu streiten«, sagte sie mit gepreßter Stimme. »Ich bin hergekommen, weil ich dachte, du könntest mir vielleicht helfen, und weil ich außerdem dachte, wir seien Freunde.«

Jack schnaubte unwillig und schüttelte den Kopf. »Ich kann niemandem helfen.« *Noch nicht mal mir selbst.*

Laurel hüllte sich schützend in ihre mühsam errungene Fassung. Der Teufel sollte sie holen, wenn sie sich von ihm zum Weinen bringen ließ. »Ach, ja? Dann verzeih mir, daß ich dich darum gebeten habe, gegen die Verhaltensmaßregeln von echten Arschlöchern zu verstoßen«, höhnte sie. »Wenn das so ist, werde ich wohl einfach zu Jimmy Lee Baldwin gehen und ihn rundheraus fragen, ob er meine Schwester in den beiden letzten Nächten an sein Bett gefesselt hat. Dann werde ich eben an jede gottverdammte Tür in der ganzen Gegend klopfen, bis ich sie gefunden habe!« Sie hob eine Hand, als wollte sie ein Angebot abwehren, das ohnehin nicht kommen würde. »Trotzdem vielen Dank, Jack«, sagte sie bitter, »aber ich kann dich wohl doch nicht brauchen.«

Er sah ihr nach, als sie aus der Küche und durch den Korridor stürmte. Seine Mundwinkel zogen sich finster herunter, und ein Bleigewicht senkte sich auf seine Brust herab. »Genau das habe ich dir doch von Anfang an gesagt, Engel«, murmelte er, und dann wandte er sich ab und machte sich auf die Suche nach Streichhölzern.

Coop starrte in die Schublade, in der er seine Unterwäsche aufbewahrte, und sah finster auf das Sortiment von strapazierfähigen Baumwollslips und Boxershorts und die kleinen Seidensachen hinunter, die Savannah ihm gekauft hatte. Er zog einen Slip aus weißer Seide heraus, ließ ihn an einem Finger baumeln und schüttelte den Kopf. Er war sich teuflisch blöd darin vorgekommen, zu fett und zu alt und zu festgefahren in seinen Gewohnheiten. Als er ihn jedoch in den Papierkorb neben der Kommode fallen ließ, verspürte er dennoch minimale Gewissensbisse.

Diesmal würde sie nicht zurückkommen. Die letzte Schlacht war geschlagen worden. Es war aus und vorbei, ein für allemal.

Was für ein Jammer, dachte er, als er zum Fenster hinausstarrte. Er hatte sie geliebt. Wenn sie doch bloß in der Lage gewesen wäre, diese Liebe als das hinzunehmen, was es wirklich war, und damit glücklich zu werden. Natürlich hatten diese innere Unruhe und diese Unersättlichkeit zu den Dingen gezählt, die ihn überhaupt erst zu ihr hingezogen hatten. Ihr fehlte es an so vielem, und sie war so verzweifelt darauf aus, dieses Verlangen zu stillen, und doch so bemitleidenswert unfähig, dieses klaffende Loch in ihrem Herzen zu stopfen.

Er seufzte, während er in Gedanken flüchtige Skizzen ihres Charakters entwarf, und sein Blick, der durch das Fenster fiel, nahm die Einzelheiten der Kulisse wahr. Das Bayou zeichnete sich als flaschengrüner Streifen hinter dem Garten ab, und am jenseitigen Ufer erstreckte sich die wuchernde Wildnis des Atchafalaya. Barbarisch und sinnlich wie Savannah, unberechenbar und täuschend zart, Verletzbarkeit, die sich als unerbittliche Brutalität tarnte.

Er fand, er sollte dieses Bild schriftlich festhalten, doch er konnte sich nicht dazu aufraffen, aufzustehen und sein Notizbuch zu holen. Statt dessen ließ er die Zeilen verblassen und befaßte sich damit, seine Sachen zu packen. Fünf Shorts, fünf Paar Socken, den Krawattenhalter, den Astor ihm zu Weihnachten geschenkt hatte, ehe sie seinen Namen vergessen hatte.

Astor. Himmel, wie sehr sie sich doch von Savannah unterschieden hatte. Sie hatte ihre Zerbrechlichkeit immer wie ein wunderschönes Ansteckbukett aus Orchideen getragen, als sei es das Merkmal einer echten Dame, ein Zeichen, das auf eine gute Herkunft hinwies. Sie besaß eine innere Härte, eine stoische Kraft, die sie die Stadien ihres Zerfalls mit Würde hatte überstehen lassen. Sie hätte Savannah abgelehnt – wortlos und höflich, mit einer leichten Neigung ihres Kopfes und einem Zungenschnalzen. Aber er stellte sich vor, daß Astor Savannah ihre Sünden vergeben hätte. Er war nicht ganz sicher, ob dasselbe auch für seinen Fall gegolten hätte. Schließlich hatte er seiner Frau ein Gelübde abgelegt.

Ein Läuten an der Tür riß ihn aus seinen Überlegungen heraus, und Coop wandte sich von dem Kleiderschrank und der Auswahl seiner Hemden ab, um aufzumachen, hätte jedoch keinen Moment lang damit gerechnet, Laurel Chandler auf seiner Schwelle vorzufinden.

»Mr. Cooper, ich bin Laurel Chandler«, sagte sie in einem durch und durch geschäftlichen Ton und ohne jedes verführerische Lächeln und ohne jeden Schimmer fleischlicher Lust in den Augen hinter den Gläsern einer überdimensionalen Herrenbrille.

»Ja, selbstverständlich«, sagte er. Dann fielen ihm seine Manieren wieder ein, und er trat aus der Tür zurück. »Möchten Sie vielleicht hereinkommen?«

»Lassen Sie mich ohne weitere Vorreden zum Thema kommen, Mr. Cooper«, sagte Laurel und machte keine Anstalten einzutreten. »Ich suche meine Schwester.«

Coop seufzte matt und schwer und spürte, wie sein Alter und die Last seiner Untreue sich auf seine breiten Schultern senkten. »Ja. Treten Sie doch bitte ein, Miz Chandler. Ich fürchte, ich habe es ein wenig eilig, aber wir können miteinander reden, während ich packe.«

Laurel war wild entschlossen, ihn nicht leiden zu können, als sie an ihm vorbeiging und in die Eingangshalle eines alten Hauses trat, das Familienerbstücke und eine zeitlose Ausstrahlung von Einsamkeit mit derselben anmutigen Würde verkraftete. Hier hatte alles seinen festen Platz und war auf Hochglanz poliert, doch es war niemand da, der sich daran erfreuen konnte. Am Fuß der Treppe tickte eine Standuhr die Sekunden und maß die Zeit, die noch bis zum Aussterben einer Familie blieb. Cooper und seine Frau hatten keine Kinder. Wenn sie nicht mehr am Leben waren, dann lebten auch die Erinnerungen nicht mehr weiter, die sie über Generationen in diesem Haus gesammelt hatten.

Sie sah Conroy Cooper mit harten Blicken an. Hinter den Gläsern seines goldenen Brillengestells begegnete er ihrem Blick mit den blauesten, wärmsten und traurigsten Augen, die sie jemals gesehen hatte, und er lächelte sehnsüchtig und reumütig. Es war nicht schwer zu sehen, was ihre Schwester zu ihm hingezogen hatte. Er war ein großer, kräftiger, sportlicher Mann, und das selbst noch in seinem Alter – er mußte auf die Sechzig zugehen. In seiner Blütezeit hatte sein Gesicht wahrscheinlich jungen Damen den Atem verschlagen. Ein ausgeprägter Kiefer und ein knabenhaftes Grinsen. Jetzt war es eine Landkarte, in die der Streß und das Leben tiefe Furchen eingegraben hatten. Kein bißchen weniger schön; nur um so interessanter. Er stand in einer zerknitterten Leinenhose da, hatte ein Bein angewinkelt und den Kopf zur Seite geneigt. Ein graues T-Shirt mit einem ausgeblichenen Tulane-Logo spannte sich auf seinen Schultern und fiel lose über den Hosenbund.

»Ich bin sicher, daß Sie über meine Beziehung zu Ihrer Schwester bestens im Bilde sind«, brachte er gedehnt hervor, und diese wunderbare weiche Stimme floß aus ihm heraus und überzog Laurel wie Karamel, der in der Sonne warm geworden ist. Sie stählte sich gegen die Wirkungen. »Und deshalb haben Sie eine schlechte Meinung von mir.«

»Sie sind ein Ehebrecher, Mr. Cooper. Was sollte ich denn Ihrer Meinung nach von Ihnen halten?«

»Vielleicht sollten Sie bedenken, daß ich Savannah geliebt habe, so gut ich es eben konnte, während ich mich bemüht habe, mein Versprechen gegenüber einer Frau zu halten, die sich heute weder an mich noch an das Leben erinnern kann, das wir früher einmal miteinander geführt haben.«

Laurel kniff die Lippen zusammen, schaute auf ihre Schuhe hinunter und wich dem unbeirrten Blick seiner blauen Augen aus.

»Savannah hat mir einmal erzählt, daß Sie nur das Absolute gelten lassen«, sagte er. »Richtig oder falsch. Schuldig oder unschuldig. Das Leben ist nicht ganz so schwarz und weiß, wie Sie es gern hätten, Laurel. In der Realität ist nichts so absolut, wie es sich in unserer Jugend in unseren Vorstellungen darstellt.«

»Geliebt«, wiederholte Laurel und stürzte sich auf diesen Begriff, um jegliche Gewissensbisse und jede Form von Zerknirschtheit abzuwehren, die seine Worte hätten auslösen können. Sie hob den Kopf und sah ihn wieder scharf an. »Sie haben gesagt, Sie hätten sie geliebt. Das ist eine Vergangenheitsform.«

»Ja. Es ist vorbei.« Er strich sich mit einer Hand das blonde Haar zurück und schaute auf die Standuhr, als weitere Sekunden tickend verstrichen. »Ich möchte nicht unhöflich sein, aber ich habe heute nachmittag Termine in New Orleans. Wenn Sie gestatten, gehe ich voraus.«

Als sie ihm in sein Schlafzimmer folgte, beschlich sie eine Art Déjà-vu. Die Möbelstücke waren wuchtig und maskulin. Der Geruch von Leder und Schuhcreme bildete einen Hintergrund für den schwachen waldigen Duft eines Aftershaves. Es roch wie in Daddys Zimmer zu Hause, ehe Vivian es vollständig ausgeräumt und es Ross überlassen hatte.

Ein Matchbeutel lag offen auf der weißen Tagesdecke, die über dem Bettzeug ausgebreitet war, und sie konnte einen Blick auf weiße Baumwolle und blankpolierte spitze Schuhe werfen. Cooper trat vor den Kleiderschrank und wählte drei Hemden aus, die er ordentlich in einem schwarzen Kleidersack verstaute, der an der Schranktür hing.

»Sie wollte mich auf dieser Reise begleiten«, sagte er. »Natürlich mußte ich ihr das ausschlagen. Sie war bestens über die beschränkten Möglichkeiten unserer Beziehung informiert. Falls Sie glauben sollten, sie hätte diese Absage gut aufgenommen, dann sollte ich Sie vielleicht darauf hinweisen, daß ich früher einmal eine Sammlung von antiken Rasierseifetöpfen besessen habe, die mir mein Großvater hinterlassen hat. Ich habe sie in diesem Schränkchen neben der Badtür aufbewahrt.«

Die Vitrine stand leer, ein bloßes Gestell ohne Glasscheiben, und von antiken Rasierschaumtöpfchen war schon gar nichts zu sehen. Sämtliche Spuren der Zerstörung waren weggesaugt worden, aber Laurel konnte sich mühelos ausmalen, wie ihre Schwester Cooper Porzellangegenstände an den Kopf schleuderte. Sie hatte diese Form von Wut in sich, diese Form von Gewalttätigkeit.

Die Anspannung schlang sich wie Finger um ihren Magen und drückte zu.

»Wann hat diese Auseinandersetzung stattgefunden?« fragte sie und wandte sich wieder zu Cooper um.

Er hing gerade einen perlgrauen Anzug in den Kleidersack und strich die Ärmel glatt. »Am Dienstag. Warum?«

»Weil ich sie seit dem Dienstag vormittag nicht mehr gesehen habe.«

Er zog einen weiteren Anzug aus dem Schrank und packte ihn ein, und dabei runzelte er die Stirn, während blitzschnell verschiedene Möglichkeiten in seinem Verstand Gestalt annahmen. »Dann ist sie wahrscheinlich nach New Orleans vorausgefahren. Ich würde ihr ohne weiteres zutrauen, daß sie glaubt, sie könnte mir meinen Aufenthalt dort vermasseln.«

»Sie hatte keinen Wagen.«

»Vielleicht hat sie sich von einer Freundin mitnehmen lassen.« Sein Mund zog sich zu einem dünnen Strich zusammen, als er den Reißverschluß des Kleidersackes zuzog. »Oder von einem anderen Mann. Sie könnten sich im Maison de Ville nach ihr erkundigen. Sie nimmt sich dort gern ein Cottage.«

»Ja«, murmelte Laurel. »Ich weiß.«

Im Frühling vor dem Tod ihres Vaters waren sie dort gewesen. Ein Ausflug mit der ganzen Familie, einer der wenigen, an den sie sich gern zurückerinnerte. Sie konnte jetzt noch hören, wie Vivian sich darüber ausgelassen hatte, daß Filmstars gern dort unterkamen. Sie konnte jetzt noch die kleinen Häuschen mit den dicken Mauern und den Innenhöfen vor sich sehen, konnte jetzt noch den Lärm und die kräftigen Gerüche von New Orleans so wahrnehmen, wie sie sie damals empfunden hatte, mit den Sinnen eines Kindes.

Cooper zog den Kleidersack von der Schranktür, faltete ihn zusammen und schloß die Schnallen. Laurel beobachtete seine Hände.

Sie waren breit und kräftig, mit quadratisch geschnittenen Nägeln. Die Hände eines Bauern oder eines Schreiners, nicht die eines Schriftstellers. Ein goldener Ring, der vom Alter blank gerieben war, steckte am Ringfinger seiner linken Hand.

»Wie geht es Ihrer Frau?«

Er hob abrupt den Kopf, und in seinen Augen funkelte Interesse und Erstaunen, als er sie musterte. Er schwang den Kleidersack neben den Matchbeutel auf das Bett.

Laurel knabberte geistesabwesend auf ihrem geschundenen Daumennagel herum, da ihr das Thema und die prüfenden Blicke Unbehagen bereiteten. »Ich habe von dem Zwischenfall im Pflegeheim gehört. Es tut mir leid.«

Coop nickte bedächtig und fand es interessant, daß Laurel sich für das Benehmen ihrer Schwester entschuldigte. Sie waren zwei Seiten derselben Münze – die eine hell, die andere dunkel, die eine von ihren Ängsten zu Akten der Rechtsfindung getrieben, die andere in seltsame Anfälle von Leidenschaft. Laurel unterdrückte alles, was weiblich an ihr war; Savannah unterstrich es und stellte es groß heraus. Laurel ließ nichts aus sich heraus; Savannah kannte keine Grenzen und keine Selbstbeherrschung.

»Es geht ihr einigermaßen gut«, sagte er. »Eine der seligmachenden Gnaden ihrer Krankheit besteht darin, daß sie alles Unerfreuliche fast so schnell, wie es passiert, wieder vergißt. Wir übrigen haben uns damit herumzuschlagen, daß unangenehme Erinnerungen wie der Geruch von Rauch alles durchdringen.«

Die Vergangenheit war vorbei, doch der Makel, den sie zurückgelassen hatte, war durchdringend und unausrottbar. Eine treffende Analogie, dachte Laurel, als sie das Haus verließ.

Sie glitt hinter das Steuer ihres Wagens und blieb einen Moment lang dort sitzen; ihr Verstand versuchte, acht Richtungen gleichzeitig einzuschlagen. Cooper glaube, Savannah sei nach New Orleans gefahren. Diesem Eindruck schloß sie sich nicht an. Savannah hatte einen Ausflug nach New Orleans immer als ein großes Ereignis hingestellt, etwas, worum viel Wirbel gemacht wurde und wofür man ausgedehnt packte und dann alles wieder auspackte, um noch einmal von neuem mit dem Packen zu beginnen. Sie hätte es Tante Caroline erzählt und Mama Pearl versprochen, ihr etwas Unerhörtes mitzubringen, und das nur aus Spaß daran, wie sich die alte Frau entrüstet aufblähte. Sie hätte sich nicht einfach wie ein Dieb in die Nacht hinausgeschlichen, ganz gleich, mit wem sie hingefahren wäre.

Sie würde im Maison de Ville anrufen, nur, um ganz sicherzugehen, aber es gab noch andere Möglichkeiten, und eine von ihnen war Jimmy Lee Baldwin.

Jimmy Lee streckte sich auf seinem zerknitterten Bettzeug aus und ächzte. Er fühlte sich vor Erschöpfung dem Tode nahe. Er roch nach widerlichem altem Schweiß, unterlegt von Alkohol und Sex. Es stand außer Frage, daß er vor dem Treffen mit seinen Diakonen zum Mittagessen eine lange ausgiebige Dusche nötig hatte. Diakone. Himmel, dieser Titel würde die Einfaltspinsel außer sich geraten lassen.

»Du bist verflucht brillant, Jimmy Lee«, wieherte er und starrte zu dem quietschenden alten Deckenventilator auf, der sich damit abmühte, die abgestandene Luft in Bewegung zu bringen. »Du bist einfach umwerfend. Ein gottverdammtes Genie.«

Das waren die Merkmale eines Mannes, der es weit bringen würde. Wenn man ihm einen Strich durch die Rechnung machte, fand er eine Möglichkeit, selbst das noch für sich zu nutzen. Die Aufnahmen auf der Texaco-Tankstelle waren nicht plangemäß verlaufen, aber letztendlich würde sich das nur vorteilhaft für ihn auswirken. Dafür würde er schon sorgen.

Der Geniestreich hatte ihn inmitten eines wilden, brutalen Ficks ereilt. In gewisser Weise hatte er es einer Hure zu verdanken, wenn das auch noch so ironisch erscheinen mochte. Das, worum sie ihn angefleht hatte, war die Lösung seiner Probleme – Erbarmen und Mitgefühl. Er würde an das Mitgefühl seiner Anhänger appellieren. Er glaubte nicht daran, selbst Mitgefühl aufzubringen. Geh ihnen an die Kehle. Sieh zu, daß du Erster wirst. Aber für das amerikanische Volk war es Tradition, die Unterprivilegierten zu lieben. Er würde ein paar Schlüsselfiguren dazu bringen, daß sie über das Scheitern seiner Ziele absolut außer sich gerieten, sie würden die Truppen für ihn sammeln, und in Null Komma nichts würde er wieder an der Spitze liegen.

Er lächelte gehässig, als er sich das ausmalte. Der Ausdruck ihrer einfältigen, dummen Gesichter, wenn er ihnen sein Herz ausschüttete und ihnen klarmachte, wie schlimm es um sein geistliches Amt und um seinen Feldzug zur Ausrottung der Sünde stand. Sein Anliegen wurde von Satan sabotiert, in Gestalt von Jack Boudreaux. Immer wieder wurden seine Pläne vereitelt, und er wurde zum Gespött gemacht, und er wußte einfach nicht, ob er weiterhin den Mut aufbringen würde, allein weiterzumachen. Wenn ihm vielleicht ein oder zwei brave Männer einen Teil der Last von den Schultern nehmen würden, indem sie die Rolle von Diakonen übernahmen… Sie würden große Augen machen, und die Nächstenliebe, die sie sich einbildeten, würde ihre Gesichter strahlen lassen.

Das Timing war perfekt. Die Entdeckung einer verstümmelten Frau in ihrem eigenen Vorgarten führte häufig dazu, daß die Leute ihre Gedanken Gott zuwandten und auf Rache sannen. Sie würden einen Anführer und einen Sündenbock wollen, und Jimmy Lee beabsichtigte, ihnen beides zu geben.

Er setzte sich gerade so weit auf, daß er das Taschenbuch von seinem Nachttisch angeln konnte, und dann ließ er sich wieder auf die klumpige Matratze fallen und blätterte mit dem Daumen die Seiten durch.

Blut rann in Strömen, bildete im Kielwasser des Messers Perlen und stürzte herab. Sie versuchte zu schreien, doch der Laut hallte nur in ihren Gedanken wider. Ihre Kehle war rauh. Seide füllte ihren Mund aus wie ein Korken eine Flasche, und die Schnüre des Knebels zogen ihre Lippen zu einem makabren Lächeln zurück…

»Ganz schön kaputt, mein guter Jack.« Er kicherte in sich hinein, als er eine Ecke der Seite umknickte.

All das spielte ihm direkt in die Hand. Während er sich auszog und in der dreckigen, vermoderten Duschkabine duschte, malte er sich in seiner Phantasie all diese Möglichkeiten aus. Man würde Jack Boudreaux die Morde anhängen. Jimmy Lee würde als Held dastehen. Kostenlose Werbung. Fanpost. Die Gläubigen würden aus allen Ritzen kriechen und ihm überallhin folgen, alles für ihn tun. Was für ein durch und durch wunderbarer Traum.

Als er sich anzog, war er ein glücklicher und zufriedener Mann. Er summte sogar ein paar Takte eines alten Gospelsongs vor sich hin, als er seinen Krawattenknoten zurechtrückte und einen Schritt zurücktrat, um seine Optik in dem Spiegel über dem Waschbecken kritisch zu überprüfen.

Sein lohfarbenes Haar war mit Pomade zurückgekämmt, und seine Wangen hatten den perfekten Bräunungsgrad und waren glatt rasiert. Er lächelte strahlend und war, wie immer, euphorisch, was die dentalen Wunder anging, in der er investiert hatte. Seine Optik war, um es schlicht zu sagen, vollkommen. Das Hemd und die Krawatte waren ordentlich und sauber, aber der Knoten war etwas zu locker gebunden und saß leicht schief. Der Anzug war nicht allzu frisch und hatte genügend Falten, um ihn ein wenig mitgenommen wirken zu lassen. Er holte tief Atem und stieß ihn langsam wieder aus, und dabei ließ er seine Schultern heruntersacken und verlieh seiner Gesichtsmuskulatur ein besorgtes Stirnrunzeln. Zur Krönung zerzauste er sich das Haar vorn ein bißchen und ließ ein paar Strähnen lose in die Stirn fallen.

Die Diakone würden keine Ahnung haben, was sie erwartete.

Jemand klopfte an das Fliegengitter in der Tür, und Jimmy Lee ließ denjenigen, wer auch immer es sein mochte, ein paar Sekunden warten, um damit die Stimmung zu beeinflussen. Wahrscheinlich war es einer seiner Erwählten, die nach ihm sehen wollten. Er hatte einen verzagten Eindruck hinterlassen, als er sie heute mogen angerufen hatte. Er ließ den Kopf hängen und die Arme an seinen Seiten baumeln, als er aus dem Bad schlurfte.

Laurel Chandler starrte ihn durch das Fliegengitter an. Sie wirkte alles andere als mitfühlend. Sie erweckte ganz und gar den Eindruck, als wollte sie ihm Ärger machen.

»Miz Chandler«, sagte er und stieß die Tür auf. »Was für eine Überraschung, Sie hier zu sehen.«

»Ja, ich kann mir gut vorstellen, daß es Sie weitaus weniger überraschen würde, meine Schwester hier zu sehen«, sagte Laurel. Sie stieg über die Schwelle und hielt sich Baldwin so fern wie nur irgend möglich, ohne ihm auch nur eine Sekunde lang den Rücken zuzukehren. Aus den Augenwinkeln nahm sie eine schnelle Erkundung des schäbigen Bungalows vor, und ihr Blick verharrte eine Sekunde lang auf dem alten Bett mit dem verschnörkelten Kopf- und Fußende.

Jimmy Lee ließ die Tür zuknallen. Sein Gesicht war absolut ausdruckslos, und sein Blick war fest auf die Frau gerichtet, die mit unverhohlener Verachtung zu ihm aufschaute, als er sein Jackett aufspringen ließ und die Fäuste in die Hüften stemmte. »Was soll das eigentlich heißen?«

»Genau das, was Sie glauben.«

»Wollen Sie damit andeuten, ich hätte eine Beziehung zu Ihrer Schwester?«

»Nein. Ich sage nur, daß Sie mit meiner Schwester schlafen und sie an Ihr Bett fesseln.«

Seine Reaktion bestand aus einer ungekünstelten Mischung von ungläubigem Gelächter und unterdrücktem Erstaunen. Der Kiefer fiel ihm herunter, und sein Kopf wackelte, als er einen Schritt zurückwankte, als hätten ihre Worte ihm einen körperlich spürbaren Schlag versetzt und ihn betäubt. »Miz Chandler, das ist einfach empörend! Ich bin ein Mann Gottes…«

»Ich weiß ganz genau, was Sie sind, Mr. Baldwin.«

»Das glaube ich nicht.«

»Wollen Sie meine Schwester etwa als Lügnerin bezeichnen?« fragte sie herausfordernd und stemmte die Hände in die schmalen Hüften.

Jimmy Lee biß sich auf die Zunge und machte sich ein Bild von der Lage. In seiner Jugend, als er kleine Gaunereien betrieben hatte, um sein Taschengeld aufzubessern, hatte er sich damit gebrüstet, daß er in Null Komma nichts jeden durchschauen könnte. Was er hinter der Brille in den Tiefen von Laurel Chandlers blauen Augen sah, unter der Wut und der Intelligenz begraben, war eine Spur von Verletzbarkeit. Vielleicht hielt sie nicht viel von Savannahs ausschweifendem Sexualleben. Vielleicht war sie ganz genauso prüde, wie sie zu sein schien. Vielleicht war sie nicht hundertprozentig sicher, ob sie Savannah glauben konnte.

Er seufzte dramatisch und ließ die Hände in die Hosentaschen gleiten, und gleichzeitig gab er seinen Schultern einen Ruck nach hinten. Er ließ Laurel eine Minute lang in der Luft hängen und wandte sich von ihr ab – aber doch nicht so weit, daß sie nicht hätte sehen können, wie er die Stirn runzelte und finster blickte, als sei er tief in Gedanken versunken.

»›Lügnerin‹ ist ein gar so krasses Wort. Ich halte Ihre Schwester für eine Person, die von ihrer Sorgenlast erdrückt wird. Ich leugne nicht, daß sie zu mir gekommen ist. Ich habe mich bemüht, ihr Ratschläge zu erteilen.«

»Ja, darauf würde ich wetten.«

Ihr ganzer Körper bebte vor Wut, als Laurel eine langsame Runde durch das Zimmer drehte. Als sie am Ende des ungemachten Bettes angelangt war, blieb sie stehen und schlang die Finger um das geschwungene Fußende. Alte Farbschichten waren so dick aufgetragen, daß die Oberfläche uneben war, und stellenweise war es vom Rost aufgerauht. Sie riß fest daran, um die Stabilität zu überprüfen, und dann warf sie Baldwin einen Blick über die Schulter zu.

»Psychiater bevorzugen für ihre Sitzungen immer noch die Couch. Ich vermute, Sie haben sich entschlossen, einen Schritt weiter zu gehen.«

Sie rüttelte noch einmal an dem Fußende, kehrte dem Bett jedoch in dem Moment den Rücken zu, in dem ihre Phantasie begann, ihr Savannah mit gefesselten Handgelenken vor Augen zu führen.

Auch Annie Gerrard waren die Handgelenke gefesselt worden.

Sie legte die rechte Hand auf ihre Handtasche und preßte sie gegen ihre Hüften. Sie stellte sich vor, den Umriß ihrer Lady Smith durch das weiche Handschuhleder spüren zu können.

»Wissen Sie, was ich von Männern halte, die Frauen fesseln müssen, um sich ihnen überlegen zu fühlen?« fragte sie und bedachte Baldwin mit dem Blick, mit dem sie die Geschichte von mehr als einem Angeklagten zum Einstürzen gebracht hatte. »Ich halte sie für rückgratlos und krank, für verachtungswürdigen Abschaum.«

Ein Muskel pochte in Jimmy Lees Wange. Seine Hände ballten sich in seinen Taschen zu Fäusten. Es kostete ihn große Kraft, sie nicht einzusetzen. »Ich habe Ihnen doch gesagt, daß ich sexuell nie etwas mit Ihrer Schwester zu tun gehabt habe. Nur Gott allein kann entschlüsseln, was in einem Gemüt wie Savannahs vorgehen könnte. Ich zweifle nicht daran, daß sie imstande ist, alles Mögliche zu sagen – und zu tun. Aber ich sage Ihnen, so wahr Gott mein Zeuge ist, daß ich sie nie angerührt habe.«

»Gott ist ein sehr praktischer Zeuge«, sagte Laurel trocken. »Es ist schwierig, ihn ins Kreuzverhör zu nehmen.«

Baldwins dunkelblonde Augenbrauen erklommen seine Stirn. Es fehlte gerade noch, daß er einen Zeigefinger anklagend auf sie gerichtet und sie als blasphemisch bezeichnet hätte. »Sie wagen es, Gott in Frage zu stellen?« keuchte er ungläubig.

Diese Nummer zog bei Laurel nicht. »Ich wage es, Sie in Frage zu stellen«, sagte sie. »Ich bin hergekommen, um Sie zu fragen, ob Sie Savannah im Lauf der letzten zwei Tage gesehen haben, aber wie ich sehe, ist es Zeitverschwendung, auf eine ehrliche Antwort zu warten. Vielleicht hat Sheriff Kenner mehr Glück.«

Sie war noch keine drei Schritte weit gekommen, als seine Hand vorschoß und ihre Schulter packte. Laurel drehte sich um und versetzte ihm einen Handkantenschlag auf den Arm, wie man es ihr im Selbstverteidigungskurs beigebracht hatte. Sein Griff löste sich, und er funkelte sie finster an, unternahm jedoch keine Anstalten, ihr noch einmal eine Hand auf die Schulter zu legen.

»Ich habe Ihre Schwester nicht gesehen«, sagte er und rang darum, eine ruhige Fassade aufrechtzuerhalten. »Das ist bei Gott die Wahrheit. Es besteht keine Notwendigkeit, den Sheriff herzuzerren.«

Laurel ging einen Schritt näher auf die Tür zu und ließ ihre Hand zentimeterweise in ihre Handtasche gleiten. Ihr Herz pochte rasend. Ihre Handflächen waren feucht. Sie hoffte inbrünstig, sie würde es schaffen, die Waffe griffbereit zu haben, falls sich die Notwendigkeit dafür ergeben sollte.

»Warum wollen Sie nicht, daß er herkommt? Sollten Sie etwa Leichen im Keller haben, Reverend?«

»In meiner Position ist jeder Skandal tödlich«, sagte er und folgte ihr auf ihrem Rückzug zur Tür. »Obwohl ich nichts Böses getan habe, neigen die Leute dazu zu glauben, daß kein Rauch aufkommt, wo kein Feuer ist.«

»Gewöhnlich haben sie damit recht.«

»In diesem Fall nicht.«

»Sparen Sie sich den Atem, Baldwin«, verhöhnte sie ihn. »Sie könnten mich selbst dann nicht für sich gewinnen, wenn Sie vor meinen eigenen Augen Wasser in Wein verwandeln würden. Sie sind ein Scharlatan und ein Schwindler, und wenn ich nichts Besseres mit meiner Zeit anzufangen hätte, würde ich dafür sorgen, daß die gesamte verdammte Welt es erfährt.«

Sie konnte ihn ruinieren. Dieser Gedanke traf Jimmy Lee mit der Wucht eines Fausthiebs in den Bauch. Sein Magen zog sich zu einem engen Knoten zusammen. Seine Chance auf Reichtum und Ruhm konnte im Sande verlaufen. Niemand würde ihrer Schwester Glauben schenken, aber die Leute würden sich zumindest die Zeit lassen, Laurel Chandler anzuhören. Sie mochten das, was sie sagte, hinterher als belanglos abtun, da sie in dem Ruf stand, blinden Alarm zu schlagen, aber dann war der Schaden bereits angerichtet.

Die Presse würde sich auf ihn stürzen. Trotz aller Anstrengungen, die er immer unternommen hatte, um sich zu tarnen, würde ihn irgendeine Hure in den Nachrichten wiedererkennen und eine pikante Geschichte an die Zeitung verkaufen. Himmel, er wünschte, keines dieser Chandler-Weiber wäre ihm je in seinem ganzen Leben unter die Augen gekommen. Miststücke und Huren, alle beide. Diese da hätte er am liebsten erwürgt, diese aufgeblasene kleine Tugendhafte.

Als dieses Bild ihm wie ein Blitzlicht durch das Gehirn zuckte, verlor er schlagartig jede Selbstbeherrschung. Er öffnete die Kiefer zu einem Fauchen, das durch das Weiß seiner allzu perfekten Jacketkronen nur noch gespenstischer wirkte. Ein roter Schleier zog sich vor seine Augen, und er sprang mit einem Satz auf sie zu und knurrte: »Du kleines Miststück.«

Das Herz schlug in Laurels Kehle, als sie rückwärts wankte, um Raum zu gewinnen. Sie sorgte dafür, daß sie gerade außerhalb von Baldwins Reichweite blieb, als sie die Lady Smith aus ihrer Handtasche riß, sie mit beiden Händen umklammerte und sie auf Brusthöhe vor sich hinhielt.

Beim Anblick der Waffe traten Jimmy Lee die Augen aus dem Kopf. »Heiliger Strohsack!«

»Amen, Reverend«, brachte Jack gedehnt hervor.

Adrenalin versengte seine Adern. Er wünschte sich nichts anderes mehr, als die Tür aufzureißen, sich über Baldwin herzumachen und ihn windelweich dafür zu schlagen, daß er Laurel in Panik versetzt hatte, womit auch immer, doch er beherrschte sich nach Kräften. Laurel hatte die Situation mit ihrer kleinen Pistole unter Kontrolle. Gewissermaßen. Ihre Hände zitterten gewaltig.

Mit bewußt täuschend lässigen Bewegungen zog Jack die Fliegengittertür auf und lehnte sich in den Türrahmen.

»Und falls du glauben solltest, daß sie nicht damit umzugehen weiß, dann solltest du es vielleicht testen, Jimmy Lee«, sagte er. »Sie wird dir die Eier wegfetzen und sie streunenden Hunden vorwerfen.«

Jimmy Lee bedachte ihn mit einem Blick, in dem sich reiner unverfälschter Haß ausdrückte. »Ich habe Sie nicht ins Haus gebeten, Boudreaux.«

Jack zog belustigt eine Augenbraue hoch. »Ach, ja? Dann wirst du das wohl in irgendeiner Form nachholen müssen, Jimmy Lee. Ms. Smith & Wesson könnte etwas dazu zu sagen haben.«

»Wenn Ihnen das nicht ähnlich sieht – sich hinter einer Frau zu verstecken«, höhnte Baldwin. Er hob zur Warnung einen chancenlosen Finger. »Ich gebe Ihnen mein Wort darauf, Boudreaux. Lange werden Sie sich nicht mehr verstecken können.«

Er hatte einen Trumpf in der Hand, oder, besser gesagt, im Ärmel seines billigen Anzugs. Jack konnte es in dem Funkeln seiner Augen sehen. Er konnte sich nicht vorstellen, was das sein könnte, aber er konnte sich auch nicht vorstellen, daß es ihn auch nur im geringsten interessierte. Er blinzelte demonstrativ, um gekünstelte Furcht zur Schau zu stellen, und dann schlug er sich eine Hand mit weit gespreizten Fingern aufs Herz.

»Haben Sie das gehört, Miz Chandler? Ich glaube wahrhaftig, der gute Reverend hat mir gerade gedroht.« Mit geschmeidiger Lässigkeit streckte Jack die Arme aus und drückte ihre Hände und die Waffe herunter, bis der Lauf auf den Boden wies. »Vielleicht könntest du draußen auf mich warten, Süße. Ich glaube, Reverend Baldwin und ich sollten dieses kleine Mißverständnis aus der Welt schaffen.«

Laurel schaute zu ihm auf und war neugieriger darauf, warum er aufgetaucht war, als darauf, was er mit Jimmy Lee Baldwin anfangen würde. Wahrscheinlich hätte sie keinen Meter zurückweichen oder ihn dazu bringen sollen, daß er gemeinsam mit ihr ging. Schließlich verstieß Körperverletzung gegen das Gesetz, und sie war darauf vereidigt worden, das Gesetz zu respektieren. Als sie jedoch einen Blick auf Baldwin warf, verspürte sie eine Woge von urtümlicher Gewalt, und dieses eine Mal kehrte sie sämtlichen Vorschriften und Gesetzen den Rücken zu. Ihr gefielen die Dinge nicht, die Baldwin über

Savannah angedeutet hatte – obwohl sie tief in ihrem Innern wußte, daß sie durchaus hätten wahr sein können.

Sie ließ die Lady Smith wieder in ihre Handtasche gleiten, wandte sich ohne ein weiteres Wort ab und verließ den Bungalow.

Jack preßte die Hände auf den Bund seiner Jeans und wartete, bis das Echo der zugeschlagenen Tür verklungen war, ehe er sich Jimmy Lee ganz zuwandte. Jimmy Lee, der davon überzeugt war, daß die beste Verteidigung in einem gekonnten Angriff bestand, schnappte sich die so gut wie leere Flasche E & J von dem dreibeinigen Beistelltisch und schwang sie drohend wie eine große Glaskeule.

»Verschwinden Sie aus meinem Haus, Boudreaux.«

»›Nicht, ehe wir uns ein Weilchen miteinander unterhalten haben.« Jack umkreiste Baldwin langsam, näherte sich ihm kaum wahrnehmbar. Er wirkte nicht bedrohlich. Er ließ seine Stiefel über das schmutzige Linoleum scharren und hielt den Kopf gesenkt, als hätte er nichts Besseres zu tun, als die Brandlöcher von Zigaretten im Fußboden zu zählen. »Nun, Jimmy Lee, ich weiß nicht, womit du es hingekriegt hast, daß Miz Chandler dir mit ihrer kleinen Erbsenpistole gedroht hat, aber es muß etwas Übles gewesen sein – so gesetzestreu, wie sie ist.«

»Ich habe ihr nichts getan«, fauchte Jimmy Lee und drehte sich immer wieder im Kreis, um Boudreaux vor Augen zu haben. Seine Finger spannten sich um den Hals der Schnapsflasche. »Sie ist durchgedreht. Sie war doch in einer Anstalt, verstehen Sie. Sie ist bekloppt, genau wie ihre Schwester.«

Jack schüttelte zutiefst enttäuscht den Kopf, schlurfte immer noch durch das Zimmer, ging immer noch im Kreis, kam immer noch unmerklich näher. »Du ziehst den Charakter einer braven, aufrechten Frau in Zweifel, Jimmy Lee. Daran muß sogar ich Anstoß nehmen.«

Jimmy Lee nahm eine weitere Vierteldrehung vor und machte sich verschwommene Gedanken darüber, warum der Boden unter seinen Füßen zu wanken schien. »Ich gebe keinen Furz darauf, woran du Anstoß nimmst, du Waschbärarsch. Du bist ja doch nichts weiter als ein Stück Scheiße.«

Jack kam plötzlich auf ihn zu, und Jimmy Lee holte mit der schweren, unhandlichen Schnapsflasche aus. Er tat es genüßlich und malte sich aus, wie übel sie den Schädel des Cajun zurichten würde, doch er verfehlte ihn bei weitem und verlor dabei das Gleichgewicht.

Jack wich dem Schlag mühelos aus. So flink und anmutig wie eine Katze sprang er hinter Baldwin, packte den freien Arm des Predigers, hob ihn hoch über seinen Kopf und stieß ihn mit dem Gesicht voran gegen die rauhe getünchte Wand. Die Flasche zersplitterte und fiel in klirrenden Scherben auf den Boden, und der letzte Rest Schnaps durchweichte Baldwins spitze Schuhe.

»Ich habe dir schon einmal gesagt, daß du Laurel Chandler in Ruhe lassen sollst«, knurrte Jack, dessen Mund kaum mehr als einen Zentimeter von Baldwins Ohr entfernt war. »Du solltest mich nicht dazu zwingen, es dir noch einmal zu sagen, Jimmy Lee. Ich bin nicht besonders geduldig.«

Jimmy Lee bemühte sich, einen flachen Atemzug zu machen. Sein Gesicht wurde gegen den unebenen Rauhputz gepreßt, und er war sicher, daß von mindestens drei seiner kostbaren Kronen Ecken abgesplittert waren. Während das Blut in seinem Kopf pochte und Spucke zwischen seinen ruinierten Zähnen herausschäumte und über sein zitterndes Kinn rann, verfluchte er Jack Boudreaux, den der Teufel holen sollte, und ersann hundert Wege, wie er ihn foltern konnte, wenn sie erst einmal beide in der Hölle angelangt waren.

»Es ist mir ernst damit, Jimmy Lee«, fauchte Jack, riß seinen Arm ein wenig höher und entlockte ihm damit ein Wimmern. »Wenn du ihr auch nur noch einen Moment lang Ärger machst, reiße ich dir den Pimmel aus und benutze ihn als Köder für Langusten.«

Er versetzte ihm einen letzten kleinen Ruck und trat dann zurück und wischte sich die Handflächen an den Oberschenkeln ab, während Baldwin mit dem Gesicht zur Wand stehenblieb, sich krümmte und seinen Arm umklammert hielt.

»Ich hoffe, wir sehen uns so schnell nicht wieder, Jimmy Lee.«

Jimmy Lee spuckte auf den Fußboden, und heraus kam ein großer schleimiger Klumpen Blut und Spucke, mit kleinen Porzellansplittern durchsetzt. »Der Teufel soll dich holen, Boudreaux!« schrie er, während er gleichzeitig mit seinem Daumen den jämmerlichen Zustand seiner Jacketkronen abtastete.

Jack winkte ihm zu und verließ den Bungalow. Dabei atmete er die schwüle Luft, in der die üppigen Gerüche des Bayou hingen.

»Ich möchte nichts darüber hören«, sagte Laurel, als sie vom Stumpf eines großen alten Magnolienbaums aus auf ihn zukam. »Wenn ich nichts weiß, kann ich nicht in den Zeugenstand gerufen werden.«

»Er wird es überleben«, sagte Jack zynisch. Sie gingen auf die Fahrzeuge zu, die sie neben Baldwins klapprigem Ford auf dem schäbigen Rasen abgestellt hatten. Huey saß hinter dem Steuer von Jacks Jeep und hatte die Ohren wie zwei schwarze Dreiecke gespitzt; seine ungleichen Augen leuchteten. Jack warf einen Seitenblick auf Laurel. »Ist alles in Ordnung mit dir?«

Laurel sah ihn an. »Was hast du hier zu suchen, Jack? Vor zwei Stunden warst du noch nicht mal bereit, mir eine klare Antwort zu geben, ganz zu schweigen davon, daß du zu meiner Rettung auftauchst.«

Er sah sie finster an, da er die Falle, in der er jetzt saß, selbst gestellt hatte. Er hätte sich raushalten sollen, verdammt noch mal, aber als er an seinem Schreibtisch gesessen und das erste Päckchen Marlboro geraucht hatte, das er sich in den letzten zwei Jahren gestattet hatte, und versucht hatte, eine ungestüme Muse heraufzubeschwören, war es ihm nicht gelungen, die Vorstellung aus seinem Kopf zu verbannen – Laurel, die sich mit dem Mut einer Löwin und der Statur eines Kätzchens auf Baldwin stürzte. Baldwin war ein Schwindler, aber das hieß noch lange nicht, daß er nicht auch zu Schlimmerem in der Lage war, und wenn er sich auch noch so sehr bemüht hatte, sich vom Gegenteil zu überzeugen, dann konnte Jack doch nicht einfach dastehen und sie ein derartiges Risiko allein eingehen lassen.

»Ich bin dir gefolgt«, gestand er mürrisch ein. »Ich will nicht hineingezogen werden, aber ich will auch nicht, daß dir etwas zustößt. Ich habe schon genug auf dem Gewissen.«

Dazu ist es zu spät, dachte Laurel und biß sich auf die Lippen. Er hatte sie bereits mit Kleinigkeiten verletzt. Er würde ihr das Herz brechen, wenn sie ihm Gelegenheit dazu gab, und wenn sie auch noch so verdammt dumm sein mochte, dann wünschte sich ein Teil von ihr doch, ihm diese Gelegenheit zu geben. Und das, obwohl sie so vieles über ihn wußte. Selbst noch nach allem, was in seiner Küche zwischen ihnen vorgefallen war. Sie konnte nicht an seine Zärtlichkeit in der Nacht denken, an die Verletzbarkeit, die hinter dieser rauhen Fassade eines streunenden Katers steckte, und ihm diese Chance versagen wollen.

»Also, wirklich, Mr. Boudreaux«, sagte sie zynisch und blickte mit geheucheltem Erstaunen aus weit aufgerissenen Augen zu ihm auf. »Sie sollten sich hüten. Aus einer Äußerung wie dieser könnte man tatsächlich schließen, daß Ihnen mein Wohlergehen am Herzen liegt. Das könnte Ihr Image als mieser Kerl gefährden.«

»Komm mir bloß nicht so klugscheißerisch«, knurrte er, und sein Gesichtsausdruck war aufgebracht. »Mir hat die Vorstellung nicht gefallen, daß du allein hier rausfährst. Der gute alte Jimmy Lee könnte nicht ganz so harmlos sein, wie es den Eindruck macht, verstehst du.«

»Es könnte durchaus sein, daß er alles andere als harmlos ist«, murmelte Laurel und richtete den Blick wieder auf den schäbigen kleinen Bungalow.

Reverend Baldwin hatte es mit abartigen sexuellen Spielchen und insbesondere damit, Frauen zu fesseln, und er war jähzornig und unberechenbar. Und außerdem hatte er eine nahezu perfekte Tarnung. Wer hätte jemals einen Geistlichen eines Mordes verdächtigt?

»Mord.« Das Wort ließ sie innerlich erschauern. Sie war auf der Suche nach ihrer Schwester hergekommen, und jetzt dachte sie an Mord. Sie wollte gar nicht erst anfangen, die beiden Themen in ihrer Vorstellung miteinander in Berührung kommen zu lassen.

»Was auch immer deine Gründe gewesen sein mögen, ich danke dir dafür, daß du gekommen bist.«

Sie schienen nicht über die förmliche Ebene hinausgekommen zu sein, auf der man sich bedankte, weshalb die Worte sperrig zwischen ihnen hingen. Laurel stieß sich die Brille wieder auf die Nase und ging auf ihren Wagen zu. Jack tat den Satz mit einem Achselzucken ab, und seine Finger schlossen sich um den Türgriff des Jeep.

»Wo wirst du als Nächstes versuchen, dir Ärger einzuhandeln, Engel?« fragte er und beschimpfte sich als einen Dummkopf, weil er sich dafür interessierte.

»Ich werde den Sheriff aufsuchen«, sagte sie und stählte sich bereits für diese Begegnung. »Ich glaube, wir sollten ein wenig miteinander plaudern, er und ich. Magst du mitkommen?«

Es war ein lachhaftes Angebot. Sie hatte keinen Grund, enttäuscht zu sein, wenn er es ablehnte, aber sie wollte den hauchdünnen Faden der Kommunikation zwischen ihnen nicht abreißen lassen. *So was Blödes.* Noch während sie sich dafür ausschalt, stahlen sich ihre Finger in ihre Handtasche und förderten das rote Zündholzmäppchen zutage. Sie hielt es ihm hin, einfach nur, um seine Fingerspitzen auf ihren spüren zu können.

»Weißt du zufällig etwas über dieses Lokal?«

Jacks Ausdruck erstarrte, als er auf die kunstvolle schwarze Maske und den deutlich ausgeschriebenen Namen schaute. »Woher hast du das?«

Laurel zuckte mit den Achseln, und ihr Mund wurde trocken, als seine Anspannung sich ihr mitteilte und auf sie übergriff. »Ich habe es gefunden. Ich glaube, Savannah hat es in meinem Wagen liegenlassen, aber sie wollte nicht zugeben, daß es ihr gehört. Warum? Was ist das für ein Lokal?«

»Du würdest dort nicht hingehen wollen, Süße«, sagte er grimmig und gab es ihr zurück. »Es sei denn, du stehst auf Leder und hast es mit S & M.«

22

Kenner zündete sich die fünfte Zigarette des Tages an und sog Teer und Nikotin in seine Lunge. Seine Augäpfel fühlten sich an, als sei jemand mit Sandpapier darübergegangen, und seine Stimmbänder schienen zu Rinde geworden zu sein. Eispickel gruben sich in sein Gehirn, und sein Magen war mit Akkumulatorensäure angefüllt, die sich als Kaffee tarnte. Verglichen mit ihm war ein räudiger Hund angenehm und umgänglich. Er kam nicht weiter mit dem Mordfall Gerrard, und das stank ihm wie nichts anderes – außer vielleicht Laurel Chandler.

Er starrte sie durch die Rauchschwaden an, die über seinem unordentlichen Schreibtisch hingen, und seine Augen verengten sich zu Schlitzen.

»Dann glauben Sie also, daß Baldwin Ihre Schwester und all die anderen toten Mädchen umgebracht hat?«

Laurel unterdrückte einen Fluch. Ihre Finger spannten sich um die Lehnen des Besucherstuhls. »Das habe ich nicht gesagt.«

»Nein, zum Teufel!« brüllte Kenner und scharrte mit den Füßen. »Aber das haben Sie gemeint.«

»Es ist nicht etwa so...«

»Himmel, darauf, daß ich mir das anhören muß, habe ich gerade noch gewartet...«

»Warum hören Sie mir dann nicht zu?«

»...oder etwa nicht, Steve?«

Danjermond, der an einer Reihe von hellgrauen Aktenschränken lehnte, biß die Zähne zusammen, als er diese Abkürzung seines Namens hörte. Kenner merkte es nicht. Er hatte nur auf einen Vorwand gewartet, um Dampf abzulassen. Erst war jemand so dreist, in seinem Amtsbereich eine Frau umzubringen. Dann hatte er Tony Gerrard laufenlassen müssen. Dann waren alle erhofften Fährten im Sand versickert. Und jetzt auch noch das. Er ließ seiner Wut freien Lauf und interessierte sich nicht die Bohne dafür, daß Laurel Chandler Beziehungen hatte. Ross Leighton hatte selbst gesagt, daß dieses Mädchen eine Unruhestifterin war, und er hatte auch gesagt, sie sei es schon immer gewesen.

»Darauf habe ich gerade noch gewartet – daß Sie hier reingestürmt kommen, mit dem Finger auf Leute deuten und Anschuldigungen vorbringen.«

»Ich versuche lediglich, Ihnen Informationen zu geben. Es ist meine Staatsbürgerpflicht...«

»Verschonen Sie mich mit diesem Scheißdreck, Gnädigste.« Er schnitt ihr das Wort ab und beugte sich über den Schreibtisch, um seine Zigarette über dem Aschenbecher abzuklopfen. »Sie wollen ja doch nur Ärger machen, genauso, wie Sie es oben in Georgia getan haben. Mit dem Finger auf andere zeigen, große Worte machen und Ihren Namen in der Presse lesen. Macht Sie das vielleicht an, oder was?«

Laurel biß die Zähne zusammen, warf einen Blick auf Danjermond und fragte sich, warum, zum Teufel, er nichts unternahm. »Ich habe mit keinem Wort gesagt, Baldwin hätte jemanden getötet. Ich dachte lediglich, Sie wüßten vielleicht gern...«

»Daß er so eine Art Perverser ist. Ein Prediger.« Kenner schnaubte höhnisch und schüttelte den Kopf, während er den Rauch seiner Zigarette tief einatmete. »Wie war das schnell noch mal in Georgia? Ein Zahnarzt? Ein Bankier? Gibt es denn niemanden, den Sie *nicht* verdächtigen, pervers zu sein?«

»Also, bei Ihnen würde ich es bezweifeln«, fauchte Laurel und sprang von ihrem Stuhl auf. Sie stemmte die Handflächen auf Kenners vollgepackte Schreibtischplatte und starrte ihn mit unverhohlener Wut an. »Warum sollten Sie auf Perversionen zurückgreifen, wenn Sie anscheinend ohnehin ermächtigt sind, jeden fertigzumachen, wie es Ihnen gerade paßt?«

Während Kenner vor Wut schnaubte und überschäumte, warf sie wieder einen Blick auf Danjermond, der die Frechheit besaß, sich über sie zu amüsieren. Sie konnte es in den durchscheinenden grünen Tiefen seiner Augen sehen und auch daran, wie sich seine Mundwinkel kaum merklich hochzogen. Er stieß sich von den Aktenschränken ab, trat vor und wandte seine Aufmerksamkeit Kenner zu.

»Aber, aber, Duwayne«, sagte er mit ruhiger Stimme. »Miz Chandler ist mit den besten Absichten hergekommen. Wenn sie glaubt, Informationen zu haben, die relevant für den Fall sind, dann sollten Sie ihr zuhören.«

»Relevant für den Fall!« Kenner gab einen verächtlichen Laut von sich und drückte seine Zigarette in dem überquellenden Plastikaschenbecher aus. »Savannah Chandler sagt, der Prediger fährt darauf ab, Frauen zu fesseln. Savannah Chandler. Himmel, die ganze Stadt weiß, daß bei der die Schrauben so locker sitzen wie die Moral!«

Die Wut zog einen roten Schleier vor ihre Augen, und Laurel wäre ihm fast an die Kehle gesprungen. »Sie elender Mistkerl!«

Kenner zuckte mit den Achseln. »He, ich sage hier schließlich nichts, was nicht allgemein bekannt wäre.«

»Aber Sie sagen es nicht gerade besonders taktvoll«, hob Danjermond stirnrunzelnd hervor.

»Verdammte Scheiße! Ich habe keine Zeit, mich wie David Niven zu benehmen. Ich habe einen Mordfall zu lösen.« Er zerrte die nächste Camel aus dem Päckchen und zündete sie mit einem Streichholz an, ohne Laurel aus den Augen zu lassen. »Überlassen Sie mir die Ermittlungen, Ms. Chandler.«

»Also, gut«, sagte Laurel durch zusammengebissene Zähne. »Aber wahrscheinlich wäre es hilfreich, wenn Sie Ihren Kopf aus Ihrem Arsch ziehen würden, damit Sie besser sehen können.«

Kenner lief dunkelrot an. Er riß die Zigarette zwischen seinen Lippen heraus und wedelte damit durch die Luft; Asche regnete auf seinen Schreibtisch und auf die Papierlawine, die sich dort ausgebreitet hatte. »Sie wollen einen Rat haben, wo Sie Ihre Schwester am ehesten finden könnten? Da brauchen Sie nicht gerade in die Ferne zu schweifen – ein paar Dutzend Schlafzimmer in der näheren Umgebung dürften genügen.«

»Und genau dasselbe hätten Sie über Annie Gerrard auch gesagt, stimmt's?« Laurel triumphierte, als sie spürte, daß dieser Hieb saß. Ein Muskel in Kenners Kiefer zuckte, und er wandte den Blick ab. »Ja, Annie hat recht gern in der Gegend rumgevögelt. Und jetzt sehen Sie nur, wo man sie aufgefunden hat.«

Kenner wandte ihr den Rücken zu und starrte durch die Lamellen der krummen Jalousie hinaus. Danjermond kam um den Schreibtisch herum und nahm sachte ihren Arm. »Vielleicht wäre es das Beste, wenn wir beide uns darüber in meinem Büro unterhalten, Laurel.«

Mit einer geschmeidigen Geste drehte er sie zur Tür um und führte sie ins Vorzimmer, in dem Louella Pierce, Kenners Sekretärin, mit einer Nagelfeile in der Hand dasaß und jede Einzelheit des Wortgefechts in sich einsog, damit sie es im Pausenraum Schlag für Schlag ausplaudern konnte. Zwei uniformierte Beamte blickten mit einem hämischen Feixen von den Papieren auf ihrem Schreibtisch auf.

Da das Adrenalin weiterhin strömte, funkelte Laurel die beiden an. »Was, zum Teufel, gibt es hier zu gaffen?«

Augenbrauen schossen hoch, während Köpfe eingezogen wurden. Danjermond begab sich mit Laurel in den Korridor und zog sie mit sich, ohne stehenzubleiben. Seine Hand schien täuschend leicht auf ihrem Arm zu liegen, doch als sie versuchte, sich unauffällig von ihm zu lösen, gelang es ihr nicht.

»Ich wäre Ihnen sehr verbunden, wenn Sie mich jetzt losließen, Mr. Danjermond«, sagte Laurel leise und erbost, und ihre Augen sprühten Funken, als sie zu ihm aufblickte. »Die Nummer mit dem guten Bullen und dem bösen Bullen, die Sie gerade abgezogen haben, hat mir überhaupt nicht gefallen. Ich bin keine naive Zivilbürgerin, die mit wirren Gerüchten im Kopf hier hereinspaziert.«

»Nein«, sagte er seelenruhig, ohne das Tempo seiner Schritte zu ändern oder auch nur eine Miene zu verziehen, doch in seinem Blick stand eine gewisse Härte, als er auf sie hinunterschaute. »Sie sind eine ehemalige öffentliche Anklägerin, die in dem Ruf steht, ihre Behauptungen nicht mit Beweismaterial stützen zu können. Was für eine Reaktion haben Sie denn von ihm erwartet?«

In der Eingangshalle herrschte beträchtlicher Trubel. Das Gericht tagte, aber zu dem üblichen Kader von Anwälten, Urkundsbeamten, Gerichtsdienern und Stenographen kamen noch die Reporter hinzu, die wie die Geier auf der Lauer lagen und nur darauf warteten, daß man ihnen einen Brocken in Form der letzten Neuigkeiten über den Würger aus dem Bayou und die bisherigen Mordfälle vorwarf. Laurel witterte ihre Gegenwart. Ihr Magen schnürte sich zusammen, und ihre Nackenhaare stellten sich auf, als sie spürte, wie sich Blicke auf sie richteten – Augen, die beim Anblick, wie sie Arm in Arm mit dem Oberstaatsanwalt vorüberging, dem Goldjungen des Verwaltungsbezirks, vor blutrünstiger Erwartung leuchteten. Genauso wie in alten Zeiten steuerten sie sie automatisch an, fummelten an den Knöpfen von Kassettenrecordern herum, um sie einzuschalten, und wühlten nach Stiften und Notizbüchern. Sie kamen wie eine Woge angebrandet, und der Geräuschpegel, der ihr von ihnen entgegenschlug, erinnerte an ein Fernsehgerät, dessen Ton plötzlich laut aufgedreht worden war.

»Mr. Danjermond!«

»Ms. Chandler!«

»...besteht irgendein Zusammenhang...?«

»...beteiligen Sie sich an den Ermittlungen...?«

»...gibt es irgendwelche neuen Spuren...?«

Danjermond lief so seelenruhig weiter wie Moses, als er durch das Rote Meer schlenderte. »Kein Kommentar. Wir haben zu diesem Zeitpunkt keine Kommentare abzugeben. Ms. Chandler hat nichts dazu zu bemerken.«

Laurel haßte sich dafür, daß sie sich von ihm Rückendeckung geben und ihn die Hauptlast des Mediengewitters auf sich nehmen ließ. Er führte sie in sein Vorzimmer, und während er in der Tür ein letztes, vernichtendes »Kein Kommentar« an die frustrierten Presseleute richtete, lief sie schnurstracks an den neugierigen Blicken seiner Sekretärin vorbei und begab sich in die Stille seines geschützt gelegenen Büros.

Die Einzelheiten der Büroeinrichtung drangen nur peripher zu ihr vor – jadegrüne Wände, schwere Messinglampen, dunkle Ledersessel, der Geruch nach Möbelpolitur und Tabak mit Kirschbaumaroma, und alles hatte seinen Platz, und alles war an seinem Platz. Die Jalousien waren zugezogen und ließen das Büro so wirken, als herrschte Zwielicht. Die Atmosphäre des Raumes hätte sie vielleicht beschwichtigt, aber sie war zu sehr in ihren aufgewühlten Erinnerungen, Emotionen und Selbstvorwürfen gefangen. Die Form, in der Kenner sie hatte in Wut geraten lassen, erinnerte allzusehr an Szenen in Scott County –Auseinandersetzungen mit dem Sheriff, Tiraden, die auf ihre Assistenten und Kollegen losgelassen worden waren.

Sie holte tief Luft, stellte ihr Umherlaufen ein und hob beide Hände, um sie auf ihre Schläfen zu pressen. Wie in einem Traum konnte sie vor sich sehen, wie sie ihr Büro auseinandergenommen hatte, gewütet und getobt hatte, mit Dingen um sich geworfen und Gegenstände zerschlagen und geschrien hatte, bis Michael Hellerman, ihr Assistent, Bubba Vandross von der Sicherheit hinzugezogen hatte, damit er sie bändigte.

Nachdem sie monatelang psychisch an ihre Grenzen getrieben worden war, war sie ausgerastet. Im Moment war sie nicht derart gefährdet, aber sie war auch nicht allzuweit davon entfernt. Die frustrierenden Versuche, mit Kenner umzugehen, lösten wie auf Knopfdruck etwas in ihr aus. Sie hatte keinerlei Einfluß auf ihn, und Einfluß war genau das, was sie seit dem Tod ihres Vaters mehr als alles andere brauchte.

Und dann auch noch die Presse. Mein Gott, würde sie diesem ewig wiederkehrenden Kreislauf denn nie entkommen können? Wenn sie auf die Bermudas gegangen wäre statt ins Bayou Breaux, stünde sie dann jetzt, in eine Inselintrige verwickelt, im Büro des Gouverneurs?

Sie stieß ruckhaft den Atem aus und bemühte sich, einen Teil der Anspannung aus ihren Schultern herausfließen zu lassen. Sie mußte umdenken, ihre Gedanken sortieren. Sie mußte Savannah finden und die dunklen Schatten zerstreuen, die in ihrem Hinterkopf ihr Unwesen trieben.

Sie ließ eine Hand über das weiche Leder ihrer Handtasche gleiten und dachte an den merkwürdigen Krimskrams, den sie eingepackt hatte – den Ohrring, die Halskette, das Zündholzmäppchen. Sie hatte Kenner nichts von alledem gezeigt, da sie wußte, daß er diese Gegenstände nur als einen weiteren Beweis für ihre psychische Labilität angesehen hätte. Sie hätten Gott weiß woher stammen können. Sie hätten ausnahmslos Savannah gehören können.

Das Zündholzmäppchen ließ ihr keine Ruhe. Sie sah wieder vor sich, wie Jack es in seinen geschmeidigen Musikerhänden umgedreht hatte. Als sein Blick auf den Namenszug gefallen war, hatte sich sein Ausdruck sorgsam verschleiert. Eine Lederbar im französischen Viertel. Diskret, abgelegen, exklusiv. Ein Ort, an dem Masken an der Tagesordnung waren und alles für seinen Preis oder auch für die Verheißung eines entsprechenden Nervenkitzels zu haben war. Er hatte dort Recherchen für ein Buch angestellt.

Er hatte ihr die Arme über dem Kopf festgehalten und sie auf die Matratze gepreßt, als er ihrer beider Körper zusammengeführt hatte...

Jimmy Lee Baldwin fuhr auf Fesselspiele ab, sagte Savannah.

Savannah hatte sich fesseln lassen...

Übelkeit wogte in Laurels Magen auf, und sie lehnte sich an die antike Kredenz und schloß die Augen.

»Möchten Sie vielleicht einen Cognac?«

Sie hob den Kopf abrupt, als Danjermond die Tür leise hinter sich schloß.

»Natürlich nur aus rein medizinischen Gründen«, fügte er mit einer Andeutung von einem Lächeln hinzu.

»Nein«, sagte sie, drückte die Knie durch und bog die Schultern zurück. »Nein, danke.«

Er ließ die Hände in die Taschen seiner grauen Hose gleiten und schlenderte an einer Wand mit ledergebundenen Wälzern entlang. »Entschuldigen Sie, daß ich Ihnen in Kenners Büro nicht gerade eine große Hilfe war. Ich habe gelernt, daß man am besten mit ihm auskommt, wenn man gar nicht erst versucht, mit ihm auszukommen.« Er warf einen Seitenblick auf sie, mit dem er sie eindeutig taxierte.

»Und ich gebe zu, daß ich Sie in Aktion sehen wollte. Sie sind reichlich brutal, Laurel. Auf den Verdacht käme man nie, wenn man Sie ansieht – so zart, so feminin. Ich mag Widersprüche. Sie müssen viele Ihrer Gegner überrumpelt haben.«

»Ich mache meine Sache gut. Wenn die gegnerische Partei sich davon überrumpeln läßt, dann kann ich sie schlichtweg nur als dumm bezeichnen.«

»Ja, aber es ist nun einmal eine Tatsache, daß Leute gewisse Schlüsse aus dem Äußeren und der sozialen Herkunft eines Menschen ziehen. Da ich aus einer prominenten Familie stamme, habe ich die entsprechenden Vorurteile anderer selbst schon einstecken müssen.«

Laurel zog eine Augenbraue hoch. »Wollen Sie mir etwa einreden, Sie seien zwar ein Sohn der Danjermonds aus dem Garden District und stammten von den Danjermonds ab, die die Reedereien betreiben, aber im Grunde Ihres Herzens seien Sie nichts weiter als ein guter Kerl? Es fällt mir nicht gerade leicht, Ihnen das abzunehmen.«

»Ich sage lediglich, daß man ein Buch nicht nach seinem Einband beurteilen kann – ob er einem nun gefällt oder auch nicht. Man weiß nie wirklich, was sich hinter Häßlichkeit verbergen oder im Herzen von Schönheit lauern könnte.«

Sie dachte wieder an Savannah, ihre schöne Schwester, wie sie sich in Frenchie's mit Annie Gerrard geprügelt hatte, wie sie bei Mondschein vor Astor Coopers Fenster Exkremente an die Mauer des Pflegeheims St. Joseph's schmierte. Seufzend schloß sie die Augen und rieb sich die Stirn, als könnte sie jeden Zweifel aus ihrem Gehirn schrubben.

»Ich werde tun, was ich kann, um Kenner zu beeinflussen«, sagte Danjermond freundlich.

Er stand jetzt hinter ihr, so dicht, daß sie seine Nähe wahrnehmen konnte. Er legte seine gepflegten Hände auf ihre Schultern und begann, methodisch die Spannung herauszumassieren. Laurel hätte sich am liebsten dagegen aufgelehnt, doch sie wich nicht zurück, da sie unsicher war, ob seine Geste dem Mitgefühl oder dem Streben nach Dominanz entsprang, und ebenso unsicher war sie, ob ihre Reaktion Courage oder stillschweigendes Dulden ausdrückte.

»Ich kann Ihnen allerdings nichts versprechen«, sagte er mit ruhiger Stimme. »Ich fürchte, was die Information zu Baldwin angeht, hat sein Desinteresse triftige Gründe. Ihre Schwester hat gewissermaßen ein Problem, was ihre Glaubwürdigkeit angeht. Insbesondere, da sie verschollen ist. Sie kennen sich doch bestens aus, wenn es um Probleme mit der Glaubwürdigkeit eines Menschen geht, nicht wahr, Laurel?«

Sie riß sich von ihm los, drehte sich zu ihm um und ließ die gesamte Wucht ihrer Wut ausbrechen. »Ich komme blendend ohne diese Gedächtnishilfen aus, vielen Dank, und auch ohne all die anderen kleinen spitzen Bemerkungen, die Sie so gern wie Messerstiche in unsere Gespräche einfließen lassen. Auf wessen Seite stehen Sie überhaupt?«

Er lächelte dieses symmetrische Androidenlächeln, das sie jedesmal wieder zermürbte. »Die Rechtsprechung stellt sich auf die Seite dessen, der im Recht ist. Die Natur dagegen entscheidet sich für den Stärkeren«, hob er hervor. »Die Koinzidenz von Recht und Stärke ist jedoch nicht immer gegeben.«

Er ließ diese kryptische Aussage in der Luft hängen, während er einen schönen Zigarrenbehälter aus Kirschbaum auf seiner Schreibtischplatte öffnete und eine kostspielige schlanke Zigarre auswählte. »Der Gerichtssaal weist oft mehr Ähnlichkeit mit einem Dschungel als mit der Zivilisation auf«, sagte er, während er das Ritual vollzog, das Ende der Zigarre abzuschneiden. »Stärke ist von allergrößter Bedeutung. Ich muß wissen, wie stark Sie sind, falls wir beide zusammenarbeiten werden.«

»Dazu wird es nicht kommen«, sagte Laurel kategorisch und ging auf die Tür zu.

Er ließ sich auf seinen hochlehnigen Stuhl gleiten und drehte die Zigarre zwischen den Fingern. »Das werden wir ja sehen.«

»Ich habe anderes zu tun«, fauchte sie und war erbost über seine selbstgefällige Zuversichtlichkeit, daß sie seinem verlockenden Angebot sowie auch dem Reiz seiner Person nicht würde widerstehen können. »Zum Beispiel, meine Schwester zu finden, da mir das Büro des Sheriffs dabei offensichtlich kaum eine Hilfe sein wird.«

Ein Feuerzeug flackerte in seinen Händen auf, und er zog an der Zigarre; ein würziger Duft stieg in die Luft auf. »Ich würde mir keine allzu großen Sorgen um sie machen, Laurel«, sagte er, und sein gutgeschnittenes Gesicht war in duftenden Rauch gehüllt, der ein leichtes Kirscharoma hatte. »Sie kann durchaus nach New Orleans gefahren sein, wie es ihr Geliebter angedeutet hat. Vielleicht genießt sie aber auch die Reize eines anderen Mannes. Sie wird schon wieder auftauchen.«

Aber in welcher Verfassung würde sie wieder auftauchen? Diese Frage schnürte ihr die Kehle zu. Falls Savannah in einen inneren Abgrund gestürzt war, was würde dann noch von ihr übrig sein? Die Möglichkeiten machten sie krank. Eines war gewiß – Savannah würde nicht mehr die Schwester sein, auf die sich Laurel immer verlassen hatte. Diese Vorstellung ließ das Kind in ihr weinen.

Prejean's Bestattungsinstitut war typisch für Acadiana. Es war in den sechziger Jahren erbaut worden, ein niedriger Backsteinbau mit einer Überfülle an Blumenbeeten vor dem Haus, und drinnen herrschte eine seltsame Mischung aus Sterilität, Seelenruhe und Gram. Der Teppichboden war aus flachem, gewerbetauglichem, schmutzigbraunem Nylon, dazu gedacht, ewig zu halten und die Geräusche von guten schwarzen Schuhen mit Ledersohlen zu dämpfen, die darauf herumliefen. Die niedrigen Decken waren mit schalldämpfendem Material isoliert, das schon zahllose Schluchzer und gemurmelte Beileidsbekundungen geschluckt hatte.

Prejean's hatte für Zeiten, in denen beklagenswert viel zu tun war, zwei Empfangszimmer und eine große Küche, die wahrscheinlich ungenützt geblieben wäre, wenn die Leute gewußt hätten, wieviel Ähnlichkeit sie mit dem Raum aufwies, in dem die Toten einbalsamiert wurden. Aber wie bei jedem anderen geselligen Anlaß im Süden von Louisiana wurde auch hier Essen serviert, um Trost zu spenden und den weiteren Fortgang des Lebens zu bekräftigen. Freundinnen von T-Grace, Nachbarinnen und andere Gemeindemitglieder der katholischen Kirche Unserer Muttergottes von den Sieben Leiden würden sich jetzt gewiß in der Küche aufhalten, starken Kaffee überbrühen und belegte Brote vorbereiten. Laurel wußte, daß Mama Pearl einen Kokosnußkuchen mitgebracht hatte.

Diejenigen, die gekommen waren, um den Delahoussayes ihr Beileid zu bekunden, versammelten sich in der Kapelle. Der Sarg war unter einem polierten Eichenkreuz am vorderen Ende des Raumes aufgebahrt. Der Sarg war geschlossen, und auf dem Deckel türmten sich weiße Chrysanthemen und Gardenien, als wollte man jedem gewaltsam von dem Versuch abraten, ihn zu öffnen. An beiden Enden flackerten in hohen Messinghaltern Kerzen.

Die Leute standen in Dreier- und Vierergrüppchen dicht zusammengedrängt am hinteren Ende des Raumes, als wollten sie sich soweit wie möglich vom Tod distanzieren und doch mit ihrer Gegenwart der Familie eine Stütze sein. Weiter vorn saßen ernsthafte Trauergäste auf Stuhlreihen aus Chrom und Plastik, die wie Legospielzeug ineinandergriffen. Enola Meyette führte das Beten des Rosenkranzes an, ein leises Murmeln auf Französisch, das flüsternde Gespräche und unterdrücktes Weinen unterlegte.

T-Grace saß in einem schlecht sitzenden schwarzen Kleid ganz vorn in der Mitte. Ihr Gesicht war verquollen, das rote Haar stand von ihrem Kopf ab, als hätte man sie mit Elektroschocks behandelt, und ihre Augen waren riesig und blutunterlaufen. Auf einer Seite wurde sie von einem stämmigen Sohn gestützt. Zu ihrer Rechten saß Ovide wie ein Katatoniker; sein Mund hing schlaff herunter, und die Schultern waren von der Last seines Kummers gebeugt.

Laurel tat es in der Seele weh, die beiden so dort sitzen zu sehen, als sie sich einen Weg durch die Menge bahnte, um ihr Beileid zu bekunden. Sie kniete sich vor T-Grace hin und nahm eine knochige Hand, die mindestens so kalt sein mußte wie die der Tochter, die tot in dem Sarg lag.

»Es tut mir ja so leid, T-Grace, Ovide«, flüsterte sie, und Tränen füllten ihre Augen. Von frühester Kindheit an war sie dazu erzogen worden, ihre Gefühle artig zu verbergen. Selbst auf dem Begräbnis ihres Vaters hatte Vivian sie und Savannah ermahnt, in ihre Taschentücher zu weinen, damit sie nicht auffielen. Aber sie hatte schon einen zu langen Tag hinter sich und war zu müde und zu aufgedreht für alles, was über einen Funken von Zurückhaltung hinausging.

T-Grace schaute auf sie hinunter und bemühte sich, tapfer zu lächeln; ihre dünnen Lippen verzogen sich und zitterten vor Anstrengung. »*Merci,* Laurel. Du bist immer so gut zu uns.«

Laurel drückte die Hand, die in ihrer lag, und drängte die Gefühle zurück, die sich in ihrer Kehle stauten. »Ich wünschte, ich könnte mehr tun«, flüsterte sie und fühlte sich ohnmächtig.

Sie wandte sich an Ovide und versuchte, sich etwas einfallen zu lassen, was sie zu ihm hätte sagen können, doch seine Blicke waren auf den Sarg seiner Tochter geheftet, und eine Form von dumpfem Schock hatte sie glasig werden lassen, als hätte er eben erst begriffen, wie endgültig Annies Abwesenheit war.

Als Mrs. Meyette die nächste Zehnergruppe des Rosenkranzes anstimmte, erhob sich Laurel und zog sich ans hintere Ende des Raumes zurück, da die Rituale des Todes schon immer Unruhe und Unbehagen in ihr wachgerufen hatten. Sie sah sich in der Menschenmenge um und hielt Ausschau nach Jack, fand ihn jedoch nirgends. Sie wußte nicht, für wen sie die größere Traurigkeit verspürte, für T-Grace und Ovide oder für sich selbst. So was Dummes. Wie oft hatte er ihr schon gesagt, auf ihn sei kein Verlaß?

Und wie oft hatte er seine eigenen Worte schon Lügen gestraft?

Er war ein Betrüger, der Verwirrspiele mit seiner Persönlichkeit betrieb. Hinter einer täuschenden Fassade von Verantwortungslosigkeit und Rücksichtslosigkeit verbarg er ein Herz, das vor Mitgefühl überströmte und ein anderes, das von Leid und Schuldgefühlen niedergedrückt wurde. Mit enormer Behendigkeit lösten diese Aspekte einander ab, und im einen Moment kam nur einer von ihnen ans Licht, im nächsten Moment dann wieder ein anderer. Wer war Jack in Wirklichkeit? Würde er sie jemals so nah an sich herankommen lassen, daß sie sich ein eigenes Bild davon machen konnte?

Es flößte ihr ein wenig Schuldbewußtsein ein, daß sie während einer Totenwache an ihn dachte, aber in diesem Augenblick hätte sie so ziemlich alles dafür gegeben, seine Arme um sich zu spüren und zu hören, wie seine rauchige Stimme ihr etwas Respektloses ins Ohr murmelte. Sie war müde und besorgt, und sie wünschte sich sehnlichst einen Menschen, mit dem sie über ihre Ängste reden konnte.

Ein Anruf im Maison de Ville in New Orleans hatte ihr bestätigt, daß sich Savannah dort nicht aufhielt. Ein Anruf im Le Mascarade hatte ihr nichts weiter als ein Hohnlachen eingebracht. Die Namen der Gäste wurden vertraulich behandelt. Sie hatte Ronnie Peltier aufgespürt, der für eine Viehfutter- und Saatguthandlung Säcke schleppte. Er hatte Savannah seit dem Dienstag abend nicht mehr gesehen. Sie sei miserabel gelaunt in seinem Wohnwagen aufgetaucht und ein oder zwei Stunden später wieder gegangen. Er behauptete, sie seitdem nicht mehr gesehen zu haben.

Laurel entdeckte ihn mit einigen seiner Kumpel – Taureau Hebert und ein paar anderen Stammgästen der Bar – am anderen Ende des Raumes. Sie wirkten alle auffallend jung und mieden mit ihren Blicken den Sarg. Ihre Krawatten schienen sie einzuengen.

»Es ist einfach faszinierend, finden Sie nicht auch?«

Sie zuckte zusammen, als Danjermonds Stimme gesenkt und leise in ihr Ohr drang. Er stand neben ihr und wirkte wie aus dem Ei gepellt, so frisch gebügelt wie am Morgen, sein Anzug makellos, die Krawatte einwandfrei gebunden. Neben ihm kam sich Laurel verschwitzt und verknittert vor, obwohl sie geduscht und sich umgezogen hatte, ehe sie hergekommen war. Allein schon, daß er diese Wirkung auf sie ausübte, war ihrer Meinung nach Grund genug, ihm aus dem Weg zu gehen.

»All diese verschiedenen Abwehrmechanismen, die die Leute entwickeln, um mit dem Tod umzugehen«, sagte er und ließ mißbilligend den Blick über die Versammlung von Gläubigen und Hinterbliebenen schweifen. »Ein kräftiger Schuß Religion, ein paar Gerüchte, ein paar Witze, all das mit dem Kaffee serviert, und hinterher dann ein Stück Kuchen.«

»Menschen schöpfen Trost aus Ritualen«, sagte Laurel und versuchte, ihm seitlich auszuweichen, doch er hatte sie gekonnt zwischen sich selbst und einer Topfpalme in die Enge getrieben.

»Ja, das ist wahr«, murmelte er, und seine scharfen grünen Augen sogen das Bild des Kummers auf, das sich ganz vorn im Raum bot. T-Grace hatte wieder zu schluchzen begonnen, und ihre Kinder scharten sich um sie. Mrs. Meyette hob die Stimme, ließ aber die Kadenz ihrer Ave Marias keinen Moment lang abreißen.

»Sind Sie in amtlicher Eigenschaft hier oder nur aus morbider Schaulust heraus?«

Ihr Sarkasmus ließ ihn eine Augenbraue hochziehen. »Wäre es Ihnen lieber gewesen, wenn Kenner als offizieller Vertreter der Gemeinde Partout hier erschienen wäre?«

»Noch nicht mal er wäre derart abgestumpft.«

T-Grace stieß eine Reihe von herzzerreißenden und ohrenbetäubenden Klagelauten aus und wurde von einem ihrer Söhne und

Leonce Comeau mehr oder weniger aus dem Saal gezerrt. Ihnen folgten der alte Doc Broussard, der seine schwarze Tasche mit sich herumschleppte, und Vater Antaya, und beide waren darauf gefaßt, bereitwillig ihre jeweilige Form von Medizin zu verabreichen.

»Sind Sie inzwischen auf eine Spur Ihrer Schwester gestoßen?« fragte Danjermond.

»Nein, aber wenn Sie mich jetzt entschuldigen würden – ich habe gerade jemanden gesehen, der mir dabei behilflich sein könnte.«

Laurel griff auf Kunstfertigkeiten zurück, die auf zahllosen Cocktailparties ausgefeilt worden waren, und ehe er Einwände erheben konnte, war sie bereits von seiner Seite verschwunden und bahnte sich einen Weg zum vorderen Ende des Raumes. Das letzte Amen wurde gesprochen, und diejenigen, die gebetet hatten, erhoben sich steif; die Perlen klapperten aneinander, als Rosenkränze in Handtaschen, Säckchen und Jackentaschen verstaut wurden.

Als Leonce den Saal wieder betrat, war sein vernarbtes Gesicht grimmig, und auf seiner kahlen Stelle glänzte Schweiß. Er zog ein rotes Taschentuch aus der Gesäßtasche und tupfte sich die Feuchtigkeit vom Schädel. Er hatte ein schwarzes Jackett über sein schwarzes T-Shirt und die schwarzen Jeans gezogen und die Ärmel bis zu den Ellbogen raufgeschoben, was ihn eher wie einen Künstler oder einen Rockstar und nicht wie einen Trauergast wirken ließ.

»He, *chère,* wo willst du denn hin?« fragte er und bewerkstelligte ein mattes Lächeln, während er eine Hand auf Laurels Arm legte. »Ist Jack hier?«

»Nein.«

Er wandte den Blick eilig ab, damit sie die Hoffnung nicht sehen konnte, die in seinen Augen aufflackerte. Dann schaute er auf den Sarg aus blankpoliertem, schimmerndem Eichenholz unter einer Decke aus wächsernen Gardenien und gefiederten Chrysanthemen. »Das hätte ich mir gleich denken können. Jack geht nicht zu Begräbnissen. Ich schätze, er hat eine Beerdigung zuviel hinter sich gebracht.«

Laurel gab einen Laut von sich. »Wie geht es T-Grace?«

»Sie hat sich im Büro vom alten Prejean hingelegt.« Er schüttelte den Kopf, denn seine Verwunderung hatte sich immer noch nicht gelegt. »Wenn das nicht herzergreifende Schreie waren, was?«

»Ich kann mir vorstellen, daß der Verlust eines Kindes innerlich viele Dinge aufreißen und ausbrechen läßt.«

»Ja, das stimmt wohl.« Seine dunklen Augen hefteten sich wieder auf den Sarg, weil er eine gewisse abergläubische Furcht davor hatte, ihm den Rücken zuzukehren. »Die arme Annie«, murmelte er. »Sie hat einen Schwanz zuviel geneckt. Und dabei wollte sie doch nur ihren Spaß haben. Man muß sich mal überlegen, was sie sich damit eingehandelt hat.«

Diese Andeutung ließ Laurel finster blicken. Niemand war darauf aus, gefoltert und ermordet zu werden. Keine Frau verdiente ein Ende von der Sorte, wie Annie es gefunden hatte, ganz gleich, was für ein Leben sie auch geführt haben mochte. Dieser Gedanke leitete sie unmittelbar zu Gedanken an Savannah über, und Laurel schlug das Herz in der Kehle.

»Leonce, hast du Savannah in den letzten Tagen gesehen?«

Er riß den Kopf zu ihr herum, und seine Augenbrauen zogen sich in einer Form über seinen Augen zusammen, die seine Narben noch länger und auffälliger wirken ließ. »He, das kann man wohl sagen. Über die muß ich wirklich mit dir reden«, sagte er unheilverkündend.

Er nahm wieder ihren Arm und führte sie zur Tür hinaus in den Schatten des Korridors, der zu dem Raum führte, in dem Prejean sein Handwerk ausübte, Menschen für das ungewisse Jenseits bereitzumachen. Die Haut auf Laurels Nacken prickelte, und sie warf einen nervösen Blick auf die Kapelle über die Schulter zurück.

Leonce ließ sie los und trat zurück. Er stemmte eine Hand in die Taille und berührte mit der anderen gedankenverloren seine Wange, rieb mit den Fingerspitzen die Narbe, als könnte er sie so wegzaubern. »Am Dienstag abend komme ich aus Loreauville zurück – da singe ich manchmal mit einer Band, verstehst du? –, und ich fahre die Tchoupitoulas runter, etwa eine Straßenkreuzung vom St.-Josephs-Heim entfernt. Und da kommt doch wahrhaftig Savannah durch das Gras gerannt und läuft direkt vor mir über die Straße. Fast hätte ich sie überfahren, verdammt noch mal. Ich beuge mich also zum Fenster raus und schreie: ›He, was ist denn mit dir los, *chère*? Bist du verrückt geworden oder was?‹«

Laurel fühlte sich, als sei aus großer Höhe ein Amboß auf sie gefallen. Das war nicht die Geschichte, die sie hatte hören wollen. Sie wollte von ihm hören, daß er gesehen hatte, wie ihre Schwester nach Lafayette gefahren war, um Freunde zu besuchen, oder daß sie mit einem Liebhaber zu einem Stelldichein nach New Orleans aufgebrochen war. Sie wollte keineswegs einen Verdacht bestätigt haben, der sie vor Furcht zittern ließ.

Leonce beobachtete sie und wartete auf Reaktion in irgendeiner Form. Irgendwie brachte sie es fertig, den Mund aufzumachen und Worte herauszubringen. »Hat sie dir etwas darauf geantwortet?«

»Oh, ja«, schnaubte er. »Sie kommt um den Wagen rum zum Seitenfenster und sagt mir, ich soll mich selber ficken. Wie gefällt dir das?«

»Überhaupt nicht«, murmelte Laurel. Sie stieß den Atem aus, strich sich mit den Fingern das Haar zurück und ging langsam im Kreis um Leonce herum. Ihr Gehirn beschäftigte sich automatisch damit, die Geschichte in das Gerüst der übrigen Fakten einzubauen, die sie eingeordnet und abgeheftet hatte. Tränen stiegen in ihre Augen auf, und die Nerven in ihrem Bauch schlangen sich eng um einen heißen Knoten Angst herum.

»He«, brachte Leonce gedehnt hervor und spreizte die Finger weit auseinander. »Ich wollte dich nicht durcheinanderbringen, *chère*. Ich fand nur, du solltest es wissen.« Er streckte besorgt eine Hand aus, um sie zu trösten. Seine Finger krümmten sich um ihre Schulter, und sein Daumen strich zart über den Puls in ihrer Kehle. »Möchtest du vielleicht einen mit mir trinken gehen oder so was und darüber reden? Ich bin nämlich ein ziemlich guter Zuhörer.«

Während Fluchtgedanken einen enormen Reiz auf sie ausübten, konnte die Vorstellung, mit Leonce zu flüchten, sie gar nicht locken. In seinen großen dunklen Augen stand gerade genug männliches Interesse, um das Mitgefühl aufzuheben, das er ihr anbot. Und um die Wahrheit zu sagen, wenn sie sich dessen auch noch so sehr schämte, dann sah sie ihn doch schrecklich ungern an. Die Narbe zog ihre Blicke ständig auf sich – die glatte, glänzende Hautstruktur und die grotesken Klumpen Narbengewebe, die seine Stirn, seine Nase und seine Oberlippe verunstalteten.

»Wir können wo hingehen, wo es dunkel ist«, sagte er, und seine melodische Stimme wurde hart und verlor jede Modulation. Einen

Moment lang spannten sich seine Finger fester um ihre Schulter, und dann riß er sie zurück.

Laurel spürte, wie sich ihr Schuldbewußtsein augenblicklich regte. »Nein, Leonce, ich wollte damit nicht...«

»Ist alles in Ordnung, Laurel?«

Danjermond stand am Ende des Ganges, halb im Licht und halb im Schatten, und sein fester Blick glitt langsam von ihr auf Leonce und dann wieder auf sie zurück. Leonce fluchte leise auf Französisch, ließ sie stehen und lief auf einen Seitenausgang zu.

Laurel stieß einen Seufzer aus und drückte sich die Brille auf die Nase. »Ja, es ist alles einfach klasse.«

»Ich wollte gerade gehen«, sagte er, zog die Schlüssel zu seinem Jaguar heraus und ließ sie von seiner Hand baumeln. »Hätten Sie vielleicht Lust, auf einen Drink oder eine Tasse Kaffee mit mir zu kommen?«

Sie schüttelte den Kopf und war verwundert über seine Unfähigkeit, das Konzept des Wortes »nein« zu begreifen. »Ihre Beharrlichkeit ist erstaunlich, Mr. Danjermond.«

Er lächelte dieses Katzenlächeln. Sie konnte sich fast ausmalen, wie ein leises Schnurren aus seiner Kehle drang. »Wie ich bereits sagte: Die Natur belohnt Stärke und Zähigkeit.«

»Heute abend tut sie das bestimmt nicht.« Laurel ließ die Hand in ihre Handtasche gleiten und löste die Kette, an der der Schmetterling hing, von ihrem Schlüsselbund. »Ich gehe nach Hause.«

Danjermond neigte den Kopf und gab nach. »Dann eben ein anderes Mal.«

Nicht, ehe die Hölle zufriert, dachte Laurel, als sie auf den Parkplatz hinaustrat. Der Himmel war im Westen leuchtend purpur und orange. Die Lichter des Parkplatzes wurden unter lautem Klicken und Surren eingeschaltet. Sie schloß die Tür des Acura auf, glitt hinter das Steuer und überlegte sich, daß sie sich lieber einer Kieferoperation unterziehen würde, als mit Stephen Danjermond auszugehen. Eine Verabredung mit ihm mußte darauf hinauslaufen, daß man sich freiwillig bereit erklärte, sich Nadeln ins Gehirn stechen zu lassen. Sie fragte sich, ob er jemals ein Gespräch geführt hatte, das nicht auf drei Ebenen simultan verlief. Vielleicht als Kind – falls er jemals ein Kind gewesen war. Die Danjermonds aus dem Garden

District sahen wahrscheinlich auf jede Vorstellung von Kindheit so mißbilligend hinab, wie ihre eigene Mutter es getan hatte.

Seltsam, dachte sie, daß sie das miteinander gemeinsam hatten und sich doch derart unterschiedlich weiterentwickelt hatten. Aber andererseits hatte sie bereits am eigenen Leib erlebt, daß gemeinsame Erfahrungen keine identischen Reaktionen garantierten. Sie und Savannah hätten einander kaum unähnlicher sein können. Tausende von Teenagern wurden im Lauf ihres Lebens von Vätern, Stiefvätern oder anderen Männern belästigt; nicht alle reagierten so darauf, wie Savannah es getan hatte. Statistiken zeigten, daß mißhandelte Knaben zu mißhandelnden Männern heranwuchsen, aber sie konnte sich einfach nicht vorstellen, Jack könnte ein Kind schlagen – er hatte um das Kind geweint, das er verloren hatte, ohne vorher von seiner Existenz zu wissen.

Jack. Sie fragte sich, wo er wohl war und ob er ganz für sich allein den Verlust einer Freundin beklagte oder ob er eine Flasche Wild Turkey in sich hineinschüttete und sich dabei einredete, daß er keine Freunde hatte. Er trank zuviel. Sie machte sich zuviel aus ihm. Irgendwo hatte sie einmal gelesen, daß Liebe nicht immer besonders bequem war, aber sie hatte nie glauben wollen, daß Liebe absolut hoffnungslos sein konnte. Jack schwor, daß er keine emotionalen Verwicklungen haben wollte. Da sie von ihrer eigenen Anspannung zerrissen und in alle Richtungen gleichzeitig getrieben wurde, fühlte sie sich nicht stark genug, um ihn vom Gegenteil zu überzeugen.

Sie fühlte sich auch nicht stark genug, um Tante Caroline heute abend gegenüberzutreten, doch unter den gegebenen Umständen hatte sie keine andere Wahl. Sie hatte es so lange vor sich hergeschoben, wie es nur irgend ging. Jetzt würde sie sich mit ihrer Tante hinsetzen und sämtliche Fakten und Befürchtungen in bezug auf ihre Schwester aussprechen müssen.

Das Grauen lag ihr wie ein Bleigewicht im Magen, als sie den Wagen anließ und sich auf den Weg nach Belle Rivière machte, ohne auch nur einen Moment lang die Augen wahrzunehmen, die sie im Schutz der Dunkelheit gehässig und gebannt beobachteten.

Es brannte kein Licht im Haus. Laurel betrat es durch die Haustür und verspürte schuldbewußte Erleichterung. Wenn es auch noch so notwendig war, mit Caroline über Savannah zu reden, dann war sie doch unwillkürlich froh über diesen Aufschub. Der Tag war ohnehin schon lang genug und anstrengend genug gewesen.

Die Nachricht auf dem Tisch in der Eingangshalle besagte, daß Caroline nach New Iberia gefahren war, um den Abend dort mit Freunden zu verbringen. Mama Pearl hatte bestimmt noch Küchendienst bei Prejean, bis der letzte der Trauergäste den letzten Kaffee ausgetrunken hatte.

Laurel lehnte sich einen Moment lang an den Tisch in der Eingangshalle und bemühte sich, die Stille zu absorbieren. Das alte Haus stand um sie herum, stabil, solide und zuverlässig, und gab gelegentlich ein Ächzen und ein Stöhnen von sich, Laute, die vertraut waren und im allgemeinen Trost spendeten. Heute abend verstärkten sie jedoch nur das hohle Gefühl von Einsamkeit, das in ihrem Innern klaffte.

Sie fühlte sich allein. Im Stich gelassen. Schuld daran, daß sie ihre Schwester in den Wahnsinn hatte abgleiten lassen.

Sie rang mit ihren Gefühlen, als sie die Tür öffnete, die in den Garten führte, und hinaustrat. Rastlos lief sie über die Steinplatten der Pfade und entfernte sich nicht zu weit von der Galerie. Nach einer Weile ließ sie sich auf einer Bank nieder, rollte sich in einer Ecke zusammen und warf ihre Handtasche auf die Sitzfläche neben sich.

Im Mondschein war der Garten gespenstisch. Dunkle Umrisse hockten zusammengekauert zwischen langen Schatten, und immer wieder war ein gedämpftes Rascheln zu vernehmen. Tagsüber war der Garten eine üppige Pracht, wunderschön, und er hatte es dringend nötig, gründlich gejätet zu werden. Genau das hatte sie in Belle Rivière gesucht – stille Tage, die sie mit Gartenarbeit verbrachte, Mama Pearls mürrisches Getue und ihre dick machenden Mahlzeiten, Tante Carolines unermüdliche Kraft und ihren Pragmatismus, Savannahs Beistand.

»Weine nicht, Baby. Daddy ist nicht mehr bei uns, aber wir werden immer füreinander dasein.«

Wie selbstsüchtig sie doch gewesen war. Immer wieder hatte sie Savannahs Trost gesucht, Savannahs Schutz. Und sie hatte zu große Angst davor gehabt, die Liebe ihrer Mutter zu verlieren, um sich für Savannah einzusetzen. Sie war ganz und gar in der Schule aufgegangen, dem College, dem Jurastudium, ihrer Arbeit, während Savannah mit bitteren Erinnerungen und zerstörter Selbstachtung zurückgeblieben war.

Erhebe dich über deine Vergangenheit. Laß sie hinter dir zurück. Vergiß sie. Sie behauptete von sich, all das getan zu haben, und es hatte sie immer in Wut versetzt, daß Savannah das nicht konnte, es nicht *wollte.* Vielleicht hätte ihre Schwester nichts weiter gebraucht als jemanden, auf den sie sich stützen konnte, der ihr half, der ihr beistand, statt sie zu verhöhnen, aber Laurel war fort gewesen und hatte die Schlachten anderer Leute geschlagen.

»Es tut mir leid, Savannah«, flüsterte sie, und Tränen rannen über ihre Wangen. »Es tut mir ja so leid. Bitte, komm nach Hause, damit ich es dir persönlich sagen kann.«

Einzig eine Eule aus den Wäldern jenseits von L'Amour antwortete ihr. Dann setzte Stille ein. Absolute Stille. Ihr Nacken prickelte, und sie nahm eine aufrechtere Haltung ein und strengte ihre Augen an, um in die Nacht zu sehen, hielt den Atem an und versuchte über das Rauschen ihres Pulses in ihren Ohren hinweg etwas zu hören. Sie bildete sich ein, Augen starrten sie durch das hintere Gartentor an, aber auf der anderen Seite der Eisenstäbe konnte sie nichts erkennen. Sie dachte an ihre Schwester, die durch die Nacht irrte, außer sich vor Wut und von tiefem Leid erfüllt.

»Savannah?«

Grillen zirpten, und Frösche antworteten ihnen vom Bayou, über dessen Ufer ein dichter Nebel schwebte.

Böswilligkeit kroch über ihre Haut wie Würmer.

Sie löste den Blick nicht von dem Tor, als sie sich über ihre Handtasche beugte und nach ihrer Waffe tastete.

»Wenn du auf mich schießen willst, dann wirst du dich umdrehen müssen, *'tite chatte.*«

Laurel stieß einen schrillen Schrei aus, und als sie sich umdrehte, stellte sie fest, daß Jack hinter ihr stand, kaum einen Meter weit von ihr entfernt. Ihr Herz stand für den Bruchteil einer Sekunde still. »Wie, zum Teufel, bist du hier reingekommen?«

»Die Haustür war offen«, sagte er achselzuckend. »Du solltest dich wirklich besser vorsehen, Süße. Derzeit laufen alle Arten von Irren durch die Gegend.«

»Ja«, sagte Laurel und ignorierte seinen sarkastischen Tonfall. Ihr Schreck war zu groß für ein harmloses Geplänkel. »Ich dachte, einen von ihnen hätte ich auf der anderen Seite des Tores gehört.«

Stirnrunzelnd lief Jack an ihr vorbei und ging nachsehen. Als er zurückkam, schüttelte er den Kopf. »Nichts. Wofür hast du es denn gehalten? Für jemanden, der sich im Gebüsch herumtreibt?«

Für Savannah, dachte sie, und die Vorstellung, daß sie es hätte sein können, machte sie krank, während sie gleichzeitig erleichtert darüber war, daß es nicht der Fall gewesen war. »Was hast du hier zu suchen?«

Eine gute Frage. Jack grub die Hände in die Taschen seiner Jeans, schlenderte an der Galerie entlang und kam wieder zurück. Er hatte den Abend damit zugebracht, am Bayou entlangzulaufen, und er war bemüht gewesen, eine möglichst große Entfernung zwischen sich und Prejean's Bestattungsinstitut zu legen. Der Gedanke an eine Totenwache war ihm unerträglich, und doch hatten seine Gedanken um alle Einzelheiten gekreist – den Sarg, den betäubenden Blumengeruch, das Herunterbeten des Rosenkranzes. Er hätte ebensogut gleich hingehen können, so aufgerieben fühlte er sich jetzt.

»Ich weiß es nicht«, flüsterte er und wandte sich wieder zu Laurel um. Das war eine Lüge. Er wußte es nur zu gut. Er brauchte sie und wollte sie in seinen Armen fühlen, weil sie real vorhanden und am Leben war und weil er sie liebte. *Dieu,* welche eine Dummheit, welch eine Grausamkeit, daß er sich ausgerechnet in einen so guten Menschen verlieben mußte. Er konnte es ihr noch nicht einmal sagen, weil er wußte, daß es keinen Bestand haben konnte. Nichts Gutes hatte jemals Bestand, wenn er es erst einmal berührt hatte.

»Ich habe deinen Wagen gesehen«, sagte er, und seine Stimme war gepreßt und heiser. »Ich habe Licht gesehen…«

Seine breiten Schultern hoben und senkten sich. Er wandte sich ab, um wieder umherzulaufen, doch ihre kleine Hand legte sich auf seinen Arm und hielt ihn so wirksam wie ein Anker fest. Er schaute in ihr Engelsgesicht hinunter, und die Luft ballte sich in seiner Lunge zur Faust. Sie hatte ihre Brille auf dem Tisch in der Eingangshalle liegen lassen und sah mit nachtblauen Augen zu ihm auf, in denen sich das Verlangen widerspiegelte, das seine Seele marterte.

»Eigentlich ist es gar nicht wichtig«, sagte sie liebevoll.

Es spielte keine Rolle, daß sie miteinander gestritten hatten oder daß sie keine Hoffnung für eine gemeinsame Zukunft sah. Es ging jetzt nur um diese eine Nacht, und sie fühlte sich so allein und so ängstlich. Sie schaute in die Schatten seines Gesichts auf und nahm den markanten Schnitt seiner Züg wahr, das vernarbte Kinn und die Augen, die soviel Leid gesehen hatten. Es war nicht das Gesicht des liebenswürdigen Mannes, der ihr nichts Böses tun würde, nicht das Gesicht des sanftmütigen Geliebten, den sie sich immer für sich vorgestellt hatte, aber sie liebte ihn wirklich, und als sie beide dastanden und litten, brauchte sie ihn so dringend, daß sie glaubte, sie könnte vor Sehnsucht nach ihm sterben.

»Sag einfach nur, daß du bleibst«, flüsterte sie. »Nur heute nacht.«

Er hätte nein sagen sollen. Er hätte fortgehen sollen, aber andererseits war er nie allzu gut darin gewesen, das Richtige zu tun. Und er konnte ihr nicht in die Augen sehen und nein sagen.

»Du solltest besser nichts mit mir zu tun haben wollen«, murmelte er und war verwundert darüber, daß es nicht so war.

Laurel hob eine Hand und preßte ihre Finger auf seine Lippen. »Erzähl mir nicht, was für ein schlechter Kerl du bist, Jack. Zeige mir lieber, wie gut du sein kannst.«

Er schloß die Augen gegen eine Woge von Schmerz, beugte sich hinunter und streifte ihre Wange mit seinen Lippen. Laurel genügte das als Antwort. Sie nahm seine Hand und führte ihn über die Hintertreppe in ihr mondhelles Zimmer.

Sie zogen einander stumm und geduldig aus. In derselben Form liebten sie sich, tauchten in das Verlangen ein, vertieften sich in die Erfahrung, kosteten genüßlich die Zärtlichkeit aus. Sanfte Berührungen. Zarte, tiefe Küsse. Liebkosungen so sinnlich wie Seide. Eine Vereinigung von Körpern und zweier vernarbter Seelen, die es anstrebten, gemeinsam eine Form von Ekstase zu erreichen, die die Schatten vertrieb. Den strahlend goldenen Glanz der Lust. Die sich verzweifelt bemühten, daran festzuhalten, als dieses Licht ihnen wie Sternennebel zwischen den Fingern zerrann.

Und als es vorbei war und Laurel schlafend in seinen Armen lag, starrte Jack in das Dunkel hinaus und wünschte mit allem, was ihm von seinem Herzen noch geblieben war, er würde sie nicht verlieren.

23

Chad Garrett schob sich die zerbeulte Mütze von den Saints auf den Hinterkopf und ließ sich den Sonnenaufgang mitten ins Gesicht strahlen. Über dem Atchafalaya glühte der Himmel im Licht sanfter Farbstreifen. Der Orangeton von reifen Pfirsichen, warm und übersommernd. Rosatöne, so leuchtend und seidig wie die Innenseite einer Muschelschale. Tiefes samtiges Blau, der letzte Rest der Nacht, und darin eingefaßt ein Diamant, der der Morgenstern war.

Das Bild, das er in Gedanken entworfen hatte, ließ ihn in sich hineingrinsen. Er besaß eine natürliche Gabe im Umgang mit Worten. Er rechnete sich aus, daß er diese Schilderung als einen Teil seiner Strafarbeiten dafür, daß er die Schule geschwänzt hatte, niederschreiben würde. Mrs. Cromwell würde ihm eine donnernde Strafpredigt halten, weil er den Englischunterricht wieder einmal versäumt hatte, aber sie würde wie Butter in seinen Händen schmelzen, wenn er seine Kurzgeschichte über das Morgengrauen im Sumpf und den inneren Frieden, den ein Mann auf dem Wasser finden konnte, abgeben würde. Seine neueste Wortschöpfung – »übersommernd« – würde sie in Begeisterung ausbrechen und sich überschlagen lassen, und die Vorstellung, sie könnte Räder schlagen, ließ ihn beinah laut auflachen. Mrs. Cromwell war achtundfünfzig Jahre alt und trug Stützstrumpfhosen und Kleider, deren Stoffmenge genügt hätte, um eine vierköpfige Familie einzukleiden.

Sie war dennoch ein braves Mädchen, und Chad mochte sie genausogern wie jeden seiner anderen Lehrer. Er war ein guter Schüler, begabt und gescheit. Wußte kaum, was eine Zwei war. Aber im Grunde genommen machte er sich nicht viel aus der Schule und hatte zum Verdruß seiner Lehrer und zum großen Kummer seiner Mutter keine akuten Pläne, weitergehende Studien zu betreiben, wenn er im Juni erst einmal die Schule abgeschlossen hatte. Hier war er, wo er sein wollte. Im Sumpf. Um die Natur zu beobachten, die Schönheit wahrzunehmen, die friedliche Stimmung in sich aufzusaugen. Er vermutete, daß er sich nach ein oder zwei Jahren erweichen lassen würde, die Universität zu besuchen und zu studieren, um Naturwissenschaftler zu werden, Zoologe oder Botaniker, oder vielleicht auch den einen oder anderen Beruf zu ergreifen, der mit Umweltforschung und mit Umweltschutz zu tun hatte. Aber eine Zeitlang wollte er nichts anderes tun, als einfach nur zu *sein.* Er rechnete sich aus, daß er kein zweites Mal achtzehn sein würde. Also konnte er es auch ebensogut genießen.

Er hatte mehr als nur den breiten, grobknochigen Körperbau und das eckige, gutgeschnittene Gesicht von seinem Vater. Hap Garrett wußte den Wert von Zufriedenheit zu schätzen. An jenen frühen Vormittagen, an denen Chad es nicht schaffte, gänzlich unentdeckt aus dem Bootsschuppen zu entkommen, lächelte er im allgemeinen nur und drückte ein Auge zu. Wie sein Dad ihm immer wieder gern ins Gedächtnis zurückrief, war auch er früher einmal jung gewesen und hatte selbst nicht viel Verwendung für Fortgeschrittenenkurse in Algebra gehabt.

Chad lenkte sein Fischerboot dem seichten Wasser an einem schattigen Ufer entgegen; dort markierte ein gelber Plastikstreifen eines seiner Netze. Es war ein guter Fang. Wenn er mit den anderen Netzen ebensoviel Glück hatte, würde er heute zweihundert Dollar einnehmen. Von dieser Sparsamkeit würde sich Mr. Dinkel angesprochen fühlen, dessen Unterricht er um zehn verpassen würde.

Er warf die Langusten in einen Zwiebelsack und zog den verrenkten Körper einer ertrunkenen Wasserschlange heraus und warf ihn ans Ufer. Irgendein hungriger Aasfresser würde sich schon darauf stürzen. Im Sumpf kam es zu keiner Vergeudung. Chad rechnete sich aus, wenn er großes Glück hatte, würde er das Recyclingverfahren der Natur beobachten können, und das würde Mr. Loop beschwichtigen – vierte Stunde, Biologie. Er hatte nicht den Eindruck, als würde er lange darauf warten müssen. Am Ufer lag etwas, was einen enormen Gestank ausströmte, den widerlichen, seltsam süßen Gestank des Todes, der einen Brechreiz wachrief. Dieser Gestank würde wie ein Leitstrahl wirken.

Da er neugierig geworden war, watete er ans Ufer und band sein Boot an einem jungen Zürbelbaum fest. Er hätte zwar keinen Pfifferling darauf gegeben, wie das Gleichgewicht der Weltmächte sich auspendelte oder wie man die Quadratwurzel einer negativen Zahl errechnete, doch Chad wollte alles bis in die kleinsten Einzelheiten wissen, was mit dem Leben im Sumpf zu tun hatte.

Es erweckte den Anschein, als sei etwas ans Ufer gezerrt worden. Das Schilf war eingeknickt und mit Blutflecken beschmiert. Es hätte sich um Rotwild handeln können, das Ärger mit einem Alligator bekommen hatte, während es aus dem Fluß trank. Möglicherweise hatte es sich ans Ufer zurückgeschleppt, aber nur, um an dem Blutverlust oder dem Schock zu sterben. Es hätte aber auch sein können, daß ein Rotluchs sich einen Waschbär, ein Oppossum oder eine Nutria gefangen, sich daran satt gegessen und den Rest liegen gelassen hatte. Ihm wäre noch ein Dutzend weiterer Möglichkeiten dazu eingefallen.

Er stieß ein Gewirr von Ästen zur Seite und hielt mitten in der Bewegung erstarrt inne. Das hier gehörte nicht zu dem Dutzend Möglichkeiten, die er in Betracht gezogen hatte. Für den Rest seines Lebens würde er dieses Gesicht in seinen Alpträumen sehen – Schönheit, die durch den Tod und die krasse Realität der Natur grotesk entstellt war, blaue Augen, die für immer in einem schockierten Ausdruck erstarrt waren, der ihn glauben ließ, sie hätte ihr eigenes entsetzliches Los miterlebt und darüber hinaus in ein gräßliches Leben nach dem Tod geblickt.

Eine Frau lag tot zu seinen Füßen. Furchtbar tot. Abscheulich tot. Nackt und verstümmelt, mit einem weißen Seidenschal um den Hals, der zugeknotet war, und einem Stück Papier, das ihre steife, leblose Hand umklammerte.

Laurel erwachte allein. Das überraschte sie nicht, und daher sagte sie sich, sie könne auch nicht enttäuscht darüber sein. Aber sie war es. Ihr Verstand sagte ihr, daß sie sich dämlich benahm, daß es weder praktisch noch klug war, sich eine Zukunft mit Jack Bourdeaux zu wünschen. Er wurde von zu vielen Geistern geplagt, und sein emotionales Gepäck war zu schwer. Aber ihr Verstand konnte nicht das geringste ausrichten, um ihre Erinnerungen an die Nacht zu vertreiben – Jacks Zärtlichkeit, die Sehnsucht in seinen Augen, das Pochen seines Herzens unter ihrer Hand. Ihr Herz war entschlossen, an diesen Erinnerungen und an der dürftigen Hoffnung festzuhalten, die damit einherging. Dummes, dummes Herz.

Er war im frühen Morgengrauen gegangen, das wußte sie. Genau das hatte sie im umgekehrten Fall auch schon getan. Sie warf einen

Arm auf den freien Raum neben sich und fand nichts weiter als ein zerknittertes Laken und eine zerwühlte Decke. Nicht mal von seiner Wärme war etwas zurückgeblieben, nur der Geruch nach Mann und Liebe.

Was würde sie jetzt unternehmen? Was *konnte* sie tun? Sie konnte sein Selbstbild nicht ändern. Sie hatte ohnehin schon genug am Hals.

Diese Erinnerung ließ ihre Gedanken wieder zu Savannah abschweifen, und Laurels Magen ballte sich wie eine Faust bei dem Gedanken an das Gespräch, das sie heute morgen mit Tante Caroline würde führen müssen. Unruhig und besorgt stieg sie aus dem Bett, zog sich ein T-Shirt und einen Slip an und machte sich auf die Suche nach ihrer Handtasche und dem Röhrchen Maalox-Tabletten, das sie darin aufbewahrte. Die Tasche lag im Garten auf der Bank, wo sie sie hatte liegenlassen, und das feine Kalbsleder war mit dichtem, samtigem Tau überzogen. Sie wischte den Tau mit einem Zipfel ihres überdimensionalen T-Shirts ab und ging wieder nach oben, um sich auf das Bett zu setzen.

Eine grobe Unachtsamkeit, dachte Laurel, als sie auf der Suche nach ihren Tabletten gegen Sodbrennen in die Tasche griff. Sie wußte wahrhaftig, daß man eine Handtasche nicht einfach herumliegen ließ, und schon gar nicht, wenn man eine Halbautomatik darin herumtrug. Das war nur ein weiterer Beweis dafür, daß Jack ihr nicht guttat – seine bloße Gegenwart führte zu Kurzschlüssen in ihrem Gehirn.

Statt des Tablettenröhrchens zog sie den geschmacklosen herzförmigen Ohrring heraus, für den es kein passendes Gegenstück und keine Erklärung gab. Der Ohrring hatte sich in der schmalen Goldkette verhakt, und sie fischte sie ebenfalls heraus, um das Durcheinander zu entwirren und sich an die Arbeit zu machen, auch das Geheimnis zu lüften. Dann war ihr Verstand wenigstens für ein Weilchen von etwas anderem in Anspruch genommen, als davon, sich Sorgen um ihre Schwester zu machen. Und außerdem konnte sie auf die Art ihr Gespräch mit Caroline hinauszögern.

Die Kette war verheddert und verknotet und schien zu viele lose heraushängende Enden zu haben. Seltsam, dachte sie und nahm verschwommen wahr, daß ihr Herz etwas schneller schlug und ihre Finger sich ungeschickter bewegten. Sie zog an dem goldenen Schmetterling, gab der Kette einen noch etwas festeren Ruck, und ihr Atem ging flach und stoßweise. Tränen strömten in ihre Augen, doch sie entsprangen nicht der Frustration, entsprangen keinem ersichtlichen Grund. So was Albernes, dachte sie und krallte mit dem Stumpf eines Fingernagels in dem Gewirr herum.

Der Schmetterling löste sich mitsamt seiner Kette aus dem Knoten, flatterte auf Laurels Schoß und geriet augenblicklich in Vergessenheit, als sich kalte, harte Finger des Entsetzens um ihre Kehle legten und zudrückten. Von ihrer zitternden Faust baumelte eine dünne Goldkette, und an der Kette, die sachte schwang, hing ein kleines goldenes Herz mit einem eingefaßten Diamanten, der in der Morgensonne blinkte.

Es gehörte Savannah.

»O Gott. O mein Gott.«

Die Worte durchbrachen die Stille des Raumes kaum. Sie saß da und zitterte, und eisige Schweißströme rannen ihr über das Rückgrat. Ihre Lunge schien sich in Beton verwandelt zu haben, der ihr Herz zermalmte, außerstande, sich auszuweiten, um Atem zu holen. Sie starrte den Anhänger an, bis ihre Augen brannten, und bruchstückhafte Gedanken schossen wie Granatsplitter durch ihren Kopf – Daddy, wie er hinter der zwölfjährigen Savannah stand und ihr die Kette anlegte, lächelte und sie auf die Wange küßte; Savannah mit zwanzig, mit dreißig, die diese Kette immer noch trug. Sie legte sie nie ab. Niemals.

Sie schwang in Laurels Faust, und der winzige Diamant verspottete sie mit seinem Blinken. Grauen breitete sich schleichend in ihr aus wie eine Krankheit, schwächte sie, ließ sie zusammenbrechen. Tränen ließen das Herz vor ihren Augen verschwimmen, als sie an die Nacht zurückdachte, in der sie in Savannahs Zimmer gegangen war. Dieses Gefühl von Stille, von Verlust, von einer Abwesenheit, die nie wieder ausgefüllt werden würde.

»O Gott«, sagte sie. Ihre Angst erstickte sie, und sie krümmte sich und preßte ihre Faust mit der Kette an ihre Wange, als sengend heiße Tränen sich zwischen ihren Wimpern herauszwängten.

Sie konnte nicht damit umgehen, konnte dem nicht ins Gesicht sehen, wovon sie in ihrem Herzen wußte, daß es der Wahrheit entsprach. O Gott, sie konnte Tante Caroline und Mama Pearl nicht gegenübertreten... Sie konnte nicht zu Vivian gehen... sie wollte nicht hier sein – hätte niemals hierher zurückkommen dürfen. Sie wollte Jack, wollte seine Arme um sich spüren, wollte, daß er ein Mann von der Sorte war, bei der sie Halt finden konnte...

Selbstsüchtig, schwach, feige.

Die Vorwürfe trafen sie hart, zischten wie Peitschenhiebe. Sie mußte etwas unternehmen. Sie konnte nicht einfach hier auf ihrem Bett kauern, halbnackt und schluchzend, und sich wünschen, jemand anderes würde an ihrer Stelle stark sein. Es mußte etwas geben, was sie tun konnte. Es durfte einfach noch nicht zu spät sein.

»Nein. Nein. Nein«, summte sie monoton vor sich hin und entfernte sich wankend von ihrem Bett.

Sie wiederholte die Worte immer wieder wie ein Mantra, während sie ihren Kleiderschrank und ihre Schubladen aufriß und eine zerknitterte Jeans herauszog, ohne die Kette auch nur einen Moment lang loszulassen. Es war noch nicht zu spät. Es durfte einfach noch nicht zu spät sein. Sie würde zu Kenner gehen und ihm die Augen öffnen. Sie würde das verdammte FBI hinzuziehen. Sie würden Savannah finden. Es konnte nicht zu spät sein.

Sie wurde von einem Gefühl wilder Hast angetrieben, als sie in ihre Jeans stieg. Dieser Hast lag das Gefühl von Zwecklosigkeit zugrunde, doch sie war nicht bereit, es zu erkennen oder zu akzeptieren. Die Situation konnte nicht ausweglos sein. Sie konnte ihre Schwester nicht verlieren. Sie würde es nicht zulassen. Es mußte etwas geben, was sie tun konnte. Verdammt noch mal, sie würde es unter gar keinen Umständen zulassen!

Hektisch riß sie ihre Schlafzimmertür auf, rannte durch den Korridor und die Treppe hinunter und ließ dabei eine Hand über das Geländer gleiten, während sie mit der anderen Savannahs Kette fest umklammert hielt. Ihre Schuhe klapperten auf den Stufen, und das Blut rauschte in ihren Ohren. Sie nahm das Klopfen an der Haustür nicht zur Kenntnis.

Caroline kam aus dem Eßzimmer in die Eingangshalle. Sie hatte sich bereits für den bevorstehenden Tag angekleidet und trug nüchternes Schwarz und Weiß. Sie schaute zu Laurel auf, und Sorgenfalten zerfurchten ihre Stirn, als ihre Hand sich automatisch nach dem Messingtürknopf ausstreckte.

Die Zeit nahm eine seltsame Elastizität an, wie in einem Traum, dehnte sich, verstrich langsamer. Laurels Wahrnehmungen waren nahezu schmerzhaft geschärft. Die weißen Flächen von Carolines Kleid ließen ihre Augen schmerzen, der Geruch von Chanel stieg ihr zu Kopf, das Quietschen der Türangeln hallte kreischend in ihren Ohren wider. Ihre Faust schloß sich noch fester, und das goldene Herz brannte sich in ihre Handfläche.

Kenner betrat die Eingangshalle, hager und grimmig, mit gesenktem Blick. Der Schatten des Todes. Er hielt den Hut in den Händen. Seine Lippen bewegten sich, doch da das Rauschen ihres Pulses plötzlich elektronisch verstärkt wurde, konnte Laurel seine Worte nicht hören. Sie sah, wie jegliche Farbe aus Carolines Gesicht wich, sah den Ausdruck der Bestürzung in ihren Augen. Kenner und Caroline drehten sich gleichzeitig um und schauten zu Laurel auf, und das Wissen bohrte sich wie ein Messer in ihr Herz.

»NEIN!!!« Dieses Leugnen entrang sich ihrer Kehle wie ein Schrei. »NEIN!!!« schrie sie und wankte die letzten Stufen hinunter.

Sie stürzte sich auf Kenner und schlug mit den Fäusten auf seine Brust ein.

Es war einfach surreal, dachte sie verschwommen. Ein Teil von ihr fühlte sich seltsam losgelöst von dem Aufruhr des Augenblicks. Es konnte nicht wahr sein, daß sie kreischte und auf Kenner einschlug. Es konnte nicht die wirkliche Welt sein, weil sie alles in ihrem Gesichtsfeld plötzlich vergrößert wahrnahm, als schrumpfte sie und würde immer kleiner. Und der Klang von Carolines Stimme drang wie durch einen Nebel zu ihr vor.

»Laurel, nein! Damit hilfst du ihr nicht. Es ist wahr. O mein Gott! Sie ist tot!«

Ein weiterer gemarterter und schockierter Aufschrei hallte von der hohen Decke der Eingangshalle wider. Am Rand ihres Gesichtsfelds konnte Laurel Mama Pearl sehen, wie sie mit verzerrtem Gesicht eine Hand nach Caroline ausstreckte und sich mit der anderen an der Wand entlangtastete, als sei sie erblindet

»Gott, erbarme Dich, ich liebe dieses Kind. Ich liebe dieses Kind wie mein eigenes!«

»Mama liebt mich nicht«, sagte Savannah, und ihre Stimme, die

hohl und traurig klang, durchbrach die Stille der kühlen Herbstnacht.

Sie lagen zusammen im Bett, lange nach Laurels Schlafenszeit, beide hellwach. Sie schmiegte sich an ihre Schwester, obwohl sie wußte, daß sie angeblich zu alt dafür war, doch sie fürchtete sich davor, von ihr abzurücken. Seit Daddys Begräbnis war noch keine volle Woche vergangen, und sie war sich nur zu sehr darüber im klaren, wie prekär es um die Dinge des Lebens stand und daß man sie gar nicht genügend würdigen konnte.

Keinem Kind sollte es jemals zugemutet werden, dieses Wissen verkraften zu müssen. Die Last der Erkenntnis war niederdrückend. Die Furcht, die dadurch ausgelöst wurde, fiel Tag und Nacht nicht von ihr ab – daß die Welt von einem Herzschlag zum nächsten auf den Kopf gestellt werden konnte. Alles, was sie kannte, alles, was sie liebte, konnte ihr ohne jede Vorwarnung entrissen werden.

Dieses Wissen löste in ihr den Wunsch aus, sich mit beiden Händen an alles zu klammern, was ihr lieb und teuer war –ihre Puppen, die kleinen Kätzchen, die die Negermama im Bootshaus versteckt hatte, Daddys Krawattennadel, Savannah. Mehr als an alles andere wollte sie sich an Savannah klammern – der Mensch, der sie fast so sehr liebte wie Daddy, der Mensch, der sie vor dem Alleinsein bewahrte.

»Ich liebe dich, Schwester«, sagte sie und erschauerte innerlich über die Verzweiflung, die sie aus ihrer eigenen Stimme heraushörte. »Ich werde dich immer lieben.«

»Ich weiß, Baby«, murmelte Savannah und küßte ihr Haar. »Wir werden immer füreinander dasein. Das ist das einzige, was zählt.«

Laurel setzte sich auf die unterste Treppenstufe, benommen und schwach, und ihr betäubter Blick heftete sich auf den kleinen Anhänger, der von ihrer Faust baumelte. Und das Gefühl, das sie vor all den Jahren so entsetzlich gefürchtet hatte, beschlich sie und schlich sich in sie hinein, breitete sich in ihr aus wie ein Tintenklecks und öffnete ihr Herz wie einen Abgrund, der sekündlich weiter aufriß.

Die Schwester, die sie geliebt hatte, die sie beschützt hatte, die ihre Welt definiert hatte, war ihr genommen worden. Und es änderte gar nichts, daß sie inzwischen dreißig war und daß es jetzt andere

Menschen in ihrem Leben gab, die zählten. In diesem Augenblick, als sie dort auf der Treppe saß, war sie wieder zehn Jahre alt, und sie war allein. Ihre Welt hatte sich auf den Kopf gestellt, und das Kostbarste, was es in ihrer Welt gab, war ihr entrissen worden, und ihr war nichts weiter geblieben als ein kleines goldenes Herz.

»Ich will sie sehen.«

Sie saßen im Salon von Belle Rivière, Kenner, Danjermond, Laurel und Caroline. Eine unpassende Kulisse. Der Salon mit seinen zartrosa Wänden und der unaufdringlichen Eleganz seiner Einrichtung, ein Ort der Heiterkeit und Ruhe, war mit starken Spannungen und Menschen angefüllt, die sich dort versammelt hatten, um über ein brutales und abscheuliches Verbrechen zu reden. Männer, für die dieser Todesfall eine berufliche Angelegenheit war, und Familienangehörige, die sich nicht mit der Vorstellung abfinden konnten, daß ihnen eine der ihren entrissen worden war.

Die Laute von Mama Pearls Weinen kamen aus der Küche hereingeweht und durchbrachen die Stille, die sich herabsenkte, als Kenner und Danjermond einen Blick miteinander austauschten. Laurel biß die Zähne zusammen und erhob sich von dem Sofa mit der Höckerlehne, um auf und ab zu gehen.

Caroline saß auf dem anderen Ende des Sofas. Ihre Aura von Autorität und Selbstbeherrschung war von einer Woge von Schock und Kummer überrollt und ausgelöscht worden, und sie war machtlos zurückgeblieben. Eine Königin, der man plötzlich ihren Einflußbereich entzogen hatte. Zum ersten Mal seit dem Tod ihres Bruders schien sie absolut hilflos zu sein, und sie war derart überwältigt von den Nachrichten, daß sie sich noch nicht einmal sicher war, ob sich all das wirklich zutrug. Aber es war natürlich die Wirklichkeit. Savannah war ermordet aufgefunden worden.

Sie hob ein zerknittertes Taschentuch zu ihren Augen und blickte zu Laurel auf, die mit zurückgebogenen Schultern und hochgerecktem Kinn wie ein Zinnsoldat über den Brüsseler Teppich schritt. So hatte sie sich auch damals schon verhalten, als Jeff gestorben war, erfüllt von diesem hartnäckigen Leugnen und von dieser Wut. Im Alter von zehn Jahren hatte sie verlangt, daß man sie zu ihm führte, und sie hatte darauf beharrt, daß er nicht tot war.

Sie konnte sich nur allzu deutlich an die Wut, die Furcht und den Kummer erinnern und auch daran, wie Vivian den Mädchen gesagt hatte, sie sollten wie kleine Damen leise in ihre Taschentücher weinen. Caroline war mit den beiden in Savannahs Zimmer gegangen, und sie hatten sich alle auf das Bett gelegt und sich gemeinsam die Seele aus dem Leib geschluchzt.

»Ich will sie sehen«, sagte Laurel noch einmal.

Caroline fing ihren Blick auf und schüttelte traurig und vorwurfsvoll den Kopf. »Laurel, Liebling, tu das nicht...«

Laurel wandte sich abrupt von ihr ab und klammerte sich an ihre Sturheit wie an einen Rettungsring. Nach ihrer ersten Reaktion auf die Nachrichten, die Kenner überbracht hatte, hatte sie die Tür hinter ihrem Kummer zugeschlagen und ihn in sich verschlossen, ihn sich für später aufbewahrt. Jetzt mußte sie zäh sein und einen klaren Kopf behalten... andernfalls würde sie völlig den Verstand verlieren.

Kenner erhob sich von dem Lehnstuhl. Er war nervös und mitgenommen von dem, was er heute morgen draußen im Pony Bayou gesehen hatte. Und wenn er hundert Jahre alt werden sollte, dann würden ihn Annie Gerrard und Savannah Chandler selbst dann noch im Schlaf heimsuchen und durch seine Träume spuken, ihre Körper zerschnitten wie Experimente im Biologieunterricht, verwest und aufgeschwemmt von den Todesfolgen und der gnadenlosen Sonne des Südens.

»Ich halte das nicht gerade für eine besonders gute Idee«, murmelte er.

Laurel fiel mit zurückgelegten Ohren über ihn her, und ihre Augen sprühten Feuer. »Sie haben auch nicht geglaubt, daß sie in Gefahr ist. Sie haben nicht geglaubt, daß sie irgendwo anders sein könnte als mit einem Mann im Bett«, sagte sie erbittert und pirschte sich über den Teppich an. Als ihre Schuhspitzen seine fast berührten, blieb sie stehen und schaute finster in sein hageres, hartes Gesicht mit den zusammengekniffenen Augen auf. »Verzeihen Sie mir, wenn ich nicht gerade teuflisch viel auf Ihre Meinung gebe, Sheriff.«

Er wandte den Blick von ihr ab, da er die Anklage in ihren Augen nicht ertragen konnte. Sein Blick fiel auf einen zierlichen Beistelltisch, auf dem gerahmte Fotografien von den Chandler-Mädchen standen, und ein Bild von Savannah in ihrem letzten Schuljahr stach ihm ganz besonders ins Auge. Er hatte eine Tochter, die fast im selben Alter war.

»Ein naher Verwandter muß sie identifizieren«, sagte Laurel, der selbst ein nüchterner Tatbestand als Vorwand recht war. Ihre Verfassung war keineswegs nüchtern und sachlich. Die Verzweiflung wütete in ihr wie ein wildes Tier. Sie mußte ihre Schwester sehen. Und zwar jetzt. Auf der Stelle, wenn nicht noch eher. Vielleicht war jemandem ein Irrtum unterlaufen. Vielleicht war sie es in Wirklichkeit gar nicht. Vielleicht war Savannah in Wirklichkeit gar nicht tot. O Gott, sie durfte nicht tot sein. Sie waren derart erbost auseinandergegangen, und soviel war ungesagt geblieben. Es durfte einfach nicht wahr sein...

»Wir haben sie bereits identifizieren lassen, Laurel«, sagte Danjermond, und seine einschmeichelnde leise Stimme drang in ihre Gedanken vor. Er saß auf Carolines Thron, und seine maskuline Anmut nahm sich, auf roséfarbenem Damast drapiert, vollkommen natürlich aus. Er sah ihr fest in die Augen. »Ihr Stiefvater ist im Bestattungsinstitut gewesen.«

Er hätte ihr auch gleich eine Ohrfeige geben können. Die Vorstellung, daß Ross Leighton der erste von ihnen war, der Savannah sah, entsetzte sie. Dieser Mistkerl hatte Savannah zu ihren Lebzeiten schon genug Erniedrigungen zugefügt. Man hätte ihm verbieten müssen, ihr im Tod auch nur nahe zu kommen. Frische heiße Tränen strömten in Laurels Augen, und sie wandte dem Staatsanwalt den Rücken zu.

»Sheriff Kenner und mir ist klar, wieviel Leid Ihnen zugefügt worden ist, Laurel«, sagte er, »aber Zeit ist von allergrößter Bedeutung, wenn wir den Mörder Ihrer Schwester schnappen wollen. Wir müssen über diese Kette reden, die Sie gefunden haben. Sie waren selbst Anklägerin. Sie verstehen das doch, nicht wahr, Laurel?«

Ja, sie verstand es. Zurück zum Geschäftlichen. Danjermond und Kenner würden den Tod ihrer Schwester auf Fakten und Zahlen herunterkochen. Das war ihr Job. Auch ihr Job hatte früher darin bestanden.

»Die Kette hat Savannah gehört«, sagte sie entschieden. »Sie hat sie niemals abgelegt. Heute morgen war sie in meiner Handtasche.«

»Haben Sie auch nur die geringste Ahnung, wie sie dort hingekommen sein könnte?«

»Ich nehme an, jemand hat sie dort hineingetan, aber ich habe es nicht mit eigenen Augen gesehen.«

»Sie glauben, der Mörder hat sie in Ihre Tasche gesteckt?«

Der *Mörder*. Dieses Wort ließ ihren Magen revoltieren, der daraufhin bittere Galle in ihre Kehle sandte. Sie schluckte sie herunter, holte schnell und tief Atem und rieb sich mit einer Hand die Kehle. »Niemand sonst hätte sie Savannah abnehmen können. Diese Kette hat ihr alles bedeutet. Sie hätte sie niemals freiwillig abgelegt.«

Danjermond erhob sich, trat auf sie zu und blieb mit den Händen in den Taschen seiner grauen Hose vor ihr stehen. Den Ausdruck, der auf seinem Gesicht stand, hatte sie schon hundertmal im Gerichtssaal gesehen, eine Miene, die sie selbst bis zur Perfektion verfeinert hatte – angedeutete Ungläubigkeit, dazu gedacht, einen Zeugen zu verwirren. »Sie glauben, der Mörder hat sie ihr abgenommen und sie ohne Ihr Wissen in irgendeiner Form in Ihre Handtasche gesteckt – wozu soll das gut sein?«

Die Woge der Wut war ihr eine willkommene Ablenkung, die es ihr ermöglichte, sich auf etwas zu konzentrieren, auf dessen Ausgang sie Einfluß nehmen konnte – eine Auseinandersetzung. Sie ging zu dem Sheraton-Tisch und wühlte mit ruckhaften zornigen Bewegungen in der Handtasche herum, die sie dort abgelegt hatte, warf Kleenex auf den Tisch, Drops und einen Tampon. Mit einer Hand packte sie den herzförmigen Ohrring und die Kette mit dem Schmetterling als Anhänger und knallte diese Gegendstände auf ein silbernes Tablett, ehe sie sich wieder zu Danjermond umdrehte. »Aus demselben Grund, aus dem er dafür gesorgt hat, daß ich diese Dinge finde.«

Diese Vorstellung erschütterte sie bis ins Mark. Ein Mörder, ein Psychopath, hatte sie auserwählt, um ihr seine Trophäen zuzusenden. Warum? Um sie zu verhöhnen, sie zu provozieren? Sie wollte keine Herausforderung annehmen. Sie war nicht hergekommen, um von etwas Krankhaftem und Unheimlichem aufgesogen zu werden. Der Gedanke, daß jemand versuchte, genau das zu tun, löste in ihr den Wunsch aus, die Beine unter den Arm zu nehmen und möglichst schnell soweit wie möglich fortzurennen.

Danjermond zog einen schmalen goldenen Kugelschreiber aus seiner Jackettasche und stocherte wie ein Wissenschaftler stirnrunzelnd in diesen Gegenständen herum. Kenners Blick fiel auf den Schmetterling, und er fluchte ausgiebig und bildhaft.

Er drängte Danjermond zur Seite und bückte sich, um die Indizien anzustarren, die Laurel Chandler in ihrer Handtasche herumgetragen hatte. »Das da hat Annie Gerrard gehört. Tony hat es ihr geschenkt. Er hat danach gefragt, als er ihre persönliche Habe abgeholt hat.« Sein Blick richtete sich scharf und erbittert auf Laurel. »Verdammt noch mal, warum haben Sie diesen Anhänger nicht zu mir gebracht?«

»Weshalb hätte ich das tun sollen?« fauchte Laurel ihn an. »Ich habe ihn in einem Umschlag auf dem Beifahrersitz meines Wagens gefunden. Weshalb hätte ich annehmen sollen, daß ein Serienmörder ihn an mich geschickt hat? Und weshalb hätte ich glauben sollen, Sie täten etwas anderes, als mir laut ins Gesicht zu lachen?«

»Wo haben Sie den Ohrring gefunden?« fragte er barsch, da er instinktiv wußte, daß dieses Schmuckstück einem anderen Opfer gehörte. Der Mörder hatte von jedem seiner Opfer ein Souvenir aufbewahrt.

»Ich habe ihn auf dem Tisch in der Eingangshalle gefunden. Savannah hat mir gesagt, sie hätte ihn in meinem Wagen gefunden.« Es erschien ihr wie eine Vergewaltigung, ein unzulässiger Eingriff in ihre Privatsphäre. Das Tier, das ihre Schwester getötet hatte, das mindestens ein halbes Dutzend Frauen getötet hatte, hatte sich Zutritt zu ihrem Wagen verschafft, hatte Dinge berührt, die sie selbst berührt hatte, hatte Erinnerungen an seine Verbrechen dort hinterlassen. Bei dieser Vorstellung durchzuckte sie ein Schauer, der sie bis ins Mark frösteln ließ.

Kennner richtete sich wieder auf und fluchte immer noch mit gesenkter Stimme. Er konnte einfach nicht glauben, daß sich das in seinem Bezirk zutrug. Er regierte mit eiserner Faust und Adleraugen. Wie konnte das bloß passiert sein? Er kam sich vor wie ein Reinlichkeitsfanatiker, der das Licht angeschaltet und Küchenschaben in seiner eigenen Küche vorgefunden hat.

»Ich beschlagnahme den Wagen«, kündigte er an und lief auf der Suche nach einem Telefon durch das Zimmer. »Wir werden ihn auf

Fingerabdrücke untersuchen und die Jungen vom Labor in Baton Rouge nach Spuren suchen lassen. Und die Handtasche nehme ich auch mit.«

Laurel nickte.

Er fletschte die Zähne und wandte sich an Caroline. »Ich muß Ihr Telefon benutzen, und ich muß diese Schmuckstücke als Indizien einpacken. Haben Sie Frühstücksbeutel im Haus?«

»Ich weiß es nicht«, murmelte sie und erhob sich. Diese bizarre Wendung der Ereignisse hatte sie erneut erschüttert. Sie spielte mit den schwarzen Perlen, die sie trug, und bemühte sich erfolglos, klar zu denken. »Wenn ja, dann finden wir sie vermutlich in der Küche«, murmelte sie, und ihr Blick glitt nervös über Laurel, Kenner und Danjermond und dann wieder auf Laurel, als könnte einer von ihnen die Antwort parat haben. »Pearl weiß es sicher. Wir werden Pearl fragen.«

Sie verließen den Salon und eilten durch die Eingangshalle. Als die Tür zum Salon aufging und dann wieder zuschwang, nahm die Lautstärke von Mama Pearls Jammern zu und dann wieder ab. Laurel stand da und starrte den billigen protzigen Ohrring mit den Buntglasscherben an. Eine Frau hatte ihn hübsch gefunden, hatte ihn getragen, weil sie sich damit als etwas Besonderes vorgekommen war, hatte ihn im Tod getragen. War sie, so wie Savannah, eines brutalen Todes gestorben, hatte gräßlich gelitten, allein mit ihrem Peiniger, und hatte sie flehentlich um den Tod gebeten? Tränen stiegen in ihre Augen und in ihre Kehle auf. Sie hielt sie mit bloßer Willenskraft zurück.

»Warum ausgerechnet Sie, Laurel?« Danjermonds Stimme schmiegte sich wie Seide an sie, und die Frage brannte wie Säure.

»Ich weiß es nicht«, flüsterte sie.

»Warum hat er sich Sie ausgesucht? Ist es jemand, den Sie kennen? Sind Sie jemand, auf den er es abgesehen hat?«

Diese Vorstellung ließ sie zusammenzucken, und sie rang hart um ihre Logik. »Ich… ich p-passe nicht in das Schema.«

»Nein, Sie passen nicht hinein.« Er hakte einen Finger unter ihr Kinn und zog ihr Gesicht zu sich hoch, als glaubte er, die Antwort in ihren Augen lesen zu können. »Will er, daß Sie ihn schnappen, Laurel? Oder will er Ihnen beweisen, daß er nicht zu fassen ist?«

Sie sah ihm in die grünen Augen, die sie fest anblickten, und sie spürte, wie forschend seine Blicke waren, spürte seine Macht. Sie wich vor diesem Blick zurück, scheute vor ihm zurück und schüttelte den Kopf, da sie sich für diese Form von Kreuzverhör zu mitgenommen fühlte. »Ich weiß es nicht. Ich will es nicht wissen.«

Er zog eine Augenbraue hoch. »Sie wollen nicht, daß er gefaßt wird?«

»Oh, doch, natürlich will ich das«, sagte sie vehement. Sie ging jetzt wieder auf und ab und strich sich mit einer Hand das Haar zurück, das sie noch nicht gekämmt hatte. »Ich will, daß er gefaßt wird«, sagte sie, und ihre Stimme bebte vor Verlangen. »Ich will, daß er vor Gericht gestellt und für schuldig befunden wird und daß er zu einem Tod verurteilt wird, der brutaler ist als alles, was die Gerichte jemals zuließen.« Sie unterbrach sich, schaute finster zu ihm auf und haßte ihn für seine Selbstbeherrschung und für seine Gelassenheit. »Wenn es ginge, würde ich am liebsten eigenhändig den Pfahl in sein Herz stoßen.«

»Dazu müssen Sie ihn erst einmal schnappen.«

»Das ist Kenners Job. Ihr Job«, sagte Laurel und machte psychisch und physisch einen Rückzieher. »Nicht meiner.«

Danjermond hob den Ohrring mit der Spitze seines schmalen goldenen Kugelschreibers hoch und beobachtete, wie er sich in der Luft drehte und das Licht sich in ihm spiegelte wie in vorweihnachtlichem Fensterschmuck. »Ich glaube nicht, daß er Ihrer Meinung wäre, Laurel.«

24

Die Neuigkeiten über den zweiten Mord stürmten durch das Bayou Breaux wie ein Orkan, der emotionale Verheerungen und freigewordene Ängste zurückließ. Um die Mittagszeit gab es niemanden in der ganzen Stadt, der die Geschichte von Chad Garrett nicht schon zum wiederholten Mal gehört hatte. Es war der brandheiße Gesprächsstoff unter den Damen, die zum Auskämmen und zur Maniküre in Yvette's House of Style kamen, wo Savannah gerade erst vor wenigen Tagen ihre Nägel von Suzette Fournade hatte maniküren lassen. Suzette war nahezu untröstlich über den Verlust einer Freundin und ließ sich von der Vorstellung, jemanden berührt zu haben, der hinterher ermordet worden war, fast in die Hysterie treiben. Yvette erwartete den Anruf von Prejean's, der ihr die grausige Ehre antragen würde, Savannah zu schminken und sie für ihren letzten Auftritt in der Öffentlichkeit zu frisieren, ehe sie zur Ruhe gelegt wurde.

Bei Madame Colette's wurde die Geschichte mit Kaffee und *Beignets* serviert, und Ruby Jeffcoat ließ sich dogmatisch über die Übel aus, die Mädchen zu erwarten hatten, wenn sie Röcke trugen, die ihnen kaum bis über den Hintern reichten, und keine Unterwäsche, und Marvella Whatley füllte geistesabwesend Tassen nach, während ihre Gedanken durch die Jahre schweiften, in denen sie den Chandler-Mädchen Rhabarberkuchen und Coca-Cola serviert hatte.

Die alten Männer auf der Bank vor der Eisenwarenhandlung schüttelten die Köpfe darüber, was aus dieser Welt geworden war, und in ihren feuchten Augen, die auf die Straße hinausschauten, standen Wut und Furcht und Frustration darüber, daß sie zu alt geworden waren, um ihre Lieben zu beschützen oder sie zu rächen. Und in Collins Samenhandlung klopften sämtliche Jungen einem benommenen Ronnie Peltier auf die Schulter und versammelten sich ohne ihn im Pausenraum, um die Geschichten über die sexuellen Heldentaten noch einmal aufzuwärmen, die er und andere mit Savannah begangen hatten. Unter der männlichen Bevölkerung des Bezirks Partout war sie eine Legende. Wenn es nicht ganz so grauenhaft gewesen wäre, wäre ihr sensationeller Tod nahezu angemessen erschienen.

Überall in der ganzen Stadt wurden die Einzelheiten des Verbrechens zerpflückt, unter die Lupe genommen, analysiert und mit den Einzelheiten von Annie Gerrards Tod verglichen. Beide Frauen waren erdrosselt worden. Beide waren vergewaltigt worden – oder zumindest rechneten sich das alle aus; der Sheriff äußerte kein Wort zu diesem speziellen Thema. Beide waren Formen von Greueltaten unterworfen worden, von denen die Leute im Bayou Breaux im Traum nicht geglaubt hätten, daß ein menschliches Wesen sie einem anderen zumuten könnte. Und doch hatte jemand diese Greuel ersonnen. Jemand hatte sie begangen. Und gerüchteweise hieß es, Savannah Chandler hätte eine Seite von einem Buch in der Hand gehalten, als man sie gefunden hatte. Einem Buch mit dem Titel *Teuflische Illusionen* von Jack Boudreaux.

Jimmy Lee Baldwin hörte dieses Gerücht, schlug die Augen zum Himmel auf und sprach ein kleines Dankgebet.

»Niemand hat je gewußt, was man von ihm halten soll«, sagte Clem Haskell und rührte ein drittes Päckchen Zucker in seinen Kaffee. Doc Brussard setzte ihm damit zu, er solle seine Kalorienzufuhr einschränken und die Größe des Rettungsrings reduzieren, den er um die Mitte hatte, aber er baute Zuckerrohr an, und eher würde die Hölle zufrieren, als daß ihn jemand dazu brachte, chemischen Süßstoff in seinen Kaffee oder sonstwohin zu schütten. Das Zeug verursachte Krebs und wer weiß was noch, stand für ihn fest. Sein Löffel klapperte auf seiner Untertasse, und er griff nach der Tasse, führte sie an seine Lippen und wünschte, er hätte etwas Kräftigeres zur Nervenstärkung greifbar. Es war wirklich ein Jammer, daß Reverend Baldwin hochprozentige Getränke verurteilte.

March Branford spießte einen Bissen Kirschkuchen auf und starrte darauf hinunter, und sein Appetit rebellierte, als Bilder von toten Frauen wie Szenen aus einem Film hinter seinen eingesunkenen Augen vorbeiflimmerten. »Was ist das für ein kranker Geist, der einen solchen Schund schreibt? Jedenfalls kein normaler, gottesfürchtiger Mann«, äußerte er und legte seine Gabel hin, um an einem seiner langen Ohrläppchen zu ziehen. »Der Herr hat es nie gewollt, daß die Menschen Gewinn aus dem Bösen schlagen.«

»Wie wahr, Diakon Branford.«

Jimmy Lee nickte weise und betrübt und schaute auf sein Publikum von Lauschern bei Madame Collette's hinaus, während er sich mit der Zunge über die gezackten Ränder von zwei abgebrochenen Kronen fuhr. Nicht eine einzige Menschenseele in dem ganzen Lokal wirkte nicht hochgradig gereizt. Innerhalb von wenigen Tagen war es zu zwei Morden gekommen. Annie Gerrard war noch nicht einmal unter der Erde, und jetzt war die arme Savannah Chandler tot. Die Leute wollten eine Erklärung dafür haben. Sie wollten einen Schuldigen. Sie wollten mit dem Finger auf jemanden deuten können und sagen: »Der war es«, damit sie nachts wieder schlafen konnten. Jack Boudreaux schien ein Spitzenkandidat zu sein.

»Habe ich euch allen nicht schon genau dasselbe gesagt, als wir uns das letzte Mal zum Beten versammelt haben?« sagte er und mußte sich enorm anstrengen, um durch die Lücken in seinem Zahnersatz nicht zu lispeln. »Diese Bücher sind das Produkt eines teuflischen Geistes. Das giftige Erbrochene Satans.«

Ken Powers kannte sich bestens mit giftigem Erbrochenen aus. Sein Stiefsohn Rick hörte sich Rockgruppen mit Namen wie Megadeth und Slayer an. Eine Horde von langhaarigen Rauschgiftsüchtigen, die nichts anderes als Botschaften Satans herausschrien. Und das hatte den Jungen bis ins Mark verdorben. Kein Respekt vor Gott oder den Menschen. Er schmuggelte heimlich pornographische Zeitschriften ins Haus und stellte mit dieser Horde von Banditen, mit denen er sich rumtrieb, wer weiß was an. Wahrscheinlich lasen sie alle Jack Boudreaux' Bücher und spielten den Sex und die Gewalttätigkeit mit lauter Rockmusik im Hintergrund nach.

»Als er damals das Haus dieser Hure gekauft hat, wußte ich schon, daß er was Seltsames an sich hat«, sagte Ken und stemmte die Ellbogen auf den Tisch. Er beugte sich zu dem Reverend vor, und sein rundes rötliches Gesicht strahlte vor Überzeugung. Er selbst war ein guter Christ und wollte, daß es alle wußten. Bei Gott, er und Nan und der Rest ihrer Kinder würden der ganzen Stadt zeigen, was für aufrechte Bürger sie waren. Daran änderte auch der ungeratene Satansbraten nichts, den Nans erster Ehemann gezeugt hatte.

»Er hat das Haus einer Hure gekauft, die eines gewaltsamen Todes gestorben ist. Er schreibt über das Böse und über Schändlichkeiten und die Sünde. Und jetzt wird eine unserer eigenen Töchter mit einer Seite aus einem seiner Bücher tot aufgefunden. Das ist ein Zeichen, so gewiß wie das Zeichen Luzifers persönlich.«

Jimmy Lee neigte den Kopf und faltete die Hände auf der Resopalplatte des Tisches. »Amen, Diakon Powers. Wenn wir doch bloß unseren guten Sheriff Kenner dazu bringen könnten, es zu begreifen.«

Während seine Diakone untereinander darum stritten, wem die Ehre zustehen sollte, sie alle vor dem Sheriff zu vertreten, ließ Jimmy Lee die Zunge über seine abgebrochenen Zähne gleiten und wünschte Jack Boudreaux eine gute Reise in die Hölle – mit einem Zwischenaufenthalt in der Angola-Strafanstalt.

Im selben Augenblick stand Jack auf dem Balkon von L'Amour, starrte auf das Bayou hinaus und durchlitt eine Form von Hölle, die Jimmy Lee Baldwin nie gekannt hatte – die Hölle des Gewissens. Nachdem er Laurel verlassen hatte, war er durch die menschenleeren Straßen der Stadt gelaufen, um wieder einen klaren Kopf zu kriegen, und schließlich war er dann auf eine Tasse Kaffee bei Madame Collete's gelandet, als die Frühstücksgäste gerade in Scharen hereingeströmt kamen. Ruby Jeffcoat hatte keine Zeit vergeudet, sondern ihm die Neuigkeiten augenblicklich mitgeteilt, und in ihren Augen hatte gehässige Schadenfreude gefunkelt. Ihre Schwester Louise war im Büro des Sheriffs beschäftigt und hatte alles aus erster Hand. Irgendein Irrer war losgezogen und hatte Savannah Chandler umgebracht und ihr eine Seite aus einem von Jacks Büchern in die Hand gedrückt – sie direkt unter ihren Daumen geklemmt, damit sie nicht weggeweht werden konnte.

Der Rest der deftigen Einzelheiten, die sie zu berichten hatte, war von Jack abgeprallt. Er hörte keines ihrer Worte darüber, wie Chad Garrett sich übergeben und damit eine Kettenreaktion unter den Deputies ausgelöst hatte, die sich am Tatort eingefunden hatten. Er hörte auch nicht Rubys erste Moralpredigt des Tages zu dem Thema, daß Frauen, die sich wie Huren benahmen, regelrecht dazu aufforderten, ein Ende zu nehmen, wie es Savannah Chandler widerfahren war. Er hörte nicht das Klappern von Kaffeetassen oder das Klirren von Besteck auf Porzellan. Er saß am Tresen und fühlte sich, als hätte er ein außerkörperliches Erlebnis, und Bruchstücke aus Sätzen, die Jimmy Lee Baldwin gesagt hatte, zuckten wie Blitze durch seinen Kopf. »...labile Gemüter... unaussprechliche Taten zu begehen...«

Savannah war tot. Diese wilde, gemarterte Seele, einfach fort, ausgewrungen und weggeworfen wie ein alter Lumpen. Sie hatte voller Leben gesteckt, war von Verlangen und Haß verzehrt worden. Er konnte sich kaum vorstellen, daß diese geballte Energie schlichtweg aufgehört hatte zu existieren.

Nein, nicht einfach so. Nichts an ihrem Tod war einfach so passiert. Alles war in die Länge gezogen worden, war gräßlich gewesen. »...labile Gemüter... unaussprechliche Taten...« Und sie war mit einer Seite einer seiner Bücher in der Hand aufgefunden worden.

Blödsinnigerweise fragte er sich, welches Buch und welche Seite es wohl gewesen sein mochte, und ihm gingen hundert Todesszenen durch den Kopf, die seinen Fingern von seiner Phantasie telegrafiert worden und auf diesem Weg auf die Buchseiten gelangt waren.

Er war wütend auf sich selbst, als er wieder nach Hause stapfte und dort vor seinen Schreibtisch trat. Er schrieb nicht, um andere zu inspirieren; er schrieb, um sie zu unterhalten. Er schrieb, um seine eigenen inneren Dämonen zu exorzieren, und nicht etwa, um andere aus ihren Verstecken herauszulocken. Man konnte ihn nicht dafür zur Verantwortung ziehen, daß ein anderer Mensch ihn als einen Vorwand dafür benutzt hatte, einen Mord zu begehen. Wenn es nicht sein Buch gewesen wäre, dann wäre es ein Song im Radio, eine Stimme im Fernsehen oder eine telpathische Botschaft Gottes gewesen. Die Schuld ließ sich immer auf andere schieben.

Himmel, das wußte er schließlich selbst, oder etwa nicht? Er war nicht dafür verantwortlich; jemand anderes trug die Schuld daran.

Seine schriftstellerische Phantasie beschwor nur allzu leicht ein Bild von Savannah herauf, wie sie tot am Ufer des Bayous lag und ihre blicklosen Augen zu einem erbarmungslosen Himmel aufstarrten. Er fluchte abscheulich, während er mit einem Arm über den Schreibtisch fuhr und ihn brutal abräumte – Manuskriptseiten, hingekritzelte Notizen, eine Tantiemenabrechnung, Stifte und Büroklammern flogen in alle Richtungen. Er schnappte sich einen Stapel Exemplare von *Teuflische Illusionen* und schleuderte sie eines nach dem anderen mit aller Kraft quer durch das Zimmer, und dabei schlug er ein Wasserglas von seiner Kommode, und eine Glaslampe mit erhabenem Muster zerschmetterte auf dem Zypressenboden.

Savannah Chandler hatte nichts in seinem Kopf zu suchen. Laurel Chandler hatte nichts in seinem Herzen zu suchen. Er wollte keine Verantwortung tragen, konnte nicht damit umgehen. Das hatte er immer wieder unter Beweis gestellt. Er war der Sohn seines Vaters, das Produkt der Schwäche seiner Mutter und des Hasses seines Alten.

Und er hatte bereits eine andere Leiche auf dem Gewissen.

Er umklammerte mit beiden Armen seinen Kopf und heulte seine Wut und seinen Schmerz heraus, den Stuckverzierungen der Decke entgegen.

Warum? Er wollte doch von niemandem etwas, und er hatte jegliche Hoffnung aufgegeben, ein Leben von der Sorte zu führen, wie er es sich schon immer erträumt hatte – warum also wurde er immer noch in Dinge hineingezogen? Er hatte getan, was er konnte, um emotionalen Beziehungen aus dem Weg zu gehen. Er hatte allen gegenüber klargestellt, daß auf ihn kein Verlaß war. Und doch steckte er jetzt bis zu den Ohren in dieser Geschichte. Die Frustration darüber erhärtete sich und bebte in seinem Innern. Schnaufend und mit einem wilden Blick sah er sich nach etwas um, woran er sie auslassen konnte.

Laurel stand in der Tür.

Bei ihrem Anblick verstummte augenblicklich alles in Jacks Innerem und weichte auf. Die Wut, die ihn eingehüllt hatte, löste sich in Luft auf und ließ ihn nackt und angreifbar zurück, und das Herz schlug zu kräftig in seiner Brust. In ihrer ausgebeulten Jeans und ihrem zerknitterten T-Shirt wirkte sie wie ein verwahrlostes kleines Kind. Ihre Augen, so warm und blau, beherrschten ihr schmales, bleiches Gesicht.

»Savannah ist tot«, flüsterte sie.

»Ich habe es schon gehört.«

Sie verschränkte die Arme und gab sich innerlich einen Tritt für ihren Wunsch, er möge zu ihr kommen und sie in seine Arme ziehen. Das war es, was sie hier gesucht hatte; Trost, und gleichzeitig hatte sie vor den Geräuschen des Schluchzens und vor dem unaufhörlichen Läuten des Telefons fliehen wollen. Reporter riefen an, weil sie auf eine Geschichte aus waren, Freunde riefen an, um echtes Mitgefühl auszudrücken, Leute aus der Stadt riefen an und schoben Mitgefühl vor, wollten aber in Wirklichkeit nur ihre morbide Neugier befriedigen. Sie war hergekommen, um dem gespenstischen Treiben von Bullen zu entkommen, die das Zimmer ihrer Schwester durchsuchten, ihren Wagen abschleppten und überflüssige Fragen stellten, bis sie am liebsten geschrien hätte. Sie war auf der Suche nach einem Moment des Friedens hergekommen, doch als ihr Blick über die Trümmer von Jacks Wutausbruch glitt, beschlich sie das beklommene Gefühl, daß sie dies hier nicht finden würde.

»Ich gehe zu Prejean. Ich will sie sehen.«

»Mein Gott, Laurel…«

»Ich muß sie sehen. Sie ist...« Sie blinzelte heftig, schluckte die Gegenwartsform herunter und schnitt eine Grimasse, als sie den bitteren Geschmack wahrnahm. »Sie war meine Schwester. Ich kann sie nicht einfach so gehen lassen... allein...«

Tränen verschleierten ihre Sicht und ließen Jack vor ihren Augen verschwimmen. Sie wollte sie nicht laufen lassen, noch nicht. Nicht in Anwesenheit eines anderen Menschen. Später, wenn die Nacht hereingebrochen war und sie sich aller Pflichten angenommen hatte, die sie erledigen mußte, wenn sie allein war. Ganz allein... Sie mußte jetzt stark sein, genauso wie damals, als Daddy gestorben war. Nur hatte sie sich damals, als Daddy gestorben war, auf Savannah stützen können.

»Weine nicht, Baby. Daddy ist nicht mehr bei uns, aber wir werden immer füreinander dasein.«

Sie schluckte Luft und versuchte, sich von dieser Erinnerung abzulenken, indem sie in Gedanken eine Liste der Dinge anlegte, die sie noch tun mußte. Savannah sehen, dafür sorgen, daß die notwendigen Vorkehrungen getroffen wurden und daß Mr. Prejean die richtigen Kleidungsstücke bekam, um sie herzurichten, sich darum kümmern, daß rosa Rosen bestellt wurden. Rosa Rosen waren Savannahs Lieblingsblumen. Sie würde eine Unmenge davon haben wollen, mit Schleierkraut und weißen Satinschleifen.

Der Kummer traf sie wie eine Breitseite, wie ein Rammbock, brachte sie ins Wanken und sprengte die Kraft, an der sie während der endlosen Verhöre von Kenner und Danjermond irgendwie noch hatte festhalten können. Sie ließ sich inmitten der Trümmer, die Jack von seiner Schreibtischplatte gefegt hatte, auf die Knie sinken, schlug die Hände vor das Gesicht und schluchzte, als die Klauen des Kummers sie wie Dolche aufschlitzten.

»O Gott, sie ist tot!«

Jack ließ sich keine Zeit, an seinen eigenen Schmerz zu denken, an seine eigenen Bedürfnisse, an die Distanz, die er zwischen sich selbst und Laurel hatte legen wollen. Er konnte nicht einfach dastehen und zusehen, wie sie in Stücke brach. Er brachte es nicht über sich, einfach wegzugehen. Die Liebe, der er es niemals hätte gestatten dürfen, Wurzeln zu schlagen, hielt ihn dort fest und zog ihn zu ihr hin.

Er kniete sich neben sie und zog sie an sich, kniff die Augen gegen die Geräusche ihres Weinens zu. Das Schluchzen ließ ihren Körper beben und machte ihm akut bewußt, wie klein sie war und wie fragil. Er schmiegte sie so behutsam an sich, als bestünde sie aus Kristallglas, und er streichelte ihr Haar, küßte ihre Schläfen, wiegte sie und streichelte ihr Haar, küßte ihre Schläfen, wiegte sie und redete ihr leise in einer Sprache gut zu, von der er noch nicht einmal sicher war, ob sie sie verstand.

»Sie fehlt mir so sehr!« Laurel brachte die Worte erstickt heraus, und eine Faust aus Reue und Gewissensbissen keilte sich in ihrer Kehle ein.

Diese Gefühle erfüllten sie und ließen ihre Knochen und ihre Muskeln schmerzen wie ein Virus. Verlust. Ein so furchtbares Gefühl von Verlust, eine Leere so hart wie Stahl in ihrem Innern. Es war bisher nur eine Frage von Stunden, und doch war das Gefühl von Einsamkeit bereits erdrückend.

Warum? Diese Frage stellte sich ihr immer wieder. Savannahs Tod erschien ihr so sinnlos, so sadistisch. Was war das für ein Gott, der eine solche Grausamkeit zulassen konnte? *Warum?* Es war dieselbe Frage, die sie vor zwanzig Jahren gestellt hatte, als ihr Vater ihr genommen worden war. Auch damals hatte niemand eine Antwort darauf gehabt.

Das war vielleicht das allerschlimmste. Sie war ein Mensch mit einem nüchternen und logischen Verstand. Wenn etwas einleuchtend war, wenn ein Grund dahintersteckte, dann konnte sie es zumindest verstehen. Aber Dinge, die aus heiterem Himmel hereinbrachen, widersetzten sich der Logik. Es gab keine Gründe, keine Erklärungen, die ihr hätten Trost spenden können. Somit blieb ihr nichts, nichts, woran sie sich klammern konnte, noch nicht einmal die Hoffnung, denn in einer Welt, in der jederzeit alles Erdenkliche passieren konnte, stieß die Unvorhersagbarkeit die Hoffnung zur Seite und ließ an ihrer Stelle die Furcht zurück.

»Es ist mir verhaßt!« flüsterte sie und preßte das Gesicht an Jacks Schulter. »Ich hasse diese Gefühle. Mein Gott, ich wünschte, ich wäre niemals hierher zurückgekommen!«

Jack wiegte sie und schlang die Arme enger um sie. »Es hätte keine Rolle gespielt, Engel. Es hätte nichts geändert.«

Laurel dachte an den Schnickschnack, den der Mörder ihr hatte zukommen lassen, und Fragen stiegen in ihr auf. Hätte er diese Dinge an eine andere Person geschickt? Hätte er die einzige Schwester eines anderen Menschen getötet?

Ungeachtet der Antwort trug sie die Last der Schuld; so oder so wäre jemand gestorben. Das Verantwortungsbewußtsein erdrückte sie, genauso wie damals in Scott County. Sie glaubte, sie hätte alles dafür gegeben, um aus dieser Geschichte herauszukommen, aber sie wußte, daß sie die Chance nicht ergriffen hätte, wenn sie sich ihr geboten hätte. Ihr eigenes Pflichtbewußtsein und ihr eigenes Ehrgefühl hatten sie in die Falle gelockt, und hier war sie in einem weiteren Alptraum gefangen.

»Ich würde es für dich ungeschehen machen, wenn ich es könnte«, sagte Jack leise.

Jack, der behauptete, für niemanden den Helden zu spielen, wäre in der Zeit zurückgegangen und hätte für sie den Lauf der Geschichte verändert. Laurel schlang die Arme um ihn und hielt sich in dem Wissen an ihm fest, daß er nicht der Mann war, an dem sie ihr Leben verankern konnte. Ihr Verlangen und ihr Wissen prallten in ihrem Innern aufeinander, und für den Augenblick gewann das Verlangen.

»Wir könnten ein paar Tage wegfahren«, flüsterte er. »Uns alldem entziehen. Ich kenne eine Hütte drüben im Bayou Noir…«

»Das geht nicht.« Laurel rückte ein wenig von ihm ab und blinzelte durch die Tränen zu ihm auf. Sie fuhr sich mit einer Hand über die Haut unter den Augen und strich sich das Haar mit den Fingern aus dem Gesicht. »Ich… ich kann nicht fortgehen. Es gibt Dinge zu tun… Vorkehrungen zu treffen…« Sie schluckte schwer und rückte mit dem wahren Grund heraus. »Ich muß herausfinden, wer es getan hat. Jemand muß dafür büßen.«

»Und du mußt diejenige sein, die ihn schnappt?« sagte Jack scharf, denn ihr Verantwortungsbewußtsein ging seinem Egoismus gegen den Strich. Er wollte sie in Sicherheit wissen und sie ganz für sich allein haben, wenn schon nicht für immer, dann wenigstens für ein Weilchen. »Dafür haben wir schließlich einen Sheriff.«

»Der Mörder schickt dem Sheriff keine Trophäen seiner Eroberungen«, sagte sie trostlos. »Mir hat er drei geschickt.«

Diese Neuigkeiten trafen Jack mit der Wucht eines Baseballschlägers, und er blieb ungläubig, ein wenig benommen und nicht ohne eine Spur von Übelkeit zurück. Ein Mörder hatte sie auserwählt. Er setzte sich auf seine Hacken zurück, ließ den Kiefer schlaff herunterhängen und umspannte ihren Arm fest mit den Fingern, als er sie um Armeslänge von sich hielt. »Was sagst du da? Was hat er dir geschickt?«

»Einen Ohrring. Ich weiß nicht, wessen. Und Annie Gerrards Kette. Heute morgen habe ich in meiner Handtasche eine Kette von Savannah gefunden.«

»Herr im Himmel, Laurel! Das ist nur noch ein Grund mehr, teuflisch schnell von hier zu verschwinden!«

»Das tätest du wirklich, Jack?« Sie zog eine Augenbraue hoch und musterte ihn so eindringlich, daß er die Hände sinken ließ und den Blick abwandte. »Einfach abhauen? Das glaube ich nicht. Wenn du dich auch noch so gern so gibst, dann glaube ich doch nicht, daß du es tätest. Daß ich es nicht kann, weiß ich.«

»Du möchtest wohl lieber mit einem Seidenschal um die Kehle enden?« sagte er brutal, und seine Hände zitterten bei dem Gedanken, jemand könnte ihr ein Leid antun. Die Sorge ließ sein gesamtes Inneres erbeben. Er hätte sich niemals mit ihr einlassen dürfen. Von allen Frauen, die er hätte haben können, war er ausgerechnet auf die reingefallen, die die Last der Welt auf ihren Schultern trug.

»Ich passe nicht in das Schema«, sagte sie. »Ich bin nicht promiskuitiv.«

»Du hast mit mir geschlafen, oder etwa nicht, *'tite chatte*?«

Der sardonische Tonfall, der in seiner Stimme mitschwang, ließ Laurel finster schauen. »Das ist etwas anderes.«

Er zuckte mit einer übertriebenen Geste mit den Achseln. »Was ist daran anders? Du kennst mich kaum, wir gehen miteinander ins Bett, wir haben Sex. Was soll daran anders sein? Glaubst du, dieser Mörder ist ein Haarspalter?«

»Hör auf!« zischte sie und haßte ihn dafür, daß er das schmälerte, was sie miteinander erlebt hatten. Selbst dann, wenn er es nicht Liebe nennen wollte, war es immer noch mehr als Sex. Fest stand, daß es sich nicht in derselben Kategorie bewegte wie das, was Savannah mit Ronnie Peltier, Jimmy Lee Baldwin und ihresgleichen getrieben hatte. Ihre Finger schlangen sich um Papiere, die er in seiner Wut von seinem Schreibtisch gefegt hatte, und sie hob sie hoch und warf sie nach ihm, eine Geste, die eher symbolisch für Aussichtslosigkeit stand als für Wut.

»Du versetzt mich in Erstaunen«, sagte Jack und stürzte sich mit beiden Händen auf seine Wut. Wut war ihm lieber als Furcht. Es war besser, Laurel von sich zu stoßen, als sich an sie zu klammern, da er ja doch wußte, daß er sie schließlich verlieren würde. »Du hältst dich wohl für ein Wunderwesen. Sowie etwas Böses geschieht, glaubst du, du hättest es verhindern können, und du glaubst auch, du hättest jedes Übel aufzuklären und der Gerechtigkeit einen Sieg zu verschaffen.«

»Entschuldige bitte, daß ich verantwortungsbewußt bin!«

»Das ist kein Verantwortungsbewußtsein mehr, das ist die reinste Vermessenheit.«

Laurel schnappte nach Luft, als der Hieb sie tief traf. »Wie kannst du es wagen, das zu mir zu sagen!« sagte sie, und ihre Stimme war ein bebendes Flüstern, das mit jedem Wort schriller und lauter wurde. »Du sitzt hier in diesem Privatgefängnis rum, das du dir selbst gekauft hast, trinkst deine Leber zu einem Knoten und nimmst die Schuld dafür auf dich, daß ein anderer Mensch seinem eigenen Leben ein Ende bereitet hat! Alles, was passiert ist, war nur *deine* Schuld – aber nein, es ist in Wirklichkeit gar nicht *deine* Schuld, weil nämlich dein Vater ein Mistkerl war. Holen wir ihn doch her, und dann können wir richtig nett mit einem anklagenden Finger aufeinander deuten.«

»Nein, eben nicht!« schrie er und bewegte sich über sie.

»Und warum nicht?« schrie sie und funkelte ihn finster an.

»Weil ich ihn getötet habe!«

Wie eine Marionette, deren Fäden durchgeschnitten werden, sackte Laurel auf den Fußboden zwischen die verstreuten Manuskriptseiten und hingekritzelten Notizen und war vor Betroffenheit sprachlos.

»Mit meinen eigenen Händen«, flüsterte Jack und hob seine Hände zur genaueren Überprüfung. Die langen, geschmeidigen Finger spreizten sich weit auseinander, als er sie langsam in alle Richtungen drehte.

Langsam erhob er sich, und eine seltsame Form von Ruhe machte sich in ihm breit. Er hatte sie loswerden wollen. War es nicht das, was er sich gesagt hatte, als er in dem grauen Dunst vor dem Morgengrauen durch die menschenleeren Straßen der Stadt gelaufen war? Es war zu schmerzhaft, sie zu lieben, und am Ende, das unvermeidlich war, würde der Schmerz unerträglich sein. Das war jetzt seine Chance, den Bruch zu vollziehen, seine Chance, ihr ein für allemal zu zeigen, wer er war. Dann konnte *sie* fortgehen und ihn stehenlassen.

»Er hat Maman einmal zu oft geschlagen. Er hat mich zu oft zur Seite gestoßen, ohne jemals auf den Gedanken zu kommen, eines Tages würde ich nicht mehr winzig und schwächlich sein.«

Er starrte mitten durch sie hindurch in seine Vergangenheit und sah es alles noch einmal vor sich – die schäbige Küche, die nach Fett roch, seine Mutter, die vor dem fleckigen Spülstein kauerte, Blackie, der mit erhobenem Arm auf sie zuging.

»Ich habe eine gußeiserne Bratpfanne vom Herd geschnappt – es war der erste Gegenstand, der mir in die Hand geraten ist –, und ich habe auf ihn eingeschlagen, ihm den Schädel zertrümmert wie eine Eierschale«, sagte er mit tonloser Stimme, als müßte er jegliches Gefühl ausstöpseln, um die Geschichte erzählen zu können. »Ich glaube nicht, daß ich die Absicht hatte, ihn zu töten«, sagte er, obwohl er sich nach all diesen Jahren immer noch nicht sicher war. Der Himmel wußte, daß er Blackie oft genug den Tod gewünscht hatte, um der Furcht und der Schande ein Ende zu bereiten. »Ich wollte lediglich, daß er aufhört, Maman zu schlagen. Ich war endlich groß genug, um ihn davon abzuhalten. Das ist alles, was ich wollte – daß er damit aufhört, daß er uns in Ruhe läßt.«

Er schniefte und hielt einen Moment lang den Atem an, kämpfte dagegen an, daß die Gefühle aus seiner Kindheit sich wieder regten, und nutzte die alte Bitterkeit als Treibstoff, um voranzukommen. »Und während meine Mutter auf dem Fußboden saß, das Blut aus ihrer gebrochenen Nase geflossen ist und sie um diesen Mann geweint hat, der sie und ihre Kinder siebzehn Jahre lang mißhandelt hatte, habe ich seine Leiche auf unser *Bâteau* gezerrt. Ich habe mit dem alten Blackie einen Ausflug in den Sumpf unternommen, ihm einen Anker um die Taille gebunden und ihn in dem tiefsten und dunkelsten Gewässer, das ich finden konnte, untergehen lassen. Es bestand keine Notwendigkeit für ein anständiges Begräbnis, wenn er ohnehin sofort zur Hölle fährt. Es war auch nicht nötig, den Sheriff in diese Geschichte hineinzuziehen. Wir haben einfach alle so getan, als sei er zu einer Sauftour aufgebrochen und nie mehr zurückgekommen.

Und das ist der Mann, in den du glaubst, dich verliebt zu haben, Süße«, sagte er, und seine Stimme war gesenkt und rauh. Er schaute auf sie hinunter, und der Schock und das Grauen in ihrem Gesicht taten ihm in der Seele weh. »Du glaubst, mich zu kennen? Du glaubst, einen Nenner für mich gefunden zu haben? Du glaubst, vielleicht steckt unter all den Narben etwas Liebenswertes? Denk noch einmal darüber nach. Ich habe meinen eigenen Vater getötet und meine Frau in den Selbstmord getrieben. Ich bin von einem Beruf, in dem man mich dafür bezahlt, daß ich lüge und betrüge, zu einem anderen Beruf übergewechselt, der gestörte Geister dazu verleitet, Morde zu begehen.« Ein bitteres Lächeln verzog seinen Mund. »Ja, ich bin wirklich ein toller Typ, *chère*. Du solltest dich dringend in einen von meiner Sorte verlieben.«

Sie sagte kein Wort, sondern saß einfach nur da und blickte mit diesen großen Augen zu ihm auf, und er wußte, daß er alles dafür gegeben hätte, ein Mann von der Sorte zu sein, die sie gebraucht hätte. Ein bitterer Gedanke. Ein dämlicher Gedanke. Er war der letzte Mann auf Erden, den sie hätte brauchen können. Laurel hatte einen Champion verdient, einen Ritter in schimmernder Rüstung, und nicht etwa einen verlebten Geldschreiber, einen Mann, der mit seinen Gespenstern lebte. Er war nichts weiter als ein Schurke von der übelsten Machart. Was er ihr im Moment antat, war der schlagende Beweis dafür. *Dieu*, sie hatte gerade erst ihre Schwester verloren, und jetzt stellte er sich hin und brach ihr das Herz, und das nur, um das wenige zu retten, was von seinem eigenen Herzen noch übrig war.

Einer der Zettel auf dem Fußboden fiel ihm ins Auge, und er bückte sich und hob ihn auf, und um seine Lippen spielte die klägliche Parodie eines Lächelns, als er seine eigene Handschrift las. Er hatte vollständig vergessen, daß er tiefere Beweggründe gehabt hatte, sie besser kennenlernen zu wollen. Eine so armselige List, daß er nur einen zaghaften Versuch unternommen hatte, sich selbst davon zu überzeugen. Aber hier hatte er es Schwarz auf Weiß, gerade zum rechten Zeitpunkt, um sich endgültig selbst die Gurgel durchzuschneiden.

»Hier«, murmelte er und reichte ihr das Blatt. »Hier kannst du selbst sehen, an was für einen Mann du dich in deiner Not wendest, Engel. Es tut mir leid, daß du mir nicht geglaubt hast, als ich es dir das erste Mal gesagt habe.«

Laurel schaute nicht auf die Seite seines Notizbuches, die sie in der Hand hielt. Sie erhob sich langsam auf gummiartigen Beinen und sah zu, wie Jack sich entfernte. Er trat auf den Balkon hinaus, ohne sich auch nur noch einmal umzusehen, und sie fühlte sich, als hätte er ihr Herz mitgenommen. Als sie endlich den Blick auf die achtlos hingekritzelten Notizen senkte, wußte sie, daß er es von dem Balkon in das verschlammte Wasser des Bayous geworfen hatte.

Laurel – von Rechtsempfinden besessen. Eine immense Schuldlast von früheren Sünden, ob wahr oder phantasiert. Schwächt Weiblichkeit (erfolglos) mit sackartigen Kleidungsstücken etc. ab. Unterdrückt Sexualität (perfekter Konflikt mit dem späteren Romanhelden). Eine faszinierende Dichotomie von Kraft und Zerbrechlichkeit. Starke Bindungen an den toten Vater.

Muß nähere Einzelheiten über den Fall rauskriegen, der sie hat ausrasten lassen. Waren die Angeklagten schuldig? Oder hat sie es sich nur so gewünscht? Warum? Ich könnte Mißbrauch im Hintergrund einfließen lassen.

Ein Charakterprofil. Er hatte sie studiert, für zukünftige Zwecke Notizen zu ihr gemacht. Ihr Blick senkte sich auf den Fußboden und fiel auf die vereinzelten Zeitungsausschnitte zwischen den Bergen von Schreibmaschinenpapier und liniertem Schmierpapier. Die Schlagzeilen sprangen ihr ins Auge, als seien sie dreidimensional: *Anwältin in Scott County schlägt blinden Alarm. Anklage fallengelassen, Chandler tritt zurück.*

Sie hätte nicht geglaubt, daß es möglich war, noch mehr zu leiden, als sie es ohnehin schon tat. Sie hatte sich geirrt. Ein neuer Quell des Schmerzes sprudelte in ihrem Innern auf. Er entsprang auf einer anderen Ebene als ihr Schmerz über Savannahs Verlust, aber er war nicht weniger stechend, nicht weniger ätzend.

Es war nicht etwa so, als hätte er sie nicht gewarnt, dachte sie und blinzelte einen neuerlichen Tränenschimmer zurück. Er war kein Mann für sie. Es war nicht der rechte Zeitpunkt. Was für ein Jammer, daß sie ihr Herz nie dazu hatte bringen können, auf sie zu hören.

»Wolltest du aus alldem nur Kapital schlagen, Jack?« fragte sie und ging langsam und schwankend auf die offenen Glastüren zu. »Daraus, wie wir miteinander geschlafen haben? Daraus, wie du geweint hast, als du mir von Evie erzählt hast? Daraus, wie Annie gestorben ist, und Savannah – wird das alles in die Handlung deines nächsten Bestsellers einfließen?« Die Vorstellung ließ Übelkeit in ihr aufkommen. »Alles, was wir miteinander getan haben, alles, was wir… was ich empfunden habe…« Die Worte verklangen, denn die Aussichten waren zu brutal, um sie in Worte zu fassen.

»Du hast deine Berufung verfehlt, Jack«, sagte sie erbittert. »Du hättest Schauspieler werden sollen.«

Er brachte kein Wort zu seiner Verteidigung hervor. Er stand einfach nur da, hatte die Hände auf das Geländer des Balkons gestemmt, die breiten Schultern hochgezogen und den Blick starr auf das Bayou geheftet. Sein Gesichtsausdruck war hart, verschlossen und distanziert, als hätte er sich an einen finsteren Ort in seinem eigenen Innern begeben, an dem er seine Einsamkeit ausleben konnte – oder seine Marter. Laurel hätte ihn am liebsten geschlagen. Sie wollte ein Geständnis aus ihm heraustrommeln, das die vernichtenden Indizien widerlegte, die er ihr selbst in die Hand gegeben hatte. Aber sie schlug ihn nicht, und er widerrief kein Wort seiner Zeugenaussage. Es gab nicht einen einzigen Richter im ganzen Land, der ihn nicht für schuldig befunden hätte – zumindest nicht an Verbrechen des Herzens.

»Ich denke, du hast deine Worte einwandfrei unter Beweis gestellt«, flüsterte sie. »Du bist ein Mistkerl, der andere ausnutzt. Du bist schlecht für mich.«

Sie trat auf den Balkon hinaus und war entsetzt darüber, daß der Tag so schön sein konnte, daß die Vögel singen konnten. Unter ihnen bewegte sich das Bayou, ein träger Schokoladenfluß. Huey lag schlafend am Ufer.

»Ich weiß, daß man machtlos gegen die Dinge ist, die einen geprägt haben«, sagte sie und schaute durch einen wäßrigen Schleier, der ihn eher wie einen Traum und weniger wie eine Realität erscheinen ließ, zu ihm auf. »Das kann keiner von uns. Savannah konnte nichts an der Tatsache ändern, daß unser Stiefvater sie als seine persönliche Hure mißbraucht hat. Ich kann nichts an der Tatsache ändern, daß ich es gewußt habe und nie etwas dagegen unternommen habe«, gestand sie ein, und ihre Stimme war von Schmerz erstickt. »Aber weißt du was, Jack? Der Teufel soll mich holen, wenn ich nicht fest daran glaube, daß wir die Kraft in uns haben, all das hinter uns zurückzulassen und etwas Besseres mit unserem Leben anzufangen.

Pack das in dein Buch, Jack.« Mit hochgerecktem Kinn und Tränen, die ihr über die Wangen strömten, steckte sie das zusammengefaltete Blatt aus seinem Notizbuch in seine Gesäßtasche. »Und sei wenigstens so anständig, ein Happy-End für mich zu schreiben.«

Nur ihr Stolz allein trug sie, als sie sich abwandte und ihn stehen ließ... L'Amour verließ... ihr Herz in Scherben zurückließ.

25

Laurel wurde nach Beauvoir zitiert, noch bevor sie aus dem Haus gehen konnte, um sich zu Prejean's zu begeben. Vivian stand dicht vor einem ihrer Anfälle, weil die Neuigkeiten über Savannahs Tod ihr jegliche Fassung geraubt hatten. Man hatte Dr. Broussard und Reverend Stipple kommen lassen, aber der einzige Trost, den sie wirklich brauchen konnte, bestand darin, ihr einziges verbliebenes Kind in ihrer Nähe zu haben.

Laurel verspürte einen ausgeprägten Drang, nein zu sagen. Vivian hatte Savannah zu ihren Lebzeiten verstoßen, hatte schon vor langer Zeit aufgehört, sie zu lieben. Sie glaubte unwillkürlich, daß es sich um eine List handelte, mit der Vivan Aufmerksamkeit auf sich lenken wollte, und nicht etwa um ein Flehen um Mitgefühl oder Beistand. Vivian und Savannah waren schon immer Rivalinnen gewesen. Weshalb hätte sich nach ihrem Tod etwas daran ändern sollen?

Schließlich siegten jedoch die Last des Schuldbewußtseins und das Gefühl, familiäre Verpflichtungen zu haben. Als sie in Carolines burgunderrotem BMW in die von Bäumen gesäumte Auffahrt zu dem Haus fuhr, in dem sie ihre Kindheit verbracht hatte, verfluchte sie sich für ihre Schwäche. Sie konnte nahezu vor ihren Augen sehen, wie Savannah mißbilligend auf sie hinabschaute. *Du strampelst dich wohl immer noch ab, um Mamas Liebe für dich zu gewinnen, Baby. Wenn das nicht rührend ist!*

Sie schaltete den Motor aus, legte die Stirn einen Moment lang auf das Steuer und schloß die Augen vor Erschöpfung. Sie hätte sich nicht zerschlagener fühlen können, wenn jemand mit einer Keule auf sie eingedroschen hätte. Sie fühlte sich von blauen Flecken übersät, und jede einzelne Zelle ihres Körpers schmerzte – ihre Haut, ihr Haar, ihre Zähne, ihre Muskeln, ihr Herz. Insbesondere ihr Herz.

Bilder von Jack zogen immer wieder vor ihrem geistigen Auge vorüber, und ihr bestürmtes Gehirn kämpfte im Namen der Selbsterhaltung darum, die Dinge rational zu erklären. Er hatte sie von sich gestoßen, weil er Angst davor hatte, er könnte ihr weh tun. Er hatte sie von sich gestoßen, weil er Angst davor hatte, ihm könnte weh getan werden. Aber sie konnte beim besten Willen nichts vorbringen, was das Beweisstück entkräftet hätte, das sie selbst in den Händen gehalten hatte.

O Gott, er hatte sie studiert und Notizen zu Papier gebracht, Theorien formuliert, als sei sie nichts weiter als eine frei erfundene Romanfigur. Der Schmerz, den ihr das bereitete, war einfach ungeheuerlich.

Und trotzdem wollte sie immer noch von ihm geliebt werden. Diese Schande ließ sich nicht überbieten. Sie wollte, daß er zu ihr kam und ihr sagte, es sei alles ein Irrtum gewesen, ihr sagte, daß er sie liebte und für sie dasein würde, während sie mit dem Kummer über ihren Verlust rang. Wie dumm sie doch war. Sie hatte von Anfang an gewußt, daß er kein Mann von der Sorte war, auf die man sich verlassen konnte.

Sie atmete abgehackt ein und kämpfte gegen die Tränen an. Sie würde darüber hinwegkommen. Sie würde über ihn hinwegkommen. Sie würde es fertigbringen, für Savannah stark zu sein.

Olive öffnete ihr die Tür und wirkte angemessen traurig, ihre Haut so grau wie ihre Livree, ihre Augen trostlos. Die Hausangestellte ging voran und führte sie die geschwungene Freitreppe hinauf und durch den Korridor, und Laurel folgte ihr automatisch, während sie in Gedanken an andere Zeiten dachte, die sie hier verbracht hatte.

Wie Geister hörte sie die Stimmen ihrer Kindheit – Savannahs unbändiges Gelächter, ihr eigenes schüchternes Kichern, Daddys Versprechen, er würde sie beide finden und sie kitzeln, bis sie nicht mehr konnten. Die Erinnerungen bestürmten sie – gute und böse Erinnerungen. Ihr fiel wieder ein, wie sie am Tag von Daddys Begräbnis durch ebendiesen Korridor zum Zimmer ihrer Mutter gelaufen war und zugesehen hatte, wie Vivian kunstvoll um ihre geschwollenen roten Augen herum Make-up aufgetragen hatte.

»Du mußt immer darum bestrebt sein, eine kleine Dame zu sein, Laurel. Du bist eine Chandler, dies wird von dir erwartet.«

Dann hatte Vivian sich mit Valium vollgepumpt und die Beerdigung benommen über sich ergehen lassen, während ihre Töchter sich damit abgequält hatten, artig in ihre Taschentücher zu weinen.

Vivians Depression nach Jeffersons Tod hatte zwei Monate angedauert. Dann hatte Ross Leigthon begonnen, sich in ihrer aller Leben einzuschleichen.

Zu Vivians privaten Zimmern gehörte eine geräumige Suite, die einmal im Jahr von einem Innenarchitekten aus Lafayette neu gestaltet wurde. Die jüngste Inkarnation stellte sich als eine üppige Pracht an geblümtem Chintz in Pfirsich- und Apricottönen dar. Olive führte Laurel durch das Wohnzimmer mit seiner Ballung von englischen Antiquitäten, klopfte an die Schlafzimmertür und öffnete sie zwei Zentimeter weit, als eine gedämpfte Aufforderung zum Eintreten zu vernehmen war. Mit gesenktem Blick schlich das Mädchen davon wie ein geprügelter Hund, als Laurel eintrat.

Ihre Mutter stand an den Glastüren, trug einen Morgenmantel aus apricotfarbener Seide, hatte sich einen Arm um die Mitte geschlungen und rieb sich mit der anderen Hand gedankenverloren die Kehle. Opale an ihren Ohrläppchen sandten ihren warmen Schimmer aus. Ein Ring mit einem Stein, der die Größe eines Spatzeneis hatte, lenkte den Blick auf die Hand, die sie sich auf die Brust gepreßt hatte. Sie drehte sich um, als Laurel das Zimmer betrat, und ihre Züge waren angespannt, während ihre Augen unter der Tarnung von dunklem Lidschatten dramatisch tiefliegend wirkten.

»O Laurel, Gott sei Dank, daß du gekommen bist«, sagte sie, und ihre Stimme war schrill und überspannt. »Ich mußte dich dringend mit eigenen Augen sehen.«

»Hier bin ich, Mama.«

Vivian schüttelte ungläubig den Kopf und lief hektisch auf und ab. »Savannah. Ich kann einfacht nicht akzeptieren, was der Sheriff zu berichten hatte. Daß sie ermordet worden ist. Wie diese anderen Frauen, so ist auch sie ermordet worden. Erdrosselt.« Sie flüsterte das Wort, als sei es gotteslästerlich, und dabei rieb sie sich immer noch mit der rechten Hand die Kehle. »Praktisch vor unserer eigenen Haustür. Ich schwöre es dir, diese Vorstellung ist mir einfach unerträglich. In dem Moment, in dem er uns darüber informiert hat, wäre ich beinahe in Ohnmacht gefallen. Meine Kehle hat sich derart zugeschnürt, daß ich kaum noch atmen konnte. Ross mußte mir meine Medizin in den Salon bringen, und ich konnte sie kaum schlucken. Er hat mich augenblicklich zu Bett gebracht, aber ich konnte keine Ruhe finden, solange ich dich nicht gesehen habe.«

»Ich wollte mich gerade auf den Weg zum Bestattungsinstitut machen«, sagte Laurel und spielte mit einem Arrangement von Tigerlilien in einem Krug aus Dresdner Porzellan. »Möchtest du vielleicht mitkommen?«

Vivian schnappte nach Luft und ließ sich auf die Bettkante sinken. Sie achtete sorgsam darauf, daß ihre Knie sich nicht öffneten, sondern sich aneinanderpreßten, wie es sich gehörte, und eine Hand kümmerte sich gekonnt darum, daß der Morgenmantel nicht aufklaffen konnte. »Um Himmels willen, nein! Das wäre mir absolut unerträglich. Jedenfalls im Moment. Ich bin der Lage schlichtweg nicht gewachsen. Ich – ich bin restlos geschwächt von diesem Schock und emotional völlig...«

Sie ließ den Satz abreißen, als Tränen in ihre schönen aquamarinblauen Augen traten. Aus der Brusttasche zog sie sodann ein Taschentuch mit Spitzenborten und tupfte die Feuchtigkeit auf.

Wut staute sich in Laurel an, während sie ihre Mutter durch gesenkte Wimpern beobachtete. Ihre Schwester war tot, und ihre Mutter saß hier und zog eine Schau ab, um Mitgefühl zu heischen. Die arme Vivian hatte die Tochter verloren, die sie nie geliebt hatte. Die arme Vivian, die so fragil und so sensibel war, als stammte sie aus einem Stück von Tennessee Williams.

»Ich habe schon so lange keinen Anfall mehr gehabt«, fuhr sie fort und rang das Taschentuch in ihren Fingern. »Aber jetzt fühle ich ihn nahen, und er schleicht sich wie ein Schatten des Verderbens über mich. Du kannst dir gar nicht vorstellen, wie sehr mir davor graut. Diese Anfälle sind einfach gräßlich.«

»Der Mord an deiner Tochter auch«, sagte Laurel gepreßt.

Die Augen ihrer Mutter wurden groß. Ihre Hände hielten auf ihrem Schoß still. »Ja, selbstverständlich. Es ist entsetzlich!«

Laurel drehte sich zu ihr um und sah sie hart und anklagend an. »Aber das allerwichtigste ist, wie sich dieser Mord auf dich auswirkt. Stimmt's?«

»Laurel! Wie kannst du bloß so etwas zu mir sagen?«

Sie hätte es nicht tun dürfen. Sie wußte genau, daß sie das nicht hätte tun dürfen. Brave Mädchen geben keine frechen Antworten. Aber sämtliche Gebote, mit denen sie aufgewachsen war, konnten die Wut nicht zurückhalten, die sie in all den Jahren in sich aufgestaut hatte. In ihrer Vorstellung konnte sie Savannah tot daliegen sehen, und sie konnte es sich kaum erlauben, sich wirklich auszumalen, wie sehr ihre Schwester gelitten hatte. Und Vivian spielte Blanche DuBois. Immer im Mittelpunkt der Aufmerksamkeit. Wen interessierte schon, wer sonst noch leiden könnte?

»Es war genau dasselbe, als Daddy getötet worden ist«, sagte sie, und die Macht ihrer Gefühle ließ ihre Stimme beben. »Es ist dir nie darum gegangen, daß wir alle ihn verloren haben. Du mußtest die Situation so weit verdrehen, daß *du* im Mittelpunkt gestanden hast, daß die Leute scharenweise rausgeströmt sind, um nach *dir* zu sehen, damit sie alle durch die Stadt laufen und sagen können: ›Die arme Vivian. Sie ist ja *so* elend dran.‹«

»Ich *war* elend dran!« rief Vivian aus und sprang auf. »Ich hatte schließlich meinen Mann verloren!«

»Aber du hast nicht gerade lange gebraucht, um einen anderen zu finden, stimmt's?« zischte Laurel, die die Schmerzen ihrer Kindheit wie frisches, heißes Blut durchströmten.

Ihre Mutter kniff die Augen zusammen. »Du nimmst mir immer noch übel, daß ich Ross geheiratet habe. All die Opfer, die ich für dich und deine Schwester gebracht habe, und ich bekomme nichts dafür zurück als Bitterkeit und Kritik.«

»Daddy war kaum unter der Erde!«

»Er war tot«, sagte sie schroff. »Er war für immer fort. Irgend etwas mußte ich schließlich tun.«

»Du hättest nicht ausgerechnet *ihn* in dieses Haus holen müssen, in Daddys Zimmer, in unser aller Leben.«

In Savannahs Bett. O Gott, wenn Ross Leighton nicht gewesen wäre, wäre Savannah noch am Leben gewesen. Sie hätte dazu heranwachsen können, ihr gesamtes Potential zu verwirklichen, das er in ihr erstickt hatte.

»Ross war ein guter Fang«, sagte Vivian zu ihrer Verteidigung und fummelte an dem Spitzenbesatz ihres Nachthemdes herum. »Aus einer guten Familie. Mit hohem Ansehen. Er war ein gutaussehender Mann. Der eigenen Reichtum besessen hat. Und bereit war, die Kinder eines anderen Mannes zu akzeptieren. Diese Bereitschaft kann man nicht bei jedem Mann voraussetzen, verstehst du? Ich kann dir sagen, ich war sehr dankbar dafür, daß er sich um mich bemüht hat. Ich konnte die Plantage nicht allein leiten. Nach Jeffersons Tod war ich in einer derart geschwächten Verfassung, daß ich einfach nicht wußte, ob ich jemals wieder funktionieren würde.«

Und so kam Ross Leighton auf die Bildfläche. Wie ein Geier. Wie ein Wolf, der Lämmer wittert. Bereit, die Kinder eines anderen Mannes zu akzeptieren? Bereit, ihnen die Unschuld zu rauben. Vivian hatte keine Ahnung, wie groß die Bereitschaft war, die Ross mitgebracht hatte.

Weil Laurel es ihr nie gesagt hatte.

»Sag Mama nichts davon… Niemand wird dir je glauben…«

Sie stürzte sich auf ihre Mutter, um das entsetzliche Geheimnis nach so langer Zeit zu lüften, doch die Worte erstarrten zu Beton in ihrem Mund. Was würde das jetzt noch nützen? Würde es Savannah wieder zum Leben erwecken? Würde es ihnen ihre Kindheit zurückgeben? Oder würde es den Schmerz nur noch mehr in die Länge ziehen und sie alle noch tiefer im Schlamm der Vergangenheit versinken lassen?

»Ich habe das getan, was für uns alle das Beste war«, sagte Vivian herrisch. »Nicht etwa, daß eine von euch beiden das auch nur einen Moment lang zu würdigen gewußt hätte, du und deine Schwester. Euer Vater hat euch beide grenzenlos verzogen.

Und Savannah war immer eifersüchtig auf jede Form von Zuwendung, die ich persönlich Jefferson entlocken konnte. Bei Ross war es kein bißchen anders. Ich schwöre es dir, ich weiß nicht, woher dieses Mädchen seine Wildheit hatte. Und diese Sturheit. Ich nehme an, von Jeffersons Seite; Caroline ist ganz genauso, verstehst du? Aber Caroline hat sich nie für Männer interessiert…«

»Hör auf!« schrie Laurel, und ihre Stimme schnitt sich durch das stille elegante Zimmer. Ihre Mutter glotzte sie an, und ihre Lippen bewegten sich tonlos, wie das Maul eines Fischs auf dem Trockenen. »Es geht dich nichts an, mit wem Tante Caroline schläft. Sie ist wenigstens glücklich. Sie macht sich wenigstens nicht selbst vor, daß sie eine Beziehung zu einem Mann haben muß, ganz gleich, was für ein widerlicher Kerl er auch sein mag.«

»Nein, in der Hinsicht ist sie nicht wie Savannah, stimmt's?« sagte Vivian durchtrieben.

Da sie jetzt selbst in Wut geriet, lief sie wieder vor dem vierpfostigen Bett auf und ab. »Ich weiß nicht, wie oft ich ihr gesagt habe, daß sie sich wie eine Dame benehmen soll. All die Stunden, die sie bekommen hat, um ihr anhand von Beispielen vorzuführen, wie eine Dame sich geben sollte, und nichts von alledem hat auch nur das Geringste genutzt. Sie hat gelebt wie eine Schlampe – sich wie eine Nutte herausgeputzt, und sie ist mit jedem Mann ins Bett gegangen, der auch nur einen Finger gekrümmt hat. O Gott, diese Schande war wirklich kaum zu ertragen!« sagte sie erbittert. »Und jetzt ist sie deshalb umgebracht worden.«

Sie schüttelte den Kopf und schlang die Arme um sich, als versuchte sie, sich mit physischer Kraft zusammenzuhalten. Ein neuerlicher Tränenschimmer glänzte in ihren Augen, als sie wieder auf und ab zu laufen begann. »Ich weiß nicht, wie ich noch mit erhobenem Haupt durch die Stadt gehen kann.«

»Das ist alles, was dich daran interessiert?« erkundigte sich Laurel betroffen. »Du bist der Meinung, Savannah hätte dich damit in Verlegenheit gebracht, daß sie einem Psychopathen zum Opfer gefallen ist?«

Vivian drehte sich zu ihr um, und ihre Augen sprühten Funken. »Das habe ich nicht gesagt!«

»Oh, doch, genau das hast du gesagt! Himmel noch mal, sie war deine Tochter!«

»Ja, sie war meine Tochter«, fauchte Vivian, und rote Flecken sprenkelten ihr Gesicht, als in ihrem Innern Gefühle an die Oberfläche brachen, die sie lange unterdrückt hatte. »Und ich werde *niemals* verstehen, wie es dazu kommen konnte, wie Gott mir ein Kind wie sie schenken konnte – von einer so großen äußerlichen Schönheit und verdorben bis ins Mark. Ich werde niemals verstehen...«

»Weil wir es dir vorenthalten haben!« schrie Laurel.

Sie schlug die Hände über den Kopf und drehte sich um, und ihr gesamtes Inneres war in Aufruhr. Sie hatte versucht, die Wahrheit wieder einmal tief in sich zu begraben, sie für alle Zeiten zu Grabe zu tragen, doch die Wahrheit hatte sich losgerissen und scharrte sich ans Licht vor. Savannahs Tod ging indirekt auf das zurück, was Ross aus ihr gemacht hatte. *Und weil ich Stillschweigen bewahrt habe.*

Das Schuldbewußtsein war wie ein Schraubstock, der sie immer enger einzwängte und sie zermalmte. Sie konnte nichts an der Vergangenheit ändern, aber jemand mußte dafür büßen. Vivian durfte nicht in ihren Aquarellphantasien weiterleben. Man durfte es Ross nicht gestatten, sich den Folgen seiner Taten ungestraft zu entziehen. Recht mußte walten, irgendwie, in irgendeiner Form.

Vivian musterte sie mit argwöhnischen Blicken. Sie strich sich eine Strähne ihres aschblonden Haars mit einer ungeduldigen Geste hinter das Ohr. »Was soll das heißen, ›es mir vorenthalten‹? Was habt ihr mir vorenthalten?«

»Daß Ross, der edelmütige Ritter in seiner glänzenden Rüstung, der zu deiner Rettung aufgebrochen ist, deine Tochter belästigt hat.« Sie sah ihrer Mutter fest in das schockierte Gesicht, ohne auch nur mit einer Wimper zu zucken. »Er hat sie mißbraucht, im fleischlichen Sinne, Nacht für Nacht, Woche für Woche, Jahr für Jahr.«

»Du lügst!« brachte Vivian keuchend hervor. Sie schlug sich eine Hand auf die Kehle und schluckte zweimal, als erstickten sie die Worte, die Laurel von sich gegeben hatte. »Das ist eine abscheuliche Lüge! Wie kannst du so etwas nur sagen?«

»Weil es die Wahrheit ist und weil ich es abgrundtief satt habe, sie geheimzuhalten!« Laurel ging auf ihre Mutter zu. Ihre Hände waren zu festen Fäusten mit weißen Knöcheln zusammengepreßt, die an ihren Seiten herunterhingen. »Alles, was aus Savannah geworden ist, geht nur auf Ross Leighton zurück. Jetzt ist sie tot, und der einzige Mensch, der untröstlich sein sollte, sorgt sich mehr um sein eigenes Image als um den Mord an der eigenen Tochter. Ich halte das einfach nicht mehr aus!«

Die Ohrfeige traf sie kräftig auf die Wange und ließ ihren Kopf zur Seite schnellen. Sie versuchte nicht, sie abzufangen, ebensowenig wie den zweiten Schlag, den Vivian ihr versetzte. Sie hatte Schlimmeres verdient – nicht dafür, daß sie diese Dinge zu ihrer Mutter gesagt hatte, sondern dafür, daß sie diese Dinge nicht schon vor all diesen Jahren ausgesprochen hatte. Vivian versetzte ihr einen Stoß und wich dann zurück. In ihren Augen stand ein wilder Blick, und ihre Lippen zuckten und bebten.

»Du undankbares kleines Miststück!« zischte sie, und das seidige Haar fiel ihr in die Stirn und über die Augen. »Lügen. Das ist alles, was in dir steckt, nichts weiter als Lügen! Du hast diese Menschen in Georgia belogen, und jetzt belügst du mich! Du hast Ross vom ersten Tag an gehaßt. Du tätest alles, um ihm zu schaden!«

»Ja, ich hasse ihn. Ich hasse ihn dafür, daß er den Platz meines Vaters eingenommen hat, aber noch mehr hasse ich ihn dafür, daß er meine Schwester genommen hat.« Die Ungläubigkeit, die sie in jenen Jahren immer wieder befallen hatte, brach in einer heftigen Woge wieder über sie herein. Wie konnte es sein, daß ihre Mutter nichts davon bemerkt hatte? Wie konnten sich diese Dinge in ihrem eigenen Haus abgespielt haben, ohne daß sie auch nur einen Verdacht geschöpft hatte? »Hast du dich denn nie gefragt, wo er in all diesen Nächten gewesen ist, Mama? Oder warst du einfach nur dankbar dafür, daß er nicht in dein Bett gestiegen ist?«

Vivians Gesicht wurde kreideweiß, und sie hob eine zitternde Hand, um sie sich auf den Mund zu pressen, um den Schrei zurückzuhalten, die Galle, die in ihre Kehle aufstieg. Sie hatte sich nie etwas aus Sex gemacht. Es war schmutzig und widerwärtig, all dieses Ächzen und Schwitzen. Sie hatte Ross' stille Duldung des Umstands, daß sie nicht geneigt war, das Bett mit ihm zu teilen, niemals hinterfragt. Sie hatte nie auch nur darüber nachgedacht, wo er seine männlichen Triebe möglicherweise stillen könnte – solange er die Diskretion wahrte. Aber mit ihrer eigenen Tochter?

Nein. Das konnte nicht sein. Solche Dinge kamen in guten Familien nicht vor.

»Nein«, sagte sie leise und wies die Möglichkeit in Gedanken von sich, aber auch mit ihrem Körper. Sie hielt die Hände vor sich, als wollte sie diese Idee fortstoßen.

»Doch«, beharrte Laurel. »Er ist zwei- oder dreimal in der Woche nachts in ihr Zimmer gekommen und hat mit ihr getrieben, was er wollte, je nachdem, wozu er zufällig gerade aufgelegt war – Geschlechtsverkehr, oralen Sex...«

»Sei still! Sei still! Das höre ich mir nicht an!« Vivian preßte sich die Hände in dem Versuch auf die Ohren, diese widerlichen Anschuldigungen abzublocken. Laurel packte ihre Handgelenke, riß sie herunter und schrie ihr ins Gesicht:

»Du wirst mir zuhören! Du hättest mir vor zwanzig Jahren schon zuhören sollen! Wenn du dich auch nur die Bohne für jemand anderen als für dich selbst interessiert hättest, dann hättest du es selbst gesehen, dann hättest du es selbst gewußt«, sagte sie, und diese Erkenntnis führte dazu, daß Tränen der Erbitterung ihre Sicht verschleierten. »Ich hätte keine Angst davor gehabt, es dir zu sagen. Ich hätte keine Angst davor gehabt, deine Liebe zu verlieren. Ich war noch zu jung, um zu wissen, daß du ohnehin nicht fähig bist zu lieben.«

Ihre Mutter riß sich von ihr los und wankte zurück, als sei sie mitten ins Gesicht geschlagen worden. »Ich habe euch *immer* geliebt!«

»Wenn es dir in den Kram gepaßt hat. Wenn wir brave kleine Mädchen waren und keinen Ärger gemacht haben. Das ist keine Liebe, Mama«, murmelte Laurel, die an ihrer Verzweiflung erstickte. »Wenn du uns geliebt hättest, dann hättest du gesehen, daß Savannah Hilfe gebraucht hat, daß etwas nicht gestimmt hat, daß Ross sich an Kindern vergangen hat.«

»Das hat er nicht getan!« Es konnte einfach nicht wahr sein. Die Vorstellung war ihr unerträglich.

»Ross Leighton hat deine Tochter wie eine Hure behandelt, bis sie selbst geglaubt hat, das sei alles, was jemals aus ihr werden könnte.«

Die Röte hatte sich wieder in Vivians Gesicht geschlichen, und ihre Augen quollen heraus wie die von T-Grace Delahoussaye. »Ich glaube dir nicht. Du bist eine gemeine kleine Lügnerin. Verschwinde.

Verschwinde aus meinem Haus!« schrie sie. »Du bist nicht meine Tochter! Ich habe keine Töchter!«

Laurel sah sie lange und fest an. Der Schmerz war heftig und ging tief, und die Desillusionierung war vollständig. »Weißt du was«, sagte sie mit ruhiger Stimme, da ihre Wut verraucht war. »Ich wünschte bei Gott, das wäre wahr.«

Sie verließ das Zimmer, ohne sich noch einmal umzusehen, ohne die Anwesenheit der Hausangestellten offiziell zur Kenntnis zu nehmen, die im Korridor gelauscht hatten. Je mehr Menschen die Wahrheit erfuhren, desto besser. Nachdem sie jetzt endlich aus dieser furchtbaren kleinen schwarzen Kiste voller Geheimnisse in ihrem Innern herausgekommen war, hatte Laurel voll und ganz die Absicht, Ross Leightons Perversionen im Bezirk Partout allgemein bekannt zu machen. Er würde niemals vor Gericht angeklagt werden, doch dafür würde immer dann die Anklage gegen ihn erhoben werden, wenn er über die Straße ging oder ein Geschäft oder ein Restaurant betrat. Er würde niemals eine Haftstrafe in Gefängnismauern abbüßen; es würde genügen müssen, daß er zu öffentlicher Schande verurteilt war.

Die Haustür wurde aufgerissen, als Laurel die Treppe hinunterkam, und ihr Stiefvater Reverend Stipple einließ.

»Laurel«, sagte Ross und blickte mit seinem gewohnt nichtssagenden Lächeln strahlend zu ihr auf. »Ich bin ja so froh, daß du kommen und deiner Mutter Beistand leisten konntest.«

»Du wirst nicht lange froh darüber sein.« Laurel trat auf die polierten Fliesen und warf einen Blick auf den Geistlichen, dessen kleine Augen groß wurden, als er Ärger witterte wie eine Maus das Nahen einer Katze. Er wich instinktiv einen Schritt zurück und fummelte mit seinen knochigen Händen an seiner Jacke, um sie zurechtzurücken. Laurel fragte sich, was er jetzt von Ross Leighton halten würde; ob er ihn verdammen würde oder ob er in all seiner Schwäche und Unbrauchbarkeit einen Vorwand finden würde, um alles als schön und gut hinzustellen.

»Ich habe es ihr erzählt«, sagte sie an ihren Stiefvater gewendet.

Als es ihm dämmerte, sah sie den Schock in seinen Augen, doch er tat so, als wüßte er von nichts, wie er schon in all den Jahren Unschuld geheuchelt hatte. »Was hast du ihr erzählt, mein Liebling?«

»Die Wahrheit darüber, wie du meine Schwestern mißbraucht hast, als sie zu klein war, um sich dagegen zu wehren. Die Wahrheit darüber, wie du sie zu deinem eigenen Privatvergnügen zu einer Hure gemacht hast.«

Reverend Stipple keuchte, als er diese Worte hörte und begriff, was sie zu bedeuten hatten. Farbe schlich sich in Ross' breiten Nacken und in sein Gesicht. Er machte den Mund auf, um zu protestieren, aber Laurel schnitt ihm mit einer scharfen Handbewegung das Wort ab.

»Spar dir die Mühe, es zu leugnen, solange ich hier stehe, du Mistkerl. Ich weiß, was vorgefallen ist. Ich habe es von Anfang an gewußt. Ich weiß, was du aus ihr gemacht hast. Ich weiß, daß sie deshalb tot ist. Ich habe in all der Zeit das Schweigen bewahrt, dieses schreckliche Geheimnis in meinem Innern verschlossen und dich ungeschoren davonkommen lassen. Damit ist jetzt Schluß«, gelobte sie, und ihre Stimme bebte so heftig wie ihr ganzer Körper.

»Ich habe es Vivian erzählt«, sagte sie und schaute wütend zu ihm auf – wie er gesund und munter mit seiner Sonnenbräune und dem zurückgekämmten Haar dastand und in seinem grünen Hemd mit dem Logo des Country Clubs und der leichten Khakihose Reichtum und Gelassenheit verkörperte. Er hätte derjenige sein sollen, der mit dem Messer verstümmelt und als Toter zurückgelassen wurde. »Ich habe es Vivian erzählt, und ich hoffe aufrichtig, daß sie dich umbringt.«

Ross hielt ihren Arm fest, als sie auf die Tür zuging. »Laurel, warte…«

Sie riß sich mit einer heftigen Bewegung von ihm los, und ihre Augen glühten vor Haß, als sie ihn ansah. »Nein. Ich habe lange genug gewartet.«

Haß kochte in ihr wie ein Gift, als sie das Haus und das Gelände verließ.

Und Ross Leighton stand in der Tür des herrschaftlichen Hauses, das er einem anderen Mann abgenommen hatte, und die Panik wand sich wie eine Schlange in seinen Eingeweiden, als er Laurel nachblickte.

»Herr im Himmel, ich hasse religiöse Fanatiker.« Kenner lehnte sich auf seinem Stuhl zurück, streckte sich und versuchte, die verspannten Muskeln zwischen seinen Schulterblättern zu lockern. Sein Blick folgte den Anhängern des Wahren Weges aus dem Vorzimmer und in den Korridor. Mehr als alles andere war ihm verhaßt an ihnen, daß es sich um Männer handelte, die in der Region des Bayou Breaux lebten und in einem Alter waren, in dem sie wählen durften. Das hieß, daß er zumindest so tun mußte, als schenkte er dem, was sie vorzubringen hatten, Glauben.

Er sah mit zusammengekniffenen Augen ihren Rädelsführer an, der ihm immer noch auf dem Besucherstuhl auf der anderen Seite seines Schreibtisches gegenübersaß. Aalglatt. Genau dieses Wort hätte er benutzt, um Jimmy Lee Baldwin zu beschreiben. Aalglatt gehörte zu den Dingen, die er nicht ausstehen konnte. Aalglatt hieß fast immer, daß es verdammten Ärger geben würde.

»Dann glauben Sie also, daß Jack Boudreaux all diese Mädchen erwürgt und zerschnitten hat, weil er seinen Spaß daran hat?«

Jimmy Lee preßte die Fingerspitzen zusammen und setzte eine besorgte Miene auf. Seine dunkelblonden Augenbrauen richteten sich über seinen Augen zu seinem kleinen Zelt auf, und seine Zunge fuhr über seine abgebrochenen Zähne. »Sie haben die Aussagen meiner Diakone selbst gehört, Sheriff. Ich stehe mit meinem Verdacht nicht allein da.«

»Nein. Aber die anderen Leute haben einen anderen Verdacht.« Kenner schüttelte eine Zigarette aus dem zerknautschten Päckchen auf seinem Schreibtisch und suchte vergeblich nach seinen Streichhölzern. Danjermond, der an der Reihe von Aktenschränken lehnte, trat vor und gab ihm mit einem zierlichen Barren aus vierundzwanzigkarätigem Gold Feuer. Der Sheriff inhalierte tief und blies blauen Rauch zu der schmuddeligen Decke auf, ohne Baldwin auch nur einen Moment lang aus den Augen zu lassen. »Was würden Sie dazu sagen, wenn ich Ihnen erzähle, daß jemand bei mir war, um mir eine nette Geschichte über Sie und Savannah Chandler zu erzählen?«

Der Prediger schloß die Augen und schüttelte den Kopf, als durchlitte er tiefe Seelenqualen. »Laurel«, murmelte er, während er sie im stillen verfluchte und wünschte, der Teufel würde sie endgültig holen. »Sie ist mit derselben Geschichte zu mir gekommen. Anscheinend eine Ausgeburt von Savannahs bedauerlich gestörter Phantasie. Nur der Himmel weiß, wie sie auf derart verdorbene Dinge kam. Ich fürchte, sie ist auf finsteren Pfaden gewandelt«, sagte er mit einem dramatischen Seufzen.

Kenner rümpfte verächtlich die Nase und räusperte sich lautstark. »Ich gebe keinen Rattenarsch darauf, auf was für Pfaden sie gewandelt ist. Warum hätte sie es auf Sie abgesehen haben können?«

Jimmy Lee halbierte das Maß an Theatralik. Der Sheriff war kein geduldiger Mann. »Sie war Stammkundin in Frenchie's Landing. Ich habe mein Bestes getan, damit diese Höhle des Lasters geschlossen wird.«

»Haben Sie jemals eine Frau vor dem Sex gefesselt?« fragte Kenner unverblümt.

»Sheriff! Ich bin ein Mann Gottes!«

»Im Namen Gottes wird gewaltig viel Scheiße begangen. Was ist, haben Sie es je getan?«

Jimmy Lee sah ihm fest ins Auge, so unschuldig wie ein Chorknabe. »Ich dächte im Traum nicht daran.«

Aber genau davon träumte er, als er fünf Minuten später das Büro des Sheriffs verließ. Und das Gesicht der Frau, die unter ihm gefesselt war, gehörte Laurel Chandler.

Kenner drückte seine Zigarette in dem überquellenden Aschenbecher aus und schwang seinen Stuhl zu Danjermond herum. Im stillen fragte er sich, wie es der Oberstaatsanwalt bloß fertig brachte, wie aus dem Ei gepellt zu wirken. Er hätte von der Titelseite von *GQ* gestiegen sein können, wogegen Kenner aussah, sich fühlte und roch wie ein Überlebender eines Dschungelfeldzugs. Seit der Entdeckung von Annie Gerrards Leiche hatten sie alle höllische Überstunden gemacht. Der Streß und die Müdigkeit glitten an Danjermond ab wie Öl von Teflon.

»Was meinen Sie, Steve?« fragte Kenner. »Ist der Prediger ein Perverser, oder ist Jack Boudreaux unser Mann?«

Diese Kurzform seines Namens ließ Danjermond den Kiefer anspannen, aber er äußerte sich nicht dazu. Er drehte den Siegelring an seinem Finger, schlenderte zum Fenster und stellte gereizt fest, daß die Jalousie schief befestigt worden war. »Ich kann mir nicht vorstellen, daß Annie Gerrard etwas mit Baldwin hätte zu tun haben wollen, wenn man bedenkt, daß er versucht hat, die Bar ihrer Eltern zu schließen. Er leugnet, etwas mit Savannah Chandler zu tun gehabt zu haben. Niemand hat die beiden tatsächlich zusammen gesehen. Was Savannahs Unterstellungen angeht – nun, wir wissen, daß sie eine Frau war, die so ziemlich alles gesagt oder getan hätte. Es kann durchaus sein, daß sie schlecht auf ihn zu sprechen war. Das werden wir niemals erfahren.«

»Und Boudreaux?«

»Mit Sicherheit besitzt er die erforderliche Phantasie. Falls seine Bücher auch nur die geringsten Rückschlüsse zulassen, hat er eine Neigung zu Gewalttätigkeiten. Er hat beide Frauen gekannt. Er steht in dem Ruf, ein Frauenheld zu sein.«

»Aber es sind keinerlei Geschichten darüber im Umlauf, daß er sie fesselt oder grob mit ihnen umspringt.«

Danjermond wandte sich vom Fenster ab und spießte den Sheriff mit einem durchdringenden Blick auf. »Es könnte durchaus sein, daß er damals in Houston seine Frau getötet hat, Sheriff Kenner«, sagte er finster. »Ist das grob genug für Ihren Geschmack?«

Kenner zog die Stirn in tiefe nachdenkliche Falten und beugte sich nach dem Päckchen Camel auf seinem Schreibtisch vor, schüttelte die letzte heraus und steckte sie sich zwischen die Lippen. »Vielleicht sollten wir mal mit Mr. Jack Boudreaux plaudern.«

Es war schon spät am Nachmittag, als Laurel Prejean's Bestattungsinstitut endlich erreichte. Tante Caroline hatte versucht, es ihr auszureden. War der Tag nicht ohnehin schon furchtbar genug gewesen? Wäre es nicht besser, wenn sie die Autopsie abwartete und erst hinging, nachdem Mr. Prejean seine Aufgabe erledigt hatte? Wollte sie ihre Schwester nicht lieber als etwas anderes und nicht nur als das Opfer eines brutalen Verbrechens in Erinnerung behalten?

Doch, aber sie war nun mal einem brutalen Verbrechen zum Opfer gefallen, einem Verbrechen, das sie allein durchlitten hatte. Dieser Gedanke war Laurel unerträglich. Sie waren immer füreinander dagewesen. Selbst damals, als Ross Savannahs Zimmer seine heimlichen Besuche abgestattet hatte, hatten sie hinterher den Schmerz miteinander geteilt. Die Vorstellung, daß ihre Schwester ganz allein mit dem Mörder konfrontiert gewesen war, im Sumpf, wo niemand war, der ihre Hilferufe hören konnte, wo es so etwas wie Vergebung oder Erbarmen nicht gab…

Sie blinzelte die Tränen zurück, zog die Haustür auf, trat in die Eingangshalle und würgte dann, als ihr der schwere Duft von Nelken und einem zitronigen Duftspray entgegenschlug. Ein Staubsauger surrte in der Kapelle. Mantovani triefte aus den Lautsprechern – klebrig-süße Violinen und zwitschernde Flöten.

Lawrence Prejean kam aus seinem Büro und ging direkt auf sie zu, als hätte er ihre Anwesenheit gewittert. Er war ein kleiner Mann, nicht viel größer als Laurel, mager und drahtig, und von einer Eleganz, die sie ihn als eine Cajun-Ausgabe von Fred Astaire hatte ansehen lassen. Er hatte eine dünne Schicht ordentlich gekämmten schwarzen Haares und große, glänzende, braune Augen, in denen sich permanentes Mitgefühl ausdrückte.

»*Chérie*, ich bedaure Sie ja sosehr für ihren Verlust«, sagte er liebevoll und legte ihr einen Arm um die Schultern.

Laurel fragte sich verschwommen, wie er nach so vielen Verlusten und so vielen Tragödien den Hinterbliebenen immer noch derart echte Gefühle entgegenbringen konnte.

»Ihre Tante Caroline hat mich angerufen, um mir Bescheid zu sagen, daß Sie auf dem Weg hierher sind«, sagte er und nahm sie an der Hand. »Sind Sie sicher, daß Sie das tun wollen, *chère*?«

»Ja.«

»Sie wissen, daß wir sie heute abend nach Lafayette transportieren?«

»Ja, das weiß ich. Ich möchte lediglich ein Weilchen bei ihr sitzen. Ich muß sie unbedingt sehen.«

Sie erstickte beinahe an den Worten und schüttelte den Kopf, verärgert über sich selbst. Sie war von Beauvoir aus nach Belle Rivière zurückgefahren, hatte ausgiebig geduscht, Mama Pearls Vorschriften befolgt und sich eine Zeitlang hingelegt, und während dieser Zeit hatte sie sich immer wieder gesagt, daß sie all das nur tat, um die Fassung zu bewahren, und daß sie den Besuch bei Prejean's durchstehen würde, ohne zusammenzubrechen.

Prejean blieb vor der Tür des Einbalsamierungsraumes stehen und tätschelte tröstlich ihre Hand; seine großen dunklen Augen waren warm und tief und drückten Weisheit und Verständnis aus, das aus alter Zeit zu stammen schien. »Sie war Ihre Schwester«, murmelte er. »Natürlich müssen Sie sie sehen. Natürlich werden Sie weinen. Sie müssen um sie trauern. Lassen Sie Ihrer tiefen Trauer freien Lauf, *Chérie*. Sie haben keinen Grund, sich dafür zu schämen, daß Sie Ihre Schwester geliebt haben.«

Ihre Augen verschleierten sich, und sie steckte eine Hand in die Handtasche, die sie von Caroline geborgt hatte, um ein zerknittertes rosa Papiertaschentuch herauszuholen.

Eine seiner Hände lag zart auf ihrer Schulter, als er sie in das Zimmer führte. Die starken Gerüche nach Blumen und Duftsprays wurden von medizinischen und stark antiseptischen Gerüchen abgelöst, die an den Biologiesaal einer High-School erinnerten. Und unter dem übermächtigen Geruch nach Formaldehyd und Ammoniak verharrte dennoch der faulige Geruch des Todes. Der Raum war so ordentlich wie ein Operationssaal, so kalt und so steril. Das Linoleum glänzte im grellen Schein von Leuchtstoffröhren. In der Mitte des Raumes war der Tisch.

Laurel stand neben der zugedeckten Gestalt und brachte es immer noch fertig, einen letzten Rest Hoffnung zu bewahren, es würde nicht ihre Schwester sein. Prejean zog einen Stuhl aus Chrom und Plastik näher und plazierte ihn so, als vermutete er, sie könnte ohnmächtig werden.

»Sind Sie bereit, *chère*?« flüsterte er. Mit seiner langjährigen Berufserfahrung versuchte er nur noch selten, den Wünschen der Hinterbliebenen zu widersprechen. Der Tod rief viele Bedürfnisse wach, sowohl positive Wünsche als auch dunkle Triebe. Nur derjenige, der den Verlust erlebte, konnte wissen, worin diese Bedürfnisse bestanden und wie sie erfüllt werden mußten.

Als Laurel nickte, zog er langsam die Decke zurück, legte nur das Gesicht der Toten frei und drapierte das Laken sorgsam so, daß es die gräßliche Verfärbung ihrer Kehle bedeckte.

Laurel warf einen langen schmerzlichen Blick in das Gesicht ihrer Schwester, das geschwollen und verzerrt war, und dieser kleine irrationale Teil ihres Verstandes versuchte ihr zu sagen, daß ihre sehnlichste Hoffnung sich erfüllt hatte. Das hier war nicht Savannah. Sie konnte es nicht sein. Savannah war schön. Savannah war schon immer die Hübsche gewesen und sie die kleine graue Maus. Das konnte nicht Savannahs wilde seidige Mähne sein, dieses stumpfe, glanzlose, zerzauste Haar. Das konnte nicht Savannahs vornehmes aristokratisches Gesicht sein, diese graue Maske mit den verschwommenen Zügen.

Aber ein anderer Teil ihres Gehirns, der logische, nüchterne Teil, überstimmte den irrationalen Teil mit schroffer Stimme. *Das ist deine Schwester. Deine Schwester ist tot. Tot. Tot. Tot...* Ihr Blick schien die grotesk entstellten Züge immer näher zu rücken, fiel auf den einen goldenen Ohrring, der noch in ihrem rechten Ohr steckte – ein Ring aus getriebenem Gold, der hell glänzte und an einem kleineren Ring aus geflochtenem Golddraht hing. Savannah hatte sich das Paar in New Orleans anfertigen lassen. Ein Geschenk, das sie sich selbst zu ihrem letzten Geburtstag gemacht hatte. *Das ist deine Schwester, dieser abscheuliche Leichnam. Sie ist tot.* Die Wahrheit erfüllte ihren Verstand, und der Gestank der Verwesung drang in ihre Nase und in ihre Kehle.

Mit einem matten kläglichen Laut, der aus ihrer Kehle aufstieg, ließ sie sich auf den Plastikstuhl sinken und beugte den Kopf über die Knie vor, hin und her gerissen zwischen dem Verlangen zu weinen und dem Verlangen, sich zu übergeben. Prejean hatte diese Möglichkeit vorhergesehen und einen Eimer aus rostfreiem Stahl neben den Stuhl gestellt. Er kauerte sich neben sie und strich ihr mit kühlen, zarten Fingern über die Wangen.

»Fehlt Ihnen etwas, *Chérie*? Soll ich vielleicht jemanden anrufen, damit er Sie nach Hause bringt?«

»Nein«, flüsterte sie und schluckte schwer, während sie versuchte, ihren Magen mit reiner Willenskraft zu beruhigen. »Nein, ich möchte einfach nur ein Weilchen hier sitzen und bleiben, wenn es Ihnen recht ist.«

Er tätschelte die Hand, die die Stuhllehne umklammert hielt. Sie war ein tapferes kleines Dingelchen. »Bleiben Sie so lange, wie Sie es brauchen, *petite*. Der Sheriff kommt erst später. Sollte irgend etwas sein, neben der Tür ist ein Summer.«

Laurel nickte, da sie die Prozedur kannte. Sie war immer die Außenstehende gewesen, und von ihrem Standpunkt aus hatten die Dinge logisch und notwendig gewirkt. Von dort aus, wo sie jetzt saß und wo sämtliche Wahrnehmungen von Emotionen verzerrt waren, erschien es unglaublich grausam. Ihre Schwester war ihr genommen worden, ermordet, und jetzt würden die Behörden sie der Erniedrigung unterwerfen, ihre Leiche zu sezieren. Der Gerichtsmediziner konnte möglicherweise auf ein auschlaggebendes Indiz stoßen, das zur Lösung des Falles und zur Ergreifung des Mörders führte, soviel wußte sie. Doch in diesem Augenblick, in dem der Kummer alles andere zu überfluten drohte, fiel es ihr schwer, das zu akzeptieren.

Fragen aus der Kindheit trieben durch die Schichten der Erinnerung an die Oberfläche. Fragen, die sie Savannah zum Tod gestellt hatte. *»Wohin ist Daddy gegangen, Schwester? Glaubst du, daß er bei den Engeln ist?«* Sie waren dazu erzogen worden, an Himmel und Hölle zu glauben. Aber von Zeit zu Zeit hatten sich Zweifel in diesen Glauben eingeschlichen, wie bei jedem anderen Kind auch. Was war, wenn das alles gar nicht stimmte? Was war, wenn das Leben alles war, was wir hatten? Wohin würde Savannah gehen? Savannah, die so verloren und so gepeinigt gewesen war. *Oh, bitte, lieber Gott, laß sie ihren Frieden finden.*

Die Zeit verging im Flug, als sie dasaß, sich Fragen stellte, Erinnerungen nachhing, litt und trauerte. Sie ließ all die Tränen fließen, die sie bislang zurückzuhalten versucht hatte, und sie ließ all den Schmerz heraus, vor dem sie sich so sehr gefürchtet hatte. Es kam alles sintflutartig aus ihr heraus, in Form eines Unwetters, das sie erschütterte und auslaugte. Sie wußte, daß Prejean zwischendurch einmal nach ihr sah, sie jedoch in Ruhe ließ, da er weise genug war, um zu erkennen, daß sie den Ansturm ihres Kummers allein überstehen mußte. Allein. So allein, wie ihre Schwester gestorben war.

Daran dachte sie, nachdem alle Tränen so vergossen waren. Daran, wie Savannah gestorben war, daran, wie Annie gestorben war, daran, daß der Mörder beider sie dazu auserwählt hatte, seine Spielchen mit ihr zu spielen.

»Will er, daß Sie ihn schnappen, Laurel? Oder will er Ihnen beweisen, daß er nicht zu fassen ist?«

»Ich werde dich schnappen, du Mistkerl«, flüsterte sie und starrte den zugedeckten Körper ihrer toten Schwester auf dem Tisch eindringlich an. »Ich werde dich schnappen, ehe du dazu kommst, einen weiteren Menschen diese Hölle durchleben zu lassen.«

Das »Wie« dieser Frage entzog sich ihr im Moment. Sie hatte hier keine Amtsbefugnis. Kenner würde nicht zulassen, daß sie sich einmischte. Aber im Augenblick war das »Wie« vollkommen bedeutungslos. Entscheidend war nur ihr Gelübde. Sie war nach Hause zurückgekommen, um sich vor ihrer Schande und vor ihrem Versagen in Scott County zu verstecken, wo die Gerechtigkeit nicht gesiegt hatte. Sie hatte der Herausforderung, die sich ihr hier gestellt hatte, den Rücken zukehren wollen. Sie hatte beobachtet, wie Danjermond mit seinem schmalen goldenen Kugelschreiber in den Schmuckstücken herumgestochert hatte, und sie hatte sich angehört, wie er ihr mit seiner einschmeichelnden ruhigen Stimme Fragen gestellt hatte, und sie hatte sich nichts anderes so sehr gewünscht wie schleunigst wegzulaufen. Aber das konnte sie nicht tun.

Diesmal würde die Gerechtigkeit siegen. Wenn es keine Gerechtigkeit gab, dann war alles Leiden umsonst. Selbst jetzt wollte sie noch Gerechtigkeit für Savannah erwirken, obwohl es bereits zu spät war.

»Wofür versuchen Sie zu büßen, Laurel?« fragte Dr. Pritchard und schlug sich seinen Bleistift gegen die Lippen.

Für mein Schweigen. Für meine Feigheit. Für die Vergangenheit.

Es mußte Recht gesprochen werden.

Sie konnte die Vergangenheit nicht einfach hinter sich zurücklassen. In Vergessenheit geraten würde diese Vergangenheit niemals. Aber es konnte Gerechtigkeit walten, und sie würde alles tun, was in ihrer Macht stand, um das zu erreichen, gelobte sie sich, während alte Ängste und altes Schuldbewußtsein sich in ihr breitmachten, miteinander verschmolzen und sich zu einem festen Ganzen erhärteten, einer neu gefundenen Kraft. Sie würde um Gerechtigkeit kämpfen, und sie würde gewinnen... oder bei dem Versuch sterben.

Um halb acht kamen sie, um die Leiche zu holen. Kenner und ein Deputy. Sie würden den Leichenwagen nach Lafayette begleiten und bei der Autopsie zugegen sein, die von einem Team von Pathologen durchgeführt werden würde. Die Gemeinde Partout hatte weder die finanziellen Mittel, noch den Bedarf an Geräten, die für detaillierte gerichtsmedizinische Untersuchungen notwendig waren. Laurel ging in den Korridor hinaus und blieb dort stehen, da sie nicht mit ansehen konnte, wie sie ihre Schwester in einen Leichensack steckten und den Reißverschluß zuzogen. Sie blieb jedoch, bis sie die Wagen losfahren hörte und Prejean wieder in den Korridor trat.

»Ich werde Ihnen morgen Kleider für sie bringen«, sagte sie, und ihr Herz kam ihr bleischwer vor. »Und dann ist da noch eine Kette – ein Geschenk unseres Vaters an sie. Ich werde sie mir vom Sheriff zurückgeben lassen müssen. Sie hat immer den allergrößten Wert darauf gelegt, diese Kette zu tragen.«

»Ich verstehe.«

Aber würde Kenner Verständnis dafür haben? fragte sie sich, als sie in einen Abend hinaustrat, der nach frisch gemähtem Gras und nahendem Regen roch. Die Kette war ein Beweisstück.

Wie war dieses Indiz in ihre Handtasche gelangt? Und wann? Das waren die Fragen, die sie über weite Strecken des Morgens mit dem Sheriff durchgehechelt hatte. Sie drehte und wendete sie immer wieder in ihrem Kopf, als sie sich auf das Dach des BMW stützte und den spärlichen Verkehrsfluß beobachtete, der sich über den Huey Long Boulevard zog. Sie mußte entweder von ihrer Tasche getrennt gewesen sein, als es dazu gekommen war, oder sie hatte sich in einer Menschenmenge aufhalten müssen. Jemand hätte ins Haus kommen können, sich in ihr Zimmer begeben können, aber das erschien bei weitem zu riskant für einen derart gerissenen Mörder.

Wäre sie nicht gerade auf dem Weg zu einem Gerichtsmediziner gewesen, der die Ursache dieses unnatürlichen Todes klären sollte, dann hätte Laurel möglicherweise sogar Savannah verdächtigt. Das wußte sie, und die Scham wallte in ihr auf. Sie hatte nicht darüber nachdenken wollen, doch ihr Verstand hatte sämtliche Informationen in logischen Reihen und Spalten sortiert, und die Theorie hatte, so wahr Gott ihr beistehen mochte, begonnen, Gestalt anzunehmen. Savannah – instabil, eifersüchtig und von Haß auf das Bild erfüllt, das sie sich von sich selbst als Hure gemacht hatte, und dazu kam noch ein gewalttätiges Naturell, das dicht unter der Oberfläche schlummerte. Savannah – ihre große Schwester, ihre Beschützerin, der einzige Mensch auf Erden, den sie über alles liebte.

»Es tut mir leid, Schwester«, flüsterte sie und preßte die brennenden Augen gegen eine Woge von Schuldbewußtsein zu.

Denken. Sie mußte nachdenken. Savannah war nicht mehr am Leben; Reue würde jetzt zu nichts mehr führen.

Die Kette konnte ihr untergeschoben worden sein, während sie sich in einem vollen Raum aufgehalten hatte. Es wäre nur zu einfach gewesen, ihr nahe zu kommen, die Kette in ihre Tasche fallen zu lassen und einfach weiterzugehen. Einfacher als jeder Taschendiebstahl.

Eine Menschenmenge. Annies Totenwache. Die Vorstellung, der Mörder hätte zur Totenwache seines Opfers erschienen sein können, war fast zu gespenstisch, um sich damit auseinanderzusetzen. Er hätte in diesem Raum gestanden haben können, wie hundert andere Menschen auch in diesem Raum gestanden hatten, und er hätte Zeuge des Leids sein können, das er T-Grace und Ovide und der ganzen Familie zugefügt hatte, und was hätte er in dem Moment wohl empfunden? Triumph? Belustigung? Ihr drehte sich der Magen um, wenn sie nur daran dachte.

Die halbe Stadt hatte sich in die Kapelle gedrängt, um den Delahoussayes Beileid zu bekunden. Sie hatte sich einen Weg durch die Menge gebahnt und dabei kaum wahrgenommen, an wem sie vorübergegangen war oder wen sie gestreift hatte. Es kam buchstäblich jeder beliebige Einwohner der Stadt in Frage.

Ein schimmernder schwarzer Monte Carlo aus den späten siebziger Jahren bog in die Auffahrt zu Prejean's ein und parkte hinter dem BMW. Als die getönte Scheibe auf der Fahrerseite heruntergliitt, fiel ihr Blick auf Leonce und die Innenausstattung, die in rotem Leder gehalten war. Der Kassettenrecorder spielte Beausoleil, und Michael Doucets frenetisches Geigenspiel war unverwechselbar. Leonce drehte die Lautstärke zu einem Wimmern herunter und beugte sich dann aus dem Fenster.

»He, *chère*, ich habe von Savannah gehört«, sagte er und zog unter seinem Panamahut die Stirn in Falten. »Es tut mir wirklich leid.«

»Danke, Leonce.«

»Das war wirklich eine von der ganz wilden Sorte, aber ich, ich konnte sie immer gut leiden.« Er zuckte mit den Achseln. Auf dem lederbezogenen Steuerrad trommelten seine Finger geistesabwesend den Takt der Musik. »Sie hat einfach nur gern ihren Spaß gehabt.«

Laurel fand keine angemessene Bemerkung. Savannah war viel zu komplex gewesen, um sie in einem einzigen leichthin gesagten Satz zu beschreiben.

»Hör mal«, sagte er. »Warum kommst du nicht mit mir zu Frenchie's raus, *chère*? Die Bar ist immer noch geschlossen, aber ein paar von uns treffen sich dort, um miteinander zu reden und einen auf Savannah zu heben. Das könnte dir guttun. Du kannst mit mir rausfahren.«

Sie stand mit den Schlüsseln in der Hand neben einem absolut funktionsfähigen Wagen. Weshalb hätte sie mit ihm rausfahren sollen?

Ihr Verstand arbeitete wie der einer Anklägerin. Sie wollte sich schon dafür ausschelten, überlegte es sich aber ganz schnell anders. Sie hatte allen Grund dazu, vorsichtig und argwöhnisch zu sein. Sechs Frauen waren tot. Ein Mörder hatte sie auserkoren. Leonce hatte sowohl Annie als auch Savannah gekannt...

Sie schaute ihn an, die Narbe, die sich über sein Gesicht zog, den Schwung seiner dunklen Augenbrauen und den säuberlich gestutzten Spitzbart, und sie rang nach Worten, um etwas zu sagen, ehe sich das Schweigen allzu angespannt in die Länge zog. »Nein, ich glaube, das ist jetzt nicht das richtige für mich, Leonce...«

»Komm schon«, redete er ihr zu und winkte sie näher zu sich. »Es ist wohltuend, mit Freunden zu reden, wenn man Kummer hat.«

»Ich weiß die Idee zu schätzen, aber ich bin dem wirklich nicht gewachsen. Ich habe einen sehr langen und sehr anstrengenden Tag hinter mir.« Das entsprach der Wahrheit. Sie konnte sich nicht erinnern, sich jemals in einer ähnlichen Form derart ausgelaugt gefühlt zu haben.

Leonce schaute finster und ließ den Motor des Monte Carlo an. »Tu, was du für richtig hältst.«

»Ich sollte nach Hause zurückfahren, zu Tante Caroline. Trotzdem vielen Dank.«

Ohne ein weiteres Wort zog er den Kopf zurück, drückte den Summer für das Fenster und fuhr aus der Schlaufe der Auffahrt zu Prejean's heraus. Der Monte Carlo bog auf die Straße ein und fuhr mit einer beeindruckenden PS-Leistung los, die Laurel zugleich wie ein kleiner Wutausbruch erschien.

Das Räderwerk ihres Verstandes begann sich wieder in Bewegung zu setzen. Leonce. Jacks Freund. Ovide und T-Grace behandelten ihn wie einen Sohn. Er übernahm in Abwesenheit der beiden die Bar und schenkte Bier und Schnäpse aus, Kneipenweisheiten… und Milch. An dem Abend, an dem sie Annie gefunden hatten, hatte er ihre Magenprobleme richtig erraten und ihr ein Glas Milch hingestellt. Das war nicht gerade die Haltung eines frauenfeindlichen Mörders.

Ja, er hatte Annie und Savannah gekannt, aber bestand auch nur der geringste Grund für ihren Argwohn, er könnte die beiden getötet haben? Bewirkte vielleicht nur sein Äußeres, daß sie ihn in einem finsteren Licht sah? Die Narbe, die sich durch sein Gesicht schnitt, faszinierte sie einerseits und stieß sie zugleich ab, aber sie war noch lange kein Beweis für seine Schuld. Und sie wußte nur zu gut, daß der Schein trügen konnte.

Sie war zu erschöpft, um klar zu denken; ihr gemartertes Gehirn verlor immer wieder den Faden. Sie schüttelte den Autoschlüssel aus ihrem Schlüsselbund, atmete tief aus und bemühte sich, nicht mehr an zehn Dinge gleichzeitig, sondern nur noch an eines zu denken – Belle Rivière. Es würde keine Stunde dauern, bis sie im Bett lag. Wenn sie ganz, ganz großes Glück hatte, würde sie nicht träumen.

26

Laurel wäre fast in Tränen ausgebrochen, als sie den Jaguar sah, der in Carolines Auffahrt geparkt war. Danjermond. Er war das allerletzte, was sie zur Krönung dieses Abends gebrauchen konnte.

Nein, räumte sie ein, als Vivians weißer Mercedes hinter ihr in einem betrunkenen Winkel an den Randstein fuhr. *Das* war das allerletzte, was sie jetzt noch brauchte.

Ross stürzte aus dem Wagen, ließ die Tür weit offenstehen und eilte auf sie zu, als sie aus dem BMW stieg. Zum ersten Mal in den zwanzig Jahren, die sie ihn kannte, wirkte er ungepflegt. Sein stahlgraues Haar, das er sich gewöhnlich streng aus der Stirn zurückkämmte, war zerzaust, weil er es zahllose Male mit den Fingern zurückgestrichen hatte. Sein Gesicht, das im allgemeinen einen selbstgefälligen und nichtssagenden Ausdruck trug, war angespannt und wirkte durch den Streß hagerer, und seine Augen schienen größer und dunkler zu sein – es drückte sich Verzweiflung darin aus.

»Laurel, um Gottes willen, du mußt mit Vivian reden«, sagte er und packte ihren Arm.

Sie entwand sich ihm und trat einen Schritt zurück. »Ich habe meiner Mutter kein weiteres Wort zu sagen, und dir habe ich erst recht nichts zu sagen.«

»Jesus Christus«, murmelte er und rieb sich mit einer Hand den Mund. Er wandte den Blick von ihr ab und schaute in den Sonnenuntergang, der den Horizont im Westen blutrot färbte. In diesem Licht und mit den abendlichen Bartstoppeln, die seine Wangen dunkler färbten, und diesem gehetzten Ausdruck in den Augen wirkte er wie ein Trinker, der eine Flasche gräßlich nötig hat. Tatsächlich haftete ihm der Geruch nach Whiskey wie ein Eau de Cologne an, und er war ein wenig wacklig auf den Füßen. »Du weißt nicht, was du angerichtet hast.«

»Nein«, sagte sie und trat noch einen weiteren Schritt zurück. »Hier geht es nämlich darum, was *du* angerichtet hast, Ross. Ich habe nichts weiter getan, als die Wahrheit zu sagen. Das hätte ich schon vor zwanzig Jahren tun sollen.«

»Mit Stipple kann ich fertig werden«, murmelte er und sah sie immer noch nicht an. »Der Mann hat kein Rückgrat. Und außerdem, weshalb sollte dir irgend jemand Glauben schenken?« Er drehte den Kopf um und sah sie finster an, und einen erschreckenden Moment lang loderte glühender Haß in seinen Augen auf. Laurel wünschte sich ganz verteufelt, Kenner hätte ihre Handtasche mit der Schußwaffe nicht beschlagnahmt.

»Es ist allgemein bekannt, daß du eine Schraube locker hast«, sagte er. »Sieh dir doch nur an, wozu es oben in Georgia gekommen ist. Trotzdem bin ich mir nicht sicher, wie das mit Vivian weitergehen soll. Sie will mich nicht in ihr Zimmer lassen.«

»Was sollte sich dadurch schon für dich ändern?« höhnte Laurel, deren Wut gegen ihren gesunden Menschenverstand siegte. »So pervers wie du bist, hast du wahrscheinlich irgendwo noch eine kleine Fünfzehnjährige sitzen.«

Er schaute sie finster an, und der dünne Strich seines schlaffen Mundes verzog sich. »Hier geht es nicht um Sex, du dumme Gans. Ich habe seit Jahren nicht mehr mit Vivian geschlafen. Sie ist kälter als eine Hexentitte. Sie hatte es nie gewollt.«

»Und weshalb hätte dich das stören sollen, wenn du statt dessen ihr Tochter vergewaltigen konntest?«

Sein fleischiges Gesicht verfärbte sich purpurrot, und die Farbe kroch von seinem Hals hinauf und sprudelte in seinen zusammengekniffenen blutunterlaufenen Augen. »Ich habe niemals jemanden vergewaltigt. Savannah hat unerbittlich jeden Mann angemacht...«

»Sie war dreizehn!« schrie Laurel, ohne sich daran zu stören, daß ihre Stimme möglicherweise durch die Moskitogitter in der ganzen Nachbarschaft dringen konnte.

Ross winkte mit ungeduldiger Miene ab. »Das gehört der Vergangenheit an...«

»Das kann man wohl sagen. Savannah ist tot. Das ist ja wohl der Inbegriff der Vergangenheitsform.«

»Tja, aber ich habe sie nicht getötet!«

»Trotzdem hast du sie auf dem Gewissen, du Schlange! Wenn du auch nur eine Minute lang glaubst, ich würde es dir leicht machen...«

»Ich will doch nur, daß du mit deiner Mutter redest, meine Güte!« brüllte er und wankte auf sie zu.

»Und warum?« erkundigte sich Laurel. »Wozu brauchst du sie denn noch? Ihr sind die Töchter in den Teenagerjahren ausgegangen, die du belästigen kannst!«

»Wegen des Geldes«, fauchte er und gestand in seiner betrunkenen Wut ein, was in all diesen Jahren ein Geheimnis gewesen war. Er lief ihr über den Fußweg zum Haus nach. »Es ist immer nur um das Geld gegangen. Jefferson hat alles als Treuhandfonds festgelegt, dieser Mistkerl. Ich komme an keinen verdammten Cent ran, ohne daß Vivian davon erfährt.«

Laurel hätte am liebsten gelacht. Sie bezweifelte, daß Vivian ihr letztendlich glauben würde. Ihre Mutter besaß eine erstaunliche Begabung im Wegrationalisieren und Leugnen von Tatsachen. Aber zumindest litt Ross in der Zwischenzeit. Und er würde jedesmal neu leiden, wenn er sich fragte, wem sie es sonst noch hätte erzählt haben können und ob diejenigen ihr auch nur ein klein wenig Glauben geschenkt hatten. Feiglinge starben tausend Tode. Für Ross Leighton war das kein einziger Tod zuviel, wenn man sie fragte.

Er schüttelte den Kopf, und sein Gesicht verzerrte sich vor Abscheu. »Ihr seid alle gleich. Huren und Luder bis ins Mark. Genau das war deine Schwester nämlich auch«, sagte er höhnisch und stocherte mit einem Finger in die Luft. Sein Oberkörper neigte sich gewaltig nach rechts. »Eine affengeile kleine Hure. Sie hat mich darum angefleht, es ihr zu machen.«

Wenn sie ihre Waffe zur Hand gehabt hätte, dann hätte sie ihn umgebracht. Ohne zu zögern. Ohne Reue und Gewissensbisse. Sie pfiff auf die »tausend Tode« – ein einziger qualvoller Tod wäre ihr nur recht gewesen. Aber sie hatte die Lady Smith nicht griffbereit. Sie konnte nichts weiter tun, nur auf dem Gehweg von Belle Rivière stehen und vor Wut und Haß zittern.

»Du Mistkerl!« zischte sie. »Sie war ein Kind!«

Ross schnaubte hämisch. »Nicht, wenn sie mit mir im Bett war.«

Laurel wußte nicht, wozu sie möglicherweise in der Lage sein könnte. Die Vorstellung, ihm die Augen auszukratzen, nahm in ihrem Gehirn verschwommene Gestalt an, als die Haustür aufging und Danjermonds Stimme die Spannung durchschnitt.

»Gibt es hier ein Problem, Laurel? Ross?«

»Ross *ist* das Problem«, sagte Laurel mit gepreßter Stimme. Sie drehte sich um und lief an dem Oberstaatsanwalt vorbei in die Eingangshalle.

Caroline kam in einem Hausanzug aus kupferfarbener Seide aus dem Wohnzimmer. Sie trug keinen Schmuck und war ungeschminkt. Sie wirkte winzig und fragil – ein Wort, das Laurel niemals mit ihrer Tante in Verbindung gebracht hatte.

»Ist alles in Ordnung, Liebes?« murmelte sie. »Ich dachte, ich hätte dich vorfahren hören.«

Laurel seufzte tief und strich sich unwirsch mit einer Hand das Haar zurück. »Den Umständen entsprechend ist alles in Ordnung mit mir.«

»Habe ich Ross' Stimme gehört?« fragte sie verwundert.

»Ja, aber mach dir darüber keine Sorgen, Tante Caroline. Er wird nicht bleiben.«

Ein schwacher Abglanz ihres gewohnten Feuers schimmerte in Carolines Wangen, als sie das Kinn in die Luft reckte. »Nein, ganz bestimmt nicht. Ich habe diesen Mann seit zwanzig Jahren nicht in mein Haus gelassen. Ich habe nicht die Absicht, heute abend damit anzufangen.«

»Was hat Danjermond hier zu suchen?«

»Er wollte dich sprechen, mit dir über…« Sie ließ den Satz abreißen und preßte sich eine kleine Hand auf den Mund, während sie darum rang, ihr Gehirn nach einem Wort zu durchforsten, das weniger bedrohlich klang als »Mord«. »Die Situation reden. Er hat sich gedacht, du seist vielleicht aufgeschlossener, wenn Sheriff Kenner nicht anwesend ist.«

»Hm.«

Da sie es dringend nötig hatte, sich auf etwas Prosaisches zu konzentrieren, stellte Laurel ihre Handtasche ab und blätterte die Post durch, die auf dem Tisch in der Eingangshalle für sie bereitgelegt worden war. Es erschien ihr nicht richtig, daß sie an einem solchen Tag Post erhalten haben sollte, aber das Postamt stellte seinen Betrieb nicht wegen privater Tragödien ein. Ein Brief von ihrem Anwalt in Atlanta war darunter. Eine Rechnung von der Ashland-Heights-Klinik. Ein Umschlag aus elfenbeinfarbenem Velinpapier, der mit der peinlich genauen und eleganten Schreibschrift ihrer Mutter adressiert war. Sie riß den Umschlag achtlos auf und zog eine Einladung heraus.

Der Frauenverband der Wähler des Bezirks Partout
lädt herzlich zu einem Abendessen mit dem Ehrengast
Oberstaatsanwalt Stephen Danjermond
am Samstag abend, dem dreiundzwanzigsten Mai,
im Wisteria Golf and Country Club
Cocktails von 19 bis 20 Uhr
uAwg

Der erwähnte Ehrengast kam gerade von draußen herein und wirkte nachdenklich gestimmt. »Ich könnte nicht behaupten, daß ich Ross jemals in einer solchen Verfassung gesehen hätte«, sagte er und sah Laurel mitten ins Gesicht. »Haben er und Savannah einander nahegestanden?«

»In gewisser Weise ja«, murmelte Laurel und warf die Einladung wieder auf den Tisch.

»Deputy Lawson begleitet ihn nach Hause. Ein reiner Glücksfall, daß er gerade hier vorbeigefahren ist.«

»Sie wollten mich sprechen, Mr. Danjermond?« fragte sie, da sie zu sehr erschöpft war, um nette Konversation zu machen. »Ich möchte nicht grob unhöflich sein, aber könnten wir das gleich hinter uns bringen? Ich würde diesen Tag wirklich gern möglichst bald beschließen.«

Er neigte den Kopf wie ein Prinz, der ihr eine Audienz gewährt, und dann bedeutete er ihr, ihm in Carolines Büro vorauszugehen. Er eignete sich den Herrscherthron hinter dem femininen französischen Schreibtisch an. Irgendwie ließ ihn das nur um so maskuliner wirken. In dem bernsteinfarbenen Licht der Schreibtischlampe hüllte ihn seine Sexualität wie ein flimmernder Heiligenschein ein.

Laurel schlenderte von einem Bücherregal zum anderen, denn sie war zu erschöpft, um sich auch nur noch auf den Füßen zu halten, aber gleichzeitig zu unruhig, um sich hinzusetzen. Sie spürte, wie seine Blicke ihr folgten, doch sie drehte sich nicht zu ihm um.

»Sie hatten Fragen an mich?« sagte sie, um es hinter sich zu bringen.

»Wie geht es Ihnen, Laurel?«

Diese Frage ließ sie abrupt erstarren. »Was erwarten Sie von mir? Meine Schwester ist tot. Ihr Mörder spielt Katz und Maus mit mir. Das ist nicht gerade meine Vorstellung davon, es sich gutgehen zu lassen.«

Er musterte sie eingehender, als es ihr unter den günstigsten Umständen lieb gewesen wäre. Wie immer vermittelte er ihr das Gefühl, unterernährt und nicht angemessen gekleidet zu sein, und sie widerstand dem Drang, eine Hand zu heben und den Sitz ihrer Frisur zu überprüfen. Statt dessen rückte sie sich die Brille auf der Nase höher. Hinter diesem Schreibtisch machte sich Danjermond wie der gutaussehende vertrauenswürdige Moderator einer nächtlichen Nachrichtensendung, großgewachsen, eine stramme, aufrechte Haltung, das Jackett so geschnitten, daß es seine Schultern betonte, die Beleuchtung dazu gedacht, seinen vollkommen regelmäßigen Gesichtsschnitt vorteilhaft hervorzuheben.

»Sie scheinen sich gut zu halten, wenn man die gesamten Begleitumstände bedenkt.«

Sie gab ein kurzes, zynisches Lachen von sich und begab sich von dem einen Ohrensessel mit dem grünen Samtbezug, hinter dem sie stand, hinter den nächsten, und dabei wünschte sie, sie würde rauchen, damit sie wenigstens ihre Hände hätte beschäftigen können. »Selbst wenn es Sie erstaunen sollte«, sagte sie trocken, »aber ich halte mich tatsächlich gut.«

»Ich glaube, Sie sind stärker, als Sie es sich selbst zugute halten«, murmelte er.

Laurel hielt diese Kraft für eine Illusion und glaubte, daß sie von Druck und Furcht zusammengehalten wurde, aber das sagte sie Danjermond nicht.

»Was hat das mit dem Fall zu tun?« fragte sie.

»Stärke ist von ausschlaggebender Bedeutung, falls Sie uns dabei helfen werden, den Mörder ihrer Schwester zu fassen.«

»Ich werde alles tun, um dabei mitzuhelfen.«

Er gab einen beifälligen Laut von sich, während er mit seinem Siegelring spielte. »Haben Sie irgendwelche Theorien dazu entwickelt, wie oder wann die Kette Ihrer Schwester in Ihre Handtasche gelangt ist?«

Sie zog methodisch an ihrem Ohrläppchen, während sie sich ins Gedächtnis zurückrief, auf welche Möglichkeiten sie bisher gekommen war, und dann sortierte sie ihre Theorien, um eine Auswahl zu treffen und zu entscheiden, welche davon sie Danjermond vorsetzen würde. »Ich glaube, es könnte auf Annie Gerrards Totenwache dazu gekommen sein. Es hätte jeder einzelne Gast im ganzen Raum sein können.«

Leonce stand ihr lebhaft vor Augen, aber sie war nicht bereit, seinen Namen zu nennen. Sie hatte keine Beweise. Ohne Beweise konnte sie keinen Schuldspruch erwirken. Danjermond würde nichts von vagen Gefühlen hören wollen.

»Warum nicht schon vorher?« fragte er und erhob sich. Er ließ die Hände in die Hosentaschen gleiten, umrundete den Schreibtisch und blieb ihr gegenüber auf der anderen Seite des Butlertischchens stehen. »Wen haben Sie im Lauf jenes Tages gesehen?«

»Caroline, Mama Pearl, Sie, Kenner, Conroy Cooper, Jimmy Lee Baldwin – hat Kenner schon mit ihm gesprochen?«

»Ja, und er bestreitet, sexuell pervers zu sein.«

Sie schnaubte hämisch. »Was haben Sie denn von ihm erwartet – daß er Ihnen Schnappschüsse zeigt?«

»Er streitet die Beschuldigungen ab.«

»Er lügt«, sagte sie heftig.

Danjermonds breite Schultern hoben sich zu einem kaum wahrnehmbaren Achselzucken. »Vielleicht hat Savannah gelogen.«

»Nein«, beharrte Laurel hartnäckig.

»Sie sind sich so sicher?«

»Ich habe die Spuren auf ihren Handgelenken gesehen.« Sie senkte den Blick und tat ihr Bestes, um sich auf die blank polierte Tischplatte zu konzentrieren und nicht der Erinnerung nachzuhängen. »Sie hat mir erzählt, daß der Reverend auf Auspeitschspielchen steht.«

»Haben Sie an jenem Abend sonst noch jemanden gesehen?« Er ließ eine Pause kunstvoll in der Luft hängen und stieß dann gezielt zu, während er sie unentwegt fixierte. »Jack Boudreaux zum Beispiel?«

Laurel bewahrte eine unerschütterliche Haltung, griff auf altes Können zurück und ließ sich nicht in die Karten schauen. »Warum?«

Er schürzte die Lippen, dachte einen Moment lang über ihre Wortwahl nach und schien es beinahe auszukosten, daß ihre Unterhaltung diese spielerische Wendung genommen hatte. »Er war... ein guter Bekannter... von Annie Gerrard«, sagte er vorsichtig. »Wer weiß, wie gut er Ihre Schwester gekannt hat? Er ist ein Mann, der finstere Phantasien und eine Vorgeschichte von Gewalttaten hat.«

»Jack ist kein Mörder«, äußerte Laurel bestimmt.

Eine dunkle Augenbraue schnellte hoch. »Wie können Sie sich dessen so sicher sein, Laurel? Wie lange kennen Sie ihn jetzt? Schon eine Woche?« Seine Logik war eiskalt. Als sie nichts darauf antwortete, wurden seine Augen kleiner, und seine Stimme wurde weicher. »Oder liegt es etwa daran, daß Sie glauben, ihn sehr gut zu kennen? Vielleicht sogar intim?«

Laurel wich vor ihm zurück, vor der Glut seines Körpers und der Kälte seiner Chrysolithaugen. »Das geht Sie einen Dreck an, verdammt noch mal.«

Sie trat den Rückzug an, und er nahm die Verfolgung auf – physisch, verbal, psychologisch. »Ihre Schwester ist mit einer Seite aus einem seiner Bücher in der Hand aufgefunden worden.«

»Ein falsches Beweisstück, das ihr untergeschoben worden ist«, sagte sie und brachte einen Ohrensessel zwischen sich und ihn. »Nur ein Dummkopf würde sich in der Form selbst diskriminieren.«

Danjermond ignorierte diese Hypothese und drang weiter in sie. »Er war verheiratet, verstehen Sie...«

Laurel versuchte, die Diskussion mit einem Handkantenschlag auf die Sessellehne zu beenden. »Jetzt reicht es mir«, fauchte sie, drängte sich an ihm vorbei und ging zielstrebig auf die Tür zu. Sie ließ ihn ihre Wut erkennen, jedoch nicht ihre Verletztheit. Sie wollte sich gar nicht erst ausmalen, er könnte Näheres über Jacks Tragödie wissen. Irgendwie war das eine Übertretung der Spielregeln, ein schändlicher Verstoß. Er kämpfte mit schmutzigen und gemeinen Mitteln. Das würde sie sich für den Fall merken, daß sie ihm je in einem Gerichtssaal gegenübertreten mußte. »Mir reicht es für heute. Mehr halte ich an einem einzigen Tag nicht aus. Dieses Gespräch ist hiermit beendet. Ich bin sicher, daß Sie den Weg zur Tür selbst finden werden.«

Sie wollte das Zimmer wieder verlassen, doch seine Stimme zog an ihr wie die Schnüre eines Puppenspielers, als sie sich der Tür näherte. »Kenner will mit ihm reden, aber er schien heute nirgends auffindbar zu sein«, sagte er leise. »Ich frage mich, woher das wohl kommen mag.«

Es hätte hundert Gründe für Jacks Untertauchen geben können, dachte Laurel, als sie dastand und sich mit einer Hand am Türrahmen festklammerte. Heute morgen war er nur allzusehr vorhanden gewesen – lange genug, um ihr das Herz zu brechen.

»Nicht jeder ist das, was er zu sein scheint, Laurel«, murmelte Danjermond. »Das sollten Sie doch wissen. Sie sollten sich Gedanken darüber machen.«

»Das weiß ich allerdings«, sagte sie und sah starr vor sich hin, während sein Blick sich in ihren Rücken bohrte. »Ich weiß aber auch, daß ich heute meine einzige Schwester verloren habe. Ich würde gern ungestört um sie trauern, wenn Sie gestatten.«

Sie ließ ihn stehen und lief durch die Eingangshalle, doch sie hatte das Gefühl, daß seine Augen ihr bis zur obersten Treppenstufe folgten.

Sie schlief unruhig und sporadisch. Ihre Träume waren finster und erbarmungslos. Gesichter zogen vor ihr vorüber – Savannah, Jack, Jimmy Lee Baldwin und Leonce Comeau. Danjermonds Stimme und Bilder von Schmuckstücken. Das entsetzliche Grauen, das die Gedanken an Ross und ihre Mutter und die Alpträume ihrer Kindheit mit sich brachten.

Um halb zwei gab Laurel auf. Sie schaltete die Nachttischlampe an und erinnerte sich wieder an die Nacht, in der Savannah in ihr Zimmer gekommen war, um nach ihr zu sehen. Sie hatte sie mit ihrem schlechten Geschmack in puncto Nachtwäsche aufgezogen. Sie stand auf und tauschte ein überdimensionales T-Shirt gegen ein anderes überdimensionales T-Shirt ein und kehrte dann mit einem Notizblock und einem Schreiber ins Bett zurück. Methodisch begann sie, Listen anzulegen und Notizen zu machen, Verdächtige und Möglichkeiten durchzugehen.

Sie war physisch und psychisch erschöpft, doch sie zwang ihren Verstand zu arbeiten. Wie ein Sportler, der aufgrund einer Verletzung ausgesetzt hat, empfand sie jede Bewegung als mühselig, doch das Können war noch vorhanden. Wenn sie ihre Gefühle in Schach hielt, sich zusammenriß und klar dachte, würde der Gedankenfluß sich müheloser voranbewegen, und Antworten würden sich einstellen.

Baldwin. Sein Name war in Großbuchstaben ganz oben auf das Blatt Papier geschmiert. Er war ein Lügner und ein Betrüger. Er war aufbrausend und jähzornig. Es fiel ihr nicht schwer, sich vorzustellen, daß er grob mit einer Frau umspringen könnte. Er hatte Savannah gekannt, aber was war mit Annie? Weshalb hätte sie irgend etwas mit ihm zu tun haben sollen? Möglicherweise war sie zu ihm gegangen, um ein Wort für ihre Eltern bei ihm einzulegen. Sie hätte sogar mit dem Gedanken gespielt haben können, ihn mit Sex in Verruf zu bringen.

Was war mit den anderen Frauen? Was war mit den Schmuckstücken? Konnte Baldwin Savannahs Kette ohne ihr Wissen in ihre Handtasche geschmuggelt haben? Sie hätte ihm niemals gestattet, nah genug an sie heranzukommen, wenn sie ihre Tasche bei sich hatte, aber Laurel erinnerte sich nur allzu deutlich an das Gefühl, beobachtet zu werden, das sie in der Nacht nach Annies Totenwache gehabt hatte, als sie nach Hause gekommen und in den Garten gegangen war. Die Handtasche hatte die ganze Nacht über auf einer Bank gelegen. Jede beliebige Person hätte sich in den Garten schleichen können…

…wie Jack es getan hatte.

Nein. Das würde sie noch nicht mal in Erwägung ziehen. Jack war kein Mörder.

Glaubte sie das, weil es sich um eine Tatsache handelte oder weil sie ihn liebte?

Ihn liebte. Vergangenheitsform.

Diese Überlegung rief eine andere Erinnerung wach. Conroy Cooper, der seine Taschen packte. »*…ich habe Savannah geliebt, so gut ich es eben konnte…« Geliebt.* Vergangenheitsform. Sie kritzelte die Worte hin und hob den Stift, um gedankenversunken auf seinem Ende herumzuknabbern. Es fiel ihr schwer, sich Cooper mit seinen warmen blauen Augen und seiner einschmeichelnden honigsüßen Stimme als einen Mörder vorzustellen.

»Nicht jeder ist, was er zu sein scheint, Laurel…«

Sie kritzelte ein Fragezeichen neben Coopers Namen und fuhr fort.

Leonce bereitete ihr Unbehagen, aber nicht etwa dadurch, daß er sich angestrengt hätte, ihr lästig zu sein. Ihn zu verdächtigen rief ein vages Schuldbewußtsein in ihr wach. Er hatte den Delahoussayes weitergeholfen, so gut er es eben konnte. Er hatte sein Bestes gegeben, um ihr ein Freund zu sein. Hatte sie auch nur einen einzigen wahren Grund, ihn in Frage zu stellen?

Er hatte Annie und Savannah gekannt. Was war mit den anderen? Er fuhr häufig durch die Gegend, um mit Bands in anderen Städten zu singen. Das gab ihm die Gelegenheit, aber wenn sie ihn nicht persönlich ins Verhör nehmen wollte, konnte sie unmöglich etwas Genaueres über das Wann und Wo seines Terminkalenders erfahren. Er flirtete liebend gern, aber die Narbe mußte mehr Frauen abstoßen als anziehen. Was für eine Form von Groll staute sich durch ständige Abweisung im Innern eines Mannes an? Genug, um ihn zum Mörder zu machen?

Der Gedanke an Groll ließ sie an Ross denken, und sie fügte der Liste seinen Namen hinzu, wußte jedoch, daß das weniger mit Fakten als mit Gefühlen zu tun hatte. Trotzdem mußte man sich nur mal überlegen, womit er zwanzig Jahre lang ungeschoren davongekommen war, ohne daß jemand auch nur einen Verdacht geschöpft hatte.

Laurel blies ihren Atem frustriert in ihre Ponyfransen, während sie die Liste noch einmal durchdachte. Sechs Frauen waren tot. Es mußte etwas geben, was jemanden mit sämtlichen Morden in Verbindung brachte.

Aber wenn das so war, warum hatte dann niemand den Mörder geschnappt?

Ein Schauer schlich sich über ihre Haut, als sie durch die Glastüren in das Dunkel der Nacht hinausschaute.

Augen glänzen in der Nacht am Ufer des Bayou. Die Geschöpfe der Nacht pirschen durch den Sumpf und schleichen sich an. Im Schatten wartet die Bestie, beobachtet und kostet genüßlich Gedanken an einen Sieg aus. Im Schein eine Lampe sitzt ein Gegner und stellt sich Fragen. Eine Antwort mag sich herausbilden, aber niemand wird die Wahrheit glauben. Zu geschickt, zu gerissen, die Instinkte zu sehr geschärft, um einen Fehler zu begehen. Fehler werden von den Schwachen begangen, von den Verzweifelten, von den Opfern. Die Bestie hat einen klaren und scharfen Verstand. Nicht von Kummer getrübt. Keine Ablenkungen durch das Gewissen. Nur Gedanken an einen endgültigen Sieg und an den Geschmack von Blut.

Jack stand von seinem Schreibtisch auf, um durch die Hallen und Säle von L'Amour zu schlendern, in dem Bestreben, nicht nachzudenken und nichts zu empfinden, und er war keineswegs überrascht, als er sich auf dem Balkon wiederfand und zu dem Licht in Laurels Zimmer hinüberstarrte. Sie schlief nicht. Wieder einmal schlief sie nicht.

Das konnte er ihr nicht vorwerfen. Er wußte, was es hieß, jemanden zu verlieren. Er kannte die Fragen und Selbstvorwürfe, die sich automatisch einstellten. *Hätte ich etwas tun können, um es zu verhindern? Wie habe ich das bloß zulassen können?* Er stellte sich diese Fragen zu Evies Tod noch heute. Laurel würde sie sich in bezug auf Svannah stellen. Sie würde die Last auf ihre schmalen Schultern nehmen. Er hatte sie der Arroganz bezichtigt, aber das war unzutreffend. In Wirklichkeit handelte es sich um Verantwortungsbewußtsein. In einer Welt, die sich zunehmend dem Einfluß aller zu entziehen schien, entschied sich Laurel dafür, Verantwortung zu übernehmen – nicht nur für sich selbst, sondern noch dazu für alle, die sie kannte.

Und er wollte die Verantwortung für niemanden tragen.

Aber er wollte ihre Liebe.

Durch und durch selbstsüchtig, Jack.

Ihm war keine Liebe bestimmt. Sie war ihm nie bestimmt gewesen. Die Wohltaten und Segnungen der Liebe waren für andere Männer da, bessere Männer.

Noch während er das dachte, hörte er Laurels Stimme, die vor Schmerz und Stolz bebte. *»...Der Teufel soll mich holen, wenn es nicht in unserer Macht steht, über all das hinwegzukommen und etwas Besseres aus uns zu machen.«*

Das hatte er früher einmal selbst geglaubt. Er hatte sich geirrt. Er würde es nicht riskieren, sich noch einmal zu irren. Der Schmerz war zu groß, zu grausam für ein Herz, das zu oft gebrochen worden war.

Er stand noch lange auf dem Balkon und lauschte dem Grollen des Donners in der Ferne und betrachtete das Licht in den gegenüberliegenden Fensterscheiben. Die Regengerüche hingen schwer in der Luft, und etwas Finsteres und Ruheloses war wahrzunehmen, wie Augen in der Nacht. Eine Sekunde lang glaubte er, beobachtet zu werden, doch die Rastlosigkeit kam aus seinem Innern. Ein Verlangen nach etwas, was er niemals haben konnte, das Bedauern darüber, die Dinge nicht ändern zu können. Langsam wandte er sich ab und begab sich wieder ins Haus, zu seiner Flasche und zu seiner Arbeit, und dahinter steckte der Gedanke, sich in beides zu versenken.

Und in den dunklen Schatten am Ufer des Bayou leuchten die Augen einer Bestie.

27

Laurel erwachte abrupt und mit Kopfschmerzen. Ihr Atem ging keuchend, während das Unbehagen, das ein Traum hinterlassen hatte, sie umhüllte. Augen. Sie hatte Blicke auf sich gespürt, Augen, die sie aus dem Dunkeln anstarrten. Aber sie hatte das Gesicht nicht sehen können, sondern nur in irgendeiner Form gewußt, daß es ihr vertraut erschien.

Es war nur ein Traum, doch das Unbehagen verflog nicht, als sie sich langsam aufsetzte und eine Bestandsaufnahme ihrer selbst und des Zimmers um sie herum vornahm. Es hatte geregnet. Die Glasscheiben in den Türen waren mit windverwehten Tröpfchen gesprenkelt. Die Schlechtwetterfront war weitergezogen, aber dort, wo das Morgengrauen hätte sein sollen, hing noch Dunkel am Himmel.

Sie rieb sich mit einer Hand das Gesicht und stöhnte ein wenig, als der Kopfschmerz von hinten gegen ihre Augäpfel trat. Sie wußte nicht, wie lange sie geschlafen hatte. Eine Stunde, vielleicht auch zwei. Der Zustand des Bettzeugs legte Zeugnis dafür ab, wie schlecht sie geschlafen hatte. Die Laken waren am Fußende des Bettes herausgezerrt, und die Decke war zerknüllt. Die Notizen, die sie sich gemacht hatte, waren überall verteilt.

Sie schnitt eine Grimasse, als sie den Geschmack bitterer Träume in ihrem Mund wahrnahm, ehe sie sich dazu zwang, aus dem Bett aufzustehen und die Papiere und den Schreiber aufzuheben. Sie schnappte sich die Blätter eines nach dem anderen und folgte dabei ihrer Fährte auf dem Fußboden. Sie grub ihre Brille zwischen den Falten der Bettdecke aus, setzte sie auf und strich sich den Pony mit den Fingern zurück. Unter aufwendigem Quietschen und Knarren setzte sich das Getriebe ihres Verstandes in Bewegung, und die Gänge wollten sich nicht einlegen lassen, klemmten und ließen den Motor stottern.

Baldwin, Cooper, Leonce, Ross. Die Seiten waren mit Namen und Fragezeichen gefüllt. Anmerkungen, Ahnungen, vagen Gefühlen. Ahnungen und Gefühle waren in einem Gerichtshof nicht statthaft. Das wußte sie besser als die meisten anderen Leute.

Sie lief zu den Glastüren, wühlte in ihren Blättern und zog die

Stirn in Falten, als sie ihre zusammenhanglosen Gedanken nachvollzog. *Nicht Jack.* Die kühne Behauptung stach ihr ins Auge, und ihr Herz gab ein verräterisches Pochen von sich. Einzelne Indizien bemühten sich, in ihrer Vorstellung an die Oberfläche zu gelangen – seine Dualität, die Art, wie er anscheinend nach Belieben unbemerkt auftauchen und ebenso unbemerkt wieder verschwinden konnte, seine Vergangenheit, sein Beruf. Und sie unterdrückte sie alle, sowie sie auftauchten.

Durch die Fensterscheiben konnte sie einen kleinen Teil von L'Amour sehen – mysteriös und schäbig, wie es ganz allein am Ufer des Bayou stand – und eine Sekunde lang erlaubte sie sich die Frage, was er wohl gerade tun mochte, ob er die Dinge bereute, die er zu ihr gesagt hatte, und ob er sich ebensosehr wie sie danach sehnte, von vertrauten Armen umschlungen zu werden.

»Wie lange kennen Sie ihn jetzt schon? Eine Woche?«

Himmel, war das wirklich alles? Es schien ihr eine viel, viel längere Zeit zu sein. Die Minuten und Stunden der vergangenen Woche waren irgendwie in die Länge gezogen erschienen, wie durch ein Vergrößerungglas gesehen und mit Erlebnissen, sehnsüchtigem Verlangen und Ängsten vollgepackt gewesen. Diese kurze Zeit erschien ihr wie eine Ewigkeit, und gleichzeitig würde sie nie genug davon bekommen können.

Das war kein produktives Denken. Er wollte sie nicht haben, wollte einer Beziehung keinerlei Chance geben. Er wollte seine Einsamkeit und das Leid, das er sich selbst auferlegte. Er wollte den geselligen Partylöwen spielen und sich dann nach Hause in sein menschenleeres Gefängnis begeben. Und wenn sie klar dachte, dann wußte sie, daß es das Beste war, ihn nicht daran zu hindern. Sie brauchte Zeit, um ihre Wunden zu lecken und sie verheilen zu lassen – die alten Wunden und die neuen. Sie mußte dafür sorgen, daß ihre Welt sich wieder um ihre eigene Achse drehte, und sie mußte ihren eigenen Platz darin finden. Sie brauchte einen Neuanfang und nicht etwa einen Mann mit einer Vergangenheit, die ihn wie ein Spuk verfolgte.

Sie lechzte danach, frische Luft zu schnappen, die vom Regen gereinigte Morgenluft tief in sich einzusaugen, sich den benommenen Kopf durchpusten zu lassen. Daher legte Laurel die Notizen auf einem Tisch ab, schloß die Türen auf und schwang sie weit auf, wie sie es schon Hunderte von Malen in ihrem Leben getan hatte.

Ein Schrei entriß sich ihrer Kehle, und sie floh schleunigst ans hinterste Ende des Zimmers, ehe sie auch nur dazu kam, bewußt zu registrieren, was sie gerade gesehen hatte. Sie preßte eine Hand auf ihr Herz, das unkontrolliert raste, und dann zwang sie sich, genau hinzuschauen, zwang ihr Gehirn, die Information zu akzeptieren, die ihre Augen an es weiterleiteten.

Um den äußeren Türgriff war der schlaffe leblose Körper einer Wassermokassinschlange geschlungen.

»Verdammt noch mal, ich dachte, Sie behalten sie im Auge, Deputy Pruitt!« brüllte Kenner.

»Ja, Sir, ich habe sie im Auge behalten, Sir«, sagte er und versuchte vergeblich, den Kloß in seiner Kehle zu schlucken. Sein Adamsapfel hüpfte auf und ab, als er einen Blick auf die tote Schlange warf. Allmächtiger Gott, er haßte Schlangen. Es war allgemein bekannt, daß er Schlangen haßte. Er konnte Gift darauf nehmen, daß Kenner ihn zwingen würde, die da von dem Türgriff zu ziehen und sie als Beweisstück einzutüten. Sie schien mindestens einen Meter lang zu sein. »Ich habe um vier Uhr morgens den Dienst angetreten, und ich schwöre Ihnen, daß ich nichts gesehen habe. Ich habe dieses Haus mit Adleraugen beobachtet.«

Kenner stolzierte zur Tür, bückte sich und schnippte den Kopf der Schlange mit einem Finger in die Höhe. Der Kopf schnellte hoch, und die helle Färbung der Unterseite des Halses war zu sehen, ehe der Kopf wieder nach unten fiel und mit einem dumpfen Schlag gegen das Holz traf. Deputy Pruitt verfärbte sich ein wenig grauer. Kenner schaute finster. Dieser Knabe war verflucht zimperlich.

»Sie haben um vier die Ablösung übernommen. Myers ist gegangen. Wie lange habt ihr beiden bei den Wagen rumgestanden und Blödsinn gequatscht?«

Trotz seiner Blässe gelang es einem Hauch von Röte, sich in die Wangen des Deputys zu schleichen. »Nur ein kleines Weilchen, Sir. Es war nichts los hier. Wir hätten es gehört.«

Kenner baute sich schnaubend vor seinem Untergebenen auf und stach dem Knaben einen Zeigefinger fest in das Brustbein. »Hier war verdammt noch mal was los, und der Teufel soll mich holen, wenn ihr es gehört habt«, murrte er.

Pruitt biß den Kiefer gegen den Drang zusammen, vor Kenner zurückzuzucken. »Ja, Sir«, murmelte er kläglich.

»Tüten Sie diese Schlange als Beweisstück ein und rühren Sie sonst bloß nichts an. Wenn Sie mir auch nur einen einzigen Fingerabdruck verschmieren, dann stopfe ich Ihnen diese verdammte Wassermokassinschlange in die Kehle. Haben Sie verstanden, Deputy Pruitt?«

»Ja, Sir.« Nur zu gut. Die Vorstellung ließ ihn nahezu würgen.

Kenner drehte sich abrupt um und wandte sich Laurel wieder zu.

Sie saß in Jeans und in dem T-Shirt, in dem sie geschlafen hatte, auf dem Bett. Caroline stand neben ihr und war in einen Morgenmantel aus weißer Seide gehüllt, und ihr Gesicht trug den grimmigen Ausdruck einer Tigerin, deren Junges bedroht worden war. Mama Pearl, eine Halluzination in rotem Chenille, hatte ihre enorme Körperfülle auf einem Frisierschemel plaziert, der beinahe unter ihr verschwand.

»Sie haben alle nichts gehört und nichts gesehen?« fragte Kenner.

Laurel antwortete ihm und zog sich dabei auf die Füße. »Zum vierten Mal nein.«

Sie hatte nichts gesehen, nichts gehört. Sie war mit dem gespenstischen Gefühl erwacht, Augen auf sich zu spüren. Ein Schauer überlief sie.

Caroline verschränkte die Arme und begann, vor dem Bett auf und ab zu gehen, und ihre Lippen waren zu einem schmalen mißbilligenden Strich zusammengepreßt. Sie bedachte Kenner mit einem scharfen, finsteren Blick. »Das ist ein Unding, Sheriff. So geht es einfach nicht. Meine Nichte wird von einem Psychopathen geplagt, und Ihr Büro bringt es noch nicht mal fertig, ihr in einem Haus mit abgeschlossenen Türen Sicherheit zu gewährleisten?«

»Das Haus hat unter Bewachung gestanden, Miz Chandler.«

»Es scheint ganz so, als hätte es der Mörder besser bewacht als Ihre Deputies.«

Kenner warf einen Blick auf Pruitt, der reichlich grün geworden war, während er an dem langen gummiartigen Leib der toten Schlange rumfummelte, und dann schweifte sein Blick in die Ferne.

Glitt über den Balkon hinaus, über den Garten hinaus und fiel auf das Haus, das Jack Boudreaux übernommen hatte. Das Haus einer toten Hure. Es hätte sich mühelos bewerkstelligen lassen, auf eine Wachablösung zu warten, sich in den Garten zu schleichen und die Stufen raufzusteigen. Eine tote Wassermokassinschlange um den Türgriff zu schlingen – genauso, wie es der Mörder in *Blut ist verräterisch* getan hatte.

Gestern abend hatte er die gesammelten Werke von Jack Boudreaux durchgeblättert. Nachdem er gesehen hatte, welche Scheußlichkeiten in der Phantasie dieses Mannes herumspukten, bereitete es dem Sheriff keine Schwierigkeiten mehr, einen Mörder in ihm zu sehen.

»Es wird nicht noch einmal vorkommen, Ma'am«, murrte er. Er wandte sich von Caroline ab und drehte sich zu Deputy Wilson um, einem Knaben, der für die National Football League gebaut war, aber nicht gerade mit Tempo gesegnet war. »Gehen Sie mal nachsehen, ob Boudreaux zu Hause ist. Ich will ihn zu einem kleinen Schwatz im Revier sehen.«

»Warum?«

Laurels Frage ließ den Sheriff die Augen zusammenkneifen. »Warum nicht?«

Weil ich ihn kenne. Weil ich mit ihm geschlafen habe. Diese Antworten würden Kenner von nichts abbringen.

Zusammen mit Wilson verließ er den Raum und ließ den unglückseligen Pruitt mit der Schlange und dem Inhalt seines eigenen Magens kämpfen.

Mama Pearl hievte sich von dem kleinen Frisierhocker hoch und streckte eine Hand aus, um Laurels Arm zu tätscheln. »Du kommst jetzt mit in meine Küche, *chère*. Ich werde dir Tee kochen und Toast mit Honig hinstellen.«

»Es tut mir leid, Mama Pearl«, sagte sie und trat auf der Suche nach etwas zum Anziehen vor den Kleiderschrank. »Ich muß zum Gerichtsgebäude fahren.«

Carolines Augenbrauen schnellten über ihre dunklen Augen in die Höhe. »Laurel, das kann doch nicht dein Ernst sein! Du bist nicht ausgeruht und hast einen fürchterlichen Schock nach dem anderen erlebt! Bleib hier«, beharrte sie und schlang ihrer Nichte einen Arm um die Schultern, um sie zurückzuhalten, als sie nach einer Bluse griff. Sie zog Laurel eng an sich, und plötzlich schnürte der Gefühlsüberschwang ihr die Kehle zu. »Bleib hier bei mir«, flüsterte sie. »Bitte. Ich will nicht, daß du in diese Geschichte hineingezogen wirst. Ich will dich nicht auch noch verlieren.«

Laurel schaute von ihrer Tante zur Tür, um deren Griff die Schlange nur noch mit einem einzigen Knoten geschlungen war. Deputy Pruitt stand dort, beugte sich über das Geländer des Balkons und übergab sich unwürdig über die Klematisranken. »Ich bin längst hineingezogen worden, Tante Caroline«, sagte sie liebevoll. »Und es gibt nur einen einzigen Ausweg.«

Jack erwachte mit einem dröhnenden Schädel und einem Hämmern an der Haustür. Er wünschte, es würde ihm gelingen, beides zu ignorieren. Das Dröhnen in seinem Kopf war der Gong, mit dem sich eine beträchtliche Menge Wild Turkey verabschiedete. Von dem Hämmern an der Haustür erwies sich, daß es von einem äußerst großen kräftigen Deputy namens Wilson herrührte, einem Mann ohne jede Spur von Mitgefühl oder Humor, der ihn zu »einem kleinen Schwatz« mit Sheriff Kenner ins Revier schleifte.

Jetzt saß er auf einem unbequemen hochlehnigen Stuhl, bei dem es sich um ein Relikt der Inquisition handeln mußte, und über einen zerschrammten Tisch hinweg starrte er in Kenners widerliche Fresse.

»Wollen Sie einen Anwalt?«

»Brauche ich einen?« gab Jack zurück und zog eine Augenbraue hoch. »Wird Anklage gegen mich erhoben?«

»Nein. Sollte ich Anklage gegen Sie erheben?«

Das kommt darauf an, dachte er. Er trug weiß Gott die Schuld an vielem. Er wühlte eine Zigarette aus der Brusttasche seines gemusterten Baumwollhemdes und steckte sie sich zwischen die Lippen. »Lassen sich mit dieser Frage viele Idioten überführen?«

»Ein paar.«

Er zündete ein Streichholz an und sog den Nikotindreck mit der Form von Gier tief in seine Lunge ein, die nur ein Exraucher kennt, der rückfällig geworden ist.

»Was sind zweitausend Anwälte auf dem Grund des Lake Pontchartrain?« Er legte eine angemessene Pause für eine Antwort ein, obwohl Kenner einfach nur dasaß und ihn finster anschaute. Jack bedachte ihn mit einem bitteren Grinsen und stieß zwei dünne Rauchfahnen durch die Nasenlöcher aus. »Ein guter Anfang.«

Kenner zuckte mit keiner Wimper »Wo sind Sie heute morgen um vier Uhr herum gewesen?«

»In meinem Bett, in einem totenähnlichen Tiefschlaf.«

»Eine interessante Wortwahl.«

Jack zuckte übertrieben mit den Schultern. »*C'est vrai.* Worte sind mein Leben.«

»Oh, ja«, schnaubte Kenner. »Ich habe ein paar von Ihren Bestsellern gelesen, Jack. *Blut ist verräterisch. Teuflische Illusionen.* Sie haben eine krankhafte Phantasie.«

»Ich tue nur meine Arbeit«, sagte Jack schlagfertig. Er rieb den Rubin in seinem Ohrläppchen zwischen Daumen und Zeigefinger und bedachte Kenner mit einem sarkastischen Blick. »Sie sind hier derjenige, der sechs Mäuse für das Vergnügen geblecht hat, meine Bücher zu lesen.«

»Ich habe sie mir aus der Bücherei besorgt.«

»Autsch.« Er zuckte zusammen. »Von Ihnen bekomme ich also keine Tantiemen.«

Wieder einmal ignorierte Kenner ihn und hielt an seinem eigenen Programm fest. »Ziemlich leichtsinnig von Ihnen, Ideen aus Ihren eigenen Büchern zu klauen.«

Das Grauen versetzte Jack einen Tritt in die Magengrube wie ein Stiefel. *Mon Dieu*, nicht schon wieder, nicht noch ein totes Mädchen. Er setzte sich aufrechter hin und legte seine Zigarette in den Blechaschenbecher auf dem Tisch. »Wovon reden Sie?«

Kenner stemmte die Ellbogen auf den Tisch und beugte sich mit starrem Kiefer und zusammengekniffenen Augen ebenfalls vor. »Ich rede davon, daß sich jemand nach Belle Rivière rüberschleicht, während die Deputies Wachablösung haben, und eine tote Wassermokassinschlange um den Griff von Laurel Chandlers Schlafzimmertür wickelt.«

Eine durchschlagende Verbindung von Wut und Angst durchzuckte Jack, und er sprang auf und ließ den Stuhl quietschend über das Linoleum zurückschnellen. Die Wut rührte daher, daß jemand es wagte, Laurel das anzutun, *seiner Frau*. Es spielte keine Rolle, daß er das Gefühl hatte, es stünde ihm nicht zu, Ansprüche auf sie zu erheben. Auf einer Ebene, die tiefer als der gesunde Menschenverstand reichte, hatte er diese Ansprüche längst gestellt. Die Furcht galt ebenfalls Laurel. Ein Mörder hatte seine Spielchen mit ihr gespielt. Anscheinend war das Spiel noch nicht aus. Und diesen Empfindungen folgte auf den Fersen das Schuldbewußtsein, daß ein wahrhaft gestörter Geist Anleihen bei seiner eigenen Phantasie gemacht hatte.

Keines dieser Gefühle war ihm lieb. Mit zurückgezogenen Schultern marschierte er durch den Vernehmungsraum, diesen trostlosen Schuhkarton, die Hände in den Bund seiner Jeans gerammt, und tat sein Bestes, um all das abzuschütteln. Was er wirklich brauchte, sagte er sich, das war, teuflisch schnell eine Zeitlang aus der Stadt zu verschwinden. Bis der Mörder hinter Gittern saß. Bis Laurel ihre Sachen gepackt hatte und ihr Leben wieder in die Hand nahm.

Er hörte auf, vor der Scheibe auf und ab zu gehen, bei der es sich um Spionglas handeln mußte, starrte sein eigenes Spiegelbild grimmig an und fragte sich, wer wohl auf der anderen Seite sitzen mochte.

Kenner beobachtete ihn mit harten, kalten Blicken und versuchte, jede Nuance in seinem Ausdruck und in seinen Bewegungen zu deuten. »Sie hatten nicht zufällig jemanden bei sich im Bett, der bestätigen kann, wo Sie sich aufgehalten haben?«

Jacks Augenbrauen zogen sich tief über seinen Augen herunter, als er sich abrupt zu ihm umdrehte. »Ich täte Laurel niemals weh.«

Das Wort »Lügner« hallte wie ein Gong in seinem Kopf, doch er ignorierte es. Er hatte sie aus seinem Leben gedrängt, weil er nur das Beste für sie wollte, und nicht etwa, um ihr weh zu tun. Und er vermißte sie jetzt schon teuflisch. Die Vorstellung, daß sie mit so etwas wie einer Schlange unerwartet konfrontiert war, insbesondere nach allem, was sie bereits durchgemacht hatte, löste in ihm den Wunsch aus, zu ihr zu gehen, sie in seine Arme zu ziehen und sie für alle Zeiten zu beschützen. Aber das konnte er nicht tun. Er würde es nicht tun. Er war für niemanden der edle Ritter.

Jemand pochte gegen die Tür und riß ihn aus seinem Gedankengang heraus, und dann war eine Auseinandersetzung zu vernehmen, die so laut geführt wurde, daß er die Worte deutlich hören konnte.

»Mich interessiert einen Dreck, was Sheriff Kenner dazu zu sagen hat. Mr. Boudreaux steht der Anspruch auf Rechtsberatung zu.«

»Aber, Ma'am...«

»›Aber Ma'am...‹ Kommen Sie mir bloß nicht auf *die* Tour, Deputy. Ich kenne mich in Polizeirevieren bestens aus, und ich bin außerdem rechtlich blendend informiert. Und jetzt öffnen Sie diese Tür.«

Die Tür wurde lautstark aufgerissen, und der stämmige Wilson streckte den Kopf herein und wirkte eingeschüchtert und einfältig. »Entschuldigen Sie, bitte, Sheriff Kenner?«

Kenner war von seinem Stuhl aufgesprungen und siedete vor Wut. Er ging zur Tür, murrte tonlos vor sich hin, packte den Türknopf und widerstand nur mit Mühe dem Drang, sie Wilson vor der Nase zuzuschlagen.

»Was gibt es denn jetzt schon wieder für Probleme, Deputy?« Er zermalmte das Flüstern zwischen seinen Zähnen wie Staub. »Können Sie mir noch nicht mal fünf Minuten lang eine winzigkleine Frau vom Leib halten?«

Laurels Stimme schnitt sich wie ein Messer durch den Türspalt. »Es ist eine ernstzunehmende Angelegenheit, Leuten ihre Rechte streitig zu machen, Sheriff. Ich schlage vor, daß Sie diese Tür auf die Gefahr hin öffnen, daß ich mich wirklich auf sie stürze und Ihnen nicht mehr vom Leib zu halten bin.«

Jack fuhr sich mit einer Hand über den Mund, um sein Lächeln zu verbergen. Sie war ein Hitzkopf – daran biß keine Maus einen Faden ab. Sie hätte ihre Zeit nicht für ihn vergeuden sollen, aber er bewunderte unwillkürlich ihre Zähigkeit. An Kraft oder Mut mangelte es ihr nicht, obwohl sie das Gegenteil behauptet hätte. Die meisten Frauen wären in ihrer Situation zu Hause geblieben und hätten sich versteckt. Mit Gewißheit wären sie nicht zu seiner Rettung geeilt – nach allem, was er gesagt und wie er sich benommen hatte, dachte er, und sein Lächeln erstarb abrupt.

»Ich brauche keinen Anwalt, Engel«, sagte er, als Kenner zurücktrat und sie in den Raum einließ.

Sie bedachte ihn mit einem Blick, der bessere Männer als ihn zu Staub und Asche hätte zerfallen lassen. »Ein Mann, der sich selbst vor Gericht vertritt, hat einen Idioten zum Mandanten.«

»Miz Chandler«, setzte Kenner mit einem tiefen Seufzer an, der zeigte, daß er matt bis in die Knochen war. »Ich rede mit Mr. Boudreaux über einen Fall, in den Sie selbst verwickelt sind. Es handelt sich hierbei um einen Interessenkonflikt.«

»Nicht dann, wenn ich nicht glaube, daß er es gewesen ist«, sagte Laurel. »Und außerdem ist das eine informelle Befragung, oder etwa nicht?« Sie zog eine Augenbraue über das Gestell ihrer überdimensionalen Brille und wartete darauf, daß Kenner diese Behauptung widerlegte. »Es wird keine Anklage erhoben. Sollte es dazu kommen, daß ein Interessenkonflikt entsteht, dann werde ich Mr. Boudreaux empfehlen, sich einen anderen Rechtsvertreter zu suchen.«

Ohne sich auch nur im entferntesten daran zu stören, daß keiner der beiden Männer sie hier haben wollte, marschierte Laurel durch den Raum zum Tisch und nahm den einzigen Platz ein, der einigermaßen bequem zu sein schien – Kenners. In ihrem Herzen wußte sie, daß sie um Jacks willen hier sein wollte, doch sie redete sich ein, in Wirklichkeit täte sie es für Savannah. Je mehr sie über die Vorfälle in Erfahrung bringen konnte, desto besser standen ihre Chancen, dabei zu helfen, diesen Fall zu knacken, und um so eher konnte sie den Fall für sich selbst abschließen und innerlich ihre Ruhe finden.

Kenner schaute erst sie und dann Boudreaux finster an und wünschte sich einen flüchtigen Augenblick lang, er hätte vor ewigen Zeiten auf seinen Alten gehört und wäre ins Versicherungswesen gegangen. Er zog einen weiteren hochlehnigen Stuhl von der Wand heran, plazierte ihn neben der seitlichen Tischkante und stellte einen Fuß, der in einem Stiefel steckte, auf die Sitzfläche.

Jack ließ sich träge wieder auf den Stuhl gleiten, von dem er aufgesprungen war, und nahm den glimmenden Stummel seiner Zigarette zwischen Daumen und Zeigefinger. Einen Moment lang sah er Laurel in die Augen und versuchte zu ergründen, was in ihr vorging. Sie schreckte nicht zurück, zuckte mit keiner Wimper und lächelte auch nicht. Unter ihren meerblauen Augen zeichneten sich winzige dunkle Schatten ab, und um ihren Mund herum spielte eine Verletzbarkeit, von der er sicher war, daß sie sich nicht darüber bewußt war, aber ansonsten veriet sie ihm nichts – abgesehen von seinem Eindruck, daß er sie furchtbar verletzt hatte und sie zu verteufelt stolz war, um sich unter dieser Last zu beugen.

Kenner zog die Nase hoch, räusperte sich und grub einen Finger in die Brusttasche seiner Uniform, um eine Zigarette hinter seinem Rangabzeichen herauszufischen. »Dann haben Sie also kein Alibi für die frühen Morgenstunden«, sagte er und griff den Faden dort wieder auf, wo er ihn hatte fallen lassen.

Jack drückte den Stummel seiner Zigarette aus und warf dem Sheriff einen Blick zu. »Unschuldige Menschen brauchen kein Alibi.«

»Sie haben ein Alibi für den Mittwoch abend, zwischen zehn und zwei?«

Diese Frage traf Laurel härter als Jack. Mittwochabend. Das mußte der Zeitpunkt von Savannahs Tod gewesen sein. Mitten in der Nacht. Sie fröstelte und widerstand dem Drang, die Arme um ihren Oberkörper zu schlingen – oder den Mann anzusehen, der ihr am Tisch gegenübersaß, und sich nach seiner Umarmung zu verzehren.

Am Mittwoch abend zwischen zehn und zwei. Etwa um neun war sie von ihrem Abendessen mit Vivian zurückgekommen und früh ins Bett gegangen, da Tante Caroline mit Freunden ausgegangen und Mama Pearl in einen Fernsehfilm vertieft gewesen war. Und mitten in der Nacht hatte etwas sie aus dem Schlaf aufschrecken lassen.

O Gott, hatte sie es in irgendeiner Form gewußt? Hatte sie in irgendeiner Form den Moment wahrgenommen, in dem ihre Schwester aus dieser Welt geschieden war?

Diese Überlegung flößte ihr Schwindelgefühle ein und ließ sie ermattet zurück.

Kenner ignorierte vorsätzlich die Blässe, die Laurel Chandlers Haut plötzlich angenommen hatte. Wenn sie keine Hitze vertrug, dann hätte sie nicht in die Küche kommen sollen. Er ließ Jack nicht aus den Augen und wiederholte seine Frage.

Ich habe den Mond angeheult, dachte Jack. Er war an den Ufern des Bayou entlanggelaufen, wie er es auch den größten Teil des gestrigen Tages getan hatte. Hatte nachgedacht, Erinnerungen nachgehangen, sich selbst bestraft. Ganz allein.

»Wo sind Sie gewesen?« fragte Kenner noch einmal.

»Er war mit mir zusammen«, sagte Laurel leise, und das Herz pochte in ihrer Brust. Sie hatte gesehen, wie das Licht in seinem Fenster angegangen war. Zu diesem Zeitpunkt mußte es zwei oder sogar noch später gewesen sein, doch er gab keine Antwort, und sie würde nicht zulassen, daß Kenner ihm den Mord an Savannah anhängte. Jack konnte Savannah nicht getötet haben. Er konnte nicht eine Frau brutal ermordet haben und dann bei dem Gedanken an die Ehefrau und das Kind, das er verloren hatte, zu Tränen gerührt gewesen sein. Er konnte Savannah nicht getötet haben und dann nach Hause gekommen sein und ihre Schwester bis ins Morgengrauen geliebt haben.

Sie blickte zu ihm auf. Sein Gesicht war eine ausdruckslose, unergründliche Maske, und unter dem grellen fluoreszierenden Licht der Leuchtröhre wirkte die Narbe auf seinem Kinn fast silbern. »Er war mit mir zusammen. Wir sind zusammen gewesen. Die ganze Nacht.«

Na, prima. Kenner biß die Zähne zusammen, als er seine Zigarette ausdrückte. Die Anwältin war das Alibi. War das nicht einfach toll? Er musterte sie lange Zeit schweigend und versuchte, eine Lüge in die zarte rötliche Färbung ihrer Wangen hineinzulesen. Sie hatte ihre Schwester geliebt. Er konnte sich nicht vorstellen, daß sie log, um den Mörder zu decken, damit er mit heilem Hals davonkam. Er wandte sich wieder an Jack Boudreaux. »Ist das eine Tatsache?«

»Ach, ich«, brachte Jack gedehnt heraus und zwang sich, die Mundwinkel zu einem selbstgefälligen Lächeln hochzuziehen, das ihn wie eine Katze wirken ließ, die Schlagsahne geschleckt hat. Er spreizte die Hände auf seiner Brust. »Ich bin kein Mann von der Sorte, die Bettgeschichten ausplaudert.«

»Sie sind ein Klugscheißer, genau das sind Sie«, stieß Kenner barsch hervor, da er jetzt die Geduld verlor. Er beugte sich hinunter, brachte sein Gesicht dicht vor Boudreaux und richtete den Zeigefinger auf ihn wie eine Pistole. »Es gibt nichts anderes, was ich so wenig ausstehen kann wie Klugscheißer. Der arme kleine Cajun-Junge hat sich ein Stipendium besorgt und ist aufs College gegangen. Und Sie glauben, deshalb sind Sie jetzt ein großes Tier? Sie glauben, weil eine Handvoll Blödmänner in New York Ihnen Geld dafür bezahlten, daß Sie Schund schreiben, sind Sie was Besseres als alle anderen? Ich sage, daß Sie immer noch nichts weiter als eine miese, kleine, klugscheißerische Sumpfratte sind.«

Laurel beobachtete, wie sich Jacks Kiefer bei dieser Beleidigung zusammenkniff, und sie wußte, daß Kenner einen besonders empfindlichen Nerv getroffen hatte. »Hat dies irgend etwas mit dem Fall zu tun, Sheriff?« fragte sie mit scharfer Stimme. »Oder ist das nur Ihre Form, sich einen abzuwichsen?«

Kenner ließ Jack nicht aus den Augen. »Ich werde Ihnen sagen, was das mit dem Fall zu tun hat. Hier ist eine Tote aufgefunden worden, die eine Seite aus einem Buch von unserem guten alten Jack in der steifen kleinen Hand gehalten hat. Und dann wird eine tote Schlange um einen Türgriff gewickelt – genau wie in einem von Jacks Büchern. Und was für einen Reim machen wir uns darauf, Rätin?«

»Überhaupt keinen«, bekundete Laurel. »Er wäre der reinste Dummkopf, wenn er sich in dieser Form mit den Morden in Verbindung brächte.«

»Oder ein Genie. Was sagen Sie dazu, Jack? Sie halten sich für ein Genie?«

Jack zündete sich die nächste Marlboro an, verdrehte die Augen und rekelte sich lässig auf seinem Stuhl. »Himmel, Kenner, Sie haben zu viele Filme mit Clint Eastwood gesehen.«

»Kommt es vor, daß Sie eine Frau für den Sex fesseln?«

Er sah Kenner fest an und mied jeden Seitenblick auf Laurel. »Ich brauche Frauen nicht dazu zu zwingen, mit mir ins Bett zu gehen.«

»Nein, aber vielleicht macht es Ihnen Spaß. Manche Männer mögen das.«

»Ziehen Sie keine Rückschlüsse von sich auf andere«, sagte Jack und klopfte seine Asche im Aschenbecher ab. »Sie sind hier derjenige, der Handschellen am Gürtel trägt. Ich habe es nur auf dem Papier mit Gewaltätigkeit. Da können Sie jeden fragen, der mich kennt.«

Kenners Augen funkelten. »Ich würde Ihre Frau fragen, aber leider ist die nun mal zufällig auch tot.«

»Sie Mistkerl!«

Mit einer geschmeidigen Bewegung sprang Jack von dem Stuhl auf und schleuderte seine Zigarette auf den Boden, die dort ein Loch in das Linoleum brannte. Wut staute sich in ihm auf und wogte wie Dampf, versengte seine Haut von innen. Er hätte alles dafür gegeben, Kenner den Kopf abzureißen, ohne Gefahr zu laufen, dafür strafrechtlich verfolgt zu werden. Seine Hände ballten sich an seinen Seiten zu Fäusten mit weißen Knöcheln.

Kenner lächelte kalt und achtete sorgsam darauf, ein oder zwei Schritte zurückzuweichen, nur für alle Fälle. »Sie sind reichlich aufbrausend veranlagt, Jack«, brachte er gedehnt hervor.

Jacks Mund verzog sich hämisch. »Der Teufel soll Sie holen, Kenner. Das mache ich nicht mit.« Ohne sich auch nur noch einmal umzusehen, stürmte er aus dem Vernehmungsraum.

»Sie können wirklich gut mit Leuten umgehen, Sheriff«, sagte Laurel, als sie auf dem Weg zur Tür an Kenner vorbeikam.

»Der Mörder auch«, murrte er, als sie den Raum verließ.

Laurel folgte Jack durch eine Seitentür, die sie beide aus dem Gebäude führte, ohne von einem der Reporter bemerkt zu werden, die im Gerichtsgebäude herumhingen. Sie holte ihn auf dem Gehweg ein, der durch den Park im Norden des Gerichtsgebäudes verlief, und dort bot der moosbehangene Baldachin der Immergrünen Eichen einen gewissen minimalen Schutz gegen die drückende Hitze. Die Sonne war endlich herausgekommen, um die Luftfeuchtigkeit zu verbrennen, die noch von dem Regen zurückgeblieben war. Infolgedessen war der Park menschenleer, da Klimaanlagen der Transpiration bei weitem vorgezogen wurden. Als sie über den Gehsteig eilte, bildeten sich Schweißperlen zwischen ihren Brüsten und ihren Schulterblättern.

Jack blieb stehen und drehte sich abrupt zu ihr um, und sie hielt in der Bewegung inne, und ihre Augen wurden groß, als sie seinen grimmigen Gesichtsausdruck sah.

»Weshalb, zum Teufel, hast du das getan?« erkundigte er sich barsch.

Laurel reckte trotzig das Kinn in die Luft. »Ich habe gewußt, daß Kenner dich verhört. Ich konnte mir nicht vorstellen, daß du einen Anwalt aus einem anderen Grund hinzuziehst, als ihn zu fragen, ob er Prince Albert in Dosen hat«, sagte sie sarkastisch.

»Davon ist hier nicht die Rede, Süße«, sagte er und drohte ihr mit einem Finger. »Aber wenn wir ohnehin schon bei dem Thema sind – ich komme verdammt gut allein zurecht.«

»Ja, das hat man gern«, sagte Laurel gedehnt und verdrehte die Augen. »Diese demonstrative Dankbarkeit.«

»Ich wäre dir dankbar dafür, wenn du dein hübsches kleines Näschen nicht in meine Angelegenheiten stecken würdest.«

Ihre Finger zogen sich zu geballten Fäusten zusammen, die sie sich in die Hüften stemmte. »Ach, hier zählt wohl gar nicht, daß du mir quer durch die Weltgeschichte folgst und immer dann reinplatzt und dich einmischst, wenn dir danach zumute ist! Und außerdem ist das auch meine Angelegenheit, Jack«, sagte sie und stach sich einen Zeigefinger in die Brust. »Schließlich ist *meine* Schwester tot. Ihr Mörder wird mir dafür büßen, und wenn ich ihn mit meinen beiden eigenen Händen fangen muß!«

»Und was ist, wenn ich sie getötet habe? Du hast mir gerade ein Alibi verschafft!«

»Du warst es nicht«, beharrte sie und blinzelte die Tränen der Frustration und der Wut zurück, die in ihren Augen schwammen.

»Woher weißt du das?« erkundigte sich Jack. »Du hast nicht die leiseste Ahnung, wo ich mich in dieser Nacht aufgehalten habe!«

»Ich weiß, wo *ich* die halbe Nacht verbracht habe, und ich bin nicht mit einem Mörder zusammen gewesen!«

»Bloß, weil wir miteinander gebumst haben...«

Sie riß eine Faust zurück und schlug sie ihm mit aller Kraft auf den Arm. »Wir haben uns geliebt! Wage jetzt bloß nicht, das als etwas anderes zu bezeichnen. Wir haben uns geliebt, und das weißt du selbst ganz genau.«

Oh, ja, er wußte es. Sie hatte sich ihm rückhaltlos hingegeben, und er hatte alles genommen, was sie ihm gegeben hatte, und er hatte jeden einzelnen Moment ausgekostet. In jener Nacht hatte er gewußt, daß sie alles verkörperte, was er sich je gewünscht hatte, und dieses Wissen ängstigte ihn bis ins Mark.

»Warum hast du Kenner belogen?« fragte er.

»Weil du ihm keine Antwort gegeben hast...«

»Warum?«

»...und Kenner und Danjermond würden dir liebend gern diese ganze Würgergeschichte anhängen, wenn sie es nur irgend könnten...«

»Warum hast du gelogen, Laurel?« höhnte er, und dazu trieb ihn etwas an, wovor ihm graute. Er wußte nämlich nur zu gut, daß er die Antwort besser nicht hätte hören sollen. Seine zwei Hälften fochten einen Kampf in seinem Innern aus, und er spürte sie reißen, ziehen, stoßen – der Teil von ihm, der sich nach ihrer Antwort verzehrte, und der Teil von ihm, der es besser wußte. Die innere Anspannung ließ seine Brust heftig beben. »Ausgerechnet du, die du auf Recht und Ordnung versessen bist«, spottete er. »Du, die sich für Gerechtigkeit für alle einsetzt. Warum hast du gelogen?«

»Weil ich dich liebe!« schrie sie ihm aus nächster Nähe ins Gesicht.

»Oh, Scheiße!« fauchte er und riß sich von ihr los. Er stemmte die Fäuste in die Hüften, und dann preßte er sich die Hände auf den Kopf und drehte sich im Kreis. Er wünschte sich, er hätte scheuen und durchgehen können, wollte einfach ausreißen. Panik gebärdete sich in seinem Innern wie ein Windhund, der an seiner Leine zerrt. *Dieu*, ausgerechnet das, was er mehr als alles andere gemieden hatte. Das einzige, was er sich insgeheim immer gewünscht, aber nie verdient hatte. Genau das, was das größte Potential an Leid in sich trug. Und ausgerechnet das bot ihm Laurel an… Nein. Sie schleuderte es ihm ins Gesicht wie eine Kampfansage und provozierte ihn, diese Herausforderung anzunehmen.

»Tja, Jack, mich freut das auch nicht gerade, soviel kann ich dir versichern«, gab Laurel zurück, denn seine Reaktion traf sie wie eine schallende Ohrfeige. Sie schniefte und wischte sich mit dem Handrücken das Gesicht. »Das ist genau das, was ich im Moment gebrauchen kann – mich zu verlieben. Mich in einen Mann zu verlieben, der sein Leben der Selbstquälerei verschrieben hat – wenn das nicht genau das richtige ist!«

»Dann laß es doch einfach bleiben«, sagte Jack brutal, und die Worte schnitten sich in sein Herz ebenso tief wie in Laurels. »Ich wollte dir nur dabei helfen, zwischendurch mal deinen Spaß zu haben. Mehr wollte ich dir ohnehin nie geben.«

»O ja, es ist die reinste Orgie gewesen«, höhnte Laurel und kämpfte so gewaltig gegen die Tränen an, daß ihr Herz hämmerte. »Es war zum Lachen, wie du dich einmal pro Minute von Dr. Jeckyll in Mr. Hyde und wieder zurück verwandelt hast.«

»Das ist das mindeste, was ich dir für meine flüchtigen Charakterstudien bieten konnte«, sagte er und stieß das Messer noch ein wenig tiefer in ihr Herz, obwohl er sich selbst dafür haßte.

»Ich glaube dir kein Wort«, erklärte Laurel, die sich auf ihre Ungläubigkeit stürzte und sich verzweifelt daran festklammerte, sie wie eine Keule durch die Luft schwang. »Ich glaube einfach nicht, daß das der einzige Grund ist, aus dem du dich mir zugewendet hast.«

Er kniff die Augen zusammen und wandte den Blick ab, kehrte ihr sein Profil mit der Adlernase zu. »Bloß deshalb, weil sie dir nicht in den Kram passen, kannst du Indizien nicht einfach als unwesentlich abtun, Frau Rat«, sagte er kühl.

»Sag mir, daß es ein Buch gibt«, verlangte sie und funkelte ihn durch ihre Tränen finster an. »Sieh mir fest in die Augen, Jack Boudreaux, und sag mir, daß es ein Buch gibt, in dem ich vorkomme. Du könntest nicht so grausam sein und mich gleichzeitig so zärtlich behandeln.«

Jack hatte anfangs geglaubt, sie müßte eine miserable Pokerspielerin abgeben, da er ihr alles, was sie fühlte, in den Augen ansehen konnte, doch jetzt zwang sie ihn, Farbe zu bekennen, und zwar mit größerer Verwegenheit als je ein Mann, dem er an einem Spieltisch gegenübergesessen hatte. Und der Teufel sollte ihn holen, aber er konnte diesen Bluff nicht aufrechterhalten. Er konnte einfach nicht in dieses ernste schöne Gesicht hinunterschauen und ihr sagen, er hätte sie von Anfang an nur ausgenutzt, mehr sei es nicht gewesen.

»Den Blödsinn kann ich nicht brauchen«, murrte er abwehrend.

»Nein, sogar ganz und gar nicht, stimmt's, Jack?« sagte Laurel und verfolgte ihn, als er über das spärliche Gras zurückwich. »Wenn es nach dir geht, dann bleibst du mit der größten Freude in dieser Bruchbude von einem Haus hocken und geißelst dich selbst für die nächsten fünfzig Jahre oder bis deine Leber versagt, je nachdem, was eher der Fall ist. Das ist verteufelt viel einfacher als zu riskieren, daß dir etwas Besseres widerfahren könnte und daß du glücklicher sein könntest.«

»Ich habe nichts Besseres verdient.«

»Und was habe ich verdient?« fragte sie. »Du hast mich als arrogant bezeichnet. Wie kannst du es wagen, dir anzumaßen, du wüßtest, was das Beste für mich ist? Und dann begehst du auch noch die Dummheit, die Schuld für die Schwäche eines anderen Menschen auf dich zu nehmen. Evie hat Hilfe gebraucht. Sie hätte selbst dafür sorgen können, daß ihr geholfen wird. Andere Menschen hätten versuchen können, ihr zu helfen. Du hast die Last nicht nur allein auf deinen Schultern getragen, Jack. Du bist nicht für die ganze Welt verantwortlich.«

»Himmel, wenn das kein starkes Stück ist!« brüllte er und warf in seiner Entrüstung die Hände in die Luft. »Ein Esel schilt den anderen ein Langohr! Du nimmst es gegen alle und jeden auf, als hätte dich Gott persönlich dazu ernannt! Du übernimmst die Verantwortung, du nimmst die Schuld auf dich. Und stell dir vor, ich habe dazu auch etwas zu sagen, Süße, und zwar: Ich will nicht unter deine Fittiche genommen werden. Laß mich in Ruhe und verschwinde aus meinem Leben!«

Laurel stand da und sah ihm nach, als er davonstolzierte, und sie war derart von Schmerz und ohnmächtiger Wut erfüllt, daß sie anscheinend nichts anderes tun konnte, als ihre Muskeln zu verkrampfen, bis sie vor Anspannung bebte. »Verflucht noch mal«, murmelte sie, als zwei Tränen zwischen ihren Wimpern herausglitten und über ihre Wangen rannten. Die Mauer ihrer Selbstbeherrschung bekam einen kleinen Sprung, und ein weiterer Tropfen Wut sickerte heraus.

»Du verdammter Mistkerl, Jack Boudreaux, der Teufel soll dich holen!« zischte sie leise.

Ohne auch nur einen Gedanken an die Folgen zu vergeuden, drehte sie sich um und schlug mit der Faust gegen die rauhe Rinde eines Dattelpflaumenbaums. Die dünne Haut auf ihren Knöcheln platzte auf, und ein heftiger Schmerz schoß durch ihren Arm nach oben. Das war nur gut so. Wenigstens war diese Form von Schmerz angenehmer als der, der in ihrer Brust brannte.

Sie liebte ihn.

Eine solche Dummheit! Was für ein Leichtsinn es war, sich in einen Mann wie Jack Boudreaux zu verlieben, einen Mann, der jeglicher Verantwortung entsagt hatte, mit Ausnahme der einen, die ihn bis ins Grab verfolgen würde. Er stieß sie mit beiden Händen von sich, und trotzdem liebte sie ihn noch.

»Jack, du verdammter Kerl«, flüsterte sie.

Sie blinzelte gegen die Tränen an, hob die Hand, sog an ihren Knöcheln und versuchte, darüber nachzudenken, was sie als Nächstes tun sollte. Es gab weitaus Wichtigeres zu bedenken als ihr gebrochenes Herz. Sie würde nach Hause gehen und ihre Gedanken neu sortieren. Eine Weile mit Tante Caroline verbringen, während sie Anhaltspunkte und Theorien in ihrem Kopf drehte und wendete und versuchte, das Bild eines Mörders vor sich auferstehen zu lassen. Und das nicht etwa, weil sie es niemand anderem zutraute, sondern weil sie einer geliebten Schwester gegenüber eine Verpflichtung hatte, einer Schwester, die für sie gesorgt und sie beschützt hatte.

Danjermond erwartete sie neben Carolines BMW. Sein kaffeebraunes Jackett war aufgeknöpft und lässig zurückgeschoben. Seine Hände steckten in den Hosentaschen. Wenn seine Haltung lässig wirkte, dann ließ sich dasselbe keineswegs von seiner Stimmung sagen. Laurel nahm eine Spannung wahr, die wie Elektrizität in der Luft um ihn herum surrte.

»Sie versetzen mich in Erstaunen, Laurel«, murmelte er, und sein Blick war so durchdringend und unbeweglich wie ein Laserstrahl.

In ihrer Übersetzung hieß das, daß sie ihn enttäuscht hatte, doch Laurel interessierte sich nicht sonderlich dafür, was Stephen Danjermond von ihr hielt, weder im Guten noch im Bösen. Vivian hatte ihn für sie ausgesucht und nicht etwa sie selbst, und sie hatte es gründlich satt, ihrer Mutter Freude bereiten zu wollen. Ohne jeden Kommentar steckte sie eine Hand in ihre Tasche, um die Schlüssel herauszufischen.

»Sie haben gelogen«, sagte er ohne Umschweife.

Sie sparte sich die Mühe, ihn zu fragen, woher er wußte, was sich im Vernehmungszimmer abgespielt hatte; sie hatte selbst für die Anklage gearbeitet und auf der anderen Seite der Spionglasscheibe gestanden. Mit einem undurchdringlichen Pokerface schaute sie zu ihm auf. »Ich war in der Nacht, in der Savannah gestorben ist, mit Jack zusammen.«

»Aber nicht die ganze Nacht«, beharrte er. »Ich habe das Zögern aus Ihrer Stimme herausgehört. Kaum wahrnehmbar und doch vorhanden. Und Boudreaux' Reaktion – gekonnt, aber zurückhaltend. Ihn hat verwundert, daß Sie für ihn lügen. Mir geht es ebenso. Ich habe Sie bisher für eine Puristin gehalten, die sich buchstabengetreu an die Gesetze hält.«

»Jack hat Savannah nicht getötet«, sagte sie, suchte den richtigen

Schlüssel heraus und widerstand dem Drang, vor Danjermond zurückzuweichen. Wie üblich war er ihr einen halben Schritt zu nah gerückt, engte sie räumlich ein und ließ ihr seine Männlichkeit überdeutlich bewußt werden.

»Woher wissen Sie das?« erkundigte er sich behutsam. »Instinktiv? Würden Sie den Mörder erkennen, wenn Sie ihm ins Auge sähen, Laurel?«

Sie starrte zu ihm auf und erinnerte sich wieder an das Gefühl, einen Blick in ihren Träumen wahrgenommen zu haben. Augen ohne ein Gesicht. Diese Erinnerung flößte ihr Unbehagen ein. »Vielleicht.«

»So, wie Sie wußten, daß die Angeklagten in Scott County schuldig waren? Das instinktive Wissen, aber keine Beweise zur Untermauerung. Sie brauchen Beweise, Laurel«, beharrte er. »Ohne Beweise wird Ihnen niemand Glauben schenken.«

»Die Anklagen werden fallengelassen, Ms. Chandler... Mangel an ausreichenden Beweisen... Sie haben Ihre Pflicht nicht erfüllt, Ms. Chandler... Sie haben den Fall verpfuscht...« Die Stimmen hallten in ihrem Kopf wider und brachten einen Anflug von Streß und Verzweiflung mit sich. Diese Verbindung drohte sie zu erschüttern, doch sie wehrte sich entschieden dagegen.

»Sie sind hier derjenige, der den Fall verhandeln wird, falls Kenner eine Verhaftung vornehmen kann, Mr. Danjermond«, sagte sie mit ruhiger Stimme. »Vielleicht sollten Sie sich mehr Gedanken darüber machen, wie Sie selbst Beweise in die Hand bekommen, statt sich darum zu sorgen, was ich tue oder nicht.«

Er sagte nichts, als sie den BMW aufschloß und die Tür öffnete. Sie ging unter dem Vorwand, ihre Handtasche auf den Sitz zu werfen, um den Wagen herum, doch in Wirklichkeit war sie froh, Distanz und Blech zwischen sich und ihn zu legen.

»Stimmt das etwa nicht?« sagte sie und wandte sich wieder zu ihm um.

Er lächelte schwach, ein Lächeln, dessen seltsame Vollkommenheit die Nerven in ihrem Nacken prickeln ließ.

»Oh, ich arbeite an dem Fall, Laurel«, sagte er freundlich, und seine grüne Augen leuchteten, als sei er im Alleinbesitz eines wunderbaren Geheimnisses. »Sie können versichert sein, daß ich genügend Beweise vorlegen werde, um einen Schuldspruch zu erwirken. Mehr als genug.«

Dieses Versprechen ließ er einen Moment lang in der Luft nachhallen, und dann nahm er so flink und wendig einen Richtungswechsel vor, daß Laurel fand, es sei ein Wunder, daß er sie nicht gänzlich aus dem Gleichgewicht brachte. »Werden Sie heute zu dem Abendessen kommen?«

»Nein«, sagte sie und war entsetzt darüber, daß er glauben konnte, sie könnte diesen Vorschlag auch nur in Erwägung ziehen. Dann schwächte sie die schroffe Ablehnung jedoch mit einer Entschuldigung ab, da sie sich rational sagte, daß er ihr die Frage ganz automatisch gestellt haben mußte. »Nach allem, was in der letzten Zeit passiert ist, verstehen Sie sicherlich, daß ich mich dem nicht gewachsen fühle.«

»Ja, natürlich«, murmelte er und griff in eine Innentasche seiner Jacke, um eine lange, schmale Zigarre herauszuziehen. Mit einem kleinen Schneidewerkzeug, das er ebenfalls in der Tasche trug, schnitt er das Ende sauber und ordentlich ab. »Das verstehe ich vollkommen. Sie haben Ihre Schwester verloren. Der Hauptverdächtige, den wir an der Hand haben, ist Ihr Geliebter...«

»Was ist mit Baldwin?« fauchte Laurel, in deren Bauch sich ein seltsames Flattern von gelinder Panik ausbreitete. »Was ist mit...«

»Er ist nicht intelligent genug«, sagte Danjermond mit scharfer Stimme und schnitt ihr nicht nur mit seinen Worten, sondern auch mit seinen Blicken das Wort ab. Seine Augen unter den dichten dunklen Augenbrauen funkelten so hell wie Edelsteine. »Er ist ein unbedeutender kleiner Gauner, der von Größenwahn befallen ist. Glauben Sie wirklich, er hätte ein Verbrechen nach dem anderen begehen können, ohne sich selbst zu belasten?«

»Ich glaube, es liegen genügend Beweise vor, um ihn zu verdächtigen...«

»Dann haben Sie nicht aufgepaßt, Laurel.« Er schüttelte kaum wahrnehmbar den Kopf, ohne sie auch nur einen Moment lang aus den Augen zu lassen. »Sie enttäuschen mich«, flüsterte er.

Langsam, nahezu sinnlich, ließ er die Spitze der Zigarre zwischen seine Lippen gleiten. Laurel beobachtete ihn und fühlte sich seltsam hypnotisiert und zugleich unterschwellig von Nervosität gepackt. Er steckte eine Hand in seine Hosentasche und holte nicht etwa das waffeldünne goldene Feuerzeug heraus, sondern ein Zündholzmäppchen.

Ein blutrotes Zündholzmäppchen.

Laurel konnte unter seinen tadellos manikürten Fingern nur einen flüchtigen Blick auf die verschnörkelte schwarze Schrift erhaschen, während er das Ritual vollzog, seine Zigarre anzuzünden, aber irgendwie brauchte sie den Namen der Bar nicht wirklich zu lesen. Das Herz hämmerte in ihrer Kehle, in ihrem Kopf. Eine Woge von Übelkeit stieg in ihr auf, und sie schlang die Finger fester um die obere Kante der Wagentür.

»Dieser Mörder ist brillant, Laurel«, sagte er mit einer leisen und einschmeichelnden Stimme. »Brillant, vorsichtig und stark. Stärke ist ausschlaggebend für den Erfolg in seinem Metier. Geistesstärke und Willenskraft.«

Laurel sagte kein Wort. Ihr Blick war auf das Zündholzmäppchen geheftet. Schon jetzt war ihr Gehirn in der Phase des Leugnens angelangt. Es konnte nicht sein. Es gab keine Erklärung dafür. Er hatte das Zündholzmäppchen aus der Handtasche genommen, die Kenner beschlagnahmt hatte.

Oder er war ein Mörder und wollte, daß sie es erfuhr.

Danjermond paffte geistesabwesend seine Zigarre und drehte das Zündholzmäppchen in den Fingern wie ein Zauberer, der seine Fingerfertigkeit für einen Taschenspielertrick übt.

»Le Mascarade«, murmelte er. »Wo niemand ganz das ist, was er zu sein scheint. Wir tragen alle Masken, nicht wahr, Laurel?« fragte er und zog eine Augenbraue hoch. »Der Trick besteht darin, herauszufinden, was sich hinter diesen Masken verbirgt.«

Er ließ das Zündholzmäppchen wieder in seine Tasche gleiten, und Rauch, der leicht nach Kirschen duftete, wehte wie mystische Bänder in dünnen Schwaden hinter ihm her, als er sich gemählich entfernte.

28

Laurel ließ sich seitlich auf den Sitz des BMW sinken, während ihre Füße noch auf dem Beton des Parkplatzes standen. Sämtliche Fragen und sämtliche Ängste sprudelten in ihrem Verstand auf wie eine schäumende Fontäne Schmutzwasser. Gesprächsfetzen, zusammenhanglose Gefühle und bruchstückhafte Gedanken wurden hochgeschleudert und trieben auf der restlichen Brühe, doch einer dieser Fetzen erhob sich über alle anderen – *»Sie glauben an das Böse, stimmt's, Laurel?«*

»O Gott. O Gott«, murmelte sie, als sie zitternd dasaß und sich an die Blitze und das Donnergrollen erinnerte, an diese klaren grünen Augen, die sich über den Eßtisch in Beauvoir hinweg auf sie gerichtet hatten. Tränen strömten in ihre Augen, und sie hob ihre zitternden Hände, um sie sich auf das Gesicht zu pressen.

Es konnte nicht sein. Stephen Danjermond war der Oberstaatsanwalt. Der Verein der Wählerinnen veranstaltete ein Abendessen für ihn. Er war darauf vereidigt worden, Recht und Ordnung zu wahren.

»Nicht jeder ist, was er zu sein scheint, Laurel. Sie sollten das doch wissen. Darüber sollten Sie sich Gedanken machen.«

»Mein Gott.«

Er war ein Mann, der über jeden Verdacht erhaben war. Über jeden Vorwurf. Aus einer der besten Familien von New Orleans. Sie mußte sich irren. Sie mußte sich einfach irren. Das Zündholzmäppchen war ein reiner Zufall.

»Le Mascarade... Wir alle tragen Masken, nicht wahr, Laurel? Der Trick besteht darin, herauszufinden, was hinter ihnen steckt.«

»Le Mascarade... Dort würdest du nicht hingehen wollen, Süße. Es sei denn, du stehst auf Leder und hast es mit S & M.«

S & M. Fesselspiele. Annie war gefesselt worden. Savannah war...

Sie schlug sich eine Hand auf den Mund, als ich ihr Mageninhalt hob. Sie beugte sich vor, ließ den Kopf zwischen die Knie hängen und würgte, während furchtbare Bilder hinter ihren Augen vorbeizogen. Blut. Schmerzen. Schreie. Zarte Handgelenke, die sich gegen ihre Fesseln stemmten. Blut, soviel Blut. Sie hatte nichts im Magen, was hätte hochkommen können, und daher blieb ihr nichts anderes übrig, als zu würgen und zu husten, während ihr Körper sein Bestes tat, um die Möglichkeiten von sich zu weisen, die sie weiterhin bestürmten.

Stephen Danjermond. Staatsanwalt Danjermond. Der Goldjunge. Der Liebling aller. Dem Großes bestimmt war. Was war, wenn er tatsächlich der Mörder war?

Und sie der einzige Mensch, der es wußte.

Laurel Chandler. Die Staatsanwältin, die blinden Alarm geschlagen hatte.

Niemand würde ihr glauben. In einer Million Jahren nicht.

Und das wußte er verdammt gut.

Kalter Schweiß rann ihr über das Gesicht und den Körper, und er trug den säuerlichen Geruch ihrer Angst. Sie fuhr sich mit einer Hand über die Stirn und in ihren feuchten Pony, als sie sich aufsetzte und sich schwer gegen die Rückenlehne des Sitzes fallen ließ. Komisch, dachte sie ohne die leiseste Spur von Humor, aber sie hatte sich trotz allem ziemlich gut gehalten. Savannahs Tod hatte ihrem Herzen einen vernichtenden Stoß versetzt, aber geistig hatte sie sich gut gehalten. Dr. Pritchard wäre stolz auf sie gewesen. Bis jetzt. Stephen Danjermond hatte abseits gestanden und ihren Kampf beobachtet, mit angesehen, wie sie sich an ihre letzte Kraft klammerte, und dann war er mit der Mühelosigkeit, mit der er eine Fliege mit einer Fliegenklatsche erschlagen hätte, aus dem Schatten hervorgekommen und hatte ihr die Beine vollständig unter dem Leib weggezogen.

»Die Koinzidenz von Recht und Stärke ist nicht immer gegeben.«

War das denn alles, worum es sich hier drehte? Ein Wettbewerb zwischen den menschlichen Gesetzen und den Naturgesetzen? Ein Spiel? *»Will er von Ihnen geschnappt werden, Laurel? Oder will er zeigen, daß man ihn nicht fassen kann?«* War es das, worauf er angespielt hatte, als er davon gesprochen hatte, sie beide sollten zusammenarbeiten?

Oder bildete sie sich Dinge ein?

Er hatte ihr von dem Moment an Unbehagen eingeflößt, in dem sie einander das erste Mal begegnet waren, aber das war kein Verbrechen. Sie hatte in der letzten Zeit unter einer entsetzlichen Anspannung gestanden, hatte nichts gegessen, hatte nicht geschlafen. Als sie jetzt in der stehenden Luft und der drückenden Hitze dasaß und um Atem rang und die Verkehrsgeräusche im Hintergrund tosten wie das Murmeln eines fernen Ozeans, trat jemand auf der anderen Straßenseite aus Bentley's Reparaturwerkstätte und rief nach Sonny. Eine indigofarbene Ammer flatterte von den Zweigen eines Magnolienbaumes herab, um ihren winzigen Kopf auf der Suche nach Krumen hoffnungsvoll in eine weggeworfene Papiertüte von McDonald's zu stecken.

Ein wunderschöner kleiner Vogel, dachte sie, und ihre Überlegungen zerfielen in unzusammenhängende Bruchstücke. Sein Gefieder wies leuchtendbunte Farben auf – gelbgrün, blauviolett, rot – und er wirkte ganz so, als hätte ihn ein Künstler überschwenglich und hingebungsvoll mit Farbe beworfen. Wie konnte etwas derart Hübsches einfach durch ihr Blickfeld fliegen, wenn sie gerade eben eine Konfrontation mit einem Mörder gehabt hatte?

»Sie haben nicht aufgepaßt, Laurel...«

»Dieser Mörder ist brillant...«

»Was halten Sie von Haien, Laurel?«

Haie bewegten sich lautlos und schnell, schnitten sich durch das tiefe Wasser und schreckten nichts auf, ehe sie zuschlugen. Wenn sie töteten, dann töteten sie brutal, wirksam und zielsicher, ohne jedes Erbarmen und ohne alle Gewissensbisse.

»Serienmörder sind die Haie unserer Gesellschaft...«

Nerven in ihrem Nacken prickelten und zuckten. Erinnerungen regten sich. Das Gefühl eines Blicks im Dunkeln. Augen ohne ein Gesicht. Schauer liefen über ihre Haut und überzogen sie mit Gänsehaut, und sie sah durch die Windschutzscheibe auf das Gerichtsgebäude. Von einem Fenster im zweiten Stock aus schaute er zu ihr hinunter, wußte, daß sie ihn sah, und wußte auch, daß sie nichts unternehmen konnte, um ihn aufzuhalten. Sie hatte keine Beweise dafür, daß er ein Mörder war.

»Sie brauchen Beweise, um einen Schuldspruch zu erwirken, Laurel...«

Das Zündholzmäppchen war alles, was sie vorliegen hatte, um ihn in irgendeiner Form mit den Morden in Verbindung zu bringen. Es war kein Verstoß gegen die Gesetze, ein rotes Zündholzmäppchen bei sich zu tragen. Und ohnehin konnte er die Streichhölzer wegwerfen und behaupten, sie nie besessen zu haben. Dann stand ihr Wort gegen seines. Es stand außer Frage, wer in dieser Gegenüberstellung gewinnen würde. Und außerdem konnte sie nicht beweisen, wer die Streichhölzer in ihrem Wagen zurückgelassen hatte. Es bestand kein Zweifel daran, daß viele Fingerabdrücke darauf zu finden sein würden – ihre eigenen, Savannahs, Jacks.

Jacks.

»Der Hauptverdächtige, den wir zur Hand haben, ist Ihr Geliebter... Sie können versichert sein, daß ich genügend Beweise vorlegen werde, um einen Schuldspruch zu erwirken. Mehr als genug.«

»O Gott«, flüsterte sie, und ihre Kehle ließ die Worte kaum heraus. »Er trägt Beweismaterial gegen Jack zusammen.«

Diese Vorstellung traf sie wie ein Vorschlaghammer und schleuderte sie buchstäblich gegen den Sitz zurück. Niemand hatte besseren Zugang zu den unanfechtbaren Beweisstücken als der wahre Mörder. Niemand würde geschickter Beweismaterial zusammentragen als Stephen Danjermond. Stephen Danjermond, der politische Ambitionen hatte.

Ein Gefühl von Grauen und Abscheu beschlich sie und sickerte tief in ihre Knochen, als sie anfing zu begreifen, welche stillschweigenden Schlußfolgerungen sich daraus ziehen ließen. Welche Feder würde sich besser in seinem Kopfputz machen als die erfolgreiche Überführung eines Mannes, der mit seinen Verbrechen den Süden Louisianas eineinhalb Jahre lang terrorisiert hatte? Ein sensationelles Verbrechen. Eine sensationelle Verhandlung. Ein Angeklagter, der sich in ganz Amerika einen Namen als der Meister des Horrors gemacht hatte.

Die Presse würde sich auf dieses gefundene Fressen stürzen. Danjermond würde als ein Held gepriesen werden. Die Bewohner von Acadiana würden ihn auf ihren Schultern tragen, ohne jemals den Verdacht zu schöpfen, daß er Blut an seinen Händen hatte. Dieser Fall würde ihm alle Türen öffnen, ganz gleich, welchen Posten er auch haben wollte.

Es sei denn, jemand gebot ihm Einhalt.

Er hatte ihr den Fehdehandschuh vor die Füße geworfen. Er hatte sie als seine Gegenspielerin auserkoren und ihr dann den Rücken zugekehrt und war davongeschlendert, als wüßte er, daß sie nicht die geringste Chance gegen ihn hatte. Er war größer und kräftiger, und seine geistige Gewandtheit war messerscharf geschliffen. Er wurde bewundert und angebetet. Und sie war die Frau, die blinden Alarm geschlagen hatte, klein und schwach, ihre Glaubwürdigkeit ramponiert, ihre Geschicklichkeit im Kampf eingerostet und verkümmert. Sie war der einzige Stolperstein, der jetzt noch zwischen Stephen Danjermond und seiner Zukunft stand.

Wenn es auch nur das geringste genutzt hätte, wäre sie zusammengebrochen und hätte geweint.

Es waren genug Lebensmittel im Haus, um einen Heerzug eine Woche lang durchzufüttern. Das kräftige, würzige Aroma von Gumbo und *Etouffée* vermischte sich mit milderen Gerüchen nach den verschiedensten Eintöpfen auf der Grundlage von einer eingedickten Pilzsuppe und mit dem süßen Duft von frischen Obstsorten und Gewürzkuchen. Es handelte sich dabei um die Beiträge, die Nachbarn und Freunde geleistet hatten, die zwar wußten, daß das den Kummer nicht lindern würde, die diese Speisen jedoch trotzdem mitgebracht hatten, um zu zeigen, daß sie mit der Familie fühlten.

Als sie ihre Handtasche auf dem Tisch in der Eingangshalle ablegte, fragte sich Laurel geistesabwesend, ob wohl jemand Gumbo oder Gewürzkuchen nach Beauvoir mitgebracht hatte. Sie nahm es an. Nicht dieselben bodenständigen Leute, die gekommen waren, um Mama Pearl zu trösten, und auch nicht Carolines Freundeskreis, sondern die Frauen von der Junior League und vom Krankenhaushilfswerk. Bestimmt waren sie dort erschienen, um ihre gefüllten Eier und ihren Geflügelsalat mit einer kleinen Dosis Mitgefühl abzuliefern. Mit einem gequälten Lächeln würden sie Abbitte leisten, das Ganze mit Zuckerguß überzogen. Vivian, du Arme, wie schrecklich, eine Tochter zu verlieren (aber wenigstens war es die verwahrloste). Vivian, du Arme, du mußt außer dir sein (es war ja ein so skandalöser Todesfall). Und Vivian würde nicken und sich die Tränen von den Wangen tupfen, während sie aus dem Augenwinkel zu erhaschen versuchte, ob Ridilia Montrose dunkles Fleisch in ihrem Geflügelsalat verarbeitet hatte.

»Laurel?«

Es kostete Laurel enorme Kraft, nicht aus der Haut zu fahren, denn ihre Nerven waren schrecklich angespannt. Sie hatte gehofft, sich unbemerkt nach oben schleichen zu können. Wenn diese Überlegung auch noch so irrational war, dann war sie doch sicher, daß ihre Verdächtigungen ihr ins Gesicht geschrieben standen und daß jeder, der sie auch nur ansah, sofort wußte, was sie dachte, und dann würden alle betrübt den Kopf über ihre Geistesverfassung schütteln.

Sie rang um Fassung, senkte den Kopf und fummelte an ihrer Brille herum, als Caroline aus dem Salon trat und mit ausgestreckten Händen auf sie zukam. Laurel umfaßte die Fingerspitzen ihrer Tante und drückte sie, doch ihr Blick glitt an Caroline vorbei auf die große umwerfende Schönheit mit dem roten Haar, die ein dunkelgelbes Kleid trug und im Türrahmen stand.

»Laurel, das ist Margaret Ascott«, sagte Caroline und ließ ihre Blicke von Laurel zu dieser Frau gleiten. »Margaret ist eine Freundin von mir aus Lafayette.«

Margaret warf ihr aus großen dunklen Augen einen Blick zu, in dem sich echtes Mitgefühl ausdrückte. »Das mit Ihrer Schwester tut mir ja so leid, Laurel«, sagte sie mit gesenkter Stimme.

»Danke«, murmelte Laurel, die zu sehr verstört war, um auch nur das geringste Interesse dafür aufzubringen, was für eine Sorte Freundin Margaret wohl sein mochte. Der einzige Gednake, der ihr durch den Kopf ging war, daß sie Caroline um ihre Freundin beneidete. Sie hätte furchtbar gern einen Menschen gehabt, dem sie ihr Herz ausschütten konnte. Zu diesem Thema fiel ihr augenblicklich Jack ein, doch diesen Gedanken schaltete sie ab wie einen Lichtschalter.

Carolines Stirn zerfurchte sich vor Sorge. »Liebling, du bist ganz weiß im Gesicht. Du mußt erschöpft sein. Komm, setz dich.«

Sie konnte es nicht tun. Es war vollkommen ausgeschlossen, daß sie sich hinsetzen und so tun könnte, als wüßte sie nichts über den Mörder ihrer Schwester, und ebensowenig ging es an, daß sie es ihnen – oder irgend jemand anderem – berichtete... noch nicht. Niemand würde ihr Glauben schenken, dachte sie, und ihr Herz hämmerte heftig. Caroline würde sagen, daß die Anspannung zu groß für sie war. Andere würden auf Scott County hinweisen und behaupten, das sei nur wieder eine unhaltbare Schlußfolgerung eines unausgeglichenen Gemüts.

Sie brauchte einen Plan. Sie mußte ihren Verstand dazu bringen, daß er arbeitete, bis sämtlicher Rost abgeblättert war und das Räderwerk ihres Gehirns sich wieder flink und reibungslos bewegte.

»Eigentlich wollte ich einfach nach oben gehen und mich hinlegen«, sagte sie und war erstaunt darüber, daß sie einen derart ruhigen Eindruck erwecken konnte. Es war, als seien ihre Stimme und ihr Verstand voneinander losgelöst. Ihr Blick wandte sich der statuenhaften Ms. Ascott zu. »Ich möchte nicht unhöflich sein...«

»Keineswegs«, versicherte ihr die Frau. »Ich bin hergekommen, um eine Stütze zu sein und um meine Schulter anzubieten und nicht etwa, damit ich unterhalten werde.«

»Du solltest wirklich versuchen, dich auszuruhen, mein kleiner Liebling«, sagte Caroline und strich Laurel mit einer Hand über die Wange. »Und laß dir von Pearl einen Teller zurechtmachen, den du nach oben mitnehmen kannst. Du hast es dringend nötig, etwas zu essen, und sie braucht es ebenso dringend, dich zu umsorgen.«

»Ja, das mache ich.«

Der Nachmittag verging wie ein Jahr im Gefängnis. Laurel lag auf dem Bett. Ihr Körper flehte um Ruhe, und ihr Verstand war zu sehr überlastet und ermattet, um sämtliche Informationen zu erfassen, die er zu verarbeiten versuchte. Sie zwang sich dazu, etwas zu essen, und es kostete sie Mühe, die Mahlzeit bei sich zu behalten, als ihre Gedanken immer wieder zu Mord und Vertrauensbruch zurückkehrten. Jedesmal, wenn sie die Augen schloß, sah sie Danjermond. Er sah zu gut aus, seine Züge waren zu vollkommen, sein Lächeln zu symmetrisch. Grüne Augen brannten sich in einer Form in ihre, die nicht wirklich menschlich zu sein schien.

Aber andererseits war die Bezeichnung »menschlich« nicht wirklich zutreffend, wenn es das war, wofür sie ihn hielt. Wenn er die Dinge getan hatte, die sie ihm unterstellte, dann hatte er keine Seele und kein Gewissen, und das machte ihn zu einem Tier. Dem verschlagensten und gefährlichsten Raubtier in der Nahrungskette der Natur, einer Bestie.

Da sie Fakten brauchte, blätterte sie die alten Ausgaben des *Daily Advertiser* von Lafayette durch, die sie aus den Recyclingstapeln in der Garage herausgefischt hatte, und sie las alles, was sie über den

Fall des Bayou-Würgers finden konnte, wieder und immer wieder. Doch die Geschichten waren dürftig im Vergleich zu den Polizeiberichten, über denen zu grübeln sie gewohnt war, und sie wußte, daß kritische Informationen aus offiziellen Gründen zurückgehalten worden waren – um echte Verdächtige zwischen den armen Irren auszusieben, die jedes Verbrechen gestanden, das begangen wurde, damit echten Tätern die Gelegenheit gegeben wurde, sich selbst ein Bein zu stellen, indem sie Informationen enthüllten, die der breiten Öffentlichkeit nicht bekannt waren. Zwar waren die Berichte über die Morde gräßlich genug, doch Laurel wußte, daß Einzelheiten abgeschwächt und weggelassen worden waren. Die Realität eines Mordschauplatzes, der grauenhafte Anblick einer Leiche, die sich selbst überlassen worden war…

O Gott, eine sich selbst überlassene Leiche. Sie schloß die Augen gegen das Brennen neuerlicher Tränen. Genau das war es, wozu Stephen Danjermond ihre temperamentvolle, lebensprühende, wunderschöne und vielschichtige Schwester gemacht hatte.

Ihm mußte Einhalt geboten werden, und sie mußte diejenige sein, die es tat.

Sie dachte sehnsüchtig an ihre Lady Smith, die im Büro des Sheriffs nutzlos im Vernehmungsraum herumlag, und einen flüchtigen Moment lang spielte sie mit dem Gedanken, sie Danjermond schlicht und einfach zwischen die Augen zu pressen und abzudrücken. Aber sie wußte, daß es so nicht ging.

Beweise. Indizien. Ihr Gehirn hämmerte die Worte heraus, und sie stand von ihrem Bett auf, um auf und ab zu gehen und auf dem abgekauten Rand ihres Daumennagels herumzunagen. Er würde nicht so dumm sein, Dinge herumliegen zu lassen, die ihn mit den Verbrechen in Verbindung bringen könnten. Aber konnte es vielleicht sein, daß seine Arroganz stärker ausgeprägt war als sein gesunder Menschenverstand?

Er hielt sich für unschlagbar. Das hatte sie in seinen Augen gesehen, und sie hatte es in Charakterstudien anderer Serienmörder gelesen. Er hatte lange genug ungehindert sein Unwesen getrieben, um jetzt zu glauben, daß niemand ihn je schnappen konnte. Diese Form von Macht, dieses Gefühl der Omnipotenz, konnte letztendlich zu seinem Untergang führen.

Andenken an Opfer aufzubewahren war eine weit verbreitete Praxis. Sie wußte, daß er Schmuckstücke zurückbehalten hatte, da er sie ihr persönlich hatte zukommen lassen, um sie in sein Spinnennetz hineinzuziehen, ohne daß sie auch nur davon wußte. Hieß das, daß irgendwo weitere Stücke verborgen waren?

Niemand ahnte, wo die Frauen getötet worden waren, nur, daß ihre Leichen vom Tatort weggeschafft und woanders abgeladen worden waren. Die Leichen waren in fünf Gemeinden aufgefunden worden. Die meisten Opfer stammten aus einem anderen Bezirk als dem, in dem man ihre Leichen gefunden hatte. Das war ein geschicktes Vorgehen. Er mußte wissen, daß die Nachforschungen erschwert wurden, wenn mehrere Verwaltungsbezirke betroffen waren und die Zuständigkeitsbereiche sich nicht ohne weiteres klären ließen.

Aber die wichtigste Frage war die, wo diese Morde begangen worden waren. Alle am selben Ort, einem Versteck, in dem er sich sicher genug fühlte, um seine entartete Phantasie auszuleben? Wenn das der Fall war, dann konnten ihr nicht einmal mehr Gebete dabei helfen, es zu finden. Die Gegend umfaßte Tausende von Morgen, viele von ihnen das unzivilisierteste und abgelegenste Sumpfgebiet der Vereinigten Staaten. Es wäre einfacher gewesen, die sprichwörtliche Nadel zu finden.

Er hätte niemals riskiert, die Morde in seinem eigenen Haus zu begehen. Er hätte niemals riskiert, sich mit einer der Frauen sehen zu lassen, die er getötet hatte, und schon gar nicht, sie in seinem Haus zu empfangen. Sie waren keine Frauen von der Sorte, mit der sich ein Mann von Stephen Danjermonds gesellschaftlichem Status und von seiner Herkunft abgegeben hätte. Aber er war ein Mann von der Sorte, der die Frauen vertrauten – gutaussehend, gut gekleidet, kultiviert. Alle erwarteten von einem Mörder, daß er sich mit wildem Blick und häßlich darstellte, arm und verzweifelt, schlecht erzogen und von niederer Herkunft.

»Man weiß nie wirklich, was sich hinter Häßlichkeit verstecken oder im Herzen der Schönheit lauern könnte.«

Seine Worte hallten in Laurels Kopf wider, als sie das Zimmer wie einen Käfig mit Schritten durchmaß. Um sich von den Emotionen abzulenken, die sich in ihre Gedankengänge einzuschleichen drohten, nahm sie geistig eine Bestandsaufnahme der Einrichtungsgegenstände vor. Dann fiel ihr Blick auf die Einladung, die sie vom Tisch in der Eingangshalle nach oben mitgenommen hatte.

»Der Frauenverband der Wähler des Bezirks Partout lädt herzlich zu einem Abendessen…«

Mit dem Ehrengast Stephen Danjermond.

Wahrscheinlich hatte er niemanden in seinem Haus getötet, doch er konnte ohne weiteres seine Trophäen dort aufbewahren. Und er würde den ganzen Abend unterwegs sein und mit seinem Charme Menschen entzücken, die seinen Weg zum Ruhm pflastern würden.

»Was du hier vorschlägst, verstößt gegen das Gesetz«, murmelte sie und zog systematisch an ihrem Ohrläppchen.

Sie hatte in ihrem ganzen Leben noch kein Gesetz übertreten.

Sie hatte aber auch noch nie eine Schwester verloren.

Lange Zeit stand sie da, kaute versunken auf ihrem Daumennagel herum und wartete auf einen stichhaltigen Grund, der sie von ihrem Plan abbringen würde. Auf ein übermäßig starkes Rechtsempfinden. Nichts dergleichen kam, nur die Erinnerung an Danjermond, wie er dieses Zündholzmäppchen in die Tasche gesteckt hatte und unbefangen fortgeschlendert war, als sei er unbeschwert und frei von jeder Sorge. Er hielt sich für unbesiegbar. Er glaubte, mit Morden davonkommen zu können. Wenn ihm das gelang, dann gab es keine Gerechtigkeit. Kein Gesetz auf Erden konnte diese simple Wahrheit umstoßen.

»Sie glauben an das Böse, nicht wahr, Laurel… und daran, daß das Gute über das Böse triumphieren muß…«

»Ja, Mr. Danjermond«, flüsterte sie. »Das muß es.«

Die Sonne ging gerade unter, als sie sich endlich aus dem Haus schlich. Das Abendessen hatte um acht begonnen, aber Laurel hatte genügend Veranstaltungen dieser Art besucht, um zu wissen, daß die flambierten Crêpes um neun serviert wurden, jedoch niemand den Wisteria Club vor zehn Uhr dreißig verlassen würde. Diejenige, die Vivians Rolle für den heutigen Abend an sich riß, würde Danjermond auf ein paar Drinks und geistlosen Small talk mit der Machtelite der versammelten Gesellschaft entführen.

Sie rechnete sich aus, daß sie volle neunzig Minuten lang Zeit haben würde, um das Haus zu durchsuchen und es gefahrlos wieder zu verlassen. Vorausgesezt, sie konnte aus Belle Rivière entkommen, ohne dabei ertappt zu werden.

Kenner hatte einen Deputy dazu abkommandiert, das Haus zu beobachten. Den großen, schweren Wilson, der über das Gelände strich wie ein überfürsorglicher Rottweiler. Laurel zog sich dunkle Jeans und ein marineblaues T-Shirt an, ging auf dem Balkon auf und ab und wartete. Schließlich kam ihr Mama Pearl unwissentlich zu Hilfe, indem sie den Deputy auf eine Tasse Kaffee und ein Stück Schokoladentorte in ihre Küche lockte.

Als Wilson aus dem Weg geräumt war, war es ihr ein leichtes, sich die Treppe hinunterzuschleichen und durch einen Seiteneingang zu entkommen.

Ein leichtes... abgesehen von dem Augenpaar, das ihr aus dem Garten folgte und gemeinsam mit ihr Belle Rivière verließ.

29

Danjermond wohnte in einem geschmackvollen alten Backsteinhaus in der Nähe von Conroy Cooper, nur drei Häuser weiter. Da es früher einmal Teil eines ganzen Straßenzuges von Stadthäusern gewesen war, hatte das Gebäude drei Stockwerke und war sehr schmal. Die übrigen Stadthäuser waren schon vor langer Zeit Abbruchfirmen zum Opfer gefallen und hatten diese eine hohe elegante Erinnerung an vornehmere Zeiten zurückgelassen. Den Vorgarten zierten zwei Immergrüne Eichen, die mit dichten Girlanden und Lousianamoos behangen waren. Die verwobenen Zweige der Bäume bildeten eine Laube über dem Weg zu einem Hauptportal mit einer schwarz lackierten Eingangstür. Das einzige Licht, das in der hereinbrechenden Dunkelheit schimmerte, kam von der Messinglampe neben der Tür.

Laurel lief über Coopers Rasen und näherte sich Danjermonds Haus von hinten, wo die Grundstücke sachte zum Bayou hin abfielen. Es war eine ruhige Wohngegend, vorwiegend von älteren Ehepaaren bevölkert, deren Nachkommen längst herangewachsen und ausgezogen waren. In ein paar Fenstern brannte Licht, aber niemand hielt sich im Freien auf und sah sie durch eine Lücke in der hohen

Hecke schleichen, die Danjermonds Garten hinter dem Haus umgab.

Wie auch in Belle Rivière war der kleine Garten vor mehr als einem Jahrhundert mit Steinen gepflastert und in einen umschlossenen Hof verwandelt worden, auf dem ein kleiner Brunnen sprudelte und Bougainvillea sich an den Resten der ursprünglichen Backsteinmauer hochrankten. Aber damit endeten die Ähnlichkeiten auch schon. Hier wucherte kein wildes Fleckchen Dschungel, und es gab auch keine Tische und Stühle. Eine einzige schmiedeeiserne Bank stand haarscharf in der Mitte, direkt hinter dem Haus, mit Blick auf den Brunnen.

Laurel malte sich aus, wie Danjermond dasaß, starrte, nachdachte und kein Wort sagte, und trotz der Hitze der Nacht lief ihr ein Frösteln über den Rücken. Sie hatte das ganz seltsame Gefühl, seine Anwesenheit hier wahrnehmen zu können, obwohl sie wußte, daß er fort war, und bei der Vorstellung, sein Haus zu betreten, packte sie ein Grauen, das ihr wie ein Stein im Magen lag. Ihre Haut war von naßkaltem Schweiß überzogen, der das T-Shirt stellenweise an sie klebte und Moskitos anlockte, die sie mit einem unwilligen Fuchteln verscheuchte, als sie sich zwang, Schritt für Schritt näher auf das Haus zuzugehen. Sie hatte keine andere Wahl, und viel Zeit hatte sie auch nicht. Es war zwecklos zu trödeln, weil ihr graute.

Noch während sie darüber nachdachte, raschelte etwas in den Sträuchern am hinteren Ende des Hofs, und als sie mit weit aufgerissenen Augen herumwirbelte, fand sie… nichts. Ein Vogel. Ein Eichhörnchen. Reine Einbildung. Ihr pochte das Herz in der Kehle, als sie sich dem Haus wieder zuwandte.

Das letzte Tageslicht war verblaßt und der Schwärze gewichen. Am Himmel über ihr funkelten Sterne, doch ihr Licht, das die Größe von Stecknadelköpfen hatte, trug nichts dazu bei, den Garten zu erhellen. Die Hecke, ein Dickicht von etwa zwei Metern Höhe, schnitt jeden Ausblick auf die Außenwelt so vollständig ab, daß Laurel sich betont ins Gedächtnis zurückrufen mußte, andere Leute säßen beidseits dieser Hecke in ihren Wohnzimmern und sähen fern.

Die Hintertür war verschlossen. Es hatte Zeiten gegeben, in denen niemand im Bayou Breaux auch nur im Traum daran gedacht hätte, eine Tür abzuschließen. Dann hatte sich aus den Städten das

Verbrechen eingeschlichen. Und dann war Stephen Danjermond gekommen.

Sie knabberte an ihrem Daumennagel, als sie die Stufen hinunterstieg und versuchte, sich eine andere Lösung einfallen zu lassen, wie sie ins Haus gelangen konnte. Die Vordertür würde ebenfalls abgeschlossen sein, und sie konnte es ohnehin nicht riskieren, das Haus auf diesem Weg zu betreten. Möglicherweise hatte er irgendwo einen Ersatzschlüsel versteckt, aber sie wollte sich nicht die Zeit nehmen, danach zu suchen. Die Fenster im ersten Stock waren weit außerhalb ihrer Reichweite – die Fenster im Erdgeschoß jedoch nicht.

Wie viele alte Häuser im Süden von Louisiana war dieses hier mit einem Erdgeschoß erbaut worden, das zu Lagerzwecken diente; der Wohnbereich befand sich darüber, hoch genug, um den unvermeidlichen Überschwemmungen des Bayou zu entkommen. Laurel sah sich das erstbeste Fenster genauer an und fand es zugedrückt, vom Alter verklebt und von alter Farbe verkrustet. Eilig begab sie sich auf die andere Seite der Treppe und fand eine Tür, die unter die kleine Veranda und vermutlich in den Lagerraum führte.

Sie schloß die Finger um den Türknopf und versuchte, ihn umzudrehen, doch ihre Hand glitt aus, da sie vom Schweiß glitschig war und ihre Finger vor Nervosität zitterten. Sie wischte sich die Handfläche an einem Hosenbein ab und versuchte es noch einmal, und als sich etwas rührte und dann klemmte, hielt sie den Atem an, gab dem Türknopf noch eine kleine Drehung und ließ los, und die Tür öffnete sich quietschend in einen Raum, in dem dicke Spinnweben und Staubschichten zu sehen waren. Und wer weiß was sonst noch, dachte Laurel, als sie eine Taschenlampe aus ihrer Hüfttasche zog. Ein dunkler ungestörter Ort so dicht am Bayou. Es wäre keineswegs ungewöhnlich gewesen, wenn sie eine Mokassinschlange oder zwei hier vorgefunden hätte... oder noch mehr. Die berühmte Szene aus *Jäger des verlorenen Schatzes* schlängelte sich aus den Tiefen ihres Gedächtnisses herauf und kroch ihr über die Haut.

Erschauernd wappnete sie sich, holte tief Atem und stieß die Tür weiter auf – und eine Hand preßte sich von hinten auf ihren Mund. Ein Arm schlang sich so hart wie Stahl um ihre Taille und zerrte sie an einen Körper, der schlank, steinhart und zweifelsfrei männlich war.

Laurel brach in Panik aus, und Adrenalin schoß durch ihre Adern und pumpte Kraft in ihre Arme und Beine. Sie versuchte, sich loszureißen, versuchte, um sich zu treten, versuchte, ihre Ellbogen zurückzurammen, und all das gleichzeitig, während sie sich in der Umklammerung ihres Angreifers heftig wand. Er ächzte, als ihre Ferse auf sein Schienbein traf, doch ihre Befriedigung darüber war kurzlebig, als sich sein Arm noch fester um ihre Taille schloß.

»Verdammt noch mal, *'tite chatte,* halt still!«

Es dauerte nur einen Herzschlag lang, bis jeglicher Kampfgeist in ihr erstarrte und einer ungläubigen Lähmung wich. Jack. Sie sackte vor Erleichterung zusammen, und daraufhin löste er seinen Griff. Jack war gekommen. Jack war ihr gefolgt. Jack hatte sie zu Tode erschreckt.

Sie drehte sich in seinen Armen um und schlug, so fest sie konnte, mit der Taschenlampe auf seinen Arm ein. »Du Blödmann!« zischte sie tonlos. »Du hast mich fast zu Tode erschreckt!«

Jack sprang mit einem Satz zurück, um einem zweiten Hieb auszuweichen. Er sah sie finster an, während er die Strieme rieb, die sich auf seinem Arm erhaben abzuzeichnen begann. »Was, zum Teufel, hast du hier zu suchen?« erkundigte er sich mit einer gesenkten rauhen Stimme.

Laurel starrte ihn an. »Was, zum Teufel, hast *du* hier zu suchen?«

»Ich bin dir gefolgt«, gestand er mürrisch ein und verfluchte sich immer noch dafür. Wenn er nicht gerade auf dem Balkon gestanden hätte, als sie sich die Hintertreppe von Belle Rivière hinuntergeschlichen hatte... Wenn er sich nicht gefragt hätte, warum sie das tat, und wenn er seine Phantasie nicht auf die Möglichkeiten losgelassen hätte... Wenn er auch nur eine Spur von gesundem Menschenverstand und soviel Grips besessen hätte, wie Gott ihn einem Ziegenbock verlieh, dann wäre er wieder ins Haus gegangen und hätte sich an seine Arbeit gesetzt.

»Warum?« fragte sie und blickte mit Feuer in den Augen und einer Schmutzspur auf der Spitze ihrer Stupsnase zu ihm auf.

»Weil ich darauf gewettet hätte, daß du dich in Schwierigkeiten bringen wirst.«

»Und was stört das dich schon?« fauchte Laurel. »Du hast mir heute morgen ins Gesicht gesehen und mir unmißverständlich mitgeteilt, daß ich aus deinem Leben verschwinden soll. Entscheide dich, Jack. Entweder du willst mich, oder du willst mich nicht. Entweder du machst mit, oder du steigst aus.«

Er biß die Zähne zusammen und schaute über sie hinweg in das Dunkel des Lagerraums unter dem Haus. Er wollte sie. Aber darum ging es hier nicht, und darum war es nie gegangen. Die Frage war, ob er sie verdiente, ob er es wagte, das Risiko einzugehen, sich ein Bild davon zu machen, ob er sie verdient hatte. Die Antworten entzogen sich ihm immer noch, lagen in seinem Innern unter einer dunklen Decke, unter die zu sehen er den Mut noch nicht aufgebracht hatte. Es war einfacher, es nicht zu tun, leichter, sie aus seinem Leben verschwinden zu lassen.

»Warum bist du hier?« fragte er noch einmal und sah sie wieder an.

»Weil ich glaube zu wissen, wer meine Schwester getötet hat.« Ihre Finger spannten sich fester um die Taschenlampe, und sie sah ihm fest ins Gesicht, als sie den Sprung wagte. »Stephen Danjermond.«

Laurel hielt den Atem an, als sie auf seine Reaktion wartete. Sie betete, er möge ihr glauben, doch sie war sicher, daß er ihr nicht glauben würde. Sie war darauf angewiesen, daß er ihr glaubte. O Gott, das Verlangen war übermächtig, und es hatte wenig mit Danjermond zu tun. Es hatte mit einem Sicherheitsnetz zu tun, das in Georgia unter ihr aufgefasert war, hatte mit einem Mann zu tun, der ihr versprochen hatte, für sie dazusein, und dann fortgegangen war.

Jack stieß den Atem aus, grub sich die Finger in das Haar und hatte das Gefühl, sie hätte ihm ein Bleirohr über den Schädel gezogen. »Danjermond!« murmelte er ungläubig. »Er ist der gottverdammte Oberstaatsanwalt!«

Laurels Kiefer kniff sich gegen die erste Woge von Schmerz zusammen. »Ich weiß, was er ist. Ich weiß ganz genau, was er ist.«

Er stieß einen Schwall von wortgewandten Flüchen aus. »Warum? Warum glaubst du, daß er es ist?«

»Weil er es mir sozusagen ins Gesicht gesagt hat«, sagte sie und wandte ihm den Rücken zu, um den Schein ihrer Taschenlampe unter die Treppenstufen zu richten und ihre Enttäuschung zu verbergen. »Ich habe keine Zeit, es zu erklären. Entweder du glaubst mir, oder du glaubst mir nicht. Wie dem auch sei, ich werde mich in dieses Haus begeben und mich nach Beweisen umsehen.«

Jack nahm die starre Haltung ihrer Schultern wahr – so schmal, so zart, und zu oft trugen sie eine Last, die einen weniger willensstarken Menschen erdrückt hätte. Er dachte an die Last, unter der sie zusammengebrochen war. Sie hatte alles eingebüßt – ihre Karriere, ihre Glaubwürdigkeit, ihren Ehemann – weil sie unerschütterlich daran geglaubt hatte, daß die Gerechtigkeit um jeden Preis siegen mußte. Und sie würde auch diesen Kampf ausfechten, völlig allein, wenn es sein mußte, weil sie daran glaubte.

Dieu, er konnte sich nicht erinnern, ob er jemals an etwas anderes geglaubt hatte als daran, seine eigene Haut zu retten. Ihm war zu hoch, was sie bloß in ihm sehen und liebenswert an ihm finden konnte. Er würde ihrer niemals würdig sein, aber er würde auch niemals eine Frau mehr lieben als sie.

Laurel durchlitt die Stille und weigerte sich, ihr Herz brechen zu lassen. Dafür hatte sie jetzt keine Zeit. Später, nachdem sie eine Möglichkeit gefunden hatte, Danjermond zu überführen, würde sie sich damit auseinandersetzen. Im Moment hatte sie eine Aufgabe zu bewältigen, und wenn sie das allein bewerkstelligen mußte, dann würde sie es eben tun.

Sie schluckte den Kloß in ihrer Kehle und machte einen Schritt in den Lagerraum unter dem Haus. Jack legte ihr eine Hand fest auf die Schulter und hielt sie zurück.

»He, gib mir diese Lampe, Süße. Hier unten könnten wir auf Schlangen stoßen.«

Durch eine Tür, die unter der Haupttreppe herausführte, gelangten sie in den ersten Stock. Laurel stieß sich ihre leisen Treter von den Füßen, um zu vermeiden, daß sie Sand und Schmutz ins Haus trug. Jack, der Stiefel trug, entschied sich dafür, die Sohlen an den Hosenbeinen seiner Jeans abzustreifen.

Das Haus war dunkel und voller bedrohlich aufragender Umrisse und gespenstischer Schatten. Der Geruch nach zitroniger Möbelpolitur und Tabak mit einem leichten Kirschgeschmack hing in der Luft. Eine Standuhr in der Eingangshalle tickte die Sekunden und läutete die halbe Stunde ein. Neun Uhr dreißig.

»Wonach suchen wir?« flüsterte Jack und ließ mit Rücksicht auf die Beschützerinstinkte, die sich in ihm regten, eine Hand auf Laurels Schulter liegen.

»Nach Trophäen«, antwortete sie und richtete den schmalen Strahl der Taschenlampe auf den Fußboden. Der Atem stockte in ihrer Kehle, als ihr Blick auf etwas Großes dicht neben der Eingangstür fiel, doch als sie darin die Umrisse eines Kleiderständers erkannte, bekam sie wieder Luft. »Wir wissen, daß der Mörder Schmuckstücke als Souvenirs zurückbehalten hat, da er mir einige von ihnen hat zukommen lassen. Ich setze darauf, daß er selbst auch Schmuckstücke als Andenken aufbewahrt.«

»Himmel.«

Sie richtete den Lichtstrahl in das Wohnzimmer – einen Salon – trat aus der Tür zurück und huschte durch die Eingangshalle, an einem kleinen eleganten Eßzimmer und einem Bad vorbei. Eine fette rötlichgelbe Katze kam aus dem Nebenzimmer, raste fauchend an ihnen vorbei und sprang schnurstracks auf die Treppe zu. Laurel blieb stehen, um abzuwarten, bis ihr Herzschlag sich normalisierte, und dann betrat sie den Raum, aus dem die Katze herausgesprungen war.

Bücherregale säumten die Wände von der dreieinhalb Meter hohen Decke bis zu dem polierten Kiefernboden. Hier war der Geruch nach Danjermonds teurem Tabak am ausgeprägtesten, und die Möbelpolitur bildete einen Untergrund für andere Gerüche, nach Ledersesseln und alten Büchern mit ihrem modrig-süßen Moschusduft. Ein eleganter großer Schreibtisch aus Kirschbaum dominierte die Stellfläche des Raumes. Dahinter stand ein Phonoturm mit Bausteinen einer ausgeklügelten Stereoanlage.

Laurel ging um einen Ohrensessel herum und warf einen Blick auf die Schreibtischplatte. Sie fürchtete, sie würden sich nach oben begeben müssen, wenn sie finden wollten, was sie suchten. Ihre Instinkte sagten ihr, daß ein Mörder derart geheime und bedeutsame Gegenstände in seiner intimsten Höhle aufbewahren würde – seinem Schlafzimmer. Aber seine zweite Wahl wäre auf sein Arbeitszimmer gefallen, und offensichtlich verbrachte Danjermond einen großen Teil seiner Zeit in dieser Bibliothek.

Sie schlich sich um einen Schreibtisch herum und ließ den Lichtschein auf einen Zigarrenbefeuchter fallen, eine Ablage mit Korrespondenz, eine einwandfreie, fleckenlose Schreibunterlage. Sie ließ zwei Finger in einen Messinggriff gleiten und versuchte, die niedrige mittlere Schublade aufzuziehen.

»Verdammt noch mal, die Schubladen sind abgeschlossen.«

Jack sah sich in dem spärlichen silbrigen Lichtschein, der vom Fenster hereinfiel, die Bücherregale an und hielt nach einem Titel Ausschau, der einen Funken überspringen ließ. Leute versteckten Dinge oft in Büchern. Höhlten sie aus und füllten sie mit Kostbarkeiten und Geheimnissen. Er nahm an, er hätte keine Zeit, sie alle durchzusehen, und daher suchte er statt dessen nach einem naheliegenden Kandidaten, doch er stieß auf keine Titel wie *Die Nackten und die Verdammten* oder *Die Lebenden und die Toten* oder auf irgend etwas sonst, was einen pervertierten Sinn von Humor hätte ansprechen können, sondern fand nur dicke Wälzer über Recht und Ordnung, Klassiker und Lyrik.

»Wo ist Danjermond?« fragte er, als er eine Erstausgabe von Conan Doyle herauszog.

Laurel probierte sich umsonst an den Schubladen des Aktenschranks. »Er läßt sich gerade von dem ›Königlichen Perlen- und Strumpfbandorden‹ als einen Mann feiern, zu dem sie alle aufblicken und dem sie die Keuschheit ihrer Töchter anvertrauen können, wenn sie ins Debütantinnenalter kommen.«

Sie warf einen Blick auf ihre Armbanduhr. Sie mußte schnell etwas finden, ehe das Fenster dieser Gelegenheit sich schloß und verriegelt wurde und sie auf der falschen Seite eingesperrt waren.

»Was passiert, wenn wir etwas finden?« fragte Jack, als sie ein Stockwerk höher stiegen. »Wir haben nicht direkt einen Hausdurchsuchungsbefehl, mein Engel. Kein Richter im ganzen Land würde Indizien zulassen, die derart illegal in den Besitz dessen gelangt sind, der sie vorlegt.«

»Ich brauche nichts weiter als ein einziges Indiz«, sagte Laurel, als sie sich an einem kleinen Gästezimmer und einem Wäscheschrank vorbeischlich. »Nur ein einziges vernichtendes Schmuckstück, das ich zu Kenner bringen und ihm um die Ohren hauen kann. Während wir uns hier miteinander unterhalten, stellt er wahrscheinlich gerade dein ganzes Haus auf den Kopf. Danjermond versucht, Beweismaterial gegen dich zusammenzutragen.«

Diese Neuigkeiten ließen Jack abrupt stehenbleiben. Er hatte geglaubt, Kenner klammerte sich an jeden Strohhalm, aber nicht, jemand im Gerichtsgebäude könnte zielstrebig einen Plan verfolgen. »Er glaubt tatsächlich, daß er mir den Mord an Savannah anhängen kann? Und an Annie?«

»Und vier weiteren. Und glaube bloß nicht, ihm würde nichts dazu einfallen, wie er das hinkriegen kann. Dieser Mann hat einen Verstand, um den ihn ein keltischer Knoten beneiden würde.«

Und sie würde ihn davon abhalten, dachte Jack und beobachtete, wie sie den Schein der Taschenlampe in ein weiteres Schlafzimmer richtete. Sie setzte das, was von ihrem Ruf noch übrig war, nicht zuletzt deshalb aufs Spiel, um ihn zu beschützen.

»Bingo«, murmelte sie und stieß die Tür auf.

Das Bett verriet, daß es sich bei diesem Zimmer um Danjermonds Schlafzimmer handelte – ein Himmelbett aus massivem Mahagoni mit kunstvollen Schnitzereien, die die Pfosten zierten, und einer Tagesdecke und Draperien aus schwarzem Samt mit goldenen Besätzen. Die Unterseite des Betthimmels war mit gekräuselter weißer Seide ausgekleidet. Jack hob die Hand, und als er einen Teil der Seide mit den eingearbeiteten Elastikfäden zur Seite zog, kam ein Spiegel zutage. Laurel reagierte nicht auf seine hochgezogene Augenbraue. Sie gestattete es sich nicht, sich konkrete Vorstellungen zu machen. Sie wollte sich nicht ausmalen, mit was für sexuellen Vorlieben Danjermond liebäugelte, denn ein Gedanke würde zum nächsten führen und von dort aus weiter bis hin zu zarten Handgelenken, die gefesselt waren, zu Schreien, die um Erbarmen flehten, und…

»Ist alles in Ordnung mit dir, Laurel?« flüsterte Jack. Er versuchte gar nicht erst, die Arme nicht um sie zu schlingen und ihren Rücken nicht an sich zu ziehen. Sie war plötzlich zu blaß geworden, und ihre Augen waren zu groß. Er senkte den Kopf und drückte ihr einen Kuß auf die Schläfe. »Komm schon. Wir sehen uns schnell um, und dann verschwinden wir von hier, so flink es geht.«

Laurel brachte ein Nicken zustande. Sie hätte sich am liebsten zu ihm umgedreht und sich ein Weilchen an ihm festgehalten, aber dafür hatten sie keine Zeit. Jack drückte sie kurz tröstlich an sich, als hätte er ihre Gedanken gelesen, und dann ließ er sie los.

Wie alle anderen Räume im Haus, die sie gesehen hatten, war auch dieses Zimmer in einem einwandfreien Zustand und tadellos eingerichtet, und es strahlte eine solche Kälte aus, als lebte niemand hier – oder als handelte es sich hier bei demjenigen, der hier lebte, nicht um ein menschliches Wesen. Nicht ein einziger Gegenstand lag achtlos herum. Jedes einzelne Möbelstück erweckte den Eindruck, ein Vermögen wert zu sein. Nichts in diesem Zimmer schien auch nur entfernt einen persönlichen Charakter zu haben. Es standen keine Familienfotos herum, keine kleinen Andenken an seine Jugend. Eine verglaste Vitrine zwischen den Fenstern enthielt eine weitere Sammlung von antiken Büchern – Erotica, die sich bis in die europäische Renaissance zurückdatieren ließen. Aber das Regal enthielt nichts anderes, keine Schmuckstücke, keine Waffen, keine Fotografien.

Enttäuschung drückte Laurel nieder. Sie hätte wissen müssen, daß Danjermond es ihr nicht leicht machen würde, aber sie hatte dennoch Hoffnungen gehegt. Jetzt zerrann ihr diese Hoffnung wie Sand in den Fingern. Wenn die Beweisstücke, die sie brauchte, nicht hier in diesem Zimmer aufbewahrt wurden, dann konnten sie überall im ganzen Atchafalaya untergebracht sein.

Und mit der Enttäuschung setzten die Selbstzweifel ein. Was war, wenn sie sich irrte? Was war, wenn Baldwin der Mörder war? Leonce. Oder Cooper. Oder irgendein namenloser Fremder.

Nein. Sie schob die letzte Kommodenschublade wieder zu und richtete sich auf, rieb sich mit den Fingern die Schläfen. Sie irrte sich nicht. Sie hatte sich in Scott County nicht geirrt; sie irrte sich auch jetzt nicht. Stephen Dunjermond war ein Mörder. Sie wußte es, konnte es fühlen, hatte schon immer eine Art Wachsamkeit in seiner Nähe verspürt. Er war ein Mörder, und er glaubte, er würde damit durchkommen.

Wenn sie ihn nicht in dieser Form mit den Verbrechen in Verbindung bringen konnte, dann würde sie eben einen anderen Weg finden müssen – das wußte Laurel. Und je länger sie dafür brauchte, desto mehr Frauen würden sterben, und desto mehr Zeit hatte Danjermond, um Beweismaterial gegen Jack zusammenzutragen und ihm Verbrechen anzulasten, die er nicht begangen hatte. Und um so länger würde er sein Spielchen mit ihr spielen und ihre Glaubwürdigkeit zunichte machen, ihr Selbstvertrauen, ihren Glauben an ein höheres Gesetz als das Überleben des Tüchtigsten.

»Laß uns gehen«, flüsterte sie und hakte einen Finger durch eine Gürtelschlaufe auf Jacks Levi's, um ihn von dem Bücherregal fortzuziehen. »Ich bezweifle, daß er innerhalb der nächsten Stunde von diesem Abendessen zurückkommt, aber wir dürfen kein Risiko eingehen.«

»Warte.«

Die Ahnung brach über Jack herein wie eine Epiphanie, als der Strahl der Taschenlampe über die Sammlung von Büchern glitt. Eine dreibändige Ausgabe, die in ausgeblichenes rotes Leder gebunden war, stand geschlossen auf dem obersten Regal links. *La Petite Mort*, Band eins, zwei, drei. *Der Kleine Tod.* Seine Blicke waren achtlos darüber hinweggeglitten, als er ursprünglich erkannt hatte, daß es sich bei dieser Sammlung um Erotica handelte. Erotica – der kleine Tod – Orgasmus. Der Titel schien nicht aus dem Rahmen zu fallen, doch als er den Lichtstrahl über die Einbände gleiten ließ, regte sich in seinen Eingeweiden ein sechster Sinn, der sich wie eine Faust bemerkbar machte.

Sachte hob er die Glasscheibe vor dem Bücherschrank an und schob sie zur Seite. Die drei Bände fielen wie ein einziges aus dem Bücherschrank. Die Bücher schlugen auf und enthielten keineswegs erotische Literatur, sondern Beweismaterial.

Der Gefühlsüberschwang keilte sich wie ein Stein in Laurels Kehle ein, als sie den Lichtstrahl auf ein Gewirr von Ohrringen und Ketten richtete. Mehr als sechs Stücke. Weit mehr. Tränen schwammen in ihren Augen, als sie mit einer Pinzette, die sie aus der Tasche gezogen hatte, hineingriff und einen schweren goldenen Ohrring herauszog. Ein großer Ring aus getriebenem Gold hing von einem kleineren Ring aus fein geflochtenen Goldfäden in antiker Manier.

»Das ist...« Die Gegenwartsform klebte an ihrem Gaumen fest. Sie schluckte sie hinunter und versuchte es noch einmal. »Der hat Savannah gehört. Sie hat sich ein Paar Ohrringe in New Orleans anfertigen lassen. Ein Geburtstagsgeschenk, das sie sich selbst gemacht hat. Den anderen Ohrring hat sie getragen, als man sie gefunden hat.«

Jack schwieg, als sie zusahen, wie der goldene Reif sich drehte und das Licht sich darin brach. Es gab keine angemessenen Worte, um die Form von Schmerz zu lindern, die er aus Laurels Stimme herausgehört hatte. Sachte schloß er das Etui und stellte es an seinen

Platz im Bücherschrank zurück. Laurel stand einfach nur da, hatte den Blick auf den Ohrring geheftet und schaute trostlos. Jack legte ihr einen Arm um die Schultern und senkte den Kopf dicht zu ihrem hinunter.

»Du hast ihn überführt, Süße«, flüsterte er. »Mehr kannst du nicht tun.«

»Ich wünschte, das wäre genug«, murmelte Laurel. Sie reichte ihm die Taschenlampe und ließ den Ohrring in eine Zellophantüte mit Haftverschluß fallen.

Sie sahen sich ein letztes Mal eilig im Zimmer um, weil sie sich vergewissern wollten, daß sie alles so hinterließen, wie sie es vorgefunden hatten, und dann ging Laurel in den Korridor hinaus und ließ den Strahl der Taschenlampe vor ihren Füßen über den Boden gleiten – bis das Licht auf ein paar blankpolierte, elegante, schwarze Schuhe fiel.

Ihr erster Impuls bestand darin wegzulaufen, doch es gab keinen Fluchtweg. Er stand zwischen ihnen und dem oberen Treppenabsatz. Hinter ihr fluchte Jack leise.

Langsam hob sie die Taschenlampe und ließ ihren Schein über die scharfen, tadellosen Bügelfalten seiner schwarzen Smokinghose hinaufgleiten und noch höher, bis das Licht wie ein Punktscheinwerfer auf den Lauf eines Schalldämpfers fiel, der auf einer Pistole vom Kaliber neun Millimeter steckte, die er in einer Hand hielt. In der anderen Hand hielt er ein paar kleine Leinenschuhe.

»Ich glaube, die gehören Ihnen, Laurel«, sagte er in demselben ruhigen Tonfall, den er für alle Gelegenheiten verwendete. »Wie rücksichtsvoll von Ihnen, sie auszuziehen.«

»Was ist mit dem Dinner der weiblichen Wählerschaft?« fragte sie, und ein kleiner losgelöster Teil ihres Verstandes fragte sich, wie sie so ruhig sein konnte. Ihr Pulsschlag hatte sich so sehr beschleunigt, daß er jegliches Diagramm sprengte. Das Blut hämmerte derart in ihren Ohren, daß es ein Wunder war, wenn sie ihre eigenen Gedanken noch vernehmen konnte. Und sie fragte ihn nach dem Abendessen, von dem er gerade kam, als seien die Umstände dieser Begegnung absolut normal.

Danjermond runzelte in dem bleichen Licht, das in sein Gesicht schien, die Stirn. »Angesichts all dieser Tragödien in der allerletzten

Zeit habe ich es für unangebracht erachtet, die Festlichkeiten vonstatten gehen zu lassen, wie es normalerweise der Fall gewesen wäre.«

»Eine selbstlose Geste.«

Ein kleines katzenhaftes Lächeln zog seine Mundwinkel hoch. »Ich kann äußerst großzügig sein, wenn mir danach zumute ist.«

»War Ihnen bei meiner Schwester ›danach zumute‹?« fragte Laurel bitter, und ihre Stimme bebte vor Wut. Ihre linke Hand zitterte so heftig, daß die kleine Plastiktüte klapperte, die Savannahs Ohrring enthielt.

Er neigte den Kopf vorwurfsvoll zur Seite, doch sein Blick fiel direkt auf das Beweisstück, und Rage brodelte aus ihm heraus wie Dampf. »Also, wirklich, Laurel, Sie erwarten doch wohl nicht im Ernst von mir, daß ich Ihnen darauf eine Antwort gebe, oder doch?«

»Sie könnten es ebensogut tun«, sagte Jack und kam geschmeidig hinter Laurel hervor. Er glitt einen Schritt vorwärts, dann noch einen zweiten. Jetzt stand er links neben Danjermond und zwang ihn somit, seine Aufmerksamkeit zwischen den beiden aufzuspalten. »Jetzt werden Sie uns doch ebenfalls töten – stimmt's?«

Danjermond dachte einen Moment lang über die Frage nach und entschied schließlich, edelmütig zu sein und ihnen eine Antwort zu gewähren. »*C'est vrai*, Jack, wie Sie es wahrscheinlich in dem Fall sagen würden. Das entspricht zwar nicht ganz meinen Plänen, aber manchmal müssen eben geringfügige Änderungen vorgenommen werden.«

»Es tut mir leid, daß wir Ihnen Ungelegenheiten bereiten«, sagte Jack sarkastisch und trat noch ein wenig weiter vor, genügend, um Danjermonds Aufmerksamkeit ganz auf sich zu lenken. Der Lauf der Waffe schwenkte auf seine Brust

»Das ist jetzt nah genug, Jack. Kommen Sie nicht noch näher.«

»Und weshalb nicht?« höhnte Jack. »Weil Sie sonst schießen werden? Sie werden uns ohnehin erschießen. Tot ist tot.«

»Nein, nein, *mon ami*«, säuselte Danjermond. »Es besteht ganz entschieden ein Unterschied zwischen einem sofortigen Tod und einer Lage, in der man sich gezwungen sieht, um den Tod zu flehen. Für Laurel Chandler könnte es einen enormen Unterschied machen, ob Sie sich kooperativ erweisen oder nicht.«

Jack wägte die Chancen ab, und das Ergebnis behagte ihm gar nicht. Danjermond würde sie beide töten. Nur der Himmel wußte, was für eine Form von Hölle er sie durchleiden lassen wollte. Er hatte mindestens sechs Frauen ermordet, und sie waren eines brutalen und grauenvollen Todes gestorben. Jack machte sich schon seit langem nichts mehr daraus, was aus ihm wurde, doch die Vorstellung, Laurel könnte etwas Derartiges zustoßen, war ihm unerträglich. Er konnte nicht einfach hilflos dastehen und es geschehen lassen. Der Teufel sollte ihn holen, wenn er diesem Irren in die Hände spielte.

Ohne den Blick auch nur einen Moment lang von Danjermond abzuwenden, packte er Laurels Arm, riß ihn hoch, richtete somit den Schein der Taschenlampe mitten in Danjermonds Gesicht und wand sich, um Laurel hinter seinem Körper Schutz zu bieten und sie zur Seite zu stoßen.

Danjermond fluchte und riß einen Arm hoch, um das grelle Licht abzublocken. Die Waffe ruckte kurz in seiner Hand, und der Schalldämpfer schwächte den Schuß zu einem dumpfen Geräusch ab. Eine bauchige chinesische Vase auf einem Ständer an der Wand zersplitterte, und Porzellanscheiben flogen in alle Richtungen. Wasser strömte auf den Boden, und Ritterspornstengel purzelten übereinander wie Mikadostäbe.

Laurel wankte unter Jacks Gewicht zur Seite und sackte auf die Knie. Die Taschenlampe fiel ihr aus der Hand und schlug auf den Boden, rollte aus ihrer Reichweite und sandte Strahlen bernsteinfarbenen Lichts über die Wand. Sie versuchte, hinter der Lampe herzuhuschen, doch Jack stand vor ihr, zwischen ihr und Danjermond, und es war deutlich zu erkennen, daß der Kampf zwischen den beiden keineswegs vorüber war.

Mit gesenktem Kopf stürzte sich Jack auf Danjermond und rammte dem Mann eine Schulter fest in die Brust. Beide landeten auf dem polierten Holzfußboden, wenige Zentimeter vom Kopfende der Treppe entfernt, und sie begannen einen Ringkampf darum, wer die Waffe an sich bringen würde. Jack packte Danjermonds Arm und schlug ihn fest auf den Boden, aber ehe er ihm die Pistole abnehmen konnte, schnitt sich ein weißglühender Schmerz in seine rechte Seite und raubte ihm vorübergehend jede Kraft und schaltete jeglichen Gedanken aus.

Er heulte vor Schmerz und Wut laut auf, als er sich verrenkte und wand, um dem Ursprung dieses Schmerzes auf den Grund zu gehen. Eine kantige weiße Porzellanscherbe ragte aus seiner Seite heraus; Danjermonds Hand hielt sie umklammert wie den Griff eines Messers, und zwischen seinen Fingern rann Blut heraus. Als Jack die Hand ausstreckte, um das improvisierte Messer zu entfernen, riß Danjermond die Waffe hoch und schlug sie ihm gegen die Schläfe.

Im Handumdrehen verlagerte sich das Gleichgewicht der Kräfte. Jack rang darum, oben zu bleiben, während sein Bewußtsein sich trübte, doch die Welt neigte und senkte sich unter ihm. Dann wälzten sie sich plötzlich durch das Wasser und über die Scherben der zerbrochenen Vase; der Schmerz war stechend, Muskeln brannten, und sein Herz schlug heftig.

Es gelang ihm, Danjermond mit einer Hand an die Kehle zu gehen, und er fing an zuzudrücken, doch der Staatsanwalt lag oben und zog den Kopf zurück, riß sich von ihm los. Und riß die Pistole hoch. Es hätte sein können, daß Laurel aufschrie, doch das einzige, was Jack mit Sicherheit wahrnahm, war der Aufprall einer Kugel, die wenige Millimeter von seinem Kopf entfernt den Fußboden zersplitterte, als er Danjermonds Luftröhre losließ und die Hand, in der er die Waffe hielt, zur Seite schlug.

Jack riß den Oberkörper hoch und verrenkte sich, um die Positionen zu wechseln. Schmerz schnitt sich durch seine Seite und pochte in seinem Kopf. Er blockte ihn ab und kämpfte auf einer reinen Adrenalingrundlage, tastete, drückte, stieß zu und wälzte sich herum. Danjermonds Rücken knallte gegen das geschmeidig geschwungene weiße Geländer des Treppenabsatzes im zweiten Stock, erschütterte das gesamte Geländer und zerbrach eine Sprosse, und die Waffe fiel ihm aus der Hand und schlitterte über den Boden, den Stufen entgegen.

Laurel sprang zurück, als sie miteinander rangen. Sie hätte gern etwas unternommen, aber die Waffe lag auf der anderen Seite des Ganges, und die Taschenlampe lag irgendwo auf dem Fußboden unter dem Gewirr von ächzenden männlichen Körpern, die miteinander kämpften. Sie sah sich nach etwas um, nach irgend etwas, was sie als Waffe hätte einsetzen können, fand nichts, war aber nicht bereit, sich mit Gebeten zu begnügen.

Tu etwas, tu etwas, sagte sie sich innerlich immer wieder, und dann wandte sie sich ab und lief in Danjermonds Schlafzimmer zurück. Sie mußte eine Waffe finden, etwas, womit sie zuschlagen, zustechen oder sonstwas konnte.

Jack rammte Danjermond eine Linke ins Gesicht und schwang sich dann vor, um an die Waffe zu kommen, die fast in seiner Reichweite lag. Seine Fingerspitzen stießen gegen den Schalldämpfer, und die Waffe schlidderte fort, glitt durch die Pfütze aus dem Wasser und Porzellanscherben. Zielstrebig und wild entschlossen griff er noch einmal danach und schloß die Finger um den Gummibezug des Griffs.

Im selben Augenblick fand Danjermond die Taschenlampe. Als Jack auf die Füße kam und sich gerade mit der Waffe in der Hand umdrehen wollte, kam Danjermond auf die Knie und schwang die Taschenlampe wie einen Knüppel. Er verpaßte Jack einen gemeinen Hieb auf eine Seite seines Kopfes, der herumgerissen wurde, und vor seinen Augen verschwamm alles zu einem grauen Nebel. Die Waffe fiel ihm aus der Hand und schlitterte die Stufen hinunter, und dabei löste sich ein sinnloser Schuß, der die Wand traf.

Er versuchte aufzustehen und bemühte sich, den zweiten Schlag abzublocken, doch die Nachricht traf nie bei den entsprechenden Muskeln ein. Der Hieb landete, und alles zerrann zu Schwärze.

Laurel stürzte mit einer schweren chinesischen Keramikvase aus dem Schlafzimmer, die sie wie einen Knüppel in den Händen hielt, um damit auf Danjermonds Kopf einzuschlagen, doch er umklammerte ihren Arm, als sie in den Korridor trat, und als ihr Blick auf Jack fiel, knallte die Vase auf den Boden.

»Jack!« schrie Laurel, als sie ihn regungslos auf dem oberen Treppenabsatz liegen sah. Blut rann seitlich über sein Gesicht. In diesem kurzen Moment, in dem sie dastand und seinen leblosen Körper in dem dunklen Gang anstarrte, zog sich die Zeit in die Länge, und ihre Gedanken schalteten auf schnellen Vorlauf – er war tot, sie hatte ihn verloren, sie war allein mit einem Mörder.

Sie wollte auf ihn zugehen, doch Danjermond hielt sie fest.

»Vorsicht, Laurel«, sagte er leise, und der Atem stieß pfeifend aus seiner Lunge. Sie konnte seinen Schweiß und sein kostspieliges Eau de Cologne riechen. Sie konnte Blut riechen und nur hoffen, daß es seines war. »Sie wollen doch sicher nicht auf Glasscherben treten«, murmelte er.

»Sie sind wahnsinnig«, klagte sie ihn an, und ihre Stimme war ein scharfes, bebendes Flüstern. Sie wand sich in seinem Griff, um wütend zu ihm aufzublicken, und ihr Atem stockte, als sie den unheimlichen Gesichtsausdruck sah, den seine Züge in dem gelborangen Schein der Taschenlampe angenommen hatten.

»Nein«, sagte er als Erwiderung darauf und lächelte kaum wahrnehmbar. Seine kühlen grünen Augen hatten sich auf sie gerichtet, und er zuckte mit keiner Wimper. »Das bin ich nicht.«

30

»Kompromisse sind mir grundsätzlich zuwider«, sagte Danjermond, während er sich damit beschäftigte, Jack die Hände und die Füße zu fesseln. »Aber in kritischen Situationen muß man eben flexibel sein.«

Laurel saß auf einem eleganten Hepplewhite-Stuhl mit einer herzförmigen Lehne in der Eingangshalle, und ihre Handgelenke waren mit Streifen weißer Seide an die Armlehnen gebunden, ihre Knöchel an die vorderen Stuhlbeine. Sie wollte schreien, doch in ihrem Mund steckte ein seidener Knebel, der jede Flüssigkeit aufsaugte und sie buchstäblich würgen ließ.

Sie beobachtete Danjermond mit einem Gefühl von Ekel und Grauen, das sich in ihrer Kehle fortsetzte, und mit einer seltsamen lethargischen Benommenheit, die sie niederdrückte und betäubte. Sie fühlte sich wie in einem Traum. Nein, in einem Alptraum. Wenn sie es fertigbrachte zu glauben, daß das alles nur ein Alptraum war, dann würde es nicht wahr sein. Ein Streich, den ihr Verstand ihr spielte. Sie konnte sich nicht entscheiden, was besser gewesen wäre – wenn sie auf der Hut gewesen wäre und die Realität dieser Situation sie entsetzt hätte, oder wenn ihre Taubheit sie an den Rand der Bewußtlosigkeit trieb und sie fest daran glaubte, daß das alles nur ein böser Traum war.

Danjermond blickte zu ihr auf, als hätte er eine Reaktion auf seine Bemerkung erwartet. Er hatte sich die Zeit genommen, seinen Smoking auszuziehen und die Hand säuberlich zu verbinden, die er sich bei dem Kampf zerschnitten hatte. Jetzt trug er schwarze Jeans, Stiefel und ein lose sitzendes schwarzes Hemd, eine Aufmachung, die ihn wie einen zeitgemäßen Zauberer wirken ließ.

Er hatte eine Decke auf dem Boden ausgebreitet, damit Jacks Blut den orientalischen Läufer in der Eingangshalle nicht beschmutzte, und er überprüfte mehrfach die Fesseln seines bewußtlosen Gefangenen, um sich abzusichern, daß sie fest genug zugeschnürt waren und doch nicht so fest, daß sie Abdrücke unter den Polstern hinterließen, die er zuvor angebracht hatte. Die Opfer des Bayou-Würgers waren diejenigen, die Striemen von Fesseln an den Handgelenken aufzuweisen hatten, nicht der Würger selbst.

Laurels Blicke glitten immer wieder auf Jack hinunter. Sie war nicht sicher, ob er atmete. Er war jetzt schon seit fast einer halben Stunde bewußtlos. Und vollkommen regungslos. Blut, klebrig und leuchtend rot, verunstaltete sein Haar und überzog seine Schläfe und seine Wange wie die Glasur eines karamelisierten Apfels, aber sie hätte nicht sagen können, ob er noch blutete oder nicht. *Tote Menschen bluten nicht*. Sie starrte auf seine Brust und wollte sie mit reiner Willenskraft dazu bringen, sich zu bewegen.

»Ich hätte ihn lieber vor Gericht gestellt«, fuhr Danjermond fort. Er erhob sich anmutig und nahm ein Glas Burgunder von dem Tisch in der Eingangshalle, nippte versonnen daran und kostete den Wein. »Das war von Anfang an meine Absicht. Ein Mörder, der sein Unwesen in Acadiana treibt, der frei herumläuft und dessen Treiben niemand Einhalt gebieten kann – bis er im Bezirk Partout zuschlägt. Deshalb habe ich die Leichen an Orten zurückgelasen, an denen sie gefunden werden konnten. Selbstverständlich gibt es viele Mittel, sich einer Leiche zu entledigen, ohne auch nur eine Spur zu hinterlassen. Ein Mann kann immer wieder ungestraft mit Morden davonkommen, wenn er intelligent, vorsichtig und mit kühlem Kopf ans Werk geht.«

Er trank seinen Wein aus. Die Standuhr läutete die Stunde. Elf. Jack rührte sich immer noch nicht.

Mit einem Seufzen zerrte Danjermond ihn von der Decke und wuchtete ihn über seine Schulter. Ohne ein weiteres Wort an Laurel zu richten, ging er durch die Eingangshalle auf die Küche zu. Sie hörte, wie die Hintertür sich öffnete und schloß, dann Stille.

O Gott, Jack, bitte, sei am Leben, bitte, komm zu dir. Ich will nicht allein sterben.

Allein. Wie Savannah. Wie Annie. Wie all diese anderen Frauen. Nur Gott wußte, wie viele es waren. Er hatte sechs Leichen an Orten zurückgelassen, an denen sie aufgefunden wurden, weil das seinen Plänen entsprach. Es konnte Dutzende von weiteren gegeben haben, sie alle spurlos verschwunden, vom Atchafalaya geschluckt, um nie wieder gesehen zu werden, und die Schreie der Opfer um Gnade hatte nur der Sumpf vernommen.

Die Betäubung begann nachzulassen, und an ihre Stelle trat Furcht. Tränen stiegen auf und brannten hinter ihren Augen. Für das tröstliche Gefühl, Jacks Arme um sich zu spüren, hätte sie alles gegeben.

Diesmal kann dich Jack nicht retten. Er war ihr Held gewesen – der Mann, der von sich behauptete, für niemanden den Helden zu spielen. Sie liebte ihn. Sie würde niemals eine Chance bekommen, niemals versuchen können, ihn dazu zu bringen, daß er diese Liebe akzeptierte oder daß er sich selbst akzeptierte.

Eine Erinnerung an Savannahs Gesicht zog ihr vor Augen. Der Geruch von Formaldehyd und Ammoniak, unterlegt mit dem ekelerregend süßen Geruch des Todes. Die Bahre aus rostfreiem Stahl. Die zugedeckte Gestalt. Prejean, der etwas Mitfühlendes murmelte. Savannahs Gesicht – nicht so, wie es im Leben gewesen war, sondern so, wie der Tod und seine Folgen es verheert hatten.

Die Hintertür öffnete und schloß sich wieder. Schritte waren in der Küche zu vernehmen, in der Eingangshalle. Sie biß fest auf den Knebel und versuchte, die Tränen mit ihren Wimpern zurückzudrängen. *Zeig keine Furcht. Er schöpft Kraft aus Furcht. Das verleiht ihm Macht.*

»Also, Laurel«, sagte Danjermond und kniete sich hin, um die Fesseln zu lösen, die ihre Füße banden. »Wir werden jetzt eine kleine Spazierfahrt unternehmen.« Er blickte zu ihr auf und lächelte wie eine Schlange. »Zu meinem kleinen Häuschen auf dem Lande.«

Laurel wußte, daß ihr Vorgehen sowohl vergeblich als auch töricht war, aber sie trat ihn trotzdem, so fest sie konnte, mit dem bloßen Fuß und traf ihn mitten ins Zwerchfell. Er fiel schnaufend nach hinten um, als die Luft schlagartig aus seiner Lunge wich: Sein

Gesichtsausdruck war jeden Preis wert, den er sie dafür zahlen lassen würde.

Hustend rollte er sich auf die Knie und preßte sich einen Arm auf den Bauch, als er sich zum Aufstehen zwang. Er lehnte sich an den Tisch in der Eingangshalle und bedachte sie mit einem Seitenblick, in dem sich reiner kalter Haß ausdrückte.

»Dafür wirst du mir büßen, Laurel«, stieß er keuchend und unter Schmerzen aus.

Sie sah ihm fest ins Gesicht. *Zeig keine Angst. Das verleiht ihm Macht.*

»Du trotziges kleines Miststück«, sagte er und richtete sich langsam auf. In seinen grünen Augen entzündete sich ein Feuer, das lodernd brannte, als er auf sie zukam. »Genauso wie deine Schwester«, sagte er lächelnd. »Bis zum bitteren Ende. Sie hat sich mir widersetzt. Mir getrotzt. Mich herausgefordert. Ich glaube, es hat ihr ziemlich großen Spaß gemacht, gefoltert zu werden. Ihre Schreie waren eine Form von… Jubel. Und sie hat gelacht«, sagte er leise und beugte sich über sie, wobei er sorgsam darauf achtete, sich nicht vor sie hinzustellen, sondern sich ihr von der Seite zu nähern. Er brachte sein Gesicht auf ihre Augenhöhe, damit sie die gehässige Freude bei ihm deutlich sehen konnte, als er mit ihr sprach. »Sie hat gelacht, als ich die Klinge gezogen und ihr die Brüste aufgeschnitten habe.«

Langsam streckte er seinen Arm aus und umfaßte ihre Brust mit einer schmalen gepflegten Hand, maß ihr Gewicht und machte sich ein Bild von ihrer Form. Er rieb mit dem Daumen über ihre harte Brustwarze, rieb sie immer wieder und begann dann, mit den Fingern zuzukneifen und immer fester zuzukneifen, bis sie einen wimmernden Schmerzenslaut nicht länger zurückhalten konnte.

»Am Schluß war sie vollständig wahnsinnig«, flüsterte er.

Laurel erschauerte und bebte im selben Maß vor Ekel wie vor Furcht. Sie hatte von ihm erwartet, daß er es ihr physisch heimzahlen würde, aber das hier war noch viel schlimmer. Er folterte sie psychisch, indem er ihr die intimen Einzelheiten des Mordes an ihrer Schwester mitteilte. Es wäre ihr lieber gewesen, wenn er sie geschlagen hätte. Und das wußte er.

»Sie wollte den Sex«, sagte er und band ihre Handgelenke von den Stuhllehnen los. »Selbst da noch, als sie schon wußte, daß ich sie töten würde, hatte sie einen Orgasmus. Und als ich den Schal um ihre Kehle zugezogen habe, hatte sie einen der heftigsten Orgasmen, die ich je erlebt habe.« Er sah ihr wieder in die Augen, und dieses angedeutete Lächeln zog seine vollen sinnlichen Lippen an den Mundwinkeln hoch. »Aber es wird schließlich behauptet, der Tod sei das ultimativste Aphrodisiakum. Vielleicht wirst du diese Form von Ekstase ebenfalls erleben, Laurel.«

Sie zitterte unkontrollierbar, als er sie von dem Stuhl hochzerrte und ihr die Hände auf den Rücken band. Gedanken an Savannah schossen ihr durch den Kopf. Gedanken an sie beide als Kinder, ehe Ross in ihr Leben getreten war und den Pfaden, die sie später einmal einschlagen würden, eine andere Richtung gegeben hatte. In dem Moment haßte sie ihn ebensosehr, wie sie Stephen Danjermond haßte. Sogar noch mehr. Aber es war zu nichts nütze, in der Vergangenheit zu weilen. Die Gegenwart barg eine unverkennbare Gefahr in sich, die drohend bevorstand. Sie würde all ihre Energien und ihre gesamte Kraft – körperlich und geistig – darauf verwenden müssen, lebend aus dieser Geschichte herauszukommen.

Danjermond führte sie durch die Hintertür hinaus und seitlich um das Haus herum zu einem alten Kutschenhaus, das jetzt als Garage diente. Sie ließen den Jaguar zugunsten eines alten braunen Chevy Blazer stehen. Er packte Laurel auf den Beifahrersitz und schloß die Wagentür.

Während er um die Motorhaube herumging, verrenkte sie sich unbeholfen und sah Jack bäuchlings auf dem Sitz hinter sich liegen. Er rührte sich nicht. Sein Körper war in einem merkwürdigen Winkel eingeknickt, und seine Füße berührten den Boden hinter dem Fahrersitz. Eine dunkle Decke war achtlos über ihn geworfen worden und bedeckte ihn vom Kinn bis zu den Stiefeln.

Wenige Minuten später fuhren sie aus der Stadt heraus, ohne einem Wagen oder einem Fußgänger begegnet zu sein, der eventuell von ihnen hätte Notiz nehmen können. Als sie die Stadtgrenze ein beträchtliches Stück weit hinter sich zurückgelassen hatten und sich allein auf der Bayoustraße befanden, fuhr Danjermond an den Straßenrand und löste Laurels Knebel.

Laurel spuckte den Stoffpfropfen aus und sah ihn in dem dunklen Wageninnern finster an. »Damit werden Sie nicht ungeschoren davonkommen«, brachte sie heiser hervor, denn ihr Mund und ihr Kehle waren ausgedörrt.

Danjermond zog eine Augenbraue hoch, als er anfuhr und sie sich wieder auf den Weg machten. »Was für ein banaler Ausspruch, Laurel. Und noch dazu so naiv. Natürlich werde ich ungeschoren davonkommen. Ich komme jetzt schon damit durch, seit ich neunzehn bin.«

Er lachte in sich hinein, als sie unwillkürlich vor Entsetzen schnaufte, wie ein nachsichtiger Erwachsener, der sich über die Gutgläubigkeit eines Kindes amüsiert. »Damals habe ich das College besucht«, setzte er an und beugte sich vor, um eine Kassette in den Kassettenrecorder zu stecken. Mozart drang gedämpft aus den Boxen, gesittet und friedlich. »Selbstverständlich habe ich als Student ausgezeichnete Leistungen erbracht und hatte eine große Zukunft vor mir liegen. Doch mich plagten gewisse sexuelle Gelüste, die Diskretion erforderlich machten.

Mein Vater machte mich mit den Freuden der dunkleren Seite des Sex bekannt – indirekt. Als Junge folgte ich ihm einmal, als er seine Mätresse aufsuchte, und ich habe die beiden durch eine Fensterscheibe beobachtet, und die Spiele, die sie miteinander betrieben, haben mich fasziniert und erregt. Daraufhin bin ich ihm viele Male gefolgt, ehe mir klar geworden ist, daß er es wußte. Als ich vierzehn wurde, hat er mir erlaubt, sie selbst zu besuchen. Damit ich sachkundig eingeweiht werde.

Ich habe schon früh gelernt, welche Privilegien Reichtum mit sich bringt und wie klug es ist, Diskretion zu wahren. Daher habe ich mich gar nicht erst mit einer meiner Mitschülerinnen eingelassen. Ich habe es nicht nötig, in der Form Befriedigung zu suchen. Huren sind ohnehin viel besser darin, einem Mann Lust zu bereiten, und man kann sie sich soviel leichter wieder vom Hals schaffen. Bei einer von ihnen habe ich mich vergessen. Ich habe sie stranguliert, während wir in den Klauen der Leidenschaft gefangen waren.

Niemand hat mich je verdächtigt. Weshalb hätte man das auch tun sollen? Ich war der gutaussehende und talentierte Sohn einer prominenten Familie, und sie war nichts weiter als eine Hure unter vielen, die dem Berufsrisiko zum Opfer gefallen war.«

Laurel hörte ihm zu und war schockiert und angewidert von dem

Mangel an Gefühl in seiner Stimme. Er war frei von Gewissensbissen, absolut gewissenlos. Gefühllos und seelenlos; das hatte er an jenem Tag in Beauvoir selbst gesagt. Sie würde nicht an seine Gnade oder gar an seine Menschlichkeit appellieren, da beides nicht vorhanden war. Ihre einzige Hoffnung bestand in einer Flucht, und diese Hoffnung war so gering, daß sie so gut wie nicht vorhanden war. Sie konnte Jack nicht zurücklassen, und sie konnte ihn auch nicht mitnehmen, selbst dann nicht, wenn ihr das Entkommen in irgendeiner Form gelungen wäre. Und was hatte sie hier draußen in der Wildnis überhaupt für eine Chance, barfuß und mit gefesselten Händen. Wenn sie Danjermond entwischte, dann würde sich etwas anderes über sie hermachen.

Sie bogen von der Straße ab, die durch das Bayou führte, und fuhren auf einem schmalen Lehmweg, der tiefer in den Sumpf hineinführte. Zweige schlugen gegen die Seiten des Wagens, als er auf dem Weg vorankroch. Das Unterholz war so dicht, daß die Scheinwerfer es kaum durchdringen konnten. Laurel fühlte sich in die Dunkelheit des Wageninnern eingesponnen, eingesponnen in eine bizarre Welt, in der Mozart gespielt wurde, während ein Mörder ihr seelenruhig seine Lebensgeschichte erzählte.

Sie versuchte sich einzuprägen, wo sie abbogen, versuchte einzuschätzen, wie weit sie gefahren waren, doch alles schien verzerrt zu sein – die Zeit, die Entfernung, die Realität. Ihre Arme schmerzten abscheulich, weil sie über einen so langen Zeitraum in einer so unnatürlichen Haltung verharren mußte. Jedes Schlingern des Wagens ließ sie einen stechenden Schmerz zwischen den Schulterblättern verspüren.

Sie warf einen Blick auf Jack, der hinter ihr lag, und ihr Herz machte einen Satz, als er das linke Auge einen Moment lang blinzelnd aufschlug. Er war am Leben. Das war zwar noch kein großer Trost, aber es war zumindest etwas, woran sie sich klammern konnte.

»Sie haben mich überrascht, Laurel«, sagte Danjermond. Er ließ den Wagen im Kriechtempo weiterfahren, als er ihn durch einen seichten Bach lenkte. Als sie wieder auf etwas gelangten, was hier draußen als fester Boden galt, starrte er sie an, und der matte Schein der Instrumente auf dem Armaturenbrett fiel auf sein hageres Gesicht. »Ich hätte wirklich nicht geglaubt, daß Sie in mein Haus einbrechen würden. Selbst nachdem Sie Kenner angelogen haben, habe ich immer noch geglaubt, für so etwa seien Sie zu ›gesetzestreu‹, hielten sich zu genau an den Buchstaben des Gesetzes.«

»Gesetzestreue interessiert mich nicht die Bohne«, sagte sie. »Ich glaube an Gerechtigkeit. Und die hole ich mir in jeder Form, in der ich sie kriegen kann.«

Diese Worte ließen ihn lächeln. Er sah nach vorn, wo der Pfad einen Bogen machte und an einem Ufer entlangführte. »Ich habe recht gehabt. Sie sind viel stärker, als Sie es selbst geglaubt haben, Laurel. Es ist wirklich zu schade, daß ich Sie mit einem Beweisstück ertappen muß, das mich mit dem Fall in Verbindung gebracht hätte. Ich hätte dieses Spiel gern noch länger gespielt.«

Er hätte sie Scott County noch einmal von vorn durchmachen lassen – die Anschuldigungen, die Ungläubigkeit, die Verzweiflung, all das –, und zwar ausschließlich zu seiner eigenen Belustigung. Laurel hätte ihn am liebsten dafür beschimpft, daß er Leben und Tod als ein Spiel bezeichnete. Sie wollte über ihn herziehen, weil er mit dem System spielte, das zu stützen er geschworen hatte, doch das schien absolut zwecklos zu sein. Er glaubte fest daran, über alledem zu stehen – den Gesetzen, der gesellschaftlichen Moral. Und bis heute hatte er keinen Grund gehabt, seine Meinung zu ändern. Er hatte alle zum Narren gehalten und war immer wieder mit dem größten aller Verbrechen davongekommen.

»Was werden Sie mit uns anfangen?« fragte sie rundheraus, da sie beschloß, es sei besser, es zu wissen, als es sich auszumalen.

»Ich werde den Sheriff an den Schauplatz eines grausigen Mord- und Selbstmordschauplatzes hinausführen, von dem ich durch einen anonymen Tip erfahren habe. Der arme Jack ist endlich ausgerastet. Konnte nicht damit umgehen, was er Ihnen angetan hat. Er hat zu einer Waffe gegriffen und sich selbst einen Kopfschuß gegeben.«

Womit zugleich auch die Kopfverletzung vertuscht wäre, die Danjermond ihm bereits beigebracht hatte. Und sie würde ganz genauso sterben, wie die anderen auch gestorben waren, und damit war Jack endgültig in diese Mordserie eingebunden. Danjermond würde sich der kleinsten Einzelheiten annehmen. Niemand würde den Ausgang hinterfragen.

»Ganz so glorreich wie eine Verhandlung ist das aber nicht«, murmelte sie.

»Nein. Und das bedaure ich zutiefst. Aber dennoch wird es in der regionalen und in der landesweiten Presse einiges Aufsehen erregen, und als Staatsanwalt werde ich selbstverständlich als der Sprecher des Bezirks fungieren.«

»Ja, selbstverständlich.«

»Nehmen Sie es nicht zu schwer, Laurel«, sagte er, als er den Blazer in einen baufälligen Schuppen lenkte, der zwischen Bäumen stand und von Ranken fast gänzlich verborgen wurde. Er schaltete den Motor aus, wandte sich um und sah sie an. »Sie hätten nicht gewinnen können. Sie hatten keine Chance, sich mir in den Weg zu stellen.«

Laurel sagte nichts. Sie starrte ihn an und erinnerte sich deutlich daran, wie er sie in dem Haus, in dem sie aufgewachsen war, über den Eßtisch hinweg angesehen hatte. *»Sie glauben an das Böse, nicht wahr, Laurel?«*

Ja, sie glaubte tatsächlich an das Böse, und sie wußte ohne jeden Zweifel, daß sie ihm jetzt ins Angesicht sah.

Er zerrte Jack zuerst aus dem Wagen und trug ihn aus dem Schuppen und aus ihrem Gesichtsfeld heraus. Laurel stemmte sich gegen das Tuch, mit dem ihre Hände gebunden waren, während sie ihre Blicke auf der Suche nach irgendeiner Form von Waffe durch den Wagen gleiten ließ – beides sinnlose Aktionen. Danjermond war schon kurz darauf wieder da, um sie zu holen, und er führte sie an ihren gebundenen Händen vor sich her, die schlammige Böschung hinunter zu einem alten *Bâteau*, das zwischen dem Schilfgras wankte.

Auf sein Drängen hin stieg sie ein und setzte sich auf eine schwarze Persenning auf dem flachen Boden des Boots. Jack lag zusammengesackt hinter ihr. Laurel lehnte sich zurück und ließ ihre Fingerspitzen über das abgenutzte Leder seiner Stiefel gleiten. Sie versuchte, in seiner Nähe Trost zu finden, und dann stießen ihre Finger auf einen dicken Knoten.

Danjermonds Aufmerksamkeit war dem Außenbordmotor zugewandt. Mit einer forschen Bewegung aus dem Handgelenk heraus ließ er ihn anspringen, und das Boot löste sich langsam vom Ufer.

Das schwarze Wasser funkelte unter dem Licht eines Halbmondes wie Glas. Kahle Zypressen und Tulpenbäume standen gerade und finster im seichten Wasser und ragten über dem Sumpf auf. In geringer Entfernung grollte Donner, und Blitze leuchteten rosa hinter einer Wolkenbank. Süden, dachte Laurel automatisch, und ihre Finger zupften ungeschickt an dem Knoten hinter ihr herum. Ein Gewittersturm, der vom Golf her aufzieht.

Ein Gewitter, dachte Jack benommen. Oder spielte sich das Rumpeln in seinem Kopf ab? *Dieu,* sein Kopf fühlte sich an wie eine überreife Melone, die unerwartet mit dem überzeugenden Ende eines Hammers in Berührung gekommen war. Er zwang sich, die Lider zu öffnen – ein monumentaler Kraftaufwand –, und dann versuchte er, eine Bestandsaufnahme seiner Umgebung vorzunehmen. Ein Boot. Er konnte das schwache Wimmern eines kleinen Außenbordmotors vernehmen, die Tragkraft von Wasser unter sich fühlen und die üppigen Gerüche von feuchter und verwesender Vegetation riechen, die so typisch für das Bayou waren.

Er kämpfte gegen den Drang an, laut aufzuschreien. Statt dessen wandte er seinen Kopf gut einen Zentimeter weit um, und versuchte zu erkennen, was sich über ihm befand. Frauen. Zwei. Eine. Der Umriß verschwamm und vervielfältigte sich, setzte sich zusammen und spaltete sich dann wieder auf. Der Versuch, das Bild klar zu erkennen, raubte ihm seine Kraft, und er glitt wieder in die Bewußtlosigkeit ab.

»Ich finde, der Sumpf ist ein faszinierender Ort, finden Sie nicht auch, Laurel?«

Laurel. Er mühte sich ab, wieder vollständig das Bewußtsein zu erlangen, und von dieser Anstrengung wurde ihm schwindlig. Laurel. Gefahr. Danjermond. Die Schlägerei fiel ihm in zusammenhanglosen Bruchstücken wieder ein, und allein schon die Erinnerung daran verstärkte den Schmerz in seinem Kopf. Danjermond hatte ihn niedergeschlagen. Er hatte mindestens eine Gehirnerschütterung davongetragen. Schlimmstenfalls war das, was er erlangte und sogleich wieder verlor, nicht etwa das Bewußtsein, sondern die reine Existenz. Er zwang sein gemartertes Gehirn, eine Nachricht an seine Finger weiterzuleiten, und dann bog er sie zögend und behutsam. Sie bewegten sich – oder zumindest glaubte er das.

Dann ruhte er sich aus, und das Gespräch drang fetzenweise zu ihm vor, kam näher und entfernte sich wieder, wie ein Radiosender mit schlechtem Empfang.

»...in vieler Hinsicht eine vollkommene Welt«, sagte Danjermond, und seine Stimme klang so hohl und fern, als käme sie durch einen langen Tunnel.

»...für Bestien... sinnlose Morde...«

»...Faszination der Jagd...«

Fast hätte er gelächelt. Laurel. Sie wäre einem Tiger gegenübergetreten und hätte ihm ins Auge gespuckt, ehe er sie zum Mittagessen verzehrte. Ihr Mut verwunderte ihn immer wieder. Sie würde nicht vor Danjermond zurückweichen, nicht klein beigeben. Aber Danjermond würde sie trotzdem töten.

Während ich hier liege und es geschehen lasse.

Blackies Gesicht zeichnete sich hinter seinen Lidern ab, spottend, höhnend. *»Für nichts zu gebrauchen, T-Jack. Du warst schon immer nichtsnutzig, und du wirst es auch immer bleiben.«*

Das Boot schien unter ihm zu kreisen, und Übelkeit stieg in seine Kehle auf. Da er ein alter Hase war, wenn es um einen ordentlichen Kater ging, kämpfte er gegen diese Gefühle an, schlug die Augen auf und richtete den Blick starr auf Laurels Rücken, bis das Pochen in seinem Kopf so lautlos und erbarmungslos wurde, daß er es für ein Wunder hielt, wenn es außer ihm niemand hören konnte. Er sammelte seine Kraft und unternahm eine gewaltige Anstrengung, um sich aufzusetzen, doch in dem Moment wurde der Motor gedrosselt, und das *Bâteau* stieß sanft gegen einen Anlegesteg. Er verlor das Gleichgewicht, sackte wieder in sich zusammen und ächzte, als sein Kopf gegen den Boden des Bootes stieß.

Laurel kämpfte gegen den übermächtigen Drang an, sich zu dem leisen Stöhnen umzudrehen. Es war das beste, nicht darauf zu reagieren. Falls Jack tatsächlich zu sich kam, dann wollte sie nicht, daß Danjermond es wußte. Sie brauchten jeden kleinsten Vorteil ihm gegenüber, den sie erlangen konnten. Sie stöhnte und bog ihren Nacken zur Seite, als versuchte sie, etwas gegen den Muskelkrampf zu unternehmen. Danjermond warf einen schnellen Blick auf sie, als er das Boot festband.

Sie waren auf den Sturm zugefahren, während der Sturm auf sie zugekommen war. Jetzt war das Gewitter direkt über ihren Köpfen angelangt. Der Himmel polterte und knisterte. Der erste Schauer fetter Regentropfen prasselte auf sie herunter, als Danjermond sie am Arm packte und sie neben sich auf den wackligen Anlegesteg zerrte. Die Bohlen ächzten und neigten sich, da die Fäulnis sie hatte elastisch werden lassen, aber sie gaben nicht nach, als er sich umdrehte und sie ans Ufer und zu einer Hütte aus Teerpappe scheuchte, die ein paar Meter vor dem Anlegesteg entfernt auf Pfählen schwankte.

Der Regen nahm an Heftigkeit zu. Blitze zerfetzten das Schwarz des Himmels, und die Wolken rissen auf und durchnäßten sie. Keuchend zog Laurel den Kopf ein, als das Wasser über ihr Gesicht strömte. Danjermond stieß sie die Stufen hinauf und holte einen Schlüssel für das Vorhängeschloß heraus, das an der Tür hing.

Im Innern der Hütte war es pechschwarz, doch der Geruch von Blut attackierte ihre Nase und ballte sich in ihrer Kehle. Menschliches Blut. Das Blut ihrer Schwester. Laurel kniff die Augen fest zu, als die Furcht sie wie eine Flutwelle durchströmte und Galle in ihre Kehle aufstieg. Trotz des Lärms, den der Regen auf dem Blechdach veranstaltete, konnte sie hören, wie Danjermond umherlief und ein Streichholz anzündete.

»Etwas Besonderes ist das nicht gerade, aber wenigstens werden wir hier nicht naß«, sagte er und spielte den bescheidenen Gastgeber. Belustigung war aus seiner Stimme herauszuhören, als er eine Hand ausstreckte und sie unter ihr Kinn legte. »Aber, aber, Laurel, du bist doch keine von der Sorte, die sich versteckt. Mach die Augen auf, und sieh deinem Schicksal direkt ins Angesicht.«

Er hatte Kerzen angezündet, ein halbes Dutzend oder mehr. Lange, dünne Wachskerzen mit Flammen, die flackerten und tanzten und deren Licht sich wellenartig über den spärlichen Inhalt des zehn Quadratmeter großen Raums bewegte. Eine kleine Kommode stand an der Wand zu ihrer Linken, mit einer Ansammlung von Kerzenhaltern an der verschrammten Oberfläche. Direkt vor ihr stand ein hochlehniger Stuhl. Dahinter standen zwei kleine langbeinige Tischchen beidseits des Bettes, und auf jedem von beiden stand eine flackernde Kerze.

All das nahm Laurel am Rande ihres Gesichtsfeldes wahr, und die Fakten ordneten sich selbsttätig in ihrem Gehirn ein, während ihre

Aufmerksamkeit ganz und gar von dem Bett in Anspruch genommen wurde. Es war aus Eisen. Aus schwarzem Eisen. Schmale Rohre waren zu anmutigen Formen geschwungen und bildeten das Kopf- und das Fußende. Die vier Pfosten waren niedrig, von bleistiftdünnen Eisenranken umschlungen und von polierten Messingknäufen gekrönt, die die Form von Spaten hatten. Es war ein wunderschönes Bett. Und es war unheimlich. Weiße Seidentücher hingen am Kopfende. Ein Tuch aus hauchdünner, blütenweißer Seide lag auf der Matratze, aber darunter zeichneten sich dunkle Flecken wie Schatten ab. Blutflecken.

Savannah hatte auf diesem Bett gelegen und war verblutet, war erstickt. Und Annie. Und Frauen, deren Namen sie niemals erfahren würde. Die Schreie dieser Frauen hallten durch ihren Kopf wie das Echo von Geistern. Der Schmerz dieser Frauen ergriff sie mit seinen scharfen Krallen. Die Panik dieser Frauen stieg in ihre Kehle auf.

Der Donner grollte. Blitze zuckten so hell wie Scheinwerfer durch das Fenster. Der Regen strömte herunter und trommelte wie Nägel auf das Dach.

Außerhalb dieser Hütte erstreckte sich meilenweit Wildnis. Niemand, der ihr geholfen hätte. Niemand, der ihre Schreie gehört hätte. Kein Erbarmen. Keine Gerechtigkeit. Sie dachte an Jack und daran, was hätte werden können, wenn das Schicksal für sie beide einen wohlwollenderen Pfad eingeschlagen hätte. Verschwommen fragte sie sich, ob irgend etwas von alledem jemals in ihrer beiden eigenen Macht gestanden hatte.

Dann schloß sich Danjermonds Hand um ihren Arm, und er führte sie zum Bett.

Der Regen kam so hart wie Hagelkörner herunter, trommelte auf das ungeschützte Haus, strömte und prasselte. Für die Frösche war das wahrhaft mörderisch. Frösche, so was Blödes, dachte Jack und hustete, als sich das Wasser auf dem Boden des Boots sammelte und in seinen Mund rann.

Mörderisch.

Das Wort ließ ihn so schlagartig wie eine Ohrfeige wieder zu Bewußtsein kommen, und er riß den Kopf hoch und ächzte laut, als er den Schmerz und das Schwindelgefühl verspürte. *Laurel.* Sie war fort. Danjermond war fort. Danjermond würde sie töten. *Und du liegst hier in einem gottverdammten Boot im Regen. Du wertloser, nichtsnutziger Hurensohn.*

Er biß die Zähne gegen den Schmerz zusammen und versuchte, sich aufzurichten, und anfangs verwirrte es ihn, daß er seine Arme anscheinend nicht bewegen konnte. Der Schmerz kam in Staccato-Explosionen, als er sich teilweise auf den Rücken wälzte und der trommelnde Regen ihn mit voller Kraft ins Gesicht traf. Seine Hände waren auf seinem Rücken zusammengebunden. Seine Füße waren gefesselt.

Aber er hatte die Füße bewegt. Er dachte nach. Jetzt versuchte er es mit einem gewissen Erfolg. Sie waren gefesselt, aber nicht eng genug. So lose, daß er sich gegen die Fesseln stemmen konnte. Lose genug, um sich die Stiefel von den Füßen zu treten und die Fesseln zusammen mit den Stiefeln abzustreifen.

Diese Aufgabe erschöpfte seine Energien, und er lag im Regen, schnappte keuchend nach Luft und erstickte an dem Regen, brachte es jedoch fertig, seine Füße zu befreien. Langsam rollte er sich auf die Knie und versuchte, zentimeterweise den Kopf zu heben. Der Schmerz hämmerte erbarmungslos in seinem Schädel wie ein Holzhammer, ein Rhythmus mit Synkopen rasender Dringlichkeit.

Laurel. Er mußte zu ihr. Und wenn er auch in seinem ganzen wertlosen Leben nie etwas Gutes getan hatte, dann mußte er jetzt doch wenigstens versuchen, sie zu retten. Dieser Versuch oder die Nachwirkungen würden ihn das Leben kosten, daran bestand für ihn kein Zweifel, aber er mußte es versuchen. Ihretwegen… damit sie stolz sein konnte… um ihr zu zeigen, daß er sie liebte… er hatte es ihr nicht gesagt… er hätte es ihr sagen sollen… er wünschte, es hätte etwas daraus werden können…

Die Gedanken schwirrten durch seinen Kopf, während er sich abkämpfte, um in dem Boot zu stehen, und mit ihnen schwirrte die Schwärze. Von Sternen gesprenkelt… eine Verheißung auf Erlösung… die ihn lockte… ihn mit sich riß…

Es war zwecklos, sich gegen ihn zu wehren, aber sie wehrte sich trotzdem. Hier ging es ums Prinzip. Ehre. Sie würde nicht so lammfromm in den Tod gehen wie ein Schaf zur sprichwörtlichen

Schlachtbank. Sie würde es ihm nicht leicht machen, würde ihr Äußerstes geben, um ihm den Spaß zu verderben.

In dem Moment, in dem sich Danjermonds Hand auf ihren Arm legte, riß Laurel sich von ihm los und stürzte auf die Tür zu. Er sprang ihr nach, bekam ihren Pferdeschwanz zu fassen und zerrte so fest daran, daß ihre Zähne fest aufeinandertrafen. Laurel schrie vor Wut und Schmerz auf, drehte sich zu ihm um und trat mit den Füßen auf ihn ein, auf seine Knie, seine Schienbeine, alles, was sie erwischen konnte.

Seine Lippen zogen sich zu einem barbarischen Zähnefletschen zurück, und sein Handrücken schlug ihr so fest ins Gesicht, daß ihr Kopf zur Seite gerissen wurde, und hinter ihren Augen funkelte ein Sternenregen, während sie Blut in ihrem Mund schmeckte. Der Raum schien sich einmal um sie herum zu drehen, und da sie ihre Arme nicht einsetzen konnte, um das Gleichgewicht zu behalten, taumelte sie zur Seite und fiel. Auf den Knien versuchte sie, zur Tür zu kriechen, die sie keinen Moment lang aus den Augen ließ, und mit reiner Willenskraft zwang sie sich dazu, aufzustehen, fortzurennen und zu entkommen. Adrenalin wütete in ihr wie eine Droge und trieb sie selbst dann noch voran, als Danjermond ihre gebundenen Handgelenke packte, sie zurückriß und ihr die Arme in den Schultergelenken beinahe auskugelte.

Ihre Abwehr legte sich jedoch automatisch, als die Klinge eines Dolches im Kerzenschein auftauchte.

Laurels Herz hämmerte unbeschreiblich hart und unbeschreiblich laut, als die Klinge ihrem Gesicht näher und immer näher kam. Sie war schmal und vornehm, wie die Hand, die den goldenen Griff umfaßt hielt. Es war eine Klinge aus geschliffenem Stahl, in die vom Heft bis zur Spitze kunstvolle Verzierungen graviert waren. Schön und todbringend wie der Mann, der sie in der Hand hielt.

»Ich würde es vorziehen, wenn Sie sich als kooperativ erweisen, Laurel«, sagte er und trat dicht hinter sie. Seine linke Hand glitt über ihren Kiefer, und Finger gruben sich in ihr Fleisch. Das Messer kam langsam näher.

Seine Stimme hatte dieselbe ruhige Tonlage, die es schon immer irgendwie geschafft hatte, sie nervös zu machen, aber jetzt war sie nicht mehr bar jeglicher Emotion. Wut schwang in jedem seiner betont klar ausgesprochenen Worte mit, als er den Dolch dichter und immer dichter an ihr Gesicht führte. Der Atem verfing sich in ihrer Lunge, als er mit der Spitze der Klinge ihre Nasenspitze berührte.

»Sei ein braves Mädchen, Laurel«, murmelte er und ließ den Dolch ein wenig tiefer gleiten. Über ihre Oberlipppe auf ihre Unterlippe. Er ließ ihn in dem Spalt zwischen ihren Lippen verharren, als spiele er mit dem Gedanken, den Dolch in ihren Mund zu stecken. »Ich weiß, daß Vivian dich dazu erzogen hat, ein braves Mädchen zu sein.«

»Sei ein braves Mädchen, Laurel. Mach keinen Ärger, Laurel. Halte den Mund, und schlag die Beine übereinander, Laurel.« Irgendwie hatte sie nicht den Eindruck, daß das die Situation war, die ihrer Mutter während dieser Predigten über gutes Benehmen vor Augen gestanden hatte.

Laurel sagte kein Wort, da sie sich davor fürchtete zu sprechen, sich davor fürchtete zu atmen, als die Spitze der Klinge über ihr Kinn und ihren Hals auf die empfindliche Stelle unter ihrer Kehle glitt. Wenn sie sich jetzt wehrte, würde er ihr dann die Kehle aufschlitzen, und sie hätte alles hinter sich gehabt? Das schien ihr wünschenswert zu sein, aber sie hatte keine Garantie dafür. Wenn sie wartete, Zeit zu gewinnen versuchte – und seien es auch nur ein oder zwei Minuten –, würde sich ihr dann eine weitere Chance bieten, sich von ihm loszureißen?

Draußen war der Sturm vorübergezogen und hatte sich auf den Weg nach Lafayette gemacht, doch der Regen ließ nicht nach, prasselte auf das Dach und pochte wie knochige Fingerspitzen an das einzige kleine Fenster der Hütte. Welche Überlebenschancen würde sie draußen im Sumpf haben? Welche Überlebenschancen hatte sie hier?

Der Dolch ruhte jetzt in dem V ihres Schlüsselbeins, und seine Spitze kitzelte das zarte Fleisch darüber. Dieses Gefühl löste den Wunsch zu würgen in ihr aus. Sie unterdrückte dieses Verlangen und spürte, wie die Spitze sich in ihre Haut schnitt. Jede einzelne Zelle ihres Körpers bebte. Sie fühlte sich so zerbrechlich wie ein kleiner Zweig, den Danjermond mit bloßen Händen hätte durchbrechen können. Ihre Augen füllten sich mit Tränen, doch sie hielt sie zurück, hielt auch die Hysterie zurück, klammerte sich innerlich mit beiden

Händen an ihre geistige Gesundheit und löste ihren Griff nicht, als das Echo von Danjermonds Worten über Savannah durch ihren Kopf hallte… *»Am Schluß war sie vollständig wahnsinnig.«*

Diese Befriedigung würde sie ihm nicht gönnen. Er hatte ihre Schwester einfach so zum Spaß getötet und beabsichtigte, über die Leichen seiner Opfer zu großem Ruhm in einem Berufsstand aufzusteigen, den er mit jedem einzelnen seiner Atemzüge verhöhnte.

»Sie verdammter Kerl«, flüsterte sie und packte ihre Wut und ihren Haß, um sie als Schild gegen ihr Grauen einzusetzen. »Der Teufel soll sie holen.«

Danjermond beugte sich vor, senkte den Kopf, brachte sein Gesicht dicht an ihres und rieb sich an ihrer Wange. »Ich glaube nicht an ein Leben nach dem Tod, Laurel«, murmelte er und zog den Dolch zwischen ihre Brüste hinunter auf ihr Herz, das unter dem dünnen Gewebe ihres T-Shirts pochte. Mit einem leichten Schnippen aus dem Handgelenk stach sich die Spitze durch die Baumwolle und stieß gegen ihre Brust. »Ich würde sagen, wenn es eine Hölle gibt, dann ist sie hier und jetzt, und du befindest dich mit mir darin.«

Ein Schrei entriß sich ihrer Kehle, als Danjermond die Klinge herunterrriß, und ihr T-Shirt vom Halsausschnitt bis zum Saum spaltete. Instinktiv wich sie mit einem Satz zurück und prallte auf seinen langen, schlanken Körper, und ihre Hände preßten sich auf sein pralles Geschlecht. Sein linker Arm schlang sich um ihre Mitte, und er hielt sie dort fest, während er sein Becken vorschob und den Dolch langsam auf ihre linke Brust hob.

So scharf wie eine Rasierklinge küßte die Klinge die üppige Rundung unter ihrer Brustwarze, und ihr Blut perlte leuchtend rot an der Messerschneide hinunter und tropfte auf den Fußboden. Der Schmerz folgte Sekunden später, pochte gemeinsam mit ihrem Herzschlag. Und endlich quollen die Tränen zwischen ihren Lidern heraus und rannen über ihre Wangen, bleiche Kontrapunkte zu den Blutstropfen, die über ihren Brustkorb liefen.

»Sei ein braves Mädchen, Laurel«, gurrte er und rieb sich rhythmisch an ihr. Sie erschauerte vor Ekel, als er seine Zunge über ihre Kehle zu ihrem Ohr gleiten ließ und ihr Ohrläppchen zwischen die Zähne nahm. »Hier draußen wirst du keine Gerechtigkeit finden,

Laurel«, flüsterte er. »Das einzige Gesetz, das hier herrscht, ist mein Gesetz.«

Er zerrte sie wieder zu dem Bett und ignorierte ihren Widerstand. Mit dem Dolch zerschnitt er die Fesseln, die ihre Hände banden, stieß sie schnell auf das Bett und stemmte ihr ein Knie in die Brust, um sie mit seinem Körpergewicht auf der Matratze festzuhalten. Unter Verwendung der Fesseln, mit denen er andere Opfer an dieses Totenbett gebunden hatte, fesselte er sie an das Kopfende.

»Es ist wirklich ein Jammer, daß der Regen so heftig ist«, sagte er in einem Plauderton, als er sich neben sie auf das Bett setzte und ihren Anblick bewunderte, wie sie dalag und wütend zu ihm aufblickte. Er griff nach dem Dolch, ließ ihn in ihren Nabel eintauchen und zog ihn mit leichter Hand über das bebende Fleisch ihres Bauches zwischen ihre Brüste. »Sonst hätte ich Jack reingeholt und versucht, ihn mit dieser Darbietung zu erregen. Er sollte wirklich Zeuge dessen werden, was seine eigene Phantasie nur andeutet, mit eigenen Augen sehen, wie machtvoll und verführerisch es ist. Er hat diese Dunkelheit in sich. Ehe er stirbt, sollte er erleben, wie prachtvoll es ist, wenn diese Dunkelheit ungezügelt ausbricht.«

Die Klinge hakte sich unter den Halsbund ihres T-Shirts und schlitzte jetzt auch ihn mit einer geübten Bewegung auf. Mit der Spitze des Dolches zog er die Seitenteile des zerschnittenen Kleidungsstücks auseinander und entblößte Laurel seinen Blicken.

»Exquisit«, flüsterte er und rieb mit der flachen Seite der Klinge über ihre unverletzte Brust. »Köstlich weiblich.«

»Was ist passiert? Was hat dazu geführt, daß sie Frauen derart hassen?« fragte sie und erstickte an ihrem Ekel, als er einen Daumen in das Blut der Wunde tauchte, die er ihr zugefügt hatte, und damit erst die eine und dann die andere Brustwarze beschmierte.

Danjermond zog eine Augenbraue hoch. »Ich hasse Frauen nicht«, sagte er, und seine Stimme klang belustigt. »Das hier ist mein Hobby. Du brauchst es nicht persönlich zu nehmen.«

»Ich erachte es als etwas hochgradig Persönliches, ermordet zu werden.«

Er erhob sich mit einem Seufzer und ging um das Fußende des Bettes herum, um sich auf den hochlehnigen Stuhl zu setzen. Er ließ den Dolch zu seinen Füßen auf den Boden fallen und begann, lässig sein Hemd aufzuknöpfen. »Nun ja, ich vermute, du nimmst es persönlich, wenn man alle Begleitumstände in Betracht zieht. Aber andererseits ist das schon lange dein Problem, nicht wahr, Laurel? Du neigst dazu, alles persönlich zu nehmen. Deshalb hast du dir in Georgia solche Schwierigkeiten eingehandelt. Du warst innerlich zu sehr beteiligt, hast dich persönlich zu weit hineinziehen lassen. Du konntest vor lauter Bäumen den Wald nicht mehr sehen. Wir wissen beide, wie entscheidend es ist, die richtige Perspektive zu wahren, wenn man Beweismaterial zusammentragen will. Ein Vertreter der Anklage muß kalt, gründlich und unbeteiligt sein. Gefühlsbetontheit macht einen lediglich anfällig dafür, von der Gegenpartei überrascht zu werden. Wie du bereits herausgefunden hast, Laurel, bin ich ein sehr gründlicher Mann. Ich dulde keine Überraschungen.«

Ohne jede Vorwarnung brach die Tür der Hütte schlagartig ins Haus. Der verfaulte Rahmen zersplitterte, Regen und Wind peitschten hinein, und Jack wankte durch die Türöffnung. Der Schwung warf ihn nach vorn, und er schlingerte gegen einen verblüfften Danjermond, der Jack wie das siebte Weltwunder angaffte. Unter dem Gewicht der beiden Männer zerbrach der Stuhl zu Feuerholz, und die Männer stürzten zu Boden.

Laurel schrie Jacks Namen und bemühte sich, sich aufzusetzen, weil sie sehen wollte, was geschah. Sie konnte den Kampf hören – das Scharren von Stiefeln auf dem Fußboden, das Ächzen und die Flüche. In ihrem Herzen wußte sie, wie der Kampf ausgehen mußte. Jack kämpfte buchstäblich mit gebundenen Händen auf dem Rücken, und er konnte das Bewußtsein nur mit Mühe wiedererlangt haben. Danjermond würde ihn töten, ebenso sicher, wie er sie töten würde – es sei denn, sie brachte es irgendwie fertig, sich zu befreien.

Zentimeterweise ruckelte sie näher zu dem Kopfende des Bettes und versuchte dabei, sich nicht gegen die Fesseln zu stemmen, mit denen ihre Handgelenke festgebunden waren, versuchte, sich in eine Position zu bringen, in der die Fesseln ihr einen gewissen Spielraum gaben. Sie biß die Zähne zusammen, konzentrierte sich darauf, die Geräusche des Kampfes abzublocken, und versuchte, ihre gesamte Aufmerksamkeit auf ihre Fesseln zu richten. Seide. Weich, kräftig, glatt, schlüpfrig. Ihre Hände waren klein und hatten zarte Knochen, und ihre Handgelenke waren schmal. Wenn sie sich darauf konzentrierte und exakt die richtigen Bewegungen machte, sich nicht zu sehr wand, weil sich die Fesseln dadurch fester angezogen hätten…

Jack mühte sich damit ab, Danjermond unter sich auf dem Boden festzuhalten, doch seine Kraft ebbte zwischendurch unvermittelt ab, ehe eine neue Woge heranrollte, und sein gestörtes Gleichgewichtsempfinden erschwerte es ihm zu entscheiden, wo oben und unten war. Er kämpfte, so gut er konnte, mit den Knien und den Füßen, zog die Knie hoch und trat zu, sooft es ging, und dabei ignorierte er den Schmerz, der in seinem Kopf wütete und sich in seine Seite schnitt.

Danjermond wand sich unter ihm, verrenkte sich und hievte seinen Oberkörper hoch. Er griff nach dem Dolch, der über den Fußboden geschlittert war, und Jack warf sein ganzes Gewicht fest auf ihn. Beide prallten gegen einen Tisch an der Wand, und der Tisch stürzte um.

Kerzen rollten wie Kegel durch die Gegend, und ihre Flammen züngelten an allem hoch, was ihnen in den Weg kam. Gierig stürzten sie sich auf die alte Teerpappe der Wände.

Die Männer wälzten sich von dem Feuer fort und rangen immer noch um Überlegenheit. Jack gelang es, seinem Gegner ein Knie in den Bauch zu rammen, aber Danjermond schlug brutal zurück und schmetterte Jack eine Faust seitlich gegen den Schädel. Der Schmerz versetzte Jack einen Stoß und ließ ihn der Bewußtlosigkeit entgegenschießen, wie ein Taucher dem Grund eines schwarzen, schwarzen Ozeans entgegenschießt.

Er kämpfte dagegen an, hielt den Atem an und mühte sich damit ab, sich durch die Dunkelheit wieder nach oben zu tasten, durch den Schwarm von Glühwürmchen hindurch, der in seinem Gehirn schwirrte. Er konnte wieder klar genug sehen, um Flammen zu erkennen, die gierig an der Wand hochzüngelten, und vor dem Feuerschein zeichneten sich drei flackernde Versionen von Danjermond als Silhouette ab. Drei Teufel aus der Hölle. Drei Danjermonds, die einen Arm hoben, drei Dolche, die funkelten und sich blitzschnell auf ihn herabsenkten.

Er stürzte sich auf den mittleren Mann, und seine Schulter traf im selben Moment auf eine feste Masse, in dem der Dolch in seinen Rücken eintauchte. Er spürte, wie eine Rippe brach, und dann nahm er ein seltsames Vakuum in seiner Brust wahr. Das, was an Kraft noch da war, wurde aus ihm herausgesogen, und er fiel schwer zu Boden, während seine Lippen Laurels Namen bildeten.

Er hatte sie im Stich gelassen, ebenso, wie er Evie im Stich gelassen hatte. Jetzt lastete auch das noch auf seinem Gewissen, wenn er starb. Ein weiteres Pfund Gepäck, das er mit sich in die Hölle tragen konnte. Er konnte hören, wie sie seinen Namen rief, doch er konnte ihr nicht antworten. Es war wirklich ein Jammer, daß sie jemals geglaubt hatte, er könnte mehr sein, als er war.

»Jack! Jack!« Laurel schrie seinen Namen, damit er sie über das Tosen des Feuers hören konnte, das die Wand der Hütte verschlang. Sie schrie ein drittes Mal, rasend auf seine Antwort versessen, obwohl sie wußte, daß er ihr nicht antworten würde.

Sie hatte gesehen, wie Danjermond aufgestanden war, hatte gesehen, wie der Dolch sich herabgesenkt hatte. Jack war tot. Sie war allein. Jetzt änderte es nichts mehr, daß es ihr gelungen war, eine ihrer Hände zu befreien. Sie würde keine Zeit mehr finden, ihre zweite Hand zu befreien. Danjermond war bereits aufgesprungen. Kam auf sie zu. Von dem Dolch tropfte Blut. Jacks Blut. Danjermond lächelte wie ein Luzifer persönlich vor dem Hintergrund der Flammen.

Sieh ihn nicht an. Befaß dich mit dem Knoten. Befaß dich mit dem Knoten. Sie weinte, und der schwarze Rauch, der von der Decke heruntergepreßt wurde, ließ sie husten, als sie über das Bett kroch und sich damit abmühte, ihre linke Hand zu befreien.

Jack hob den Kopf wenige Millimeter. Das einzige, was er sehen konnte, waren Danjermonds Füße, die sich auf Laurel zubewegten. Aus einem tiefen inneren Quell sog er die letzten Tropfen Willenskraft und Mut, die ihm zur Verfügung standen, und er holte mit den Beinen Schwung. Er traf Danjermond in die Kniekehlen, und die Beine des Staatsanwalts sackten unter ihm zusammen. Er fiel bäuchlings in die Flammen.

Die Schreie waren grauenhaft. Unmenschlich. Von Flammen umarmt, gelang es ihm aufzustehen. Er bemühte sich fortzurennen, taumelte jedoch und fiel quer über das Bett. Laurel schrie auf und warf sich auf die andere Seite des Bettes, als das seidene Laken innerhalb von einem Sekundenbruchteil lodernd entflammte.

Sie wankte von dem gespenstischen Bild zurück, das sich ihr bot, und sie erstickte an dem Rauch. Ihre Augen brannten so schlimm,

daß sie sie kaum noch offenhalten konnte. Für Danjermond konnte man nichts mehr tun. Und in diesem entsetzlichen gluthellen Augenblick wußte sie nicht, ob sie es überhaupt probiert hätte. Alles, was sie mit Sicherheit wußte, war, daß die Hütte wie Zunder in Flammen aufging und daß sie und Jack Danjermonds Los teilen würden, wenn sie nicht schleunigst ins Freie entkamen.

Sie nahm eine kauernde Haltung ein, um dem dicksten Rauch zu entgehen, als sie um das Fußende des Bettes herumrannte und neben Jacks ausgestreckter Gestalt auf die Knie sank.

»Jack!« schrie sie, und das Tosen des Feuers schluckte den Laut nahezu gänzlich. »Verdammt noch mal, Jack, stirb mir jetzt bloß nicht!«

Sie biß die Zähne zusammen, zog an ihm und setzte ihre gesamte Kraft dafür ein, ihn zur Tür zu zerren, und dabei schrie sie unentwegt. Ihre Flüche und ihr Flehen durchdrangen den Nebel, in den Jacks Bewußtsein eingehüllt war. Ihre Entschlossenheit brachte ihn dazu, die Beine zu bewegen, obwohl er nicht sicher war, ob er sich noch erinnern konnte, wie das ging. Er klammerte sich an den Klang ihrer Stimme, an ihre Hand, die er spürte, und an ihre unglaubliche Willenskraft, und all das benutzte er dafür, sich mit einem Ruck nach vorn zu werfen. In der Tür hielt er sich an dem zersplitterten Rahmen fest und zog sich daran auf die Füße.

»Mach schnell!« rief Laurel. Sie schlang ihm einen Arm um die Taille und versuchte, sein Gewicht auf sich zu stützen, als sie die Stufen hinunterwankten und auf das Bayou zuliefen.

Der Regen fiel immer noch, aber gegen das trockene alte Holz der Hütte konnte er es nicht aufnehmen. Die Hütte erhellte den Nachthimmel wie eine Fackel. Das Feuer verschlang sie, als hätte sich die Hölle geöffnet, um sämtliche Indizien der Greueltaten zu zerstören, die dort verübt worden waren, und diese Hölle verschlang auch die Bestie und verurteilte sie zu einer Strafe, die absolut war.

Matt und vom Rauch erstickt, wankte Laurel unter Jacks Gewicht und fiel auf dem schlammigen Ufer auf die Knie, und Jack sank wie eine Tonne Backsteine neben ihr auf den Boden.

»O Gott, Jack! Stirb nicht!« verlangte sie von ihm und beugte sich über ihn. »Sei nicht tot! Bitte, sei nicht tot!«

Sie beugte sich schluchzend über ihn, und ihre Tränen verbanden sich mit dem Regen und tropften auf sein Gesicht. Mit Händen, die heftig zitterten, berührte sie seine rußverschmierte Wange, seine Lippen – versuchte, seinen Atem zu spüren, tastete nach einem Puls an seiner Kehle. Schlug dieser Puls schwach und ungleichmäßig, oder fühlte sie nur ihren eigenen Puls?

Seine Lider öffneten sich zuckend, und er sah zu ihr auf. Versuchte zu lächeln. Versuchte, mehr als einen Teelöffel Luft zu schnappen. »He, Engel«, flüsterte er, und dann mußte er wieder um Atem ringen. »Vielleicht bin ich trotz allem doch ein guter Kerl.«

Dann legte sich Dunkelheit über ihn wie eine samtene Decke, und er kapitulierte vor dem Schmerz.

31

Seine Erinnerungen waren so bruchstückhaft wie die Erinnerungen an einen Traum. Eine Willenskraft, die ihn antrieb, ihn anstachelte, flehte und fluchte und ihn anspornte aufzustehen. Einen Schritt nach dem anderen zu machen. Der Schmerz drang nicht mehr zu ihm vor, doch die Schwäche war noch da und auch das Gefühl, sein Verstand und sein Körper seien voneinander losgelöst. Er erinnerte sich noch daran, daß er sich gefühlt hatte, als schwebte seine eigentliche Substanz frei umher, nur durch hauchdünne Fäden mit seiner körperlichen Hülle verbunden. Er erinnerte sich noch an die übermächtige Versuchung, diese Verbindung zu durchtrennen und einfach davonzuschweben, aber Laurel riß ihn immer wieder zurück. Er erinnerte sich daran, daß er sich verschwommen gefragt hatte, wie es sein konnte, daß sie so klein und doch so stark war.

In den Fragmenten seiner Erinnerung kam ein Boot vor. Und Regen. Regen und Tränen. Laurel, die um ihn weinte. Er wollte ihr sagen, sie sollte es nicht tun. Ihm war die Vorstellung unerträglich, sie zum Weinen zu bringen, obgleich er wußte, daß er das als der Schurke, der er war, schon mehr als einmal fertiggebracht hatte. Es gab viele Dinge, die er ihr sagen wollte, aber er konnte lediglich erfassen, wie dringlich all das war, nicht, was es wirklich war. Die Worte sprangen wie Blasen in seinem Kopf herum. Er hatte vergessen, wie er seine Stimme gebrauchen konnte. Die Frustration erschöpfte ihn.

Dunkelheit. Licht. Das Stimmengemurmel von Männern und Frauen in weißer Kleidung. Der Himmel konnte das nicht sein; man hätte ihn niemals am Tor eingelassen. Also mußte es ein Krankenhaus sein.

Kühle Hände berührten seinen Arm, seine Wange. Weiche Lippen und geflüsterte Liebesworte. Laurel.

Laurel war bei ihm geblieben. Das hatte ihm Schwester Washington berichtet, während sie durch sein Zimmer schlurfte, Dinge kontrollierte und einen großen Wirbel veranstaltete. Sie war ein niedriger, breiter Würfel von einer Frau mit Mahagonihaut und kleinen Wurstfingern, die mit den federleichten Bemühungen eines Menschen, der Erfahrung darin hat, seinen Puls maßen. Miz Chandler hätte ihn in den Tagen besucht, die er benommen im Tiefschlaf verbracht hatte. Als ob sie nicht ohnehin schon genug am Hals gehabt hätte, das arme kleine Dinge, dem man die Schwester ermordet hatte, und dann auch noch die Ermittlungen, die der Sheriff führte, und was sonst alles noch dazu kam! Und wären sie nicht glücklich dran, daß sie mit dem Leben davongekommen waren? Mr. Danjermond ein Mörder – Gott sei uns gnädig!

Jack schaltete die Erinnerung an ihren Wortschwall ab, als er jetzt vor seinem Haus stand und Leonce fortfahren sah. Als der Monte Carlo aus seiner Sichtweite verschwand, wurde sein Blick unerbittlich von Belle Rivière angelockt. Alles in seinem pochenden Schädel drehte sich um Laurel. Sie hatte bei ihm gesessen, ihn auf die Wangen geküßt, ihm zugeflüstert, daß sie ihn liebte. Er hatte ihre Liebe nicht verdient, aber er wußte ohne jeden Zweifel, daß nur ihre Liebe ihn dazu gebracht hatte, sich am Leben festzuklammern, wenn er es so leicht hätte loslassen können. Laurels Stimme, die durch die Nebel zu ihm drang, ihn anflehte, am Leben zu bleiben, ihn mit ihrer Liebe bestach.

Würde sie ihn immer noch lieben, nachdem die Krise überstanden war, oder würde die Intensität nachlassen und der gesunde Menschenverstand über den Irrsinn siegen, der sie dazu gebracht hatte, überhaupt erst etwas Gutes in ihm zu sehen? Er hatte für sie die Rolle des Helden gespielt. Die schlechtestes Besetzung aller Zeiten.

Er paßte nicht in diese Rüstung. Er brachte keine der erforderlichen Qualifikationen mit, und das Charakterbild sah ihm so gar nicht ähnlich, daß es schon wieder komisch gewesen wäre, wenn es nicht ganz so traurig gewesen wäre.

Huey kroch unter einem Gestrüpp von lange vernachlässigten Azaleensträuchern hervor und kletterte die Stufen hinauf, um Jacks Hand zu beschnuppern und sie zur Begrüßung abzulecken. Jack starrte auf den Hund hinunter, sah ihm in die sonderbaren ungleichen Augen und kraulte dem Hund mißmutig das Ohr. Huey stöhnte und klopfte mit dem Schwanz auf die Backsteine der Treppe.

»Du bist wohl der einzige, der mich willkommen heißt, was, Huey? Das habe ich jetzt davon, daß ich abgehauen bin.«

Er stieß die Tür auf, schlenderte ins Haus und erlaubte dem Hund, hinter ihm ins Haus zu kommen. Huey ließ ihn im Stich, um auf der Suche nach Mäusen die alten Möbel mit den Schonbezügen zu beschnuppern. Jack holte Atem, so tief er konnte, und dann stieg er die Stufen eine nach der anderen unter großen Schmerzen hinauf.

Irgendwie hatte er damit gerechnet, daß er sich zu Hause fühlen würde, sobald er es erst einmal in sein Schlafzimmer geschafft hatte, doch als er sich umsah, stellte er fest, daß dies hier überhaupt nicht sein Zuhause war. Es war nach wie vor Madame Deveraux' Boudoir. Er trat hier lediglich auf der Stelle. Er hatte nicht viel mehr getan, als das Bettzeug zu wechseln. Er hatte sich in diesem Haus nicht häuslich eingerichtet, gestand er sich ein, als er auf die Matratze sank und zusammenzuckte, weil die gebrochene Rippe und die Stichwunde, die das Gewebe zerschnitten hatte, schmerzten. Das hier war sein Gefängnis, der Ort, an dem er sich um sich selbst drehte und die Peitschenhiebe der Selbstgeißelung endlos knallen ließ. Der einzige Schritt, den er unternommen hatte, um sich dieses Haus anzueignen, hatte darin bestanden, all seine Krawatten in die Immergrüne Eiche vor dem Haus zu hängen, und das war eher ein Zeichen von Schande als von Freiheit gewesen. Wie eine Flagge an der Tür eines Pestkranken stellte dieses Zeichen eine Warnung an alle dar, die sich näher heranwagten, um ihnen deutlich mitzuteilen, er sei einem Leben nicht gewachsen, in dem er auch nur irgend etwas am Hals hatte.

Früher einmal hatte er Träume von Liebe und einer eigenen Familie und der Form von gewöhnlichem Erfolg gehabt, den die meisten Männer anstrebten, aber ihm war unmißverständlich klargemacht worden, daß ihm ein solches Leben nicht bestimmt war. Dieses Leben war ihm ins Gesicht geflogen, und er hatte mit der Tatsache weiterleben müssen, daß er selbst derjenige gewesen war, der das Pulver ausgestreut und die Lunte angezündet hatte.

»Zu nichts zu gebrauchen, T-Jack. So ist es schon immer gewesen, und so wird es auch immer bleiben.«

Eine Lektion, für die er einen hohen Preis bezahlt hatte.

Was er in den Nachwehen des Debakels für sich wiederaufgebaut hatte, war für alle Beteiligten einfach und ungefährlich, rief er sich ins Gedächtnis zurück, während er zu dem verschnörkelten Stuckmedaillon an der Decke aufblickte. Er hatte seine Schriftstellerei, seine Kumpel bei Frenchie's und genügend Freundinnen, die ihm bereitwillig das Bett wärmten, wenn er es wollte.

Er hatte ein leeres Haus und ein leeres Herz und niemanden, mit dem er beides hätte teilen können, abgesehen von den Gespenstern aus seiner Vergangenheit und einem Hund, der ihm nicht gehörte. Jack stieß diese Überlegung mühsam von sich und kniff die Augen gegen den Schmerz zusammen. Sein Leben schwang an einem Pendel zwischen Buße und Parties aus, und das war ihm nur recht so. Er brauchte keinem Menschen Rechenschaft abzulegen und war für niemanden verantwortlich.

Und doch hatte Laurel Chandler es fertiggebracht, sich in ihn zu verlieben. Es war die reinste Ironie – Laurel, die sich für Gerechtigkeit stark machte und das Gesetz hochhielt, verliebte sich in einem Mann, der gegen allzu viele Gesetze allzu achtlos verstoßen hatte, einen Mann, für den Gerechtigkeit einen Urteilsspruch bedeutete, der ihn ins emotionale Exil schickte. Sie bot ihm alles an, was er sich je gewünscht hatte, alles, wovon er sich eingeredet hatte, er könnte es niemals haben.

Wenn er auch nur einen Funken Ehrgefühl besessen hätte, dann wäre er fortgegangen und hätte sie sich in einen Mann verlieben lassen, der besser war als alles, was er jemals würde sein können.

Der Gottesdienst wurde privat abgehalten. Ein Segen und ein Fluch zugleich, dachte Laurel. Der Schmerz war zu tief, als daß sie ihn mit Menschen hätte teilen können, die sie kaum kannte, aber einige der tiefsten Wunden waren ihr von den wenigen Menschen zugefügt worden, die hier anwesend waren.

Sie saß mit Caroline und Mama Pearl auf einer Seite der Kapelle. Vivian und Ross saßen auf der anderen Seite, auf derselben Bank, aber nicht gemeinsam. Eine unsichtbare Mauer des Hasses trennte sie voneinander, und sie saßen nur nebeneinander, weil sich Vivian automatisch bemühte, schmutzigen Familiengeheimnissen öffentlich einen »normalen« Anstrich zu geben. Sie würde die Gerüchte niemals bestätigen oder abstreiten, wenn sie erst einmal in Umlauf kamen – eine Dame ließ sich nicht dazu herab, ihre schmutzige Wäsche in der Öffentlichkeit zu waschen. Höchstwahrscheinlich würde sie sich in aller Stille von Ross scheiden lassen und ihr Leben so weiterführen, als sei er nie ein Teil dieses Lebens gewesen, und sie würde ihn allein am Galgen der öffentlichen Meinung baumeln lassen.

Ross starrte stumpfsinnig den Sarg mit seiner Decke aus rosa Teerosen und Schleierkraut an. Laurel fragte sich, ob er Gewissensbisse verspürte oder einfach nur Bedauern darüber, daß er nach all diesen Jahren bloßgestellt worden war. Sie hätte ihm so oder so nicht gestattet, hier zu erscheinen, doch diese Entscheidung hatte nicht bei ihr gelegen.

Sie fragte sich, wie er den Sturm von Anschuldigungen und Verdammungen überstehen würde, sobald die Geschichte des Mißbrauchs erst einmal allgemein bekannt war – und sie würde ihr Bestes tun, um dafür zu sorgen, daß sich die Geschichte herumsprach. Caroline hatte einmal zu ihr gesagt, Ross sei ein schwacher Mensch. Wenn es einen Gott im Himmel gab, dann würde die Schande der Wahrheit ihn vernichten.

Reverend Stipple hatte jämmerlich wenig Lobendes in seinem Nachruf zu bemerken. Laurel hätte es vorgezogen, wenn er gar nichts gesagt hätte, doch es war seine Kirche, diese Kirche, in der sie und Savannah getauft worden waren und in der ihr Vater ihrer Mutter Liebe bis in den Tod gelobt hatte. In die der Tod sie alle und die Hälfte aller Einwohner der Gemeinde geführt hatte, um sich von Jefferson Chandler zu verabschieden, als er in die nächste Welt weitergezogen war.

Sie schaute auf das Spitzentaschentuch hinunter, das sie in der Hand hielt, und sie erinnerte sich nur zu gut daran, wie Savannah neben ihr gesessen, ihre Hand genommen und ihr zugeflüstert hatte: *»Daddy ist nicht mehr bei uns, aber wir werden immer füreinander dasein, Baby.«*

Immer.

Und jetzt hatte der Tod sie wieder hierhergeführt, diese Menschen, deren Leben durch einen Knoten qualvoller gemeinsamer Erfahrungen miteinander verbunden waren.

Gegen Ende der Zeremonie schlüpfte Conroy Cooper durch die hintere Tür hinein und nahm etwas weiter abseits Platz. Laurel sah ihm in die ernsten, aufrichtigen blauen Augen, als sie die Kirche verließ, und dort sah sie das Bedauern und die Liebe, und sie litt unter der Ironie, daß ihre Schwester von all den Männern, die sie gekannt hatte, ausgerechnet den einen geliebt hatte, dessen Würde ihn ihrer Reichweite entzog.

Als alle anderen gegangen waren, blieb Laurel im Schatten des Vorraums stehen und beobachtete, wie Cooper eine einzige weiße Rose auf den Sarg legte. Lange Zeit blieb er einfach nur dort stehen, mit gesenktem Kopf und mit einer Hand auf dem polierten Holz, um sich mit seiner tiefen, einschmeichelnden Stimme von ihr zu verabschieden.

Laurel hatte ihn als einen Ehebrecher abgestempelt und ihn dafür verdammt, daß er Savannah nicht die Form von Bindung geben konnte, die sie wollte. Aber er hatte sie geliebt, so gut er es konnte, hatte er gesagt, während er versuchte, ein Gelübde gegenüber einer Ehefrau nicht zu brechen, die ihn nicht mehr erkannte. Er hatte Savannah alles gegeben, was er geben konnte. Es war nicht seine Schuld, daß sie soviel mehr gebraucht hatte.

Nach dem Begräbnis wurde kein Kaffee serviert. Es war nicht der rechte Zeitpunkt, um den Kummer mit Normalität in Form von Gesprächen über die Ernte, Babys und alltägliche Dinge zu verwässern. Caroline fuhr sie schweigend nach Hause zurück, nach Belle Rivière.

Mama Pearl ging in die Küche, um Trost aus dem vertrauten Ritual zu schöpfen, eine Kanne *Café noir* überzubrühen. Caroline legte ihren Schlüsselbund auf den Tisch in der Eingangshalle, drehte sich um und nahm Laurels Hände in die ihre. »Ich werde jetzt nach oben gehen und mich eine Weile hinlegen«, sagte sie, und die Belastungen der letzten Tage hatten ihre kräftige Stimme zu einem Flüstern absinken lassen. »Du solltest das auch tun, mein Liebling. Die letzten Tage waren einfach furchtbar.«

Laurel rang sich müham ein forsches Lächeln ab und schüttelte den Kopf. »Ich bin zu unruhig, um zu schlafen. Ich hatte mir überlegt, daß ich eine Zeitlang in den Garten gehen werde.«

In ihren dunklen Augen schimmerte die Form von Liebe und Verständnis, wie eine Mutter sie besitzen sollte, als Caroline nickte und Laurels Fingerspitzen drückte. »Du hast dort draußen alles so hübsch hergerichtet. Es ist ein guter Ort, um ein wenig Frieden zu finden.«

Laurel rechnte nicht damit, Frieden zu finden, aber es stimmte, daß sie danach suchte, darauf hoffte.

Sie hatte die Hände tief in die Taschen ihres geblümten Rocks gesteckt, als sie langsam über die Gehwege schlenderte. Eine sporadische Brise ließ den Saum um ihre Waden wirbeln und wehte ihr die Haarspitzen über die Schultern. Es war ein schwüler, heißer Tag mit einem Himmel, der sich nicht entscheiden konnte, ob er eine klare blaue Kugel oder eine Ballung von zornigen grauen Wolken sein sollte.

Trotz des unbeständigen Wetters und der Aura von Traurigkeit, die Laurel einhüllte wie ein Leichentuch, bot ihr der Garten, was er ihr sonst auch immer zu bieten hatte. Die üppigen Gerüche nach grünen Pflanzen und der zarte süße Duft von Blumen umspülten ihre Sinne, versuchten, sie zu beschwichtigen, und spendeten ihr Trost. Selbst das Unkraut war bemüht, sie abzulenken, indem es sie daran erinnerte, daß es ausgerupft werden mußte. Morgen, gelobte sie, als sie auf dem Pfad weiterlief und nach etwas suchte, worauf heute keine Hoffnung bestand.

Sie hatte das Gefühl, als sei ein entscheidendes und turbulentes Kapitel ihres Lebens abrupt beendet worden. Savannah war nicht mehr da. Das Geheimnis, das sie in all diesen Jahren miteinander geteilt hatten, war enthüllt worden, Danjermond war tot, und wenn die Ermittlungen sich jetzt auch in die dunklen Schatten seiner Vergangenheit hinein erstreckten und die Schlagzeilen immer noch für hohe Auflagen sorgten, war der Schlußstrich doch gezogen worden. Durch ihre Zeugenaussage und die Beweisstücke, die in seinem Haus und am Tatort aufgefunden worden waren, war Stephen Danjermond, der Oberstaatsanwalt des Bezirks Partout, Sohn der Danjermonds aus dem Garden District in New Orleans, zum Massenmörder ernannt worden.

Sie hätte das Gefühl haben müssen, daß etwas zu einem Abschluß gelangt war, dachte sie, als sie sich in einer Ecke auf die Bank setzte. Doch ihr war eher so zumute, als hätte etwas begonnen, sich aufzufasern und sei fortgeworfen worden, ein Knäuel, aus dem zahlreiche lose Fäden heraushingen. Savannah war nicht mehr da. Sie würden niemals eine Chance haben, die Sprünge in ihrer Beziehung zueinander zu kitten; sie würde für immer einen Sprung behalten. Das Geheimnis war an den Tag gekommen, aber sie würde weiterhin Vivians Tochter sein. Ross Leighton würde für immer ein Teil ihrer Vergangenheit sein, wenn schon nicht ihrer Zukunft. Danjermond war tot, aber jedes Leben, mit dem er in Berührung gekommen war, würde unauslöschlich von seinem Verrat gezeichnet sein.

Und dann war da noch Jack. Der Mann, in den sie sich nicht hätte verlieben sollen. Der Mann, in den sie hoffnungslos verliebt war. Der Mann, der darauf versessen war, mit seinem Leben für die Sünden der Vergangenheit zu zahlen.

Wenn sie auch nur einen Funken Grips im Kopf gehabt hätte, dann wäre sie von hier fortgegangen, hätte einen klaren Bruch vollzogen und woanders von vorn angefangen. Was zwischen ihr und Jack vorgefallen war, war zu schnell passiert. Überstürzt und viel zu intensiv. Eine Beziehung war das letzte gewesen, was sie sich erhofft hatte, als sie nach Hause zurückgekommen war, und Jack war alles andere als der Mann, den sie sich an ihrer Seite ausgemalt hatte. Er hatte den Berufsstand, den sie früher einmal miteinander gemein gehabt hatten, ausgebeutet, mißbraucht und zum Gespött gemacht. Das respektierte sie nicht – aber sie hatte großen Respekt davor, daß er am Ende eine Kehrtwendung vollzogen hatte, obwohl er behauptete, seine Motive seien selbstsüchtig gewesen. Er führte ein Leben, das darauf gebaut war, sich vor Verantwortung zu drücken, ein weiterer Charakterzug, der ihr ausgeprägtes Pflichtbewußtsein aufbrachte, aber sie hatte immer wieder gesehen, wie er aus dieser Rolle ausgebrochen war.

Immer wieder sah sie ihn vor ihrem geistigen Auge – nicht den Schlingel mit dem schelmischen Grinsen und dem Rubin im Ohrläppchen, sondern den einsamen gemarterten Mann, dessen verborgene Sehnsüchte tief in eine lieblose Kindheit hineinreichten. Immer wieder spürte sie den Schmerz in seinem Innern, der ihr zu Herzen gegangen war, den Schmerz, den die Sehnsucht nach Dingen auslöste, von denen er glaubte, sie stünden ihm nicht zu.

Jack stellte sich selbst als einen Schuft dar, der andere ausnutzte, nichtsnutzig, aber doch jemand, mit dem man seinen Spaß haben konnte, und doch war es eine unumstößliche Tatsache, daß er ihr das Leben gerettet und einen Heldenmut an den Tag gelegt hatte, der in dieser Welt außerordentlich rar war.

Es handelte sich bei ihm so deutlich um zwei verschiedene Personen. Die Schwierigkeit bestand darin, den »bösen« Jack davon zu überzeugen, daß der »gute« Jack existierte und die Chance verdiente, mehr aus seinem Leben zu machen als dieses Leid, das er sich auferlegte.

Laurel schloß die Augen und ließ den Kopf zurückfallen, wandte ihr Gesicht dem Himmel zu, während die Sonne mit den Wolken Versteck spielte. Sie gestattete es sich, einen Moment lang ein Bild von einem Leben zu entwerfen, in dem sie einen echten Neubeginn machen konnten, sich ein Leben vorzustellen, in dem sich Menschen wirklich über ihre Vergangenheit hinwegsetzten und jenseits dieser Schatten lebten, ein Leben, in dem sie und Jack ihr Glück finden konnten, ohne mit all diesem Gepäck belastet zu sein.

»Träumst du von mir, Süße?«

Es dauerte einen Moment, bis Laurel begriff, daß die Stimme nicht aus ihrem eigenen Kopf kam. Sie riß die Augen auf, und als sie sich auf der Bank umdrehte, sah sie ihn in ausgeblichenen Jeans und einem gemusterten Baumwollhemd, das offenstand, an einer von Tante Carolines armlosen Statuen von Göttinnen lehnen. Unter der Sonnenbräune war er blaß, und neben seinen dunklen Augen zeigten sich tiefe Falten der Erschöpfung, die ihn in Verbindug mit seinen Bartstoppeln wie einen gefährlichen Rowdy wirken ließen. Er hatte sein Piratengrinsen aufgesetzt, aber in seinen Augen stand so viel Schmerz, daß dieses Lächeln nicht glaubwürdig wirkte.

»Was, zum Teufel, hast du hier zu suchen?« rief Laurel aus und sprang von der Bank auf. »Versuch bloß nicht, mir einzureden, Dr. Broussard hätte dich entlassen!«

Er zuckte ein wenig zusammen, als ihr gewaltiger Stimmaufwand Hämmer in seinem Kopf in Bewegung setzte. *»Mais non«,* brachte er gedehnt heraus. »Ich bin gewissermaßen ausgebüxt.«

»Warum überrascht mich das so gar nicht?«

»Bloß keine Aufregung, *'tite chatte*«, murrte er und rieb mit einem Daumen die Stirn der Göttin. »Mir fehlt doch nichts weiter, bis auf horrormäßige Kopfschmerzen und eine angeknackste Rippe.«

Laurel sah ihn finster an und stemmte die Hände in die Hüften. »Deine Lungentätigkeit war eingestellt! Du hast eine Gehirnerschütterung und Stichwunden und...«

»Bon Dieu!« keuchte er und heuchelte Erstaunen. Das schwarze Haar fiel ihm in die Stirn, als er aus weit aufgerissenen Augen zu ihr aufsah. »Wenn das so ist, dann sollte ich mich vielleicht besser setzen.«

Er schlang ihr einen Arm um die Taille und zog sie mit sich. Seine Bewegungen waren steif und ein wenig unbeholfen, aber doch wirksam genug, um sie auf seinem Schoß landen zu lassen, als er ihren Platz auf der Bank einnahm. Sie sprang augenblicklich wieder auf, setzte sich jedoch dann neben ihn auf die Bank.

Jack runzelte die Stirn und warf einen Seitenblick auf sie. »Ich bin wohl etwas aus der Übung gekommen.«

Laurel rümpfte die Nase. »Ich würde eher sagen, du hast den Verstand verloren. Du gehörst in ein Krankenhaus. Mein Gott, du warst noch nicht mal bei Bewußtsein, als ich dich das letzte Mal gesehen habe!«

»Ich werde es schon überleben.«

Damit tat er das Thema ab, schaute auf sie hinunter und nahm die tiefen Schatten unter ihren Augen wahr. Ein feminineren oder fragileren Eindruck hätte sie gar nicht machen können. Sie wirkte wie eine Porzellanfigur von unschätzbarem Wert. Diese Zerbrechlichkeit hatte ihm angst gemacht, ehe er die Kraft entdeckt hatte, die wie Stahlfäden in sie eingewoben war. Er hatte jedoch das Gefühl, daß diese Kraft heute enorm gemindert war.

»Was ist mir dir, Süße? Wie kommst du klar?«

»Heute war Savannahs Beerdigung«, sagte sie mit leiser Stimme.

Jack legte ihr einen Arm um die Schultern und zog sie an sich, drückte ihr einen Kuß auf das Haar. Mehr brauchte er nicht zu tun.

Laurel preßte eine gespreizte Hand gegen seine warme nackte Brust, auf den keuschen weißen Verband, mit dem seine Rippen bandagiert waren, und sie kostete einfach nur aus, wie sich sein Herzschlag unter ihrer Hand anfühlte.

»Ich wäre für dich dagewesen, wenn es sich irgendwie hätte machen lassen.«

Sie blickte zu ihm auf und ließ sich vorsichtshalber nichts ansehen, während sie versuchte, sich ein Bild davon zu machen, wie sich die Gefühle in seinem Innern und zwischen ihnen beiden verschoben hatten. »Ich dachte, du boykottierst Beerdigungen.«

»Tja, nun...« Er seufzte und richtete den Blick auf die Rosen, die sich neben ihnen an der Backsteinmauer hochrankten. »Das heißt noch lange nicht, daß ich dadurch keine Freunde verliere, stimmt's? Es heißt nur, daß ich in dem Moment kein Freund bin.«

»Ist es das, was wir sind?« fragte Laurel mit ruhiger Stimme. »Freunde?«

»Du hast mir das Leben gerettet.«

»Und du mir meines«, gab sie zurück und stand auf, um mit verschränkten Armen, die sie eng an sich preßte, vor der Bank auf und ab zu gehen. »Und was heißt das für uns? Daß wir quitt miteinander sind?«

»Was soll es für uns heißen, wenn es nach dir geht?« fragte Jack. Er hörte die Schärfe aus seiner Stimme heraus und verfluchte sich dafür. Er war nicht hergekommen, um mit ihr zu streiten. Er war zu ihr gekommen, um – ja, weshalb eigentlich? Was wollte er hier? War er gekommen, weil er sich ihr nicht fernhalten konnte? Weil er glaubte, das beenden zu müssen, was Wurzeln gefaßt und sich wie der Efeu um sein Herz geschlungen hatte, der sich um die Beine der Bank wand? *Du kannst nicht beides haben, Jack.*

»Ich will mehr«, gestand Laurel. Wenn sie damit eine Dummheit beging, dann beging sie eben eine Dummheit. Wenn das sie schwächte, dann war sie eben schwach. Es war die Wahrheit. Ein zu großer Teil ihres Lebens war in Lügen verankert gewesen. Sie stellte ihr Umherlaufen ein und sah ihm ins Gesicht, so nüchtern wie ein Richter. »Ich liebe dich, Jack. Ich sage mir selbst immer wieder, daß ich es nicht tun sollte, aber es ist nun einmal so.«

»Du hast recht, Engel.« Er biß die Zähne gegen den Schmerz zusammen und erhob sich langsam. »Du solltest es nicht tun«, murmelte er und ging auf das Tor zu. Dabei mied er es bewußt, sie anzusehen. Wenn er sie ansah, würde er niemals fortgehen können.

»Nicht etwa, weil du es nicht verdient hättest, Jack«, sagte Laurel und hielt ihn am Arm fest. »Sondern weil es einfacher wäre, dich nicht zu lieben. Aber ich habe schon einmal in einer einfachen Beziehung gelebt, und sie mag zwar Sicherheit und Geborgenheit geboten haben, aber sie ist keinem von uns beiden gerecht geworden. Ich kann nicht den einfachen Ausweg wählen, Jack«, murmelte sie und zitterte innerlich bereits, weil sie sich vor seiner Antwort fürchtete. »Wirst du den einfachen Ausweg wählen?«

»Klar«, sagte er, und seine Stimme war kaum mehr als ein heiserer Hauch, seine Augen auf einen nicht identifizierbaren Punkt in einer mittleren Entfernung gerichtet. »Hast du es denn immer noch nicht begriffen, Süße? Ich bin ein Feigling und ein Lump…«

»Du bist keines von beidem«, sagte Laurel nachdrücklich. »Wenn du ein Feigling wärst, dann wäre ich heute Seite an Seite mit meiner Schwester begraben worden. Wenn du ein Lump wärst, dann würdest du dich nicht so verflucht anstrengen, edelmütig zu handeln und dich aus dieser Geschichte herauszuziehen.«

Tränen stiegen mühelos in ihre Augen auf und ritten auf der Woge ihrer Gefühle. Ihr Griff schloß sich fester um seinen strammen Bizeps, doch ihre kleinen Finger hinterließen kaum einen Abdruck. »In vielerlei Hinsicht bist du der tollste Mann, der mir je begegnet ist, Jack Boudreaux«, sagte sie mit heiserer Stimme. »Ich hätte gern eine Chance, dir das klarzumachen, bis du selbst daran glaubst.«

Und er wollte daran glauben. Gott im Himmel, wie sehr er daran glauben wollte. Diese Sehnsucht lebte als ein Schmerz in seinem Innern, den zu begraben er sich ein Leben lang bemüht hatte. Das Verlangen, etwas wert zu sein, das Verlangen, jemandem wichtig zu sein.

Jetzt verschloß er die Augen dagegen, denn ihm graute davor, diese Sehnsucht könnte ihn lebendigen Leibes verschlingen, und ihm graute davor, daß dieser Augenblick nur ein Traum sein könnte, ein grausamer Scherz, wie jede kleinste Hoffnung seiner Kindheit ein grausamer Scherz gewesen war. Es war nicht einleuchtend, daß sie ihn lieben könnte. Es paßte nicht in die Geschichte seines Lebens, daß sich ihm diese Chance auf Glück bieten sollte. Es mußte einen

Haken haben. Jetzt würde ihm jeden Moment der andere Schuh auf den Kopf fallen.

Er stand einfach nur da, wartete, schaute durch sie hindurch. Sein Kinn bebte, als er die Lippen zu einem schmalen Strich zusammenzog. Er blinzelte, damit er wieder klarer sehen konnte.

»Hast du denn immer noch nicht genug abgebüßt, Jack?« flüsterte Laurel. »Haben wir nicht beide teuer genug bezahlt?«

»Ich weiß es nicht.« Er versuchte, mit den Achseln zu zucken, doch der Schmerz ließ ihn zusammenfahren. »Du wünschst dir einen Ehemann? Du wünschst dir Babys?«

Mehr als alles andere, dachte sie. Die Vorstellung, ihm eine zweite Chance zu geben, diesen Traum zu verwirklichen, die Vorstellung, ihm ein Kind zu gebären, die Vorstellung, sie könnten gemeinsam ein brandneues Leben erschaffen, das ohne Fehler und ohne Reue beginnen konnte, war ein Wunsch, den sie sich kaum auszumalen gewagt hatte.

»Ich will eine Zukunft haben«, sagte sie schlicht und einfach, denn ihr Wunsch war zu kostbar und zu zerbrechlich, um ihn in Worte zu fassen. »Ich will die Vergangenheit hinter mir zurücklassen. Ich möchte, daß du diesen Weg gemeinsam mit mir beschreitest.«

Ein Leben, in dem man die Vergangenheit hinter sich zurückließ. Ein Leben, von dem er sich eingeredet hatte, er könnte es nur in seinen Träumen haben. Er trat einen Schritt zurück und fuhr sich mit einer Hand durch das Haar, um sich den Nacken zu reiben.

Laurel beobachtete ihn und hielt den Atem an, während ihr Herz raste.

Jack drehte sich zu ihr um und schaute sie an, sah all ihre Hoffnungen, all ihre Ängste und ihre reine, süße Schönheit.

»Ich habe mir gesagt, wenn ich auch nur einen Funken Ehrgefühl im Leib hätte, dann würde ich mich von dir trennen«, sagte er liebevoll. Seine Lippen zogen sich an den Mundwinkeln zu einem verschmitzten ironischen Lächeln hoch. »Zum Glück habe ich nie allzuviel davon besessen.«

Laurel ließ sich von ihm umarmen, und ihr Herz strömte über. Sie preßte ihre Wange an seine Brust und lauschte, wie auch sein Herz überströmte. »Du besitzt viel mehr davon, als du selbst weißt«, flüsterte sie.

»Wenn ich dich habe, habe ich alles, was ich brauche«, sagte er und senkte den Mund zu einem Kuß auf ihre Lippen, einem Kuß, in dem sich eine Bindung und ein Beginn zugleich ausdrückten, ein Versprechen, dessen Erfüllung – und Liebe.

EPILOG

Die Pirogue *schneidet sich durch das Bayou, so lautlos wie eine Klinge. Die Sonne schmilzt im Westen, so warm und glänzend wie geschmolzenes Gold. Drumherum breitet sich der Sumpf finster und stumm aus. Und wartet friedlich. Die Frösche singen zwischen den Seerosen. Ein Silberreiher gleitet hinunter, um sich seiner Partnerin in ihrem Nest aus Halmen auf dem Stamm einer umgestürzten Zypresse anzuschließen.*

Ich schaue auf die Frau in dem Boot hinunter. Sie lächelt, als besäße ich den Mond. Den Mut eines Tigers. Die Sanftmut einer Taube. Meine Frau, meine Ehefrau. Ohne sie war ich nichts.

Ich stake das Boot voran, unserem Zuhause entgegen, und zum ersten Mal in meinem ganzen Leben erfahre ich, was Zufriedenheit bedeutet.